Die Bücher

Sieben Jahre hat Amy in *Schöner, wilder Mann* auf ihren Rain gewartet. Aus dem jungen Mädchen ist eine schöne und mutige Amazone geworden, und auch der Halbblutindianer Rain hat sich verändert: Jahre der Einsamkeit haben ihn unnahbar und hart werden lassen. Als sich die beiden nach Jahren der Trennung wieder begegnen, scheinen sie einander kaum zu erkennen. Doch eine halsbrecherische Unternehmung läßt ihre Liebe wieder hervorbrechen – leidenschaftlicher denn je ...
Ebenso dramatisch geht es in *Geheime Passionen* weiter: Seit ihr Mann in den Bürgerkrieg zog, ist die junge Addie ganz auf sich alleine gestellt. Um sich und ihre schöne Hausangestellte Trisha vor rassistischen Übergriffen zu schützen, läßt Addie ihre Farm zurück und flieht – quer durch die Prärie, an der Seite des erfahrenen Scout John. Eine gefühlvolle, sinnliche, aber auch gefährliche Leidenschaft entspinnt sich ...

Die Autorin

Dorothy Garlock stammt aus Texas, lebt aber schon lange mit ihrer Familie in Iowa. Ihre Liebesromane wurden in über 20 Sprachen übersetzt.

Von Dorothy Garlock sind in unserem Hause bereits erschienen:

Eine Liebe wie der Himmel
Paradies der Sinne
Wildes Verlangen

Dorothy Garlock

Schöner, wilder Mann
Geheime Passionen

Zwei Romane in einem Band

Ullstein

Besuchen Sie uns im Internet:
www.ullstein-taschenbuch.de

Umwelthinweis:
Dieses Buch wurde auf chlor- und säurefreiem Papier gedruckt.

Ungekürzte Ausgabe im Ullstein Taschenbuch
1. Auflage April 2006

Umschlaggestaltung: Büro Hamburg
Umschlagabbildung: © Di Maggio/Kalish/Corbis
Gesetzt aus der Cochin
Satz: KompetenzCenter, Mönchengladbach
Druck und Bindearbeiten: Ebner & Spiegel, Ulm
Printed in Germany
ISBN-13: 978-3-548-26397-7
ISBN-10: 3-548-26397-6

Schöner, wilder Mann

Prolog

16. Dezember 1811, 2.30 Uhr

Die Nacht war sternenklar. In dem Indianerdorf im Missouriterritorium herrschte vollkommene Ruhe. Unter einem warmen Mantel schlief Rain Tallman, ein Junge von achtzehn Sommern, im Zelt seines Stiefvaters John »Gefleckter Elch.«

Auf einmal bebte die Erde. Aus dem Nichts traf mit tiefem, furchterregendem Grollen ein gewaltiger Erdstoß das schlummernde Dorf. Hundert Köpfe hoben sich bei dem ohrenbetäubenden, mahlenden Geräusch, und Panik erfaßte selbst die Herzen der mutigsten Männer. Tonkrüge zerschellten, als sie zu Boden fielen, Zeltpfosten stürzten um, schreiende Frauen rissen ihre Kinder an sich. Vögel schreckten von ihren Nistplätzen auf und krächzten verängstigt. Pferde wieherten wild vor Angst, als sie hinfielen und vergeblich versuchten, wieder auf die Beine zu kommen. Ganze Bisonherden schreckten aus dem Schlaf hoch und stürmten in Panik davon.

Die Wasser des Mississippi tanzten, hohe Wellen brachen sich am Ufer. Das Flußbett sank ab, und riesige Bäume kippten unter dem durchdringenden Bersten brechender Äste um. An den Hängen lösten sich Felsblöcke und schlugen bei ihrem Sturz ins Tal Schneisen durch Bäume und Dickicht.

Von dort, wo der Ohio auf den Mississippi trifft, wo Tennessee, Kentucky, Arkansas, Missouri und Illinois zusammenkommen, breiteten sich die Stoßwellen aus, teilten die Erde und vernichteten ganze Landstriche. Über dem Indianerdorf löste sich ein gigantisches Stück des Abhangs, stürzte hinab und riß die Bewohner mit sich in die schlammigen und tosenden Gewässer des Mississippi.

Schließlich, als das Beben ein Ende nahm, zeigte sich das Bild der Erde – für immer verändert. Tausende Hektar Wald standen unter Wasser. Unzählige Fische verendeten auf den Schlammschichten, die übriggeblieben waren, nachdem sich das Wasser neue Wege gesucht hatte.

Rain Tallman war beim ersten Erdstoß aufgewacht. »Vater, was ist los?« murmelte er, ohne recht zu wissen, wo er war.

In diesem Moment stürzte ein Zeltpfosten auf ihn herab. »Vater!« schrie er und hob einen Arm, um sich zu schützen.

Als der Boden unter ihm zu rutschen anfing, klammerte er sich verschreckt an den Pfosten, der auf eine schwarze Wand zuglitt. Um ihn herum drehte sich alles, als er den Hang hinunterstürzte.

Das erste, was er wieder wahrnahm, war ein Kreischen, und er ahnte dessen Ursache. Vögel kreisten im Dunkeln über ihm, suchten nach einem Platz, an dem sie sich niederlassen konnten. Allmählich konnte er wieder klar denken. Er lag ganz still und wartete, daß der Boden unter ihm erneut zu beben anfinge.

Aus der Ferne drang Pferdegewieher an sein Ohr. Dies war ein so bekanntes, alltägliches Geräusch, daß Rain vor Erleichterung fast einen Schrei ausgestoßen hätte. In den ersten, wirren Sekunden nach seiner Bewußtlosigkeit hatte er geglaubt, nur er und die Vögel hätten diesen unbegreiflichen Horror überlebt. Er lag auf dem Bauch, die Arme fest um den Zeltpfosten geklammert, die Beine vollkommen im dicken Flußschlamm versunken.

Obwohl noch leicht benebelt, spürte er doch deutlich die Gefahr, in der er schwebte: *Die Schlammassen drohten ihn zu verschlingen!*

Von Panik gepackt, zog sich Rain mit letzter Kraft ans Flußufer. Dort blieb er keuchend liegen und hielt sich für einen

Moment die Seite. Dann stand er mühsam auf und schaute an seinen noch unsicheren Beinen hinab. Der Schlamm hatte ihm die kniehohen Mokassins ausgezogen. Er war barfuß und zitterte am ganzen Körper ..., aber er lebte noch!

Hatte John »Gefleckter Elch«, sein Stiefvater, ebenfalls überlebt? Mit nur wenig Hoffnung wandte Rain seinen betäubten Blick nach rechts und links, dann in den Himmel, wo er nach dem Polarstern suchte, um seine Position zu bestimmen. Obwohl er ihn deutlich erkennen konnte, wußte Rain immer noch nicht, wo er sich befand. Er war sicher, daß die Schlammwelle ihn flußabwärts getrieben hatte, doch wie weit? Er sank auf den Stamm eines umgestürzten Baumes nieder, und Tränen der Hilflosigkeit füllten seine Augen.

Rain und sein Stiefvater waren erst seit wenigen Tagen in dem Lager gewesen. Sie hatten die nördlichen Länder einen Monat vorher verlassen und waren gemächlich gen Süden gereist, wobei sie die Gesellschaft des anderen genossen und sich Geschichten aus der Vergangenheit erzählt hatten. John hatte von der Zeit berichtet, in der er den dreijährigen Rain und seine Mutter Caroline von den Sioux gekauft hatte. Diese hatten sie vorher aus einem Grenzdorf im Norden verschleppt, um sie als Sklaven zu verkaufen.

John hatte sich in Rains junge blonde Mutter verliebt, und sie erwiderte diese Liebe leidenschaftlich. Nie mehr hatte sie von ihrem vorherigen Leben gesprochen. Der Junge hieß seitdem Rain Tallman, da es an dem Tag, als er und seine Mutter gekauft worden waren, wie aus Eimern geschüttet hatte und weil er für sein Alter außergewöhnlich groß gewesen war. John erzog den Jungen wie seinen eigenen Sohn. Als Rains Mutter im Sterben lag, hatte sie John gebeten, Rain zu ihrem Freund Farrway Quill, der eine Farm am Wabash River besaß, zu schicken. Sie wollte, daß er einige Zeit als Weißer lebte, damit er entscheiden konnte, welche Welt er vorzog: die der Weißen oder die der Indianer.

Rain erinnerte sich, wie widerwillig er im Alter von zwölf Jahren nach Quill's Station gegangen war, doch Farrway Quill und Juicy Deverell, ein alter Mann aus den Bergen, wurden seine zweite Familie. Er traf Colby Carroll, den Sohn des Mannes, der Quill aufgezogen hatte, und Colby half ihm dabei, sich das Verhalten des weißen Mannes anzueignen. Mit der Zeit wuchs ihm seine Pflegefamilie so sehr ans Herz, daß er sich in beiden Welten zu Hause fühlte.

Als ein Krieg zwischen den Siedlern und den Indianern unvermeidlich schien, verließ Rain, der weder gegen seine weißen Freunde noch gegen seine indianischen Brüder kämpfen wollte, Quill's Station. Nach seinem Besuch bei John »Gefleckter Elch« hatte er gen Westen in ein neues Territorium gehen wollen.

Nun saß Rain auf dem Baumstamm, durchnäßt und vor Kälte zitternd. Minuten erschienen ihm wie Stunden, während er auf den Sonnenaufgang wartete. Um ihn herum herrschte Totenstille, lediglich unterbrochen durch das Rascheln von Blättern, wenn Vögel versuchten, sich auf den wenigen stehengebliebenen Bäumen niederzulassen, und dem Zischen verwirrter Schlangen, die aus ihrem Winterschlaf geweckt worden waren und nach einem warmen Unterschlupf suchten. Rain brach einen Ast von dem Stamm ab, auf dem er saß, und schlug auf den Boden ein, um die Schlangen zu verscheuchen.

Als es endlich hell wurde, erblickte Rain eine neue Welt. Nichts war der Verwüstung entgangen. Soweit sein Auge reichte, lagen Bäume kreuz und quer übereinander. Durch riesige Erdspalten strömten Wassermassen, die es vorher nicht gegeben hatte. Der Fluß hatte seinen Lauf geändert. Das Wasser war voller Schlamm, und auf seiner Oberfläche schwammen Trümmer aller Art. Am Himmel stieg Rauch auf, denn am gegenüberliegenden Flußufer, in dem weißen Dorf New Madrid, brannte es. In der Nähe hatten sich zwei Pferde, die das Beben überlebt hatten, in einem Gewirr aus Ästen verfangen. Nachdem Rain sie befreit hatte, schwang er sich auf den Rücken des einen und machte sich, das andere neben sich herführend, auf die Suche nach seinem indianischen Vater.

Die nächsten zwei Tage verbrachte er mit Suchen. Von den einhundert Mitgliedern des Stammes waren nicht mehr als zwei Dutzend mit dem Leben davongekommen. Als er sicher war, daß er seinen Stiefvater nicht mehr lebend wiederfinden würde, ging Rain nach Norden, das Herz in seiner Brust war zu Stein geworden.

Die Erde hatte eine Entscheidung für ihn getroffen. Von nun an würde er als Weißer leben. Die, die er geliebt hatte, waren nicht mehr. Sein indianisches Leben war ausgelöscht. Er war auf sich allein gestellt, mußte sich seine eigenen Gedanken machen, dem eigenen Ratschlag folgen. Kein Zeichen von Unruhe zeigte sich auf dem jungen Gesicht, als er sich ein letztes Mal nach seinem verwüsteten Zuhause umblickte.

Rain folgte dem Wabash River in nördlicher Richtung nach Quill's Station. Entlang des »Flusses des Weißen Schaums«, wie ihn die Indianer nannten, waren die von dem Erdbeben hinterlassenen Verwüstungen weniger schlimm. Gelegentlich kam er an einem eingestürzten Haus oder einer zerstörten Scheune vorbei. Oft hatten solide gebaute Gebäude dem Beben standgehalten. In Rain wuchs die Hoffnung, daß mit Farrway Quill und seiner Familie alles in Ordnung sein würde. Bevor er nach Westen zog, wollte er sich vergewissern, daß sie die Katastrophe überlebt hatten. Er war davon überzeugt, daß das Erdbeben eben jenes Omen war, von dem Tecumseh, der Häuptling der Shawnee, behauptet hatte, es würde die Stämme gegen die Weißen verbünden. Tatsächlich bereiteten sich in einem Dorf, in dem er eines der Pferde gegen Mokassins und eine Decke eintauschte, die jungen Männer auf Krieg vor.

Zwei Tagesreisen von Quill's Station entfernt fing Rains

Pferd an zu lahmen, so daß er es freilassen mußte. Unbeirrt setzte er seinen Weg nach Norden zu Fuß fort und ernährte sich lediglich von einem fetten Rebhuhn, das er mit seinem Messer getötet hatte. Er dachte an Liberty Quill, Farrs wunderschöne blonde Frau, die Tecumseh die »weiße Taube des Wabash« genannt hatte. Und er dachte an Amy, Libertys jüngere Schwester, und an den Kuß, den sie ihm gegeben hatte, kurz bevor sie mit Juicy Deverell verheiratet wurde. Die Ehe mit dem 82jährigen Mann aus den Bergen war arrangiert worden, um zu verhindern, daß der Vater des zwölfjährigen Mädchens sie mit einem brutalen, rachsüchtigen Mann verheiratete. Juicy hatte sie geehelicht, um auf das Kind aufzupassen und ihr Zeit zu geben, erwachsen zu werden. Wenn er nicht mehr wäre, hatte er ihnen gesagt, könne Amy ihren eigenen Mann auswählen. Auch den bedeutungsvollen Blick, den Juicy ihm dabei zugeworfen hatte, hatte Rain niemals vergessen.

All diese Erinnerungen schossen durch Rains Kopf, als er sich der Farm näherte. Die Umzäunung war zwar stark mitgenommen, aber sie stand noch. Er schritt durch das Tor und über den Weg zum Haus, glücklich, daß es dem Erdbeben offensichtlich unbeschadet standgehalten hatte.

Plötzlich flog die Tür auf, und Amy kam aus dem Haus gestürzt. Wie ein langbeiniges Fohlen, ihr Kleid bis zu den Knien hochgerafft, rannte sie auf ihn zu und schlang ihre Arme um ihn.

»Rain! Oh, Rain! Du bist wieder zurück! Wie habe ich darum gebetet, daß du wiederkommst! Wir haben uns solche Sorgen gemacht.«

Es war Heiligabend.

Kapitel 1

Heiligabend 1818

Es war bitterkalt, und mit jeder Minute wurde es noch kälter. Der Sturm fegte mit brutaler Gewalt über die Ebenen Illinois'. Scharfe Winde griffen mit eisigen Fingern nach den wenigen ungeschützten Stellen des Körpers und drohten die Luft aus den Lungen des großen, breitschultrigen Mannes zu saugen, der auf einem schlanken, dunkelbraunen Pferd saß. Er zog die Schultern hoch und drückte die Biberfellkappe tiefer ins Gesicht, um sich gegen die eisigen Bisse des Nordwestwindes zu schützen.

Wenn er sich umdrehte, starrte er auf eine weiße Wand aus Schnee. Es war ein schwacher Trost, daß, wer auch immer ihm folgte, ebenso vom Sturm durchgepeitscht wurde wie er.

»Komm schon, Pferd«, brummte er. »Wir sollten uns einen Platz suchen, wo wir uns eingraben können, bevor wir erfrieren.«

Rain Tallman senkte den Kopf und tätschelte den Nacken des Braunen. Als sie eine Senke durchquerten, versank das Pferd bis zum Bauch im Schnee. Rain trieb den Braunen mühsam weiter durch das vereiste Gebüsch, wobei dieser immer wieder ins Rutschen geriet und stürzte. Schließlich erreichten sie einen zugefrorenen Bach, dessen hohe Uferböschungen sie ein wenig vor dem Sturm schützten.

Bald fanden sie, wonach Rain gesucht hatte: einen Felsblock, der, wahrscheinlich durch das Erdbeben vor sieben Jahre ausgelöst, bei seinem Sturz ins Tal Baumstämme und Büsche mitgerissen hatte. Als Rain das Gestrüpp entfernt hatte, stand er vor einer Art Höhle, groß genug für ihn und sein Pferd. Er führte den Braunen hinein und dichtete den Eingang rasch ab. Danach errichtete er eine Feuerstelle.

Er entfachte das Feuer gleich neben dem Felsblock. Als die Flamme höher stieg, fügte er noch mehr Reisig hinzu, schleppte einen großen Holzscheit herbei und legte sein Ende ins Feuer. So hatte er schnell eine zweite Feuerstelle geschaffen, ungefähr einen Meter von der ersten entfernt. Später würde er dann die glühende Kohle auf das erste Feuer schaufeln und seine Decken auf dem warmen Boden ausbreiten. Mit diesem alten Trick würde er selbst dann überleben, wenn der Blizzard sich verschlimmern sollte.

Rain sattelte sein Pferd ab und striegelte es mit einem Stück alter Decke. Der Vorrat an Maiskörnern, den er in Cahokia gekauft hatte, war fast aufgebraucht. Er schüttete den Rest in den Futterbeutel und hängte ihn dem Pferd vor das Maul, wobei er den Braunen liebevoll streichelte.

»Mehr ist nicht übrig, Pferd. Ich hatte ja gehofft, jetzt schon in Quill's Station zu sein, aber durch den Sturm sind wir spät dran ..., und der Hund, der hinter uns her ist, wird uns noch weiter aufhalten.«

Das Feuer hatte schon bald den Felsblock erhitzt, und die Wärme wurde in die Höhle zurückgeworfen. Rain nahm eine große Blechtasse aus seinem Bündel, füllte sie mit Schnee und setzte sie auf einen flachen Stein neben dem Feuer. Der Wind fuhr mit solcher Gewalt durch die blattlosen Pappeln, daß ihre Zweige knarrten und ächzten. Rains Gedanken waren bei dem einsamen Mann, der ihm seit zwei Tagen auf den Fersen war.

Einen Tag nach Überquerung des Kaskaskia Rivers hatte er von einer Klippe über dem Fluß zurückgeschaut und einen Mann auf einem fahlgelben Pferd gesehen, der seine Spuren untersuchte. Heute morgen hatte er ihn schon wieder gesehen. Der Mann mußte einen gewaltigen Groll gegen ihn hegen, dachte Rain, oder jemand hatte ihm eine Menge Geld für seinen Kopf geboten. Was sonst konnte einen Mann dazu bewegen, ihm in einem solchen Unwetter zu folgen?

»Wir warten genau hier und lassen ihn raufkommen, wenn er Lust dazu hat. Was meinst du, Pferd?« Rain nahm dem Tier den leeren Sack vom Kopf und kraulte es zärtlich zwischen den gespitzten Ohren.

Während er einige Stücke Dörrfleisch in die Tasse mit dem heißen Wasser schnitt, wurde er langsam ärgerlich. Er mochte es nicht, auf diese Weise gejagt zu werden, dafür hatte er zu wenig Geduld. Er wußte, was kommen würde: töten oder getötet werden. Eine Reihe von Vorteilen waren allerdings auf Rains Seite: So wußte sein Verfolger wahrscheinlich nicht, daß er beobachtet worden war oder daß Rain einen Unterschlupf für sich und das Pferd gefunden hatte.

Sieben Jahre zuvor, während der ersten Monate, in denen er auf sich selbst gestellt war, hatte Rain gelernt, daß man seinen Verstand gebrauchen und schnelle Entscheidungen treffen mußte, wenn man überleben wollte.

Unruhig rührte er mit der Messerspitze das Fleisch in der Tasse um, spähte dann durch eine Öffnung in dem notdürftig geschlossenen Unterschlupf. Er konnte nichts anderes machen als warten und nachdenken ... und sich erinnern.

An einem kalten klaren Tag vor sieben Jahren, kurz nachdem er Quill's Station auf seiner Reise nach Westen verlassen hatte, war er in eine solche Situation gekommen, die eine schnelle Entscheidung verlangt hatte. Er hatte angehalten, um sein Pferd an einer kleinen Quelle trinken zu lassen, die aus einer Felsenklippe träufelte, als zwei Trapper und ein Indianer lautlos aus dem Wald bis auf wenige Meter an ihn herangekommen waren, bevor er sie endlich bemerkte. Einer der Trapper trug eine lange Flinte in der einen Hand, um seine andere war das Ende einer Leine gewickelt. An dieser führte er den Indianer hinter sich her, der unter einer Last, die man ihm aufgeladen hatte, fast zusammenbrach. Der andere Mann trug ein kleines Bündel, und die einzige Waffe, die Rain entdecken konnte, war das Messer an seinem Gürtel. Die beiden sahen nicht gerade vertrauenerweckend aus, ihre Gesichtszüge waren hart und ihre Kleidung schmutzig und zerschlissen.

»Hallo.«

»Hallo.« Rain schwang sich auf den Sattel und führte das Pferd von der Quelle weg.

Plötzlich machte einer der Männer einen Satz nach vorne, ergriff das Zaumzeug und zog ruckartig daran. Das Pferd wieherte vor Schmerzen wild auf und versuchte, sich aufzubäumen, doch der Mann hielt solange fest, bis das gequälte Pferd merkte, daß die Schmerzen um so stärker wurden, desto mehr es sich widersetzte.

»Na schau mal einer an, Hopper. Is nur'n Grünschnabel.« Der Rüpel grinste Rain an. Seine tabakfarbenen Lippen öffneten sich, und die Stümpfe verfaulter Zähne kamen zum Vorschein. Sein ungewaschener Körper sonderte einen ekelhaften Geruch ab.

»Kann ja wohl nich angehn, daß so'n Grünschnabel 'n Pferd hat und wir nur den Heiden hier, der unsere Sachen schleppt, oder?« Der andere zerrte an der Leine um den Hals des Indianers.

Ein kalter Schauer lief über Rains Rücken, gefolgt von einer plötzlichen Hitzewelle. Er war sich sicher, daß sie ihn töten würden, um an sein Pferd und sein Gewehr heranzukommen. John »Gefleckter Elch« hatte ihm immer geraten, seinen Instinkten zu gehorchen. Rains dunkle Augen musterten die Männer. Er wollte sie nicht töten, wollte aber auch nicht sterben.

»Ich nehm' mir das Pferd. Der Indianer ist ja zu nix mehr zu gebrauchen. Und die Knarre nehm' ich auch.«

Der Mann hob seinen kräftigen Arm, um Rain aus dem Sattel zu stoßen. Im selben Moment riß Rain, schnell wie eine zubeißende Schlange, seine Hand nach oben. Für einen kurzen Moment blitzte die lange dünne Klinge im Sonnenlicht auf, bevor sie in der Kehle des Mannes versank.

»Das glaube ich kaum«, zischte er, als er das Messer zurückzog und seine Aufmerksamkeit auf den anderen Mann richtete, der gerade versuchte, sein Gewehr anzulegen, ohne dabei die Leine loszulassen.

Kurz bevor der Mann abdrückte, zerrte der Indianer an dem Seil, so daß der Schuß außer Kontrolle geriet. Rain fühlte einen stechenden Schmerz am Ohr, legte sein Gewehr an, zielte in aller Ruhe und drückte ab. Die Wucht des Schusses holte den Trapper von den Beinen. Im Todeskampf zerrte er an der Leine und riß den erschöpften Indianer mit sich, um dessen Hals sich die Schlaufe immer enger zusammenzog.

Während die Schüsse noch in den Bergen widerhallten, sprang Rain vom Pferd, stürzte zu dem erstickenden Indianer hin und durchschnitt das Seil. Dann lud er schnell sein Gewehr nach, wie es ihm Juicy und Farr immer wieder eingebleut hatten. Die beiden Trapper lagen ausgestreckt auf dem Boden, die Arme weit ausgebreitet. Rain hielt sich ein Taschentuch ans Ohr, damit ihm das Blut nicht den Hals herunterlief, und betrachtete die beiden Toten. Eine eigenartige Ruhe überkam ihn.

»Sie oder ich«, murmelte er.

Der Indianer, ein Shawnee aus einem nördlichen Dorf, half ihm, die Männer zu begraben. Dann, nachdem er die Gewehre der Toten an sich genommen hatte, machte er sich in aller Stille davon und ließ Rain mit einigen wertvollen Pelzen zurück.

Rain zog weiter nach Westen und verkaufte die Nerz-, Otter-, Marder-, Zobel- und Fuchsfelle in Saint Louis für einen ordentlichen Preis an Manuel Lisas Pelzhandel. Das Geld zahlte er sofort ein, um dann auf einem der Schiffe anzuheuern, die den Mississippi hinauffuhren.

Rains Gedanken kehrten in die Gegenwart zurück. Seine langen Finger betasteten das eingekerbte Ohrläppchen. Seit dem Tag an der Quelle lebte er mit Revolver und Messer in der Hand, tötete schnell und gnadenlos, jedoch nur, um sein eigenes Leben zu retten. Er hatte nur wenig Hoffnung, einmal friedlich im Bett zu sterben. Mit einem bißchen Glück würde ihn wenigstens ein schneller Tod ereilen, dachte er, während er an dem zähen Fleisch kaute und dazu die heiße Brühe schlürfte. Schließlich hatte er sich diese Art zu leben selbst ausgesucht und lebte nun mal unter Männern, die keine andere Sprache verstanden.

Rain ließ die beiden Feuer brennen, denn er zählte darauf, daß die heftigen Schneefälle den Rauch abfangen würden, bevor er den Jäger anlocken konnte. Als es schließlich dunkel wurde, breitete er seine Decken auf dem warmen Boden aus und legte sich schlafen.

Plötzlich wachte er auf. Der Wind hatte sich mit der hereinbrechenden Dämmerung gelegt. Die Stille hatte etwas Unheimliches. Ohne sich zu bewegen, lag er auf dem Boden. Seine rechte Hand tastete vorsichtig nach seinem Messer und zog es langsam aus der Scheide. Da war es wieder, das Geräusch, das ihn geweckt hatte: Irgend etwas kratzte an dem gefrorenen Gestrüpp vor seinem Unterschlupf. Einen Moment lang dachte er, daß ein wildes Tier die Wärme des Feuers suchen würde, aber dann bemerkte er die gespitzten Ohren des Pferdes.

Rain stand auf. Er hatte sich selber lange Zeit von seinen Instinkten leiten lassen. In den Jahren, die hinter ihm lagen, hatte er gelernt, daß die Dinge nicht immer so waren, wie sie schienen. Er hatte unvorsichtige Männer kennengelernt und geholfen, einige von ihnen zu begraben.

Rain wartete mit erhobenem Kopf und lauschte. Langsam schob er sich aus dem rötlichen Lichtschein des Feuers weg, und als sich das Gestrüpp am Eingang der Höhle bewegte, kroch er hinter den Körper des Pferdes.

Plötzlich wurde das Gestrüpp beiseite geschoben und ein Mann mit einem Gewehr stürzte in die Höhle. Im selben Moment warf Rain sein Messer. Die Klinge drang tief in die Schulter des Mannes ein, wobei er durch die Wucht des Wurfes zurückgeschleudert wurde. Er schrie laut auf, stürzte dann zu Boden und ließ die Waffe fallen. Hektisch versuchte er, nach ihr zu greifen, doch sie war außerhalb seiner Reichweite.

Rain kam mit vorgehaltener Waffe hinter dem Pferd hervor. Er wußte zuerst nicht, warum er im letzten Moment ein Stück höher als normal gezielt hatte. Solche Rücksicht seinem Gegner gegenüber konnte ihn das Leben kosten. Ihm wurde klar, daß er, als er das Gesicht des Jungen wahrgenommen hatte, ihn nicht mehr töten konnte. Doch obwohl es ein Kind war, dachte er sich, wäre er genauso tot gewesen, als wenn ihm ein Erwachsener nach dem Leben getrachtet hätte. So jemand wie dieser Junge würde ihn eines Tages wirklich umbringen.

Rains Gesicht erstarrte zu einer Maske der Ruhe, so wie er es in seiner Jugend bei den Shawnee gelernt hatte. Seine Brauen blieben starr und unbeweglich, die dunklen Wimpern schützten seine Augen vor dem blendenden Schnee. Sein Gesicht war wie aus Stein gemeißelt.

Daß der verwundete Junge noch weit davon entfernt war, ein Mann zu sein, konnte man an seinen weichen Wangen erkennen. Blut quoll aus seinem zerschlissenen Wollmantel und versickerte im Schnee. Rain schaute auf ihn herab, haßte ihn dafür, daß er sein Fortkommen verzögerte, haßte ihn, weil er sich um ihn kümmern mußte. Das verängstigte Gesicht, das zu ihm heraufschaute, war das eines halbverhungerten Kindes.

»Mach schon, töte mich!« stieß der Junge hervor.

»Das hätte ich tun sollen«, erwiderte Rain kalt. »Warum hast du mich verfolgt?«

»Das weißt du doch, du ...« Der Junge biß sich auf die

Unterlippe und sprach nicht weiter. Das Schweigen hielt eine ganze Minute an. Schließlich sagte er: »Worauf wartest du denn noch? Wenn du mich töten willst, dann mach schon!«

»Ich kann warten. Ich kann mir mein Messer auch wiederholen, nachdem du verblutet bist«, antwortete Rain gleichgültig. Das Gesicht des Jungen verzerrte sich vor Furcht. »Entweder du sagst mir, wer dich geschickt hat, oder ich lasse dich hier im Schnee liegen.«

»Der von der Armee«, platzte es aus dem Jungen heraus. »Der hat mir gesagt, ich krieg' fünfzig Silberdollar, wenn ich ihm das Ohr mit der Kerbe drin bringe.«

»Du bringst jemanden für fünfzig Dollar um?«

»Ich würde dich für umsonst töten, du Bastard«, schrie der Junge, und seine Stimme hallte in der Schlucht wider. »Du bist einer von denen, die meine Leute umgebracht haben ... meine Schwestern ... meine Brüder ...«

»Wer hat dir das erzählt?«

»Die von der Miliz. Die jagen dich!« Tränen strömten aus den Augen des Jungen, und er fing an zu zittern. Er ballte eine Hand zur Faust, und noch mehr Blut verfärbte den Schnee.

Rain kniete neben ihm nieder, und bevor der Junge wußte, wie ihm geschah, zog er ihm das Messer aus der Schulter. Der Junge stieß einen Schrei aus, kniff die Augen zusammen und krümmte sich vor Schmerzen.

»Ich werde dich nicht töten. Mach gefälligst die Augen auf! Wer hat dich beauftragt, mich zu verfolgen? Wenn ich weiterreite und dich hier liegenlasse, wirst du schon in wenigen Stunden tot und steif wie ein Brett sein.«

Der Junge riß die Augen auf. »Einen Dreck werd' ich dir sagen ..., verfluchter Mörder!«

Rain lehnte sich zurück und studierte das junge Gesicht, von dem man Schmerz, Furcht und wilden Haß ablesen konnte.

»Man hat dich also losgeschickt, um einen Mörder zu töten.«

»Ein Weißer, der mit Indianern reitet, mordet, Frauen und Mädchen vergewaltigt, ist schlimmer als . . ., als . . .« Die Worte blieben dem Jungen im Hals stecken und er fing an zu schluchzen. Obwohl seine Augen mit Tränen gefüllt waren, schaute er Rain herausfordernd an.

»Wo soll das passiert sein?« fragte Rain rasch.

»Weißt du ganz genau! Oben am Missouri.«

»Wie weit rauf?«

»Ungefähr bei Franklin.«

»Da war ich im August.«

»Und im September!«

»Den September habe ich mit Nathan Boone verbracht.«

»Lügner! Die Boones wollen nichts mit Typen wie dir zu tun haben.«

»Möchtest du hier liegenbleiben und mit mir darüber streiten? Oder möchtest du, daß ich dir mit deiner Schulter helfe?«

»Ich brauch' dich nicht, um . . .« Die Zähne des Jungen klapperten so heftig, daß er nicht weitersprechen konnte.

»Stur und stolz. Dein Stolz und deine Dickköpfigkeit werden dich aber nicht am Leben halten, Junge. Kannst du laufen?«

Ohne eine Antwort abzuwarten, ergriff Rain den Verwundeten und stellte ihn auf die Füße. Dann packte er ihn energisch am Arm und führte ihn in die Höhle. Der Junge sank in der Nähe des Feuers nieder, und Rain warf ihm eine Decke um die Schultern, damit sie seine Körperwärme speicherte.

»Wo ist dein Pferd?«

»Wird den Weg schon finden.«

Rain schnaubte verächtlich. »Hast du keinen Unterschlupf für dein Pferd eingerichtet? Ich muß dir wohl noch ein paar Lektionen in Sachen Überleben erteilen, wenn du vom Menschenjagen leben willst.« Er warf mehr Reisig aufs Feuer und wartete, bis es loderte. »Ich hole dein Pferd, dann verbinde ich dir die Schulter.« Er führte sein eigenes Pferd aus der Höhle und brachte es dorthin, wo es das trockene Gras unter dem Schnee freilegen konnte.

Er entdeckte den Falben vor einem Lehmhügel. Neben einem umgestürzten Baum fand er die Sachen des Jungen, einen abgewetzten Sattel, eine Tasche, halbvoll mit Getreide für das Pferd, und zwei zerschlissene Decken.

Zurück in der Höhle, kümmerte er sich um die Wunde des Jungen, der zum Protestieren zu schwach war. Die Wunde selbst würde den Burschen wohl nicht umbringen, doch der Blutverlust und die Kälte konnten gefährlich werden. Rain erwärmte Wasser in seiner Tasse, füllte sie mit Whiskey auf und ließ den Jungen trinken.

»Du bist mir seit Cahokia gefolgt. Warum hast du solange mit deinem Angriff gewartet?«

»Ich sag' gar nichts.«

»Du möchtest niemandem in den Rücken schießen, selbst für fünfzig Dollar. Du solltest dir eine andere Beschäftigung suchen.«

»Ich könnte dich mit bloßen Händen um die Ecke bringen ...«

»Du bist dir nicht sicher, ob ich es wirklich getan habe, oder?«

»Captain Perry hat's aber gesagt.«

»Dachte ich mir doch, daß Hammond Perry dich aufgehetzt hat. Hast du dich nicht gefragt, warum er nicht seine Truppe losgeschickt hat? Wenn ich ein Krimineller wäre, hätte man ihm doch einen Orden dafür verliehen«, stellte Rain fest. »Er ist nicht mehr bei der Armee. Man hat ihn vor ein paar Jahren entlassen. Ich weiß nicht warum, aber es muß gute Gründe gegeben haben.«

»Er ist ein Captain«, sagte der Junge trotzig. »Er arbeitet für Major Taylor, macht die geheimen, wichtigen Sachen. Mörder finden, so wie dich.«

»Er ist ein Nichts und arbeitet nur für sich!« fuhr Rain wütend auf. Dann fügte er leise hinzu, als spräche er mit sich selbst: »Ich hätte niemals an diesem Schießwettbewerb teilnehmen sollen. Da ist Perry auf mich aufmerksam geworden.« Rain nahm seine Fellmütze ab und strich sich mit seinen Fingern durch die dunklen Haare. »Aber ich hatte schon so lange nicht mehr Black Bettys Lippen geküßt und einen unglaublichen Durst. Du hast gerade etwas von meinem Preis getrunken.«

»Hättest noch 'ne Runde mitmachen sollen. Der Preis war eine Nacht mit der Dorfhure«, sagte der Junge höhnisch.

Rain grinste. »Ich habe sie gesehen. Deswegen habe ich auch nicht weitergemacht. Ich hatte Angst zu gewinnen.« Er löschte das Feuer mit Schnee. »Steig aufs Pferd! Wir reiten nach Quill's Station. Ich kann dich nicht hier lassen, denn sonst verhungerst oder erfrierst du, und mit dir hier bleiben will ich schon gar nicht.«

»Ich komm nicht mit! Ich reit' doch nicht zusammen mit einem ... Mörder!«

»Hör mal gut zu! Ich habe mir das jetzt lange genug angehört. Wenn du mich noch einmal so nennst, werde ich handgreiflich. Verstanden?«

Der Junge versuchte aufzustehen, aber seine Beine gaben nach. Er schaute Rain grimmig an, ließ sich aber von ihm aufhelfen. Rain hob ihn in den Sattel und warf ihm dann seine Decke und die des Jungen über die Schultern.

»Du hast eine Menge Blut verloren. Ich möchte nicht, daß du mir wegstirbst, es ist zu kalt, um ein Grab auszuheben.«

Rain folgte dem gefrorenen Flußbett, das Pferd des Jungen am Zügel führend. Sein Atem und der der Pferde stieg in Wolken nach oben. Der Junge hatte sein Gesicht in den Decken vergraben. Obwohl alles ruhig schien, ritt Rain mit äußerster Vorsicht, näherte sich Wegbiegungen nur langsam und mit großer Wachsamkeit. Beim Durchreiten der weiten Ebenen entspannte er ein wenig und dachte nach.

Warum wollte Hammond Perry, Farrs Erzrivale, ihn töten? Rain hatte es für einen Zufall gehalten, daß er ihm in Cahokia über den Weg gelaufen war, nur wenige Tage, nachdem er ihn in Saint Louis gesehen hatte. Perry besaß einige große Flußschiffe, die in New Orleans Fracht aufnahmen, und ein paar kleinere, die den Missouri und den Arkansas herauffuhren. Angeblich gehörten ihm auch Läden in einem halben Dutzend Forts und entlang der Flüsse. Nathan Boone hatte Rain erzählt, daß Perry seit einem Jahr in Arkansas lebte. Plante er, einen Handelsposten bei dem Fort in Belle Point aufzubauen?

Hammond Perry und Will Bradford hatten beide in der neunten Militärkompanie mit Hauptquartier in Belle Fontaine gedient, etwa fünfzehn Meilen nördlich von Saint Louis. Will Bradford hatte den Befehl bekommen, den Arkansas bis nach Poteau heraufzufahren und bei Belle Point ein Fort aufzubauen. Dies war der Auftrag, auf den auch Perry gehofft hatte, den man statt dessen, kurz nachdem Bradford und seine Leute aufgebrochen waren, entlassen hatte. Falls Perry erfahren hatte, daß Rain unterwegs war, Wills Braut abzuholen, war dies wahrscheinlich der Grund, warum er den Jungen auf ihn angesetzt hatte. Wenn man es mit Hammond Perry zu tun hatte, war alles möglich.

Rain betrachtete den Jungen. Das war typisch für Perry: ein halbverhungertes Kind für seine Drecksarbeit zu engagieren! Er hatte den Jungen tatsächlich davon überzeugt, daß Rain einer der Verbrecher war, die seine Familie getötet hatten. Für so ein Hinterwäldlerkind mußte ein reicher Mann wie Perry dieselbe Autorität verkörpern wie der Gouverneur des Territoriums, vermutete Rain. Er verurteilte den Jungen nicht dafür, daß er versucht hatte, ihn umzubringen, er ließ sich durch ihn aber auch nicht davon abhalten, Weihnachten in Quill's Station zu verbringen.

Quill's Station. Würde Amy noch immer dort sein? Rain

erinnerte sich daran, wie sehr sie geweint hatte, als er sie vor sieben Jahren verlassen hatte. Er hatte sie in den Armen gehalten, sie geküßt und ihr versprochen, sofort zu ihr zurückzukehren, falls Juicy nicht mehr wäre. Sie hatte ihm versichert, jeden Tag an ihn zu denken und auf ihn zu warten, egal wie lange. »Kinderkram«, dachte er mit einem leisen Lächeln, aber damals hatte er es ehrlich gemeint. Sie war das erste weiße Mädchen, das er kennengelernt hatte, das erste Mädchen, mit dem er unter vier Augen gesprochen hatte, das erste, das er geküßt hatte. Er erinnerte sich, wie überrascht er gewesen war, daß ihr Körper so weich und ihre Brüste so fest waren, als er sie an sich gedrückt hatte. Sie hatte so frisch und sauber geduftet, daß die Erinnerung daran tagelang angehalten hatte.

Manchmal, in den ersten Jahren nach ihrer Trennung, hatte er an sie gedacht, vor allem nachts, wenn er sich auf dem Boot einsam gefühlt hatte, abgeschnitten von allem, was ihm vertraut war. Als die Jahre vergingen, wurde es immer schwieriger, sich ihr Gesicht vorzustellen, und nach und nach hörte er auf, an sie zu denken.

Die kleine Amy mit ihren langen dünnen Beinen und den Sommersprossen auf der Nase mußte inzwischen erwachsen sein. Als er vor einem Jahr Farrs Brief erhalten hatte, in dem er ihm Juicys Tod mitgeteilt hatte, war Amy schon mehr als ein Jahr Witwe gewesen. Zwei Jahre. Das war für eine hübsche junge Frau in dieser Gegend eine lange Zeit, um unverheiratet zu bleiben.

Hübsch? Warum vermutete er, daß Amy sich zu einer hübschen Frau entwickelt hatte? Nur weil ihre Schwester wie ein Engel aussah, hieß das noch lange nicht, daß für sie dasselbe gelten mußte. Wahrscheinlich hatte sie wieder geheiratet und war fett geworden und hatte ein Kind oder sogar zwei.

Irgendwie konnte er sich mit diesem Gedanken nicht so recht anfreunden.

Kapitel 2

Der Truthahn ist ja uralt!« Liberty Quill schob die Pfanne mit dem riesigen Vogel in den Steinofen und schaute ihren Mann angewidert an. »Und zäh wie 'ne Schuhsohle.«

»Du hast doch gesagt, daß du dieses Jahr einen großen wolltest, Liebling.«

»Blablabla! Ich habe ja nicht damit gerechnet, daß ich einen kriege, der so alt ist wie die Hügel der Umgebung.«

Farr saß im Schaukelstuhl, drückte seine vier Monate alte Tochter an die Brust und betrachtete seine Frau liebevoll. Diese wunderbare Frau verkörperte für ihn Frieden und Geborgenheit. Ihr weißblondes Haar umrahmte das blasse, ovale Gesicht. In ihren blauen Augen sah er ein strahlendes, glückliches Lächeln. Als sie sich bewegte, nahm er ihren Duft wahr, die frische Süße ihrer Haare und ihrer Haut. Nach all den Jahren konnte er es immer noch nicht so richtig fassen, daß sie sein war und ihn liebte. Gerade als er das dachte, stieß das Baby auf, und Farr fühlte etwas Feuchtes an der Schulter.

»Och nee! Nicht schon wieder.«

Libby lachte. »Geschieht dir ganz recht! Hast ihr viel zu fest auf den kleinen Rücken geschlagen. Mercy, hol deinem Vater ein Tuch. Er regt sich über ein kleines bißchen Gespucke auf.«

Die neunjährige Mercy, die Farr sieben Jahre vorher in einer niedergebrannten Farm gefunden hatte, riß ihm auf dem Weg zum Waschbecken ein Büschel Haare aus.

»Eines Tages werde ich dir den Hintern versohlen«, knurrte Farr.

»Das sagst du immer, aber ich weiß, daß du es nicht tun wirst.« Mercy rümpfte die Nase und grinste ihn herausfordernd an.

»Das sollte er aber. Ich würde dir die Frechheiten schon austreiben.« Ein großer Bursche kam grinsend zur Tür herein, schlug sie dann rasch hinter sich zu, um die Kälte nicht hereinzulassen, und befreite die Füße auf der Fußmatte von Schnee.

»Sei still, Daniel Phelps. Du hast hier gar nichts zu sagen.«

»He, ihr beiden! Hört auf zu zanken! Es ist Heiligabend.« Liberty betrachtete den Jungen liebevoll, so wie ihr Mann sie gerade betrachtet hatte.

»Sag *ihm* das mal. Er kommt immer mit ›tu dies und tu das‹ an.« Mercy warf den Kopf in den Nacken und streckte David hinter Libertys Rücken die Zunge heraus.

»Psst..., ihn habe ich ja auch gemeint. Seid ruhig, sonst weckt ihr das Baby auf.«

»Papa, Daniel ist wieder da! Bist du mit deiner Arbeit fertig? Dürfen wir rausgehen und schießen üben?« Ein strohblonder Junge kam die Treppe zum Dachboden heruntergepoltert. Sein Geschrei weckte das Baby auf, das sofort zu weinen anfing.

»Oh Zack! Wir können doch alle sehen, daß Daniel zurück ist. Warum mußt du denn immer so schreien?« Liberty sprach so laut mit ihrem fünfjährigen Sohn, daß ihre Stimme das verängstigte Weinen ihrer Tochter übertönte. Zachary, den sie nach Major Zachary Taylor benannt hatten, war ein großes, kräftiges Kind, das die grünen Augen des Vaters und die blonden Haare der Mutter hatte.

»Nimm du Mary Elizabeth, Libby, und ich schaffe dir die Rabauken vom Hals.« Farr stand auf und übergab das weinende Baby seiner Mutter.

»Wenn ihr Krach machen wollt, dann geht weit genug vom Haus weg«, sagte Liberty bestimmt.

»Wir schießen nur ein bißchen zum Spaß rum.« Farr zog sich den Mantel an. Seine grünen Augen blitzten vor Freude. Die Falten um den Mund und die Augen zeigten, daß er gerne lachte. »An Heiligabend muß man doch ein wenig Radau machen. Ich wette, in Philadelphia läutet gerade deine Liberty Bell.«

»Spinner! Das ist doch nicht meine Glocke, ich bin nur nach ihr benannt. Die Leute im Dorf werden dich für vollkommen verrückt halten, wenn du das gute Schießpulver verschwendest.«

»Seit wann interessierst du dich denn dafür, was die Leute denken, Mrs. Quill?« Er sah sie spöttisch an.

»Eigentlich kümmert es mich auch nicht, jetzt wo du's sagst.«

»Ich komme mit. Ich will auch schießen.« Mercy nahm ihren Mantel vom Kleiderhaken und versuchte, sich an Daniel vorbei zur Tür zu schlängeln.

»Bleib stehen, du dummes Gör!« Er zog an ihrem Arm, um sie aufzuhalten, und stülpte ihr dann eine Mütze über den Kopf. »Und zieh zuerst den Mantel an, bevor du rausgehst.«

»Verdammter Diktator!« schrie Mercy und stampfte mit dem Fuß auf. »Du machst mich wahnsinnig! Papa!« kreischte sie, als Daniel ihr den Schal um den Hals legte und festknotete. »Mach, daß er mich in Ruhe läßt.«

Liberty sah sich das Schauspiel milde lächelnd an. Daniel hatte sich um Mercy gekümmert, seit sie ihn gefunden hatten: einen vierjährigen Jungen, der neben seiner toten Mutter saß. Er hatte sich zwischen Maulbeerbüschen versteckt, als ihr Planwagen von Flußpiraten angegriffen worden war.

»Daniel hat schon recht, Mercy. Wenn du mit uns kommen willst, mußt du deine Mütze aufsetzen, die Handschuhe anziehen und dir den Schal um den Hals wickeln. Du willst doch Weihnachten gesund sein, oder?« Farr half seinem jüngeren

Sohn in den Mantel und zog ihm eine Fellmütze über die Ohren. »Zieh deine Handschuhe an und dann laß uns rasch verschwinden, bevor Mama noch die Geduld verliert und Weihnachten abbläst.«

»Weihnachten abblasen? Kann Mama das machen?« fragte Zack und schaute seine Mutter dabei verängstigt an.

»Deine Mama macht normalerweise immer das, wozu sie gerade Lust hat.« Farr öffnete die Tür, und ein Schwall kalter Luft kam ihm entgegen. »Hol den Schlitten, Daniel, und dann los!« Während er die Kinder herausbeförderte, verweilten seine freudestrahlenden Augen einen Moment lang auf dem Gesicht seiner Frau.

Nachdem sie die Tür hinter sich geschlossen hatten, schob Liberty den Schaukelstuhl näher ans Kaminfeuer, setzte sich und öffnete ihr Kleid. Das Baby fand ihre Brust und saugte gierig. Sie schmiegte ihre kleine Tochter an sich und schaukelte zufrieden. Sie hatte den Blick ihres Mannes bemerkt, bevor er die Tür geschlossen hatte. Er hatte ihre Augen gesucht und sie seine, so wie sie es hundertmal am Tag machten. Er mußte sie nicht berühren oder in ihre Nähe kommen, um ihr zu zeigen, daß sie der Mittelpunkt seines Lebens war.

Liberty hörte, daß ihre Schwester im Dachgeschoß hin und her lief. Amy war in den letzten Tagen still und nervös gewesen. Zweifellos machte ihr der bevorstehende Besuch ihres Vaters und ihrer Stiefmutter zu schaffen. Sie hatte ihrem Vater nicht verziehen, daß er versucht hatte, sie als zwölfjähriges Mädchen mit Stith Lenning zu verheiraten. Dieser Mann war so brutal und falsch, daß sich Farr einige Jahre später gezwungen gesehen hatte, ihn im Kampf zu töten. Amy hatte stattdessen den alten Juicy Deverell geheiratet. Jetzt wollte ihr Vater, daß sie Tally Perkins, seinen Stiefsohn, heiratete. Tally hatte umgehend nach Juicys Tod vor zwei Jahren um ihre Hand angehalten.

Amy kam die Treppe herunter. Sie war außergewöhnlich

groß für ein Mädchen, dabei schlank und grazil, mit langem Hals und Gliedmaßen. Heute trug sie ihr Haar offen. Es hing ihr in glänzenden rotbraunen Wellen den Rücken herab. In ihrem zarten, wohlgeformten Gesicht faszinierten vor allem die Augen. Sie waren wie reiner Bernstein und von dichten, goldschimmernden Wimpern umgeben. Juicy hatte sie einmal als geschmeidig wie eine Katze, schlau wie einen Fuchs und wild wie ein junges Reh beschrieben. Der Alte hatte sie geheiratet, ihr seinen Namen zum Schutz gegeben und sie behandelt wie die geliebte Enkelin, die er nie gehabt hatte.

Juicys letzte Jahre waren Amy gewidmet gewesen. Er hatte ihr beigebracht, ein Gewehr in weniger als einer halben Minute zu laden und abzufeuern; und wichtiger noch als die Geschwindigkeit, hatte er ihr auch beigebracht, das zu treffen, worauf sie zielte. Er hatte sie gelehrt, wie man Messer und Peitsche benutzt und wie man Spuren liest. Der Alte war stolz darauf, daß sie fast so gut Kanu fahren, jagen und Fallen stellen konnte wie Farr, der der Beste war, den er je kennengelernt hatte. Im großen und ganzen hatte Juicy ihr all die Dinge beigebracht, die er auch einem Enkel beigebracht hätte. Andererseits hatte ihm Amy die Liebe und Verehrung geschenkt, die sie ihrem Vater gegenüber nie gefühlt hatte, und nach seinem Tod vermißte sie ihn schmerzlich.

»Es riecht schon nach Truthahn.«

»Der muß noch die ganze Nacht brutzeln. Die Rebhühner brauchen nicht so lange. Ich tu' sie morgen früh dazu. Wir müssen jetzt nur noch die Erbsen zubereiten. Ah ... Mary Elizabeth, ich bin klatschnaß. Warum hast du das denn nicht gemacht, als dein Vater dich noch gehalten hat?« Liberty hob ihre Tochter hoch und trocknete sie mit einem gefalteten Stück Tuch ab. Das Baby spuckte, brabbelte und lächelte. Liberty drückte das pausbackige Kind an ihre Schulter, während ihre Schwester im Zimmer auf und ab lief.

»Es hat aufgehört zu schneien.« Amy zog die Vorhänge wieder gerade, drehte sich um und legte ihre Hände auf die Hüften. »Warum halte ich immer an Heiligabend Ausschau nach ihm?«

Liberty wußte, wer mit *er* gemeint war: Rain Tallman, der Junge, den Amy liebte, seit sie zwölf war.

»Weil er in dem Jahr, als das Erdbeben war, Heiligabend gekommen ist. In seinem Brief an Farr hat er geschrieben, er komme uns irgendwann dieses Jahr besuchen.«

»Nun, das verdammte Jahr ist so ziemlich vorbei«, bemerkte Amy mürrisch und schaute wieder aus dem Fenster.

»Fluch nicht, Liebes!«

»Warum denn nicht? Manchmal muß man fluchen. Er weiß doch, daß Onkel Juicy gestorben ist. Ich warte jetzt schon seit zwei Jahren auf ihn.«

»Rain hat sich in den letzten sieben Jahren verändert, Amy. Er ist inzwischen ein Mann, der mehr vom Land gesehen hat als zwölf andere Männer zusammen. Er könnte ... geheiratet haben, sich ein Zuhause gesucht haben, Kinder ...«

Amy drehte sich um und funkelte ihre Schwester wütend an. »Wenn er das getan hat, bringe ich ihn um«, verkündete sie langsam und giftig. Dann wurde ihre Stimme wieder sanfter, und der Zorn verschwand aus ihrem Gesicht. »Ich werde eine alte Jungfer sein, bevor er zurückkommt.«

»Du wirst niemals eine alte Jungfer werden. Du bist eine Witwe, weißt du noch? Es gibt hier ein Dutzend Männer, die sofort angerannt kämen, wenn du ihnen nur einmal zuzwinkern würdest.«

»Das sind alles so Trottel wie Tally Perkins! Wenn Papa nur seinen Namen erwähnt, kommt's mir schon hoch. Ich wünschte mir, er und Maude würden nicht zu Weihnachten kommen. Wir müssen uns dann wieder die Geschichten über Papas Rücken anhören, und wie sehr er auf der Farm schuftet. Dann bringen sie noch Tally mit und Walter, der genauso langweilig ist wie Tally, und schon ist der Tag gelaufen.«

Liberty lachte. »Maude hat sich in den letzten sieben Jahren ganz gut um Papa gekümmert. Ich bin froh, daß sie sich mit ihm abgibt und wir nichts damit zu tun haben. Sie paßt auf, daß er auch etwas zur Arbeit beiträgt, und er ist trotz allem glücklich mit ihr.«

»Sie ist ihm nützlich. Als wir von Middlecrossing hierhergezogen sind, hat er die ganze Zeit gemeckert. Er hatte an allem etwas auszusetzen. Du mußtest alles für ihn machen. Ich weiß echt nicht, wie du das ausgehalten hast, Libby. Aber du bist stark. Du weißt, was du willst und bekommst es auch.«

»Du doch auch, Liebes. Ich habe dich noch nie zurückstekken gesehen.«

»Ich fühle mich so hilflos . . ., diese ganze Warterei . . .«

»Ach Schätzchen! Wenn ich nur wüßte, was ich dir sagen soll. Sieben Jahre sind eine lange Zeit. Und wenn Rain zurückkommt, wird er nicht mehr derselbe sein. Weiß der Himmel, wo er überall war. Wenn ich mir vorstelle, wie er in einem Boot den Missouri hinaufgefahren ist. Dabei war er doch noch ein Kind. Ist schon ein Wunder, daß er die ersten Jahre überlebt hat.«

»Rain war nie ein Kind, Libby. Ich glaube, er wurde als Mann geboren! Weißt du noch, wie stur er sein konnte? Wenn er sich einmal eine Meinung gebildet hatte, konnte ihn niemand mehr davon abbringen. Er hat gesagt, er gehe weg, um herauszufinden, was für eine Art von Mann er sei. Wie lange braucht er nur dafür?«

»Das war schon sehr mutig von ihm, in einem Alter, in dem er sich noch nicht einmal rasieren mußte, ganz allein nach Westen zu ziehen, wo es kaum Siedler gibt.«

»Er wollte halt nicht gegen sein Volk kämpfen. Eigentlich sind die Shawnee auch gar nicht sein Volk, obwohl er von John »Gefleckter Elch« erzogen wurde. Aber hier war sowieso nicht viel los. Einige Leute behaupten ja, das sei wegen Farrs guten Beziehungen zu Tecumseh gewesen. Ich glaube aber, das hatte eher damit zu tun, daß die Shawnee dich respektieren. Sie haben dich nicht umsonst ›Weiße Taube des Wabash‹ genannt.«

»Ich glaube, der Grund war eher, daß Farr die Siedler so gut organisiert und den Palisadenzaun errichtet hat.« Liberty stand auf und legte das schlafende Kind behutsam in die Wiege.

»Mir läuft noch immer eine Gänsehaut den Rücken runter, wenn ich daran denke, wie leicht Rain während des Erdbebens hätte sterben können.« Amy schaute wieder aus dem Fenster. »Sein ganzes Dorf ausgelöscht, bis auf ein Dutzend oder so. Wir sind jetzt seine Familie. Verdammter Kerl! Er war immer schon dickköpfig ...«

»Ich erinnere mich. Stur und stolz. Im ersten Jahr hat er Geld für das Gewehr und das Pferd, auf dem er davongeritten ist, geschickt. Hilf mir mal, die Wiege ins Nebenzimmer zu schieben, Amy. Farr wird bald mit den Kindern zurück sein. Sie sind so aufgeregt wegen Weihnachten, daß sie nicht still sein können. Mary Elizabeth wird unmöglich hier schlafen können.«

»Kann ich dir noch beim Kochen helfen?« fragte Amy, nachdem sie das Baby in den Nebenraum gebracht und dort einige Scheite aufs Kaminfeuer gelegt hatten, damit es in dem Raum schön warm bliebe. »Kuchen backen ist nicht gerade meine Lieblingsbeschäftigung, aber irgend etwas muß ich ja tun.«

»Du würdest jetzt lieber in deiner Hose und mit einer Knarre in der Hand durch die Gegend laufen, ich weiß. Irgendwie hat Juicy dich für immer von der Hausarbeit entwöhnt.« Liberty lächelte ihre Schwester liebevoll an. »Du siehst wunderhübsch aus in dem blauen Kleid. Trägst du das auch morgen? Wenn ja, wird der arme Tally keinen Bissen runter bekommen, weil er dich die ganze Zeit anstarren wird.« Als sie auf ihr Necken keine Antwort erhielt, zog sie die Pfanne aus dem Ofen und stach mit einer Fleischgabel in den riesigen Vogel. »Vielleicht wird er ja doch noch zart, und ich muß mich bei Farr entschuldigen.« Sie drehte sich um und sah, daß ihre Schwester wieder zum Fenster hinausschaute. »Sind die Geschenke für die Kinder schon eingepackt?«

»Ja, alle«, antwortete Amy abwesend und rückte den Vorhang wieder zurecht.

Ein Blizzard fegte gegen Abend übers Land und nahm nachts noch an Stärke zu. Amy lag in ihrem Bett und lauschte, wie der Wind an den gefrorenen Zweigen der Eiche neben dem Haus zerrte. Ein weiterer Heiligabend war vergangen, ohne daß Rain zurückgekommen war.

Sie drehte sich auf den Rücken und starrte in die Dunkelheit. Durch das offene Eingangstor, zu dem sie in ihrer Vorstellung rannte, konnte sie sein schmales, dunkles Gesicht, seine starken dunklen Brauen und seine stahlblauen Augen sehen. Sein Haar war schwarz und dicht und an den Enden ein wenig gewellt. Er ging mit hocherhobenem Kopf und geradem Rücken und wirkte vollkommen unbeteiligt. Aber sein durchdringender Blick widersprach der entspannten Haltung.

Amy schossen die Tränen in die Augen, als sie so zurückdachte, sich an ihr letztes Beisammensein erinnerte und an seine sanfte Stimme, als er sagte: »Weine nicht, kleine Amy. Du bist mit Juicy verheiratet. Er wird für dich da sein, bis ich zurückkomme.«

»Ich möchte aber nicht, daß du gehst. Ich werde dich ... vermissen ...«

»Ich muß gehen. Ich muß herausfinden, was für ein Mann ich bin.«

»Du bist ein guter Mann, Rain. Der beste, den ich kenne. Farr und Juicy halten dich für einen guten Mann, und ich ..., ich liebe dich.«

»Ach Amy. Du bist noch ein Kind. Du bist noch nicht reif für wahre Liebe.«

»Woher willst du das wissen, Mr. Neunmalklug?«

»Weil ich noch nicht so weit bin. Und ich bin älter als du.«

»Bitte geh nicht!«

»Ich muß.«

»Aber warum?«

»Das weißt du. Aber ich komme zurück ...«

»Ich werde jeden Tag an dich denken, Rain.«

Amy wälzte sich unruhig im Bett hin und her. »Ich werde nicht mehr lange warten, Rain Tallman«, flüsterte sie. »Ich möchte nicht den Rest meines Lebens im Haus meiner Schwester verbringen. Ich möchte ein eigenes Zuhause.« Sie drehte sich auf die Seite. »Du blöder Sturkopf! Wenn du geheiratet und einen Stall voller Kinder hast, dann schieße ich dich über den Haufen! Das schwöre ich dir!«

Der Sturm ließ über Nacht nach, und am nächsten Morgen blitzte die Sonne auf dem frisch gefallenen Schnee.

Als Amy aufwachte, sah sie, daß Mercys Bett leer war. Von unten hörte sie Stimmen, und mit amüsiertem Lächeln konnte sie sich Mercys Abwesenheit erklären. Sie hatte Daniel und Zack geweckt, damit sie schon zeitig frühstücken konnten, da Liberty darauf bestand, daß sie erst frühstückten, bevor sie die Geschenke öffneten. Amy warf die Decken zurück und erschauderte, als die kalte Luft auf ihren warmen Körper traf. Ihre Füße fanden die Fellpantoffeln neben dem Bett und schlüpften hinein. Dann zog sie ihr Kleid über das Nachthemd, warf sich eine Stola über die Schultern und beeilte sich, die Treppe hinunterzukommen.

»Mach schnell, Amy! Wir warten auf dich.« Mercy stand neben dem Tisch und betrachtete die verpackten Geschenke. »Mama hat gesagt, das ist für mich.« Ihre Fingerspitzen strichen über eines der in Papier gewickelten Päckchen. »Mama hat ihres schon aufgemacht. Guck mal, Amy: eine Seidenstikkerei. Papa hat sie extra aus Philadelphia kommen lassen.« Mercy hielt die blaue Seide hoch, so daß sie im Lampenschein sanft schimmerte.

»Extra aus Philadelphia?« Amy befühlte das Material. »Ich habe noch nie etwas so Schönes gesehen.«

»Mama hat Papa die Pfeife geschenkt, für die Onkel Colby ...«

»Warum bist du nicht mal einen Moment ruhig und läßt Zack auch mal zu Wort kommen?« Daniel verließ den Gabentisch, als ob er zu alt wäre, sich für die Geschenke zu begeistern, doch seine dunklen Augen wanderten immer wieder zu dem Päckchen hinüber, auf dem sein Name stand.

»Nur Papa darf mir sagen, wann ich ruhig sein soll.« Mercy schnitt eine Grimasse.

»Wir sollten besser noch mal auf den Kalender schauen, Liberty.« Farr hatte einen ernsten Gesichtsausdruck aufgesetzt. »Ist heute Weihnachten oder erst morgen? Nicht, daß wir die Geschenke am falschen Tag aufmachen.«

Zack schaute erst seinen Vater an, dann seine Mutter und wartete ängstlich auf ihre Antwort.

»Natürlich ist heute Weihnachten«, sagte Liberty rasch. »Versuch nicht, uns an der Nase herumzuführen.«

»Wenn du sicher bist, daß Weihnachten ist, dann sollten wir endlich anfangen.« Farr setzte sich in den Sessel neben dem Kamin und zog Liberty auf seinen Schoß. Sie sahen zu, wie die Kinder die Geschenke öffneten.

Mercy war die erste. Sie jauchzte vor Freude, als ein Handspiegel, Bürsten und Kämme zum Vorschein kamen. Außerdem waren noch ein Paar Strümpfe und etwas Band in dem Päckchen. Daniel bekam ein Anglermesser in einer Scheide. In Zacks Päckchen befanden sich ein Sack Murmeln, ein Lederball und ein Märchenbuch.

Amy wartete, bis sich die Begeisterung der Kinder etwas

gelegt hatte, dann packte sie ihr Geschenk aus: ein Paar Handschuhe aus ganz weichem Leder. Sie probierte sie an und ballte eine Hand zur Faust.

»Wie schön die sind, und so weich ...«

»Die sind auch aus Philadelphia«, sagte Liberty. Sie saß auf Farrs Schoß, beobachtete ihre Schwester und wußte, daß ihre Freude nur gespielt war. In letzter Zeit hatte sie oft die pure Verzweiflung in Amys Gesicht wahrgenommen. Wenn sie doch nur einmal noch Rain Tallman wiedersehen könnte. Dann würde sich herausstellen, ob er immer noch der war, an den Amy zurückdachte oder ob er durch seine Art zu leben inzwischen ein Fremder geworden war. Wenn dies der Fall war, wären die Ketten gebrochen und Amy wäre frei, um ihr Glück mit jemand anderem zu finden.

Liberty streichelte ihrem Mann gedankenverloren den Nacken, während sie innig wünschte, ihre Schwester könne eines Tages die Liebe und Zufriedenheit genießen, die sie selbst gefunden hatte.

Am späten Morgen kam ein Schlitten, der von zwei kräftigen, dampfenden Pferden gezogen wurde, den Weg hinauf und blieb vor dem Haus stehen. Maude und Elija Carroll stiegen herab, mit Körben beladen und fröhlich grüßend. Maudes beide Söhne blieben auf dem Schlitten und brachten ihn mit den Pferden in den Stall.

Liberty wartete bereits an der Tür, als die beiden ankamen. Maudes Stimme war schon von weitem zu vernehmen gewesen.

»Nein, was war das für eine wundervolle Fahrt. Als der Sturm gestern abend tobte, dachte ich schon, wir könnten gar nicht kommen. Mmh, das riecht aber gut, Libby. Ich wette, es schmeckt auch ganz hervorragend.« Sie drückte Liberty einen Kuß auf die Wange. »Komm schon rein, Elija. Sie kann doch nicht den ganzen Tag die Tür aufhalten. Was macht das Baby? Ich kann kaum erwarten, zu sehen, wie sehr es gewachsen ist.«

»Es geht ihr gut. Hallo, Papa. Hängt eure Sachen da hinten auf den Haken. Maude, gib mir den Korb, dann kannst du deinen Mantel ausziehen.«

Liberty mochte Maude von ganzem Herzen. Sie war stets freundlich, wenn auch manchmal etwas zu neugierig. Das beste an ihr war jedoch, daß sie Elija bestimmt, aber mit Nachsicht behandelte. Es schien ihr nichts auszumachen, daß Amy sich von ihr fernhielt. Dagegen hatte sie eine sehr gute Beziehung zu Mercy. Sie nähte gerne, und Mercy liebte die schönen Sachen, die sie ihr manchmal schenkte.

Tally und Walter kamen herein, gefolgt von Farr. Er zwinkerte Liberty zu, als er sah, wie Tallys Kinnlade bei Amys Anblick nach unten ging, obwohl sie sich geweigert hatte, das Kleid anzuziehen. Ihre Haare hatte sie zu einem langen Zopf geflochten, der ihr bis zur Taille reichte. Sie trug ihre normalen Kleider: ein Hemd, das ihr bis zu den Knien ging und um ihre schmale Taille von einem Gürtel zusammengehalten wurde, eine Lederhose mit Fransen und mit Fell gefütterte, sorgfältig bestickte Mokassins.

Amy half Maude und Liberty beim Zubereiten des Weihnachtsessens. Sie unterhielten sich über die Unmenge von Lebensmitteln, die Maude mitgebracht hatte, und schätzten, wie lange es wohl noch dauern würde, bis der Truthahn fertig war. Maude gab den neuesten Klatsch zum besten.

»Florence Thompson hat es nicht lange ausgehalten, nachdem Harriet mit diesem Hausierer durchgebrannt war. Er ist Jude, so ein richtig schlauer Bursche, hat George gesagt.«

»Kann nicht so schlau sein, wenn er sich mit Harriet eingelassen hat«, murmelte Amy.

»Harriet ist gar nicht mehr so fett und faul, nachdem George sie unter Druck gesetzt hat.«

»Florence hat sich nicht mehr geändert. Sie war bis zu ihrem Tod eine Heuchlerin. Ich habe gehört, George macht einer Witwe in Vincennes den Hof.«

»Ich hoffe, er wird glücklich. Ich glaube, es war ihm peinlich, wenn Florence so tat, als ob sie etwas Besseres sei als wir anderen. Habe ich überhaupt genug Gedecke aufgelegt?« fragte Liberty. »Ich zähle besser noch mal nach.«

»Wir sind zu zehnt«, sagte Maude. »Hast du in letzter Zeit etwas von Willa und Colby Carroll gehört?«

»Sie sind immer noch in Carrolltown. Farr glaubt, daß Colby nach Quill's Station zurückkehren will, um eine Mühle zu bauen.«

»Eine Mühle? Wäre das nicht großartig? Junge, Junge, wenn ich daran denke, wie schnell die Zeit vergeht. Vor ein paar Jahren standen hier nur eine kleine Hütte und ein Vorratsschuppen. Jetzt habt ihr fünf Zimmer mit richtigen Glasfenstern, und um euch herum entsteht ein kleines Dorf.«

Liberty lachte. »Farr konnte es gar nicht abwarten, die Palisaden abzureißen. Er hat es gehaßt, eingeschlossen zu sein. Das Dorf hat sich rasend schnell entwickelt, nachdem Farr die Handelsstation aufgemacht hat. Jetzt haben wir noch die Sägemühle und die Herberge. Farr könnte die Sägemühle vierundzwanzig Stunden am Tag laufen lassen, wenn es genug Tageslicht gäbe. Jeder braucht zugeschnittene Bretter.«

»Hast du gezählt, wieviel Leute seit dem Krieg hierhergezogen sind?«

»Über hundertfünfzig. Neben unseren eigenen habe ich noch elf weitere Kinder in der Schule. Manchmal denke ich aber, es wird Farr hier langsam zu voll. Ich habe gesehen, wie er auf der Veranda gestanden und nach Westen geschaut hat.«

»Um Himmels willen! Er würde dich doch wohl nicht allein hier zurücklassen. Du bist sein ein und alles.«

»Natürlich würde er das nicht tun. Wenn er geht, gehe ich mit.«

»Das darfst du nicht tun, Libby«, stieß Maude hervor. »Du mußt auch an die Schule denken.«

»Ich muß zuallererst an meinen Mann denken, Maude. Ich werde für immer an seiner Seite bleiben.«

Bevor sie sich an den Eßtisch setzte, verteilte Maude die liebevoll eingepackten Geschenke. Elija hatte für Zack eine Flöte geschnitzt, mit der man zwei verschiedene Töne erzeugen konnte, und für Daniel hatte er einen Truthahnlockruf hergestellt. Maude hatte für Mercy eine Mütze gehäkelt, die mit Spitze und Zierbändern geschmückt war. Mercy setzte sie auf und hüpfte zu Amy herüber, damit sie die Bänder unterm Kinn verknotete. Außerdem gab es noch ein Kissen für Mary Elizabeth, Taschentücher für Liberty und Amy und Stricksocken für Farr.

Immer wenn Amy zu Tally hinüberschaute, starrte er sie an, als könne er es nicht fassen. Er konnte dann weder atmen noch sich bewegen oder ein Wort sagen. Sein Mund stand so weit offen, als wolle er damit Fliegen fangen. Amy unterdrückte nur mit Mühe den Wunsch, ihm die Zunge herauszustrecken, die Daumen in die Ohren zu stecken und mit den Fingern zu wackeln. Verglichen mit Rain Tallman war Tally Perkins ein vollkommener Milchbart. Sie würde ihn noch nicht einmal wollen, wenn man ihn ihr auf einem silbernen Tablett mit einem Ring durch die Nase präsentieren würde. Er war der größte Langweiler, den sie je kennengelernt hatte.

Amy schaute zu ihrer Schwester und Farr herüber. Farr liebkoste gedankenverloren Libertys Ohr mit seiner Nase. Es war ihm nicht peinlich, die Liebe, die er für seine Frau empfand, auch zu zeigen. Er konnte nicht an ihr vorbeigehen, ohne sie zu berühren. Es war so, als ob er gar nicht mehr anders könne. Liberty drehte sich nach ihm um, und man sah, daß ihre Gedanken eins waren und aus ihrer tiefen Liebe und Freundschaft rührten. Amy schaute rasch beiseite, da sie fürchtete, sie könne anfangen zu weinen. Wenn ein Mann eine Frau so ansah, wie Farr Liberty ansah, dann besaß sie alles Glück der Erde, dachte Amy.

Plötzlich fühlte Amy, wie Verzweiflung in ihr aufstieg, und düstere Gedanken nahmen Besitz von ihrem Geist. Mein Gott! Was, wenn sie den Rest ihres Lebens mit so jemandem wie Tally Perkins verbringen mußte? Niemals! Sie wollte die Art der Liebe, wie Liberty und Farr sie teilten. Und die konnte sie nur mit Rain haben. Sie wußte auch, daß er sich verändert haben würde, wenn er zu ihr zurückkäme, aber sie wußte auch, auf welche Weise. Er würde hart, zäh und einsam sein – und er würde sie so sehr wollen wie sie ihn.

Der Tag verging Amy nur sehr langsam. Irgendwie schaffte sie es, Tally aus dem Weg zu gehen, doch am späten Nachmittag kam ihr Vater auf sie zu.

»Wird langsam Zeit, daß du'n Mann findest, Amy. Komm mit mir und Maude und lern Tally kennen, und dann gründet eine Familie. Tally ist ein guter, starker Mann. Er wird gut zu dir sein ...«

»Eine Familie gründen? Wie soll die denn aussehen? Lauter Schwachköpfe? Eher würde ich mit einem Warzenschwein ins Bett gehen!«

»Bist du wohl ruhig! Und übertreib nicht so! Außerdem gibt's gar keinen Grund, deiner Schwester zur Last zu fallen, wenn du Vater und Mutter hast und einen Mann, der dich heiraten will.«

»Ha! Libby zur Last fallen? Du hast sie doch den ganzen Weg von Middlecrossing hierher ausgenutzt. Maude ist nicht meine Mutter, und Tally entspricht nicht gerade meiner Vorstellung von einem Mann. Ich schätze mal, er hat all die notwendigen Bestandteile; das ist dann aber auch schon alles. Wenn er nur ein bißchen Mumm in den Knochen hätte, würde er für sich selbst sprechen.«

»Du sprichst reichlich ungezogen!«

»Ist doch meine Sache, wie ich spreche.«

»Ich kann dir auch befehlen, was du zu tun hast. Du bist schließlich meine unverheiratete Tochter –«

»Du möchtest mir Vorschriften machen? Ich bin kein zwölfjähriges Kind mehr...«

»Du machst mir immer noch Vorwürfe wegen damals, oder? Wir hatten kein Zuhause, kein Garnichts. Ich kannte Stith von früher, und ich wollte uns nur irgendwo unterbringen.«

»Dich unterbringen, meinst du wohl. Ich werde es dir nie verzeihen, daß du versucht hast, mich an einen bösartigen, heruntergekommenen Bastard wie Stith Lenning zu verkaufen. Und ich werde auch nicht vergessen, daß es Farr und Juicy waren, die dazwischengegangen sind und mich gerettet haben. Ich versichere dir, Papa, obwohl es dich nichts angeht, daß ich hier niemandem zur Last falle. Juicy hat mir genug Geld vermacht, um auf eigenen Füßen zu stehen. Ist es vielleicht das, was du willst? Möchtest du mein Geld für dich oder für Tally?«

»Es würde Tally anfangs helfen. Er ist sehr geschickt, ein ausgeglichener Mann...«

»Tally ist ein Volltrottel, der alles macht, was du oder Maude ihm sagen. Hör schon auf, ihn mir aufzudrängen!«

»Du bist so hartherzig, Amy. Man spricht davon, daß du in Hosen herumläufst und auf die Jagd gehst, ganz so wie ein Mann. Die Leute denken, daß du gar keine Erziehung hattest.«

Amy schloß für einen Moment die Augen. Nur so konnte sie ihr Temperament unter Kontrolle halten. Was sie am meisten aufregte, war die vollkommene Mißachtung ihrer Gefühle. Ihr Vater hatte sich kein bißchen um sie gekümmert, als sie jung gewesen war, und daran hatte sich auch nichts geändert. Er wollte bloß Maude einen Gefallen tun. Sie wirkte auf ihn ein, daß er sie dazu brachte, Tally zu heiraten. Dies waren die Gedanken, die ihr durch den Kopf gingen, als sie mit geballten Fäusten vor ihm stand.

»Ich hatte ja auch keine Erziehung, mal von Libby abgesehen. Du hattest mehr damit zu tun, dich über deinen wehen Rücken zu beklagen und Wege zu finden, dich vor der Arbeit zu drücken«, sagte sie geradeheraus.

»Du bist so hartherzig«, wiederholte er. »So solltest du nicht mit deinem Vater sprechen.«

»Kannst du die Wahrheit nicht vertragen, Papa?«

Elija schnaufte geringschätzig. »Ich weiß ja, was mit dir los ist. Du hoffst, daß der Junge, der bei den Indianern großgeworden ist, zurückkommt. Du hängst hier rum und wartest auf einen Herumtreiber. Aber der ist auf und davon ...«

»Sei still! Noch ein Wort und ich werde nie wieder mit dir sprechen, obwohl du mein Vater bist!«

Amys Kopf war hocherhoben, ihre Schultern unbewegt. Sie schaute ihm direkt in die Augen, sah ihn an, als ob er noch nicht einmal ihre Verachtung verdienen würde. Ihr verändertes Benehmen war selbst für Elija ein Schock. Sie war steif wie ein Brett, ihre Augen waren hart wie Stein und funkelten ihn zornig an.

»Elija, es ist schon fast dunkel. Wir sollten besser gehen.« Maude hatte genug von dem Gespräch mitbekommen, um zu merken, daß Elija zu weit gegangen war. Sie nahm ihn am Arm und führte ihn sachte zu den neben der Tür hängenden Mänteln. »Komm uns doch mal besuchen, Amy. Ich bin gerade dabei, ein Kleid für Mercy zu nähen. Du kannst sie ja mal zur Anprobe vorbeibringen und ein paar Tage bleiben.«

»Nein! Daniel kann sie vorbeibringen.« Sie drehte sich um, und aus der Haltung ihrer Schultern konnte Maude erkennen, daß es keinen Zweck hatte zu widersprechen.

»Na gut, Liebes. Komm, Elija, nimm auch einen von den Körben.«

Sobald sie das Haus verlassen hatten, schlüpfte Amy in ein Paar schwere, fellgefütterte Mokassins und zog Juicys alten Pelzmantel an. Sie steckte ihr Haar hoch, setzte eine Wollmütze auf und ging zum Hinterausgang hinaus. Sie war zu lange mit zu vielen Leuten im Haus eingesperrt gewesen. Sie brauchte die Einsamkeit, den Duft des Waldes, Freiheit.

Die untergehende Sonne warf rote und orangene Strahlen über den weißen Schnee, der unter ihren Füßen knirschte. Sie strich durch den Wald mit hocherhobenem Kopf, genau so, wie es ihr Juicy beigebracht hatte. Alles, was sie sah, hörte und roch machte ihr klar, wie wichtig ihr die Freiheit war, um wieviel besser das alles war als die Gefängniswände einer Hütte und um wieviel besser, als für den Rest ihres Lebens an einen Langweiler wie Tally Perkins gebunden zu sein.

Ihre Augen füllten sich mit Tränen.

Amy kam aus dem Wald und ging den Weg hinunter, der zu Mr. Washingtons Fähre führte. Sie gehörte inzwischen nicht mehr Mr. Washington, doch für Amy war sie immer noch mit seinem Namen verbunden. Der große schwarze Mann, der sie gebaut hatte, war während eines Angriffs der Indianer ums Leben gekommen. Die Fähre wurde nun von den Harmonisten betrieben, die Mitglieder einer streng religiösen Gruppe unter der Leitung von George Rapp waren, der vor einem oder zwei Jahren aus Pennsylvania hergezogen war und auf der anderen Seite des Flusses, in Indiana, eine Gemeinde gegründet hatte.

In einer Kurve sah sie plötzlich zwei Reiter auf sich zukommen. Das Geräusch der Hufe wurde durch den weichen Schnee gedämpft. Ein Mann in einem schweren Wollmantel und mit einer Fellmütze auf dem Kopf ritt auf einem Braunen; hinter sich führte er einen Falben, auf dem eine in Decken gehüllte Gestalt saß und sich vornüber gebeugt am Hals des Pferdes festhielt. Wahrscheinlich ein Betrunkener, dachte Amy voller Abscheu. Es gab hier eine Menge solcher heruntergekommener Gestalten auf ihrem Weg nach Vincennes. Im Sommer kamen sie per Boot, im Winter entweder zu Pferd oder zu Fuß. Wenn sie kein Geld für die Herberge hatten, übernachteten sie im Stall. Sie verließ den Weg und tastete nach ihrem Messer, das im Gürtel unter dem Mantel steckte.

Eigentlich hatte sie wieder im Wald verschwinden wollen, doch die Männer hatten sie bereits gesehen. Der Mann auf dem Braunen hielt an. Er war groß und sein Gesicht von Bartstoppeln verdeckt. Das Pferd bewegte sich unruhig, so als ob es weiter wollte. Der Mann hielt es mit leichter Hand am Zügel.

»He Junge, ist das hier Quill's Station?«

Amy nickte. Irgend etwas in seiner Stimme und in der Art, wie er im Sattel saß, brachten etwas tief in ihrem Innern zum Klingen. Eine Falte grub sich in ihre Stirn.

»Es hat sich verändert«, murmelte er vor sich hin. »Von wegen zerstört! Ist ja fast schon ein richtiges Dorf geworden.« Er nickte Amy zu, trieb den Braunen an, der daraufhin gehorsam weitertrottete.

Amy blieb eine Weile wie angewurzelt stehen und schaute ihm nach. In ihren Beinen fühlte sie ein Kribbeln, das langsam hochstieg, als ihr bewußt wurde, wen sie da eben vor sich hatte. Ihr fröstelte, ihre Muskeln spannten sich an, und sie fing an zu zittern. Das Herz blieb ihr stehen, um wenige Sekunden darauf um so lauter in ihren Ohren widerzuhallen.

»Mein Gott . . ., er ist es!« Sie atmete schwer. »Rain! Rain ist zurück!« Sie preßte eine geballte Faust gegen den Mund, um nicht laut loszuschreien. Vor ihren Augen war alles dermaßen verschwommen, daß sie ihn kaum mehr sehen konnte, wie er den Pfad nach Quill's Station hinunterritt.

Junge! Er hatte sie »Junge« genannt. Er hatte sie nicht erkannt.

In ihrem Innern wirbelten Freude, Angst und Neugier wild durcheinander. Sie mußte schnell zum Haus zurück und die Hose ausziehen, bevor sie ihn wiedersah. Sie stürmte in den Wald und rannte, als würde sie von einem Rudel Wölfe verfolgt.

Ihr Herz schlug wie wild. Er ist zurück! *Er ist zurück! Es ist Weihnachten, und Rain ist wieder nach Hause gekommen!*

Kapitel 3

Rain zog an dem Führungsseil, warf dem hinter ihm reitenden Jungen einen Blick zu und lenkte den Braunen in Richtung der Siedlung.

An diesem kalten Abend bewegte sich nichts außer den Rauchfahnen, die gleichmäßig aus einem Dutzend Schornsteinen aufstiegen. Quill's Station war zu einem beliebten Zwischenstopp für diejenigen geworden, die zwischen dem Ohio und Vincennes hin und her reisten. Wo vor sieben Jahren lediglich eine Blockhütte und ein Schuppen gestanden hatten, gab es jetzt ein ganzes Dorf. Nichts davon schien Rain vertraut, bis auf die Wegbiegung. Als er ihr folgte, stieß er auf Farrs Haus, das er lediglich an der davorstehenden Eiche, dem dahinterliegenden Stall und dem steinernen Brunnen wiedererkannte. Durch eine gläserne Fensterscheibe sah er Licht. Während der Jahre, in denen er dort gelebt hatte, waren die Fenster mit hauchdünnen Hirschhäuten abgedeckt gewesen. Die Zivilisation hatte schließlich also auch Quill's Station erreicht, dachte er.

Rain war jemand, der niemals seine Wachsamkeit ablegte, auch wenn er sich bekannten Orten näherte. Er blickte umher und nahm eine Bewegung wahr, als er sein Pferd einige Meter vor der Eingangstür zügelte. Er erkannte den Jungen von vorhin, der vom Stall zur Rückseite des Hauses lief. In diesem Moment öffnete sich die Eingangstür, und Farrway Quill begrüßte ihn mit einem breiten Lächeln.

»Rain!« Ein älterer und etwas breiterer Farr, als Rain ihn in Erinnerung hatte, drückte herzlich seine Hand. »Wie schön, dich wiederzusehen.« Farrs Stimme war voll aufrichtiger Freude.

»Ich freue mich auch, dich zu sehen.« Ein Lächeln huschte über Rains müdes Gesicht, und seine dunklen Augen leuchteten vor Freude.

Farr trat einen Schritt zurück, um ihn von oben bis unten betrachten zu können. »Mein Gott! Ich kann's kaum glauben. Was ist denn nur aus dem dürren Kind geworden?«

»Entweder bin ich etwas gewachsen oder du ein bißchen geschrumpft. Wie geht es dir?« Die beiden Männer standen sich breit grinsend gegenüber und hielten sich an den Schultern.

»Gut, Rain. Sehr gut.«

»Und Libby?«

»Ihr geht's auch gut.« Farr schüttelte ungläubig den Kopf. »Du bist ja sogar größer als ich.« Er betrachtete das zweite Pferd und die Gestalt, die halb auf dem Hals des Pferdes hing. »Wen hast du denn noch mitgebracht?«

»Einen Jungen, der ein Bett braucht und Pflege für eine Stichwunde. Ich habe gesehen, daß es hier eine Herberge gibt. Da kann ich ihn unterbringen.«

»Das wirst du schön bleibenlassen. Wenn du dich auch nur einen Zentimeter von hier fortbewegst, wird mir Libby den Kopf abreißen. Sie wird sich schon um ihn kümmern.«

Rain band den verwundeten Jungen vom Sattel los und half ihm beim Absteigen. »Kannst du laufen?«

Der Junge stöhnte und hielt sich am Sattelknauf fest. »Ja, verdammt! Ich kann ... laufen«, preßte er hervor. »Mußt mir nur'n Moment Zeit geben.«

Rain zögerte nicht und hob ihn mit beiden Armen hoch. »Du sturer, kleiner Dummkopf. Weißt immer noch nicht, wann man aufgeben muß.«

»Trag ihn ins Haus, Rain. Daniel und ich kümmern uns um die Pferde.«

Als sie zur Tür kamen, erwartete Liberty sie bereits. Sie war noch schöner als in Rains Erinnerung. Sie lächelte ihn an. Dikke Tränen liefen ihre Wangen hinunter.

»Ich will dich ... umarmen und küssen ..., Rain Tallman. Und dann werde ich dir eine runterhauen, weil du solange weg warst.«

»Für den ersten Teil nehme ich dich beim Wort, Libby.« Rain sah sie freudestrahlend an.

»Was ist los mit deinem Freund?«

»Er hat eine leichte Verletzung an der Schulter und ist halb verhungert.«

»Meine Güte! Bring ihn schnell rein! Mercy, hol eine Lampe!«

Liberty führte Rain durchs Wohnzimmer in einen Raum, in dem an drei Wänden jeweils ein Bett stand, während die vierte von einem Kamin eingenommen wurde. Sie entfernte von einem Bett den Überzug, und Rain legte den Jungen behutsam nieder.

Mercy brachte eine Lampe, stellte sie auf den Tisch in der Mitte des Raums, trat einen Schritt zurück und betrachtete mit weit geöffneten Augen den riesigen Mann.

»Wir ziehen ihm Mantel und Stiefel aus und decken ihn dann gut zu.« Liberty zog vorsichtig die Arme des Jungen aus dem Mantel, öffnete sein Hemd und entfernte die blutdurchtränkte Bandage, mit der Rain seine Schulter verbunden hatte. »Es blutet nicht mehr. Aber er zittert wie Espenlaub.« Sie preßte ein sauberes Stück Stoff auf die Wunde und hüllte ihn in mehrere Decken ein.

Rain zog seinen schweren Wollmantel aus, setzte die Fellmütze ab und guckte einem strohblonden Jungen in die großen grünen Augen. Er war ungefähr so groß wie Daniel, als er ihn zuletzt gesehen hatte.

»Hallo«, sagte Rain und reichte ihm die Hand. Eine kleine Hand erwiderte den Gruß.

»Hallo. Bist du Rain Tallman?«

»Der bin ich. Wie heißt du?«

»Zachary Taylor Quill. Ich bin fünf Jahre alt. Papa hat mir von dir erzählt. Er sagte, du seist so stark, daß du sogar Bären umhauen könntest.«

»Mmh, da bin ich mir nicht so sicher.«

»Papa hat mir auch gesagt, du könntest mir beibringen, wie ein Indianer zu kämpfen.«

»Zack, du hast noch genug Zeit, um mit Rain zu sprechen. Geh jetzt und wiege Mary Elizabeth in den Schlaf! Aber nicht so wild!«

»Oh, Mann! Diese alte Spielverderberin.«

»Zack Quill! Ich komme später zu dir. Sei lieb zu deiner Schwester. Rain, wir müssen den Jungen aufwärmen.« Libby ging zur Tür und rief Amy. Als sie nicht antwortete, gab sie Mercy einen Klaps auf den Hintern. »Schätzchen, geh mal zu Amy und sag ihr Bescheid, daß wir Hilfe brauchen. Ah, da ist ja Farr. Füllst du bitte die Wärmepfanne mit Kohlen? Wir wickeln sie dann ein und stellen sie an seine Füße. Schütte etwas Whiskey in einen Becher, Daniel, und gib heißes Wasser aus dem Teekessel dazu.«

Rain stand im Hintergrund und sah der Familie dabei zu, wie sie sich um den kleinen Fremden kümmerte, den er mitgebracht hatte. Als Daniel den Becher brachte, führte ihn Liberty an den Mund des Jungen und zwang ihn, den Whiskey zu trinken. Er hustete und spuckte und drehte angewidert den Kopf weg.

»Trink das aus«, sagte Liberty bestimmt, »und dir wird in einer Minute warm sein.«

Rain reichte Daniel die Hand. »Du bist ganz schön groß geworden, Daniel.«

»Kann sein. Hab' dich aber immer noch nicht eingeholt.«

Liberty drehte sich um. »Wie heißt der Junge?«

»Keine Ahnung. Ich habe ihn erst heute morgen ...«

Rain brach plötzlich ab, den Blick auf das Mädchen im Türrahmen gerichtet, das ihn ihrerseits zu betrachten schien. Sie war groß und schlank, mit festen Brüsten und schmaler Taille. Sie trug ein blaues Kleid, und ihr Haar hing in glänzenden rotbraunen Wellen den Rücken hinab. Als Amy jünger gewesen war, hatte sie Rain an ein unsicheres, langbeiniges Fohlen erinnert. Jetzt sah sie mehr wie ein feuriges Rennpferd aus. Sicher, er hatte schon schönere Frauen gesehen, doch diese würde überall Aufmerksamkeit erregen, nicht nur weil sie so groß war, sondern auch weil sie sich so leichtfüßig bewegte, mit hocherhobenem Kopf und durchgedrücktem Rücken. Ihre langen Wimpern waren halb gesenkt und verdeckten ihre Augen. Sie betrat den Raum, ging energisch an ihm vorbei, als sei er gar nicht vorhanden, und stellte eine Schüssel mit Wasser neben das Bett.

»Was ist los mit ihm?«

Auch ihre Stimme hat sich verändert, dachte Rain. Sie war nicht mehr so schrill wie früher, sondern hatte einen weichen, musikalischen Klang.

»Er hat eine Stichwunde an der Schulter.« Liberty tauchte das Stück Stoff in das warme Wasser und preßte es wieder auf die Wunde.

»Wer hat sie ihm zugefügt?« flüsterte Amy Liberty ins Ohr.

»Ich war's«, sagte Rain, der die Frage gehört hatte. Er machte einen Schritt nach vorne und hob die Decken am Fußende hoch, so daß Farr die Wärmepfanne an die Füße des Jungen stellen konnte. »Er hat mir aufgelauert.«

»Um Himmels willen!« rief Liberty. »Er ist ein Kind, nicht viel älter als Daniel.« Sie strich sich die Haare aus ihrem erhitzten Gesicht und runzelte besorgt die Stirn.

»Alt genug, um abzudrücken«, entgegnete Rain trocken.

»Er hat recht, Schatz.« Farr legte eine Hand auf die Schulter seiner Frau. »Kommst du jetzt mit Amy alleine zurecht? Ich mache Rain etwas zu essen.«

Amy, die neben dem Bett kniete, schaute auf und sah in Rains dunkle Augen. Die Lampe auf dem Tisch warf einen Lichtschein auf sein Gesicht, der seine Wangen zu dunklen Höhlen werden ließ. Die Augen lagen im Schatten der schwarzen, geraden Brauen. Sein Mund war neben den Augen das bestimmende Element in dem Gesicht. Er war fest geschlossen und ernst. Rain war groß, hart und zäh. Er war ein Mann, der niemanden brauchte, fuhr es ihr plötzlich schmerzhaft durch den Kopf. Er hatte etwas von einem einsamen Wolf.

»Hallo, Amy.«

»Hallo, Rain«, murmelte sie mit sanfter Stimme und drehte den Kopf zur Seite.

Rain folgte Farr in den anderen Raum. Als sie eintraten, hörte Zack auf, das Baby zu wiegen, und sofort stieß Mary Elizabeth einen durchdringenden Protestschrei aus.

»Alter Schreihals!« sagte Zack voller Ablehnung. »Alles, was sie kann, ist schreien und in die Hose machen.«

Farr nahm seine Tochter auf den Arm, die sich sofort beruhigte. »Du verwöhnte junge Dame«, sagte er unter leichtem Glucksen. »Rain, das ist Mary Elizabeth. Nach Zacks Geburt hatten wir noch ein Kind, das aber leider gestorben ist.«

Rain schaute in das winzige Gesicht, und ein Lächeln erschien auf seinen müden Zügen. »Sie ist nicht viel größer als ein gehäutetes Kaninchen.«

Farr gluckste wieder. »Allerdings. Sie ist aber um einiges lauter. Möchtest du Rain etwas zu essen machen, Mercy, oder lieber Mary Elizabeth halten, während ich koche?«

»Ich koche lieber.« Mercy grinste Rain an. Papa hatte es noch nicht gemerkt, dachte sie frohlockend, aber Mary Elizabeth hatte ihre Windel vollgemacht.

Wegen Rains Heimkehr durften Zack und Mercy weit länger als üblich aufbleiben. Beide protestierten vehement, als Liberty schließlich darauf bestand, daß sie »Gute Nacht« sagen und nach oben gehen sollten.

»Und warum muß Daniel nicht ins Bett? Er ist doch auch noch ein Kind«, quängelte Mercy.

»Was Daniel muß oder nicht, hat nichts mit dir zu tun, junge Lady«, belehrte Liberty sie streng. »Geh jetzt!«

»Papa, darf ich nicht noch ein bißchen bleiben?« Zack sah seinen Vater flehentlich an.

»Hör auf deine Mutter, mein Sohn. Du kannst morgen mit Rain sprechen.«

»Na gut.«

Liberty nahm das Baby und ging ins andere Zimmer, um ihm die Brust zu geben. Farr nahm seine Pfeife und Tabak aus der Manteltasche.

»Möchtest du auch rauchen, Rain?«

Rain nahm seine Pfeife aus einer der Satteltaschen, die Daniel auf einem der Stühle abgelegt hatte. »Da hast du ja eine ganz schöne Familie beisammen, Farr.«

»Ja, aber ich vermisse Juicy. Er war seit so vielen Jahren Teil meines Lebens.«

»Ich war auch traurig zu hören, daß er gestorben ist. Er hat mir eine Menge beigebracht.«

»Mir auch. Ich kann mir nicht vorstellen, wo ich wäre oder was ich jetzt tun würde, wenn Juicy nicht gewesen wäre. Ich hatte wirklich Glück, ihn zu haben, als mein Großvater gestorben war.«

»Er hat länger als die meisten anderen Männer gelebt.« Rain zog an der Pfeife, lehnte sich zurück und streckte die Füße zum Feuer hin aus. »Ich hab's hier kaum wiedererkannt. Ihr habt ja jetzt ein richtiges Dorf.«

»Alle ein bis zwei Wochen kommt jemand Neues. Das ist gut... irgendwie. Aber...« Er zögerte und schaute einen Moment ins Feuer, bevor er weitersprach. »Wenn ich könnte, würde ich alles wieder in den früheren Zustand zurückversetzen, als wir noch alleine hier waren.«

»Mir liegt das Dorfleben auch nicht.«

»Du hast gesagt, der Junge hat dir aufgelauert«, sagte Farr nach einer kurzen Pause. »Da hat er sich aber einen ganz schön harten Brocken ausgesucht.«

»Er dachte, er sei im Recht. Seine Familie ist von einer Bande Plünderer ermordet worden, und man hat ihn davon überzeugt, daß ich zu ihnen gehörte. Der das gesagt hat, war übrigens unser alter Freund Hammond Perry.«

»Perry? Ich habe nichts mehr von ihm gehört, seit er mit Zachary Taylor nach Westen gezogen ist.«

»Taylor hat ihn rausgeschmissen. Er macht jetzt Geschäfte als Händler. Ich habe ihn vor ein paar Tagen in Cahokia gesehen. Dort hat er dann das Kind auf mich angesetzt.«

»Ich hätte gedacht, daß irgend jemand dieses Schwein inzwischen umgebracht hätte«, knurrte Farr voller Erregung, denn er dachte daran, wie Perry ihn vor sieben Jahren wegen Verrats hatte hängen wollen.

»Irgendwann wird's ihn erwischen. Jetzt, wo er ja nicht mehr vom Militär geschützt wird.«

Rains geschultes Gehör nahm das Geräusch von weichem Leder wahr, das leise über den Holzboden hinter ihm strich, und er sah einen Schatten an der Decke. Auch ohne den leichten Duft von Rosenwasser hätte er sofort gewußt, daß Amy den Raum betreten hatte. Kurz darauf hörte er ein Knarzen hinter sich, als Amy sich in einen Sessel in der Ecke setzte. Ihm lief plötzlich ein Schauer über den Nacken, als er deutlich Amys Blick auf seinem Rücken spürte.

»Perry hat also den Jungen auf dich angesetzt, mmh?« Farr unterbrach Rains Gedanken.

»Das Ohr hier mit der Kerbe drin hätte dem Jungen fünfzig Silberdollar eingebracht.« Er strich über sein Ohrläppchen und lächelte seinen Freund an.

»Warum hast du so weit nach oben gezielt? Wenn du gewollt hättest, hättest du sicher ins Herz getroffen.«

»Ich weiß es selber nicht genau. Der Junge sah nicht wie ein

Mörder aus. Er schien hungrig und ängstlich und hat mich an mich selbst in dem Alter erinnert.«

Farr lachte. »Wenn du damals jemals Angst hattest, hast du sie jedenfalls nicht gezeigt.«

»In den ersten Jahren hatte ich schon manchmal Angst, zumindest das ein oder andere Mal.«

»Hast du Pläne, dich irgendwo niederzulassen?«

»Ein paar. Ich bin dem Missouri so weit nach Westen gefolgt, wie ich wollte, und dem Mississippi bis hoch in den Norden. Ich mag die Gegenden, in denen es wärmer ist, wo das ganze Jahr über die Flüsse fließen, die Sommer lang und die Winter kurz sind.«

»Daran habe ich auch schon gedacht, wenn ich das Eis auf dem Teich aufbreche, damit die Tiere trinken können, und die Wildgänse nach Süden ziehen sehe.«

»Ich habe einen Ort gefunden, der mir zusagt. Dort gibt es klare Flüsse, Berge, Wild, Gras, das den Pferden bis zum Bauch geht, und Bäume, die kerzengerade in den Himmel wachsen. Dieser Ort ist von Menschen unberührt.« Rains Gesichtszüge entspannten sich während der Erzählung, und seine Augen fingen an zu glänzen.

»So sah es hier auch aus, als Juicy und ich hergekommen sind. Vor uns waren nur die Indianer hier gewesen.«

»In meinem Tal gab es noch nicht einmal Spuren von Indianern, obwohl in der Gegend dort eine ganze Menge Osages und Cherokees leben.«

Aus dem Nebenraum waren Stimmen zu hören. Der Junge hatte im Schlaf geschrien, und Liberty sprach beruhigend auf ihn ein. Es war schon eine ganze Weile her, daß Rain in einer Familie gelebt hatte. In einer kalten Nacht in einer warmen Hütte am Feuer zu sitzen und um sich herum Frauen und Kinder zu hören und zu spüren, machte ihn ein wenig unruhig.

»Farr, hast du nicht manchmal Lust, wieder Flüsse zu überqueren und auf Berge zu steigen?« fragte Rain leise. Seine Worte glichen einer nach Hilfe suchenden Hand.

Farr schaute lange ins Kaminfeuer, tief in seinen Gedanken versunken. »Manchmal«, sagte er dann langsam.

Rain beugte sich nach vorne und klopfte seine Pfeife am Kamin aus.

»Als ich nach Saint Louis kam, fand ich dort einen Brief von Colby vor. Er möchte weiterziehen und sich irgendwo niederlassen. Ich habe ihn eingeladen, mit mir zusammen nach Arkansas zu gehen, wenn er will.«

»Er hat auch erzählt, er wolle hierher kommen und eine Mühle bauen.«

»Das hat er mir auch geschrieben.«

»Ich habe von Arkansas gehört. Kommen dort auch so viele Leute hin wie hier?«

»Die Leute ziehen vor allem in die südöstliche Gegend und pflanzen Baumwolle an. Mein Tal befindet sich südwestlich des Flusses. Ich habe dort zwei Jahre mit Will Bradford verbracht. Im letzten Jahr hat er dann ein Fort errichtet, um den Frieden zwischen den Osages, den Cherokees und den weißen Siedlern zu sichern, die versucht hatten, den Indianern Land abzunehmen.«

Farr saß zurückgelehnt in seinem Sessel. »Wie weit westlich ist dein Tal?« fragte er.

»Drei-, vielleicht vierhundert Meilen westlich des Mississippi und noch mal genauso weit nach Süden.«

»Flüsse und Berge«, schwärmte Farr mit leiser Stimme.

»Klares Flußwasser und hohe Pinien.« Rain starrte ins Feuer. »Es ist friedlich und ruhig. Als ich da war, tranken Hirsche aus dem Fluß, keine drei Meter von mir entfernt, und ich habe Fische gesehen, die so lang waren wie meine Arme. Es gibt Pinien, Zedern, Wachholderbüsche, riesige grüne Weiden und verborgene Canyons. Einen Monat habe ich dort verbracht. Der einzige Rauch, den ich gesehen habe, kam von meinem eigenen Feuer. Am liebsten wäre ich sofort dageblieben.«

Rain musterte Farr. Er schien mit den Gedanken weit weg zu sein, und Rain fragte sich, ob seine Schilderungen eine verborgene Rastlosigkeit in seinem Freund geweckt hatten. Er erinnerte sich an die Pläne, die sie und Colby Carroll vor Jahren während langer Winterabende geschmiedet hatten. Er erinnerte sich auch, wie die Ferne sie gelockt hatte. Sie hatten von verborgenen Tälern geschwärmt und Canyons, die noch nie jemand betreten hatte, von fernen Höhen und einsamen Orten. Sie hatten davon geträumt, Berge zu besteigen, Flüsse zu überqueren und bis zum großen Wasser, das sich jenseits der Berge befinden sollte, vorzudringen.

»Ich nehme an, du willst im Frühjahr dorthin zurück«, unterbrach Farr schließlich die lange Stille.

»Ich hoffe, so bald wie möglich aufzubrechen, aber zuerst muß ich noch nach Louisville. Will Bradford hat mich gebeten, seine Verlobte und ihre Tante nach Belle Point zu begleiten. Der Rückweg wird also doppelt so lang dauern wie der Hinweg.«

Farr grinste. »Die Verlobte abholen? Um den Job beneide ich dich aber nicht.«

»Ich würde das auch für niemand anderen machen. Ich bin Will einen Gefallen schuldig, und er kann frühestens in einem Jahr weg. Das Mädchen ist eine Cousine zweiten Grades und hat außer der Tante keine Verwandten. Will denkt, daß eine Frau das Leben im Fort verbessern wird.«

»Wenn er eine Frau will, kann er doch sicher eine finden, die näher wohnt als Louisville.«

»Da steckt mehr dahinter. Will kennt Miss Woodbury noch nicht einmal, aber er fühlt sich irgendwie für sie verantwortlich. Wenn er sie heiratet, schlägt er zwei Fliegen mit einer Klappe. Er hat Geld geschickt, um einen Wagen auszustatten. Ich hoffe, ein paar gute Männer zu finden, die mich begleiten.«

»Und wenn nicht?«

»Dann mach' ich es eben alleine.«

Liberty kam ins Zimmer und legte Mary Elizabeth in die Wiege. Sie deckte das schlafende Kind zu und schob die Wiege aus dem Lichtschein.

»Der Junge heißt Mike Hartman«, berichtete sie dann. »Die Farm, auf der er mit seiner Familie gelebt hat, wurde von einer Bande Deserteure angegriffen, die plündernd den Missouri entlangziehen. Dabei sind alle ums Leben gekommen und die Farm ist niedergebrannt. Er macht sich Vorwürfe, weil er in Franklin an einem Truthahnschießen teilgenommen hat und seine Familie nicht beschützen konnte. Er kann nicht begreifen, daß seine Mutter und seine Schwestern auf solch grausame Art sterben mußten.«

Als Liberty geendet hatte, wollte sie in das Zimmer, in dem der Junge lag, zurückgehen, doch Farr faßte sie bei der Hand.

»Bleib eine Weile bei uns. Daniel wird dich schon rufen, wenn der Junge dich braucht.« Er zog sie auf seinen Schoß, und sie lehnte ihren Kopf an seine Brust. Seine Lippen berührten ihre Stirn, seine Wange ruhte einen Moment auf ihren Haaren.

»Er tut mir so leid«, murmelte sie. »Er ist vollkommen allein. Alle seine Verwandten sind tot.«

»Er hat Glück gehabt, daß er ausgerechnet Rain verfolgt hat. Jeder andere hätte kurzen Prozeß mit ihm gemacht.« Farr küßte zärtlich Libertys Brauen und spielte mit ihrer Hand.

»Ich weiß. Aber ich glaube, erst jetzt ist ihm klargeworden, daß er ganz allein ist, und er hat Angst.«

Rain wendete den Blick von dem Paar im Sessel ab. Die offene Art, sich ihre Liebe zu bekunden, war etwas vollkommen Neues für ihn. Oft genug hatte er in Gaststätten gesehen, wie man billige Flittchen begrapschte; doch dies hier war anders. Aus jeder Geste, aus jedem Blick, den sie sich zuwarfen, konnte man ihre gegenseitige Liebe lesen. Sie teilten ihre Gedanken, ihre Sorgen und ihre Träume.

Rain stellte sich vor, wie das Eheleben aussehen könnte. Wie war es wohl, wenn man eine Frau hatte, die einem so bereitwillig in die offenen Arme lief. Er hatte viel vom Land gesehen und eine Menge gelernt, doch was war dies alles wert, wenn man niemanden hatte, mit dem man es teilen konnte? Seit seiner frühen Jugend wollte er die Welt erobern, doch inzwischen dachte er, daß jeder Mann, der etwas auf sich hielt, eine Frau, ein Haus und einen Sohn haben sollte. Dieser Gedanke überraschte ihn. Er mußte sich eingestehen, daß er die Wärme des Hauses schätzte, genauso wie das Geräusch des Kaminfeuers und das beruhigende Gefühl, eine Frau in der Nähe zu haben. Ein Mann mußte irgendwo Wurzeln schlagen und etwas Eigenes aufbauen. Er würde dies in seinem Tal machen. Was war das Leben wert, wenn man es mit ziellosem Herumtreiben verschwendete?

Amy hatte sich nicht bewegt, seit sie sich in die hintere Ecke des Raums gesetzt hatte. Rain erinnerte sich, wie gesprächig sie früher gewesen war. Was hatte sie nur so verändert? Erinnerte sie sich an die letzten Worte, die sie einander gesagt hatten? Schämte sie sich nun dafür? Rain hatte nicht damit gerechnet, sie in Farrs Haus anzutreffen. Sie hatte wohl nach Juicys Tod nicht wieder geheiratet. Er fragte sich warum. In einem Ort wie diesem kamen fünf Männer auf eine Frau. Es war also mehr als wahrscheinlich, daß einige Männer, noch bevor Juicy unter der Erde lag, ihre Zelte vor der Türschwelle aufgeschlagen hatten. An mangelnden Gelegenheiten konnte es also kaum gelegen haben, daß sie nicht wieder geheiratet hatte.

Hinter ihm knarzte der Sessel. Rain hörte das Geräusch der Pantoffeln und nahm wieder den Duft des Rosenwassers wahr, als Amy hinter seinem Rücken vorbeiging.

»Gute Nacht«, flüsterte sie.

»Bleib doch noch ein bißchen bei uns.« Liberty wäre aufgestanden, hätte Farr sie nicht festgehalten.

»Nein, ich gehe lieber ins Bett. Sagt Bescheid, wenn ihr mich wegen des Jungen braucht.«

Rain betrachtete Amy, während sie die Treppe hinaufstieg. Sie war nicht mehr das fohlenhafte junge Mädchen von früher, sondern eine erwachsene Frau, die sich mit beiläufiger, natürlicher Eleganz bewegte. Wie ein großer Präriegrashalm, der im Wind schwankt, dachte er. Ihr Anblick erregte ihn, und er mußte sich daran erinnern, daß sie nur eine hübsche Frau war, die er als Kind gekannt hatte.

Amy fühlte, daß Rain sie beobachtete. Sie blickte starr nach vorne und zwang sich, trotz ihrer zitternden Beine ruhig die letzten Stufen zur oberen Etage hinaufzugehen. Sie tastete sich an der Wand entlang zu ihrem Zimmer, setzte sich auf das Bett und stützte ihr Gesicht in die Hände. Ihre Brust schmerzte, ihre Kehle fühlte sich an, als ob sie von einer Hand zusammengedrückt würde, und ihre Augen brannten. Seit Jahren hatte sie von Rains Heimkehr geträumt, doch jetzt war alles anders, als sie es sich vorgestellt hatte.

Rain, der dickköpfige, dunkelhaarige Junge von damals hatte sich verändert. Er war inzwischen größer und schwerer als Farr, aber mehr noch, sie hatte ihm in den kurzen Momenten, in denen sie in seine Augen geblickt hatte, angesehen, daß er sich auch innerlich verändert hatte. Er wollte niemanden, brauchte niemanden, vertraute nur sich selbst. Er war stark, sehr stark sogar, und es war nicht nur die körperliche Stärke durch die langen Jahre in der Wildnis, sondern auch eine innere Härte, ähnlich geschmiedetem Stahl, den man biegen, aber nicht brechen kann.

Er hatte sich verändert – doch immer noch konnte man Spuren des Jungen entdecken, den sie einmal geliebt hatte. Sein Haar war noch so rabenschwarz wie damals und seine Augen, so gleichgültig sie auch schienen, noch ebenso wachsam. Er bewegte sich noch immer geschmeidig wie eine Raubkatze, mit hocherhobenem Kopf, stolz und selbstbewußt. Und ebenso wie eine Raubkatze war auch Rain Tallman nicht zu zähmen. In seinem Innern würde er immer diese Ziellosigkeit tragen und den Jähzorn, der wohl zum Vorschein gekommen war, als er den Jungen niedergestochen hatte. Amy erinnerte sich an eine Begebenheit, als der junge Rain einen Mann, der sich Farr gegenüber unfair verhalten hatte, wie eine Katze angesprungen hatte. Er hätte dem Mann sein Messer in die Kehle gerammt, wenn Colby Carroll nicht eingegriffen hätte.

Amy stand auf und zog sich trotz der Kälte nur langsam aus. Sie holte ihr Nachthemd unter dem Kissen hervor, zog es über, kuschelte sich unter die Decken und tröstete sich mit dem Gedanken, daß Rain immerhin nicht geheiratet hatte.

Rain war also zurück. Ihr Warten hatte ein Ende, doch sie fühlte sich elender als jemals zuvor in ihrem Leben. Tränen der Enttäuschung liefen ihr übers Gesicht. Einer dieser albernen Träume, die sie seit Juicys Tod hatte, war, den Weg hinunter zu laufen, um Rain bei seiner Rückkehr zu empfangen. Er sah sie dann, öffnete seine Arme weit und hob sie hoch in die Luft. Ihr fröhliches Lachen ging in leidenschaftliche Küsse über. Er sagte ihr dann, daß er zu ihr geeilt war, sobald er gehört hatte, daß sie Witwe war, und sie jetzt keine Macht auf Erden mehr trennen konnte.

Rains wirkliche Heimkehr war das vollkommene Gegenteil ihres Traumes. Er hatte sie noch nicht einmal wiedererkannt, als sie sich auf der Straße getroffen hatten. Amy legte sich auf den Bauch, vergrub ihr Gesicht im Kissen und knirschte mit den Zähnen. Kaum eines Blickes hatte er sie gewürdigt, als sie in den Raum gekommen war. Das einzige, was ihm über die Lippen gekommen war, war »Hallo, Amy«. Ich bin ja schon froh, daß er sich wenigstens an meinen Namen erinnert, dachte sie wütend.

Er war überhaupt nicht heimgekommen! Er schaute nur mal eben vorbei, auf seinem Weg nach Louisville, bevor er in sein verdammtes Tal zurückkehrte. Amy fühlte den Zorn in sich hochsteigen, als sie an die ganze vertane Zeit dachte. Sie war jetzt neunzehn und hatte ganze sieben Jahre auf ihn gewartet. Sie würde keinen Moment länger warten. Sie haßte ihn! Er war so egoistisch, daß er nicht das Geringste davon wußte, wie es war, jemanden zu lieben. Ein dickköpfiger, unabhängiger, besserwisserischer Esel. Zumindest darin hatte er sich nicht verändert.

»Zur Hölle mit dir, Rain Tallman«, flüsterte sie in die Dunkelheit. »Ich habe mich zum Narren gemacht, habe ein Kleid angezogen, mich mit Rosenwasser bespritzt, meine Haare herabhängen lassen. All das habe ich getan, um dir zu gefallen, und alles, was du gesagt hast, war ›Hallo, Amy‹. Ich wünschte, ich hätte mich niemals in dich verliebt.«

Als sie irgendwann einschlief, träumte sie von einem großen, schlanken Jungen mit ernsten, dunklen Augen, der ihr ins Ohr flüsterte: »Weine nicht, Amy. Ich komme zurück.«

Kapitel 4

Eine Stunde vor Sonnenaufgang schlich Amy aus dem Haus und ging in den Stall, um zu melken. Dabei traf sie eine Entscheidung: Nicht noch einmal würde sie sich zum Narren machen und das blaue Kleid anziehen oder ihr Haar herabhängen lassen, so wie sie es letzte Nacht getan hatte. Mercy würde sie sonst sicher in Rains Anwesenheit fragen, warum sie sich so aufgedonnert habe. Und auf keinen Fall sollte er glauben, daß sie dies für ihn tat... Obwohl es natürlich genau so war, dachte sie mit schneller klopfendem Herzen.

Amy schaute an ihrer Wildlederhose hinab und wünschte sich, Onkel Juicy wäre da, um ihr einen Rat zu geben. Rain war anders als jeder andere Mann, den sie kannte. Aber er war auch nicht mehr der Junge, den sie einmal gekannt hatte. Er hatte sie immer mit seinen unergründlichen Augen angesehen und ihre Gedanken gelesen – der Junge von damals hätte sicherlich gemerkt, wie sehr sie sich nach ihm sehnte...

»Du bist wunderschön, Kleines. Wenn ich mal nicht mehr bin, kannst du jeden Mann haben, den du willst. Wähl aber nicht den erstbesten, sondern laß dir Zeit. Und laß denjenigen, den du ausgewählt hast, ja nicht sehen, wie gut du schießen kannst«, hatte Juicy einmal zu ihr gesagt. »Die Jungs mögen es nicht, wenn sie von einem wunderhübschen Mädchen in den Schatten gestellt werden.«

»Och, Rain würde das nichts ausmachen«, hatte sie geantwortet.

»Ich will dich ja nur warnen, Missy. Wenn du dich für einen Mann entschieden hast, dann stell dich nicht über ihn.

Obwohl ich nicht glaube, daß du Rain irgendwo übertreffen könntest... Sei sanft, Kleines. Denk dran, mit Honig fängt man Fliegen.«

»Da ziehe ich letzte Nacht dieses Kleid an, und es hilft mir kein Stück«, zischte sie dem Bild des alten Mannes, das sie im Kopf hatte, zu. »Das hat man nun davon, wenn man sanft ist. Ich kann eben nichts darstellen, was ich nicht bin, noch nicht einmal für Rain. Ich bin Amy. Er merkt, wenn ich anfange zu schauspielern.«

Amy stellte den Eimer mit Milch auf die Türschwelle, wischte ihre verschwitzten Handflächen am weichen Leder ihres langen Hemdes ab und schnallte ihren Gürtel enger. Im Innern war sie aufgewühlt, doch ihre Gesichtszüge verrieten nichts davon, als sie die Tür öffnete, den Eimer hochhob und in die Küche ging.

Liberty stand am Herd über den brutzelnden Frühstücksspeck gebeugt. Farr und Rain saßen am Tisch. Mit einem kurzen Blick stellte sie fest, daß Rain sich rasiert hatte und statt des Wildlederhemdes vom Vortag nun ein weiches Leinenhemd trug.

»Morgen«, sagte Amy in die Runde und stellte den Eimer aufs Büffet. »Wie kann ich dir helfen, Libby?«

Liberty schaute auf, sah in das unbewegte Gesicht ihrer Schwester und bemerkte, daß sie Hosen und das lange Hemd trug. Sie empfand eine Art Mitleid. Amy war weder kokett, noch konnte sie sich verstellen. Sie war nicht mehr das offene Kind, aus dem die Gefühle nur so herausplatzten. Sie hielt sich zurück und wartete darauf, daß Rain auf sie den ersten Schritt machte. Liberty hoffte und betete, daß er etwas Besonderes für ihre Schwester empfände und es ihr zeigen würde. Als Amy eingetreten war, war er so in das Gespräch mit Farr vertieft gewesen, daß er kaum aufgeschaut hatte.

»Du kannst einen Krug für die Milch aus dem Keller holen.«

Liberty hatte kaum ausgesprochen, als Amy bereits die Falltür zum Keller hochhob. Sie nahm eine Kerze vom Kaminsims und stieg die Treppe in den kalten Keller hinab. Ihr war klar, daß es albern war, lange herumzutrödeln und die kalte Luft in die Wohnung steigen zu lassen, und sie ergriff rasch den Krug und stieg die Treppe wieder hinauf. Ihr Blick kreuzte sich mit Rains, als sie in die Küche zurückkam. Für einen Moment stockte ihr der Atem. Dann wendeten sich seine dunklen Augen von ihr ab und schauten wieder Farr an, ganz so, als sei sie eine Fremde.

Amy wäre erstaunt gewesen, hätte sie Rains Gedanken lesen können: Na, schau mal einer an. Die kleine Amy in Hosen. Rain hatte bisher nur eine Frau gesehen, die Männerhosen trug, und sie hatte nicht halb so attraktiv in ihnen ausgesehen wie Amy. Sie war die Frau eines französischen Reisenden gewesen, die ebenso groß und forsch wie ihr Mann war. Er mußte sich eingestehen, daß man die Frau des Franzosen und Amy nicht miteinander vergleichen konnte. Was wohl die Bewohner der Siedlung von Frauen in Hosen hielten? Dies gab sicherlich einen guten Gesprächsstoff für die Damen und Herren des Dorfes, vermutete er. Dann fiel ihm plötzlich auf, daß Amy der »Junge« auf der Straße gewesen sein mußte. Hatte er sich denn so sehr verändert, daß sie ihn nicht wiedererkannt hatte?

Rain konzentrierte sich wieder auf Farrs Worte.

»Liberty unterrichtet Lesen, Amy Schreiben und Rechnen. Neben unseren drei Kleinen gibt es noch ein Dutzend anderer Kinder. Mercy unterrichtet die ganz jungen. Irgendwann wird es auch eine richtige Schule geben, aber im Moment kommen sie dreimal die Woche zu uns.«

»Ihr habt hier große Fortschritte gemacht, Farr.«

»Ja, aber uns fehlt die Herausforderung. Libby und ich haben letzte Nacht darüber gesprochen. Wir fühlen uns eingepfercht und überlegen, ob wir nicht lieber nach Westen ziehen sollen, über den Mississippi ins Missouriterritorium.« Liberty blieb hinter ihrem Mann stehen und legte ihm die Hand auf die Schulter. Er legte seine Hand auf ihre. »Wir wüßten gerne mehr von deinem Tal, Rain, und wenn dir unsere Gesellschaft nichts ausmacht, würden wir vielleicht mit dir kommen.«

Die Worte hingen bedrohlich in dem ruhigen Raum. Amy richtete sich auf und drehte ihren Kopf herum, um über die Schulter in die Gesichter der beiden Männer am Tisch schauen zu können. Liberty sah in das erstarrte Gesicht ihrer Schwester, als Rain das Schweigen brach.

»Ich fände es schön, euch an meiner Seite zu haben. Ich hatte gehofft, daß du noch das Verlangen haben würdest, Flüsse zu überqueren und auf Berge zu klettern, befürchtete aber ...«

Farr kicherte. »Du dachtest, Libby würde mich zurückhalten? Niemals! Sie war diejenige, die vorgeschlagen hat, alles zusammenzupacken und mit dir zu kommen. Sie hat Angst, daß ich wegen ihr und der Familie auf irgend etwas verzichtet hätte. Aber selbst wenn ich Libby nicht kennengelernt hätte, so hätte ich doch niemals den alten Juicy verlassen können. Er war schon seit ein paar Jahren am kränkeln und hatte es wahrlich verdient, daß sich jemand auf seine alten Tage um ihn kümmert.«

»Es bieten sich viele neue Möglichkeiten. Jemand, der etwas Interessantes anbietet, kann am ganzen Fluß entlang Geschäfte machen.«

Amy wandte sich ab, um Teller vom Regal zu nehmen. Es lief ihr eiskalt den Rücken herunter. Würden Libby und Farr wirklich weggehen und sie allein zurücklassen? Was sollte sie machen, wenn Rain sie nicht bitten würde mitzukommen?

»Was hältst du davon, Amy?« Farrs Stimme unterbrach ihre Gedanken. »Hast du nicht auch das Verlangen, Flüsse zu überqueren und auf Berge zu steigen?«

Amy drehte sich langsam um. Ihr Blick ging an Rain vorbei und richtete sich auf Farrs lächelndes Gesicht. »Ich ... hab' noch nicht groß drüber nachgedacht.«

»Wenn du natürlich lieber Tally Perkins heiraten willst ...«, witzelte er.

»Ich habe nicht vor, diesen Schwachkopf zu heiraten, und das weißt du ganz genau«, fuhr sie ihn aufgebracht an.

»Also dann?« Farrs grüne Augen leuchteten vor Aufregung.

»Ich möchte nicht gerne allein zurückbleiben«, sagte sie mürrisch.

Rain beobachtete Amy, während er dem Wortwechsel aufmerksam zuhörte. Er fragte sich, warum sie plötzlich so ärgerlich war. Vielleicht hatte sie es ja doch auf Tally Perkins abgesehen? Vielleicht hatte er sie nicht gefragt, ihn zu heiraten, und sie war beleidigt darüber. Rain erinnerte sich an Tally als ein strohblondes tollpatschiges Kind mit riesigen Zähnen. Schon damals schien er hinter Amy her gewesen zu sein.

Daniel kam aus dem Nebenraum und flüsterte Farr leise ins Ohr: »Der Junge ist wach und muß mal.«

»Ich kümmere mich drum«, sagte Rain und stand auf.

Sobald Rain und Daniel im anderen Zimmer verschwunden waren, legte Liberty die Hand auf den Arm ihrer Schwester.

»Was ist los, Amy? Ich dachte, es würde dir auch gefallen. Farr und ich fühlen uns eingeengt hier. Wir freuen uns darauf, ein neues Land kennenzulernen, wo es eine Menge Platz gibt. Wir sind ja schließlich nicht mehr solche Grünschnäbel wie damals, als wir aus Middlecrossing herkamen. Farr und Rain werden schon auf uns aufpassen.«

»Oh, ich zweifle nicht daran, daß Rain auf alles sehr gut aufpassen kann«, sagte sie sarkastisch. »Ich möchte nur nicht das fünfte Rad am Wagen sein und uneingeladen mit euch ziehen.«

»Nicht eingeladen?« Farr stand vom Tisch auf. »Zum Teufel, Amy, du bist Teil unserer Familie.«

»Ich bin eine erwachsene Frau, die im Haus ihrer Schwester lebt. Das ist ein Unterschied.«

»Du gehörst zu uns, in allen Belangen. Juicy und ich haben diesen Ort gegründet. Wenn wir nicht verkaufen können, müssen wir dein Bargeld dazu benutzen, um Planwagen zu kaufen und für die Flußüberquerungen zu bezahlen. Vielleicht kommt Colby hierher und übernimmt alles; dann ließe ich ihn einen Vertrag unterzeichnen, aber es würde trotzdem noch eine ganze Weile dauern, bis wir unser Geld sehen.«

Amy schaute ihre Schwester an und sah den besorgten Ausdruck in ihrem Gesicht. Wahrscheinlich tue ich ihr leid, dachte sie. Sie wußte schließlich, wie sehr sie sich auf Rains Rückkehr gefreut hatte. Libby wußte, daß sie erwartet hatte, daß er sich ebenso über das Wiedersehen freuen würde wie sie.

»Ich bin sicher, Rain hat angenommen, daß du mit uns kommst«, stellte Liberty in sanftem Ton fest.

»Angenommen? Warum, zum Teufel, sollte er etwas annehmen, was mit mir zu tun hat? Er benimmt sich so, als würde er mich überhaupt nicht kennen.« Es gelang ihr nur mühsam, sich ihre Verletzung nicht anmerken zu lassen. Tausend Worte lagen ihr auf der Zunge, alles, was sie über die langen Jahre ihres Wartens sagen wollte, doch sie bekam nichts heraus. Ihre Hände zitterten, als sie sich eine Strähne aus dem Gesicht strich und ein Tuch nahm, um das Blech mit Brot aus dem Backofen zu holen.

»Würdest du es denn gerne tun?« fragte Farr. »Wenn du lieber hierbleiben möchtest . . .«

»Ich komme mit . . ., wenn ihr mich dabeihaben wollt.«

»Du solltest dir schon sicher sein, Amy. Ich werde dich nicht zurückbringen, wenn du es dir plötzlich anders überlegst. Dies wird meine letzte Reise über den großen Fluß sein.« Rain war wieder hereingekommen und stand mitten im Raum, seine Daumen in den Gürtel eingehakt.

»Selbst wenn ich es mir anders überlege, Rain Tallman, werde ich dich ganz bestimmt nicht bitten, mich zurückzubringen«, fuhr sie ihn an.

»Bist du in noch jemanden anderen verliebt... außer in diesen ›Schwachkopf‹?« Rain wußte nicht, warum er gefragt hatte. Er hatte nur diesen plötzlichen Drang, sie zu ärgern. »Ich würde mir denjenigen nur gern mal ansehen, wer auch immer er sein mag. Wir wollen ja schließlich keinen überflüssigen Ballast mitnehmen.«

Funkelnde bernsteinfarbene Augen trafen auf seine dunklen, ernsten. »Du hast kein bißchen dazugelernt, Rain Tallman. Du bist noch genauso dämlich wie früher, wenn du glaubst, ich würde mich mit irgend einem Trottel einlassen. Der Mann, mit dem ich zusammensein möchte, wird dir zumindest ebenbürtig sein, wenn nicht sogar überlegen.«

Rain hob die Brauen und zuckte mit den Achseln. Dann drehte er sich um und setzte sich an den Tisch.

Amys Hände zitterten so sehr, daß sie die Pfanne mit dem Brot nicht mehr halten konnte. Liberty nahm sie ihr ab.

»Himmel, ich muß ja auch dem Jungen in der Kammer noch was zu essen machen. Daniel, komm frühstücken!«

Als sie sich schräg gegenüber von Rain niedergelassen hatte, dachte Amy über die vergangenen Jahre nach. Sie war nicht mehr das zwölfjährige Mädchen, das mit gespannter Aufmerksamkeit lauschte, was der große, ruhige Junge zu sagen hatte, wenn Farr oder Juicy ihn ins Gespräch einbezogen. Rain sprach immer noch mit leiser Stimme, doch hatte er weit mehr Selbstbewußtsein als vor sieben Jahren. Abgeklärt, unnahbar und selbstbewußt. Sie hatte wohl noch nie jemanden gesehen, abgesehen von Farr, der sich seiner so sicher war.

»Ich schicke den Jungen weg, sobald er wieder reiten kann. Es scheint ihm heute morgen ja auch schon um einiges besser zu gehen. Leckere Brötchen, Libby. Man sieht es mir wohl an, daß ich in letzter Zeit auf meine eigenen Kochkünste angewiesen war.« Rain nahm ein weiteres Brötchen und grinste Liberty an. Die Lachfältchen verwandelten seine strengen Züge vollkommen, und Amy fragte sich, ob er wohl wußte, wie schön er war.

»Das mit dem Jungen eilt nicht«, sagte Farr, als er die Wurstplatte herumreichte. »Wann möchtest du denn wieder aufbrechen?«

»Im März. Aber jetzt, wo ich weiß, daß ihr mitkommt, kann ich auch noch ein paar Wochen länger warten, wenn euch das zu früh ist. Ich hole erst einmal Miss Woodbury ab. Ich habe Will versprochen, Anfang Juni zurück zu sein. Du könntest Ärger mit Hammond Perry bekommen. Ich habe gehört, daß er sich am Arkansas herumtreibt.«

Farr runzelte die Stirn. »Ich habe mich gefragt, ob ich Libby und die Kinder nicht im Fort lassen könnte, bis unser neues Haus fertig ist.«

Noch ehe Rain antworten konnte, sagte Liberty mit einer Bestimmtheit, die keinen Widerspruch duldete:

»Das vergißt du mal besser sofort. Du wirst mich und die Kinder nicht irgendwo zurücklassen, Farr Quill. Unser Platz ist an deiner Seite, und da bleiben wir auch. Wir haben es schon mal mit Hammond Perry zu tun gehabt, und wir werden ihn auch diesmal besiegen. Nimm doch etwas von dem Honig, Rain.« Sie schob Rain das Honigtöpfchen hinüber.

Farr schaute seine Frau gerührt an, zuckte dann mit den Schultern. »Da siehst du's, Rain. Wenn die Weiße Taube des Wabash sich etwas in den Kopf gesetzt hat, gibt es kein Zurück.«

Rain schaute von Farrs lächelndem Gesicht zu Libertys herüber und erinnerte sich an den Tag, als Farr an eben diesem Tisch in aller Ruhe verkündet hatte, daß er und Liberty vom Pfarrer am Ende der Straße getraut worden waren. Liberty und Amy hatten geplant, eine verlassene Farm zu übernehmen, doch war ihnen ein alter Feind aus New York zuvorgekommen. Sie wußten damals nicht, wohin sie gehen sollten. Rain fragte sich, ob die beiden sich schon damals geliebt hatten oder ob die Liebe erst nach der Hochzeit gekommen war.

»Die einzige Siedlung ist beim Fort. Dort gibt es lediglich acht Frauen, die alle mit Soldaten verheiratet sind und in der Wäscherei arbeiten. Und die Reise ist lang und beschwerlich«, sagte Rain ruhig.

»Ich weiß, aber sicher nicht halb so beschwerlich wie die, die Amy und ich von New York hierhin unternommen haben. Farr ist ja bei uns, und Amy ist auch nicht gerade ...« Sie unterbrach sich, als sie den ärgerlichen Blick ihrer Schwester sah.

Zack kam die Treppe herunter, hielt mit der einen Hand sein Nachthemd hoch und rieb sich mit der anderen die Augen.

»Ma, das Töpfchen ist voll.«

Liberty wollte vom Tisch aufstehen, aber Farr beugte sich über sie und legte ihr die Hand auf die Schulter.

»Bleib sitzen, Liebes. Ich kümmere mich drum.« Er schnappte seinen Sohn mit einem Arm und ging in den Raum, in dem der verletzte Junge, Daniel und Rain geschlafen hatten. »Deine Füße sind ja Eiszapfen, mein Sohn. Hattest du keine Zeit, dir Schuhe anzuziehen?«

Amy schaute auf ihren Teller hinab und versuchte, ihr rotes Gesicht vor Rains belustigtem Blick zu verstecken. Er hatte sich verändert, dachte sie. Früher wäre er bei Zacks Worten vor Scham im Boden versunken, doch nun lächelte er gutmütig über ihre eigene Verwirrung.

Farr und Rain verließen sofort nach dem Frühstück das Haus, um zum Sägewerk und dann zum Fluß zu gehen. Farr wollte Rain den Ort zeigen, von dem er dachte, daß Colby dort eine Mühle bauen könnte.

Während Zack und Mercy aßen, erzählte Liberty ihnen von den Plänen, Quill's Station zu verlassen und sich in den Bergen von Arkansas niederzulassen. Zack war ganz ausgelassen vor Freude über die neuen Perspektiven, Mercy hingegen schwieg eine Weile. Dann fragte sie leise:

»Wenn wir wegziehen, werde ich dann Grandma Maude nie mehr wiedersehen?«

»Das kann schon einige Zeit dauern, wenn überhaupt«, antwortete Liberty.

»Warum können Grandma und Grandpa denn nicht mitkommen?«

»Auf keinen Fall!« Amys Tonfall war schärfer, als sie beabsichtigt hatte, und alle sahen sie erstaunt an. »Sie haben ihre eigene Farm und sind zu alt, alles aufzugeben und in die Wildnis zu ziehen.« Um Gottes willen, dachte sie. Sie würde das ständige Gemecker ihres Vaters, so wie damals auf dem Weg von New York, nicht aushalten. Und jeden Tag Tallys kuhäugigen Blicken ausgesetzt zu sein, würde sie krank machen.

»Ich weiß, warum du nicht willst, daß sie mitkommen. Du hast Angst, daß Tally dir deine Chancen bei Rain kaputtmacht«, stellte Mercy mit der Weisheit eines neunjährigen Kindes fest, das seine Umgebung aufmerksam beobachtet.

»Du bist ja eine ganz Schlaue, Mercy«, sagte Amy mit demselben scharfen Ton in der Stimme. »Aber wenn du nicht den Hintern versohlt haben willst, dann halte dich mit deinen Mutmaßungen lieber zurück.«

»Vielleicht komm' ich auch gar nicht mit. Ich kann genausogut bei Grandma Maude bleiben.«

Daniel hatte sich alles ruhig angesehen, wie es seine Art war. Mehr als jeder andere verstand er Mercys Gefühle. Ihm machte es inzwischen nichts mehr aus, daß er Waise war und kein wirklicher Sohn der Familie. Bei Mercy war das allerdings anders. Besonders seit der Geburt von Mary Elizabeth machte es ihr zu schaffen, daß sie keine Blutsverwandte war.

»Sei mal nicht albern«, sagte er ruhig. »Du kommst mit uns. Ma und Pa werden dich nicht bei Grandma lassen. Sie würde dich sowieso nur schrecklich verwöhnen.«

»Das würde sie nicht! Sie liebt mich. Und zwar mehr als alle anderen«, erwiderte Mercy trotzig, und Tränen schossen in ihre kornblumenblauen Augen. »Sie hat gesagt, sie wollte immer schon ein kleines Mädchen.«

»Ma und Pa lieben dich doch auch, du Dummchen!« Daniel sah den verletzten Ausdruck auf Libertys Gesicht. »Warum wohl haben sie die ganze Nacht an deiner Seite gewacht, als du krank warst? Oder auf dich aufgepaßt, sich deine Frechheiten gefallen lassen und versucht, dir Manieren beizubringen?«

»Aber sie haben doch ... Mary Elizabeth ..., und Grandma hat überhaupt kein kleines Mädchen ...«

»Oh, Mercy!« Liberty setzte das Kind auf ihren Schoß. »Hast du gedacht, daß wir jetzt, wo wir Mary Elizabeth haben, dich nicht mehr lieben? Wenn ich noch ein Dutzend kleiner Mädchen hätte, wärst du doch immer noch etwas Besonderes. Vor langer Zeit habe ich mich entschlossen, mich um dich zu kümmern, auch wenn Amy und ich damals nicht wußten, wo wir hingehen sollten. Ich hätte dich und Daniel überallhin mitgenommen. Ich habe dich von dem Moment an geliebt, als Farr mit dir auf dem Arm in unser Lager kam. Erinnerst du dich? Ich habe dir doch davon erzählt. Es würde mir das Herz brechen, wenn du uns verlassen würdest, um mit Grandma Maude zu leben.«

»Ich ... will euch ja gar nicht verlassen.«

»Na, na, weine doch nicht, Schätzchen. Wir gehen auf eine lange Reise, werden neue Gegenden sehen und neue Leute kennenlernen. Ich könnte dich nicht noch mehr lieben, Mercy, wenn ich dich wie Mary Elizabeth im Bauch gehabt hätte«, sagte Liberty beschwichtigend und nahm das Kind in die Arme.

»Sie kommt schon mit. Sie will doch nur, daß man sie bittet«, bemerkte Daniel ungeduldig, als er seinen Mantel holen ging. Er zog ihn an und setzte seine Mütze auf. »Ich geh' mal eben den Kindern Bescheid sagen, daß heute keine Schule ist.«

»Halt doch den Mund, Daniel Phelps. Hörst du? Du weißt auch nicht alles«, schrie Mercy aus der Sicherheit von Libertys Umarmung.

Liberty lächelte in Mercys blondes Haar hinein. Daniel und Mercy erinnerten sie an Rain und Amy vor langer Zeit, als sie und Amy nach Quill's Station gekommen waren. Zu dieser Zeit hatte Rain mit seiner ruhigen Art genauso auf Amy aufgepaßt wie Daniel jetzt auf Mercy.

Gegen Abend konnte der junge Mike Hartman schon wieder aufrecht im Bett sitzen. Die Schulterwunde verursachte ihm zwar immer noch Schmerzen, aber das Fieber war inzwischen zurückgegangen.

»Ich verschwinde, sobald ich kann, Ma'am, und bin ihnen sehr zu Dank verpflichtet«, sagte er, als Liberty vor dem Abendbrot ins Zimmer kam, um zu sehen, wie es ihm ging.

»Du kannst dir ruhig Zeit lassen, es sei denn, du willst uns unbedingt verlassen. Wir haben hier genug Platz, und ich glaube, Daniel würde sich über deine Gesellschaft freuen.«

»Ich hab' aber kein Geld.«

»Wer hat denn etwas von bezahlen gesagt? Das ist hier keine Herberge, Mike. Rain ist eine Art Familienmitglied. Er hat dich hergebracht, also bist du unser Gast.«

»Ich wollte ihn aber umbringen ...«

»Das hat er uns erzählt. Der Mann, der Rain beschuldigte, hat sich geirrt. Ich kann sehr gut verstehen, daß du ihn töten wolltest, wenn du dachtest, er hätte diese furchtbaren Dinge getan. Aber wenn Rain so jemand wäre, hätte er dich sofort umgebracht. Er kann einem Mann mit seinem Kampfmesser die Haare aus der Nase schneiden, ohne daß ein Tropfen Blut fließt. Du hast Glück gehabt, daß du ausgerechnet Rain verfolgt hast.«

»Das weiß ich inzwischen auch, Ma'am. Ich war nur so allein und voller Haß, daß ich dem Mann sofort geglaubt hab', als er mir gesagt hat, er wär's gewesen.« Der Junge schaute zu Liberty hinauf, die Augen voll Tränen.

Libertys großes Herz wurde weich. Sie strich ihm mit sanften Fingern die strähnigen Haare aus dem Gesicht.

»Ich weiß, wie du dich gefühlt haben mußt. Ich war auch schon einsam und hätte am liebsten jemanden umgebracht, der mir Unrecht getan hat. Es kann nur besser werden, Mike. Du kannst solange bei uns bleiben, bis du wieder bei Kräften bist. Wer weiß, vielleicht wirst du uns ja bald mögen und kommst mit uns nach Arkansas.«

»Aber warum wollt ihr denn von hier weggehen, Ma'am? Ich hab' noch nie ein so schönes Haus gesehen, so warm und gemütlich.«

»Natürlich ist es schön. Mein Mann hat aber immer schon von den Bergen jenseits des breiten Flusses geschwärmt. Das, was wir hier haben, ist nichts im Vergleich zu meiner Liebe zu ihm. Ich würde diesen Ort mit großer Freude verlassen und den Rest meines Lebens im Planwagen verbringen, wenn er es möchte.«

»Von so was hab ich noch nie gehört.«

Liberty lachte. »Irgendwann wirst du dich verlieben, und dann verstehst du's. Leg dich jetzt wieder hin, ich sage Daniel Bescheid, daß er dir das Abendessen bringt.«

Nachdem sie die Kinder ins Bett gebracht hatten, saßen Farr, Liberty und Rain am Tisch und planten die Reise.

»Ich schätze, wir brauchen vier Wagen, Rain, davon zwei mit Waren zum Handeln.« Farr listete die Dinge auf, die sie mitnehmen würden. Er tauchte die Feder ins Tintenfäßchen und notierte alles auf einem Blatt Papier.

»Ochsen können schwerere Lasten ziehen als Pferde oder Maultiere, und da wir in die Berge gehen ...«, bemerkte Rain.

»Das habe ich mir auch überlegt. Wir brauchen Werkzeuge, Ersatzräder, Saatgut, Salz ...«

»Eine Menge Schießpulver und Kugeln«, ergänzte Rain.

»Ich vermute, Liberty wird darauf bestehen, den Schaukelstuhl und ihre Standuhr mitzunehmen«, sagte Farr und lächelte seine Frau herausfordernd an.

»Und ein bißchen Kochgeschirr, wenn du vorhast, auf dem Weg ab und zu etwas zu essen«, entgegnete Liberty.

Amy hörte zu, ohne am Gespräch teilzunehmen. Rain hatte angekündigt, sie in ein paar Tagen zu verlassen. Er wollte nach Carrolltown gehen, um Colby zu treffen, und dann nach Louisville weiterreisen, um Miss Woodbury und ihre Tante abzuholen.

Farr hatte am Nachmittag mit George Rapp, dem Leiter der Harmonistengemeinde, gesprochen. Sie hatten die Fähre übernommen und auch Interesse an dem Laden, der Herberge und dem Sägewerk gezeigt. Rain sollte Colby mitteilen, daß er den Ort haben könne, wenn er wolle, andernfalls würden die Harmonisten ihn übernehmen.

Rain hatte Daniel eingeladen, mit ihm nach Louisville zu reisen, doch wollte er Farr mit seinen Reisevorbereitungen nur ungern alleine lassen.

»Du kannst Rain ruhig begleiten, Daniel«, hatte Liberty ihn aufgefordert. »Wir müssen lediglich Mike davon überzeugen, hierzubleiben und deine Arbeit zu machen. Bis ihr aufbrecht, ist noch etwas Zeit, und bis dahin ist Mike bestimmt wieder gesund.«

Die Gespräche gingen stundenlang weiter, ohne daß Amy ein einziges Wort sagte. Rain schaute ein paarmal zu ihr hinüber und fragte sich, warum sie wohl so ruhig war. Es fiel ihm schwer, dieses ruhige, nachdenkliche Mädchen mit der ausgelassenen, glücklichen Amy von früher in Verbindung zu bringen, die bei jeder Kleinigkeit laut loslachte. Jedesmal, wenn sie bemerkte, daß er sie ansah, schaute sie rasch weg. Irgend etwas beschäftigte sie, und er hätte gerne gewußt, was es war.

Nachdem Amy schon gute Nacht gesagt hatte und nach oben gegangen war, saßen Liberty und Farr immer noch am Tisch und besprachen die Liste von Sachen, die sie nach Arkansas mitnehmen wollten. Rain saß mit ausgestreckten Beinen im Sessel, rauchte und dachte nach. Es sah fast so aus, als ob er mit seiner Rückkehr Amys Pläne durchkreuzt hatte. Sie hatte den ganzen Abend keinen einzigen Vorschlag gemacht und auch keinerlei Begeisterung für die Reise aufgebracht. Soll sie doch zum Teufel gehen, dachte er gereizt. Sie war doch eine erwachsene Frau. Wenn sie nicht mitkommen wollte, warum sagte sie es dann nicht einfach?

Ein klarer Tag brach an, weit weniger kalt als in der vergangenen Woche. Amy stand mit dem ersten Licht auf und zog sich eilig an. Von unten hörte sie leise Geräusche. Als sie kurz darauf in die Küche kam, saß Liberty im Schaukelstuhl und fütterte das Baby, während Farr das Frühstück zubereitete.

»Morgen.«

»Morgen, Amy. Farr kocht gerade den Kaffee. Möchtest du eine Tasse, bevor du melken gehst?«

»Ich glaube nicht.« Amy schlüpfte in ihren Mantel und zog sich eine Wollmütze über die Ohren. Sie hängte sich gerade den Milcheimer über den Arm, als Rain aus dem anderen Zimmer hereinkam.

»Guten Morgen«, sagte er und schaute sie direkt an.

»Morgen.« Sie nickte ihm zu, überrascht, daß ihre Stimme sich einen Weg durch den zugeschnürten Hals gebahnt hatte. Sie mußte dringend diesem intensiven Blick entkommen! Rasch zündete sie eine Laterne an und ging nach draußen.

Es dämmerte, aber ein paar Sterne schienen noch hell am Himmel. Die Morgenluft war frisch, obwohl das Klima nach dem Blizzard relativ warm geworden war und die Temperaturen über dem Gefrierpunkt lagen. Eis und Schnee schmolzen dahin. Aus den Schornsteinen der Siedlung stieg Rauch auf, da überall Feuer fürs Frühstück gemacht wurde. Amy vergrub ihr Gesicht im Kragen ihres Mantels und ging zum Stall.

Die beiden Milchkühe begannen ungeduldig zu muhen, als sie sich ihnen näherte. Sie hängte die Laterne an einen Haken in der Wand und setzte sich auf einen umgestülpten Eimer.

»Bossie, Bossie«, sagte Amy mit müder Stimme und lehnte ihren Kopf gegen die Seite der Kuh. Sie mochte den Geruch des Stalls, der Kuh und der warmen Milch. Das Leben einer Kuh war so unkompliziert, dachte sie, als sie gegen das Euter stieß und an einer Zitze zog. Milch schoß in den Eimer, den sie zwischen den Füßen stehen hatte. Sie melkte ein paar Minuten lang. Ihre starken, schlanken Finger drückten und zogen rhythmisch. »Du mußt nichts anderes machen als rumstehen, Bossie, und irgendwann kommt dann jemand und erleichtert dich von deinem schmerzenden Euter«, murmelte sie.

»Na, sprichst du mit dir selbst, Amy?«

Rains Stimme war ganz nah an ihrem Ohr. Sie erschrak so sehr, daß sie hochfuhr und beinahe über den Milcheimer gestolpert wäre. Sie drehte sich um und starrte wütend zu ihm herauf.

»Auf diese Weise kann man sich leicht eine Kugel fangen«, zischte sie wütend.

»Habe ich dich erschreckt?«

»Ich mag es nicht, wenn sich jemand anschleicht.«

»Ich habe mich nicht angeschlichen, bin nur hereingekommen.«

»Du hast dich immer schon bewegt wie eine ... eine Katze.«

»Wenn wir schon von Katzen sprechen: dann bist du eine, die ständig faucht und ihre Krallen ausgefahren hat.«

Die Art, wie er gegen den Balken lehnte, weckte Erinnerungen in ihr an ein anderes Mal, als sie sich in der Scheune unterhalten hatten. Damals hatte er auch nicht gelächelt. Sie war ihm gefolgt, hatte sich an ihn geworfen und gebettelt, er möge nicht gehen. Der Gedanke an diese Situation ließ ihre Wangen rot anlaufen. Sie hatte ihren Kopf genauso in den Nacken legen müssen wie jetzt, um ihn anzusehen. Ihre Knie waren weich, doch ihr Blick wich seinem nicht aus. Sie konnte die Wärme des verräterischen Blutes spüren, das in ihr Gesicht strömte. Schnell blickte sie auf ihre gefalteten Hände hinab.

»Du bist größer als früher«, murmelte sie.

»Du auch.« Stille, dann: »Ich war traurig, als ich von Juicy gehört habe.«

Ihr Kopf fuhr blitzartig nach oben. »Warum warst du traurig? Er war ein alter Mann und litt unter ständigen Schmerzen. Der Tod war eine Erlösung für ihn.«

»Er ist jetzt zwei Jahre tot. Ich dachte, du hättest inzwischen wieder geheiratet.«

»Hab ich wohl nicht! Nicht, daß es dich etwas anginge, Rain Tallman.«

Um seine Augen tauchten Lachfältchen auf. »Das klingt wieder wie die Amy von vor langer Zeit. Einiges an dir hat sich scheinbar doch nicht verändert.«

»An dir hat sich alles verändert.«

»Das mußte wohl so kommen.«

»Wenn ich mich noch richtig erinnere, wolltest du damals herausfinden, was für eine Art von Mann du bist. Hast du's geschafft?«

»Ich glaube schon. Ich habe gelernt, daß ich Manns genug bin, auf mich selbst aufzupassen.«

»Warum hast du nicht geheiratet? Oder macht man das im Westen nicht?« Sie sah ihn durch ihre dichten, goldglänzenden Wimpern an, innerlich zitternd unter seinem durchdringenden Blick.

»Manche machen's, manche nicht. Ich möchte schon gern ... eines Tages.«

Wenn Rain lächelte, öffneten sich seine Lippen leicht, und eine Reihe gleichmäßiger, weißer Zähne kam zum Vorschein.

Sie betrachtete die schmale Linie seines Mundes, die einen weichen Zug in die sonst so harten Konturen seines Gesichts brachte. Sein Lächeln war hinterlistig und spöttisch ... und brachte sie um den Verstand. Sie wollte etwas sagen, aber seine Augen auf ihrem Gesicht waren wie warme Hände, die über ihre Wangen strichen. Sie spürte sie bis ins Mark. Ihre Wangen röteten sich, während sein Blick über ihr Gesicht wanderte, über ihre Sommersprossen und die Löckchen, die sich aus dem Zopf befreit hatten. Sie schaute ihn an, ihre goldumrandeten Augen funkelten voller Widerspruch. Sie war auf alles gefaßt. Sie war fest entschlossen, sich von diesem Mann kein weiteres Leid zufügen zu lassen. Aber war das möglich?

»Was willst du, Rain?«

»Von einer Frau?«

»Nein! Was willst du *hier*?«

»Nichts. Ich bin gekommen, um nach meinem Pferd zu sehen.« Seine dunklen Augen hafteten auf ihren.

»Oh ...« Widerstrebend drehte sie sich um und setzte sich wieder auf den Eimer. »Na, dann geh mal gucken.«

»Das mache ich auch, aber erst möchte ich noch wissen, warum du in Hosen rumläufst wie ein Junge.«

In ihrem Kopf drehte sich alles. Sie schaute ihn kurz an, um zu sehen, ob er sich über sie lustig machte, doch sein Blick war auf beunruhigende Weise fest. Plötzlich ließ sie ihre innerliche und äußerliche Haltung, um die sie mühsam gekämpft hatte, seit er ihr in die Scheune gefolgt war, fahren und antwortete mit einem vernichtenden Blick:

»Auch das geht dich einen verfluchten Dreck an, Rain Tallman.«

Sie hätte blind sein müssen, um nicht die Verärgerung in seinen tiefschwarzen Augen wahrzunehmen.

»Fluchen und in Hosen herumlaufen. Juicy muß dich ja wirklich an der langen Leine geführt haben«, sagte er leise.

»Wage es ja nicht, etwas gegen Onkel Juicy zu sagen! Er hat mich geheiratet und vor Stith Lenning gerettet. Das war einiges mehr, als du jemals für mich getan hast.« Die Worte strömten aus ihrem Mund, bevor sie sie zurückhalten konnte.

»Ich war noch jung. Ich hatte keine Möglichkeiten, mich um dich zu kümmern.«

»Du . . ., du hast ja noch nicht mal daran gedacht. Du mußtest auf Bergen herumsteigen und Flüsse durchschwimmen«, fauchte sie und wünschte, er würde gehen, bevor sie gänzlich die Kontrolle verlieren und in Tränen ausbrechen würde.

»Das ist doch schon so lange her. Nimmst du mir das heute noch übel? Seit ich hier bin, benimmst du dich wie ein Hund, dem man auf den Schwanz getreten hat.«

Amy stupste der Kuh mit dem Kopf in die Seite und begann wieder zu melken. Die einzigen Geräusche in dem Stall war die Milch, die gleichmäßig in den Eimer spritzte, und das zufriedene Muhen der Kuh. Nach kurzem Schweigen fragte Amy:

»Wann reist du ab?«

»Bin ich hier nicht mehr willkommen?«

Sie schwieg einen Moment und murmelte dann: »Kann ich nicht sagen. Ist ja schließlich nicht mein Haus.«

»Das ist es also, du bist eifersüchtig auf deine Schwester.«

Seine Worte trafen Amy wie ein Schlag. Sie holte zitternd Luft, schloß ihre Augen und molk instinktiv weiter. Als sie fertig war, stand sie auf und drehte sich herum. Rains durchdringender Blick war auf ihr Gesicht gerichtet. Plötzlich wurde sie sich deutlich seiner breiten Brust und seines schlanken, muskulösen Körpers bewußt. Er strahlte Energie, Stärke und Selbstvertrauen aus. Wie betäubt starrte sie ihn an, ihre bernsteinfarbenen Augen unbewegt auf seine gerichtet.

Sie war ihm vollkommen egal.

Wieder und wieder fuhr ihr dieser Gedanke durch den Kopf. Dabei fühlte sie, wie das Herz in ihrer Brust zu Stein wurde und ihr Magen sich verkrampfte. Sie fürchtete, sich übergeben zu müssen. Doch trotz ihrer überschäumenden Gefühle sprach sie mit leiser, fester Stimme.

»Du hast dich verändert, Rain. Früher hättest du so etwas noch nicht einmal gedacht.« Sie schaute ihn an, und aus ihren Augen und Gesichtszügen sprachen Schmerz und Enttäuschung.

»Was denkst du denn, was ich gemeint habe?« fragte er mit leiser, beklommener Stimme, während sein Blick dem ihren standhielt.

»Das solltest du mir wohl besser sagen.«

»Ich habe mich gefragt, ob du vielleicht auf Liberty eifersüchtig bist, weil sie ein eigenes Zuhause, einen Mann und Kinder hat. Ich bin mir sicher, daß du all das auch haben könntest, wenn du wolltest.«

»Du mußt keine sehr hohe Meinung von mir haben, wenn du denkst, daß ich meiner Schwester die Familie neide.« Amys Stimme wurde von Stolz getragen, obwohl sie noch nie im Leben einen solchen Drang verspürt hatte zu weinen.

»Ich weiß einfach nicht mehr, was ich von dir halten soll.«

»Das wußtest du damals schon nicht.«

»Wir sind keine Kinder mehr. Wir sollten versuchen, normal miteinander umzugehen ... schon Libby zuliebe.«

»Ich werde versuchen, dir aus dem Weg zu gehen.« Mit hochgezogenen Augenbrauen ergriff Amy den Eimer, ging an Rain vorbei zur Tür. »Blas die Laterne aus, wenn du rausgehst!« sagte sie über die Schulter.

»Amy! Was zum Teufel ist los mit dir?«

»Nichts, Rain. Ich bin dieselbe, die ich immer war.«

Rain spürte, daß ihr Verhalten etwas mit ihm zu tun hatte. Er hatte gesehen, wie sie mit Daniel und Mercy Späße getrieben hatte, mit ihnen gelacht hatte. Doch wenn er in ihre Nähe kam, wurde sie verschlossen. Er suchte nach Erklärungen und fand keine. Er war ein Mann, der viel Zeit allein verbracht hatte, der sich durch Taten ausgedrückt hatte und die wenigen Worte, die er sprach, waren immer auf Handlungen bezogen. Am liebsten hätte er sie gepackt und ihr gesagt, nicht wegzulaufen.

»Wenn du nicht mit uns nach Westen kommen willst, dann sag es. Mach Farrs und Libbys Träume nicht kaputt!« rief er ihr nach und wußte instinktiv, daß er das Falsche gesagt hatte.

Amy antwortete nicht. Sie öffnete die Stalltür, ging nach draußen und trat dann mit solcher Kraft gegen die Tür, um sie zu schließen, daß sie wieder aufsprang. Als sie von drinnen leises Fluchen hörte, fühlte sie kurzzeitig eine tiefe Befriedigung.

Kapitel 5

Rain schaute Amy nach, als sie den Stall verließ. Erstaunt stellte er fest, daß er so wütend war, daß er am liebsten mit seinen Fäusten gegen die dicken Holzbalken geschlagen hätte. Während er Heu in die einzelnen Stallungen warf, fragte er sich, warum er so aufgebracht war. Warum verstörte ihn Amys Haltung ihm gegenüber bloß so sehr? Er hatte wohl einfach gar nicht erwartet, sie in Quill's Station anzutreffen, und ihr Anblick am ersten Abend hatte ein unbekanntes Gefühl in ihm ausgelöst. Er hatte zu lange keine Frau mehr gehabt, versuchte er es sich zu erklären.

Er beendete die Arbeiten im Stall und blies die Laterne aus. Selbst im Halbdunkeln hatte er die Kränkung an ihrem Gesicht ablesen können. Er fragte sich, ob er der Wahrheit wohl zu nahe gekommen war, als er gefragt hatte, ob sie eifersüchtig auf Libby war. Sie hatte die ganzen Jahre hier mit Libby und Farr verbracht und schon als Kind Farr so sehr gemocht, daß sie mit ihren Problemen immer zuerst zu ihm gegangen war. Hatte sie sich in den Mann ihrer Schwester verliebt? War das der Grund, warum sie nicht wieder geheiratet hatte? Diese Vorstellung war so bedrückend, daß er am liebsten sein Pferd gesattelt und ausgeritten wäre. Stattdessen ging er zum Haus zurück.

Der Tag verging schnell. Rain und Farr verbrachten fast die gesamte Zeit im Laden, wo sie Waren auswählten, mit denen man entlang des Arkansas Handel treiben konnte. Sie entschieden sich für Kerzen, Salz, Apfelessig, Bohnen, Mehl, einige Ballen Stoff, Saatgut und fünfhundert Pfund gute, harte Seife. Rain schlug darüber hinaus noch vor, Whiskey, Tabak, Messer, Nadeln, Holzperlen, Zwirn, Zinnober, Blei, Schießpulver, Gewehre, Decken, Feuersteine, Messergriffe und Geldgürtel mitzunehmen.

Im Sägewerk schauten sie sich die schweren Planwagen an, mit denen Farr die Güter und seine Familie nach Westen transportieren wollte.

»Die Bodenbretter sind zwei Zoll stark und die Seitenbretter nur wenig dünner. Die müssen ja auch einiges aushalten, wenn ich außer den Waren auch noch Werkzeuge für die Errichtung eines neuen Sägewerks mitnehmen will. Was meinst du, Rain?«

Rain kniete nieder und überprüfte die winkelförmigen Bodenverstärkungen aus Eisen.

»Ich habe noch nie einen besser verarbeiteten Boden gesehen. Wenn man ihn auf Zweiundfünfzig-Zoll-Räder mit Eisenverstärkung montieren würde, könnte man die meisten Ströme überqueren, ohne von unten naß zu werden.«

Farr legte die Hände auf eins der Rückräder und umfaßte es.

»Manchmal denke ich schon, daß ich ganz schön verrückt sein muß, meine Familie aus der Geborgenheit von Quill's Station zu reißen und sie in eine unbesiedelte Gegend mitzunehmen. Mein Gott, Rain! Wenn Libby etwas passieren sollte...«

Rain zuckte mit den Schultern. »Ich habe dir gesagt, worauf du dich einstellen mußt, Farr. Es ist deine Entscheidung.«

»Es ist nicht nur meine. Libby will ja auch gehen. Sie freut sich darauf.«

»Manche Frauen mögen es, wegzuziehen und einen neuen Anfang zu machen. Andere bleiben lieber, wo sie sind.«

»Die meisten Frauen würden es hassen, ein Haus wie unseres zu verlassen. Doch Libby sagt, daß das Zuhause dort ist, wo die Familie ist, und nicht umgekehrt.«

»So habe ich das noch gar nicht gesehen.«

Das Wort *Zuhause* hatte Rain nie viel bedeutet. Er hatte noch nie ein Zuhause gehabt – ein richtiges Zuhause, ein eigenes. Zuerst hatte er in John »Gefleckter Elchs« Zelt gelebt und dann war er zu Farr und Juicy gekommen. Danach war sein Zuhause, wo immer er seine Decke hinlegen konnte. In seinem Tal würde es anders werden, dachte er. Die Hütte, die er bauen würde, wäre seine, und die Frau, die er dorthin bringen würde, wäre seine Frau ...

»Mach dir keine Sorgen um Amy. Sie wird schon mitkommen.«

Farrs Stimme riß Rain aus seinen Gedanken, und er drehte sich mit einem etwas verwirrten Gesichtsausdruck zu ihm hin.

»Ich mache mir keine Sorgen.« Noch während er die Worte aussprach, wußte er, daß sie nicht stimmten. Da er immer ehrlich zu sich selbst war, mußte er sich eingestehen, daß er vollkommen enttäuscht wäre, wenn Amy sich entscheiden sollte, in Quill's Station zu bleiben.

»Ihr Vater drängt sie, Tally Perkins zu heiraten.«

»Ich kann mir nicht vorstellen, daß sie sich zu irgend etwas drängen läßt. Sie ist doch kein Kind mehr.«

»Nein, ein Kind ist sie tatsächlich nicht mehr.« Farr drehte sich um, und sie gingen zum Haus zurück. »Sie hat sich bis zum Schluß aufopferungsvoll um Juicy gekümmert.«

»Ich hatte gedacht, sie wäre längst wieder verheiratet. So viele Frauen gibt's hier schließlich nicht.«

Farr lachte. »Sie hätte jeden haben können. Alle unverheirateten Männer der Gegend haben um ihre Hand angehalten. Einige standen schon vor der Tür, als Juicy noch nicht einmal begraben war. Sie hat ihnen wegen der Frechheit, aufzukreuzen, bevor ihr Mann unter der Erde ist, ganz schön die Meinung gesagt. Juicy hätte sich köstlich darüber amüsiert.«

»Juicy hätte sie an einer etwas kürzeren Leine führen sollen«, brummte Rain.

Farr schaute ihm ins Gesicht. »Stören dich die Hosen? Die Leute hier haben sich daran gewöhnt. Nur manchmal schaut sich noch jemand nach ihr um.« Farr lachte. »Unsere Amy ist schon ein tolles Mädchen. Sie kann fast alles genauso gut machen wie ein Mann.«

»Ich hab' schon einmal eine Frau in Hosen gesehen. Sie war hart wie Stahl und zäh wie Stiefelleder. Ich ziehe Frauen vor, die etwas sanfter sind.«

Farr klopfte Rain auf die Schulter. »So wie Libby?«

Rain grinste seinen Freund an. »Genauso wie Libby.«

Am Ende der Woche verließ Rain Quill's Station, um in Carrolltown Colby Carroll zu besuchen. Auf dem Rückweg wollte er in Louisville Miss Woodbury und ihre Tante abholen. Am letzten Morgen fing er Amy im Stall ab, als sie gerade fertig war mit melken.

»Morgen, Amy.«

»Morgen.«

»Gutes Reisewetter heute. Mit ein bißchen Glück werde ich schon in einer Woche Colby sehen.«

»Grüß ihn und Willa von mir.«

»Mach' ich.«

»Wiedersehen.« Sie nahm den Eimer und ließ Rain links liegen.

»Amy . . . warte!«

Sie drehte sich um, hob ihre Brauen und sah zu ihm hinauf. Die Hoffnung, die sich ihrer bemächtigt hatte, erstarb sofort wieder, als sie in seine dunklen, unergründlichen Augen blickte. In seinen Augenwinkeln waren tiefe Furchen zu erkennen, die von seinem Leben unter freier Sonne rührten. Es gab noch weitere Fältchen, die von Erfahrung, Anstrengungen und kalten Wintern zeugten. Sein Blick war hart und durchdringend, ohne Gefühl für sie.

Unablässig blickte er sie an, und langsam machte sie der

prüfende Blick unruhig. Sie überlegte krampfhaft, was sie wohl sagen könnte. Blödmann! Warum sagte er denn nichts? Sie streckte ihren Rücken und entschied sich, ebenfalls zu schweigen. Ihre Augen schienen von seinen angezogen zu werden, und sie hielt seinem Blick stand, bis er vom Gesicht über die Haare und schließlich über ihren gesamten Körper wanderte.

Amy stellte den Milcheimer ab und schaute ihm weiter ins Gesicht.

Als er schließlich doch etwas sagte, war seine Stimme sanfter, als sie erwartet hatte. Obwohl seine Lippen sich kaum bewegten, konnte sie ihn deutlich verstehen.

»Erinnerst du dich an das letzte Mal, als wir uns verabschiedet haben? Da hast du mich geküßt.«

Ihr Gesicht wurde feuerrot. Er lächelte nicht, also zog er sie auch nicht auf. Plötzlich kam ihr der Gedanke, daß er sie verantwortlich machen wollte – daß er ihr die Schuld dafür gab, daß sie während der letzten Woche kein Wort miteinander gesprochen hatten. Sie schwieg solange, bis sie die Beschimpfungen, die ihr auf der Zunge lagen, heruntergeschluckt hatte. Dieser dickköpfige Idiot! Merkte er denn nicht, daß sie sich nach ihm verzehrte, daß sie ihn kaum anschauen konnte, ohne in Tränen auszubrechen? Obwohl ihr Herz wie rasend schlug, warf sie den Kopf in den Nacken und konzentrierte sich darauf, gleichgültig zu klingen.

»Ich war noch ein Kind, und Kinder sind halt manchmal albern.«

»Damals erschien es mir aber nicht albern.«

»Na ja...« Sie zuckte mit den Schultern und beugte sich nach vorne, um den Eimer aufzuheben. Seine Hand hinderte sie daran.

»Amy... laß es uns noch mal versuchen.« Seine Worte übertönten den hämmernden Pulsschlag in ihren Ohren.

Sie war zu überrascht, um zu antworten, und ihr Mund

stand vor Erstaunen halb offen. Als sie das Glitzern in seinen Augen sah, dachte sie, ihr Herz würde vor Freude zerspringen, und vollkommen entsetzt starrte sie ihn an, als er seine Arme um sie legte.

Amy sah, wie sich sein Mund auf sie zubewegte und drückte instinktiv mit den Fingern gegen seine Brust. Er legte seine Lippen sanft auf ihre und ergriff langsam Besitz von ihrem Mund. Ihre Lippen öffneten sich einladend unter seinem zarten Druck, als ob sie die Kontrolle über sie verloren hätte. Auf ihrer Wange konnte sie das Kratzen seiner Bartstoppeln fühlen, und unter ihrer Handfläche fühlte sie sein heftig schlagendes Herz. Mit den Fingern liebkoste er ihren Nacken, und ein wohliger Schauer durchlief ihren Körper. Ihre Hände glitten unter seinen Armen hindurch auf seinen Rücken, und sie zog ihn eng an sich heran.

Ihr Nachgeben schien ihn noch mehr anzuspornen, und in seinem Kuß lag ein solch leidenschaftliches Verlangen, daß sich etwas Warmes und Kraftvolles in ihr regte, was sie nie zuvor gekannt hatte. Seine Hitze sprang auf sie über, und sie schmolz in seinen starken Armen dahin.

Rain hob seinen Kopf ein wenig, bis sich ihre Nasenspitzen berührten, und schaute sie mit glänzenden Augen an. Dann drückte er ihr zärtlich, beinahe schon ehrfürchtig, einen letzten Kuß auf den Mund , bevor er sie sachte von sich wegschob.

»Ich hatte es gar nicht so gut in Erinnerung.«

Er sprach die Worte so leise, daß Amy sie kaum verstehen konnte. Sie schloß ihre Augen, da ihr schwindelig war. Die Brust zog sich ihr zusammen, und ihre Kehle war wie zugeschnürt. Sie wollte ihn unbedingt in die Arme nehmen und ihn bitten, sie mitzunehmen. Doch die Angst, etwas Dummes zu sagen, brachte sie zurück in die Wirklichkeit. Als sie sich nach vorne beugte, um den Eimer aufzuheben, nahm er seine Hände von ihren Schultern. Sie verließ den Stall.

»Amy ..., ich komme zurück.«

Sie hörte die bekannten Worte und schaute sich um. Vor sich sah sie wieder den großen schlanken Jungen, der auf einem geliehenen Pferd saß und das Zaumzeug fest im Griff hatte. Unfähig, etwas zu sagen, nickte sie ihm zu und ging rasch zum Haus zurück.

Die folgenden Wochen standen ganz im Zeichen hektischer Vorbereitungen. Farr war die meiste Zeit unterwegs. Er ließ einen der großen Planwagen so ausstatten, daß die ganze Familie darin leben konnte, und drei Wagen wurden derart verstärkt, daß sie das Gewicht der Vorräte, der Handelsgüter und der Werkzeuge aushielten. Er und Liberty beschlossen, sich genug Land zu sichern, um nicht mehr beengt leben zu müssen wie in Quill's Station.

Liberty wählte aus, was sie einpacken und was sie bei Maude und ihrem Vater lassen wollte.

»Wir nehmen das Spinnrad mit und lassen dafür den Webstuhl hier. Die Federbetten kommen alle mit. Wenn man sie flach übereinander legt, kann man sie als Matratze benutzen. Natürlich nehmen wir die Uhr mit, das gute Geschirr, den Schaukelstuhl und die Truhen. Was nimmst du mit, Amy?«

Liberty stand inmitten der Unordnung und sah ihre Schwester prüfend an. Nachdem Rain sie vor mehr als einem Monat verlassen hatte, war sie eine Zeitlang so gut gelaunt gewesen, wie schon lange nicht mehr, doch nun wurde sie nach und nach wieder verschlossener und zog sich öfter allein zurück.

Amy, die an einem Wildlederhemd arbeitete, das ihr bis zu den Knien gehen würde, schaute nur kurz auf.

»Kleider, Gewehr, Messer, Decken.«

Liberty guckte ihre Schwester besorgt an. Zwischen ihren Brauen und um die Augen und den Mund herum konnte man ein paar Sorgenfältchen entdecken. Sie hatte oft einen grüblerischen Gesichtsausdruck und Schatten unter den Augen. Ihr breiter Mund mit der vollen, weichen Unterlippe lächelte selten. Liberty war sich sicher, daß die Bedrücktheit ihrer Schwester mit Rains Verhalten ihr gegenüber zu tun hatte. Sie hatte versucht, mit ihr über ihn zu sprechen, aber Amy war nicht darauf eingegangen.

Mercy, die aus dem Dachgeschoß herunterkam, unterbrach Libertys Gedanken.

»Wann kommen Rain und Daniel zurück?«

»Erst in ein paar Wochen. Ich schwör's dir, Mercy. Du fragst mich jeden Tag. Wenn ich es nicht besser wüßte, müßte ich annehmen, du vermißt Daniel.«

»Tu' ich nicht. Ich vermisse ihn überhaupt nicht. Ich mag Mike viel lieber. Er kommandiert mich nicht immer rum. Ich bin nur froh, daß er auch mit nach Arkansas kommt.«

»Ich auch. Farr sagt, daß er ein fleißiger Arbeiter ist und schnell lernt. Er ist sehr geschickt mit Hammer und Säge.«

»Geschickter als Daniel?«

»Nein. Farr hat die beiden nicht miteinander verglichen.«

Liberty schaute zu Amy herüber und sah ihr wissendes Lächeln. Sie wußten beide, daß Mercy, obwohl sie sich ständig über Daniel beschwerte, nichts auf ihn kommen ließ. Vor ein paar Monaten hatte sie sich auf Tally gestürzt und ihm gegen das Schienbein getreten, als er Daniel beiseite geschubst hatte.

Mercy beugte sich über Mary Elizabeths Wiege und wischte ihr das Kinn ab. »Sie sabbert schon wieder, Ma.«

»Sie kriegt ihre ersten Zähne. Das wird noch eine Weile so weitergehen. Gib ihr den Schnuller!«

»Ich will ganz viele Kinder haben.«

»Werd erst mal erwachsen«, sagte Amy, sah zu ihr auf und lächelte das blonde Mädchen liebevoll an.

»Das weiß ich auch.« Mercy steckte Mary Elizabeth den Schnuller in den Mund, setzte sich dann mit gekreuzten Beinen auf den Boden und schaukelte die Wiege. »Warum hast du keins, Amy? Ich wette, Rain würde dir dabei helfen.«

»Mercy!« rief Liberty. »Was sind denn das für Töne von einem kleinen Mädchen?«

»Ich weiß, wie das geht. Ich weiß auch, wie eine Kuh ein Kälbchen kriegt. Als ich bei Grandma Maude war, hab' ich gesehen, wie Tally eine Kuh zu einem großen wilden Stier gebracht hat. Ich hab' gesehen, was der Stier mit der Kuh gemacht hat, bevor der blöde Daniel mich aus dem Stall geholt hat. Grandma hat gesagt, daß die Kuh ein Kälbchen kriegen wird und ich ihm einen Namen geben darf.«

»Daniel hatte ganz recht damit, dich aus dem Stall zu holen. Ein kleines Mädchen guckt sich so was nicht an.« Liberty drehte sich um, damit Mercy nicht sehen konnte, daß sie ein Lächeln unterdrücken mußte.

»Hat Papa das auch mit dir gemacht, damit du Zack und Mary Elizabeth kriegen konntest?«

»Mercy!« Liberty schaute in Mercys unschuldiges Gesicht und wandte sich dann hilfesuchend zu Amy hinüber.

Amy streckte ihre Beine aus und legte einen Fuß über den anderen. Sie langte nach hinten und warf ihren langen, dicken Zopf vorn über die Schulter, bevor sie den Kopf gegen die Rückenlehne des Stuhls legte und die Arme vor der Brust verschränkte.

»Erzähl doch mal, Libby!«

»Ach du. Bist mal wieder überhaupt keine Hilfe.« Liberty sah ihre Schwester böse an.

»Ich weiß, daß es nicht passiert, wenn du bei Papa auf dem Schoß sitzt.« Mercy neigte den Kopf zur Seite und lächelte Liberty wissend an. »Weil dein Kleid nicht offen ist. Deswegen!«

Liberty warf die Hände in die Luft. »Um Gottes willen!«

»Ich glaube, du solltest mit Mercy mal unter vier Augen sprechen«, riet Amy und konnte sich das Lachen kaum verkneifen.

»Wenn's mir niemand erzählt, frag' ich eben ... Mike.« Mercy stand auf und ging zur Tür.

»Komm sofort hierher, junge Lady. Wage es ja nicht, mit Mike über so etwas zu sprechen.«

»Warum nicht? Ich habe Daniel gefragt, und er hat gesagt, ich sei noch zu jung. Mike denkt bestimmt anders. Er hat mir erzählt, ich sei so groß wie seine Schwester, und die war schon fast vierzehn.«

»Groß zu sein hat nichts damit zu tun.«

»Pearle Jackson trägt jeden Monat so ein Tuch in der Unterhose, und ich bin so groß wie sie.«

Liberty schaute hilflos an die Decke. »Ich glaube, wir müssen uns tatsächlich mal unterhalten. Leg deinen Schal um, wir gehen zum Brunnen.«

Am nächsten Morgen kam ein Wagen mit Elija, Maude und Tally den Weg heraufgefahren. Als der Hund bellte, ging Amy zum Fenster, um zu sehen, was los war.

»Das darf doch nicht wahr sein! Da kommen Papa und Maude. Warum dieser nutzlose Hund sich nicht erhebt und sie beißt, ist mir ein Rätsel.«

Liberty lachte. »Der alte Pike würde niemanden beißen, selbst wenn sie das Haus Stück für Stück abreißen würden.«

»Wenn Papa wieder von Tally und Hochzeit anfängt . . .«

»Du weißt genau, daß er das tun wird. Sag ihm nur, daß du dich entschieden hast und ignoriere ihn. Sei freundlich, Liebes, wir reisen ja bald ab.«

»Sei freundlich!« Amy machte eine abfällige Handbewegung. »Freundlichkeit hilft bei Papa gar nicht weiter, wenn er sich was in den Kopf gesetzt hat.«

Liberty ging zur Tür. Amy stand am Fenster und wartete, bis der Grund ihrer Verärgerung vor der Tür angekommen war, dann ging sie in den anderen Raum, um die Begegnung mit ihrem Vater solange wie möglich hinauszuzögern.

»Wir sind gekommen, um euch behilflich zu sein, eure Sachen zu packen«, sagte Maude gutgelaunt zur Begrüßung und reichte einige Körbe mit Lebensmitteln an. »Tally, bring die Pferde in den Stall und sieh zu, wie du Farr helfen kannst. Elija, Schatz, trag doch bitte die Körbe ins Haus.«

Elija gehorchte aufs Wort und fing erst an zu murren, als er sicher war, daß Farr nicht im Haus war.

»Ich bin enttäuscht, Libby. Hätte gedacht, du würdest dir besser überlegen, was du machst. Hier abzuhauen und in die Wildnis zu gehen, ist total verrückt.«

»Sag das Farr, Papa«, entgegnete Liberty mit ruhiger Stimme.

Elija schaute sie mit einem mißbilligenden, düsteren Blick an. »Wenn ein Mann sich ein bißchen rumtreibt, ist das eine Sache, aber daß eine Frau sich mit 'nem Haufen junger Männer davonmacht, geht mir nicht in den Kopf. Das ist reiner Wahnsinn.«

Liberty ignorierte ihn und schaute in den Korb, den Maude unterm Arm hatte.

»Du hast Apfelkuchen mitgebracht!« rief sie erfreut aus. »Wenn du wüßtest, wie lange wir schon keinen Apfelkuchen mehr hatten. Möchtest du Sahne auf dein Stück, Papa?«

»Das hätte es zu meiner Zeit nicht gegeben«, fuhr Elija mit dröhnender Stimme unbeirrt fort. Er konnte sich taub stellen, wenn er unbedingt etwas loswerden wollte. »Ich will ja nicht sagen, daß ich keine Fehler hab', aber so was komplett Verrücktes hab' ich nie gemacht.« Er lief unruhig auf und ab und hustete hin und wieder.

»Ach du liebes bißchen, Mary Elizabeth! Laß dich mal auf den Arm nehmen.« Maude hob das Baby aus der Wiege. »Elija, schau mal, wie groß das Baby geworden ist. Sie wird einmal ein wunderhübsches Mädchen werden.«

Elija grunzte und warf einen Blick auf das Baby. »Wenn sie nicht vorher von den Heiden skalpiert wird.«

Amy kam vom Dachgeschoß, wo sie sich vor ihrem Vater versteckt hatte, herunter. Sie ging, ohne ihn eines Blickes zu würdigen, zur Tür.

»Begrüßt du deinen Vater nicht mehr?«

»Hallo.«

»Ich hab' dir was zu sagen.«

»Hab' ich mir schon gedacht.« Amy schnitt eine Grimasse.

»Als dein Vater habe ich wohl ein Wörtchen mitzureden ...«

»Noch nicht mal ein Wirbelsturm könnte dich davon abhalten, deinen Senf dazuzugeben«, unterbrach sie ihn mürrisch, drehte sich zu ihm um, steckte die Hände in die Taschen, zog die Schultern hoch und wartete.

»Das geht überhaupt nicht an, daß du in die Wildnis gehst, ohne einen Mann, der auf dich aufpaßt. Ich wäre beruhigt, wenn Tally mitkäme ...«

»Wenn du nichts anderes zu sagen hast, dann hab' ich schon genug gehört!«

»War ja klar, daß du wieder bockig bist. Hat gar keinen Zweck, mit Frauen wie dir zu diskutieren.«

»In einem liegst du richtig, Papa. Ich bin eine Frau und kein Kind. Ich wähle mir meinen Mann selber aus.«

»Du denkst, du weißt alles und ich nichts. Gehst gleich in die Luft, wenn ich versuche, dir einen Rat zu geben.«

»Deine Ratschläge kümmern mich einen Dreck«, antwortete Amy unbarmherzig. »Außerdem sagt Libby immer, daß Ratschläge wie Lebertran sind. Nur gut für andere.«

»Es gibt keinen Grund, so was zu sagen«, jammerte Elija, während er hilflos mit den Schultern zuckte.

»Ich will mich nicht weiter mit dir streiten, Papa«, sagte Amy in einem sanfteren Ton und wandte sich ab.

»Aber ich muß das jetzt loswerden!« Elija schrie so laut, daß das Baby vor Angst anfing zu weinen.

Amy drehte sich wieder um, den Blick voll unterdrückter Wut.

»Du kannst so sauer sein, wie du willst, und du kannst auch sagen, was du willst, aber es ist mir verdammt noch mal egal!«

»Das ist typisch. Nie willst du auf mich hören ...«

Amy fluchte in sich hinein, drehte sich um und wollte davonlaufen, wandte sich aber noch einmal mit einer Zornesfalte auf der Stirn zurück. Sie richtete den Zeigefinger auf ihren Vater.

»Jetzt hör du mir ein einziges Mal zu. Ich bin es leid, daß du ständig diesen Schwachkopf anschleppst. Wenn er sich noch einmal hier blicken läßt, schieße ich ihm so viel Schrot in den Hintern, daß er nie wieder darauf sitzen kann!«

Elija hielt die Luft an und schürzte die Lippen. Dann ließ er seine schmalen Schultern sinken. »Ich bin nur froh, daß deine Ma das nicht mehr hören muß.«

»Das sagst du immer, wenn dir nichts mehr einfällt. Ist nicht meine Schuld, daß sie bei meiner Geburt gestorben ist. Sie war gerade mal vierzehn, als du sie geheiratet hast«, sagte Amy verächtlich. »Du konntest gar nicht abwarten, mit ihr ins Bett zu gehen. Wundert mich auch überhaupt nicht, daß du mich an Stith Lenning geben wolltest, als ich zwölf war.«

Die Spannung, die sich in Amy in den letzten Tagen aufgestaut hatte, machte sich jetzt in heftigen Kopfschmerzen bemerkbar. Sie wollte nichts anderes, als aus dem Haus gehen und in den ruhigen Wäldern verschwinden. Sie preßte die Fingerspitzen gegen die Schläfen und ging zur Tür. Doch Elijas Worte hielten sie zurück.

»Ich schicke Tally ...«

Amy wirbelte herum. Sie stemmte ihre geballten Fäuste in die Hüften, und ihre Stimme war schrill vor Wut. »Kriegst du es nicht in deinen Kopf, daß ich ihn nicht will? Wenn er es wagen sollte, sich uns anzuschließen, werde ich mich in Saint Louis verabschieden und mir ein Boot nach New Orleans nehmen. Dann wirst du nie mehr etwas von mir hören.«

»Du bist so hartherzig, Amy.« Elija schüttelte traurig den Kopf.

»Halt dich aus meinen Angelegenheiten raus, oder du wirst

am eigenen Leib erfahren, wie hartherzig ich sein kann.« Amy nahm ihr Gewehr und stürmte nach draußen.

»Frauen! Hören einem Mann nie zu, reden aber ohne Punkt und Komma dummes Zeug. Ich sag's euch: Ihr werdet alle zugrunde gehen. Ich weiß wirklich nicht, was mit Amy los ist. Regt sich auf wegen nichts.«

»Amy scheint heute ein wenig verärgert zu sein«, stellte Maude fest und warf Elija ein mitfühlendes Lächeln zu.

Maude hatte Amys Laune nur unzureichend beschrieben. Sie kochte vor Wut, und sobald sie allein war, ließ sie einen ganzen Schwall von Flüchen los. Sie nahm den Weg zum Fluß und ging am rauschenden klaren Wasser entlang, bis sie zu dem Hügel kam, wo Juicy begraben lag. Einen Moment lang schaute sie auf das Namensschild herab, das Farr so sorgfältig geschnitzt hatte. Sie atmete tief ein und aus und hoffte, so ihre Nerven zu beruhigen. Der alte Mann, der hier unter der Erde lag, war ihr Vater gewesen, ihr Großvater, ihr Lehrer und der beste Freund, den sie je gehabt hatte.

Mit Tränen in den Augen strich sie liebevoll über das Schild, bevor sie aufstand und zu dem einzigen anderen Grab in der kleinen Lichtung ging, dem von Fawnella Quill.

Juicy hatte ihr die Geschichte bestimmt ein dutzendmal erzählt, wie Farr, als er noch ein junger Bursche war, das Mädchen aus den Händen zweier verrückter Trapper befreit hatte. Sie war stumm und konnte ihnen nichts von sich erzählen. Farr war der Verzweiflung nahe gewesen, als sie von einem Franzosen getötet wurde, während er und Juicy nicht zu Hause waren. Aus diesem Grund hatte Juicy Amy beigebracht, wie man sich verteidigt.

Nach einer Weile ging Amy zum Weg zurück. Manchmal freute sie sich auf den Tag, an dem Rain zurückkommen würde, manchmal fürchtete sie sich davor. Es war jetzt Ende März, und sie hatten weder von ihm noch von Colby Carroll gehört. Sie merkte, daß Farr langsam unruhig wurde. Er hatte gehofft, jetzt schon unterwegs zu sein. Die Märzwinde hatten dafür gesorgt, daß die Wege trocken waren, und je weiter man nach Süden kam, desto wärmer würde es sein.

Amy ging zum Sägewerk, wo Farr und Mike an dem Wagen arbeiteten. Als Tally bei ihnen entdeckt wurde, war es bereits zu spät, umzukehren. Sobald sie näher kam, schien er vollkommen zu vergessen, was er gerade machte, und glotzte sie mit offenem Mund an.

»Hallo, Tally.«

»Hah-lo, Miss Amy.« Er stammelte immer, wenn er mit Amy sprach.

Amy hätte Tally vielleicht sogar mögen können, wenn es nicht Maude und ihren Vater gegeben hätte. Er war fleißig und tat, was man ihm auftrug. Er war ein großer, starker Mann und gar nicht so unansehnlich, wenn man mal von seinem selbstgefälligen, trägen Gesichtsausdruck absah. Er war nicht gerade eine große Leuchte, aber auch nicht richtig dumm. Es fehlte ihm einfach an gesundem Menschenverstand.

Was Amy am meisten an ihm störte, war, daß er so sehr unter der Fuchtel seiner Mutter stand, daß er nie etwas sagte, ohne sich vorher mit einem Blick ihrer Zustimmung zu versichern. Amy fragte sich, warum sie unbedingt wollten, daß er ihr nach Arkansas folgte. Dachten Maude und ihr Vater etwa, daß sie ihn schließlich doch heiraten würde und ihm dann die Kontrolle über das Geld, das ihr Juicy vermacht hatte, überließe? Sie entschied sich, ihn geradeheraus anzusprechen.

»Ich möchte mit dir sprechen, Tally.«

»Ja, Ma'am.« Seine Augen waren vor Überraschung weit geöffnet, und er lächelte, als sie sich von dem lauten Geräusch der Säge entfernten.

»Ich werde dich nicht heiraten, Tally. Niemals!« Amy sprach laut und deutlich, um sicherzugehen, daß Tally verstand.

»Oh ...« Das Lächeln erstarb, und sein Gesicht nahm einen besorgten Ausdruck an.

»Ich liebe dich nicht, und du liebst mich nicht. Deine Mutter und dein Vater haben mich dir vorgestellt, als du dich für noch kein anderes Mädchen interessiert hattest. Du solltest selber die Wahl treffen. Laß sie nicht für dich wählen.«

»Ich habe dich ausgewählt, Miss Amy.«

»Ich habe dich aber nicht ausgewählt«, entgegnete Amy freundlich. »Ich möchte dich nicht verletzen, Tally, aber ich möchte, daß du dir die Gedanken an eine Hochzeit mit mir ganz schnell aus dem Kopf schlägst.«

»Es gibt niemanden Hübscheres als dich.«

»Pfff! Wie wär's denn mit der kleinen Luscomb oder den Cash-Töchtern? Oder Tom Treloars Tochter? Susie ist hübsch, und Betsy und Katy. Versuch's mal bei einer von denen!«

»Ach, das kann ich nicht.«

»Warum denn nicht?«

»Na, weil Ma gesagt hat ...«

»Aha! ›Ma hat gesagt‹«, äffte sie ihn nach. »Wie alt bist du, Tally? Zweiundzwanzig? Du bist ein Mann, also verhalte dich auch so und sag deiner Mutter, sie soll zur Hölle gehen. Du heiratest wen und wann du willst.« Amy drehte sich um und machte sich davon.

»Miss Amy«, rief er ihr hinterher. »Ich würde wirklich gern die Berge sehen.«

Amy knirschte mit den Zähnen und verkniff sich eine scharfe Antwort.

Maude und Elija fuhren am Nachmittag zurück, kündigten aber an, in der nächsten Woche wiederzukommen. Amy war dem Haus fast den ganzen Tag fern geblieben, um eine weitere Konfrontation mit ihrem Vater zu vermeiden. Müde und hungrig kehrte sie rechtzeitig zurück, um zum Abschied zu winken.

»Du solltest dich nicht von Papa vertreiben lassen«, sagte Liberty. »Komm rein und iß etwas.«

»Er macht mich so wütend, daß ich kaum noch weiß, wo mir der Kopf steht.«

»Papa ist nun mal so. Als ich jünger war, hab' ich manchmal gedacht, ich hasse ihn. Jetzt tut er mir eigentlich nur noch leid.«

»Er tut dir leid? Ich bitte dich! Er hat sich im Leben um niemanden gekümmert, außer um sich selbst.«

»Er kümmert sich um Maude.«

»Das glaube ich keine Minute. Er kümmert sich um das, was Maude gehört – die Farm.«

»Er arbeitet hart. Dafür sorgt sie schon.«

»Warum will er bloß Tally mit uns an den Arkansas schikken? Wo er doch derjenige ist, der die meiste Arbeit erledigt. Du kannst dich drauf verlassen, daß Papa so wenig wie möglich macht.«

»Darüber habe ich auch nachgedacht. Vielleicht planen sie, Tally vorauszuschicken, um später nachzukommen. Papa möchte sich wirklich nicht von uns trennen, Amy. Wir sind für ihn so eine Art Sicherheit.«

»Großer Gott! Hat das denn nie ein Ende?«

Liberty lachte. »Nimm dir sein Gerede doch nicht so zu Herzen.«

»Leichter gesagt als getan«, entgegnete Amy trocken.

Von draußen konnte man ein Schreien vernehmen, das beide Frauen aufblicken ließ.

»Ma! Amy! Ma! Amy! Daniel kommt! Daniel und Rain kommen zurück!« Mercy stürmte heran und öffnete so schwungvoll die Tür, daß diese gegen die Wand schlug. »Sie kommen«, rief sie atemlos.

Mercys Worte gingen Amy durch Mark und Bein. Sie wurde kreidebleich, das Herz schien ihr still zu stehen, bevor es anfing, rasend schnell zu schlagen. Mit wackligen Beinen stand sie auf und ging zum Fenster.

Zwei Reiter, gefolgt von einem Wagen, kamen den Weg herauf. Eine Frau in einem blauen Kleid und mit einem Hut auf dem Kopf saß vorne neben dem Fahrer. Amy sah an ihr vorbei, und ihr Blick blieb auf dem großen schwarzhaarigen Mann auf dem braunen Pferd haften. Seine Worte von vor mehr als zwei Monaten hallten in ihren Ohren.

Amy…, ich komme zurück.

Kapitel 6

Sie kommen! Rain und Daniel kommen! Wird die Lady auch bei uns wohnen, Ma?« rief Mercy.

»Schrei doch nicht so, Schätzchen«, versuchte Liberty ihre Tochter zu beruhigen. »Natürlich wird sie bei uns wohnen. Wir brechen frühestens in ein, zwei Wochen auf.«

Amy stand gegen den Türpfosten gelehnt und sah die Gruppe näher kommen. Ihr Blick war auf Rain gerichtet, und die Freude, die sie beim Anblick seines großen, aufrechten Körpers empfand, machte sie für alles andere blind. Sie liebte die Art, wie er seinen Kopf zur Seite neigte, so als wolle er jemandem zuhören. Sie hatte oft daran gedacht, was im Stall passiert war, bevor er abgereist war. Es war ihr immer wie ein Traum vorgekommen, ein sehr schöner, wundervoller Traum.

Daniel, der einen neuen Hut trug, ritt neben Rain. Er wird so schnell erwachsen, schoß es Amy bei seinem Anblick durch den Kopf. Hielt er ein neues Gewehr in den Händen? Der Wagen hinter ihnen hatte angehalten. Die Frau, die neben dem Fahrer saß, trug einen hohen Hut mit einer umgeschlagenen schwarzen Krempe. Zwei Männer auf großen, langbeinigen Maultieren folgten dem Wagen.

Farr und Zack warteten am Weg, der vor dem Haus eine Kurve machte. Mike stand im Schatten der Eiche, und Amy fragte sich, ob er wohl ein wenig nervös war, Rain wiederzusehen. Er hatte in den letzten Monaten einiges an Gewicht zugenommen und war Farr nicht von der Seite gewichen.

Farr ging ein paar Schritte vor, um Rain die Hand zu schütteln, nachdem er vom Pferd gesprungen war.

»Schön, daß du wieder da bist, Rain. Meine Güte, Daniel! Du bist ja mindestens einen Fuß gewachsen.« Daniel hatte ein breites Grinsen auf dem Gesicht. Farr schüttelte seine Hand, warf dann die Arme um seine Schultern und drückte ihn herzlich an sich. »Wir haben dich ganz schön vermißt, Junge.«

»Auf ihn kann man sich verlassen«, sagte Rain. »Hallo, Mike. Du hast dich ja gut erholt. Hat Farr dich ordentlich eingespannt?«

»Ja ... ziemlich.« Er schüttelte Rain mit einem erleichterten Lächeln die Hand.

»Scheint dir aber gut bekommen zu sein.«

»Daniel«, rief Zack. »Mike hat eine Rattenfalle gebaut.«

Daniels junges Gesicht strahlte vor Freude. Er packte Zack und hob ihn in die Höhe, ließ ihn aber sogleich wieder runter, da Liberty aus dem Haus kam, um ihn zu umarmen.

»Daniel, wie ich dich vermißt habe! Ich bin so froh, daß du wieder da bist.« Dann lächelte sie Rain zu. »Hallo, Rain. Darf ich dich auch umarmen?«

»Da bitte ich drum, Libby«, erwiderte er und umarmte sie kurz.

Mercy stand ein wenig steif neben Liberty, die Hände verlegen auf dem Rücken. Nachdem Daniel alle begrüßt hatte, zog er ein kleines Päckchen aus der Tasche und hielt es Mercy hin.

»Hier. Das hab' ich dir in Louisville gekauft.«

»Für mich?« quiekte Mercy.

»Für dich hab' ich auch was, Zack. Es ist zwischen meinem Bettzeug.« Daniel kniete nieder, um den Hund zu streicheln. »Hast du mich vermißt, Pike?«

Vor dem Haus brachte der Kutscher die Pferde endgültig zum Stehen. Rain ging zu dem Wagen und reichte der Frau, die sich erhoben hatte und auf seine Hilfe wartete, die Hand. Dann umfaßte er ihre Taille und hob sie vorsichtig herunter. Sie war eine schlanke Frau, die Rain kaum bis zur Schulter reichte. Er hakte sie unter und führte sie zu Liberty und Farr, die ihr neugierig entgegensahen.

»Darf ich dir Miss Woodbury vorstellen, Libby?«

»Hallo.« Liberty streckte ihr die Hand hin. Die Frau erwiderte den Gruß, lächelte, sagte aber kein Wort.

»Miss Woodbury hat eine schwere Zeit durchgemacht. Ihre Tante ist gestorben, kurz bevor wir Louisville verlassen hatten.«

»Oh, das tut mir leid. Kommen Sie herein, und ich stelle Ihnen meine Schwester vor, während die Männer die Sachen hereintragen. Wenn Sie sich ausgeruht haben, werden wir zu Abend essen.«

Amy betrachtete Eleanor Woodbury, als sie zur Tür ging. Sie war die schönste Frau, die sie jemals gesehen hatte. Sie war zierlich wie ein Porzellanpüppchen. Ihr Haar war schwarz, ihre Haut blaß und ihre Augen lavendelblau. Die kleinen Fältchen um die Augen und den Mund ließen Amy vermuten, daß ihr Alter zwischen ihrem und Libbys liegen mußte. Sie fühlte sich groß und plump in ihrer Gegenwart, und ihre Wildlederhose und das selbstgesponnene Hemd kamen ihr schäbig und unpassend vor. Sie schaute wieder zu Rain hinüber, der von ihr abgewandt mit Farr sprach. Dann ging sie zurück ins Haus, gefolgt von Liberty und ihrem Gast, während ihr das Herz bis in den Hals pochte.

»Ich kann Ihnen gar nicht genug dafür danken, daß Sie mich bei sich aufnehmen, Mrs. Quill. Obwohl die Reise anstrengend war, ist Rain immer freundlich und zuvorkommend gewesen. Er ist ja so ein netter Mann.« Eleanor setzte den blauen Hut mit dem Trauerflor ab und strich sich mit ihren kleinen weißen Händen das Haar glatt. »Das arme Tantchen ist krank geworden, kurz bevor Rain ankam; sie hat so sehr gelitten. Ich konnte sie nicht alleine lassen, und so haben wir an ihrem Krankenbett gewacht ... bis zum bitteren Ende.« Sie konnte nur noch flüstern.

»Sie haben getan, was Sie konnten«, tröstete sie Liberty. »Darf ich Ihnen meine Schwester Amy vorstellen.«

Eleanor schaute Amy nur kurz an, nickte ihr zu und wandte sich wieder von ihr ab.

»Setzen Sie sich doch, Miss Woodbury«, forderte Liberty sie auf. »Rain oder Daniel werden Ihren Koffer reinbringen, und Sie können sich dann den oberen Raum mit Amy und Mercy teilen.«

»Ja, Rain wird sich schon um meine Sachen kümmern. Machen sie sich aber keine Umstände meinetwegen, Ma'am.« Eleanor setzte sich in den Schaukelstuhl und raffte ihre Röcke, bis die Spitzen ihrer Schuhe zum Vorschein kamen.

Jedesmal, wenn Eleanor Rains Namen aussprach, lief Amy ein Schauer den Rücken herunter. Sie schürte das Feuer, versuchte ihr heftig schlagendes Herz zu ignorieren und suchte nach einer Entschuldigung, den Raum zu verlassen, um nachzudenken. Doch ihr fiel nichts Glaubwürdiges ein. Es gab nichts anderes zu tun, als zu bleiben und Liberty beim Zubereiten des Essens zu helfen.

Farr und Rain standen am Wagen und sahen Daniel dabei zu, wie er mit dem Hund spielte.

»Ich glaube, er ist ganz froh, wieder zu Hause zu sein.« Farr lachte leise, als er sah, wie Pike einem Stöckchen hinterherjagte, das Daniel geworfen hatte.

Der Mann, der den Wagen kutschiert hatte, kam, um Rains Pferd in den Stall zu bringen.

»Farr, das ist Gavin McCourtney. Er begleitet uns bis nach Belle Point.«

Als Farr ihm seine Hand entgegenstreckte, wurde diese von einer noch größeren ergriffen. Er schaute in stechend blaue Augen, und die beiden Männer musterten sich von oben bis unten. Gavin war ein hühnenhafter, freundlicher Mann. Alles an ihm war ein bißchen zu groß – Mund, Nase, Ohren, Hände,

Schultern. Er hatte verfilzte braune Haare, die von der Sonne ausgeblichen und in seinem Nacken zu einen Zopf zusammengebunden waren. Seine Nase war schief, und Kinn und Wangen trugen die Spuren zahlreicher Wirtshausschlägereien. Trotz alledem erkannte Farr, daß man sich auf ihn verlassen konnte. Als er in Gavins weit geöffnete Augen schaute, konnte er nichts anderes als Offenheit und Ehrlichkeit darin entdekken.

»Guten Tag.«

»Ebenso.« Der Mann sprach mit einem schweren schottischen Akzent. »Können wir den Wagen hier stehenlassen, oder sollen wir ihn hinters Haus bringen?«

»Hier steht er gut. Mike wird euch mit den Pferden helfen.«

»Jonas, Albert«, rief Rain den beiden neben ihren Maultieren stehenden Männern zu. »Kommt, ich möchte euch Farr Quill vorstellen.« Er raunte Farr ins Ohr: »Die beiden sind Jäger, die ich noch von der Zeit her kenne, als ich den Missouri raufgefahren bin. Sie können einer Spur in den Bergen so gut folgen wie kein anderer.«

»Hallo.« Farr gab ihnen die Hand. Beide waren groß und hager, mit struppigen Haaren und wettergegerbten Gesichtern. Sie schauten ihm in die Augen. Farr kannte diesen Blick. Wenn sie ihn nicht mochten, würden sie nicht für ihn arbeiten, egal wieviel Geld man ihnen böte. »Willkommen. Wenn Rain sagt, ihr seid in Ordnung, dann reicht mir das. Gebt euren Maultieren zu trinken und bringt sie in den Stall. Gleich gibt's Abendessen.« Die Männer nickten und gingen fort. Farr wandte sich an Rain. »Ihr wart sehr lange unterwegs. Ich hatte schon fast die Hoffnung aufgegeben.«

»Es ging nicht anders. Miss Woodburys Tante war bereits krank, als ich ankam, und es war offensichtlich, daß sie im Sterben lag. Nachdem wir sie beerdigt hatten, sind wir sofort aufgebrochen.«

»Das sollte ja auch kein Vorwurf sein.«

Rain betrachtete Gavin, der die Pferde tränkte, dann schaute er wieder zu Farr hinüber. Er grinste. »Ich habe ihn in einem Gasthaus in Louisville getroffen, wo er einige Köpfe eingeschlagen hatte. Ich habe ihn mitgenommen, bevor der zuständige Deputy aufkreuzte.«

»Wie ein Raufbold sieht er allerdings aus, aber ich hab' schon mehr ehemalige Gauner getroffen, aus denen noch rechtschaffene Männer geworden sind.«

»Ich weiß nicht, ob er wirklich rechtschaffen ist. Bislang jedenfalls hätte ich keinen besseren Mann finden können. Wir hatten allerdings auch keine großen Probleme zu bewältigen. Mit den anderen beiden bin ich vor etwa einem Jahr den Missouri raufgefahren. Sie sind zuverlässig und gute Fährtenleser, die auch vor Schwierigkeiten nicht zurückschrecken. Ich habe ihnen keine großen Versprechungen gemacht.«

»Ich spreche morgen mit ihnen. Hier gibt's eigentlich niemanden, der scharf darauf wäre, Tally Perkins mitzunehmen. Wie sieht's in Carrolltown aus?«

»Gute und schlechte Nachrichten. Die gute: Colby und sein Vater möchten kaufen. Die schlechte: Willa ist in anderen Umständen, und es geht ihr nicht sehr gut. Colby vermutet, daß er Carrolltown nicht vor dem ersten Mai verlassen kann.«

Farr runzelte die Stirn. »Ist das eine schlechte Nachricht?«

»Wäre es nicht, wenn ich Will Bradford nicht versprochen hätte, Anfang Juni zurück zu sein. Das wird auch so schon schwierig genug, selbst wenn wir morgen aufbrechen würden. Will rechnet damit, nach Süden versetzt zu werden. Ich möchte Miss Woodbury zu ihm bringen, bevor es soweit ist. Das letzte, was ich möchte, ist, sie nach Mexiko runterbringen zu müssen.«

»Dann mußt du halt vor uns aufbrechen.«

»Daran habe ich auch schon gedacht. Ich muß so bald wie möglich weiter, aber ich werde euch ja eine Karte zeichnen, der ihr folgen könnt, sobald ihr hier fertig seid. Das ist auch einer der Gründe, weshalb ich Albert und Jonas mitgebracht habe. Sie kennen die Gegend.«

»Uns bleibt wohl nichts anderes übrig. Ich kann Quill's Station nicht einfach so zurücklassen, sonst wird sie ausgeplündert, bevor Colby hier ist. Es gibt niemanden, dem ich sie anvertrauen würde. Außerdem werden Sloan und Colby in bar zahlen, und ich brauche das Geld, um meine Schulden zu begleichen.« Farr brach einen Ast von der Eiche ab und steckte das Ende in den Mund.

»Jonas hat gehört, daß Hammond Perry einen Handelsposten am unteren Arkansas gekauft hat. Er wird bestimmt in Windeseile den gesamten Fluß entlang seine Geschäfte aufziehen und alle anderen in den Konkurs treiben.«

»Ich interessiere mich nicht für den Pelzhandel. Das Gebiet wird neu besiedelt, und die Leute müssen versorgt werden. Was sie brauchen, ist Bauholz und eine Mühle.«

»Mit den beiden Männern, die ich mitgebracht habe, und Mike und Daniel, seid ihr fünf Männer. Das ist ganz gut, vielleicht solltet ihr aber noch einen oder zwei dazunehmen, die bleiben, wenn Jonas und Albert euch verlassen. Die beiden wollen sich nämlich nicht niederlassen.«

»Du vergißt Amy. Sie kann so schnell laden und schießen wie ein Mann.«

»Es ist eine Sache, so zum Spaß zu schießen; wenn jemand zurückschießt, sieht's schon anders aus«, bemerkte Rain in sachlichem Tonfall und stellte einen Fuß auf eine Radspeiche. Er stützte den Ellbogen auf seinen Oberschenkel. »Aber da fällt mir etwas anderes ein. Meinst du, Amy wäre damit einverstanden, mich und Miss Woodbury zu begleiten? Will wäre ganz und gar nicht erfreut zu hören, daß seine Braut quer durchs Land reist und nur von Männern begleitet wird.

Er hatte damit gerechnet, daß ihre Tante mitkommen würde.«

»Das mußt du schon mit Amy selbst besprechen.« Farr sah seinen Freund durchdringend an. »Und was soll mit Amy geschehen, nachdem ihr Miss Woodbury abgeliefert habt?«

Rain nahm seinen Fuß von der Speiche. »Sie könnte im Fort bleiben und auf Libby und dich warten. Ich würde mir niemals verzeihen, wenn ihr etwas zustoßen würde. Mein Gott, Farr, sie ist wie meine ... Schwester.«

Farr hob seine buschigen Brauen, und auf sein Gesicht legte sich ein breites Grinsen. Ein lautes Lachen brach aus ihm heraus, während er Rain auf die Schulter klopfte.

»Hast aber eine eigentümliche Art, deine *Schwester* zu küssen. An dem Tag, an dem du abgereist bist, warst du so beschäftigt damit, daß du mich gar nicht gehört hast, als ich die Stalltür geöffnet habe.«

Rain fühlte sich, als habe man ihn mit dem Finger im Marmeladentopf erwischt. Er fragte sich, ob man ihm wohl sein ungutes Gefühl ansehen konnte. Unruhig trat er von einem Fuß auf den anderen, wie jemand, der dringend mal mußte. Zu allem Übel schien sich Farr ganz offensichtlich köstlich über seine mißliche Lage zu amüsieren, der seinen Freund noch nie zuvor so verwirrt gesehen hatte.

»Gavin und die beiden anderen können im Stall schlafen«, sagte Rain schroff. »Wenn du Albert und Jonas nicht haben willst, kannst du sie ja morgen fortschicken.«

In Farrs grünen Augen funkelte noch immer seine Belustigung. »Wenn du meinst, daß ich mich auf sie verlassen kann, Rain, dann übernehme ich sie. Sag ihnen, sie sollen sich die Hände waschen und zum Essen kommen. Ich schau mal nach, ob Libby auch genug für alle gekocht hat.«

Rain ging langsam zum Stall mit dem deutlichen Gefühl, sich zum Narren gemacht zu haben. Jeden einzelnen Tag unterwegs hatte er an Amy gedacht. Er fragte sich, ob Farr sie wohl mit dem Kuß aufgezogen hatte und ob das auch der Grund dafür war, daß sie ihn bei der Ankunft völlig zu ignorieren schien. Ihm wurde schlagartig klar, wie enttäuscht er war. Er blieb kurz stehen und schaute zum Fluß hinüber, während in seinem Kopf die Gedanken umherwirbelten. Er hatte sich so sehr darauf gefreut, zurückzukommen und sie wiederzusehen, und er hatte fast schon erwartet, daß sie auf ihn zugerannt käme, wie sie es schon einmal vor langer Zeit getan hatte.

»Du verdammter Spinner«, murmelte er. »Du solltest besser damit aufhören, bevor du die Kontrolle verlierst.«

Eleanor saß im Schaukelstuhl, während Amy und Liberty die essenden Männer bedienten. Mercy ließ das neue rosa Band, das ihr Daniel mitgebracht hatte, über der Wiege herabhängen. Wenn das Baby brabbelte und gluckste und versuchte, nach dem Band zu greifen, lachte Mercy herzlich.

Die fünf Männer und drei Jungen aßen mit großem Appetit. Die unrasierten Gesichter der beiden Jäger waren noch feucht, als sie hereinkamen, und ihre Haare hatten sie naß zurückgekämmt. Sie waren es nicht gewohnt, an einem Tisch zu sitzen. Liberty versuchte, so gut sie konnte, ihre schlechten Manieren zu übersehen und ihnen das Gefühl zu geben, willkommen zu sein. Gavin McCourtney hatte sich rasiert und ein sauberes, wenn auch zerschlissenes Hemd angezogen. Er sagte sehr wenig, wußte aber, wie man mit Messer und Gabel aß, und kaute bei geschlossenem Mund. Ab und an schaute er von seinem Teller auf und ließ seine durchdringenden blauen Augen langsam und aufmerksam durch den Raum schweifen. Einmal blieben sie an Amys errötendem Gesicht hängen, als sie einige Bratenscheiben auf einen Teller legte, und verweilten lange dort. Auch als sie ihn direkt anguckte, schaute er nicht weg.

Rain war der Blick, den die beiden austauschten, nicht entgangen, und in seinem Bauch machte sich eine tiefe innere

Unruhe bemerkbar. Mein Gott! McCourtney sollte sich besser von Amy fernhalten. Er hatte sich Miss Woodbury gegenüber mit äußerster Zurückhaltung verhalten, und das sollte er bei Amy gefälligst ebenso tun. Wenn McCourtney dachte, sie sei weniger wert, nur weil sie Hosen trug, würde er ihm bald die Meinung sagen oder gleich den Schädel einschlagen. Rains Augen verengten sich ein wenig. Auch wenn man ihm äußerlich seine Gefühle nicht ansah, hatte er doch einen Moment lang nicht zugehört, was Farr erzählte.

»Normalerweise ist der Fluß Mitte Mai nicht sehr hoch.« Farrs Stimme riß Rain aus seinen Gedanken. »Dieses Jahr hat es im Norden nicht so stark geschneit. Der Fluß ist um höchstens zwei Fuß angestiegen.«

»Es sollte eigentlich keine Probleme beim Überqueren geben«, bemerkte Rain geistesabwesend. Er versuchte, sich auf das Problem, das Farr angesprochen hatte, zu konzentrieren, doch war er zu sehr damit beschäftigt, Gavin und Amy zu beobachten.

Farr stützte sich auf den Ellbogen ab und wartete, bis der letzte aufgegessen hatte, dann schob er seinen Stuhl zurück und stand auf.

»Wir können draußen rauchen und die Frauen in Ruhe essen lassen.«

»Das war ein tolles Essen, Libby.« Rain folgte Farr zur Tür.

»Habe wahrscheinlich noch niemals besser gegessen, Mrs. Quill«, lobte Gavin. »Kann ich mich nicht irgendwie erkenntlich zeigen?«

»Um Himmels willen, nein! Aber vielen Dank.« Liberty nahm die Fleischplatte vom Tisch, ohne den Blick zu bemerken, den Gavin Eleanor zuwarf, die gemütlich im Schaukelstuhl saß und keinerlei Anstalten machte, den Frauen beim Abdecken des Tisches zu helfen.

»Ich geh' dann mit nach draußen. Gute Nacht allerseits.«

»Ein netter und höflicher Mann, trotz seines rauhen Äußeren«, stellte Liberty fest, nachdem er hinausgegangen war und die Tür hinter sich geschlossen hatte.

»Ich vermute, er hat sich verstellt, um Sie und Ihre Schwester zu beeindrucken. Man sieht viele solcher Typen entlang des Flusses, Mrs. Quill«, bemerkte Eleanor. »Rauhe Iren oder Schotten, die eine Menge trinken und es verstehen, sich einzuschmeicheln, in Wirklichkeit jedoch vollkommen skrupellos sind.«

»Ach ja? Hat er sich Ihnen gegenüber auf dem Weg von Louisville ungebührlich verhalten?«

»Das hat er nicht gewagt. Rain hat ihn die ganze Zeit über im Auge behalten und ihn nicht mit mir allein gelassen.«

An diesem Punkt faßte Amy den Entschluß, Eleanor nicht zu mögen. Es war offensichtlich, daß sich Eleanor zu fein war, sich mit Männern wie Gavin McCourtney oder den beiden Jägern abzugeben. Mehr als wahrscheinlich, daß sie auch auf alle anderen herabschaute, dachte Amy. Wenn Eleanor nicht die zukünftige Frau von Rains Freund Will Bradford wäre, und sie nicht fürchten müßte, daß Rain wütend wäre, würde sie rein zufällig die Schüssel mit Bratensoße in Eleanors Schoß fallen lassen.

»Setzen Sie sich zu uns, Eleanor.«

Hochnäsiges Verhalten schreckte Liberty grundsätzlich nicht ab. Amy war sich sicher, daß ihre Schwester Miss Woodbury absichtlich beim Vornamen angesprochen hatte. Auf diese Weise wollte sie ihr deutlich machen, daß sie nicht besser war als alle anderen. Amy zweifelte allerdings daran, daß diese Frau intelligent genug war, es zu verstehen.

»Danke, Ma'am. Ich habe wirklich großen Hunger. Es war ein anstrengender Tag. Ich bin so müde, daß ich nach dem Essen sofort ins Bett gehen werde.«

»Ich werde Ihnen Mercys Bett frisch beziehen. Sie kann dann bei Amy schlafen.«

»Das ist sehr freundlich von Ihnen, Ma'am.« Eleanor setzte sich an den Tisch. »Rain hat gesagt, wir fahren schon übermorgen weiter.«

»Das glaube ich nicht. Farr wird bis dahin noch nicht fertig sein.« Liberty holte einen frischen Laib Brot aus dem Ofen.

»Rain hat mir anvertraut, daß er nicht auf Mr. Quill warten will. Er meint, daß eine kleinere Gruppe schneller vorankommt, also wird er mich alleine zu Major Bradford bringen. Tantchens Krankheit hat uns eine ganze Weile aufgehalten, und Willy wird sich wohl schon Sorgen machen.«

»Das hier ist ganz frische Butter, Eleanor. Nehmen Sie doch.« Liberty reichte ihrem Gast mit gesenktem Blick das kleine Töpfchen. Die Tatsache, daß Rain ohne sie abreisen wollte, war schockierend. Sie stellte sich vor, wie verletzt und enttäuscht Farr sein würde, wenn er davon hören würde. Und Amys Gesichtsausdruck zu sehen, brach ihr schier das Herz.

Eleanor nahm etwas von der Butter, strich sie auf das warme Brot und biß ein kleines Stückchen ab.

»Oh, das erinnert mich an Großmama. Großmama hat immer darauf geachtet, daß ich Butter auf mein Brot tat. Sie sagte, es würde meine Wangen rosig und mein Haar glänzend machen. Großmama hat sich um mich gekümmert, nachdem Ma und Pa gestorben waren. Sie und Tantchen. Aber dann ist sie krank geworden und gestorben, genau wie jetzt Tantchen...« Ihre Stimme wurde schwächer, und ihre Augen waren mit dicken Tränen gefüllt. »Alle, die mich geliebt haben..., sind tot.«

»Aber Sie haben doch noch Major Bradford«, sagte Liberty geistesabwesend, da sie immer noch daran dachte, daß Rain sie sofort wieder verlassen wollte. »Er muß Sie doch sehr lieben, wenn er extra Rain nach Louisville geschickt hat, um sie abzuholen.«

»Ja, Willy liebt mich von ganzem Herzen. Er hat einmal Pa

besucht, als ich noch ein kleines Mädchen war. Tantchen hat ihm geschrieben, nachdem Ma und Pa gestorben waren, und er wollte sich natürlich um mich kümmern.«

Natürlich wollte er, dachte Amy. Die meisten Männer waren dumm genug, um auf ein hübsches Gesicht reinzufallen. Aber was ein Mann im Grenzgebiet mit solch einer dummen Pute anfangen wollte, konnte sie sich nicht vorstellen. Ihre Gedanken wechselten zu Rain. Das durfte ja nicht wahr sein! Da hatte sich Farr in den letzten zwei Monaten die Hände wund gearbeitet, und jetzt wollte Rain ohne sie aufbrechen. Wie würde Farr wohl die Neuigkeiten aufnehmen? Amy sah zu ihrer Schwester hinüber und merkte, daß es ihr schwerfiel, das Gespräch mit ihrem Gast in Gang zu halten. Mercy hing an ihren Lippen, allerdings war Mercy auch noch nicht in der Lage, hinter das schöne Gesicht und die teuren Kleider zu schauen.

»Haben Sie Ihr gesamtes Leben in Louisville verbracht?« fragte Amy, um ihrer Schwester etwas von der Last abzunehmen und ihr die Gelegenheit zu geben, ihren eigenen Gedanken nachzuhängen.

»Um Himmels willen, nein! Wir hatten unsere Plantage in den Carolinas. Mein Pa hatte dreihundert Sklaven, riesige Baumwoll- und Tabakfelder und ein großes Haus. Meine Ma war der Mittelpunkt der Gesellschaft von Charleston.« Eleanors lavendelblaue Augen füllten sich mit Tränen, als sie von ihrer früheren Heimat sprach.

»Warum sind Sie dann von dort weggegangen?« fragte Amy geradeheraus.

»Weil nichts mehr übriggeblieben war, nachdem der Sturm alles verwüstet hatte. Meilenhohe Wellen haben alles überschwemmt. Der Wind hat Bäume entwurzelt und das Dach vom Haus gefegt. Die meisten der Sklaven sind geflüchtet, und unser Haus war von einem riesigen See umgeben. Pa hat es nur mit größter Mühe geschafft, mich, Ma und Tantchen in

Sicherheit zu bringen. Als er zurückkam, mußte er feststellen, daß die gesamte Ernte vernichtet war. Es war grausam!«

»Mann oh Mann!« sagte Mercy. »Sind viele Menschen gestorben?«

»Nein, nur ein paar Sklaven.«

»Ach, das sind wohl keine Menschen, was?« fragte Amy und stach mit unnötiger Wucht in ein Stück Fleisch.

»Irgendwie schon, aber nicht so wie wir.«

»Natürlich nicht«, regte sich Amy auf. »Sie lieben ihre Kinder nicht, fühlen keinen Schmerz und werden auch nicht krank. Man läßt sie solange arbeiten, bis sie vor Schwäche sterben, wie Vieh.«

»Nun, ich weiß nicht so recht, worauf Sie hinaus wollen.«

Liberty konnte die Wut in Amys Gesicht sehen. Sie erinnerte sich, wie gut sie sich mit Mr. Washington verstanden hatte, dem Schwarzen, dem die Fähre gehörte, als sie nach Quill's Station gekommen waren.

»Was haben Sie denn in Louisville gemacht, Eleanor?« mischte sich Liberty dezent in das Gespräch ein.

»Nichts, Ma'am. Was hätte ich denn machen können?«

»Ich meinte eigentlich, was Ihr Vater gemacht hat, nachdem er die Plantage verloren hatte.«

»Auch nichts. Man hatte ihn nicht erzogen, um zu arbeiten.«

»Ach so. Er muß also genug Erspartes gehabt haben, von dem Sie leben konnten.«

»Kaum. Er hat schließlich zugestimmt, daß Ma jungen Damen das Spinettspielen beibrachte, er konnte es aber kaum ertragen, daß sie dafür Geld nahm.« Eleanor legte ihre Gabel neben den Teller. »Ich habe soviel gegessen, wie ich konnte, Ma'am. Wenn Sie nun Rain ausrichten würden, mir den Koffer nach oben zu bringen, ginge ich gerne zu Bett.«

»Wie wär's denn, wenn Sie ihn selber fragen?« Amy schaute direkt in die vor Überraschung weit geöffneten Augen, die dann kalt zurückstarrten.

»Das kann ich auch«, entgegnete Eleanor schnippisch. »Jawohl, das kann ich machen.«

»Dann tun Sie's! Wir kümmern uns hier alle selber um unsere Angelegenheiten.« Amys Augen waren kalt wie Eis.

»Rain hatte mir erzählt, ich würde hier willkommen sein. Ich hoffe, ich muß mich nicht bei ihm über Sie beschweren, Ma'am.«

»Hören Sie auf, mich Ma'am zu nennen. Wenn mich nicht alles täuscht, sind Sie älter als ich.«

»Niemals!« fuhr Eleanor auf, bei der die Bemerkung über das Alter ihre Wirkung nicht verfehlte. »Rain hat mir erzählt, Sie seien verwitwet. Wie lange waren Sie denn verheiratet? Zehn Jahre? Fünfzehn Jahre? Ihr Hinterwäldlerfrauen heiratet ja schon so früh.«

»Ich habe mit zwölf geheiratet, und zwar für fünf Jahre. Mein Mann ist vor zwei Jahren gestorben.« Amy schob ihr Kinn nach vorne, und ihr Blick ließ Eleanor davon absehen, die frühe Heirat zu kommentieren.

»Na, dann kann man Sie ja tatsächlich noch Miss nennen. Aber offiziell sind Sie eine Ma'am.«

»Ich kann drauf verzichten.«

Eleanor warf ihr ein kaltes, verkrampftes Lächeln zu. »Sehr gut, aber ich glaube, wir kennen uns noch nicht lange genug, um uns beim Vornamen anzureden.«

»Wenn Sie mich *überhaupt* anreden müssen, dann nennen Sie mich bitte Mrs. Deverell.« Amy gelang es noch kälter zu lächeln als Eleanor.

»Ich kann mir auch nicht vorstellen, warum ich Sie anreden sollte. Ich habe schon ein paar Frauen getroffen, die nicht wußten, wie man sich angemessen kleidet. Aber eine Frau, die Hosen trägt, habe ich noch nie gesehen.«

»Sie tragen also keine Hose unter Ihrem Rock? Na, wie praktisch!« Amy fühlte, wie der Ärger sie überschwemmte und schaute ihr Gegenüber zornentflammt. an Am liebsten hätte sie ihr das freche Grinsen aus dem hübschen Puppengesicht geprügelt.

Liberty stand entschieden vom Tisch auf. »Mercy, renn mal schnell raus und sag Rain oder Daniel Bescheid, Miss Woodburys Koffer reinzubringen.« Sie nahm eine Kerze vom Kaminsims und entzündete sie. »Ich zeige Ihnen Ihr Bett, Miss Woodbury.«

»Danke, Ma'am. Ich bin Ihnen sehr dankbar für Ihre Gastfreundschaft.« Sie warf Amy einen herausfordernden Blick zu, raffte ihre Röcke und folgte Liberty die Treppe zum Dachgeschoß hinauf.

Amy räumte den Tisch ab und stellte das Geschirr in den Bottich, als sich die Tür öffnete. Sie drehte sich um und sah Rain mit einem kleinen Koffer auf der Schulter hereinkommen. Da er sich seitlich durch die Tür schob, hatte sie sich schon wieder abgewandt, bevor er sie bemerkte.

»Wo möchten Sie ihn hin haben?«

Amy hörte die bekannte Stimme, und ein Zittern ging durch ihren Körper: Sie biß die Zähne aufeinander, bevor sie antwortete:

»Ich möchte ihn nirgendwo hin haben«, zischte sie. »Aber sie hätte ihn gerne oben.« Sie deutete mit einer Kopfbewegung zur Treppe hin.

Rain ging die Treppe hinauf, bis seine Schultern auf der Höhe des Dachbodens waren. Er stellte den Koffer auf den Boden, gab ihm einen Stoß und ging dann wieder die Treppe hinunter.

»Danke, Rain«, rief ihm Eleanor hinterher.

Amy schaute in die andere Richtung, merkte jedoch, daß er hinter ihr stand, hatte jeden seiner Schritte vernommen, jede Bewegung, seit er das Haus betreten hatte. Sie hielt die Luft an und überlegte, ob sie fliehen sollte. Ein kurzer, schneller Ruck an ihrem Zopf führte dazu, daß sie den Kopf umdrehte.

»Schau mich an!« Seine Worte waren scharf wie ein Pistolenschuß. Gleichzeitig faßte er sie bei den Schultern und drehte sie zu sich um.

Ihr gesamter Körper, von der heftig klopfenden Halsschlagader bis zu den geballten Fäusten, bebte vor Wut, die sich durch den Streit mit Eleanor und Rains Entscheidung, ohne sie nach Arkansas aufzubrechen, aufgestaut hatte. Sie mußte aufsehen. Seine dunklen Augen und sein falkenhaftes Gesicht waren zu nahe; sie versuchte, einen Schritt zurückzuweichen, stieß aber gegen den Tisch. Rain war nicht nur schön, stark und tüchtig, schoß es ihr durch den Kopf, sondern auch ... rücksichtslos.

»Was willst du?«

»Ich will mit dir sprechen.«

»Warum?«

»Verdammt, Amy, muß es denn immer einen Grund geben?«

»Ich hab' schon gehört, daß du übermorgen wieder abreist.«

Seine Brauen zogen sich zusammen, und sie konnte die Verärgerung in seinem Gesicht ablesen. Genugtuung ließ ihr das Herz noch schneller schlagen als ohnehin schon.

»Das wollte ich dir eigentlich selber sagen.«

»Hat Miss Woodbury schon für dich erledigt.«

»Niemand spricht für mich außer mir selbst.«

Amy wartete, bis sie sicher war, daß ihre Stimme nicht brechen würde. »Ich muß Liberty helfen.«

»Komm danach bitte nach draußen.«

»Dann ist es Zeit, ins Bett zu gehen.«

»Warum bist du so verdammt dickköpfig?« Er schaute auf die Uhr auf dem Kaminsims. »Sei draußen, bevor die Uhr das nächstemal schlägt, oder ich komme und schleife dich eigenhändig hinaus.« Er schaute sie mit kalten stummen Augen an.

»Na gut.« Sie versuchte, seinem Blick gelassen standzuhalten. Da der Ärger, der bisher ihre Tränen zurückgehalten hatte, langsam verflog, rief sie sich wieder Eleanor Woodburys Worte ins Gedächtnis. Rain hat mir anvertraut, daß er nicht auf Mr. Quill warten wird. Sie holte tief Luft. »Na gut«, wiederholte sie.

»Du kommst?«

»Habe ich doch gesagt«, fuhr sie ihn an. »Hau jetzt ab, damit ich meine Arbeit machen kann.«

»Ich habe das ernst gemeint. Du kommst raus, bevor die Uhr das nächste Mal schlägt.« Er wartete einen Moment, und als sie nichts erwiderte, stapfte er zur Tür, durch die gerade Mercy hereinschlüpfte. Wortlos ging er an ihr vorbei und warf die Tür hinter sich ins Schloß.

»Warum ist er so wütend, Amy? Ich möchte nicht, daß Rain böse auf mich ist. Er sah ja wütender aus als eine in die Enge getriebene Schneekatze.« Mercy lehnte sich gegen den Tisch und versuchte in Amys abgewandtes Gesicht zu schauen.

»Wickel das Brot in ein Tuch ein, Schätzchen, und halt bitte den Mund, sonst wecken wir noch Mary Elizabeth auf. Wenn wir morgen noch etwas Maisbrot backen, werden wir genug fürs Frühstück haben.«

Die Worte kamen wie von selbst aus Amys Mund, während ihre Gedanken ganz woanders waren. In ihrem Kopf wirbelten Fragen umher. Worüber wollte Rain mit ihr sprechen? War Mercy nach draußen gerannt und hatte ihm erzählt, daß sie Streit mit Miss Woodbury hatte? Das war's, dachte sie. Das mußte es sein. Was hätte ihn sonst so wütend machen können? Sie würde sich auf jeden Fall nicht entschuldigen. Je früher er mit der eingebildeten Zicke abhauen würde, desto besser.

Das stimmt nicht, Amy Deverell, sagte ihr eine innere Stimme. Du bist nur neidisch, weil sie so hübsch ist, und du im Vergleich dazu aussiehst, wie eine . . . Kuh. Rain hatte zwei Monate mit ihr verbracht und könnte sich in sie verliebt haben, selbst, wenn sie mit seinem Freund verlobt war. Welche Frau würde schon jemand anderen wollen, wenn sie Rain haben konnte? Dieser verdammte Rain Tallman! Sie würde nicht vor so einer hirnlosen Kreatur kriechen. Dafür war sie zu stolz. Ein zweiter Gedanke verdrängte den ersten: Stolz könnte dazu führen, ihn zu verlieren. Jetzt war es auf jeden Fall zu spät. Wenn Rain Tallman sie nicht so mochte, wie sie war, dann gab es genügend andere. Zum Beispiel diesen Schotten. Sie hatte die Bewunderung für sie in seinen Augen gesehen, und er hatte in keiner Weise versucht, sie zu verbergen.

Je länger Amy über alles nachdachte, desto schlechter fühlte sie sich. Automatisch arbeitete sie weiter, bis Liberty herunterkam und ihr half. Die beiden mußten nicht miteinander reden. Jede wußte, was die andere dachte.

Kapitel 7

Die Nacht war außergewöhnlich dunkel. Mike und Daniel hatten ein kleines Feuer auf der Lichtung neben dem Holzstapel entfacht, um das sich die Männer versammelt hatten, um zu rauchen und Geschichten zu erzählen.

»Der Grizzly war mindestens drei Meter groß«, sagte Jonas gerade. »Ich war die Espe bis ganz nach oben geklettert, und er streckte sich und versuchte, den Baum umzuknicken. Ich hatte 'nen Riesenklumpen Kautabak im Mund. Als die Espe anfing zu knacken, wußte ich, was zu tun war. Ich hab' dem Grizzly die volle Ladung Kautabak direkt ins Auge gespuckt. Er brüllte so laut, daß es Tote aufgeweckt hätte. Dann ließ er den Baum los. Der schnappte zurück, und ich wurde im hohen Bogen durch die Luft geschleudert. Ich sag' euch, wie'n Vogel bin ich geflogen und dann genau in der Mitte vom Fluß gelandet. Ich kann nicht schwimmen und war deshalb wieder genauso schlecht dran wie vorher auf dem Baum. Aber als dann ein Elch vorbeigeschwommen kam, hab' ich ihn am Schwanz gepackt und mich festgehalten, bis …«

»So'n Quatsch!« sagte Daniel. »Und ich hätte die Geschichte mit dem Grizzly fast geglaubt.«

»Glaub bloß nie 'ne Geschichte, die Jonas erzählt, Junge«, riet Albert. »Er denkt sich den ganzen Tag Lügen aus, die er dann irgend jemandem unterjubeln kann.«

»Die von dem Katzenfisch is' aber keine Lüge, Albert. Das weißt du. Warst ja schließlich dabei.«

»Erzählen Sie, Mr. Jonas. Ist mir egal, ob sie gelogen ist oder nicht.« Mike warf ein paar Stöckchen ins Feuer. Es loderte hell auf, und man konnte erkennen, daß Zack auf der Schulter seines Vaters eingeschlafen war.

Gavin McCourtney hatte die ganze Zeit ruhig dagesessen, seine Pfeife geraucht und gelegentlich über einige der unglaublichen Geschichten der Jäger gelacht.

Rain beobachtete den Weg zur Tür und wartete darauf, daß Amy auftauchte. Vor wenigen Minuten hatte die Uhr zur vollen Stunde geschlagen. Er beschloß, ihr noch ein bißchen Zeit zu geben, bevor er sie holen würde. Dann aber würde er seine Drohung wahr machen und nicht zulassen, daß sie ihr Versprechen brach. Er wollte mit ihr sprechen, und zwar sofort.

»Mr. McCourtney kennt ein paar gute Geschichten«, sagte Daniel. »Eine hat er mir erzählt, als wir auf dem Boot waren und den Fluß runtergefahren sind. Erzählen Sie ihnen von den äh ... Ko ...«

»Du meinst die Kobolde, Kleiner.«

»Erzählen Sie von denen, die in den Bäumen wohnen und die denjenigen, der sie sieht, zu Schätzen führen.«

»Das ist eine Geschichte, die die Iren von Generation zu Generation weitergeben. Manche schwören, daß sie wahr ist. Man erzählt, daß man in den Wäldern bei Mondschein winzige merkwürdige Wesen tanzen sehen kann. Auf ihren Köpfen tragen sie hohe, spitze Hüte und an ihren Füßen Schuhe mit Schellen dran und ...«

Die Tür öffnete sich, und Kerzenlicht erhellte die Dunkelheit. Amy blieb einen Moment im Türrahmen stehen, bevor sie hinausging und die Tür hinter sich schloß. Rain stand auf und überquerte schnellen Schrittes den Hof. Sie stand mit dem Rücken zum Haus, fast unsichtbar in ihrem langen Wildlederhemd und der Hose. Ohne zu zögern, faßte Rain sie am Arm und führte sie zur Straße.

»Komm! Wir gehen ein Stück den Weg entlang.«

»Worüber willst du mit mir sprechen?« fragte Amy, um irgend etwas zu sagen.

»Was möchtest du mir denn erzählen?« Die Frage überraschte sie, und sie blieb stehen. Die Hand auf ihrem Unterarm forderte sie auf weiterzugehen.

»Worüber?«

»Über das, was Miss Woodbury dir erzählt hat.«

Sie gingen zu der Baracke, in der während der Indianerkriege Patrouillen gewohnt hatten. Farr benutzte sie jetzt als Vorratslager. Amy riß sich von Rain los und entfernte sich einige Schritte von ihm.

»Ich bin enttäuscht ... für Farr und Libby.«

»Hat dir Miss Woodbury erzählt, warum wir nicht warten können?«

»Oh, ja. Sie hat gesagt, daß sich *Willy* Sorgen macht und daß ihr ohne uns schneller vorankommen würdet.«

»Das stimmt, ist aber noch nicht alles.«

»Reicht doch.«

Rain ergriff wieder ihren Arm und zog sie zu sich heran. »Warum können wir nicht miteinander sprechen, ohne uns anzufauchen?«

»Wer faucht denn hier?«

»Du. Setz dich. Ich will dir von Colby und Willa erzählen.«

Amy setzte sich auf einen gefällten Baum, und Rain stellte seinen Fuß neben sie, so, als befürchtete er, daß sie im nächsten Moment aufspringen und davonrennen könnte. Es entstand eine lange Stille, und Amy wartete darauf, daß er weitersprach. Sie fühlte, daß er sie betrachtete, und war froh, daß er ihr gerötetes Gesicht nicht sehen konnte.

»Na und?« fragte sie, als sie die Stille nicht länger aushielt.

»Colby möchte Farr Quill's Station abkaufen, aber aus Rücksicht auf Willa kann er Carrolltown nicht vor dem ersten Mai verlassen.« Geduldig und wortreicher, als es seine Art war, erklärte er ihr, warum Farr bleiben und auf Colby warten mußte, um dann mit Jonas und Albert zum Arkansas nachzukommen. Er erzählte ihr, daß er die beiden Jäger ausgewählt hatte, weil sie Farr am besten den Weg zeigen konnten. Er erklärte ihr auch, warum Miss Woodbury so schnell wie möglich nach Belle Point gebracht werden mußte. »Ich würde mich höllisch ärgern, wenn ich ankäme und Will bereits versetzt worden wäre. Ich plane, von Belle Point aus denselben Weg zurück zu reiten, bis ich Farr irgendwo bei Davidsonville treffe. Das ist eine Siedlung in der nordwestlichen Ecke des Arkansas-Territoriums. Deswegen muß ich schnell und mit wenig Gepäck reisen.«

»Warum erzählst du mir das?«

»Weil ich möchte, daß du mitkommst.«

Amy war einen Moment sprachlos. Schließlich fragte sie: »Warum?«

»Will ist davon ausgegangen, daß Miss Woodburys Tante sie begleitet. Es sähe nicht gut aus, wenn sie nur in der Begleitung zweier Männer zum Fort käme.«

»Nein.«

»Nein?«

»Nein.« Amy stand auf und entfernte sich von ihm. »Ich möchte nicht das Kindermädchen für diese eingebildete Schnepfe spielen. Du kannst sie alleine zu ihrem Willy bringen. Je eher sie geht, desto besser.« Der Schmerz, der auf den Hoffnungsschimmer gefolgt war, gab ihrer Stimme einen unbeteiligten, frostigen Klang.

»Du sollst auch nicht ihr Kindermädchen spielen. Du sollst nur mitkommen, damit dem Anstand Genüge getan ist. Ich habe mit Farr gesprochen, und er sagte, die Entscheidung liege bei dir.«

Damit dem Anstand Genüge getan ist. Der Satz beleidigte sie.

»Ich hab's dir gesagt, ich komme nicht mit.«

»Denk doch erst mal drüber nach.«

»Da muß ich gar nicht groß nachdenken, ich mag sie nicht.«

»Was hat das denn damit zu tun?«

Amy antwortete nicht, sondern drehte sich um und verschränkte ihre Arme vor der Brust. Sie war hin- und hergerissen von Rains Vorschlag und hoffte, daß er es ihr nicht anmerkte. Sie hatte das Gefühl, an einem Abgrund zu stehen. Ihr Kopf schmerzte, ihre Augen brannten, und zum erstenmal in ihrem Leben wollte sie sich in ein Loch verkriechen und weinen.

Rains Hände umklammerten ihre Schultern. Sie versuchte, sie abzuschütteln, aber er drückte fester zu und zog sie an sich heran. Sie konnte seinen warmen Atem am Ohr spüren.

»Du hast mich doch ... gemocht ... ein klein wenig. Hab' ich mich so sehr verändert, Amy? Wir konnten doch immer miteinander reden.«

»Ich habe geredet. Du hast nie viel gesagt.«

»Ich war schüchtern und wußte noch gar nicht, wer ich war.« Seine Stimme war nicht mehr als ein Flüstern in ihrem Ohr.

»Es ist viel Zeit vergangen. Wir haben uns beide verändert.« Ihre Stimme war leicht rauh, und sie biß sich auf die Unterlippe, damit sie zu zucken aufhörte.

»Ich erkenne aber immer noch die alte Amy.«

»Das ... hast du schon damals im Stall gesagt.«

»Ich sage nur, was ich wirklich meine.«

Er drehte sie herum, damit sie ihn ansah. Sie fühlte seinen scharfen Blick bis ins Knochenmark, und die Beine wurden ihr plötzlich schwach.

»Ich werde dich nicht zwingen, mit uns zu kommen, wenn du absolut nicht willst, aber ich würde es mir sehr wünschen.«

Sie sahen einander an. Unten am Fluß heulte eine Eule, und ein Eichhörnchen lief unruhig in seinem Nest umher. Vom Feuer neben dem Holzstapel drang Gelächter an ihre Ohren. Plötzlich wurde Amy bewußt, daß sie noch nie gehört hatte, daß Rain jemanden um einen Gefallen gebeten hatte, noch nicht einmal Farr.

»Rain ...« Sie hob ihre Hände und ergriff seine Unterarme. »Ich wäre keine gute Reisebegleitung für jemanden wie Miss Woodbury. Wir sind so verschieden wie Tag und Nacht.«

»Das weiß ich. Du brauchst auch nur höflich zu ihr zu sein, sonst nichts. Du und McCourtney könntet euch abwechseln, den Wagen zu fahren. Er ist leicht, und wir werden schnell vorankommen.«

»Aber ... Farr braucht mich auch.«

»Ich brauche dich aber nötiger.« Seine Stimme klang sanft in der Dunkelheit.

»Hör auf, mir zu schmeicheln, Rain.«

»Ich werde dich nicht noch mal fragen.«

Amy stand mit gesenktem Kopf und geschlossenen Augen vor Rain. Ganz langsam zog er sie zu sich heran, bis ihre Stirn seine Schulter berührte. Sie bewegte ihren Kopf vor und zurück.

»Ich weiß nicht, was ich machen soll.«

»Hast du Angst? Ich kann dir nicht versprechen, daß es nicht gefährlich werden wird. Es ist eine rauhe Gegend, noch rauher und unzivilisierter, als es hier war, als du mit Libby hergekommen bist. Aber wenn ich dächte, nicht einigermaßen auf dich aufpassen zu können, würde ich dich nicht mitnehmen.«

»Onkel Juicy hat mir beigebracht, auf mich selbst aufzupassen.«

»Wir hatten denselben Lehrer. Weißt du noch?«

Amy wußte nicht mehr, wann er seine Hände von ihren Schultern genommen und angefangen hatte, ihren Rücken zu streicheln. Es schien ihr ganz natürlich, so nah bei ihm zu stehen, von seinen Armen umschlungen, an ihn gelehnt. Das war Rain, ihr geliebter Rain. Sie legte ihre Arme um seinen starken, festen Körper. Als er sich zu ihr herunterbeugte und eine

Wange auf ihre legte, fühlte sie seine Bartstoppeln auf der Haut. Sie hörte sein Herz klopfen und roch den vertrauten Geruch seines Wildlederhemdes. So stellte sie sich das Paradies vor. Sie wünschte sich von ganzem Herzen, daß sie die Zeit anhalten und für immer mit ihm dort stehenbleiben könnte.

»Ich komme mit, Rain.«

Seine Arme drückten sie so eng an ihn heran, daß sie jeden einzelnen Muskel seines Körpers spürte.

»Ich bin so froh.« Seine Stimme klang belegt, und sein warmer Atem kitzelte sie am Ohr. »Ich möchte übermorgen mit dem ersten Sonnenstrahl aufbrechen.«

»Ich werde da sein.«

»Meinst du, wir kennen uns gut genug, um uns einen Kuß zu geben?« Er flüsterte ihr direkt ins Ohr.

»Was denkst du denn?«

Er lachte leise, hob seinen Kopf und sah ihr in die Augen.

»Amy, Amy! Ich hab' dich schon gekannt, als deine Augen und dein Mund noch zu groß für dein Gesicht waren und du ohne Unterbrechung geplappert hast.« Er streichelte ihr zärtlich über den Rücken und bewegte seine Hand weiter nach oben bis zu ihrem Nacken.

»Du mochtest mich nicht.«

»Ich hatte eine Mordsangst vor dir. Du warst das erste weiße Mädchen, das ich kennengelernt habe, das erste Mädchen, das ich geküßt habe.«

»Ich habe noch nie einen anderen Mann als dich geküßt.«

»Bin ich der einzige, den du im Stall in die Ecke getrieben hast?« neckte er.

»Letztesmal hast *du* mich in die Ecke getrieben.«

»Ja, stimmt. Küß mich noch mal.«

Ganz langsam sagte er diese unwirklichen Worte, und sie fuhr mit ihren Händen durch seine Haare, ließ die Finger darin spielen und zog sacht an ihnen. Dann ließ sie ihre Hände seine Wangenknochen entlanggleiten, fuhr über seine Bartstoppeln und verweilte schließlich mit den Fingerspitzen auf seinem Mund, um seine schmalen Lippen zu erforschen. Danach zog sie seinen Kopf sachte zu sich heran und öffnete einladend die Lippen.

Rain preßte seinen Mund auf ihren. Der Kuß war sanft, süß und zögerlich, als wartete er auf eine Ermutigung, ihn zu verstärken. Amy zehrte von dem neuen Gefühl, das die Berührung seines Körpers in ihr erzeugte, seine festen und doch so sanften Lippen, die ihre erforschten und liebkosten. Sie antwortete mit der gleichen Begierde, die ihr Blut in Wallung brachte, und mit einem Verlangen, das aus tiefster Seele kam.

Um sie herum drehte sich alles.

Als er den Kuß mit wachsender Begierde verstärkte, genoß sie, seine Zähne zu fühlen, seine Zunge, den frischen Geschmack seines Mundes, das rauhe Kratzen seiner Bartstoppeln und sogar die Härte seiner Nase, die neben ihrer lag. Ihre Finger liebkosten seine Ohren und zogen sanft an seinen Nackenhaaren. Ein wildes Crescendo schwoll in ihr an, und sie wußte, daß, wenn er mit ihr schlafen würde, sie mit seinem starken Körper eins werden, und die Erde stillstehen würde.

Seine Lippen entspannten sich, seine Zärtlichkeiten raubten ihr jegliches Gefühl für Zeit. Er hob seinen Kopf und sah ihr in die Augen. Sie spürte seinen warmen Atem auf ihren feuchten Lippen.

»Der war noch viel besser als der erste im Stall.« Sein Mund berührte zärtlich ihre Nase. »Sag nichts«, flüsterte er. »Sag jetzt gar nichts.«

Er legte seine Hand um ihre Taille, und zusammen gingen sie zurück ins Haus.

Rain streckte sich auf seinem Bett aus und lauschte den Geräuschen des ächzenden Hauses und der Äste der Eiche, die gegen das Dach schlugen. Jetzt, da es klar war, daß Amy mitkommen würde, überkam ihn ein Gefühl der Unruhe. Nicht oft hatte er so sehr an einer Entscheidung gezweifelt wie jetzt. Er konnte nun nachempfinden, wie Farr sich an dem Tag gefühlt haben mußte, als er plötzlich das Wagenrad umfaßt und gesagt hatte, er dächte manchmal, er müsse verrückt sein, seine Familie in unbesiedeltes Land mitzunehmen.

Wenn Libby irgend etwas passieren . . ., hatte er gesagt, und Rain hatte die Angst in seinen Augen gesehen.

Es geschahen nun mal Dinge, die niemand beeinflussen kann, dachte Rain: Unfälle, Indianeraufstände, Wegelagerer, Flußüberquerungen . . . Er drehte sich auf die Seite. Plötzlich wußte er, wieviel Amy ihm bedeutete. Wenn ihr auf dieser Reise etwas zustoßen sollte, wäre er dann in der Lage, mit dem Schmerz fertig zu werden? Der Gedanke, sie verlieren zu können, ließ einen Angstschauer über seinen Rücken kriechen.

Nachdem er eine ganze Weile in die Dunkelheit gestarrt hatte, begann er sich vorzustellen, wie es wohl sein würde, Tag und Nacht mit Amy zusammen zu sein und sich ständig so anschauen zu lassen, wie Farr von Libby angeschaut wurde. Seit seine Mutter gestorben war, war Liebe ein Fremdwort für ihn gewesen. John »Gefleckter Elch« hatte sich um ihn gekümmert. Juicy, Farr und Colby Carroll hatten ihn gemocht. Doch eine Liebe wie zwischen Farr und Libby war so selten und wunderbar . . . Durfte er wirklich darauf hoffen, daß so etwas nun auch ihm gehörte?

Eine wohlige Wärme überkam ihn, als er daran dachte, wie sich Amys weicher Körper an ihn geschmiegt hatte, wie ihre Lippen an seinen gehangen hatten und wie sie ihn an sich herangezogen hatte. Er hatte sich noch nie jemandem so nahe gefühlt. Für kurze Zeit hatte es sich so angefühlt, als seien sie miteinander verschmolzen gewesen. Er hatte nicht gewollt, daß dieser süße Moment vorüberging oder durch Worte zerstört wurde.

Er zwang sich dazu, an alltägliche Dinge zu denken. Zuerst mußte er sich mit Gavin McCourtney über Amy unterhalten. Wenn Gavin sie für Freiwild hielt, sollte er schon bald feststellen, wie sehr er sich täuschte. Rain dachte einen Augenblick darüber nach, ihn mit Farr reisen zu lassen und stattdessen einen der Jäger mitzunehmen. Nachdem er aber die Vor- und Nachteile abgewogen hatte, entschied er sich dagegen. Albert und Jonas waren schon zu lange zusammen und kannten einander zu gut, als daß man sie hätte auseinanderreißen können. Es war am besten, wenn sie bei Farr blieben.

Für einen Moment wurde er vom Ruf einer Eule in der Eiche abgelenkt. Vorsicht war so tief in Rain verankert, daß er die Angewohnheiten von Jahren nicht einfach ablegen konnte. Er lauschte aufmerksam den Geräuschen der Nacht. Sein geschultes Gehör nahm Flügelschlagen wahr, dann das Quieken eines kleinen Tieres, das von den kraftvollen Krallen der Eule gefangen worden war. Etwas ganz Natürliches hatte sich ereignet – der Stärkere ernährte sich vom Schwachen.

Rains letzter Gedanke, bevor er in den Schlaf sank, war, daß er sich am nächsten Morgen mit McCourtney unterhalten würde.

Amy erzählte Liberty die Neuigkeiten, während sie das Frühstück zubereiteten. Ausnahmsweise hatte an diesem Morgen Farr das Melken übernommen, weil die Männer im Stall schliefen.

»Rain hat mich gebeten mitzukommen, und ich hab' ja gesagt«, berichtete Amy und versuchte, die Freude so weit wie möglich aus ihrer Stimme herauszuhalten. »Was hältst du davon, Libby?«

»Das ist großartig! Ach Schätzchen, ich habe doch gewußt, daß Rain dich mag.«

»Das hat er nicht gesagt.«

»Wird er aber. Merk dir meine Worte. Er liebt dich.« Liberty legte die letzten Teigklümpchen auf das Backblech, schob es in den Ofen, bedeckte die Mehlschüssel mit einem Tuch und stellte sie auf den Boden.

»Psst ...« Amy kicherte und zeigte auf die Tür, hinter der Rain mit den Jungen schlief.

»Da ist er nicht. Er ist schon früh aufgestanden und nach draußen gegangen. Als du vorhin die Treppe runtergekommen bist, hab' ich mir schon gedacht, daß etwas Aufregendes passiert sein muß. Deine Augen haben ja geglänzt wie Sterne.«

»Ich hab' kaum geschlafen. Aber ich werde mit Miss Woodbury klarkommen müssen, ... obwohl ich sie überhaupt nicht leiden kann.«

»Laß dich nicht von ihr ärgern. Du bist doch zehnmal besser als sie. Schneid noch was vom Fleisch ab.«

»Aber sie ist so hübsch.« Amy legte einige zusätzliche Scheiben Fleisch in die Bratpfanne und schob sie auf die Feuerstelle, so daß sie direkt über der Flamme stand.

»Du doch auch. Nur, daß du echt bist, während sie nur aus Schminke und teuren Kleidern besteht.«

Farr kam herein und stellte die Milch auf den Küchentisch. »Die Männer kommen, sobald sie sich gewaschen haben.«

»Wir sind soweit. Hat Rain dir erzählt, daß er Amy mitnimmt?«

»Hat er. Er und McCourtney sind schon seit ein paar Stunden auf und wechseln die Räder am Wagen.«

»Das machen sie also schon so früh am Morgen. Was hältst du davon, daß Amy sich Rain anschließt?«

»Ich find's gut, wenn sie es so will. Wenn überhaupt jemand auf sie aufpassen kann, dann ist es Rain. Wir werden dich vermissen, Amy.«

»Ich werde euch auch vermissen.«

»Das ist das erste Mal, daß wir voneinander getrennt sein werden«, stellte Liberty fest.

»Du vergißt das eine Mal, als du für ein paar Wochen nach

Vincennes gegangen bist, weil Hammond Perry Farr festgenommen hatte.«

»Das Schwein! Aber wir haben ihm gezeigt, daß er sich mit uns besser nicht anlegt.« Liberty drehte sich um und suchte die Augen ihres Mannes.

Farr lachte leise und ging zu seiner Frau, als habe er keine Kontrolle über seine Füße. »Ich liebe dich, Mrs. Quill«, sagte er ihr sanft ins Ohr.

»Und ich liebe dich, Mr. Quill«, raunte sie. Dann sagte sie streng: »Da schwimmt ein Strohhalm in der Milch. Ich will ja gar nicht wissen, was da noch alles unbemerkt reingekommen ist.«

Während er mit Gavin am Wagen arbeitete, nutzte Rain die Gelegenheit, ihn auf Amy anzusprechen.

»Wir werden zu viert sein, McCourtney. Mrs. Deverell kommt als Begleitung für Miss Woodbury mit.«

»Jawohl.«

»Sie ist eine Frau, die weiß, was sie will, und ich habe den größten Respekt vor ihr.«

»Jawohl.«

»Sie steht unter meinem Schutz, genau wie Miss Woodbury.«

»Was willst du damit sagen, Mann? Spuck's schon aus.«

»Ich will damit sagen, daß sie eine Lady ist und auch als solche behandelt wird.«

»Denkst du, ich halt' weniger von dem Mädel, nur weil sie Hosen trägt?«

»Genau das denke ich.«

»Bleib mal ganz ruhig, Mann. Wenn's etwas gibt, worüber ich Bescheid weiß, dann über die, die wollen und die, die nicht wollen.«

»Freut mich zu hören. Ich weiß so gut wie gar nichts über Frauen.«

»Ich weiß, wann ein Mädel richtig verliebt ist. Ich hatte selbst mal so eine, als ich ein Hosenscheißer von acht Jahren war. Hat aber nicht lang gehalten.«

Gavin spreizte die Beine, bückte sich und hob das schwere Rad hoch. Rain führte die Radnabe zur Achse. Der riesige Mann atmete nicht schwerer als sonst, als er einen Schritt zurücktrat.

»Laß die Frauen also bitte in Ruhe . . ., es sei denn, sie sprechen dich an.«

»Ich werd' mich deinem Mädel schon nicht nähern. Sieht doch ein Blinder, daß ihr Herz dir gehört.«

Rain wurde fast ein wenig rot, als er die Worte des Schotten vernahm, stellte dann aber nochmals fest: »Die Frauen stehen unter unserem Schutz. Erinnere dich immer daran.«

»Jawohl. Aber das andere Mädel braucht, so wie ich's sehe, mal ordentlich eins auf den Hintern.« Gavins Augen glänzten auf einmal schelmisch, und sein Mund öffnete sich ein wenig, um seine Zähne zum Vorschein zu bringen, die bemerkenswert weiß und vollständig waren, wenn man bedachte, wie viele Schläge sie in zahlreichen Wirtshausschlägereien abbekommen haben mußten.

»Kann schon sein«, sagte Rain und schaute dem anderen in die Augen. »Doch gehört Erziehung weder zu deinen noch zu meinen Aufgaben. Das überlassen wir mal lieber Major Bradford.«

»Jawohl, stimmt. Da hat er aber eine Menge vor sich.« Gavin schüttelte den Kopf und machte sich wieder an die Arbeit.

Der Morgen verging schnell. Niemand hatte es für nötig gehalten, Eleanor Woodbury mitzuteilen, daß Amy mitkommen würde. Sie hörte zum ersten Mal beim Mittagessen davon. Sie war erst zum Frühstück heruntergekommen, nachdem die Männer und Kinder gegessen hatten. Dann hatte sie sich an den Tisch gesetzt und wie ein Vögelchen vom Fleisch und den Brötchen gegessen, die ihr Liberty warm gehalten hatte. Dabei erzählte sie von den Parties, die sie in Carolina besucht hatte, bevor ihre Familie in Schwierigkeiten geraten war.

Amy hatte den Morgen zusammen mit Rain im Vorratslager verbracht, um Lebensmittel und andere notwendige Dinge zusammenzustellen.

»Gibt's noch jemanden, von dem du dich verabschieden willst, Amy?« fragte Farr, als die Männer am Tisch saßen und sie und Liberty das Essen servierten.

»Nein.«

»Wenn du heute nachmittag noch bei deinem Vater vorbeischauen möchtest, kann dich Mike begleiten oder Daniel.«

»Danke, lieber nicht.« Amy schaute zu Rain herüber und ging dann zum Herd, um den Teekessel von der Flamme zu nehmen.

Eleanor saß mit einer Handarbeit im Schaukelstuhl. Sie hörte, was Farr zu Amy sagte, und sah den Blick, den Amy und Rain austauschten. Sie hielt ihre Hände still und schaute schweigend zu, wobei sie von einem zum anderen blickte.

»Amy hat die Sachen aufgeschrieben, die wir mitnehmen werden, Farr. Wir zahlen, bevor wir aufbrechen.« Rain nahm ein Stück Papier aus seiner Hemdtasche und gab es Farr.

Gavins scharfe Augen beobachteten, daß Eleanors Nasenflügel zu zittern begannen, und schloß daraus, daß ihr genau in diesem Moment klar wurde, daß die andere Frau mitkommen würde. Sie war wütend, versuchte aber zu vermeiden, daß sich irgend etwas davon in ihrem hübschen Gesicht zeigte. Gavins Augen füllten sich mit Bewunderung für das kleine Persönchen. Er schaute auf den Teller hinunter, bevor sie merken konnte, daß er sie beobachtete. Er war sich sicher, daß die elegante Miss Woodbury mit aller Macht versuchen würde, das andere Mädel am Mitkommen zu hindern. Sie sollte sich aber besser auf eine Enttäuschung einstellen, dachte er schadenfroh. Rain Tallman war niemand, der sich von einem schönen Gesicht oder den Tränen einer Frau umstimmen ließ.

Sobald die Männer ihr Mahl beendet hatten und nach und nach den Tisch verließen, stand Eleanor auf, genauso, wie Gavin erwartet hatte.

»Mr. Tallman«, rief sie mit leiser Stimme. »Könnte ich wohl mal kurz mit Ihnen sprechen? Bitte?« Sie hatte ihre Hände brav gefaltet. Ihr Kleid war aus feiner lavendelfarbener Baumwolle, die zu ihrer Augenfarbe paßte. Der Kragen aus cremefarbener Spitze ging ihr bis zum Haaransatz. Ihr Haar war hochtoupiert und wurde oben von einem mit Perlen verzierten Kamm zusammengehalten. Alle Augen richteten sich auf sie, und sie war sich ihres Auftritts wohl bewußt.

Sie sah wie eine wunderschöne Porzellanpuppe aus, dachte Amy mit einem flauen Gefühl im Magen.

Rain nickte und stützte sich auf die Rücklehne seines Stuhls, während die anderen Männer nach draußen gingen. Eleanor nahm eine weiße Stola, die über dem Schaukelstuhl hing, und legte sie über die Schultern. Ohne ein Wort ging sie zur Tür. Rain folgte ihr hinaus auf den Hof. Als sie außer Hörweite der Männer waren, die noch immer am Wagen arbeiteten, hielt sie an, drehte sich rum und sah ihn mit weit geöffneten unschuldigen Augen an.

»Mr. Tallman, es scheint mir, als sei etwas geschehen, von dem man mir nichts erzählt hat.«

»Meinen Sie, daß Miss Deverell mit uns nach Belle Point kommt?«

»Ganz genau. Ich denke, man hätte erst einmal meine Meinung einholen sollen, bevor man eine derartige Entscheidung trifft.«

»Warum glauben Sie das? Ich trage die Verantwortung. Ich muß in keiner Frage Ihre Meinung einholen.«

»Oh, das denke ich aber doch. Sie wurden schließlich von meinem Verlobten beauftragt.«

»Aber nicht von *Ihnen,* Miss Woodbury.«

Eleanor entschloß sich, Rains harsche Worte zu ignorieren und es mit einer anderen Taktik zu versuchen. Sie hob leicht zögernd ihre Hand und legte sie sanft auf seinen Arm.

»Ich fühle mich bei Ihnen vollkommen sicher. Willy hält Sie für äußerst vertrauenswürdig, sonst hätte er Sie auch nicht geschickt, um mich abzuholen.«

»Es ist keine Frage der Sicherheit, sondern des Anstands. Wenn Ihre Tante noch leben würde, wäre sie mitgekommen. Ich glaube, Will wäre nicht erfreut, wenn Sie ohne weibliche Begleitung in Belle Point ankommen würden.«

Eleanors Mund wurde schmal. »Will hat Sie dafür bezahlt, mich nach Belle Point zu bringen und nicht Ihre Mrs. Deverell.«

Rain schob ihre Hand von seinem Arm, verschränkte die Arme vor der Brust und sah sie von oben herab an. Bei dem Gedanken an Gavins Worte, ihr mal ordentlich eins auf den Hintern zu geben, mußte er sich ein Grinsen verkneifen.

»Ich mache das aus reiner Gefälligkeit, um mich bei Will zu revanchieren. Er hat mir nur Geld für die Ausstattung eines Wagens und die Vorräte gegeben. Verstehen Sie bitte eines: Es interessiert mich kein Stück, ob Sie mit Amy reisen möchten oder nicht. Sie kommt mit, und Sie sollten besser höflich zu ihr sein, oder Sie kriegen's mit mir zu tun.«

»Na, da hört sich doch alles auf! Drohen Sie mir etwa?«

»Nennen Sie es, wie Sie wollen. Ich rate Ihnen nur, sich zu benehmen, oder es könnte eine verdammt unangenehme Reise für Sie werden.«

»Ich bin es nicht gewohnt, Befehle von einem Untergebenen entgegenzunehmen. Das werde ich Willy erzählen.«

»Tun Sie das. Dazu müssen Sie aber erstmal da sein.«

Eleanor erkannte, daß sie nicht damit weiterkam, ihn einzuschüchtern. Es mußte noch einen anderen Weg geben. Ihre Augen wurden noch größer, und ihre Lippen fingen an zu zittern. Sie rief sich Bilder aus der Vergangenheit in Erinnerung, damit ihr Tränen in die Augen kamen. Sie trocknete sie mit einem Taschentuch, das sie aus ihrem Ärmel gezogen hatte.

»Ich glaube, Sie verstehen das nicht, Rain. Ich bin nicht wie andere Mädchen erzogen worden. Ich bin vollkommen behütet aufgewachsen. Tantchen und Großmama haben alles für mich gemacht... als sie noch lebten. Es würde mir sehr schwerfallen, mit jemandem wie Mrs. Deverell eine Unterkunft zu teilen.«

»Warum das denn, Miss Woodbury?«

»Na ja, ich glaube, sie mag mich nicht, und ich denke, sie wird mir keine Chance geben, mich mit ihr anzufreunden.«

»Das stimmt, Amy mag Sie nicht. Das hat sie mir erzählt, als ich sie gebeten habe, mitzukommen. Es ist an Ihnen, ihre Meinung zu ändern.«

Eleanor verlor beinahe die Fassung. *»Sie haben sie gebeten?* Ich möchte sie nicht mitnehmen. Ich möchte den Wagen für mich alleine. Haben Sie gehört?«

»Ich habe Ihnen geraten, höflich zu sein, und dabei bleibt's. Morgen früh brechen wir auf.« Rain drehte sich auf der Stelle um und ging fort.

Eleanor blieb eine ganze Weile mit geballten Fäusten und einem vor Wut verzerrten Gesicht stehen. Zur Hölle mit ihm, dachte sie. Alles war schiefgelaufen, seit Tante Gilda krank geworden war. Warum mußte sie auch sterben und sie mit allen Problemen alleine lassen? Da sie sich selbst wieder unter Kontrolle haben wollte, bevor sie ins Haus zurückging, lief sie den Weg noch ein Stück weiter und dann zurück.

Als sie sich dem Haus näherte, rollte Gavin McCourtney gerade ein Rad zum Wagen. Er grinste sie an und hob seine Hand zu einem spöttischen Salut. Sie ging mit hocherhobenem Kopf an ihm vorbei. Sein leises, hintergründiges Lachen weckte in ihr den Wunsch, sich umzudrehen und ihm eine schallende Ohrfeige zu verpassen.

Kapitel 8

Im Osten dämmerte es, als sich Amy von ihrer Familie unter zahlreichen Umarmungen, Küssen und Tränen verabschiedete. Eleanor Woodbury hatte sich, nachdem sie sich bei Liberty für ihre Gastfreundschaft bedankt hatte, mit zusammengekniffenen Lippen und voller Wut vorne auf den Wagen gesetzt. Gavin saß neben ihr und sah der Familie beim Abschiednehmen zu, wobei er es innerlich bedauerte, niemals wirklich geliebt worden zu sein, und daß er dieses Gefühl wahrscheinlich nie mehr kennenlernen würde.

»Adieu, Liebes.« Liberty hatte Tränen in den Augen. »Ich bin so froh, daß du mit Rain zusammen sein wirst«, flüsterte sie. Laut sagte sie dann: »Seid vorsichtig! Paßt auf euch auf! Wir sehen uns in ein paar Wochen wieder. Paß gut auf sie auf, Rain. Hörst du?« Liberty wischte die Tränen weg und küßte Rain auf die Wange. »Paß auch auf dich auf.«

»Mach' ich, Libby.«

»Und du gibst auf Mercy und Zack acht, Daniel!« Amy wollte ihn umarmen, befürchtete aber, er könne sich schämen. »Und Mike, ich hoffe, du unterstützt Daniel ...«

Farr legte seine Arme um Amy und drückte sie herzlich. »Und wer paßt auf mich auf?« scherzte er.

»Libby. Aber das brauch' ich ihr gar nicht zu sagen, sie läßt dich sowieso nicht aus den Augen. Du wirst mir fehlen, Farr. Kommt so bald ihr könnt nach ... und seid vorsichtig.«

»Typisch kleine Schwester«, sagte er und umarmte sie noch einmal. »Du steigst jetzt besser aufs Pferd, sonst bricht Rain noch ohne dich auf.«

»Tschüs, ihr alle.« Amy setzte einen breitkrempigen Hut auf, der Juicy gehört hatte, und stieg auf das Pferd, das Rain für sie ausgewählt hatte.

Farr schoß durch den Kopf, daß sie aussah wie ein großer schlanker Junge, bis sie sich umdrehte und man den langen Zopf, der ihr den Rücken herunterhing, sehen konnte. Er ging zu Liberty und legte ihr einen Arm über die Schultern. Der Abschied fiel ihr schwer, obwohl sie wollte, daß ihre Schwester mit Rain zusammen war.

»Amy!« Mercy rannte zum Pferd und hielt einen der Steigbügel fest. »Ich möchte nicht, daß du weggehst.«

»Ach Schätzchen, ist doch nur für kurze Zeit.«

Daniel kam hinzu und zog Mercy vorsichtig von den unruhig tänzelnden Hufen weg. »Komm schon. Du mußt Ma dabei helfen, unsere Sachen zu packen, jetzt wo Amy ihr nicht mehr helfen kann.«

Mercy gehorchte, blieb einen Moment ruhig stehen und hielt Daniels Hand fest umklammert, wobei ihre kornblumenblauen Augen in Tränen schwammen.

Rain gab Gavin das Zeichen, loszufahren. Er schüttelte den Jägern, Farr und den Jungs die Hand und stieg dann auf seinen Braunen.

»Ich werde in Davidsonville eine Nachricht hinterlassen, Farr. Mach du dasselbe, falls wir uns verpassen sollten.« Er winkte Liberty zu und trieb sein Pferd an.

Amy ritt hinter dem Wagen, an dem ein zusätzliches Pferd angebunden war. Sie drehte sich ein letztes Mal um und winkte. Die Tränen in den Augen trübten ihren Blick, und sie sah nur verschwommen die kleine Gruppe, die zurückwinkte. Sie zwinkerte mit den Augen, da sie nicht wollte, daß Rain ihre Tränen sah. Sie war glücklich und traurig zugleich, glücklich, weil sie mit Rain zusammen war, traurig, weil sie die gesamte Liebe und Geborgenheit, die sie je erfahren hatte, zurückließ.

Rain überholte sie, um mit Gavin zu reden.

»Die Straße bleibt noch ziemlich lange flach. Wir werden erst einmal zwei Stunden ein verschärftes Tempo einschlagen, und es dann eine Stunde langsamer angehen lassen. Die Maultiere sind zwar stark, aber bei diesem Tempo werden ihre Kräfte verbraucht sein, bevor wir den großen Fluß erreicht haben. Wir tauschen sie in Kaskaskia gegen neue ein.«

»Jawohl. Reite du voran und gib das Tempo vor.« Rain setzte sich an die Spitze, und der große Schotte schlug mit den Zügeln auf die Rücken der Maultiere ein und schrie: »Hüa! Hüa!« Gavin bearbeitete die Maultiere solange mit den Zügeln, bis sie in leichten Trab fielen.

Gavin betrachtete die Frau, die am anderen Ende des Kutschbockes saß und ihre Röcke zwischen den Beinen eingeklemmt hatte. Sie schien tatsächlich Angst zu haben, sich schmutzig zu machen. Sie trug einen tief ins Gesicht gezogenen, dunklen Hut und hatte sich eine Stola über die Schultern gelegt. Gavin muße grinsen, als sie verschreckt nach dem Sitz zwischen ihnen griff, weil eins der Räder über einen Stein gerollt war. Er wartete, bis Rain weit genug vorgeprescht und außer Hörweite war, bevor er sie ansprach.

»Was ist, Mädel, willst du auf dem ganzen Weg zum Arkansas schmollen?«

Eleanor drehte sich zu ihm um und schaute ihn mit einem frostigen Blick an. Sie neigte hochmütig den Kopf und antwortete ihm kühl: »Was ich mache oder nicht, dürfte Sie ja wohl überhaupt nichts angehen.«

»Na, das denk' ich aber doch. Ich möchte doch schließlich eine angenehme Reise haben.«

»Sie werden nicht dafür bezahlt, sich zu vergnügen. Sie werden bezahlt, den Wagen zu lenken. Ich wünsche, nicht von Ihren albernen Konversationsversuchen gelangweilt zu werden.«

»Wer sagt denn, daß ich dich langweilen werde?« Er drehte

den Kopf, um sie sich genau anzuschauen. »Du solltest die kleinen Dinge des Lebens genießen, Mädel. Du lebst in einer großen, aufregenden Welt. Sie spricht zu dir, wenn du zuhörst. Du kannst den Wind rauschen hören, das Summen der Bienen und einen Frosch, der ins Wasser hüpft. Es ist ein großartiges Erlebnis, einen Vogel in den Himmel aufsteigen zu sehen. Du mußt aber schon genau hinsehen, um das mitzukriegen.«

»Sie scheinen Ihren Beruf verfehlt zu haben, Mr. McCourtney.« Sie sah auf ihn herab, um ihre verschiedenen Positionen klarzustellen. »Vielleicht sollten Sie lieber Sonette schreiben.«

Sein leises, amüsiertes Lachen ärgerte sie. Sie drückte ihre Schultern nach hinten, hob das Kinn und starrte nach vorne.

»Du hältst es bestimmt nicht lange aus, so stocksteif dazusitzen, oder zwingt dich dein Korsett dazu?«

Empört öffnete Eleanor den Mund. Sie schaute ihn mit eiskalter Verachtung an. »Was erlauben Sie sich?«

»Tschuldigung, ist so 'ne Gewohnheit, fürchte ich.« Er lachte in sich hinein. »Du fragst dich sicherlich, woher ein Mann wie ich etwas von Frauen und Korsetts versteht. Aber selbst die Frauen, die ich kenne, tragen Korsetts. Es gibt so'n paar feine Damen wie dich, und dann gibt's die Verachteten: die Flittchen und Huren. Die Keuschen und die Unkeuschen: Alle ziehen diese Dinger an, um einen Mann ins Bett zu kriegen, damit er's ihr auszieht, bevor es richtig zur Sache geht.«

»Halten Sie den Mund, und konzentrieren Sie sich aufs Fahren.«

»Ist doch so. Ich sag's dir, du quälst dich für nichts und wieder nichts. Weder mich noch Tallman interessiert, ob du 'ne schmale Taille hast oder nicht. Zieh das Ding aus und atme die frische Luft ein. Es ist Frühling, Mädel ...«

»Verdammt und zugenäht! Halten Sie jetzt endlich den Mund, oder ich rufe Rain, der Ihnen in den Hintern treten wird!«

»Aah ...« Er brach in lautes Gelächter aus. »Vorsicht, Mädel. Du vergißt deine guten Manieren.«

»Was meinen Sie?«

»Nun, nichts, Ma'am. Gar nichts.« Er lachte immer noch. »Ist doch ein schöner Tag. Der Himmel ist blau, die Vögel singen ...«

»Die Vögel können mich mal!« fuhr sie ihn an. Ihre Augen funkelten zornig.

»Jawohl.« Er legte wieder seine Hand an die Stirn, so wie am Vortag, als er sich über sie lustig gemacht hatte. Sie drehte sich so weit von ihm weg, daß er nur noch ihren Rücken sah.

Das bestätigte nur, was sie die ganze Zeit schon gewußt hatte. Mit Gavin McCourtney würde man nichts als Ärger haben. Sie hatte es von dem Moment an gewußt, als Rain Tallman mit ihm und dem Wagen vor ihrer Tür aufgetaucht war, einen Tag, nachdem Gilda gestorben war. Er war ein Mitglied der Besatzung auf dem Schiff gewesen, das sie und Gilda nach Louisville gebracht hatte. Schon damals hatte er sie angestarrt. Der Captain hatte erzählt, er sei überall am Fluß als Raufbold bekannt. Die wenigen Male, die sie das Haus verlassen hatte, das sie zusammen mit Gilda gemietet hatte, war sie ihm auf der Straße oder vor einer Wirtschaft begegnet. Wenn sie dieser grobe Schotte weiter belästigen sollte, würde sie Rain um Hilfe bitten.

Amy Deverell war das andere Problem. Sie hatte sich bereits mit Rain über *sie* unterhalten. Er hatte natürlich recht damit, mußte sie sich widerstrebend eingestehen, eine Frau als Begleiterin für sie mitzunehmen. Es war von äußerster Wichtigkeit, daß ihr Ruf gewahrt blieb. Doch es gab etwas an dieser Frau, das ihr auf die Nerven ging, und sie fragte sich, was es wohl war. Konnte es sein, daß Amy genau der Typ von Frau war, der sie immer sein wollte – eine Frau, die ihr Schicksal selbst in die Hand nahm?

Der Mann neben ihr fing an zu singen. Eleanor hörte aufmerksam zu, achtete allerdings darauf, nicht zu ihm herüberzusehen. Seine Stimme war überraschend klangvoll, und die Ballade, die er zum besten gab, kam ihr bekannt vor.

»Wo, oh wo ist meine einz'ge Liebe?
Meine heißen Tränen, sie brennen.
Keine Spur von ihr hab' ich gefunden,
Oh, wann kehrt sie nur zurück?
Vielleicht zerrissen Wölfe ihr Herz,
Das mich liebte ach so sehr;
Sollt' ich, ach vor Trauer sterben,
So steigt meine Seele doch empor,
In die Arme meiner El...ean...or.«

Eleanor vernahm sein leises, kehliges Lachen. Sie kannte das Lied. Er hatte die letzten Verse geändert, um sie zu ärgern. Sie wußte auch, daß er sie zu einem neuen Wortgefecht mit ihm provozieren wollte. Aber diesen Gefallen würde sie ihm nicht tun. Trotzdem fiel es ihr äußerst schwer, ruhig zu bleiben.

Gavin McCourtney beschäftigte sie. Sie fragte sich, was für ein Mann er wirklich war. Er sang gefühlvolle Balladen, war jedoch ein notorischer Raufbold, ein rastloser Tunichtgut, der am ganzen Ohio nur für seine Stärke, seine Trinkfestigkeit und seinen Kampfesgeist bekannt war. Es schien, als sei er ein Mann ohne Wurzeln und Ziele. Das einzige, worauf er sich verlassen konnte, waren seine schiere Kraft und sein Stolz, dachte sie wütend. Kraft, Stolz und ein loses Mundwerk.

Als der Morgen schon einige Stunden alt war, schien die Sonne warm auf sie herunter, und Eleanor setzte ihren Hut ab. Sie kamen an einen schmalen Fluß und legten eine kurze Pause ein, um die Tiere zu tränken. Gavin sprang vom Wagen hinunter, nahm eine Blechtasse aus einer der Kisten an der Seite und brachte Eleanor einen Schluck Wasser. Sie trank hastig aus und gab ihm die Tasse zurück.

»Bitte schön, Mädel«, sagte er, als ob sie ihm gedankt hätte. »Also, Mädel, ich hoffe, daß sich, wenn wir erst mal 'ne Weile unterwegs sind, zeigen wird, daß du gar nicht so bist, wie du dich jetzt gibst«, fügte er mit einem Kopfschütteln hinzu.

»Verschwinden Sie«, zischte sie.

»Fällt dir schwer, den Schein aufrecht zu erhalten, mmh? Es wird aber immer schwerer werden, je mehr Zeit vergeht. Das versichere ich dir.«

»Wovon sprechen Sie?«

»Das sag' ich nicht, wirst du schon bald selbst merken.«

Seine Worte verblüfften sie. Als sie ihr Erstaunen überwunden hatte und wieder sprechen konnte, war er schon wieder weg, um sich zu Rain und Amy zu gesellen, die am Bach knieten und tranken.

»Kannst du noch sitzen?« fragte Rain.

»Geht so. Ich reite noch bis zum Mittag.«

»Es ist unser erster Tag. Überanstrenge dich nicht.«

Als sie wieder unterwegs waren, gab Rain für eine Stunde ein flottes Tempo vor, das er verlangsamte, als sie in hügeliges Gelände kamen. Gavin konzentrierte sich auf das Fahren, hielt das Tempo und versuchte, tiefen Furchen und großen Steinen, die den Wagen ins Holpern gebracht hätten, auszuweichen. Seine Achtsamkeit galt nicht so sehr der Frau, die neben ihm saß, sondern dem Wagen. Sie wechselten kein einziges Wort, beide waren in ihre eigenen Gedanken versunken.

Als sie Mittagspause machten, spannten sie die Maultiere aus, gaben ihnen zu trinken, striegelten sie und pflockten sie zum Grasen an.

Amy war ganz steif von dem langen Sitzen im Sattel. Sie ignorierte ihre körperlichen Beschwerden, führte ihr Pferd und das Ersatzpferd zum Wasser und band sie dann an, damit sie vom frischen grünen Gras, das neben dem Bach wuchs, fressen konnten. Als sie sicher war, nicht von den Männern gesehen werden zu können, erleichterte sie rasch ihre drükkende Blase. Dann spritzte sie sich Wasser ins Gesicht und über die Hände, um sie vom Staub zu befreien.

Eleanor saß noch immer auf dem Wagen, als Amy zurückkam. Sie blieb kurz stehen, um sie zu fragen, ob sie vielleicht auch einen Moment allein sein wollte, doch die dunkelhaarige Frau tat so, als würde sie sie nicht bemerken. Amy ging weiter zur Rückseite des Wagens. Am vorangegangenen Abend hatten sie und Liberty noch einen Braten und mehrere Laibe Brot zubereitet. Zusammen mit frischer Butter, einigen hartgekochten Eiern und einem Glas Konfitüre hatten sie alles in eine Blechkiste gepackt. Das würde den Reisenden mehrere Tage reichen. Amy breitete ein Tuch im hinteren Teil des Wagens aus und legte einige Scheiben Fleisch und Brot darauf.

Gavin kam von dem Bach mit einem Eimer frischen Wassers zurück. Eleanor hob den Kopf und schaute zur Seite, als er an ihr vorbeiging, stand jedoch auf, als Rain sich näherte in der Hoffnung, daß er ihr vom Wagen helfen würde.

»Wenn Sie ... einen Moment ungestört sein wollen, dann gehen Sie am besten den Bach entlang bis zu der Zederngruppe«, sagte Rain und deutete in die Richtung.

»Danke schön.« Sie hielt sich recht lange an seinem Arm fest, so als ob sie Schwierigkeiten hätte, das Gleichgewicht zu halten. Dann lächelte sie ihn an. »Ich bin so ein schnelles Tempo nicht gewohnt«, entschuldigte sie sich leicht verlegen und ergriff seinen Arm mit beiden Händen. »Ich bin ja so froh, Rain, daß Willy *Sie* geschickt hat, um mich abzuholen. Außerordentlich froh.« Sie schaute zu ihm herauf, in ihren lavendelfarbenen Augen spiegelte sich Bewunderung wider. Da er nicht antwortete, schaute sie in Richtung der Stelle, die Rain erwähnt hatte. »Würden Sie wohl warten und darauf achten, daß niemand ...?«

»Ich warte.«

Hinter dem Wagen sah Gavin in Amys wutrotes Gesicht. »Mach dir keine Gedanken darüber, daß das Mädel deinem Mann schmeichelt. Sie benutzt nur ihre Schönheit, damit sie ihren Willen durchsetzen kann. Das ist alles, was sie hat.«

»Davon aber mehr als genug«, murmelte Amy.

»Stimmt. Aber so wie ich das seh', paßt der Rest nicht dazu.«

Amy schaute in seine zwinkernden blauen Augen. »Ich glaube, ich mag Sie, Mr. McCourtney.«

»Na, das sind ja erfreuliche Neuigkeiten.«

Amy beschäftigte sich wieder mit den Lebensmitteln. Sie machte ein Butterbrot und reichte es Gavin.

»Essen Sie. Wir haben keine Zeit, auf die anderen zu warten und ein gemeinsames Tischgebet zu sprechen.«

Amy guckte sich um und bemerkte, daß Rain sie beobachtete. Sie fragte sich, was er wohl dachte. Fand er, daß sie zu groß und unweiblich war im Vergleich zu Eleanor? Erschöpft und den Tränen nah, trank sie eine Tasse Wasser, nahm sich etwas zu essen und suchte sich einen Platz unter einem Baum. Sie stellte die Tasse neben sich, setzte den Hut ab und legte ihn auf ihr angewinkeltes Knie. Obwohl sie keinen Appetit hatte, zwang sie sich, ein paar Bissen zu sich zu nehmen.

Eleanor kam aus dem Wald und hakte sich bei Rain ein. Ihr Haar glänzte im Sonnenlicht. Die Stola war ihr von den Schultern gerutscht und hing auf ihrem Rücken hinab. Man konnte ihr Dekolleté sehen, den zarten Ansatz ihrer weißen Brüste, die von dem enganliegenden Korsett nach oben gedrückt wurden. Als sie am Wagen ankamen, wartete Rain, damit sie sich etwas zu essen nehmen konnte. Sie zögerte einen Moment, bevor sie mit spitzen Fingern eine Scheibe Brot und ein kleines Stückchen Fleisch nahm.

»Eigentlich habe ich ja gar keinen Hunger, Rain. Aber etwas muß man ja essen.«

»Ist auch die letzte Gelegenheit bis zum Sonnenuntergang«, sagte er in gelangweiltem Tonfall, worauf sie ihn erstaunt ansah. Ihre Wangen waren leicht gerötet und wurden noch röter, als Rain, nachdem er sich etwas zu essen genommen hatte, wegging und sie allein stehen ließ.

Er ging zu Amy herüber und setzte sich im Indianersitz neben sie. Er schob seinen Hut in den Nacken und biß in das Brot.

»Schmeckt gut. Ich hatte gar nicht gemerkt, daß ich so hungrig bin.« Die Art, wie er ihr in die Augen sah, raubte ihr die letzten zusammenhängenden Gedanken.

»Ich auch nicht.«

»Wir sind heute morgen gut vorangekommen.«

»Die Straße war auch in gutem Zustand.«

Während Rain aß, schweiften seine dunklen Augen in der Gegend umher, kehrten aber immer wieder zu ihrem Gesicht zurück. Amy hatte aufgegessen und nahm einen Schluck aus der Tasse. Ihre Blicke trafen sich. Als sie die Tasse vom Mund absetzte, nahm er sie und trank den letzten Schluck.

»Ich hole noch etwas Wasser«, sagte er und wollte aufstehen.

»Ich brauche nichts mehr.«

»Sicher?«

»Sicher.« Amys Herz raste, und sie leckte sich über die Lippen. Mit ihm zusammen zu sein und eine Tasse mit ihm zu teilen, verwirrte sie und wühlte sie innerlich auf.

»Farr hat mir erzählt, daß du auch den Wagen führen kannst.«

»Ja, kann ich. Ich habe einen seiner Wagen gelenkt, als wir in Vincennes Vorräte eingekauft haben.«

»Wenn wir den Little Wabash überqueren, werden entweder McCourtney oder ich übernehmen.«

Amy nickte. Es war schon ein merkwürdiges Gefühl, mit Rain außerhalb der Farm zu sein. Er schien anders zu sein, nicht so verschlossen und distanziert. Sie fragte sich, ob er auch dasselbe von ihr dachte. Sie sah, wie Eleanor am Wagen auf und ab ging, und versuchte, gar nicht daran zu denken, wie hübsch sie war. Sie schaute sich ihre eigene Kleidung an: die Wildlederhose und das Hemd aus Rehleder. Eine Windböh wirbelte ihr von hinten die Haare durcheinander. Geistesabwesend hob sie eine Hand, um die Strähne, die ihr ins Gesicht geweht war, hinters Ohr zu legen. Wenigstens waren ihre Lederhose und das weite Hemd bequemer als Eleanors Kleid.

Ein anderer Gedanke ging ihr durch den Kopf und ließ sie lächeln. Sie fragte sich, wie es Eleanor möglich gewesen war, ihr Wasser so lange zu halten. Das Fleisch, das sie beim Frühstück gegessen hatten, war extrem salzig gewesen, und sie hatte einige große Tassen Wasser getrunken. Amy hatte sich bei ihrem ersten Halt erleichtert, während Eleanor seit ihrem Aufbruch auf dem Wagen sitzengeblieben war. Sie schaute zu Rain herüber und stellte fest, daß er sie beobachtete.

»Worüber denkst du nach? Warum lächelst du?« Sein Lächeln war verstörend und herausfordernd und traf ihr Innerstes.

»Ich ... kann's dir nicht sagen.«

»Warum nicht?« Er schaute sie weiterhin durchdringend an. Ihr erhitztes Gesicht und ihr nervöser Blick machten aus ihr wieder die Amy mit Zöpfchen, Sommersprossen und dem niemals stillstehenden Mundwerk.

»Du würdest denken, ich hätte keinen Anstand.«

»Vielleicht. Sag's mir trotzdem.«

Seine Augen lächelten sie voll Zuneigung an. Sie waren so dunkel und glänzend, daß sie ihr Spiegelbild in ihnen sehen konnte. Es war, als ob die beiden in ihrer eigenen kleinen und glücklichen Welt eingeschlossen wären. Die Möglichkeit, so mit ihm zusammen zu sein, weckte in Amy den Wunsch, diesen Moment so lange wie möglich auszukosten, ihn in ihrem Gedächtnis zu speichern, um sich später an ihn zu erinnern.

Sie schüttelte den Kopf. »Ich kann nicht.« Ihre Stimme klang angestrengt, da sie ein Lachen unterdrücken mußte.

»Ich könnte es aus dir herauskitzeln, so wie Juicy es immer gemacht hat.« Sein Grinsen wurde noch breiter, und in seinen Wangen konnte man Grübchen erkennen. Er wirkte wie ein großer Junge. So hatte sie ihn noch nie lächeln gesehen.

»Daran kannst du dich noch erinnern?« Sie fingen laut an zu lachen, so daß Eleanor und Gavin zu ihnen herüberschauten, doch Rain und Amy hatten nur Augen füreinander.

»Ich erinnere mich an vieles. Du hast mir nie etwas verheimlicht. Hast immer gesagt, was du gedacht hast.«

»Diesmal kann ich das nicht. Es war ein schmutziger Gedanke. Keiner, über den eine Lady sprechen sollte.«

»Mit niemandem?«

»Zumindest nicht mit einem Mann, es sei denn ...«

»Ist es etwas, das Libby Farr erzählen würde?«

»Es gibt nichts, was Libby Farr nicht erzählen würde. Sie sind wie eine Person.«

»Ich kann warten«, sagte er. Sein Lächeln war jetzt etwas schwächer. »Aber vergiß es nicht, falls du es mir später erzählen willst.«

Rain stand auf und hielt Amy seine Hand entgegen. Als sie neben ihm stand, hielt er ihre Hand noch einen Moment länger fest und drückte zärtlich zu, bevor er sie losließ. Sein Gesicht war so sanft, daß sie eine wohlige Wärme durchströmte.

Amy war wie betäubt vor Glück, als sie sich daran machte, die Essenskiste wieder wegzustellen. Sie hatte sich jedes seiner Worte eingeprägt, als seien sie kostbare Schätze. *Später,* hatte er gesagt: *Vergiß es nicht, falls du es mir später erzählen willst.* Das war fast genauso, als ob er gesagt hätte, daß sie später wie Libby und Farr sein würden. Sie konnte ihn doch nicht falsch verstanden haben. Sie hoffte von ganzem Herzen, daß sie sich nicht getäuscht hatte.

Gavin und Rain spannten die Maultiere wieder ein. Amy

band ihr Pferd hinten am Wagen an, kletterte auf die Sitzbank und nahm die Zügel in ihre behandschuhten Hände.

Eleanor, die immer noch darüber erbost war, daß man sie ignoriert hatte, wartete darauf, daß man ihr nach oben half. Rain tat so, als würde er nichts bemerken. Bevor Gavin auf sein Pferd stieg, ging er zu ihr hin, packte sie mit seinen riesigen Händen um die Taille und hob sie hoch, als ob sie nicht mehr als eine Puppe wiegen würde. Als sie sich gerade setzen wollte, fühlte sie einen durchdringenden Schmerz am Po.

»Oooh!« Sie ließ einen verblüfften Schrei ertönen, wirbelte herum und hätte beinahe die Balance verloren. Sie klammerte sich an den Bogen, der die Plane hielt. Als sie wieder aufrecht stand, war der große Schotte schon hinter dem Wagen verschwunden. Sie kochte vor Wut. »Du verdammter Hurensohn!« fluchte sie. »Ich werde dich auspeitschen lassen!«

Amy wandte sich Eleanor zu, und ihre bebenden Nasenflügel zeugten von ihrer unterdrückten Wut.

»Was ist los?«

»Er hat mich gekniffen.«

»Was? Sie müssen sich täuschen.«

»Verdammt, ich weiß ja wohl, was er gemacht hat. Er hat mich gekniffen!«

»Wie soll er das denn gemacht haben, durch all die Röcke hindurch? Wie viele Unterröcke haben Sie denn eigentlich an? Vier oder fünf?«

»War ja klar, daß Sie zu ihm halten. Wir werden schon sehen, was Willy dazu zu sagen hat.«

Rain machte ein Zeichen, daß es weitergehen solle. Amy ließ die Peitsche über den Rücken der Maultiere schnalzen. Diese zogen an dem Geschirr, und der Wagen setzte sich in Bewegung. Rain gab wieder das Tempo vor, und Gavin ritt hinter dem Wagen. Beide Männer waren mit einem Gewehr, einer Patronentasche und einem Pulverhorn bewaffnet. Amys Gewehr lag auf dem Boden unter ihren Füßen.

»Erzählen Sie mir von ... Willy«, forderte Amy nach einer Weile. Irgendein Gespräch würde die Zeit schneller vergehen lassen.

Da sie von Amys freundlichem Ton überrascht war, schwieg Eleanor einen Moment, bevor sie antwortete.

»Er ist ein kultivierter, einfühlsamer Gentleman, der eine große Karriere vor sich hat.«

»Lieben Sie ihn?«

»Das werde ich, wenn wir geheiratet haben.«

»Woher wissen Sie das?«

»Ich weiß es halt.« Einen Moment lang dachte Amy, sie habe eine nachdenkliche Note in ihrer Stimme vernommen, verwarf diesen Gedanken jedoch sofort wieder.

»Ich weiß nicht, wie Sie sich vorstellen können, ihn *nach* der Hochzeit zu lieben, wenn Sie es vorher nicht tun.«

»Wie soll ich denn wissen, ob ich ihn liebe oder nicht«, fuhr sie auf. »Ich kenne ihn ja noch nicht einmal. Tante Gilda hat gesagt, er habe sich in mich verliebt, als ich noch ein Kind war.«

»Haben Sie ihn seitdem nicht wiedergesehen?«

»Nein, aber er schreibt wunderbare Briefe.«

»Na, er muß ja wissen, was er tut.«

»Wie meinen Sie das?« Eleanors Kopf wirbelte herum, und ihre Augen blitzten vor Wut. »Meine Herkunft ist genauso gut wie seine. Wenn er in seiner Karriere vorankommen möchte, braucht er eine Frau mit guter Erziehung. Es ist nicht genug für einen Offizier, einfach nur die Männer aufs Schlachtfeld zu führen. Ich werde mich um den gesellschaftlichen Teil seiner Karriere kümmern, um die Kultiviertheit in seinem Heim.«

»Sie haben doch gesagt, er sei kultiviert. Ich meinte auch mehr, daß Sie nicht unbedingt so aussehen, als ob Sie für das Leben in einem Fort geschaffen seien.«

»Willy wird schon auf mich aufpassen.« Ihrem Ton konnte man die Verärgerung deutlich anhören. »Man hat mir beigebracht, daß, wenn ich mich überall so verhalte, wie man es von einer Lady erwartet, also nicht gerade in Hosen auf Herrensätteln reiten und das Haar herunterhängen lassen wie eine Wilde, daß dann das starke Geschlecht auf mich aufpaßt.«

»Soso.« Amy ignorierte die Anspielung. »Vielleicht ist es ja so, vielleicht wird man Ihre Lage aber auch ausnutzen.« Sie musterte die Frau, die neben ihr saß, und fragte sich, wie alt sie wohl war. Sie wählte den direkten Weg: »Wie alt sind Sie eigentlich?«

»Das ist genau das, was ich meine. Eine wohlerzogene Frau fragt nicht nach dem Alter einer anderen.«

Amy lachte. »Warum wollen Sie's denn nicht sagen? Sie sind nur wenig älter als ich, was macht das schon? Meine Schwester Libby ist fast acht Jahre älter als ich und die schönste Frau weit und breit.«

»Wer sagt das?« Eleanor sah Amy durchdringend an.

»Ihr Mann zum Beispiel. Er verehrt sie abgöttisch.«

Eleanor schwieg und dachte darüber nach, wie wenig sie nur von dem Mann wußte, den sie heiraten würde. Die Idee, Will Bradford zu schreiben, war von ihrer Tante gekommen, allerdings hatten sie beide zu diesem Zeitpunkt noch nicht gewußt, daß er ins Grenzgebiet abkommandiert werden würde oder daß er erwartete, daß sie an einen so gräßlichen Ort wie Belle Point ziehen sollte. Sie hatten sich überlegt, ob es wohl einen Weg geben würde, nach Charleston zurückzukehren und Will auch dorthin zu locken, als Gilda plötzlich krank wurde. Sie mußten ihr gesamtes Erspartes für die Ärzte ausgeben, die versprachen, sie könnten Gilda wieder gesund machen, so daß es für Eleanor, als Rain Tallman auftauchte, keine andere Möglichkeit mehr gab, als mitzukommen.

Am späten Nachmittag fühlte Amy auf einmal so etwas wie Mitleid mit Eleanor. Sie würde es hassen, zu einem Mann zu reisen, den sie nicht liebte und der erwartete, daß sie das Bett mit ihm teilte.

Als sie den Little Wabash erreichten, ging gerade die Sonne unter. Rain kam zum Wagen.

»Bleib stehen. McCourtney fährt ihn rüber. Ich werde aber zuerst nach einer günstigen Stelle suchen.«

Amy brachte die Maultiere zum Halten und legte die Zügel um die Wagenbremse. Sie stieg über das Rad hinab und war froh, wieder festen Boden unter den Füßen zu haben. Gavin stieg vom Pferd und band es am Wagen fest.

Amy sah zu, wie Rains Pferd vorsichtig einen Weg im vorbeiströmenden Wasser suchte. Als sie die Mitte des Stroms erreicht hatten, reichte das Wasser bis zum Bauch des Pferdes, dann wurde es wieder niedriger. Dann ritt Rain noch ein Stück flußaufwärts und kam wieder zurück.

Amy hatte ihr Pferd aufgezäumt und war aufgestiegen. »Ich kann Gavins Pferd führen.«

Rain nickte und deutete zum anderen Ufer. »Seht ihr die umgefallene Zeder? Die ist der Orientierungspunkt. Das Flußbett scheint fest zu sein, aber glitschig. Wenn es zu schwierig wird, laß Gavins Pferd los. Wir können es dann später holen. Fahr los, Gavin. Das Wasser wird zwar für die Maultiere höher sein als für die Pferde, aber ich reite voraus, damit sie nicht in Panik geraten.«

Die Flußüberquerung verlief langsam, doch ohne Zwischenfälle. Amy wartete auf Rain und den Wagen, und als dieser auf den Uferpfad heraufrollte, kam er zu ihr.

»Gut, daß wir es noch heute abend geschafft haben, morgen wäre er vielleicht schon zu hoch gewesen.«

»Woran siehst du das?« fragte Amy.

»Im Norden hat es geregnet. Hast du nicht die Wolken gesehen oder die Blätter, die flußabwärts treiben? Die Wolken ziehen nach Westen. Es wird bestimmt heute nacht noch regnen. Laß uns dort auf der Erhebung unser Lager aufschlagen.«

Als sie schließlich stehenblieben, dämmerte es bereits. Gavin sprang vom Wagen, um die Maultiere auszuspannen.

Amy sah, daß Eleanor aufgestanden war und über das Rad abzusteigen versuchte, so wie sie es gemacht hatte. Sie war jedoch mit einem Fuß auf ihre Röcke getreten, hielt sich nur mühsam fest und suchte mit ihrem anderen Fuß verzweifelt nach etwas, auf dem sie stehen konnte. Als sie schließlich vollends den Halt verlor, ließ sie einen leisen Hilferuf vernehmen. Gavin sprang zu ihr hin und fing sie auf, als sie gerade rücklings vom Wagen fiel.

»Da wären wir«, sagte er und stellte sie auf die Füße. »Du hast die falschen Kleider an, um rumzuklettern, obwohl du den richtigen Weg gewählt hast.«

Sie riß sich von ihm los. »Ich hätte das auch ohne Ihre Hilfe geschafft.«

»Dann wärst du auf deinem sturen Hintern gelandet, Missy«, knurrte er, bevor er zu den Maultieren zurückging.

Kapitel 9

Es wehte ein kühler Abendwind. Während sich die Männer um die Tiere kümmerten, fachte Amy rasch ein kleines Feuer in einem Kreis aus Steinen an und hängte einen Topf mit Wasser darüber. Eleanor hatte ihre Stola um die Schultern gelegt und lief unruhig zwischen dem Waldrand und dem Wagen auf und ab. Amy hatte noch nie eine Frau wie sie kennengelernt. Sie hatte ihr nicht angeboten, beim Zubereiten des Essens oder irgend etwas anderem behilflich zu sein. Ihr Verhalten zeigte, daß sie erwartete, von den anderen bedient zu werden, als seien sie ihre Vasallen. Obwohl sich Amy ärgerte, schien es ihr nicht Grund genug, einen Streit anzufangen. Irgendwie bemitleidete sie die hübsche Frau, die so gänzlich ungeeignet war, im Grenzgebiet zu leben.

Rain und Gavin banden die Tiere in der Nähe an, legten das Geschirr und die Sättel unter den Wagen und begannen, einen Unterstand zu bauen. Rain warf ein Lasso über die Spitze eines jungen Baumes, zog sie herunter, damit Gavin sie halten konnte, und machte dasselbe mit einem zweiten, etwa zwei Meter entfernten Baum. Sie banden die beiden Spitzen zusammen und schnitten die kleinen Äste ab. Als das Wasser kochte und Amy kleine Stücke Fleisch und Kartoffeln hinzufügte, hatten sie schon eine Querstange angebracht, eine Plane über die Konstruktion geworfen und diese mit kleinen Holzpfählen, die Gavin in den Boden rammte, festgemacht. Dies alles geschah in kürzester Zeit und ohne viele Worte.

Der Wind wurde stärker und wehte einige Funken vom Feuer herüber.

»Sieht so aus, als bekämen wir's mit einem Sturm zu tun«, sagte Gavin. »Ich bind' wohl mal besser den Wagen fest.«

Rain schaute nach Westen. Blauschwarze Wolken trieben auf sie zu. »Dann sammel ich noch schnell etwas trockenes Feuerholz fürs Frühstück.«

Als Rain mit einem Arm voll Holz zurückkam, war es bereits dunkel. Nachdem er es unter die Schutzplane gelegt hatte, holte er noch mehr, brachte es zum Feuer, kniete neben Amy nieder und steckte ein paar kurze Stöckchen unter den Topf. Amy tat noch einige getrocknete Salbeiblätter aus dem Gewürzbeutel, den ihr Liberty mitgegeben hatte, in den Eintopf.

»Riecht gut.« Rain legte seine Hand auf ihre Schulter und drückte sie zärtlich. »Du solltest das Essen vielleicht unter die Plane stellen, sonst wird's noch verwässert.«

»Es müßte eigentlich in ein paar Minuten fertig sein.« Sie legte den Beutel mit den Gewürzen beiseite und schürte mit einem Stock das Feuer. »Dazu gibt's Brot, und wenn der Regen noch etwas auf sich warten läßt, eine Tasse Tee.«

»Ich habe dich nicht gebeten, mitzukommen, damit du die ganze Arbeit machst, Amy.« Rain hockte sich auf seine Fersen und schob den Hut in den Nacken.

Sie sah ihm in die Augen und lächelte. »Ich weiß. Aber das ist etwas, was ich besser kann als du.«

»Ach, meinst du? Vielleicht änderst du ja deine Meinung, wenn du meinen gerösteten Mais und in Flußschlamm gebratenen Fisch gegessen hast.«

»Flußschlamm? Iiih! Warte nur, bis ich dir etwas in Maismehl Gewälztes und in Schweineschmalz Gebratenes gemacht habe.«

»Bei der erstbesten Gelegenheit fange ich ...« Ein lauter Donnerschlag brachte ihn zum Schweigen, und sie sprangen beide auf.

Eleanor rannte auf Rain zu und umklammerte seinen Arm mit beiden Händen.

»Oh Rain, ich habe ja solche Angst.«

»Vor dem Sturm?«

»Ja... und vor den Indianern... und den wilden Tieren...«

»Die Indianer hier sind friedlich. Ab und zu trifft man mal auf einen Abtrünnigen, so wie's auch böse Weiße gibt. Ich glaube aber, daß wir einigermaßen sicher sind.«

»Aber der Sturm...«

»Im Wagen wird Ihnen schon nichts passieren. Gavin hat ihn festgebunden. Er wird also nicht umkippen.«

»Umkippen? Oh!«

Ein gleißender Blitz erleuchtete die Lichtung. Auf einen kurzen Moment der Finsternis und Stille folgte ein so heftiges Donnern, daß sich Eleanor vor Schreck die Ohren zuhielt. Ein paar Tropfen Regen kamen herunter, und als Eleanor sie auf ihrem Kopf spürte, stieß sie einen kurzen Schrei aus. Als sie sich mit ihrer Stola schützen wollte, wurde sie ihr vom Wind fast aus den Händen gerissen.

»Gehen Sie in den Wagen!« Rain gab Eleanor einen kleinen Schubs.

Gavin wartete schon, um ihr auf eine Kiste und dann auf den Wagen zu helfen.

Amy sammelte die Lebensmittel, die sie nicht gebraucht hatte, ein und warf sie in die Essenskiste, die sie dann zum Wagen brachte, während Rain den Topf und den Teekessel unter die Plane stellte. Eine Windböe fegte durch die Lichtung, und bevor sie das Feuer ausmachen konnten, rollte auch schon ein Stück glühender Kohle auf den Wagen zu. Gavin trat es mit seinen schweren Stiefeln aus und verhinderte, daß das Gras unter dem Wagen Feuer fing.

Amy konnte nichts mehr tun, außer in den Wagen zu steigen und zusammen mit Eleanor das Ende des Sturms abzuwarten. In nur wenigen Minuten schüttete es wie aus Eimern. Eleanor saß auf ihrer Bettkante und hielt sich mit den Händen die

Ohren zu. Amy tastete sich in den vorderen Teil des Wagens vor, um die Plane ganz zuzumachen. Einer der Männer hatte schon dasselbe am hinteren Teil gemacht. Im Wagen war es nun stockfinster. Neben den Geräuschen des Regens, der auf die Plane prasselte, hörte Amy Eleanors ängstliches Wimmern. Sie setzte sich neben sie aufs Bett.

»Es ist nur ein Frühlingsgewitter. Das wird nicht lange dauern. Haben Sie keine Angst.« Zu Amys Überraschung antwortete Eleanor mit einem wütenden Ausbruch.

»Ich habe keine Angst vor dem verdammten Sturm!« Es blitzte und donnerte wieder. »Ich hasse es, nach Belle Point zu fahren. Ich hasse diesen verdammten Flußmenschen, und ich hasse Sie! Ich hasse die gesamte Reise ..., und das schon am ersten Tag.«

»Und warum haben Sie Rain dann gesagt, daß sie Angst vor dem Sturm hätten?«

»Ach Sie! Sie verstehen auch gar nichts von Männern«, erwiderte sie vorwurfsvoll. »Männer mögen es, eine hübsche, hilflose Frau zu beschützen. Dadurch fühlen sie sich stark und wichtig.«

»Ich muß zugeben, daß ich nicht richtig weiß, wie man es macht, daß sich ein Mann *stark* und *wichtig* fühlt, aber ich lüge auch nicht«, sagte Amy sarkastisch.

Sie stand auf, ging ans hintere Ende des Wagens und schaute hinaus. Ein Blitz erhellte die Gegend. Rain und Gavin befanden sich unter der Plane, gut geschützt und trocken. Sie hatten sie so gebaut, daß die Rückseite gegen den Wind stand. Amy fragte sich, wie viele Unterstände dieser Art Rain wohl im Lauf der letzten sieben Jahre gebaut hatte.

»Ich habe Hunger.« Aus dem Dunkeln kam Eleanors klagende Stimme. »Geben Sie mir bitte etwas zu essen.«

»Nein. Sie können warten und mit allen anderen zusammen essen.« Das Mitleid, das Amy für die verwöhnte Frau gespürt hatte, war verflogen.

»Sie haben doch Brot und Butter in der Kiste. Wollen Sie mir das etwa vorenthalten?«

»Genau das. Wir werden morgen mittag wieder von dem, was in der Kiste ist, essen. Heute abend essen wir, wenn der Sturm vorbei ist.«

»Das sage ich Rain.«

»Bitte schön.«

»Ich könnte ihn mir angeln, wenn ich wollte, verstehen Sie? Der Mann, den ich mir nicht angeln könnte, muß erst noch geboren werden.«

»Wie schön für Sie.«

»Glauben Sie mir etwa nicht?«

»Ich glaube schon, daß Sie denken, daß es so ist. Wenn es aber so wäre, warum haben Sie sich dann keinen reichen Mann in Louisville gesucht und an die Angel genommen? Dann hätten Sie auch nicht diese ach so furchtbare Fahrt mit diesen ach so furchtbaren Menschen, die Sie so sehr hassen, zu machen brauchen.«

»Die Männer in Louisville hätte ich nicht mit der Kneifzange anfassen wollen. Keiner war auch nur annähernd so reich wie Willy oder hatte eine solche Herkunft und Erziehung wie er. Nur damit Sie Bescheid wissen, *Ma'am,* Willy Bradford ist eine sehr gute Partie.«

In Amy brodelte es. Ein vernünftiges Gespräch mit dieser Frau war unmöglich. Sie rollte die Plane an der Rückseite hoch und schaute hinaus. Der Wind hatte sich gelegt, und es regnete nur noch mäßig. Sie suchte aus der Proviantkiste Schüsseln, Löffel und Tassen heraus, setzte sich ihren Hut auf und sprang vom Wagen hinunter.

Rain hatte unter der Plane ein kleines Feuer entfacht. Amy hockte sich neben ihn.

»Ich hab' Schüsseln und Besteck mitgebracht«, sagte sie und stellte sie neben den Topf mit dem Essen.

»Sehr aufmerksam. Ich wollte sie gleich holen.«

»Ach Mist! Ich hab' das Brot vergessen.«

»Was ist mit Miss Woodbury? Kommt sie auch?«

»Weiß nicht. Wenn sie nicht kommt, bring' ich ihr was.«

Rain ergriff ihr Handgelenk. »Bedien' sie bloß nicht. Ich werde sie auffordern, rauszukommen und mit uns zu essen. Entweder sie ißt mit uns, oder sie kriegt gar nichts.« Er verließ den Unterstand und ging zum Wagenende.

»Er hat recht, Mädel«, sagte Gavin. »Das Frollein muß lernen, für sich selbst zu sorgen.«

»Ich weiß nicht, ob sie das kann.«

»Dann wird's Zeit, daß sie's lernt. Wir tun ihr keinen Gefallen, wenn wir ihr alles abnehmen, soviel ist schon mal klar.«

»So hab' ich das noch gar nicht gesehen.«

Rain kehrte mit Eleanor am Arm zurück. Sie lachte mit glockenheller Stimme »Oh, hier ist's aber warm und gemütlich. Und ich habe ja so einen Hunger.«

Amy ging noch mal zum Wagen, um das Brot zu holen. Sie stapfte über den aufgeweichten Boden und ließ sich absichtlich ein bißchen Zeit, da sie immer noch über Eleanors Verhalten erbost war. Als sie zurückkam, saß diese mit angezogenen Beinen auf dem Boden und erzählte, wie sehr sie der Sturm an den erinnert habe, der ihr Zuhause zerstört hatte, und wie froh sie sei, daß er vorbei war. Sie versprach, beim nächsten Mal nicht mehr so ängstlich zu sein. Amy breitete das Tuch, in dem sich das Brot befand, auf dem Boden aus, brach einen Laib in Stücke und nahm dann die Schüssel, die Gavin für sie gefüllt hatte.

Der Platz reichte so gerade für die vier aus. Eine Seite wurde fast vollkommen von Eleanors Röcken eingenommen. Als Amy den Löffel zum Mund führen wollte, berührte ihr Ellbogen den von Rain. Eleanor plauderte lebhaft, mit weit geöffneten Kinderaugen und lächelndem, rotem Mund. Amy vermutete, daß sie ihre Verführungskünste an Rain testen wollte, um ihre kühne Behauptung von vorhin unter Beweis zu stellen.

Da sie so außergewöhnlich schön war, überkam Amy ein schleichendes Gefühl der Angst, daß sie Erfolg haben könnte. Zum ersten Mal in ihrem Leben war sie eifersüchtig auf eine andere Frau.

»Ich muß zugeben, daß dies ein scheußlicher Tag war, Rain. Aber jetzt weiß ich ja, was ich zu erwarten habe. Morgen wird es schon bessergehen. Ich werde mich schon daran gewöhnen. Sie werden's ja sehen. Am Anfang ist alles immer am schwersten. Meinen Sie nicht auch, Rain?«

»Es dauert eine Weile, bis man sich an die Geschwindigkeit gewöhnt hat.« Rain hatte sich mit seiner Antwort lange Zeit gelassen. Sein Gesicht war unbewegt. Er saß mit gekreuzten Beinen und schaute in die Dunkelheit, wenn er den Blick von seiner Schüssel abwandte.

»Werden Sie denn ein wenig Geduld mit mir haben, Rain?«

»Sie machen das schon.« Rain tauchte ein Stück Brot in den Eintopf und gab Gavin etwas davon ab.

»Das ist das erste Mal, daß ich alleine reise – ohne Tante Gilda.« Eleanors Stimme stockte, und ihre Worte waren nicht viel lauter als ein Flüstern. Sie blickte Rain hilfesuchend an.

Amy schloß die Augen, da sie sich diese Szene nicht länger ansehen wollte.

»Ihnen wird nichts passieren.«

»Oh, das weiß ich. Ich weiß, daß Sie auf mich aufpassen. Es ist nur, daß ich ..., daß ich mir wünschte, Tante Gilda wäre hier. Die Landschaft ist so gewaltig und ... so wild.«

»Daran werden Sie sich gewöhnen.«

»Ich kann mir gar nicht vorstellen, wie Sie es schaffen wollen, Willy irgendwo in Arkansas zu finden. Ich hatte noch nie von dem Ort gehört, als er mir geschrieben hat. Ich mußte erst jemanden fragen.« Eleanors lavendelblaue Augen blickten ihn fragend an, bevor sie sie schloß, als ob sie Tränen zurückhalten müsse.

»Ich werde ihn schon finden. Keine Sorge.«

Amy schaute auf und stellte fest, daß Gavin sie beobachtete. Sie versuchte zu lächeln, schaffte es aber nicht.

»Hier ist meine Schüssel, Ma'am«, sagte Eleanor. »Ich danke Ihnen herzlich, aber ich kann einfach nicht aufessen.«

Amy nahm die Schüssel und stellte sie auf den Boden. Sie schaute Eleanor nicht an, da sie befürchtete, sie habe ein selbstgefälliges Lächeln auf den Lippen, und sie wollte vermeiden, etwas zu sagen, was sie hinterher bedauern würde.

»Ich glaube, ich lege mich schlafen, Rain«, sagte Eleanor mit matter Stimme.

»Möchten Sie nicht noch eine Tasse Tee trinken?«

»Vielleicht später. Tante Gilda hat mir immer vor dem Einschlafen noch eine Tasse Tee ans Bett gebracht.«

Rain nahm den Kessel und schüttete etwas Wasser in eine der Tassen. »Wenn Sie eine Tasse haben wollen, dann jetzt.«

Nur einen ganz kurzen Moment verzerrten sich Eleanors hübsche Gesichtszüge, bevor sie einen niedergeschlagenen, verwundbaren Ausdruck annahmen. Die Veränderung hatten jedoch nur Gavins scharfe Augen wahrgenommen.

»Ach, wenn ich fertig bin, wird er schon kalt sein. Ich ... muß dann wohl verzichten, fürchte ich«, antwortete sie gereizt. Die peinliche Stille, die folgte, wurde durch das Geräusch von etwas, das durchs Unterholz huschte, unterbrochen. Plötzlich war Eleanors Gesicht voller Furcht, und sie fragte hastig: »Was war das?«

»Wahrscheinlich ein Waschbär, der sich mal unser Feuer ansehen möchte.«

»Können Sie ihn nicht abschießen?«

»Warum? Ist doch sein Territorium. *Wir* sind die Eindringlinge.«

Rain goß Amy eine Tasse Tee ein. Er selbst nahm die Tasse, die Eleanor abgelehnt hatte, und trank sie aus, bevor er sie erneut füllte.

»Ich denke . . ., ich gehe dann mal zu Bett.« Sie sah Amy direkt an. »Könnten Sie mir wohl eine Kerze anzünden?«

»Keine Kerzen«, sagte Rain streng. »Wir löschen das Feuer, sobald wir aufgegessen haben.«

»Es ist aber feucht und schlammig. Ich werde mir die Schuhe ruinieren.«

Gavin verließ den Unterstand. »Es hat aufgehört zu regnen. Na, und wenn das mal nicht der gute alte Mond ist. Ich werd' Sie besser mal zum Wagen tragen, Miss Woodbury. Dann werden Ihre Schuhe nicht schmutzig.«

»Und ziehen Sie morgen festes Schuhwerk an.« Rain klang nicht gerade freundlich.

»Festes Schuhwerk? Wofür?«

»Damit Sie auch mal ein Stück gehen können.«

»Oh, ich weiß nicht, ob ich das kann.« Eleanor wartete gespannt auf Rains Antwort, aber er zog es vor zu schweigen.

Sie war kaum aufgestanden, als Gavin sie schon hochhob und zum Wagen brachte. Dort ließ er sie auf der Kiste, die sie als Stufe benutzten, herunter. Seine großen Hände umklammerten ihre Schultern und hinderten sie daran, in den Wagen zu steigen. Ihre Gesichter waren auf gleicher Höhe, und er kam ganz nah an sie heran. Er schüttelte sie, so daß sich ihr Kopf vor und zurück bewegte.

»Was? Was machen Sie denn? Sie . . ., Sie Trampel!«

»Jetzt hör mir mal gut zu, du kleiner Satansbraten. Ich hab' genau gesehen, wie du dich an den Mann von dem Mädel rangemacht hast. Du hast doch deinen eigenen Mann, der auf dich wartet, also laß ihn in Ruhe. Verstehst du? Kann doch jeder sehen, daß das Mädel ihn liebt. Und du wirst ihr nicht das Herz brechen.«

»Lassen Sie mich los, Sie ungebildeter Trottel!« Sie zischte wütend und schlug ihm auf die Hand. »Wenn Sie nicht sofort loslassen, dann schreie ich wie am Spieß, und Rain wird Sie nach Hause schicken, nachdem er Sie grün und blau geschlagen hat.«

»Schrei nur, meine Schöne. Vielleicht schmeißt er mich raus, aber ich schwör dir bei allem, was mir heilig ist, daß ich mich nicht weit entfernen werde. Ich warte meine Chance ab, und irgendwann, irgendwo werd ich dich schon kriegen. Und dann häng ich dich mit dem Kopf nach unten auf und versohle dir mit einem Stock den nackten Hintern. Das hätte sowieso schon längst jemand machen sollen.«

»Wenn Sie es wagen sollten, mich zu schlagen, wird Willy Bradford Sie jagen und wie einen räudigen Hund abknallen.«

»Wenn er ein richtiger Mann ist, wird er mir dankbar sein. Du brauchst nämlich nichts mehr als eine Tracht Prügel.«

»Sie sind dumm und ungebildet. Woher wollen Sie denn wissen, was ich brauche? Und ich werde auch nicht vergessen, daß Sie mich heute gekniffen haben.«

»Das hattest du dir wegen deiner Sturheit verdient. Hör mir gut zu, Süße. Laß den Mann von dem Mädel in Ruhe, oder ich mach noch mehr, als dich nur in den Hintern zu kneifen.« Er schwang sie über die Heckklappe und ließ sie in den Wagen plumpsen.

Die feuchte Plane schlug ihr ins Gesicht, und Wasser lief ihr den Rücken herunter. Ihr Ärger war so stark, daß er selbst die Frustration und das Unbehagen verdrängte. Langsam kniete sie sich hin und stand dann auf. Mit zitternden Fingern öffnete sie die Knöpfe ihres Kleides. Sie ließ es zusammen mit einigen Unterröcken zu Boden fallen. Dann schnürte sie ihr Korsett auf und warf es nach vorne in den Wagen, faßte unters Kissen, holte ihr langes weites Nachthemd hervor und zog es an. Sie kroch unter die Decken, bevor sie bemerkte, daß sie noch immer ihre Schuhe und Strümpfe anhatte. Sie zog sie aus, legte sich wieder hin und versteckte den Kopf unter den Dekken.

Amy kniete nieder, stellte die leeren Schüsseln und die Löffel in den Kochtopf und wickelte das restliche Brot in das Tuch ein. Sie hatte Rain nicht angesehen, seit Gavin Eleanor weggetragen hatte. Nun beobachtete sie, wie er die Stöcke vom Feuer entfernte, so daß es erlosch.

»Wir können den Topf morgen abwaschen.« Seine Stimme drang sanft aus der Dunkelheit an ihr Ohr. »Setz dich zu mir und trink deinen Tee. Gavin kommt gleich erst zurück. Er wird noch nach den Pferden sehen, nachdem er Miss Woodbury in den Wagen geworfen hat.«

»Geworfen? Wie kommst du denn darauf?«

Rain mußte lachen. »Mir fielen da schon ein paar Gründe ein. Scheint ihr aber nicht weh getan zu haben, sonst hätten wir sie schreien gehört.«

»Kannst du alles hören?«

»Hab' ich mir so angewöhnt, als ich fürchten mußte, am nächsten Morgen nicht aufzuwachen. Wenn ich nichts sehen kann, muß ich halt um so mehr hören.«

»Früher hab' ich immer mit Onkel Juicy nachts draußen gesessen, und ich sollte dann die verschiedenen Geräusche erkennen. Später wurde das schwieriger, weil er nichts mehr hören konnte.« Sie setzte sich dorthin, wo Eleanor gesessen hatte, und er gab ihr ihre Tasse.

»Bist du müde?«

»Ein bißchen.«

»Heute war ein harmloser Tag, verglichen mit dem, was hinter dem Fluß auf uns wartet.«

»Ich freue mich schon auf die Berge.«

»Die Berge im Westen sind eher kümmerlich. Aber es ist eine wunderschöne Landschaft. In manchen Gegenden kannst du meilenweit gucken. In anderen Gegenden ist der Wald jedoch so dicht, daß du nicht die Hand vor Augen siehst, obwohl die Sonne scheint.« Er griff nach ihrer Hand. »Ich möchte dir das Land entlang des Arkansas zeigen.«

»Ich habe gehört, als du Farr davon erzählt hast.«

Sie verschränkte ihre Finger mit den seinen und drückte fest zu. Vergessen war die Teetasse, die neben ihr auf dem Boden stand. Er zog sie abrupt an sich heran und legte seinen Arm um sie herum, wobei sie ihren Kopf an seine Schulter legte. Nichts, außer ihren aneinander gepreßten Körpern, hatte für Amy noch Bedeutung. Der regelmäßige Pulsschlag seines Herzens gab ihr das Gefühl von Ruhe und Entspannung.

»Mit dir zusammen zu sein, gibt mir das Gefühl vollkommener Zufriedenheit. Ein komisches Gefühl, aber irgendwie auch vertraut«, sagte er in einem rauhen Flüstern. Er zog sie näher an sich heran. »Fühlst du es auch, Amy?«

»Ja«, flüsterte sie mit geschlossenen Augen. »Wir kennen uns ja auch schon ein ganze Weile.«

»Es ist mehr als das. Es ist fast so, als ob ich mich verlaufen und jetzt meinen Weg nach Hause gefunden hätte.«

»Ich bin froh«, flüsterte sie. »Ich bin ja so froh.« Sie schwieg, überwältigt von ihren Gefühlen. Sie lehnte ihren Kopf an seine Schulter, und eine Welle unermeßlicher Freude überflutete sie. Sie empfand so viel Glück, daß ihr schwindelte und sie keinen klaren Gedanken mehr fassen konnte.

»Ich höre Gavin zurückkommen. Er stampft wie ein Büffel.« Rain lachte leise.

»Ich hör' gar nichts.«

»Er ist da hinten bei der Zeder.«

»Ich kann ihn auch nicht sehen.«

»Guck dir doch den Umriß des Baums an. Kannst du nicht die Schulter und den Arm erkennen?« Er ging mit seinem Kopf so nah an sie heran, daß sich ihre Wangen berührten.

»Jetzt erkenne ich ihn.«

Er führte die Hand, die ihre hielt, an seine Brust. Ganz sachte löste er ihren Griff und legte ihre Handfläche an seinen Hals. Mit dieser rührenden, einfachen Geste drückte er aus, wie sehr er sich danach sehnte, zu berühren und berührt zu werden.

»Ich möchte dich küssen, bevor er rüberkommt«, flüsterte er, als er ihr einige lange Haarsträhnen aus dem Gesicht strich.

Amy spürte sein heftiges Herzklopfen und die Wärme seines Halses. Als seine Finger ihr Kinn anhoben, öffneten sich ihre Lippen und suchten die seinen. Er küßte sie ganz vorsichtig und sanft, wieder und wieder. Sie legte ihren Arm um seinen Nacken, und die Küsse wurden intensiver und verlangender. Er zog sie noch näher an sich heran, und ihre Herzen schlugen im Gleichklang. Seine Lippen waren jetzt nicht mehr sanft, sondern hart und hungrig. Mit einem Stöhnen, das aus der Tiefe seiner Brust kam, hob er den Kopf und preßte seine Wange an ihre.

»Wie ich das liebe, mein Schatz. Fast schon zu viel.« Seine Stimme klang rauh, aber zärtlich, und er atmete heftig. Seine Finger glitten durch ihr Haar, und er streichelte ihr Kinn. Seine Lippen umspielten ihr Ohr und kehrten dann zu ihrem Mund zurück, so als könne er sich nicht dagegen wehren. Er knabberte zärtlich an ihren Lippen, bevor er seinen Kopf hob und seine Arme von ihr nahm. »Ich laß dich jetzt besser gehen . . ., solange ich noch kann.«

Sie gingen langsam zum Wagen, wobei Rain seine Hand um Amys Taille gelegt hatte. Ein paar Meter von ihm entfernt hielt er an. »Schön, daß du so groß bist«, flüsterte er ihr ins Ohr. »Dann brauche ich mich nicht so weit herunterzubeugen beim Küssen.«

Er küßte sie sanft, ja fast ehrfürchtig auf den Mund. In diesem Kuß lag seine ganze Liebe zu ihr. Eine Welle von zärtlicher Zuneigung durchströmte Amys Herz. Er war einsam und sehnte sich genauso nach Liebe wie sie.. Ihre Fingerspitzen zeichneten den Weg von seinem Unterkiefer bis zum Haaransatz an den Ohren nach, dann streichelte sie mit ihren Handflächen über seine rauhen Wangen. Er stand ganz still, als sie ihm einen Gutenachtkuß gab und sich dann langsam entfernte.

»Ich kann auch Wache schieben, Rain.«

»Nicht nötig, ich schlafe mit einem geöffneten Auge.«

»Gute Nacht.«

»Nacht, Amy.«

Amy kletterte in den Wagen, darauf bedacht, Eleanor nicht zu wecken. Sie zog sich rasch aus und schlüpfte in ihr Nachthemd. Mit zitternden Händen entflocht sie ihren Zopf, rieb sich kurz mit den Fingernägeln über die Kopfhaut und legte sich dann auf ihr Bett. Sie zog die Decken bis über den Kopf und bettete ihn auf einen angewinkelten Arm.

Es war so neu und aufregend, mit Rain zusammen zu sein, so wunderbar. Sogar noch schöner, als sie es sich vorgestellt hatte. Er war nicht mehr so schüchtern wie damals, als sie jünger waren. Jetzt war sie diejenige, die ab und zu nicht wußte, was sie sagen sollte.

»Sie hätten sich nicht von ihm küssen lassen sollen, Ma'am. Das war ein Fehler.« Eleanors Stimme drang leise durch die Dunkelheit.

Amy konnte vor Schreck nichts sagen, denn sie fühlte sich durch Eleanor, die sie und Rain beim Küssen beobachtet hatte, ertappt.

»Lektion Nummer eins«, fuhr Eleanor fort. »Lassen Sie einen Mann warten. Es muß sein größter Wunsch sein, Sie zu halten und zu küssen, bevor Sie ihn an sich heranlassen. Männer schätzen es überhaupt nicht, wenn man es ihnen zu einfach macht. Lektion Nummer zwei ...«

»Seien Sie ruhig. Ich kann auf Ihre Ratschläge verzichten.«

»Was Rain Tallman betrifft, so sollten Sie jeden Rat annehmen, den man Ihnen gibt. Er ist jemand, der einer Frau solange schmeichelt, bis sie dahinschmilzt – wenn er sie will«, sagte Eleanor mit einem leichten Lachen.

»Wenn Sie so verdammt viel über Männer wissen, warum müssen Sie dann bis zum Arkansas reisen, um einen abzukriegen?« fragte Amy mit kaltem Sarkasmus.

»Das habe ich Ihnen schon erzählt.«

»Ach ja, Geld und Herkunft. Klingt mir eher nach einem Zuchtbullen.«

»Für jemanden wie Rain würde es eine sehr lange Reise werden, wenn er nicht jemanden hätte, der seine Bedürfnisse befriedigt. Besonders wenn er daran gewöhnt ist, *es* auch zu bekommen, wenn Sie verstehen, was ich meine. Ich bin schon vergeben, also bleiben nur Sie übrig. Er bemüht sich Schritt für Schritt, das zu kriegen, was er haben will, und Sie sind von seinem schönen Äußeren so eingenommen, daß Sie's ihm bereitwillig geben.«

Amy hatte noch niemals vorher ein so dringendes Bedürfnis, jemanden zu schlagen, wie in diesem Moment. Sie wollte herausschreien, daß sie Rain schon seit acht langen Jahren kannte und liebte und daß sie sich nicht das, was zwischen ihnen passierte, dadurch kaputtmachen lassen wollte, daß man es durch den Dreck zog. Aber was würde es schon bringen, Eleanor auch nur irgend etwas zu sagen? Sie war doch nur eine dumme, verwöhnte Göre.

Sie knirschte mit den Zähnen und drehte sich um in der Hoffnung, bald zu schlafen. Doch die Wut hatte sie so sehr aufgewühlt, daß sie erst Stunden später Ruhe fand.

Kapitel 10

Zum Frühstück, noch vor Tagesanbruch, gab es gebratenen Speck, Brot und einige Tassen starken, heißen Kaffee. Eleanor weigerte sich aufzustehen, als Amy sie rief. Rain entfernte die Plane von dem Unterstand, rollte sie zusammen und band sie an einer Seite des Wagens fest, während Amy die Frühstücksreste einsammelte und Gavin die Maultiere einspannte.

»Ich sattele dein Pferd, oder möchtest du heute morgen lieber auf dem Wagen mitfahren?« Rain stand neben Amy mit dem Sattel auf der Schulter und dem Zaumzeug in der Hand.

»Ich reite lieber.«

»Ich dachte, du seist vielleicht etwas wund geritten. Bist ja schließlich gestern ganz schön lange im Sattel gewesen.«

»Das stimmt, aber es wird sich nach einiger Zeit geben.«

»Ich möchte nicht, daß du dich überanstrengst.«

»Werde ich schon nicht.«

Amy sah ihm nach, als er fortging. Sie hatte eine unruhige Nacht hinter sich. Das Bett war hart und schmal. Und obwohl sie sich vorgenommen hatte, Eleanors Bemerkungen nicht ernst zu nehmen, war genau das geschehen. Während der langen Nachtstunden hatte sie sich unruhig hin und her gewälzt und versucht, eine angenehme Schlafposition zu finden. Dabei war sie zu dem Schluß gekommen, daß die wenigen Küsse, die sie mit Rain ausgetauscht hatte, ihr mehr bedeuteten als ihm. Amy hatte solange darüber nachgedacht, bis sie der Verzweiflung nah war, und noch stundenlang wach gelegen.

Der Wagen hinterließ tiefe Furchen im weichen Boden, als sie den Lagerplatz langsam verließen. Rain ritt voran, während Amy dem Wagen folgte. Der Morgen war kalt und dunstig. Amy stellte den Mantelkragen hoch und malte sich aus, wie Eleanor warm und bequem in ihrem Bett lag.

Auf der Straße war der Boden nicht ganz so weich, und die Maultiere konnten ein höheres Tempo anschlagen. Trotzdem schien der Wagen nur langsam voranzukommen. Sie kamen an einer Hütte vorbei, die auf einem Hügel am Straßenrand lag. Eine Frau mit einem Baby auf dem Arm und einem kleinen Kind am Rockzipfel kam heraus und winkte ihnen zu. Amy bemerkte, wie heruntergekommen die Behausung aussah. Der Schuppen, der der Kuh als Behausung diente, war vollkommen windschief. Neben dem Haus lag ein abgestorbener Baum, und es sah so aus, als ob der Siedler nur jeweils soviel davon abschlug, wie man zum täglichen Leben gebrauchte. Die Frau machte einen vereinsamten Eindruck, und es schien, als ob der Anblick der Reisenden der Höhepunkt ihres Tages sein würde.

Ein paar Stunden später kam ihnen ein einzelner Wagen entgegen. Die Plane des Wagens war schlaff über schiefe Bögen gespannt. Der Mann, der den Wagen lenkte, war groß, breitschultrig, mittleren Alters und hatte einen struppigen Bart. Neben ihm saß seine Frau, deren Gesicht unter einem tief heruntergezogenen Hut verborgen war. Hinter dem Sitz standen zwei Kinder, wovon sich eines an den Schultern der Frau festhielt; beide hatten spitze Gesichter und schauten ängstlich drein. Der Mann brachte seine Pferde zum Stehen und wartete darauf, daß Rain an ihm vorbeiritt. Rain gab Gavin ein Zeichen, weiterzufahren. Er steuerte den Wagen an dem anderen vorbei, und Amy folgte. Als sie sich umblickte, sah sie, daß der Mann Rain die Hand gegeben hatte, eine Hand, die ein Maultier in die Knie zwingen konnte.

Einige Minuten später hatte Rain wieder aufgeschlossen und ritt neben Amy.

»Der Mann hat mehr Schwierigkeiten, als ein Hund Flöhe. Wenn ich noch länger stehengeblieben wäre, hätte er sie mir alle aufgezählt. Ihre Hütte ist abgebrannt, Indianer haben ihre Vorräte geraubt, und die Kuh hat keine Milch mehr gegeben. Sie suchen sich einen anderen Ort zum Siedeln.«

»Sie haben Pech gehabt, aber der nächste Ort muß nicht unbedingt besser sein.«

»Jeder hat mal eine Pechsträhne. Entweder man überwindet sie, oder man gibt auf und jammert den Rest seines Lebens herum.«

Als Rain wieder nach vorne ritt, dachte Amy über seine Worte nach. Ihr Vater war so jemand, der aufgegeben hatte und nur noch jammerte. Der Gedanke, daß sie ihn womöglich nie wiedersehen würde, machte sie nun doch ein wenig traurig. Er war schließlich ihr Vater, obwohl er der egoistischste Mensch war, den sie je kennengelernt hatte. Sie dachte an Tally und fragte sich, ob er es wohl schaffen würde, sich vom Einfluß seiner Mutter zu lösen und sein Leben auf eigene Füße zu stellen. Sie bezweifelte dies. Sie glaubte nicht, daß er schon jemals einen eigenständigen Gedanken entwickelt hatte.

Sie erreichten eine kleine, flache Brücke und hielten an, um die Tiere trinken zu lassen. Amy stieg ab und führte ihr Pferd zusammen mit Gavins Schimmel zum Wasser, damit die beiden neben Rains Braunem trinken konnten.

»Du solltest mal nach Miss Woodbury schauen, Amy. Vielleicht geht's ihr ja nicht gut.«

»Gestern abend ging's ihr blendend, und heute morgen hat sie gesagt, sie wolle nicht gestört werden.«

»Wenn sie den ganzen Tag im Wagen liegenbleibt, dann wird ihr bestimmt schlecht werden. Wenn sie nichts hat, sag ihr, daß sie aufstehen, feste Schuhe anziehen und ein paar Schritte gehen soll.«

Amy ging zum Ende des Wagens und hob die Plane hoch. Eleanor lag noch immer im Bett, hatte ihren Kopf in die Kissen gekuschelt und ihre Decken bis zum Kinn heraufgezogen.

»Was wollen Sie?«

»Rain möchte wissen, ob es Ihnen gutgeht.«

»Das ist nett von ihm. Sagen Sie ihm, es geht mir ausgezeichnet.«

»Dann stehen Sie auf und ziehen sich an. Er hat gesagt, Sie sollen feste Schuhe anziehen und ein paar Schritte laufen.«

Zu spät hatte Eleanor gemerkt, daß sie in die Falle gegangen war, indem sie zugegeben hatte, daß sie nicht krank war.

»Ich stehe auf, wann ich will, und ich gehe spazieren, wann ich will.« Sie legte sich auf die Seite und vergrub ihr Gesicht in den Kissen.

»Nein, das werden Sie nicht.« Rain schaute sie über Amys Schulter an. »Sie müssen sich für später ein paar Kraftreserven aneignen. Das schafft man nicht, wenn man rumgammelt und wie ein Vogel ißt.«

»Ich esse nie viel. Ich kriege keinen großen Hunger.«

»Wenn Sie eine Weile spazierengehen, werden Sie schon hungrig.«

»Ich will nicht spazierengehen. Das ... habe ich noch nie gemacht.«

»Heute ist ein sehr guter Tag, um damit anzufangen. Sie werden sich am Nachmittag ein bißchen bewegen.«

»Sie sind gemein und ...«

»Ich kann noch viel gemeiner werden.« Rain ließ die Plane wieder herunter und stieg aufs Pferd. Er machte Gavin Zeichen, daß es weiterging.

Als die Maultiere wieder angeschirrt waren, bewegte Rain sein Pferd neben Amys, so daß sie nebeneinander ritten. Sein Blick schweifte über ihre schlanke Figur. Er mochte die Art, wie sie im Sattel saß – fest, die Füße tief in den Steigbügeln, mit gestrecktem Rücken. Sie war schön und stolz, ruhig und tüchtig. Sie war auch sanft und hingebungsvoll. Sie in den Armen zu halten, war einer der schönsten Momente seines Lebens gewesen.

»Amy . . .« Er wußte nicht, warum er ihren Namen ausgesprochen hatte. Er wollte es einfach. Er konnte ihr nicht von seinen Gedanken erzählen, noch nicht. Sie sah ihm genau in die Augen. Ihre waren groß, klar, ernsthaft, tief und bernsteinfarben. »Reite du mal eine Weile voraus, Amy. Achte besonders auf das Gehölz im Norden. Wenn wir Ärger kriegen, dann von dort.«

»Erwartest du Ärger?«

»Eigentlich immer.«

Amy trieb ihre Stute an. Sie ritt im Galopp, bis sie sich ein Stück vor dem Wagen befand. Dann verlangsamte sie das Tempo und hielt das Waldstück im Norden im Auge. Sie verdrängte alle Gedanken an Rain, um aufmerksam Ausschau zu halten.

Eine halbe Stunde später löste Rain sie mit der Führung ab, und sie ließ sich wieder zurückfallen. Eleanor saß vorne bei Gavin. Er lächelte Amy zu, als sie an ihr vorbeifuhren, während Eleanor stocksteif dasaß und geradeaus schaute.

Als sie ihre Mittagspause einlegten, gab es kein Wasser für die Tiere. Gavin machte die Maultiere los und striegelte sie ab, damit sie keine Wundstellen vom Geschirr bekamen. Nachdem die Pferde an einer Stelle angebunden waren, wo sie das noch feuchte Gras fressen konnten, machte Rain ein kleines Feuer, um Kaffeewasser zum Kochen zu bringen.

Amy ging in den Wald hinein, um einen Moment allein zu sein. Sie hatte Eleanor nichts gesagt, als sie losging, merkte aber schon bald, daß sie ihr folgte. Hinter einem Busch hielt Amy an, blickte sich aufmerksam um und stellte dann ihr Gewehr in Reichweite ab. Innerhalb weniger Minuten hatte sie erledigt, weswegen sie dorthin gekommen war, drehte sich um und wartete, bis Eleanor mit ihren vielen Röcken fertig war.

Eleanor wirkte etwas besänftigt. Sie aß Fleisch und Brot und nahm sogar ein Ei, das Amy ihr angeboten hatte. Sie saß etwas abseits, trank Kaffee und schaute den schmalen Waldweg hinauf.

Die Sonne brach durch die Wolken. Amy zog ihren Mantel aus und legte ihn unter den Wagensitz. Das Mittagessen verlief nicht so entspannt wie am Tag zuvor. Zwischen Eleanor und den anderen lag eine Spannung in der Luft. Gavin schirrte die Maultiere wieder an, Rain löschte das Feuer mit ein paar Schaufeln Dreck, und Amy packte die Reste in die inzwischen fast leere Essenskiste. Sie stellte fest, wie gut Gavin und Rain zusammenarbeiteten. Die beiden Männer mußten nicht viele Worte machen, sie wußten genau, was zu tun war. Alle faßten mit an, bis auf Eleanor.

Amy stieg auf den Kutschbock, und Gavin gab ihr die Zügel in die Hand.

»Mach erst mal ganz langsam, Amy«, sagte Rain und stieg aufs Pferd. »Miss Woodbury wird ein Stück hinterhergehen. Wenn Sie nicht mehr können, Miss Woodbury, dann halten Sie sich einfach an dem Riemen hinten am Wagen fest.«

Eleanors Augen funkelten vor Wut. »Jetzt muß ich ja wohl machen, was Sie von mir verlangen, Mr. Tallman, aber sobald wir am Fluß eine Stadt erreichen, könnte ich Sie verlassen. Wie würden Sie *das* dann Will Bradford erklären?«

»Ich würde ihm schildern, was für ein Glück ich gehabt habe«, sagte er trocken und kehrte ihr den Rücken zu. Er hob seine Hand und deutete nach Westen.

Rain ließ sein Pferd im Schrittempo vorneweg reiten. Amy hielt die Zügel locker in der Hand und dachte, wie dumm Eleanor doch war, sich mit Rain anzulegen. Sie war sich sicher, daß, wenn er sich einmal etwas in den Kopf gesetzt hatte, ihn nichts davon abbringen würde, genauso wie damals, als er noch ein Junge war und Tecumsehs Schwestern nach Prophetstown bringen wollte.

Die Zeit verging nur langsam. Die einzigen Geräusche, die Amy vernahm, während der Wagen voranrollte, waren das Knarzen des Holzes, das Scheppern des Geschirrs und das gelegentliche Krächzen einer Krähe in einer großen Zeder am Wegesrand. Zum ersten Mal seit dem Sonnenaufgang konnte sie ihre Lider einen Moment schließen und sich ausruhen.

So verging etwa eine halbe Stunde, als sie durch Gavins Rufen aufschreckte: »Halt den Wagen an!«

Amy zog mit ganzer Kraft an den Zügeln. Schon bevor die Maultiere anhielten, ritt Rain auf seinem Weg nach hinten an ihr vorbei. Als Amy sich umdrehte, sah sie Eleanor auf dem Boden liegen. Sie band die Zügel rasch an der Bremse fest, sprang vom Wagen und rannte dorthin, wo Gavin neben Eleanor kniete.

»Was ist los mit ihr?« Sie hob eine von Eleanors erschlafften Händen und beantwortete ihre eigene Frage: »Sie ist ohnmächtig. Holt etwas Wasser.« Rain handelte sofort. Amy nahm Eleanor den Hut ab, um ihr mit der Krempe Luft zuzufächern.

»Ich denk', ich weiß, was mit dem Mädel los ist«, sagte Gavin, nachdem sie ihr Gesicht mit einem feuchten Tuch abgewischt hatten und sie nicht erwachte. »Sie ist so fest in ihr Korsett eingeschnürt, daß sie kaum Luft kriegt, und dazu kommt dann noch das Gewicht der Röcke. Da sie über den Boden schleifen, nehmen sie Wasser auf, und das war dann einfach zu schwer für das Mädel.«

»Was ist denn ein ... Korsett?« Rain sah erst Gavin und dann Amy fragend an. Amy tauchte das Tuch wieder ins Wasser, tupfte Eleanors Gesicht ab und überließ Gavin die Erklärung.

»Ja, also, das ist so 'ne Konstruktion aus Fischbeinstäben und festem Stoff, die sich Frauen um die Taille schnüren. Ich hab' gehört, daß es Mädels gibt, die sich so fest einschnüren, daß sie sich fast die Rippen brechen. Das Mädel muß sich höllisch gequält haben.«

»Warum um Gottes willen?«

»Ist so Mode bei den feineren Ladies.«

»So ein Quatsch! Zieh's ihr aus!«

»Das muß schon das Mädel machen, Mann. Ist schließlich nichts zwischen dem Ding und ihrem nackten Körper.«

»Amy kann das nicht alleine. Diese blöde Kuh macht mich noch wahnsinnig!« Rain fluchte vor sich hin und nahm die Rockzipfel in die Hand. »Zieh ihr auch ein paar von den Unterröcken aus! Woran sind die überhaupt befestigt?«

»Ich mach' schon.«

Rain sah finster drein, als Amy Eleanor den Rock auszog. Da er bei den Shawnee aufgewachsen war, hatte er es nie so richtig verstanden, warum die weißen Frauen so darauf bedacht waren, ihre Beine zu verstecken.

Amy öffnete Eleanors Kleid vom Hals bis zur Taille und knöpfte den ersten Unterrock ab.

»Nummer eins. Zieh ihn aus, und ich mach' noch einen los.« Gavin ergriff Eleanor am Rücken und hob sie hoch. Rain faßte unter den Rock und entfernte mit einem Ruck den Unterrock. Dieses wiederholte sich insgesamt viermal, so daß Eleanor nur noch einen Unterrock, ein dünnes Unterhemd, ein Miederhöschen und das Korsett anhatte. Amy versuchte aus Schicklichkeit, soviel wie möglich von ihrem Körper bedeckt zu lassen, und atmete erleichtert auf, als sie feststellte, daß Eleanor unter dem Korsett noch ein dünnes Unterhemd trug.

Rain betrachtete, in was Eleanor sich eingeschnürt hatte, und fluchte. »Verdammt! Eine Frau, die so etwas anzieht, hat nicht mehr Verstand als eine Gans. Und da gibt es noch Leute, die Indianerfrauen für dumm halten.«

Er zog sein Messer und begann, die Schnüre zu zerschneiden. Er fing auf Höhe ihrer Hüften an, arbeitete sich zur Taille vor, die er mit seinen Händen ganz umfassen konnte und machte schließlich den letzten Schnitt direkt unterhalb der Brüste. Amy versuchte, das Korsett abzunehmen, mußte aber feststellen, daß es Schulterträger hatte. Sie mußten ihr das Oberteil des Kleids wieder anziehen, damit Rain auch diese Träger durchschneiden konnte. Jetzt war es möglich, das Korsett zu entfernen, und Amy knöpfte rasch Eleanors Kleid zu.

Rain hielt das zerschnittene Kleidungsstück in den Händen und schüttelte den Kopf.

»Wenn das mal nicht das Dämlichste ist, was ich je gesehen habe.« Er bog die Fischbeinstangen, die in das Material eingenäht waren, bis sie zerbrachen, dann warf er das Korsett in eine Zeder, die in der Nähe stand. »Amy, guck mal nach, ob sie in ihrem Koffer noch mehr von den Dingern hat.«

»Ich denke, wir sollten besser nicht in ihren Sachen wühlen. Wenn sie sich selber quälen will, dann laß sie doch.«

»Ich lasse mich nicht von einer sturen und eitlen Frau aufhalten, die sich selbst zum Narren macht. Solche Sachen kann sie in Louisville anziehen, hier schert's aber niemanden, ob sie eine schmale Taille hat oder nicht.«

»Sie schon.«

»Wenn sie in Belle Point ist, kann sie sich kleiden, wie es ihr oder Will gefällt. Aber bis wir dort sind, wird sie das tragen, was ich ihr vorschreibe, und das wird keins von diesen Grätendingern sein«, sagte Rain ungehalten.

»Du solltest wirklich gucken, ob sie noch mehr davon hat, Mädel. Die wird so wütend sein, daß sie's schon aus Trotz tragen will.«

Als Amy den Koffer öffnete, kam ihr eine Wolke Rosenduft entgegen. Zwischen der Spitzenunterwäsche, den fein verzierten Nachthemden, den Kleidern und den Unterröcken fand sie noch zwei Korsetts, ein schlichtes und ein mit Spitzen besetztes. Diese zeigte sie Rain. Er sah sie sich mit Verachtung an, dann schaute er Amy in die Augen.

»Habt ihr, du und Libby, auch solche Dinger?«

Sie schüttelte den Kopf und mußte ein Kichern unterdrükken. »Aber ich hab' schon mal eins in Vincennes gesehen, und Libby hat erzählt, daß die Frau von Governor Harrison eins trägt.«

»Miss Woodbury wird auf jeden Fall erst mal keins mehr tragen«, stellte er fest und warf sie nacheinander in die Zeder, wo sie an einem Zweig hin und her schwankten. Bei diesem merkwürdigen Anblick brach Amy in Lachen aus.

»Irgend jemand wird die Überraschung seines Lebens bekommen, wenn er hier vorbeikommt und eins der Korsetts auf ihn hinabfällt.«

Gavin stimmte in ihr Gelächter ein, und auch Rain mußte grinsen – ein bißchen zumindest. Dann nahm Gavin Eleanors Arme, zog sie bis hinter ihren Kopf und bewegte sie vor und zurück, während Amy ihr Gesicht mit einem feuchten Tuch abtupfte.

Selbst in ihrem jetzigen Zustand war sie noch hübsch, dachte Amy. Die Haut über ihren Wangenknochen war makellos und bildete einen starken Kontrast zu den dichten, dunklen Wimpern, die auf den Wangen ruhten. Das Haar, das ihr über die Stirn hing, war schwarz wie die Nacht und glänzte im Sonnenlicht.

Eleanor begann, ihre Glieder zu bewegen und versuchte, ihre Arme aus Gavins Griff zu befreien. Sie runzelte die Stirn und gab ein kurzes, verärgert klingendes Geräusch von sich, während sie noch immer versuchte, ihre Arme hochzuheben. Sie öffnete die Augen und sah Gavin direkt ins Gesicht.

»Alles wird gut werden, Mädel. Atme tief ein und bleib noch eine Weile liegen.« Er sprach so rücksichtsvoll, als spreche er mit einem Kind.

»Was ist passiert?«

»Sie sind ohnmächtig geworden«, sagte Amy. »Möchten Sie einen Schluck Wasser?«

»Ja, bitte.«

Gavin half Eleanor, sich aufzusetzen. »Ich geh' schon.«

Eleanor schlug entsetzt die Hände vors Gesicht, als sie den Haufen Unterröcke vor sich sah. »Was ist ... das denn?«

»Wir haben Ihnen die Unterröcke und das Korsett ausgezogen«, sagte Amy freundlich. »Das Gewicht der Unterröcke war zu schwer für Sie, und das Korsett war so eng, daß sie keine Luft mehr bekommen haben.«

»Warum ..., warum ..., wie konnten Sie es wagen, mir das anzutun?«

»Ich habe es gewagt, Miss Woodbury«, bemerkte Rain. »Können Sie aufstehen? Ihre Verrücktheiten haben uns schon lange genug aufgehalten.«

Gavin kam mit dem Wasser zurück. Eleanor trank etwas, dann half er ihr, aufzustehen. Sie holte lange und tief Luft, streckte sich und sah zu Rain hinauf. Seine breitschultrige Silhouette zeichnete sich groß gegen den Himmel ab. Der Wind zerzauste sein dunkles Haar, und er strahlte eine angespannte, bedrohliche Wachsamkeit aus. Eleanor zitterte vor Schwäche und Furcht, doch ihr Stolz zwang sie, ihm die Stirn zu bieten.

»Sie hatten nicht das Recht dazu. Das werde ich Ihnen nie verzeihen. Nie!«

»Ich möchte auch gar nicht, daß Sie mir verzeihen. Wenn Sie wollen, daß ich Sie nach Belle Point bringe, dann verlange ich Gehorsam, und den werde ich auch kriegen. Haben Sie verstanden, Miss Woodbury?«

»Ich scheine ja keine andere Wahl zu haben.«

»Ganz genau. Bring sie in den Wagen, Gavin.« Rain stieg auf den Braunen. »Wir müssen die Zeit aufholen, die wir verloren haben, Amy. Die nächste Stunde holen wir alles aus ihnen heraus.«

Amy sammelte Eleanors Unterröcke ein und legte sie hinten in den Wagen, kletterte dann auf den Sitz und wartete, daß

Gavin Eleanor hinauf half. Als sie neben ihr saß und der Wagen losfuhr, ging er zu seinem Pferd.

Gavin machte sich über Eleanor Gedanken. Als er sie hochgehoben hatte, hatte sie ihre wunderhübschen Gesichtszüge nicht verzerrt, es gab keine zitternden Lippen, keine Tränen, keinen Schwall wütender Worte, die aus ihrem weichen roten Mund kamen. Sie hatte vollkommen einsam und niedergeschlagen gewirkt, als sie sich gesetzt und die Hände im Schoß gefaltet hatte. Als Gavin darüber nachdachte, berührte ihn die Erkenntnis, daß diese eingebildete Schönheit Angst zeigte, trotz ihres sonst zur Schau getragenen Selbstbewußtseins.

»Ich habe die ganze Zeit Ihre Blößen bedeckt gehalten, als ich Ihnen das Korsett und die Unterröcke ausgezogen habe«, sagte Amy. »Die anderen haben nichts gesehen.«

Eleanor drehte sich langsam zu ihr rum und schaute sie mit teilnahmslosen, uninteressierten Augen an, sagte aber kein Wort. Dann wandte sie sich wieder ab und strich sich abwesend eine Strähne aus dem Gesicht. Stillschweigend durchfuhren sie die weite Prärielandschaft und über einen dichtbewaldeten Hügel. Selbst als die Sonne mit einem roten Glühen am Horizont verschwand, ließ Rain noch weiterfahren. Als es dann dunkel wurde, verließ er den Hauptweg und bog in ein Wäldchen ein, das an einem Bach, der aus den Bergen kam, lag.

Es war sehr schnell dunkel geworden. Sie richteten ein Lager ein so wie in der Nacht davor, mit dem Unterschied, daß es diesmal keinen Unterstand gab. Weder Gavin noch Rain machten Anstalten, einen zu bauen. Sie banden die Tiere an, und Amy machte Feuer und setzte einen Kessel Wasser auf. Die drei sprachen nur das Notwendigste miteinander, während Eleanor überhaupt nichts sagte, sich die Stola überwarf und zum Bach ging.

An diesem Abend aßen sie die letzten Eier und das von Amy und Liberty vor der Reise zubereitete Fleisch und Brot.

Sobald der Tee heiß war, löschte Rain das Feuer bis auf ein paar Stücke glühender Kohle.

»Wir müssen ja nicht unnötig auf uns aufmerksam machen«, sagte er.

»Jawohl«, antwortete Gavin. »Von hier bis zum Fluß treibt sich eine Menge Gesindel herum.«

»Warst du hier schon mal, Gavin?« fragte Amy.

»Jawohl. Ein- oder zweimal, aber ich kenn' mich trotzdem nicht gut aus. Ich hab' auf dem Ohio zwischen Pittsburgh und dem großen Fluß gearbeitet.« Während er sprach, stand Eleanor auf und ging zum Wagen. Die Augen des großen Mannes folgten ihr, bis sie im Wageninnern verschwand. »Ich fürchte, wir haben den Stolz des Mädels schwer verletzt.«

»Besser jetzt ihr Stolz, als später sie selbst«, sagte Rain grimmig. »Es wird nicht einfach, querfeldein zum Arkansas zu gelangen. Ich schätze, früher oder später müssen wir den Wagen aufgeben. Hoffentlich finden wir ein paar gute Maultiere, auf denen die Frauen reiten können.«

»Maultiere sind die stursten Viecher, die's gibt.« Gavin nahm seine lange Pfeife, stopfte und entzündete sie.

»Sie können so stur sein wie Frauen«, stellte Rain fest und warf Amy eines seiner seltenen Lächeln zu. »Sie können mit jedem Pferd mithalten, brechen aber nicht aus oder bäumen sich auf, wenn eine Schlange ihren Weg kreuzt. Sie sind ideal für die Berge. Für unsere Zwecke würde ich sofort ein Maultier nehmen.«

»Da hast du vielleicht recht. Trotzdem würde ich lieber zu Fuß gehen, als auf einem Maultier zu reiten.«

»Wenn wir am Fluß auf jemanden treffen, den ich kenne, oder wenn du jemanden kennst, Gavin, und weißt, daß man sich auf ihn verlassen kann, dann werde ich ihn fragen, ob er mit uns kommt. Wir brauchen noch jemanden, der nachts Wache hält.«

»Ich kann auch nachts wachen, Rain.« Amy war dabei, die

Essensreste einzusammeln und heißes Wasser über die Tassen zu gießen.

»Ich möchte nicht, daß du das machst, Amy. Die Reise wird so schon anstrengend genug, selbst wenn du die ganze Nacht schlafen kannst.« Rain stand auf und hängte sich sein Gewehr über die Schulter. »Tritt die Kohlen aus, wenn sie fertig ist, Gavin. Ich komme gleich zurück. Wo möchtest du dich schlafen legen?«

»Da hinten unter dem Baum.« Gavin deutete auf eine Baumgruppe, ungefähr fünf Meter vom Lager entfernt.

»Dann geh' ich auf die andere Seite.« Amy war aufgestanden und schaute von einem Mann zum anderen. Rain legte die Hand auf ihre Schulter. »Warum legst du dich nicht in den Wagen?«

»Was hast du denn vor?«

»Ich seh' mich ein bißchen um. Gavin bleibt hier.«

»Behandel mich nicht wie eine Prärieblume. Ich werd' mich doch nicht beim ersten Anzeichen von Schwierigkeiten hinlegen.«

»Ich weiß. Wenn's Schwierigkeiten geben sollte, sag' ich dir Bescheid. Jetzt kannst du dich aber wirklich hinlegen.« Er drückte ihre Schulter und verschwand in der Dunkelheit.

Amy blickte ihm nach. Sie kannte Rain gut genug, um zu wissen, daß er nicht log. Wenn er vermutet hätte, daß sie in irgendeiner Gefahr schwebten, hätte er es ihr gesagt.

»Er ist ein guter Mann, Mädel«, bemerkte Gavin.

»Er war heute sehr streng mit Eleanor.«

»Na, das war aber auch nötig. Das Mädel macht sich selber fertig. Der Mann weiß, wovon er spricht.« Gavin stand auf und trat die noch glühenden Kohlen aus. »Legst du dich jetzt schlafen?«

»Ja, war ein anstrengender Tag.«

»Allerdings, Mädel. Schlaf gut.«

»Du auch, Gavin.«

Amy war müde. So müde, daß sie nicht mehr klar denken konnte. Die Nacht davor hatte sie kaum geschlafen, und sie hatten an diesem Tag viele Meilen zurückgelegt. Im Wagen tastete sie sich bis zu dem Bündel vor, das ihr Bett war. Sie breitete den Strohsack auf dem Boden aus, ließ sich auf ihn nieder und zog sich aus. Während sie ihre Kleidung faltete und ordentlich zusammenlegte, fragte sie sich, wann sie wohl mal würde waschen können. Sie schlüpfte in ihr langes Nachthemd, legte sich hin, deckte sich zu, streckte ihren müden Körper und seufzte.

Das war schon komisch, dachte sie. Der Strohsack war gar nicht mehr so hart wie in der Nacht vorher. Ihr nächster und letzter Gedanke, bevor sie einschlief, war, daß er eigentlich sogar ziemlich bequem war.

Rain schlich vorsichtig durch den Wald, lautlos wie ein Schatten. Bis auf die normalen nächtlichen Geräusche war alles ruhig. Eine Eule heulte auf einem nahe gelegenen Baum, bevor sie sich mit trägen Flügeln in Bewegung setzte, um etwas Eßbares zu jagen. Eine Packratte duckte sich bei dem Geräusch, drehte sich nervös im Kreis und verschwand.

Als er sich ein Stück vom Lager entfernt hatte, beschleunigte Rain sein Tempo, wobei er aufpassen mußte, nicht gegen einen Baum zu laufen oder zu stolpern. Er lief parallel zu dem Weg, den sie gekommen waren. Gelegentlich blieb er stehen, um zu lauschen und die Nachtluft einzuatmen. Ein kleiner, aber doch bohrender Gedanke beschäftigte ihn, ein schwacher Verdacht, dem er auf den Grund gehen mußte. Und tatsächlich, fünf Meilen von dort, wo er Gavin und die Frauen zurückgelassen hatte, sah er einen Lichtschein im Wald. Sein Instinkt hatte sich also nicht getäuscht.

Er schlich näher heran, wartete und lauschte, bis er das Scharren eines Pferdes auf dem dichten Grasboden vernahm. Das Geräusch war kaum hörbar, außer für jemanden, dessen wildnisgeschulte Ohren selbst die leisesten Geräusche voneinander unterscheiden konnten: Nördlich des Lagerfeuers mußte ein Pferd festgebunden sein.

Rain näherte sich dem Lager aus westlicher Richtung, um nicht die Aufmerksamkeit des Pferdes auf sich zu lenken. Er war nicht mehr als eine dunkle Silhouette, an der lediglich die Wildlederhose ein wenig heller war als die ihn umgebende Finsternis, als er sich hinter einem umgestürzten Baum niederkauerte. Seine Konzentration galt der Gestalt, die am Feuer saß. Ein Blick genügte ihm, um festzustellen, daß der Mann ein Trottel sein mußte. Jemand mit ein wenig Verstand würde sich nicht so ungeschützt der Gefahr eines Angriffs aussetzen. Sein Feuer war viel zu hell, und das frische Holz, das er verbrannte, erzeugte Rauch, den man meilenweit riechen konnte. Wenn irgend jemand ein Gewehr und ein Pferd haben wollte, brauchte er nur seiner Nase zu folgen. Der Reisende saß vor dem Feuer. Er hatte einen runden Strohhut auf dem Kopf, eine Decke um die Schultern und in der Hand eine Tasse. Rain bemerkte, daß das Gewehr des Mannes etwa zwei Meter entfernt an einem Baum lehnte.

Rain überlegte nüchtern, was zu tun sei. Der arme Teufel würde nicht mehr viele Nächte erleben, wenn er sich nicht vorsichtiger verhielt. Er dachte darüber nach, ihn zu warnen und ihm vorzuschlagen, hinter ihnen her zu reiten, bis sie Kaskaskia erreichen würden. Andererseits konnte es aber auch eine Falle sein. Der Mann könnte ein Gewehr unter seiner Decke hervorholen und ihn erschießen. Obwohl er dies nicht für sehr wahrscheinlich hielt, war er auch nicht bereit, ein Risiko einzugehen. Er war schließlich nicht für den Trottel verantwortlich, wenn er denn einer war. *Begib dich nicht künstlich in Schwierigkeiten, denn die Schwierigkeiten kommen früh genug zu dir.* Rain erinnerte sich an Juicys erste Worte, als er nach Quill's Station gekommen war.

Am Nachmittag war Rain vorausgeritten, hatte einen Baum

auf einem Hügel entdeckt und war hinaufgeklettert, um sich einen Überblick über die vor ihnen liegende Strecke zu verschaffen. Er hatte nichts Besonderes entdeckt, doch hinter ihnen hatte er den Wagen erkannt, der ihnen am Morgen entgegengekommen war. Er hatte mitten auf dem Weg angehalten, die Frau des Farmers war gerade dabei, ein Feuer zu entfachen, während die Kinder herumtobten und von dem Farmer selbst keine Spur zu sehen war. In der Nähe hatte aber ein Pferd gegrast. Der Farmer hatte nur ein Paar erbärmlich magere Maultiere gehabt. Also mußten sie jemanden auf einem Pferd getroffen haben, der zusammen mit dem Farmer in den Wald gegangen war. Der Reiter hätte sie eigentlich ohne Probleme einholen müssen, was aber nicht geschehen war. Das war der Grund für Rains nächtlichen Ausflug.

Rain zog sich von dem Lager zurück. Er schlich durch den Wald, bis er wieder den Weg erreichte, und ging zum Wagen zurück.

Als Amy aufwachte, wußte sie sofort, daß es die Stunde vor Sonnenaufgang war. Die Vögel in den Bäumen über dem Wagen zwitscherten. Sie kroch auf den Knien zum Ende des Wagens und schaute hinaus. Rain hockte an einem Feuer, über dem er zwei kleine Tiere am Spieß briet. Der Duft des gebratenen Fleisches brachte ihren Magen zum Knurren. Sie zog sich an, nahm ihre Bürste und verließ den Wagen.

»Ich habe einen Eimer Wasser geholt, Amy. Er steht da hinten beim Waschbottich.« Rain saß mit dem Rücken zu ihr, als er mit ihr sprach.

»Hast du auch Augen im Hinterkopf?«

»Ich habe gehört, wie deine Hose über die Wagenklappe geglitten ist.«

Amy ging in die Büsche, um ihr morgendliches Geschäft zu verrichten, und dann zum Waschbottich, den Rain auf einen Baumstumpf gestellt hatte. Sie befeuchtete Gesicht und Hände, trocknete sich mit einem Zipfel ihres Hemdes ab und fing dann an, sich die Knoten aus den Haaren zu bürsten, damit sie sie zu einem Zopf flechten konnte.

»Komm zu mir. Ich habe dich seit Heiligabend nicht mehr mit offenem Haar gesehen.« Amys Herz schlug schneller, als sie seine leise Bitte hörte.Sie ging zu ihm, und er streckte ihr seine Arme entgegen und berührte die volle, lange Pracht, die über ihre Schultern hing. Sie sahen sich tief in die Augen. »Sie sind so weich wie Daunenfedern.« Er strich mit einer Strähne über seine Wangen und wickelte sie dann um eine Hand. »Nichts, was so schön wie das hier ist, sollte zusammengebunden werden. Ich wünschte mir, es könnte ständig so sein wie jetzt.«

»Ich muß es zusammenbinden, sonst fängt es beim Kochen Feuer.« Ihr Lachen klang befreit und glücklich.

»Laß es mich machen.«

Ihre Wangen röteten sich. »Weißt du denn, wie das geht?«

»Na klar.«

Er drehte sie um, ergriff die glänzende Masse zusammen und teilte sie in drei Stränge. Langsam und vorsichtig begann er zu flechten. Nach jeder Überkreuzung strich er die einzelnen Stränge mit der Hand glatt. Amy stand still wie ein Stein und fragte sich, wie viele andere Frauen ihm wohl schon erlaubt hatten, ihr Haar zu flechten. Plötzlich überkam sie ein Gefühl der Eifersucht.

»Das ... scheinst du ja ganz gut zu können. Hast du es oft geübt?«

»Sicher. Alle Indianerjungen lernen, wie man Zöpfe flechtet. Ich habe zuerst an einem Pferdeschweif geübt und dann ein Halfter für mein Pony hergestellt. Dann waren Lederpeitschen dran und Taue und Stricke aus Ranken. Ich denke, ich kann das eigentlich recht gut. Bleib ruhig«, sagte er, als sie versuchte, sich zu ihm umzudrehen.

»Ich wollte eigentlich wissen, ob du schon mal Frauenhaare geflochten hast«, brachte sie zögerlich hervor.

»Darf ich zu hoffen wagen, daß du eifersüchtig bist?« flüsterte er dicht an ihrem Ohr.

»Neugierig, nichts anderes.« Sie war froh, daß ihre Stimme einigermaßen gleichgültig klang.

»Jetzt bin ich aber enttäuscht.« Er nahm das Ende des Zopfes, ging um sie herum und legte das dicke Geflecht über ihre Schulter. »Was benutzt du, um es zusammenzubinden?«

»Den Riemen hier, den Onkel Juicy für mich gemacht hat. Er erinnert mich an ihn.« Sie zog einen schmalen Lederriemen aus ihrer Hemdtasche.

Rain hielt das Ende des Zopfes, während sie ihn zusammenband. Als sie fertig war, ließ er ihn über ihre Schulter nach hinten fallen und nahm ihr Gesicht in seine Hände. Er schaute ihr in die Augen, als er sich zu ihr hinunterbeugte, schloß sie dann und küßte ihr zärtlich auf den Mund. Sein Mund fühlte sich warm und liebevoll an. Als er sein Gesicht noch näher an ihres drückte, konnte sie seine Wimpern auf den Wangen spüren.

»Dich zu küssen wird mir langsam zu einer lieben Gewohnheit. Ich hab's gestern abend vermißt.« Nachdem er diese Worte gemurmelt hatte, küßte er sie wieder, und seine Lippen verweilten solange auf ihren, als wollten sie für immer dort bleiben.

»Warst du selber schuld. Ich wollte ja«, flüsterte sie ihm atemlos ins Ohr, während sie seinen Rücken streichelte.

»So jemanden wie dich gibt es sehr selten, Amy Deverell.«

Sie schaute in seine dunklen Augen und versuchte, durch sie hindurch zu blicken, um das zu finden, was hinter ihnen verborgen lag. Sie wartete mit unruhiger Spannung darauf, daß er mehr sagte, aber es kam nichts. Er sagte nie, daß sie hübsch sei oder daß er sie liebe. Er hatte nur gesagt, daß sie selten sei und daß es ihm zur Gewohnheit werde, sie zu küssen. Einen Moment lang, der ihr wie eine Ewigkeit vorkam, schaute sie ihn an. Dann fragte sie ihn mit ersticktem Flüstern: »So selten, wie ein weißer Bison?«

»Ja, genau, wie ein weißer Bison.«

Ärger flammte in ihr auf. »Du denkst wohl, ich finde es toll, mit einem Bison verglichen zu werden.«

»Warum nicht? Das sind doch prächtige Tiere, die den Menschen schon seit Hunderten von Jahren Nahrung geben.«

»Sie sind ungeschickt, dumm und . . . stinken!«

»Nicht für einen anderen Bison. Warum regst du dich den so auf?« fragte er beunruhigt.

»Das weißt du natürlich wieder mal nicht«, fuhr sie ihn verächtlich an. Als er nicht antwortete, fügte sie hinzu: »Du hast es immer schon geschafft, mich so verdammt wütend zu machen. Du magst zwar von einigen Dingen eine Menge verstehen, Rain Tallman, aber von Frauen hast du absolut keine Ahnung.«

»Das stimmt wohl, denn ich habe nicht die leiseste Ahnung, wovon du sprichst.«

»Ich werde mich jetzt bestimmt nicht hier hinstellen und versuchen, es dir zu erklären. Das würde wahrscheinlich eine Woche dauern. Jetzt laß mich durch, damit ich Frühstück machen kann. Es sei denn, du möchtest diese mageren Hasen essen, die gerade ins Feuer gefallen sind.« Sie schob ihr Kinn nach vorne und schaute ihn herausfordernd an.

Rain hatte seine Hände in die Seiten gestützt und starrte sie ungläubig an, während sie sich bückte, um das verbrannte Fleisch aus dem Feuer zu holen. Sie hatte recht, dachte er. Er wußte weniger als nichts über Frauen. Er schlich davon und fragte sich, was er wohl gesagt hatte, das sie so wütend gemacht hatte.

Kapitel 11

Am Abend des fünften Tages kamen sie in Kaskaskia an. Der Ort war vor weniger als einem halben Jahr Hauptstadt von Illinois geworden, als der Staat in die Union aufgenommen wurde. Vor mehr als hundert Jahren war das Städtchen von französischen Siedlern gegründet worden.

Amy sah sich alles interessiert an. Sie stellte fest, daß es wohl häufiger vorkam, daß sich Städte um einen Handelsposten herum entwickelten, so wie auch Quill's Station. Der Mississippi war der Schlüssel für die Entwicklung all der Städte, die an seinem Ufer lagen, denn über den Wasserweg kamen die Schiffe aus New Orleans mit Gütern, die in England oder Frankreich hergestellt worden waren und die man gegen Dollars oder Pelze erwerben konnte. Der Fluß verband Kaskaskia mit der Welt.

Die Hauptstraße führte zum Kai und war von den Häusern betuchter Familien gesäumt. Des weiteren gab es Gasthäuser, Mietställe, einen Stellmacher, einen großen Handelsposten, einen Hufschmied und einige andere Handwerker, die man für den Handel brauchte. Dies alles war von einer großen Anzahl primitiver Hütten umgeben.

Am südlichen Ende der Stadt fand Rain eine unbewohnte Hütte und bedeutete Amy, den Wagen in ihrer Nähe abzustellen. Er kam zu Amy, faßte sie um die Taille und beförderte sie in einem Schwung nach unten.

»Das hier ist einer der übelsten Orte, die man entlang des Flusses finden kann, Amy. Ich verbiete dir und Miss Woodbury, allein auf die Straße zu gehen. Verstanden?«

»Du glaubst immer noch nicht, daß ich auf mich selbst aufpassen kann, oder?«

»Zumindest solltest du es mir nicht gerade hier beweisen, Schatz«, sagte er und drehte sich um, damit er ihr Pferd vom Wagen losmachen konnte. »In der Hütte gibt es eine Feuerstelle. Ich weiß zwar nicht, in welchem Zustand sie ist, sie ist aber auf jeden Fall besser als ein offenes Feuer.«

Schatz! Seit dem Abend am Lagerfeuer hatte er sie schon ein paarmal so genannt, wenn sie allein waren. Jedes Kosewort war wie ein Juwel, das sie in ihrem Herzen bewahrte. Amy hatte den ganzen Tag über ihren Ärger in sich hineingefressen, aber als der Abend gekommen war und er sie zum Wagen begleitet und sie zärtlich geküßt hatte, hatte sie ihm ins Ohr geflüstert, daß es ihr leid tue, so auf ihm herumgehackt zu haben. Er hatte sie in den Arm genommen und gemurmelt, daß er noch nie irgend etwas geliebt habe, was nicht das ein oder andere Mal versucht hätte, ihn zu beißen.

Eleanor hatte es weder Amy noch Rain verziehen, daß sie ihr die Unterröcke und das Korsett ausgezogen hatten. Sie sprach nur das Nötigste mit ihnen. Ihre Einstellung Gavin gegenüber schien sich jedoch verändert zu haben. Sie unterhielten sich miteinander, während sie vorne auf dem Bock saßen, und auch sonst verhielt sie sich recht freundlich zu ihm.

Da der Kamin in der Hütte nur unzureichend den Rauch nach draußen leitete, stieg Gavin aufs Dach, um nachzusehen, was der Grund dafür war. Er entdeckte ein Vogelnest im Schornstein und entfernte es. Die Haustür hing nur an einem Lederriemen, und er fertigte aus einem Ast einen Balken, den sie von innen gegen sie stemmten. Eleanor weigerte sich, die dunkle, schmutzige Hütte zu betreten und kletterte, nachdem sie eine Weile herumspaziert war, in den Wagen.

»Ich werde versuchen, für morgen eine Überfahrt zu bekommen«, sagte Rain, nachdem er das Geschirr in die modrige Hütte gebracht und in eine Ecke gelegt hatte. »Wenn ich zurückkomme, kannst du weg, Gavin. Ich brauch' dir ja wohl nicht zu sagen, daß es hier Dutzende von Männern gibt, die dir einfach so zum Spaß die Kehle durchschneiden würden, wenn sich die Gelegenheit ergäbe.«

Gavin grinste. »Jawohl. Brauchst mir nichts von Städten am Fluß zu erzählen, Kumpel.«

»Laßt mir was vom Essen übrig. Ich komm' wahrscheinlich erst zurück, wenn's schon dunkel ist.«

Rain folgte dem Weg, der am Haus des Hufschmieds vorbeiführte, und schaute sich aufmerksam um, so wie er es immer tat. Er betrat den Gehweg, an dem ein Krämerladen, eine Gaststätte und ein Sattler lagen. Der Weg war aus den Planken alter Flöße gezimmert und von den schweren Stiefeln der Arbeiter, den schwieligen Füßen der Schwarzen und den Mokassins der dunkelhäutigen *Coureurs* und *Voyageurs* abgenutzt worden.

Vereinzelte Gruppen von Männern standen vor drei Gaststätten. Einige schauten sich mit mehr als nur beiläufigem Interesse den großen, dunkelhaarigen Mann in der Wildlederhose an, der ein Gewehr über der Schulter hängen und ein Messer im Gürtel stecken hatte und sich ihnen mit langen, leichtfüßigen Schritten näherte. Er ging mit hocherhobenem Kopf durch die verschiedenen Gruppen hindurch und blieb dabei weit genug von den Gebäuden entfernt, um nicht Gefahr zu laufen, sich in die Enge treiben zu lassen.

»Ist das nicht der, von dem sie in Saint Louis gesprochen haben?«

»Wenn er ein eingekerbtes Ohrläppchen hat, dann ist er's.«

»Wer denn?« fragte ein dritter, der mit einem langen, dünnen Messer an einem Stock herumschnitzte. »Für mich sieht er wie ein ganz gewöhnlicher Waldbewohner aus.«

»Er heißt Tallman. Ist ein echter Kämpfer. Er kann dir mit seinem Messer aus fünfzehn Metern Entfernung die Zähne reinigen.«

»Außerdem ist er verdammt schnell.«

»Ein Armee-Scout?« fragte der Mann mit dem Messer.

»War er früher wohl mal. Wie ich hörte, hat er für den alten Zack Taylor gearbeitet. Ich glaub', er ist in Ordnung, aber reiz ihn lieber nicht.«

Rain blieb am Ende des Gehwegs stehen, wo ein frischbemaltes Schild stand: Perry Handelsgesellschaft. Hammond Perry war also nach Kaskaskia gekommen. Rain fragte sich, ob ihm wohl auch die Fähre gehörte. Wenn dem so wäre, gäbe es einige Probleme, jemand anderen zu finden, der sie übersetzen würde. Er wollte mit dem Wagen nicht noch weiter nach Süden fahren. So nah am Fluß war der Boden schlammig, und einen Bogen zu fahren würde mehr Zeit kosten, als er zur Verfügung hatte. Er mußte sich also eine andere Möglichkeit ausdenken.

Hammond Perry stand am Fenster seines Büros und beobachtete Rain Tallman, wie er die Straße herunterkam. Der Junge, der Tallman töten sollte, hatte also versagt. Hammond schwor sich, nie wieder einen Halbwüchsigen mit einer Männerarbeit zu beauftragen, aber als er Tallman damals in Cahokia gesehen hatte, war die Versuchung einfach zu groß gewesen. Er hatte keinen Zweifel daran, daß Tallman nach Louisville weitergereist war und Will Bradfords Zukünftige abgeholt hatte. Der Mann hatte schließlich den Ruf, stets zu tun, was er sich vorgenommen hatte.

Es gab zwei Männer auf dieser Welt, die Hammond Perry von Grund auf verachtete, und Rain Tallman war nah dran, der dritte zu werden.

Farrway Quill hatte versucht, Perrys Militärkarriere zu zerstören, als er sich vor dem Krieg von 1812 in die Beziehungen zu seinen Vorgesetzten eingemischt hatte. Einmal, sieben Jahre vorher, hatte Hammond gedacht, er könne Quill loswerden und ihn wegen Verrats verhaften lassen. Als es zum Prozeß kam, hatte sein Zeuge gekniffen und war geflohen, und Major Taylor nahm Quill seine Geschichte ab. Danach hatte der Major Hammond Perry und einen befreundeten Offizier für zwei Jahre nach Fort Dearborn abkommandiert.

Will Bradford war der andere Mann, der Perry bei jeder sich bietenden Gelegenheit übervorteilt hatte. Als die Zeit gekommen war, jemanden auszuwählen, der einen Trupp Männer den Arkansas hinaufführen und das Fort Belle Point errichten sollte, war sich Hammond sicher, die Aufgabe übertragen zu bekommen. Will Bradford war es allerdings gelungen, ihn wegen der Art, wie er eine Kompanieabteilung gemaßregelt hatte, zu diskreditieren. Will Bradford war dann natürlich auch derjenige gewesen, der den lukrativen Posten erhalten hatte, womit sein Name statt Perrys in die Geschichtsbücher eingehen würde.

Hammond wippte nervös auf den Zehenspitzen. Sein rundes Gesicht war von Groll gezeichnet, wie immer, wenn er daran dachte, wie das Schicksal mit ihm umgesprungen war. Er war ein kleiner Mann mit fliehendem Kinn, das er unter einem gepflegten Spitzbart zu verstecken versuchte. Seine Kleidung ließ er aus London kommen und seine Schuhe aus Italien. Er war reich, und seine Pläne kreisten stets um den Gedanken, noch reicher zu werden. Des weiteren liebte er es, sich für erlittene Schmach zu rächen, und in dieser Beziehung waren noch einige Rechnungen offen. Mit den Händen auf dem Rükken wippte er vor und zurück und schmiedete an seinen Racheplänen.

»Noch nicht mal Schweine würden sich hier wohl fühlen!« Amy betrachtete angeekelt den Schmutz in der Hütte.

Gavin lachte. »Bist wohl eine von denen, die keinen Dreck leiden können. Ist natürlich kein Schloß, aber die Wände werden dich schützen, wenn du dich waschen willst.«

»Waschen? Ich würde gern ein Bad nehmen, aber wie?«

»Ich hol' ein paar Eimer Wasser, Mädel. Das muß reichen.«

Amy ging zum Wagen, um sich mit frischen Kleidern und einem Stück Seife zu versorgen. Eleanor durchwühlte ihren Koffer und drehte sich nicht um, als Amy hereinkam.

»Gavin holt uns etwas Wasser, damit wir uns waschen können. Meinen Sie nicht auch, daß es ein schönes Gefühl wäre, wieder mal sauber zu sein?« Amy bemühte sich, um die Spannung zwischen ihnen etwas abzubauen.

Eleanor ignorierte sie, wie sie es die ganzen letzten Tage gemacht hatte, und nachdem Amy gefunden hatte, was sie brauchte, verließ sie den Wagen wieder.

Als Gavin das Wasser aus dem nahe gelegenen Bach brachte, erwärmte Amy es mit Wasser aus dem Teekessel. Er schüttete es in einen großen Waschbottich und stellte es für Eleanor auf das hintere Ende des Wagens. Sie antwortete nicht, als er sie rief, stellte aber später fest, daß sie den Bottich ins Innere des Wagens gezogen hatte.

Die Sonne beendete ihre Reise über den Himmel und veschwand als roter Ball im Westen. Rain war noch nicht wieder zurückgekehrt. Nach dem Bad hatte Amy wieder ihre Hose und ein frisches Hemd angezogen. Sie wusch ihr schmutziges Hemd und ihre Unterwäsche im Eimer und hängte alles in der Nähe des Kamins auf. Der Eintopf, der seit etwa einer Stunde vor sich hin köchelte, verbreitete einen köstlichen Duft, und Amy sah keinen Grund, warum sie nicht essen sollten.

Gavin war am Bach gewesen, um sich zu waschen und zu rasieren, wobei er die Seife benutzte, die Amy ihm angeboten hatte. Sein Haar war noch feucht, zurückgekämmt und hinten zusammengebunden. Amy mochte den großen Mann. Er war tiefgründiger, als sie zuerst angenommen hatte; und er war voller Güte. Sie wußte allerdings immer noch nicht mehr über ihn, als das, was man ihr am ersten Tag erzählt hatte, daß er vom Fluß kam und ein Raufbold war. Daß er und Rain sich mochten und respektierten, war offensichtlich.

»Sollen wir essen, Gavin?« Sie hatten während der letzten halben Stunde auf der Türschwelle gesessen.

»Können wir machen, Mädel.«

Amy nahm Teller und Löffel aus der Kiste an der Seite des Wagens. Sie war kurz versucht, Eleanor nicht Bescheid zu sagen. Die sture, stolze Frau war vielleicht schon zu Bett gegangen. Doch dann entschied sie, daß sie um Will Bradfords willen, der ja schließlich Rains Freund war, noch einen Versuch machen sollte.

»Miss Woodbury, Gavin und ich wollen jetzt essen. Möchten Sie nicht herauskommen und mitessen?« Stille. Amy ging zur Hütte zurück. »Ich hab' Miss Woodbury Bescheid gesagt, aber sie läßt sich nicht blicken. Ich bring' ihr später was. Rain hat zwar gesagt, ich soll sie nicht bedienen, aber sie muß ja schließlich was essen.«

»Das Mädel braucht 'ne starke Hand.«

Amy gab eine üppige Portion Eintopf auf einen Teller und brachte ihn zum Wagen.

»Hier ist Ihr Abendessen, Miss Woodbury.« Amy hob die Plane und schaute hinein. Es dauerte einige Sekunden, bis sich ihre Augen an das Dunkel gewöhnt hatten, aber dann stellte sie fest, daß niemand im Wagen war. »Sie ist nicht da.«

Gavin stand langsam auf. »Vielleicht ist sie weggegangen ...«

»Aber wann denn? Das hätten wir doch sehen müssen.« Amy ging in die Hütte zurück und schüttete den Teller Eintopf zurück in den Topf. »Sie ist in die Stadt gegangen. Sie muß sich vorne aus dem Wagen geschlichen haben.«

»Nee, so dumm kann das Mädel nicht sein.«

»Anscheinend doch. Was sollen wir denn jetzt machen?«

»Du machst gar nichts. Ich hol' sie zurück.«

»Ich komme mit.«

»Nein, Mädel ...«

»Ich komme mit.« Amy schob ihr Messer in die Scheide, schnallte es sich um die Taille und nahm ihr Gewehr in die Hand.

Die Idee, in die Stadt zu gehen, war Eleanor gekommen, als sie gehört hatte, daß Rain wegging, um die Flußüberquerung zu organisieren. Die letzte Woche war die schlimmste ihres Lebens gewesen. Die Vorstellung, sich nach Belle Point zu begeben und einen Mann zu heiraten, den sie nicht liebte, ja, noch nicht einmal kannte, war so abstoßend, daß sie gar nicht daran denken konnte, ohne gleich Magenschmerzen zu bekommen. Sie hätte niemals Louisville verlassen sollen, das wußte sie jetzt, aber damals war es ihr so romantisch erschienen, mit dem gutaussehenden Fremden mitzugehen, der Hunderte von Meilen zurückgelegt hatte, um sie zu einem Mann zu bringen, der sie heiraten wollte, besonders da es sich um einen Mann mit Geld und einer hohen Position handelte.

Eleanors Herz klopfte vor Aufregung, als sie sich wusch und eins ihrer bezauberndsten Kleider anzog. Auf dem Boden ihres Koffers hatte sie einige Münzen versteckt. Genug, wie sie hoffte, um eine Fahrt nach New Orleans zu bezahlen. Dort wollte sie einige ihrer Kleider verkaufen und ein paar Schmuckstücke, die ihr ihre Tante hinterlassen hatte, damit sie solange ein Auskommen hatte, bis sie einen Weg gefunden hätte, für sich selbst zu sorgen. Es stimmte schon, sie war keine so gute Kartenspielerin, wie Gilda es gewesen war, aber ganz schlecht spielte sie auch nicht. Ihre Tante hatte jahrelang für ihren Unterhalt gesorgt, indem sie mit Herren aus der High Society Karten spielte, die es amüsierte, mit einer Dame zu spielen, während ihre charmante junge Nichte zusah. Eleanor hatte die Geschichte von der Plantage ihres Vaters so oft erzählt, daß sie sie schon fast selbst glaubte. Sie wußte schon seit ihrer frühesten Jugend, daß ihr Vater ein Schuft war. Er hatte keinen einzigen Tag in seinem Leben gearbeitet, hatte Gilda ihr erzählt. Ihre Mutter hingegen stammte aus einer guten Familie, und Will Bradford war ihr Cousin ersten Grades. Gilda hatte die Räder in Bewegung gesetzt, die Will dazu veranlaßt hatten, um Eleanors Hand anzuhalten, nachdem sie ihm von ihrer furchtbaren Not berichtet hatte.

Eleanor wartete, bis Gavin zum Bach hinunterging und Amy wieder in der Hütte war. Dann nahm sie das Geld aus dem Koffer, setzte ihren schönsten Hut auf und schlich sich davon. Innerhalb weniger Minuten war sie auf der Straße, die zur Stadtmitte führte.

Die Hauptstraße von Kaskaskia war vollgestopft mit Pferden, Frachtwagen und Menschen. Eleanor verließ fast der Mut, als sie das sah. Trotzdem ging sie weiter, da sie sich einredete, daß dies die einzige Chance war, ihrer vorbestimmten Zukunft zu entgehen. Sobald sie den Gehweg vor dem Krämerladen betreten hatte, waren die Augen sämtlicher Männer auf sie gerichtet. Von jeder Seite der Straße schauten sie sie an – Hafenarbeiter in schweren Stiefeln, Bootsverleiher, Indianer, Spieler mit Biberfellmützen, französische Trapper mit glänzenden dunklen Augen und Wildlederhosen, die reichlich mit Fransen verziert waren. Außerdem standen an jeder Ecke Hunde, mittelgroße Hunde, große Hunde und halbe Kälber, die nach Futter suchten.

Eleanor hatte sich in ihren kühnsten Träumen nicht vorgestellt, daß es einen Ort wie diesen geben könnte. Die Stadt war bis obenhin mit Männern angefüllt. Sie sah nicht eine einzige Frau, während sie die Straße hinunterging. Sie versuchte, starr geradeaus zu gucken, und dennoch packte sie auf einmal eine angsterfüllte Spannung. Doch wenn sie zum Kai gelangen wollte, an dem die Boote lagen, mußte sie durchhalten und weitergehen.

Nur durch reinen Zufall verfehlte sie der Inhalt eines Toiletteneimers, der aus einem Fenster im zweiten Stock auf die Straße geschüttet wurde. Sie trippelte ein paar Schritte zur Seite und lief in einen Mann hinein, der gerade vorüberging. Schnell ging sie weiter, bemerkte allerdings sehr wohl, daß ihr der Mann noch rasch an den Hintern faßte.

Ein Mann mit einer weißen Schürze trug mit Hilfe eines anderen einen Betrunkenen aus einer Gaststätte heraus und warf ihn mitten auf die Straße. Ein Kerl auf einem Maultier ließ dieses über den Betrunkenen springen und ritt seelenruhig weiter. Niemand beachtete den Unglücklichen auf der Straße. Alle Augen waren auf die wunderhübsche Frau auf dem Gehweg gerichtet.

»Na, wie geht's, Ma'am?« Ein Mann hob seine Fellmütze zum Gruß.

»Darf ich Ihnen Gesellschaft leisten?« fragte ein anderer.

»Mein Gott, wie gut sie riecht.«

»Ich hatte schon lang keine saubere Frau mehr.«

»Ach du! Du hattest doch noch *nie* 'ne saubere Frau.«

»Von der würd' ich mir schon gern 'ne Handvoll nehmen.«

Eleanor wußte nicht wie, aber plötzlich wurde sie von hinten gepackt, und bevor sie ihren Mund öffnen konnte, befand sie sich schon in einem düsteren Gebäude mit Tischen und einer langen Bar. Zwei Männer hielten sie jeweils mit einer Hand unter der Achselhöhle fest und so hoch, daß ihre Füße nicht mehr den Boden berührten. Als sie registrierte, was mit ihr geschah, fing sie an zu schreien. Lautes Lachen antwortete ihr.

»Laßt mich runter, ihr dreckigen Halunken! Laßt mich los!«

Sie versuchte, nach ihnen zu treten. Darauf ertönte noch mehr Gelächter und Gebrüll, und einige Männer kamen näher, um besser zu sehen. Sie war umgeben von einer Horde lüstern grinsender, ungewaschener und unrasierter Männer.

»Was hast du vor, Bull? Was soll das?« Ein Bursche mit rosigen, sauberen Wangen bahnte sich einen Weg durch die Menge.

»Hast du *davon* etwa auch keine Ahnung? Gott, Muley, ich dachte, wenigstens *darüber* wüßtest du Bescheid«, sagte jemand, und wieder erklang dröhnendes Gelächter.

»Kann ich zugucken, Bull?«

Der große Mann stellte Eleanor auf einen Tisch in der Mitte des Raumes. Er ging ein paar Schritte zurück und sah sie sich an. Die Haut in seinem Gesicht war schlaff und von seiner Nasenspitze fehlte ein Stück. Um seinen dicken Kopf, der fast ohne Hals auf den breiten Schultern ruhte, hatte er einen Fetzen Stoff gewickelt. Er betrachtete sie mit kleinen, blutunterlaufenen Augen, so daß ihre Kehle vor Angst wie zugeschnürt war.

»Guck soviel du willst.« Bull sprach mit einem schweren deutschen Akzent.

Verhalte dich wie eine Lady, redete sich Eleanor ein. Wenn sie sich wie eine Lady benahm, würden sie sie in Ruhe lassen. Oben vom Tisch schaute sie in ein Meer von Gesichtern, hob dann ihr Kinn und sprach den Mann, den sie Bull genannt hatten, an.

»Ich möchte jetzt gehen. Meine Freunde warten auf mich.«

»Sie möchte gehen. Sie mag uns nicht, Bull. Laß mal sehen, wie sie sich anfühlt.«

»Die kommt hier nicht so schnell weg.« Bull drehte sich zu dem Mann, der gesprochen hatte, um. »Ich hab' ein Spielzeug gefunden.«

»Laß mich gehen! Faß mich nicht an.« Durch die Angst wurde Eleanors Stimme schrill. Sie versuchte vom Tisch herabzusteigen, aber Bull hielt sie an den Fesseln fest, und sie stürzte fast auf ihn drauf.

»Stellt euch an, meine Herren. Bis hierhin dürft ihr sie anfassen.« Er hob Eleanors Kleid bis zu den Knien hoch.

Eleanor schlug mit der Tasche voller Münzen und Schmuck nach ihm. Sie traf ihn im Gesicht, und er griff nach ihr. Die Tasche sprang auf, und der Inhalt fiel auf den Boden. Sie wurde von Panik gepackt, und Schreie des Entsetzens kamen aus ihrem Mund. Man hörte sie jedoch kaum durch das Gelächter, das ausbrach, als Bull ihre Röcke bis über ihre Knie hob und den ersten Mann nach vorne beorderte.

Weitere Männer drängten von außen in den überfüllten Raum. Sie kamen von überall her, bis schließlich knapp fünfzig Männer noch vor der Tür standen und ihre Hälse verrenkten, um zu sehen, was los sei.

»Gavin! Gavin!« schrie Eleanor, als der erste Mann mit seinen schwieligen Händen an ihren Beinen entlangstrich. »Gavin!«

Als sie in die Stadt kamen, sahen Gavin und Amy zuerst die Menschentraube vor dem Gebäude, dann hörten sie die Schreie. Gavin rannte los. Amy, die sich noch die Zeit genommen hatte, ihre Haare unter dem Hut zu verstecken, sah wie ein großer, schlanker Junge aus und rannte neben ihm her. Auf dem Gehweg vor der Gaststätte bahnte ihnen Gavin mit Faustschlägen und zornigem Gebrüll einen Weg. Amy folgte dicht hinter ihm, eine Hand am Messer, in der anderen das Gewehr.

Als sie in den Raum kamen, schluchzte Eleanor herzergreifend und trat nach jedem, der ihre Beine berühren wollte.

»Oh, Gavin!« rief sie erleichtert, als die beiden in den Kreis, der um den Tisch herumstand, eindrangen. Ihr Hut war ihr in den Nacken gerutscht, ihre Haare hingen zerzaust herab, und ein Mann, der sich auf einen Stuhl gestellt hatte, wühlte in ihnen. Tränen strömten ihr übers Gesicht.

Mit einem Schlag beförderte Gavin den Mann vom Stuhl. Er landete unsanft auf dem Boden, stand aber schnell wieder auf und griff nach seinem Messer, als er plötzlich einen stechenden Schmerz im Rücken spürte. Er hielt inne, und der Druck der Messerspitze an seinem Rücken wurde noch stärker. Er nahm die Hand von seinem Messer und verschwand. Alle Augen waren auf Gavin und Bull gerichtet. Kaum jemand hatte die schmale Gestalt in der Wildlederhose bemerkt, die den Mann mit dem Messer im Rücken bedroht hatte.

»Verschwinde oder du hast ein Messer in der Kehle«, zischte Bull.

»Du kriegst wohl nur deinen Spaß, wenn du ein Mädel einschüchtern kannst, mmh?« Gavin sagte dies mit solch einem beleidigenden Unterton, daß Bull verstehen mußte, was er meinte. Die beiden taxierten sich, und jeder erkannte, mit wem er es zu tun hatte. Beide waren durch Hunderte von Wirtshausschlägereien gegangen und wußten, was sie erwartete.

»Wer bist du, daß du dich hier einmischst?«

»Ihr Mann, nicht mehr und nicht weniger.«

»Du lügst. Sie ist doch nur 'ne Hure.«

Gavin verpaßte ihm eine. Der Schlag hätte einen gewöhnlichen Mann durch die Wand befördert. Bull torkelte jedoch nur in die Menge, die ihn wieder zurückstieß. Dann ertönte ein Schuß, und der Barkeeper brüllte: »Auf die Straße mit euch! Die ganze Meute! Der nächste, der zuschlägt, wird erschossen.«

»Bring das Mädel nach draußen«, sagte Gavin zu Amy und wartete, bis sie Eleanor vom Tisch geholfen hatte. Dann schob er die beiden vor sich her auf die Straße.

Amy hielt Eleanor fest am Arm und zog sie aus der Menge heraus, die einen Kreis um Gavin und Bull bildete. Eleanor weinte noch immer und wollte flüchten. Amy stieß sie nicht allzu sanft gegen eine Häuserwand.

»Wir werden Gavin doch nicht allein lassen, nachdem Sie ihn in diese Situation gebracht haben. Sie sind schuld, wenn ihm etwas passieren sollte«, fauchte sie, »und dann werde ich

Sie persönlich windelweich prügeln. Sie bleiben hier, oder der nächste Mann, der sie haben will, kriegt Sie auch.«

»Oh!« jammerte Eleanor und schlug sich die Hände vors Gesicht.

Amy hatte sich auf eine Kiste gestellt, um über die Köpfe der Männer hinwegzuschauen. Gavin und Bull standen sich mit erhobenen Fäusten gegenüber.

»Wie hättest du's denn gern?« fragte Bull. »Fäuste, Messer oder Peitschen?«

»Mir reichen die Fäuste, du Maulheld. Aber wenn du Hilfsmittel brauchst, bitte.«

»Nimm ihn auseinander, Bull«, brüllte jemand.

»Versohl ihm den Hintern. Zur Strafe, daß er nicht auf seine Frau aufpassen kann. Ha, ha, ha!«

Die umherstehenden Männer setzten beim Wetten alle auf Bull. Er war ein Gigant, der den ganzen Fluß entlang für seine Stärke und seine Härte im Kampf bekannt war. Der andere Mann war zwar auch groß, aber keiner kannte ihn.

Bull griff für einen so schweren Mann überraschend behende an, doch Gavin wartete ruhig ab und schlug ihm dann mit einer harten Linken direkt auf den Mund. Der Gigant zeigte sich kaum beeindruckt. Gavin wartete auf den nächsten Angriff. Als er kam, blockte Gavin ab und die beiden hielten sich gegenseitig an den Armen fest. Sie rangen eine ganze Weile, bis Bull sich löste und sie sich wieder gegenüberstanden.

Bull griff erneut an, wobei er grimmig die Zähne fletschte. Mit seiner Rechten erwischte er Gavin am Kopf, so daß er zu Boden ging. Gavin rollte schnell zur Seite, sprang auf und schlug Bull einen linken Haken in den Magen, der ein lautes Stöhnen bewirkte, dann griff er ihm mit der Rechten zwischen die Beine, um ihn zu Boden zu zwingen. Bull konterte, indem er mit der einen Hand an Gavins Haaren zog und mit der anderen nach seinen Augen tastete. Gavin ließ los und zog Bull die Beine weg. Beide fielen zu Boden und rollten übereinander. Gavin kam auf Bull zu sitzen und verpaßte ihm einen Schlag nach dem anderen. Dabei löste sich das Stück Stoff, das um Bulls Kopf gewickelt war, und Gavin sah den Grund für die schlaff herunterhängende Gesichtshaut: Er war irgendwann einmal teilweise skalpiert worden.

Ein Knie schnellte nach oben, traf Gavins Rippen und verursachte einen stechenden Schmerz in seinem Innern. Er fiel nach hinten und schnappte nach Luft. Bull stand auf, schwankend wie ein betrunkener Bär. Er hob einen seiner schweren Stiefel, um Gavins Lebenslichter ein für allemal auszulöschen, doch schaffte der es, auszuweichen und ebenfalls wieder auf die Beine zu kommen.

Gavin überlegte fieberhaft, wie er seinen zähen Gegner unterwerfen konnte. Mit brutaler Kraft allein würde es nicht klappen. Seine Schwachstelle war der Kopf. Gavin war sich aber auch bewußt, daß, selbst wenn er den gewaltigen Mann besiegen, sich ein Dutzend anderer Männer auf ihn stürzen würde, bevor er die Frauen in Sicherheit bringen konnte. An solch einem Ort hielt man sich nicht an die Regeln des Fair play.

Bull stürzte mit gesenktem Kopf auf Gavin zu, dieser jedoch reagierte schnell und schlug ihm mit beiden Fäusten von oben auf den Kopf. Dabei platzte seine Kopfhaut auf, und Blut lief ihm übers Gesicht. Durch den Schmerz hielt er einen Moment inne, so daß Gavin noch einen weiteren Schlag anbringen konnte, bevor Bull ihn mit beiden Armen umschlang, ihn an sich heranzog und mit aller Kraft zudrückte. Er preßte die Luft aus Gavins Körper. Verzweifelt stieß Gavin mehrmals seinen Kopf gegen Bulls Kopf, bis dieser ihn schließlich losließ. Bulls Gesicht war blutverschmiert.

»Ich bring' dich um«, schnaubte er.

»Gib doch nicht so an«, erwiderte Gavin atemlos.

»Ich werd' die Frau auf deinem Grab nehmen!«

»Du wirst lange vor mir in der Hölle schmoren, du glatzköpfiger Bastard.«

Bull streckte eine Hand zur Seite aus, und der junge Muley gab ihm ein Messer. Mit einer unerwartet schnellen Bewegung ging Bull auf Gavin los, der sich nur durch einen raschen Schritt zurück das Leben rettete. Auch er wußte mit einem Messer umzugehen, nur war das Problem, daß er im Moment keins hatte. Jetzt ging es ums schiere Überleben.

Amy sprang von der Kiste und suchte nach einem Platz, wo sie Eleanor verstecken konnte. Sie nahm sie bei der Hand, schubste sie in eine schmale Gasse zwischen zwei Häusern und stellte ein Faß davor.

»Bleiben Sie hier ganz ruhig sitzen. Wenn Sie sich auch nur einen Schritt fortbewegen, werd ich Ihnen mit meinem Messer den Kopf rasieren! Verstanden?«

Eleanor nickte unter Tränen.

Amy rannte zurück und drängte durch die Menschenmasse in den inneren Kreis, wobei sie Angst vor dem hatte, was sie erwartete. Gavin war es bisher gelungen, dem Messer auszuweichen, ohne ernsthafte Schnittwunden zugefügt zu bekommen. Da sie ihn nicht ablenken wollte, verhielt sie sich ganz ruhig, während er um das Messer herumtanzte. Dann erwischte es ihn doch. Es drang durch den Hemdsärmel und fügte ihm einen Schnitt am Oberarm und quer über die Brust zu. Allerdings stand Gavin jetzt so, daß Amy Blickkontakt zu ihm aufnehmen konnte, ohne daß Bull es bemerkte. Sie hielt ihr Messer deutlich in die Höhe, bevor sie es ihm zuwarf.

Mit dem Messer in der Hand wuchs Gavins Hoffnung. Er hatte damit gerechnet, daß der Kampf unsauber werden würde, und dennoch hatte er sich freiwillig, ja sogar begierig in ihn gestürzt, um Vergeltung zu üben. Und wenn dieser Bastard jetzt auf Leben und Tod kämpfen wollte, konnte er es so haben.

Amy sah zu. Gavin war ihr wichtiger als Eleanor. Blut strömte aus der tiefen Wunde in der Wange und aus den Messerwunden an Arm und Brust. In Bulls Augen glänzte pure

Mordlust. Der Kampf hatte schon länger gedauert als alle anderen, an denen er beteiligt gewesen war, und sein Ruf stand auf dem Spiel.

Aus der Menge ertönten anfeuernde Rufe.

»Schneid ihm die Eingeweide raus, Bull.«

»Mach ihn fertig!«

Gavin stieß mit dem Messer zu und fügte Bull einen Schnitt auf der Handoberfläche zu. Blut floß an Bulls Kopf herunter und tropfte in seine Augen. Er brüllte und fluchte. Der Zorn und die Schmerzen machten ihn unaufmerksam. Gavin nutzte die Gelegenheit, stürmte auf ihn zu, duckte sich vor der ziellos zustechenden Klinge und schlug mit voller Kraft in Bulls Weichteile. Der Riese stürzte zu Boden, ließ sein Messer fallen und griff sich mit schmerzverzerrtem Gesicht zwischen die Beine. Das Geschrei brach ab, als ob ein Vorhang gefallen wäre. Gavin beförderte mit einem Tritt das Messer aus Bulls Reichweite und wartete, ob sein Gegner wieder aufstehen würde.

Plötzlich ertönte ein schriller Zornesschrei, und Muley löste sich mit gezücktem Messer aus der Menge, um es Gavin in den Rücken zu stoßen. Amy sprang auf ihn zu und schlug ihm mit all der Kraft, die sie aufbringen konnte, das Gewehr ins Gesicht. *Mache nie etwas halbherzig,* hatte Juicy einmal gesagt, *verletze sie, bevor sie dich verletzen.* Genau das tat sie nun. Als der Lauf der Waffe Muley traf, taumelte er zurück, und Blut strömte aus seiner Nase. Amy wirbelte herum, stand schließlich Rücken an Rücken mit Gavin und verschaffte sich einen sicheren Stand. Sie schwang das Gewehr im Halbkreis, um die näher kommende Menge fernzuhalten.

»Jawohl, Mädel«, stieß Gavin hervor. »Gut gemacht.«

»Auf sie!« schrie einer. »Er hat nur noch einen Schuß.«

»Er hat Mut«, sagte ein anderer. »Der Mann hat Bull mit fairen Mitteln besiegt. Laßt ihn gehen.«

»Auf keinen Fall lassen wir ihn gehen. Jetzt will ich dem großen Kerl eine verpassen.«

»Dazu mußt du aber erstmal den Jungen erschießen ...«

»Was machen wir jetzt, Gavin?« fragte Amy leise.

»Weiß nicht. Ich komm' gerade erst wieder zu Atem.«

Rain sah den Menschenauflauf, als er vom Kai kam. Er überlegte sich, die Straßenseite zu wechseln, um eventuellem Ärger zu entgehen, doch als er den Gehweg betrat und einen Blick über die Köpfe der Männer warf, sah er Amy und Gavin, Rücken an Rücken in der Mitte der Menge. Als ihm klar wurde, in welcher Gefahr sich Amy befand, wurde er so wütend, daß er sich schwor, ihr später den Hintern zu versohlen. Dann bemächtigte sich seiner eine eigentümliche Ruhe, wie so oft, wenn er sich in einer brenzligen Situation befand.

Die Menge kochte. Entschlossen drängte er sich hindurch und betrat den Kreis.

»Was ist hier los?« fragte er.

»Was geht dich das denn an?«

»Es hat einen Kampf gegeben.«

»Ah, *mon ami*, es war ein Mordskampf.« Der Franzose, der da sprach, hatte einen schwarzen Bart und volle, schwarze Locken. Schräg auf seinem Kopf saß eine Strickmütze.

»War es ein fairer Kampf?« fragte Rain.

»Nein!« schrie eine heisere Stimme.

»Es war fair«, knurrte der Franzose. »Ich habe einen fairen Kampf gesehen. Der Bursche hier hat einem Hinterhältler die Nase gebrochen.« Er schlug sich auf den Schenkel und zwinkerte Amy zu. »Bist schon bald ein Mann, hä?«

»Dann ist jetzt alles vorbei«, sagte Rain.

»Das kannst du doch nicht bestimmen.« Ein Mann wollte nach vorne stürzen, wurde aber von einem Freund zurückgehalten.

»Halt's Maul, du Blödmann. Das ist Rain Tallman, mit dem du dich da anlegst.«

»Laßt uns gehen«, wandte sich Rain an Amy und Gavin. Er nickte dem Franzosen zu. »Vielen Dank.«

»Geht nur, *mon ami.* Ich halte euch den Rücken frei.«

Rain ging als erster durch die Menge, dicht dahinter Amy und dann Gavin. Als sie auf den Gehweg kamen, war der Franzose bei ihnen. Amy führte die anderen dorthin, wo sie Eleanor zurückgelassen hatte. Eleanor saß auf dem Boden und weinte noch immer.

Gavin ging zu ihr hin und zog sie unsanft nach oben. »Diesmal hättest du's fast geschafft, uns alle umzubringen, meine Kleine. Du brauchst dringend 'ne Tracht Prügel.«

»Oh, Gavin.« Eleanor wollte sich Gavin nähern, doch hielt der sie am Oberarm fest und ließ sie nicht an sich heran. Er trieb sie regelrecht vor sich her, als sie über die Straße zur Hütte zurückgingen.

Der Franzose sah Gavin und Eleanor hinterher.

»*Mon Dieu!* Jetzt verstehe ich auch, warum er wie der Teufel gekämpft hat. Für die hätte ich das auch getan. Ist schon lange her, daß ich so eine Schönheit gesehen habe.«

Rain schüttelte dem Franzosen die Hand. »Danke noch mal.«

»Ich würde so schnell wie möglich von hier verschwinden«, sagte dieser und umfaßte herzlich Rains Hand. »Dieser Bull ist ein übler Typ.«

»Wir fahren morgen früh weiter. Wir wollen auf die andere Seite.«

»Das ist gut. Ah ..., nehmen Sie den jungen Burschen mit, bevor er auch noch Ärger kriegt.« Er zwinkerte Rain zu und brach in schallendes Gelächter aus. Mit einem bewundernden Blick auf Amy salutierte er zum Abschied und schlenderte den Gehweg zurück.

Amy und Rain beeilten sich, Gavin und Eleanor einzuholen.

Kapitel 12

Amy ging still neben Rain her, dankbar, daß er dazugekommen war. Er war angespannt, wachsam und ziemlich wütend. Seit sie sich von dem Franzosen verabschiedet hatten, hatte er kein Wort gesagt. Sie war sich nicht sicher, ob sein Zorn gegen sie oder gegen Eleanor gerichtet war. Er blieb ein paarmal kurz stehen, um zu lauschen. Über den Baumwipfeln erschien ein Halbmond, und der Himmel wurde langsam heller. Eine Eule heulte; Rain blieb stehen, lauschte, und ... die Eule heulte noch einmal.

Aus der Ferne konnte man Eleanors Stimme hören und dann Gavin, der ihr harsch befahl, ruhig zu sein. Gavin hatte ein Recht darauf, auf Eleanor wütend zu sein, dachte Amy. Das hatten sie eigentlich alle. Ihr unbedachtes Handeln hätte Gavin fast das Leben gekostet. Er hatte sie davor gerettet, vergewaltigt oder sogar ermordet zu werden. Amy konnte sich nicht erklären, wie es ihm gelungen war, einem tödlichen Messerstich auszuweichen, bis sie ihm ihr Messer zuwerfen konnte. Und wenn er schwer verletzt oder getötet worden wäre, so hätte sie zu ihrer Verteidigung nur den einen Schuß in ihrem Gewehr gehabt.

Als sie sich der Hütte näherten, wurde Rain noch aufmerksamer. Schließlich blieb er stehen und schob Amy sachte gegen den Stamm einer großen Espe, die wie ein Wachtposten im Dämmerlicht stand. Er bedeutete ihr mit einer Handbewegung, daß sie dort stehenbleiben sollte, und schlich leise davon. Die Minuten vergingen Amy unerträglich langsam, während sie wartete. Dann tauchte er plötzlich wieder aus dem Dunkeln auf und winkte sie heran.

Als sie an der Hütte ankamen, hörten sie ein gleichmäßiges Geräusch, gefolgt von einem tiefen, gequält klingenden Seufzen und Eleanors flehender Stimme. Amy wußte sofort, um was für ein Geräusch es sich handelte, ebenso Rain. Es war das Geräusch einer flachen Hand, die in regelmäßigen Abständen auf einen Hintern einschlug.

»Mein Gott!« rief Rain aus. »Hat er den Verstand verloren? Irgendwie hat sie's ja provoziert, aber ...«

»Warte!« Amy hielt ihn am Arm fest und zog ihn zurück. »Sie hätte uns heute abend fast umgebracht.«

»Ich weiß. Ich kann ihm aber nicht erlauben, ihr das anzutun.«

»Warum nicht? Sie verdient jeden Schlag, den sie kriegt. Gavin ist verletzt – ziemlich schwer sogar. Er hat sich eine Menge Schnitte und Prellungen eingehandelt wegen ihrer Dummheit.«

Rain sah Amy von oben herab an. Sie bemerkte seine weißen Zähne und wußte, daß er lächelte.

»Ja, sie verdient es. Ich sollte dir auch ein paar davon geben. Ich war so erschrocken, als ich dich mitten in dem Kreis des allerschlimmsten Gesindels, das man am Fluß finden kann, stehen sah. Hab' ich dir nicht verboten, auf die Straße zu gehen?«

»Die haben alle nur Eleanor angestarrt und mich gar nicht wahrgenommen.«

»Der Franzose hat dich wahrgenommen, und dein Anblick hat ihm gefallen. Ich mag es nicht, wenn dich Männer so ansehen wie dieser verfluchte Franzose.«

Rain warf seine Arme um sie und zog sie mit einem ungeduldigen Stöhnen unsanft zu sich heran. Ein leises, erfreutes Lachen stieg in Amys Kehle auf. Sie drückte sich ganz nah an ihn heran und legte ihre Arme um seine Taille. Ihr Kopf fiel wie von selbst gegen seine Schulter, und sie lehnte sich zufrieden an ihn. Als er seinen Kopf senkte, kratzten seine Bartstoppeln angenehm über ihre Stirn. Ihre Lippen trafen sich, öffneten sich und tauschten leidenschaftliche Küsse aus. Er hob den Kopf und sah ihr voller Zärtlichkeit in die Augen.

»Wenn du nicht auf mich hörst«, sagte er, wobei seine Lippen so nah an ihren waren, daß sie ihre Bewegungen spüren konnte, »blüht dir das, was Eleanor gerade bekommt.«

Gavin saß in der Hütte. Er hatte sie übers Knie gelegt, ihr Rock und Unterröcke hochgeschoben und schlug fest mit seiner großen Hand auf ihr Hinterteil.

»Was... machen Sie?« Sie versuchte, sich loszumachen, aber sein Unterarm auf ihrem Rücken gab keinen Zentimeter nach.

»Du bist ein stures, starrköpfiges Mädel, Nora. Das hier ist schon lange überfällig.« Seine Hand schlug wieder zu.

»Auuu!« wimmerte sie. »Au..., aufhören!«

»Du warst zänkisch.« *Klatsch!* »Du warst eingebildet und selbstherrlich.« *Klatsch!* »Du hast nur auf dein Äußeres geachtet und gar nicht daran gedacht, wie's in deinem Innern aussieht.« *Klatsch!* Jedes seiner Worte wurde durch einen Schlag auf ihren Hintern unterstrichen.

»Sie ... Laus! Aufhören! Au, das wird Ihnen noch... leid... tun...«

»Du bist dir die ganze Zeit wie was Besseres vorgekommen, als wärst du 'ne Königin. Das hört jetzt auf, meine Kleine. Du wirst auch was zur Arbeit beitragen, und zwar ohne zu klagen.« *Klatsch!* Seine Hand traf wuchtig auf ihr weißes Hinterteil, das nur durch den dünnen Stoff ihres Miederhöschens geschützt wurde.

»Ich... hasse Sie! Au!«

»Interessiert mich nicht.« *Klatsch!*

»Ich erzähl's Will. Verdammter Kerl!«

»Und fluchen wirst du auch nicht. Verstanden?« *Klatsch!*

»Werde ich nicht. Gavin, bitte...«

»Du weißt, was ich hören will.« *Klatsch!*

»Es tut mir leid. Tut mir leid. Bitte, Gavin!«

»Versprichst du mir, zukünftig zu allen freundlich zu sein?«

»Ja, o ja.«

»Wirst du alles machen, was wir dir sagen?«

»Ja, o ja.«

»Na ja, wollen mal sehen, wie du dich benimmst, Mädel.« Seine Stimme wurde sanfter. »Du bist so'n hübsches Mädel, trotz deiner Boshaftigkeiten.«

Gavin ordnete ihr die Röcke wieder. Er erwartete, daß sie aufspringen und weglaufen würde, sie setzte sich aber auf seinen Schoß und schmiegte sich an ihn. Sie legte ihren Arm um seinen Nacken und preßte, leise schluchzend, ihr Gesicht gegen seine Schulter. Seine Arme hielten sie fest, und er wiegte sie, als wäre sie ein kleines Kind.

»Wein nicht, Mädel, wein nicht. Ist schon gut.« Er strich ihr die glänzenden Haare aus dem Gesicht. »Du hast heute abend eine schmerzhafte Lektion bekommen. Dein hübsches Gesicht hätte dir zum Verhängnis werden können.«

»Es tut mir leid. Ich hatte nicht gedacht, daß es ... so kommen würde. Ich wollte nach ... New Orleans. Jetzt habe ich kein Geld mehr und muß doch zu Will. Ich konnte nur noch an Sie denken, Gavin, als dieser furchtbare, häßliche Mann mich begrapscht und auf den Tisch gestellt hat. Ich wollte, daß Sie kommen ...«

»Na na, Mädel. Hör auf zu weinen. Ich hab' dich ja rufen gehört. Jetzt wird keiner von denen dich mehr belästigen. Komm meine Hübsche, süßes Mädel, hör auf zu weinen.«

»Er hätte Sie töten können. Oh, Gavin, Ihr armes Gesicht.« Eleanor hob ihren Kopf und sah in sein Gesicht. Ihres war tränenüberströmt und blutig von seinem Hemd. Sein Auge war geschwollen, und Blut strömte aus der Wunde auf seiner Wange.

»Es ist besser, wenn du jetzt aufstehst, Mädel. Dein schönes Kleid ist auf jeden Fall ruiniert.« Gavin sagte diese Worte widerwillig. Diese hübsche Person auf seinem Schoß und ihre zarten Finger in seinem zerschlagenen Gesicht waren Empfindungen, die er nicht so schnell vergessen würde.

»Das Kleid ist mir egal.« Sie rutschte von seinem Schoß herunter. »Ich hole etwas Wasser und mache Ihr Gesicht sauber.«

Amy und Rain kamen vom hinteren Ende des Wagens, in den Amy ihren Hut geworfen hatte.

»In der Hütte steht ein Eimer mit frischem Wasser«, sagte Amy. »Wasch dir die Hände, dann essen wir.«

Amy ging in die Hütte und steckte ein paar kleine Stückchen Holz in die glühenden Kohlen unter dem Topf. Sie blies solange, bis sie aufloderten. Bald schon war es so hell, daß man alles sehen konnte. Eleanor kam herein und hob den Wassereimer hoch. Es bereitete ihr große Mühe, ihn zur Tür hinauszutragen. Ihre Haare hingen in Strähnen herab, ihr Gesicht war vom Weinen angeschwollen und von Gavins Blut verschmiert. Ihr lavendelblaues Kleid war zerrissen und voller Blut.

Amy machte sich daran, den Eintopf zu servieren, wobei sie versuchte, kein Mitleid für Eleanor zu empfinden. Sie rief sich ins Gedächtnis zurück, wie Gavin ohne zu zögern in das Gasthaus gestürmt war und Eleanor aus den Schwierigkeiten befreit hatte, in die sie sich selber gebracht hatte. Und sie dachte daran, daß er sich einem Mann mit einem Messer gegenübergesehen hatte, während er nichts als die blanken Fäuste hatte. Eleanor hatte sich in der letzten Woche wie ein verwöhntes Kind benommen, und Amy war froh, daß Gavin ihr die Schläge verpaßt hatte, die längst überfällig gewesen waren.

Rain erschien im Türrahmen. »Lösch das Feuer«, sagte er kurz.

Amy reagierte sofort. Sie schüttete das übriggebliebene

Wasser aus dem Waschbottich in die Flammen. Sofort wurde es stockdunkel. Sie tastete sich an der Wand entlang, bis sie den Lauf ihres Gewehrs spürte. Leise schlich sie aus der Tür. Rain nahm sie an die Hand und führte sie von der Hütte weg.

»Was ist los?« flüsterte sie.

Rain sagte nichts, bis sie unter der Espe standen.

»Hör mal.«

Amy hörte überhaupt nichts außer dem Rauschen der Blätter über ihnen und den grasenden Pferden. Sie roch auch nichts bis auf den entfernten Geruch des verbrennenden Holzes, den Dampf und den Duft des Eintopfes.

»Ich hör' nichts.«

»Genau das ist es«, hauchte Rain in ihr Ohr. »Die Frösche unten am Bach haben aufgehört zu quaken.«

»Stimmt. Denkst du, wir sind verfolgt worden?«

»Nein. Die hätten so einen Lärm gemacht wie eine Bisonherde, die durchs Dickicht bricht.«

Amy hörte gedämpfte Stimmen aus der Hütte. »Sollen wir nicht Gavin und Eleanor Bescheid sagen?«

»Wer sich auch immer hier rumtreibt, weiß, daß wir hier sind. Mir ist es lieber, wenn er denkt, wir seien alle in der Hütte.«

Der Himmel wurde mit jeder Minute heller, da der Halbmond aufging. Die Espe warf schon einen Schatten, und die Umrisse der Hütte und die Plane des Wagens waren deutlich sichtbar. Amy und Rain blieben still stehen, Amys Schulter an seinen Arm gelehnt. Ihre Hand glitt seinen Unterarm hinab, und ihre Finger verschränkten sich mit seinen. Nach einer Weile begannen die Frösche wieder zu quaken, zuerst dort, wo sie standen, dann nach und nach auch am Bach.

»Das, was die Frösche gestört hat, ist verschwunden.« Rain drückte ihre Hand und ließ sie dann los. Er überlegte kurz, ob er ihr von dem Reiter erzählen sollte, der seit zwei Tagen hinter ihnen her war. Nachdem er an zwei aufeinanderfolgenden Nächten das Lager des Mannes aufgesucht hatte, war er zu der Erkenntnis gekommen, daß er ihnen wohl folgte, weil er Angst hatte und sich in ihrer Nähe sicherer fühlte. Er entschied, daß es keinen Grund gab, sie zu beunruhigen, und sagte nur: »Ich hab' Hunger. Laß uns essen gehen.«

Sie aßen in der Nähe der Hütte, rasch und leise. Als sie fertig waren, wusch Amy die Schüsseln aus und reinigte den Topf. Rain erzählte ihnen, daß er einen Bootsführer gefunden hatte, der sie über den Fluß bringen würde, und daß sie deswegen bei Sonnenaufgang am Kai sein müßten.

»Hammond Perry hat seine Handelsgesellschaft hierhin verlegt. Die Bootsführer haben alle Angst vor ihm, weil er reich ist und Beziehungen zu höheren Stellen pflegt. Er schreibt ihnen vor, mit wem sie Geschäfte machen dürfen und mit wem nicht. Und er hat verbreiten lassen, daß jeder, der sich mit mir einläßt, es bereuen würde. Ich hatte Glück, jemanden zu finden, der sich nicht einschüchtern lassen will und der den Fluß herunterfährt. Er nimmt uns mit.«

»Denkst du, daß Hammond Perry Farr und Libby Schwierigkeiten machen wird, wenn sie hier durchkommen?« fragte Amy besorgt.

»Sie kommen nicht hierher. Sie setzen in Saint Louis über. Der Weg ist zwar länger, aber besser geeignet für die schweren Wagen. Mach dir keine Sorgen. Jonas und Albert wissen über Perry Bescheid. Sie sind aufmerksam und werden herausfinden, was das Beste für Farr und Libby ist.«

»Jawohl«, stimmte Gavin zu. »So wie ich es seh', sind die beiden ganz schön gerissen. Deine Familie hat echt Glück, daß sie von ihnen begleitet wird.«

»Schaffst du es, Wache zu halten?« fragte Rain. »Wir sollten die Nacht zwischen uns aufteilen.«

»Ich kann auch eine Schicht übernehmen«, schlug Amy vor.

»Nicht nötig, Mädel. Mir geht's schon besser, wenn ich mich erst mal am Bach gewaschen hab'.«

»Ich habe eine Salbe dabei, die du auf deine Wunden schmieren kannst, Gavin«, sagte Amy. »Damit sie nicht eitern.«

»Jawohl, Salbe wär 'ne feine Sache.« Er stand auf und streckte seine Schultern. Das blutige Hemd hing in Fetzen von ihm herab. Seine Haare waren zerzaust und umrahmten ein Gesicht, das sogar noch angeschwollener war als vorher. Er nahm sein Gewehr und ging zum Bach.

»Gavin, warte!« Eleanor sprang auf und ging zum Wagen. Nach wenigen Sekunden kam sie wieder heraus und drückte ihm ein Stück ihrer parfümierten Seife in die Hand. »Hier ist Seife ... und ein Handtuch.« Sie legte es um seinen Arm. »Hast du noch ein anderes Hemd?«

»Jawohl, noch eins.«

»Dann gib mir das hier. Ich werde es flicken.«

»Du bist mir nichts schuldig, Mädel«, sagte er barsch.

»Bitte, ich möchte es so.«

»Gut.«

Eleanor sah ihm nach. Sie drehte sich zögernd um und kehrte langsam, mit gesenktem Kopf zu Rain und Amy zurück.

»Wenn Sie die Salbe holen, kümmere ich mich um Gavins Wunden«, sagte sie.

»In Ordnung. Bin gleich wieder da.«

Als Amy sie allein mit Rain zurückließ, war sie vor Verlegenheit sprachlos. In ihrem Kopf herrschte vollkommene Leere, und sie wußte nicht, was sie hätte sagen können. Sie schaute in sein Gesicht, und er schien sie anzusehen. Die Nacht war so dunkel wie seine Augen. Sein stilles Beobachten und sein stoischer Gesichtsausdruck machten ihr angst.

»Ich muß zugeben, daß es mir leid tut«, brach es aus ihr heraus.

»Sagen Sie nichts, was Sie nicht ernst meinen«, erwiderte er schroff.

»Aber es ist mir Ernst. Es tut mir schrecklich leid, daß ich mich Ihren Anordnungen widersetzt habe und in die Stadt gegangen bin. Ich habe mir so etwas ... Furchtbares nicht in meinen schlimmsten Träumen vorstellen können. Das waren ja keine Männer, das waren Tiere!«

»Sie können ihnen keine Vorwürfe machen. Sie haben sich ja zur Schau gestellt. So machen die Frauen das hier, wenn sie einen Mann wollen.«

»Das wußte ich nicht.«

»Jetzt wissen Sie's.«

Amy kehrte zurück und reichte Eleanor ein kleines Döschen. »Hier ist die Salbe. In der Essenskiste ist auch ein Kännchen Essig. Waschen Sie die Wunden gut mit Essig und Wasser aus, bevor Sie die Salbe auftragen.«

»Danke«, flüsterte Eleanor. »Ich hole noch etwas zum Verbinden, damit keine Salbe auf sein frisches Hemd kommt.«

Sie kletterte in den Wagen, und Amy ging zu Rain. »Laß mich doch eine Wache übernehmen.«

»Du kannst jetzt aufpassen. Ich gehe runter zum Bach und wasche mich. Ich habe saubere Kleidung in meinen Satteltaschen.«

»Ich wasche deine schmutzigen Sachen, sobald ich kann.«

Als sie ihm hinterher sah, schwoll Amys Herz vor Stolz an. Sie war mit Rain zusammen, und sie durfte für ihn sorgen. Sie kamen gut miteinander zurecht, und sie dankte Gott für die Ausbildung, die Juicy ihr gegeben hatte.

Immer öfter berührte Rain sie im Vorübergehen, wie auch gerade eben. Sie konnte noch immer die Wärme seiner Hand auf ihrem Unterarm spüren. Amy deckte die Stelle mit der Hand ab, als ob sie etwas unendlich Kostbares beschützen wollte. Manchmal konnte sie es regelrecht spüren, wenn er sie beobachtete. Sie drehte sich dann nach ihm um, ihre Blicke trafen sich, sie schauten sich intensiv an und lächelten. Bei anderen Gelegenheiten sah er sie mit spöttischer Zärtlichkeit an, und dann gab es auch immer noch Momente, in denen seine dunklen, unergründlichen Augen über sie huschten und dann in eine andere Richtung blickten, wobei sie an den schüchternen Jungen von vor langer Zeit denken mußte.

Amys Herz jubelte, als sie sich seine Worte, die er ihr vor fast einer Stunde ins Ohr geflüstert hatte, noch einmal vergegenwärtigte: *Ich mag es nicht, wenn dich andere Männer so ansehen wie dieser verdammte Franzose.*

In der Hütte, deren Tür sorgfältig geschlossen war, damit kein Licht nach außen drang, versorgte Eleanor Gavins Wunden bei Kerzenlicht. Die Schauer auf seiner Haut kamen weniger von der Kälte oder den Schmerzen als von Eleanors zarten Berührungen. Sie wusch behutsam die Wunden auf seinen Armen, seinem Gesicht und auf der Brust mit dem Essigwasser aus, schmierte sie dann mit Salbe ein und verband sie mit Fetzen, die sie von einem ihrer sauberen Unterröcke abgerissen hatte. Er saß ganz still, aber sein Herz klopfte wie wild, während diese wunderhübsche, elfengleiche Gestalt um ihn herumschwebte.

Gavin überlegte, wann zuletzt eine Frau sich um ihn gekümmert hatte. Es war schon Jahre her, so viele Jahre, daß es ihm vorkam, als sei es in einem anderen Leben gewesen, daß ihn eine Frau so zärtlich berührt hatte. Ab und zu hatte er eine Nutte besucht, aber dann war er es gewesen, der berührte. Sie waren nichts als Körper, die er dazu benutzte, den Teufel aus seinen Lenden zu vertreiben.

Während er am Bach gewesen war, hatte Eleanor sich einen dunklen Rock und eine weiße Bluse angezogen. Sie hatte ihr Haar zurückgekämmt und im Nacken mit einem weißen Band zusammengebunden. Das glänzende, dunkle Haar, das ihr bis zu den Hüften reichte, berührte seine nackten Schultern, wenn sie sich über ihn beugte. Ihr Gesicht war ernst, und hin und wieder biß sie sich konzentriert auf die Unterlippe. Gavin fühlte kaum den Schmerz, der durch die brennende Essigsäure entstand, wenn er in ihre ebenmäßigen Gesichtszüge schaute.

Als Eleanor fertig war, beugte sie sich zu ihm hinunter, bis ihre Gesichter auf einer Höhe waren, und schaute ihn aufmerksam an.

»Gavin! Weißt du, daß deine Nase ganz schief ist? Hat das dieser grauenhafte Mann gemacht?«

»Nein, Mädel.« Gavins breiter Mund zuckte und verformte sich dann langsam zu einem schiefen Lächeln, das die Umgebung seiner strahlend blauen Augen in tausend Fältchen legte und Grübchen in seinen wettergegerbten Wangen zum Vorschein brachte. »Das ist schon vor langer Zeit passiert.«

Eleanor betrachtete voller Verzückung die unerwartete Veränderung in seinem gemarterten Gesicht. Mit leichtem Zögern hob sie ihre Hand und umfaßte seine Nase mit Daumen und Zeigefinger. Sie drückte sie vor und zurück.

»Die bleibt wohl für immer so, oder?« fragte sie mit leicht verwirrtem Blick.

»Fürchte ja.«

Sie setzte sich aufrecht hin und legte den Kopf auf die Seite, während sie noch immer genau sein Gesicht untersuchte. »Das paßt aber irgendwie zu dir«, sagte sie, als ob sie eine Entscheidung von großer Tragweite getroffen hätte. »Gavin…, wie alt bist du?«

»Warum? Ich bin ein alter Mann, Mädel.«

»Wie alt?«

»An meinem nächsten Geburtstag werd' ich dreißig.«

»Das ist doch nicht alt. Du bist nur sieben Jahre älter als ich. Tante Gilda wollte immer, daß ich sage, ich sei achtzehn. Seit meinem zwölften Geburtstag bin ich achtzehn.« Eleanor lachte. »Jetzt hier draußen in der Wildnis klingt das so lächerlich. Ich bin dreiundzwanzig. Meine Güte! Das habe ich noch nie laut gesagt. Tante Gilda würde in Ohnmacht fallen, wenn sie mich hören könnte.«

»Ich versteh' nicht, was es für einen Unterschied macht.« Gavin stand auf und versuchte, nicht zu zucken, als er nach seinem Hemd langte und es sich über den Kopf zog. »Ich dank' dir, Mädel.«

»Oh, Gavin!« Eleanor nahm seine geschwollene und zerschnittene Hand in beide Hände, drückte seine Knöchel gegen ihre weiche Wange und sah zu ihm auf. »Ich habe zu danken«, sagte sie leise und mit so viel Nachdruck, daß er befürchtete, sie würde anfangen zu weinen.

»Na, na, Mädel«, sagte er schroff. »Laß mal gut sein.« Er streichelte ihr mit der anderen Hand sanft über den Kopf. »Ich geh' jetzt. Du hattest 'nen harten Tag, und Rain hat gesagt, wir müssen vor Sonnenaufgang am Kai sein.« Gavin blies die Kerze aus, nahm den Balken von der Tür und öffnete sie.

Es war abgemacht, daß Rain die erste Wache übernahm, so daß Gavin sich erst einmal ausruhen konnte. Als Eleanor ins Bett ging, legte Gavin seine Decken auf das weiche Gras unter dem Wagen.

»Ich brauch' nur'n kleines Nickerchen. Weck mich, wenn ich dran bin.«

»Legst du dich schlafen, Amy?« Rain sah, wie Amy auf den Wagen stieg.

»Nein, ich hole mir nur eine Decke. Ich wollte noch eine Weile bei dir bleiben . . ., wenn ich darf.«

»Verrücktes Weib«, neckte er sie und nahm sie an der Hand. »Komm mit.«

Sie verließen das Lager und richteten ihren Wachtposten unter der Espe ein, bei der sie schon vorher gestanden hatten. Der Wald lag ruhig und verschwamm in der Dunkelheit. Nur der kleine Bereich in unmittelbarer Nähe zur Hütte war deutlich zu erkennen. Rain lehnte sein Gewehr mit dem Kolben nach unten gegen den Baumstamm, setzte sich in das hohe Gras und zog Amy zu sich heran.

»Es wird ziemlich kalt. Du kannst froh sein, daß du die Decke mitgenommen hast.«

Sie saßen eine Weile nebeneinander. Als er seinen Arm um sie legte, um sie näher an sich zu ziehen, kuschelte sie sich an seine Seite. Stumm beobachteten sie die Schatten und lauschten den Geräuschen des Waldes. Vor langer Zeit hatte Amy eine ehrfürchtige Zuneigung zum Wald entwickelt und bestaunte seitdem immer wieder seine Schönheit. In dieser Nacht, da sie mit Rain zusammen war, kam ihr diese Schönheit noch viel großartiger vor. Er trug eine Krone aus einer Million glänzender Sterne. Sie hatte sich dem Himmel noch nie so nahe gefühlt.

»Was denkst du?« flüsterte er.

»Eine ganze Menge. Ich dachte an das, was Onkel Juicy über Bäume gesagt hat. Er meinte, daß Bäume ohne Menschen leben können, daß die Menschen aber ganz schöne Probleme ohne Bäume hätten.«

»Was noch?«

»Das sag' ich dir jetzt nicht.«

»Das sind schon zwei Dinge, die du mir später noch erzählen mußt.«

»Das hab' ich nicht vergessen. Sag mal, was hast du denn eigentlich so gemacht und gedacht, als du die sieben Jahre unterwegs warst?«

»Ich hab' an all die Leute aus Quill's Station gedacht. Weißt du noch, wie du an dem Morgen, an dem ich euch verlassen habe, in den Stall gekommen bist und mich gebeten hast, nicht zu gehen?« Seine Stimme war kaum lauter als sein Atmen.

»Ich erinnere mich.«

»Du hast mich zum Abschied geküßt. Du hast so süß gerochen, und dein Körper war so weich, als du dich an mich gedrückt hast. Daran mußte ich monatelang denken.«

Sie lachte leise. »Ich war damals so wütend, daß du gegangen warst, daß ich dich jedesmal als Mistkerl bezeichnet habe, wenn irgend jemand deinen Namen erwähnte.«

»Denkst du immer noch, daß ich das bin?«

»Manchmal.«

»Wenn wir nicht so verdammt ruhig sein müßten, würde ich dich jetzt durchkitzeln«, flüsterte er ihr mit gespielter Bedrohlichkeit ins Ohr. Seine Finger fanden eine Stelle unter ihren Brüsten und bohrten dort hinein. Sie schüttelte sich, schnappte nach Luft und ergriff seine Hand. Sie faltete seine und ihre Finger zusammen und legte ihre beiden Hände in ihren Schoß.

»Das mag ich nicht!« Sie vergrub ihr Gesicht in seiner Schulter, um ihr Kichern zu unterdrücken. »Wenn man mich kitzelt, passiert etwas ganz Furchtbares.«

»Was? Sag's mir, oder ich kitzel dich wieder!«

»Nein, bitte! Das ist noch eine Sache, die ich dir erst später erzählen kann.«

»Amy, Amy ...« Er strich mit seinen Fingerkuppen sanft über ihre Wange, griff dann nach ihrem Kinn und hob ihren Kopf, damit sie ihn ansah. »Manchmal kann ich gar nicht glauben, was mit mir geschehen ist. Ich möchte immer bei dir sein, und wenn ich es nicht bin, denke ich nur an dich.«

Amy fühlte sich ganz ausgelassen, nachdem ihr lang anhaltender Alptraum nun offensichtlich vorbei war. Ihr Glück wurde in ihrem Lächeln widergespiegelt. Eine Welle der Liebe zu diesem Mann, der ihr Gegenstück war, umspülte sie.

»Heißt das, daß du mich nicht mehr für eine Nervensäge hältst, wie früher?«

»Das heißt, Amy-Mädchen, daß ich anfange, mich zu fragen, wie um alles in der Welt ich wohl ohne dich leben könnte.« Seine Stimme klang ein wenig heiser, seine Lippen schwebten ganz nahe über ihren.

Ein himmlischer Schauer der Erregung lief ihr den Rücken

hinunter. Als sein verlangender Mund den ihrigen berührte, war dies wie ein Lebenselexier. Er zog sie noch näher an sich heran, und ihre Hand, die vorher auf seiner Brust geruht hatte, berührte ihn jetzt am Nacken. Seine Lippen entfernten sich und kamen sofort wieder zurück, als könnten sie sich nicht lösen. Er küßte sie intensiv und mit großem Verlangen. Als er seine Lippen von ihrem Mund nahm, spürte sie seinen heißen Atem an der Wange. Sie merkte, wie er tief einatmete, bevor sein fester Mund ihren wieder leicht berührte.

Doch es war nicht genug.

»Ah ..., verdammt!« Ihr Seufzer endete, als sich seine harten Lippen erneut ihres sanften Mundes bemächtigten. Seine Arme drückten ihren Busen gegen seine Brust, und er hielt sie fest, als sei sie das pure Leben. Langsam ließ er sie los, und sein Mund wanderte von ihren Lippen zu ihren Augen und wieder zurück zu den Lippen. Seine Zunge war verlangend – forderte ihre auf, sich mit seiner zu treffen. Zuerst antwortete sie zögernd, dann einladend und schließlich leidenschaftlich. Sie war ihm vollkommen ergeben. Ihre Hand glitt in seinen Hemdkragen und fühlte die Wärme seiner Haut, die Stärke seiner Schultern und die weichen Haare auf seiner Brust.

Amy wachte langsam aus ihrem Freudenrausch auf. Sie atmeten beide heftig und unregelmäßig. Ihr Bein berührte seinen Schoß, und durch die Wildlederhose konnte sie seine pochende Härte spüren, als er ihr Bein anhob und es fest über sich legte.

»Oh, Liebste! Ich liebe dich schon so lange ...« Sie flüsterte diese Worte, ohne darüber nachgedacht zu haben.

»Das löst du immer in mir aus, wenn ich dich küsse«, sagte er nur, und seine Stimme war ein Hauch in ihrem Ohr. Seine Hände umfaßten leicht ihre Brüste, sein Mund öffnete sich über ihren Lippen, und seine Zähne glitten über deren weiche, volle Kurven. Der Kuß fachte die Flamme der Leidenschaft weiter an, die in seinen Lenden loderte, und brachte sie fast außer Kontrolle. Sie war sein. Diese liebliche, große, ebenso starke wie weiche Frau war sein. Er liebte alles an ihrem Körper: ihre kleinen runden Brüste, ihren flachen Bauch, ihren festen Hintern, ihre wunderschönen bernsteinfarbenen Augen. Er fühlte, daß er wußte, was in ihrem Kopf vorging, in ihrer Seele und in ihrem Herzen. Er kannte sie fast so gut wie sich selbst. Sie war noch nie von einem anderen Mann berührt worden, und er schwor sich, daß, solange er lebte, sie ihm ganz allein gehören würde. Dieser Gedanke löste einen Schauer des Begehrens in ihm aus.

Zärtlichkeit war etwas vollkommen Neues für Rain. Er hatte dieses Gefühl nie zuvor erfahren und war sich nicht sicher, wie er es ausdrücken sollte. Er konnte ihr nur mit unsicheren Fingern die Haare aus dem Gesicht kämmen und sie wieder und wieder auf den Mund küssen. Ihn überkam der dringende Wunsch, sie zu beschützen, und ohne es zu merken, drückte er sie so fest an sich, daß sie kaum noch atmen konnte. Hier in seinen Armen hielt er viel mehr, als er sich je erträumt hatte. Er wollte sie auf der Stelle nehmen, in sie eindringen, den Hunger, der in ihm nagte, befriedigen und sie für immer an sich binden. Aber er machte sich klar, daß dies der falsche Zeitpunkt war. Sein Verstand siegte über das quälende Verlangen. Sie war zu viel wert und sie war zu jungfräulich, zu süß. Er wollte, daß sie beide den vollen Genuß ihres Zusammenkommens erleben konnten. Er löste sich von ihr, nahm ihr Bein von seinem Schoß und versuchte, das Keuchen, das anstelle seines Atmens getreten war, zu beruhigen.

»Rain?«

Er wußte, daß sie nicht verstehen würde, warum er sich von ihr losgemacht hatte. Er hob ihr Gesicht mit einem Finger unter ihrem Kinn nach oben. Sie schauten sich an, ihre Augen waren vor Verwirrung feucht und seine sanft.

»Bist du mein, Amy?« fragte er leise.

»Ich war immer schon … dein.« Ihre Fingerkuppen streichelten zärtlich über sein Kinn, seine Wange und die Haare an seiner Schläfe.

»Ich glaube, das habe ich immer gewußt.«

Seine Worte hallten in ihrem Innern wider. Sie nahm all ihren Mut zusammen, um endlich das in Erfahrung zu bringen, was sie wissen mußte. Ihre Stimme klang dünn und unsicher.

»Liebst du mich?«

Er ließ sich solange Zeit mit seiner Antwort, daß ihre Augen unter seinem intensiven Blick anfingen zu zucken. Ihre Unterlippe bebte, und Tränen stiegen in ihren Augenwinkeln hoch. Er hob einen Finger und wischte eine Träne weg, die über ihre Wange lief.

»Ach, wein doch nicht. Ich bin kein großer Redner und versuche gerade, die richtigen Worte zu finden.«

»Du mußt doch nur ja oder nein sagen.«

»So leicht ist das nicht. Ich weiß nicht genau, was Liebe ist. Ich habe das Wort noch nie benutzt. Ich *mag* Dinge. Ich mag den Wald, den Fluß und die Berge. Ich mag es, junge Hirsche über Gräben springen zu sehen, und ich mag es, ein Bad in einem kalten Bergsee zu nehmen. Ich mag Farr und Libby...«

»Dann *magst* du mich also.« Sie preßte die Worte heraus und schaffte es, ein Schluchzen zu unterdrücken.

»Weine bitte nicht, Schatz. Das kann ich nicht sehen.« Er nahm ihr Gesicht in die Hände und küßte ihr die Tränen aus den Augen. »Ich denke, daß ich immer schon gewußt habe, daß es eine Verbindung zwischen uns gibt. Als ich dich in der Weihnachtsnacht im Türrahmen stehen sah, hatte ich ein ganz komisches, friedvolles Gefühl. Es war so, als ob ich endlich nach Hause gekommen wäre, nicht in Farrs Haus, sondern wirklich nach Hause.« Er küßte sie auf die Stirn. »Du hast meine Seele durchdrungen – das hat John »Gefleckter Elch« immer zu meiner Mutter gesagt. Wenn ich mir vorstelle, daß irgendwas passieren könnte und du nicht mehr bei mir wärst, dann fühle ich eine unheimliche Furcht, so, daß ich kaum noch atmen kann. Wenn das Liebe ist, dann liebe ich dich wohl sehr.«

Amy blieb ein Dutzend Herzschläge lang ruhig. Dann bahnte sich ein Lächeln den Weg durch ihre Tränen, und Bernsteinsterne strahlten ihn an.

»Du machst mich verrückt! Warum hast du so verdammt lange dafür gebraucht?«

Sie kniete vor ihm, und ihre Arme waren eng um seinen Hals geschlungen. Sie preßte ihre Lippen auf seine, zuerst ganz sachte, aber dann küßte sie ihn mit aller Leidenschaft. Sie küßte seine Augen, seine Nase, sein Kinn und drückte dann sein Gesicht an ihren Busen.

»Uuh«, keuchte er erfreut, als sie sich umdrehte und auf seinen Schoß setzte. »Wenn ich jetzt wieder anfange, dich zu küssen, wird's nicht dabei bleiben.« Er hob sie hoch und setzte sie neben sich. Seine Finger umschlossen wie von selbst ihre weiche Brust. »Ist schon gut, daß du die Hose trägst. Ich kann mich kaum beherrschen.«

Sie öffnete ihren Gürtel, nahm seine Hand und führte sie unter ihr Hemd. Seine Finger fanden schnell ihre warme Brust und nahmen sie in Besitz. Ein Beben fuhr durch ihren Körper, und sie hörte sein schnelles Atmen.

»Liebster . . ., bin ich zu direkt?« flüsterte sie.

»Aah . . .« Seine Handfläche rieb über ihren Nippel, und seine Finger drückten fest zu. Dann streichelte er ihre andere Brust und ihren samtweichen Bauch. Seine umherwandernde Hand untersuchte zärtlich ihren gesamten Oberkörper. Ihre Haut war das Zarteste, was er jemals berührt hatte. »Zu direkt? Um Gottes willen, nein!«

»Ich liebe es, wie du mich berührst.«

»Ich möchte jeden einzelnen Zentimeter an dir berühren . . ., aber ich darf jetzt noch nicht.«

»Warum nicht? Ich gehöre dir ..., und ich will es.«

»Hier ist's zu gefährlich. Irgend jemand könnte sich anschleichen.«

»Die Frösche quaken aber noch.«

»Und wenn sie aufhörten, würde ich es nicht mitbekommen.« Er zog seine Hand unter ihrem Hemd zurück, legte die Decke um sie herum und drückte sie seitlich an sich heran. »Ich kann warten. Wenn wir miteinander schlafen, möchte ich, daß es ganz lange dauert. Ich möchte alles sehen, was jetzt noch unter Hemd und Hose verborgen ist. Ich möchte dir in die Augen schauen, wenn ich vollkommen mit dir verbunden bin und weiß, daß du für immer mir gehörst und ich für immer dir.« Er sprach diese Worte mit solch einer Feierlichkeit aus, daß sie wie ein Heiratsantrag klangen. »Ich werde wohl nie genug von deinem wunderbaren Körper bekommen«, flüsterte er atemlos.

»Das hoffe ich.« Sie knabberte sanft an seinem Nacken. »Du hast doch gesagt, daß du keine schönen Worte finden könntest«, zog sie ihn auf. »Das war das Schönste, was ich je gehört habe.«

»Ich wollte nicht, daß es schön klingt, ich wollte dir nur meine Gefühle zum Ausdruck bringen.«

»Es macht mich stolz, daß du ... mich so sehr willst.«

»Wenn wir's einmal gemacht haben, werde ich wahrscheinlich so lüstern wie ein Elchbulle in der Paarungszeit sein.«

»Davor hab' ich kein bißchen Angst.« Er umarmte sie und lachte leise. Sie ergänzte: »Damals in Quill's Station hast du nie gelacht.«

»Stimmt«, gab er zu. »Vermutlich gab es damals nichts zu lachen.«

Sie saßen ruhig, Rain mit dem Rücken gegen den Stamm der Espe; Amy mit dem Kopf an seiner Schulter. Die Zeit verging wie im Traum. Kein unnatürliches Geräusch störte ihre Zweisamkeit, und der Augenblick verflog mit dem einfachen

Glück, zusammen zu sein. In der vergangenen Stunde hatten sie in vollkommener Glückseligkeit geschwelgt, es war eine fast überirdische Erfahrung. Rain hatte noch nie vorher so sehr geliebt, empfunden oder genossen. Er hatte noch niemals zuvor ein ähnlich intensives Gefühl für Leben gespürt, wie in dem Moment, als er Amy in den Armen gehalten hatte. Und er wußte, daß sie sich ihm offen und ehrlich hingab.

Solch ein Glücksgefühl war nur wenigen Männern vergönnt, dachte er. Und er dankte Gott, daß er einer der Auserwählten war.

Kapitel 13

Die Stunde vor Sonnenaufgang ist die dunkelste. In der Stille des Morgens, wenn die pelzigen und die gefiederten Geschöpfe des Waldes noch schlafen, ist das leiseste Geräusch verdächtig.

Rains Flüstern weckte Amy aus tiefem Schlaf. Sie wußte sofort, was los war, setzte sich auf und griff nach ihren Kleidern. Rasch hatte sie sich angezogen und den Wagen verlassen. Rain war in der Dunkelheit nur schemenhaft zu sehen. Sie strengte ihre Augen an, um sein Gesicht zu erkennen.

Mit der Hand auf ihrer Schulter flüsterte er: »Wir fahren los. Gavin spannt gerade die Maultiere an. Du lenkst. Ich reite voraus, Gavin hinterher. Sei so leise wie möglich.«

Sie ging einen Schritt zurück und sah ihm in die Augen. Er zog sie wieder zu sich hin und küßte sie sanft. Sie umarmten sich für einige Sekunden, genossen es, sich nahe zu sein.

Nachdem Rain gegangen war, nahm Amy das Pulverhorn und die Munitionstasche aus dem Wagen. Sie hängte sie über die Schulter und griff nach ihrem Gewehr. Als sie auf das Wagenrad stieg, entdeckte sie zu ihrer Überraschung Eleanor auf dem Bock sitzen, in eine dunkle Stola gehüllt und das weiße Gesicht im Dunkeln ein verschwommener heller Fleck. Keine der beiden Frauen sagte ein Wort. Amy legte das Gewehr auf den Boden unter ihren Füßen und übernahm die Zügel, die ihr Gavin reichte.

Rain führte sie langsam einen schmalen Weg entlang. Die einzigen Geräusche kamen von den Wagenrädern und den Hufen der Maultiere auf dem mit Laub bedeckten Waldboden. Sie waren von einer schwarzen Wildnis umgeben, als sie durch die nächtliche Morgenstunde fuhren. Amy hatte die Augen weit aufgerissen, um den vor ihr reitenden Rain zu erkennen. Bald stellte sie fest, daß sie einen Bogen um die Stadt machten. Langsam wurde es im Osten heller, und die Häuser der Stadt nahmen Gestalt an. Hier und dort konnte man in einzelnen Fenstern Licht erkennen.

Als sie sich dem Fluß näherten, sog Amy die feuchte, kalte Luft ein. Sie war zu angespannt, um vollständig zu begreifen, daß sie kurz davor waren, den Fluß zu überqueren, der den Osten vom Westen trennte. Jahrelang hatte sie Farr vom Land westlich des Flusses erzählen hören. In diesem Moment konnte sie an nichts anderes denken als an Rain und die Männer, die verhindern wollten, daß sie ans andere Ufer gelangten.

Sie erreichten den Fluß im grauen Licht des frühen Morgens. Ein Mann kam von einem der flachen Boote, die am Kai festgemacht hatten, und sprach kurz mit Rain. Gavin zügelte sein Pferd neben Amy.

»Ich fahr' jetzt weiter, Mädel. Spring runter und halt die Tiere fest.«

Amy nahm Gavins Pferd und machte ihres vom Wagen los. Sie führte sie fort, während der Schotte und Rain versuchten, die verängstigten, scheuenden Maultiere zu beruhigen und aufs Boot zu leiten. Das hohle Geräusch, das ihre Hufe auf den dicken Planken erzeugte, beunruhigte sie noch mehr. Nur Gavins starke Hände um die Zügel verhinderten, daß sie durchgingen.

Amy war so damit beschäftigt, die nervös tänzelnden Pferde festzuhalten und zu beobachten, wie der Wagen auf das Boot geladen wurde, daß sie zunächst gar nicht den Reiter wahrnahm, der von der Straße zum Kai auf sie zukam. Dann hörte sie, wie jemand ihren Namen rief.

»Miss Amy! Miss Amy!«

Amy war verblüfft, als sie den Reiter erkannte, allerdings nicht so erstaunt, daß sie die Flüche überhört hatte, die über Rains Lippen kamen.

Tally Perkins brachte sein Pferd zum Stehen und sprang herunter.

»Rain!« schrie er. »Ihr müßt euch beeilen!« Tally hatte seinen Hut verloren. Sein weißblondes Haar stand wie ein Büschel Stroh von seinem Kopf ab.

»Was ... zum Teufel? Was machst du denn hier?« Rains wütende Stimme dröhnte durch die morgendliche Stille.

»Ein Haufen Männer kommt aus der Gaststätte. Sie wollen verhindern, daß ihr ablegt.« Tally holte Luft. »Beeilt euch und haut ab!«

»Wie viele?«

»Zehn mindestens.«

»Binde dein Pferd fest und hilf uns mit den Maultieren, wenn du mitkommen willst.« Rain sprang Amy zu Hilfe, die Pferde aufs Boot zu schaffen.

Tally und der Bootsführer zogen die torkelnden, verängstigten Maultiere auf das Boot. Sobald sie an Bord waren, sprang Gavin zu ihnen hinunter. Er und Tally banden sie fest, während der Schiffer die Seile kappte, die das Boot am Dock festhielten. Gavin nahm eine Stange, um das schwerbeladene Boot vom Ufer abzustoßen.

»Bindet den Wagen fest«, schrie der Bootsführer. »Steckt eine Latte zwischen die Räder, damit er nicht wegrollen kann.«

Rain und Tally taten, wie geheißen. Sie verzurrten den Wagen und griffen dann ebenfalls zu Stangen, um Gavin zu unterstützen.

Keiner schien mehr an Eleanor zu denken, die starr vor Angst auf dem Kutschbock saß.

»Steigen Sie ab«, befahl Amy in scharfem Ton. Doch Eleanor rührte sich nicht und gab auch keine Antwort. Sie sah durch Amy hindurch. Amy kletterte auf ein Rad, nahm sie am Arm und schüttelte sie. »Kommen Sie runter, verdammt! Wenn der Wagen umkippt, werden Sie mitgerissen.«

»Ich habe ... Angst.«

»Haben wir alle. Kommen Sie jetzt runter. Wir haben keine Zeit, uns auch noch um Sie zu kümmern.« Eleanor stand auf und beugte sich über das Rad, während Amy ihre Schritte leitete. Als sie die festen Planken unter den Füßen spürte, umfaßte sie das Wagenrad, als sei es ein Rettungsboot. Amy riß Eleanors Hände los und zerrte sie unter den Wagen. »Bleiben Sie da. Ich muß nach den Pferden sehen.«

Amy begab sich zu den nervösen Pferden, redete mit leiser Stimme auf sie ein, tätschelte und streichelte sie. Die Tiere beruhigten sich.

Man konnte die wütenden Stimmen einer Gruppe von Männern hören, die auf den Kai zuliefen. Die vier Männer auf dem Boot stemmten sich mit aller Kraft gegen die Stangen und schafften es gemeinsam, das Boot vom Ufer abzustoßen. Als sie etwa zehn Meter weit vom Ufer weg waren, wurde der erste Schuß abgefeuert. Amy hörte die Kugel kurz vor dem Boot ins Wasser zischen. Entlang des Flusses erhoben sich mit lautem Flügelschlag Enten und flüchteten in den morgendlichen Himmel. Der nächste Schuß schlug in den Rumpf des Bootes ein und der darauf traf das Pferd, das Amy hielt, in den Kopf. Das Tier ging schwer zu Boden und brachte das Boot heftig ins Schwanken.

»Amy!« rief Rain. »Duck dich! Versteck dich hinter den Pferden.«

Zwei weitere Schüsse fielen, kamen aber noch nicht einmal in die Nähe des schwerfälligen Bootes.

»Ich werd euch kriegen, ihr rattenfressenden Hurensöhne!« schrie der Bootsführer. »Bevor der Sommer zu Ende ist, wird jedem einzelnen von euch Bastarden die Kehle durchgeschnitten, weil ihr auf Red Cavanaugh geschossen habt.«

Noch ein Schuß wurde abgefeuert. Die Kugel tauchte weit entfernt ins Wasser ein.

»Du schießt genauso gut wie du kämpfst, Bullyboy«, schrie Gavin und drohte mit seiner Faust dem Mann, mit dem er am vorherigen Abend gekämpft hatte, und dem jungen Muley, der ihn von hinten hatte erstechen wollen.

»Sag Perry, er soll beim nächstenmal richtige Männer schicken, wenn er vernünftige Ergebnisse haben will. Ihr seid doch bloß Abschaum, der darauf wartet, von dem kinnlosen Bastard ein Almosen zu bekommen.« Das Alter des stämmigen Bootsführers war nur schwer zu bestimmen. Er hatte einen roten Bart, spärliche rote Haare und brüllte seine Beschimpfungen mit tiefer, dröhnender Stimme heraus. »Gottverfluchte Diebe! Hurensöhne! Faule Landratten! Bastarde! Was habt ihr denn jetzt vor? Hahaha!«

Eine stärkere Strömung bemächtigte sich des Bootes, das eine halbe Drehung machte. Eines der verschreckten Maultiere versuchte, sich aufzubäumen, und riß sich am Boden des Bootes die Vorderläufe auf.

»Hol einen Hammer«, rief Red, während er nach dem Ruder griff. »Hau dem Maultier eine runter, wenn es versucht auszubrechen. Wir würden sonst sofort kentern.«

»Mach du das mal besser«, sagte Gavin zu Tally. »Du kennst dich besser mit Maultieren aus, und ich weiß besser über Boote Bescheid.«

Tally legte seine Stange beiseite und ging zu den Maultieren, wobei er einen großen Bogen um Rain machte. Mit dessen Ärger hatte er nicht gerechnet, sehr wohl aber damit, daß Amy wütender sein würde als eine aufgeschreckte Hornisse, weil er ihr nachgeritten war. Doch als er aufs Boot gekommen war, hatte er sofort erkannt, daß Rain derjenige war, den er fürchten mußte. Die Art, wie er ihn angeschaut hatte, hatte ihm das Herz in die Hose rutschen lassen. Fast wünschte Tally, er wäre nicht gekommen.

Die Muskeln an Gavins und Rains Oberarmen traten hervor, als sie mit breitgespreizten Beinen versuchten, das Boot mit Hilfe der Stangen wieder in Position zu bringen. Schon bald bewegten sie sich flußabwärts und trieben auf das Westufer zu. Der Fluß war inzwischen zu tief für die Stangen, und sie mußten auf eine günstige Strömung und die Steuerkünste des Bootsführers hoffen.

Gavin überprüfte die Leinen, mit denen der Wagen festgezurrt war, und die Latten zwischen den Rädern. Er bückte sich, um unter dem Wagen nach Eleanor zu sehen.

»Alles klar, Mädel?« Eleanor hatte sich vor lauter Angst übergeben. Sie sah ihn verschämt an und stieß ein leises Wimmern aus. Sie streckte eine Hand aus, und Gavin ergriff sie. »Beruhige dich, Mädel. Gleich sind wir auf der anderen Seite, und dann kriegen uns die Schweine nicht mehr.«

»Tut mir leid ...« Ihre Augen wanderten zum Boden, wo sie ihren Mageninhalt hingespuckt hatte. »Ich hatte solche Angst.«

»Früher hab' ich auch Angst gehabt, Mädel. Aber mittlerweile bin ich mehr als zehn Jahre auf dem Fluß gefahren. Wenn ich über eine Sache Bescheid weiß, dann sind's Flüsse. Ich passe schon auf dich auf.« Gavin drehte sich um, als ihm der Bootsführer etwas zurief, und wandte sich dann wieder zu Eleanor. »Bleib hier. Halt dich am Rad fest, damit ich weiß, wo du bist.«

»Die verdammten Hurensöhne setzen ein Boot aus, um uns zu verfolgen.« Der Bootsführer stand mit erhobener Faust am Heck seines Bootes.

»Haben wir eine Chance, sie abzuhängen?« fragte Rain.

»Nicht die geringste. Sie liegen viel höher im Wasser als wir.« Gavin wandte sich an den Bootsführer: »Halt die Richtung. Ich kenn' ein paar Tricks, wenn's hart auf hart kommt.«

»Zusammen mit Amys haben wir fünf Gewehre und eine Pistole. Sie haben bestimmt doppelt soviel.«

»Guck mal, was die mitführen, Mann.« Auf Gavins Gesicht malte sich ein wegen seiner immer noch geschwollenen Lippen schiefes Grinsen. »Das soll wohl für Perrys edle Pferde sein. Hast du noch den Bogen und die Pfeile dabei?«

»Jetzt sehe ich, was du meinst.« Rain betrachtete das Boot genau und warf dem großen Mann einen bewundernden Blick zu. »Gut, daß sie gerade *dieses* Boot ausgewählt haben.« Er holte sein Messer hervor und schnitzte ein paar dünne Stücke Holz vom Wagen ab. »Hol den Eisenkessel, Amy. Wir machen ein kleines Feuerchen. Wir brauchen alles, was an brennbaren Sachen zu finden ist.«

»Ich hab' noch ein Stück Zunder in der Essenskiste.«

»Gut, hol es heraus. Hast du auch Tierfett?«

»Hab' ich auch. Libby hat ein Töpfchen Schweineschmalz eingepackt.«

Gavin ging zu Eleanor, die mit zitternden Knien aufstand und sich an ihm festhielt.

»Kopf hoch, Mädel! Wir brauchen deine Hilfe. Du kannst uns doch sicher ein Stück Stoff geben, etwas, das schnell brennt. Beeil dich!« Er hob sie hoch und setzte sie auf die Heckklappe.

Rain entfachte im Kessel mit ein wenig Schießpulver und den hauchdünnen Spänen ein Feuer. Amy stand darüber, schützte es vor dem Wind und gab kleine Stücke des Zunders hinzu. Sie wußte immer noch nicht, was sie vorhatten, bis Rain in einen Behälter unterhalb des Wagens griff und einen Bogen und einen Pfeilköcher hervorholte. Er machte kleine Päckchen aus dem Stoff, den Eleanor ihm gegeben hatte, und befestigte sie an den Spitzen von sechs Pfeilen. Amy tauchte sie sorgfältig in das Schmalz, so daß sie von allen Seiten eingefettet waren.

Das Deck des anderen Bootes war mit einer dicken Schicht Stroh ausgelegt, und an beiden Enden lagen dicke Ballen. Es schloß rasch zu ihnen auf. Ein gutes Dutzend Männer lag flach auf dem Bauch, mit den Gewehren im Anschlag, und wartete darauf, auf Schußweite heranzukommen.

»Bleib, wo du bist«, rief Gavin zu Eleanor herüber, die versuchte, vom Wagen zu steigen. »Leg dich auf den Boden. Die Seitenbretter geben dir Schutz.«

»Geh zu Eleanor in den Wagen, Amy«, sagte Rain, ohne sie anzuschauen.

»Nein, ich kann dir Feuerschutz geben.«

»Verdammt, jetzt ist nicht der Zeitpunkt, um zu streiten. Mach, was ich dir gesagt habe.«

»Du brauchst meinen Feuerschutz, Rain.«

»Ich möchte, daß du in Sicherheit bist.«

»Miss Amy kann besser als alle anderen in Quill's Station schießen, außer Farr«, sagte Tally.

»Du brauchst mir keine Ratschläge geben, was ich mit Amy machen soll!« zischte Rain. Sein entschlossener Blick ließ Tally zu den Maultieren zurückhuschen.

»Ich bleibe hinter den Pferden. Mach ...«

Ein Schuß vom anderen Boot unterbrach sie. Die Entfernung war noch zu groß, als daß er gefährlich werden konnte, aber Amy nutzte die Gelegenheit, um schnell zu verschwinden.

»Verbraucht nicht unnötig Munition«, riet Gavin von seiner Position neben dem schweren Pfosten aus, der verhinderte, daß der Wagen seitlich wegrutschte. »Kannst du schießen, Red?«

»Sobald die Bastarde in Sichtweite sind.«

»Jawohl. Und du gibst Rain Feuerschutz«, rief Gavin Tally zu. »Warte, bis der Mann den ersten Pfeil abgeschossen hat, und dann schieß die nieder, die versuchen, das Feuer zu löschen.«

Amy stand hinter den Pferden und beobachtete Rain. Er feuchtete einen Finger an, um festzustellen, aus welcher Richtung der Wind wehte. Er beobachtete, wie das andere Boot näher kam und versuchte, die ungefähre Entfernung abzuschätzen. Plötzlich drehte er sich um und sah Amy hinter den Pferden stehen. Ihre Blicke trafen sich. Sie nickte ihm kurz zu, lächelte und schaute dann wieder über den Lauf des Gewehrs hinweg, der auf dem Rücken ihres Pferdes ruhte.

Während sie warteten, herrschte absolute Ruhe. Die Schüsse vom anderen Boot würden ihnen anzeigen, wann Rain den ersten Pfeil abschießen konnte. Als ein Schuß nur ein paar Meter entfernt ins Wasser zischte, hielt Rain einen der Pfeile ins Feuer, bis er hell aufloderte. Dann legte er ihn an und verließ den Schutz des Wagens. Breitbeinig suchte er einen sicheren Stand und spannte dann mit seinen starken Armen den Bogen. Als er den brennenden Pfeil losließ, beschrieb er in der Luft einen weiten Bogen und landete in einem der Strohhaufen im Heck des Bootes. Gavin stieß einen triumphierenden Schrei aus, auf den eine ganze Salve von Schüssen antwortete. Rain schoß einen weiteren brennenden Pfeil ab, der mit derselben Zielsicherheit wie der erste im Heck des Bootes auftraf.

Ein Kugelhagel hielt die Männer auf dem anderen Boot davon ab, zu dem lodernden Stroh zu gelangen. Rains dritter Pfeil landete am anderen Ende des Bootes, so daß die Männer zwischen zwei Feuern gefangen waren. Manche versuchten, das brennende Stroh mit Tritten ins Wasser zu befördern. Einen von ihnen traf Amy ins Bein, und er stürzte in den schlammigen Fluß. Eine kleine Schießpulverexplosion erzeugte einen Funkenflug, der weitere Feuer entfachte.

Plötzlich hörten Perrys Handlanger auf zu schießen und liefen wild durcheinander, um den Flammen, die inzwischen über die gesamte Länge des Bootes loderten, zu entkommen. Die Kleidung eines Mannes fing Feuer, und er sprang laut schreiend in den Fluß. Ein anderer wurde von einem seiner Kumpane, der in Panik den Flammen zu entkommen versuchte, ins Wasser gestoßen.

Zwei weitere von Rains Pfeilen trafen ihr Ziel. Das brennende Stroh erzeugte eine schwarze Rauchwolke, die vom Fluß zum Ufer hin zog. Man konnte kleinere Explosionen hören, wenn das Feuer zu Boden gefallene Pulverhörner erreichte. Mit Panikschreien und laut fluchend sprangen die Männer, einer nach dem anderen, ins kalte Flußwasser.

»Red, warte! Wir geben auf!«

»Was gibst du auf? Die Hurerei oder das Saufen? Hier gibt's nichts, womit du rumhuren kannst, Bull«, rief Red unter tosendem Gelächter. »Ich hoffe, ihr ersauft alle. Ihr seid doch eh nichts Besseres als Fischfutter. Wenn ihr nicht ersauft und es schafft, den Schlangen zu entkommen, dann richtet Perry aus, daß Red Cavanaugh es gar nicht mag, von jemandem wie ihm davongejagt zu werden. Ich komme zurück! Und zwar mit einer Bande von Mördern, die ihm den Arsch aufreißen werden.«

»Ich kann nicht schwimmen, Red.«

»Dann mußt du halt ertrinken, Bastard.«

»Das Gesetz des Flusses sagt aber ...«

»Zum Teufel mit dem Gesetz! Du kannst doch das Gesetz nicht von einem Haufen Pferdescheiße unterscheiden.«

»Das wirst du mir büßen.«

»Wenn du nicht vorher ertrinkst oder von einer Schlange gebissen wirst. Hahaha!«

»Du Hurensohn!«

»Du hast dich von dem Bastard bestechen lassen, Bull, um mich fertigzumachen. Oh, was seh' ich denn da? Wenn das mal nicht 'ne Wasserschlange ist. Hahaha!« Der Bootsführer stampfte mit dem Fuß auf und sah unter gröhlendem Gelächter zu, wie die Männer panisch versuchten, einem Stück Treibholz auszuweichen.

Rain schöpfte eine Tasse Wasser aus dem Fluß und löschte damit das Feuer im Kessel. Er warf einen Blick auf Amy, die auf dem Boden saß und ihre Waffe reinigte. Das hatte ihr Juicy beigebracht, dachte er. Als sie mit dem Reinigen fertig war, lud sie die Waffe wieder und legte sie unter den Kutschbock. Er sah ihr nach, als sie um die Maultiere herum auf Tally Perkins zuging. Rain fragte sich, ob sie gewußt hatte, daß Tally ihnen gefolgt war. Nun bereute er es, daß er nicht in der ersten Nacht in Perkins Lager gegangen war und ihm geraten hatte, auf Distanz zu bleiben. Doch hatte er zu diesem Zeitpunkt ja nicht gewußt, daß es Tally Perkins war. Er hatte sein Gesicht nicht erkennen können. Höchstwahrscheinlich war er auch derjenige gewesen, der um die Hütte herum geschlichen war, vermutlich, um mit Amy unter vier Augen zu sprechen.

»Tally, warum um Himmels willen bist du mir gefolgt? Hat Papa dich geschickt?« Amy war wütend, und das sollte er auch spüren. Ihre Stimme war zwar nicht laut, aber kalt und ungeduldig.

»Nein, Miss Amy. Ich ... wollte nur mitkommen.« Amy war peinlich berührt von dem kuhäugigen, untertänigen Ausdruck seines breiten Gesichts.

»Warum hast du nicht mit Rain gesprochen, bevor wir aufgebrochen sind, anstatt uns hinterherzuschleichen?«

»Er hätte mich nicht mitkommen lassen.«

»Um Gottes willen! Du hast dich so sehr daran gewöhnt, vor deiner Mutter zu kuschen, daß du überhaupt kein Selbstvertrauen mehr hast. Ich bin erstaunt, daß sie dich überhaupt hat ziehen lassen, und daß du hierher gekommen bist, ohne daß man dir dein Gewehr und dein Pferd gestohlen hat.«

»Ich hab's ihr nicht erzählt.«

»Du hast es ihr nicht erzählt?« Einen Moment lang herrschte Stille. »Du hast doch noch nie etwas gemacht, ohne sie zu fragen«, stellte Amy dann bissig fest.

»Ich hab's ihr nicht erzählt«, wiederholte Tally bestimmt. Dann fügte er gequält hinzu: »Ich wußte, daß ich dich sonst nie wiedersehen würde, Miss Amy. Ich mußte mitkommen.«

»Ach Tally.« Amy war auf einmal nicht mehr wütend, sondern nur noch ratlos, was sie jetzt machen sollte. Ihre bernsteinfarbenen Augen studierten sein Gesicht, bis Tally rot anlief.

»Ich werde niemals zurückkehren!« platzte es aus ihm heraus. »Niemals! Walter kann die Farm für ihn führen.«

In Tallys Augen spiegelte sich Groll wider. Amy wußte, daß er sich auf ihren Vater bezogen hatte. Es schien ihr, als sei dieser Groll schon immer dagewesen, tief verschlossen in seinem Inneren. Sie fühlte plötzlich Mitleid mit Tally, für all das, was er hatte aushalten müssen. Ihr Vater und seine Mutter hatten ihn eingeengt, ihn an der kurzen Leine geführt und ihn dazu benutzt, die Farm zu bewirtschaften. Amy bezweifelte, daß Tally jemals einen einzigen Cent für sich gehabt hatte.

»Ich muß zugeben, daß ich es dir nicht verübeln kann«, gab Amy zu. »Ich würde es auch nicht ertragen, mit Elija zu leben, und er ist schließlich mein Vater. Ich weiß nicht, wie du es mit ihm und deiner Mutter die ganze Zeit ausgehalten hast. Ich werde mit Rain sprechen.«

»Worüber willst du mit mir sprechen?« Rain stand hinter ihr und berührte sie im Nacken. Amy drehte sich um und sah, daß seine dunklen Augen auf Tallys Gesicht gerichtet waren. In ihnen brannten Wut und Ablehnung.

»Tally möchte nicht auf die Farm zurückkehren.«

»Was hat das mit uns zu tun?« fragte Rain.

»Du hast doch mit Gavin darüber gesprochen, noch einen Mann als Wache anzuheuern ...«

»Das wird aber sicher nicht er sein«, sagte Rain entschlossen. Dann wandte er sich an Tally: »Ich suche mir die Männer, die ich brauche, selber aus. Du kommst weder mit uns, noch reitest du hinter uns her. Ich hätte dich schon in der ersten Nacht aufhalten sollen. Aber da wußte ich ja noch nicht, daß du es warst. Ich hatte gehofft, daß du dich so dämlich anstellen würdest, daß dich jemand umgebracht hätte, bevor du Kaskaskia erreicht hättest.«

»Du wußtest, daß er uns folgte?« fragte Amy ruhig und versuchte, ihre Verärgerung zu unterdrücken.

»Ich wußte, daß uns irgend jemand verfolgt. Ich hab' ihn nachts beobachtet.«

Schließlich sagte Tally: »Ich wollte mich ja zeigen, Miss Amy. Dann hörte ich aber, wie die Kerle davon sprachen, sich die Frau zu holen. Sie sagten, daß sie die schönste Frau sei, die sie je gesehen hätten. Ich wußte, das mußtest du sein, Miss Amy.« Seine Stimme zitterte, aber ein entschlossener Ausdruck erschien auf seinem Gesicht. »Ich wollte nicht zulassen, daß man dir etwas antut.«

Amys Gesicht rötete sich. »Sie haben nicht mich gemeint, sondern Miss Woodbury.«

Tallys Blick wandte sich zögernd von Amys Gesicht ab, und er schaute zu Eleanor herüber. Er runzelte die Stirn, und seine Brauen zogen sich zusammen. Er schüttelte den Kopf.

»Nein, sie haben dich gemeint. Du bist viel hübscher als sie.«

»Um Gottes willen!«

»Wir danken dir dafür, daß du uns gewarnt hast«, sagte Rain. »Wir hätten's aber auch so geschafft. Wenn wir angelegt haben, kannst du den nördlichen Weg nach Sainte Geneviève nehmen und dort übersetzen. Oder du bleibst da und suchst dir eine Stelle in den Bleiminen. Das mußt du selbst entscheiden.«

Amy schaute von Tallys besorgtem Gesicht in Rains strenge Augen. »Du kannst ihn nicht wegschicken, Rain.«

»Ich kann und ich werde.«

»Aber er hat doch noch nie in einer Mine gearbeitet. Er kennt nur das Farmleben.«

»Ich denke, keiner der Männer, die in den Minen arbeiten, wußte vorher, was ihn erwartet.«

»Aber er weiß doch gar nicht ..., wie er alleine zurechtkommen soll.«

Durch Amys Worte wuchs Rains Wut noch weiter an. Seine Augen wurden hart wie Stahl, und er nahm die Hand von ihrem Nacken.

»Ich find' es ja äußerst merkwürdig, daß es dich kümmert, ob er alleine zurechtkommt oder nicht.« Seine Stimme war kalt und sein Blick abweisend.

»Warum sollte das merkwürdig sein? Ich kenne ihn schon ebenso lange wie dich.«

»Und vielleicht auch besser, mmh?«

Amy zuckte zurück. Einen Moment lang war sie von seiner Gemeinheit verblüfft.

»Jetzt benimmst du dich aber ziemlich dumm.« Sie versuchte, ihre zitternde Stimme unter Kontrolle zu bekommen. Rain sah sie mit einem unergründlichen Blick an und schwieg. Sie bemühte sich, vernünftig zu argumentieren. »Ich fühle mich für ihn verantwortlich. Er würde nicht lebend in Sainte Geneviève ankommen.«

Einen furchtbaren Moment lang war Rain ganz ruhig. »Vielleicht möchtest du ja mit ihm gehen und dich um ihn kümmern.« Seine Lippen bewegten sich kaum beim Sprechen. Seine Stimme klang böse und verletzend.

»Das ... denkst du wirklich?« Amy wäre fast an den Worten erstickt. Rain schaute sie mit der teilnahmslosen Miene an, die Amy sein »indianisches Gesicht« nannte. In ihren Augen spiegelten sich Schmerz, Wut und Bestürzung. Mit grimmiger Stimme und vor Wut zitternd fauchte sie: »Vielleicht mach' ich das auch, du ..., du dämlicher, starrköpfiger Idiot!« Sie drehte sich auf der Stelle um und wollte fortgehen. Tally ergriff ihren Arm.

»Miss Amy! Warte!«

»Laß mich los!« Sie befreite sich aus seinem Griff. »Und sei still! Sei bloß still!«

»Was ich gesagt habe, meine ich auch so«, rief Rain Amy hinterher. »Du kannst machen, was du willst.« Ohne einen

Hauch von Mitleid oder Verständnis sah er Tally an. »Von jetzt ab reisen wir schnell und ohne große Pausen. Ich werde keine überflüssigen Lasten mitschleppen.«

»Ich möchte mich nicht mit dir streiten.« Tallys Gesicht war so starr wie seine Haltung. Sein Blick und seine Stimme erinnerten an ein träges, geduldiges Tier.

»Das ist auch gut so, denn du hättest sowieso keine Chance. Befolge meinen Ratschlag und mach dich davon. Amy ist nichts für dich.«

»Ich weiß, daß ich sie nicht haben kann.«

»Da hast du verdammt recht. Also geh nach Hause.« Rain ließ ihn stehen, um mit dem Bootsführer zu sprechen.

Tally schüttelte langsam den Kopf und versuchte, etwas zu verstehen, was seine geistigen Fähigkeiten vollkommen überforderte. Es war die erste eigenständige Entscheidung in seinem zweiundzwanzigjährigen Leben gewesen, das Pferd zu satteln und davonzureiten. Dies hatte all seinen Mut erfordert. Der unerträgliche Gedanke, Amy nie mehr wiederzusehen, hatte ihn zu dieser drastischen Maßnahme gezwungen. Nun wußte er mit absoluter Sicherheit, daß er sie nicht haben konnte. Er hatte bemerkt, wie sie Rain angesehen hatte, und auch, wie Rain seine Hand in ihren Nacken gelegt hatte. Es gab keine Möglichkeit, sie einem Mann wie Rain Tallman abspenstig zu machen.

Amy war so sehr in ihren unglücklichen Gedanken versunken, daß sie gar nicht merkte, daß sie sich dem westlichen Flußufer näherten. Sie kannte Rains Dickköpfigkeit und fragte sich, warum sie sich über sein mitleidloses Verhalten Tally gegenüber wunderte. Auch wenn sie sein Gesicht im Moment nicht sehen konnte, hatte sie doch deutlich vor Augen, wie er ihr mit wölfischem Zähnefletschen vorgeschlagen hatte, mit Tally zu gehen. Sie wußte, wie unnachgiebig er war, und verdammte die Situation, in die sie unverschuldet geraten war.

Die Sonne stand über den Baumwipfeln, als die Spitze des

Bootes gegen das Dock prallte. Gavin und der Bootsführer warfen schwere Taue über einen Pfahl, und das Boot lag ruhig im Wasser. Amy machte ihre Stute los und führte sie vorsichtig um das tote Pferd herum. Rain schnallte ihm bereits den Sattel ab und beförderte es zusammen mit Gavin und mit Hilfe der dicken Stangen vom Boot ins Wasser, so daß es von der Strömung weggetrieben wurde.

Dann banden sie die Maultiere los und führten sie an Land. Amy folgte ihnen mit ihrem und Rains Pferd.

»Ich danke dir vielmals.« Rain bezahlte den Bootsführer und schüttelte kräftig seine Hand.

»Ich danke auch. Perry hat mal versucht, mein Boot zu verbrennen, weil ich mich ihm nicht beugen wollte. Stattdessen haben wir jetzt seins verbrannt. Aber verflucht, ich habe noch nie einen Weißen gesehen, der so gut mit Pfeil und Bogen schießen konnte.«

»Das hat mir auch ein Indianer beigebracht. Meinst du, du findest hier ein paar Leute für die Mannschaft?«

Der rothaarige Bootsführer schaute über seine Schulter. »Ja, ich denk' schon.«

Amy bemerkte die lüsternen Blicke, die Eleanor von den verkommenen Subjekten zugeworfen wurden, die vor einem der drei Gebäude am Landesteg versammelt waren. Dies war ein wildes, rauhes Land, und ebenso waren die Männer hier. Ein paar von ihnen lehnten am Dock oder saßen im Schmutz unter den Bäumen und beobachteten, welche Richtung die Reisenden einschlugen. Amys Herz zog sich schmerzvoll zusammen, als sie sich umdrehte und Tally neben seinem Pferd stehen sah. Er sah aus wie ein Schaf unter Wölfen.

Sie band Rains Pferd hinten am Wagen fest, saß auf ihrem auf und ritt zu Tally zurück.

»Was machst du jetzt, Tally?«

»Ich weiß nicht, Miss Amy.« Er schaute sich die Männer an, die vor dem baufälligen Gebäude hockten, und dann den schmalen Pfad hinauf, der am Fluß entlang nach Norden führte.

»Rede doch noch mal mit Rain.«

»Nein, ich werde nicht betteln. Ich tue, was er gesagt hat und versuche mein Glück in den Minen.«

»Ich kann dich hier nicht so zurücklassen.«

»Scheint wohl keine andere Möglichkeit zu geben. Tut mir leid, wenn ich dir Schwierigkeiten gemacht hab'. Das hab' ich nicht gewollt. Ich wollte nicht, daß Rain wütend auf dich ist.«

Rain ritt eilig heran und sagte zu Amy: »Komm schon. Ich möchte so schnell wie möglich weg von hier.«

Amy schaute ihn einen Augenblick lang an und ritt dann zum vorderen Teil des Wagens.

»Gib mir mein Gewehr, Gavin. Es ist unter dem Bock.« Er gab ihr die Waffe, und sie steckte es in die Halterung am Sattel, griff in den hinteren Teil des Wagens nach ihrem Pulverhorn und dem Munitionsbeutel, die sie sich umhängte. Sie wendete ihr Pferd und ritt wieder zu Tally.

Rain stellte sein Pferd quer, so daß es zwischen Amys und Tallys stand. »Mir gefällt es hier nicht. Wenn wir noch länger bleiben, gibt's garantiert Ärger. Wir fahren los, und zwar sofort.«

»Dann fahr mal schön. Mir gefällt's hier auch nicht. Ich begleite Tally bis Sainte Geneviève und komm' dann nach.«

Rain schaute sie ungläubig an. »Das läßt du gefälligst bleiben.«

»Ich mache, was ich für richtig halte. Du weißt genausogut wie ich, daß Tally keine Meile weit käme, ohne daß einer von denen ihn verfolgen und ihn wegen seines Pferdes töten würde.« Mit ihrem Kopf deutete sie in Richtung der Taugenichtse vor dem Gebäude.

»Und du meinst, du könntest das verhindern?«

»Ich bin sicher, daß ich es könnte. Du traust mir also auch

nichts zu. Du hältst es immer noch nicht für möglich, daß ich selbst auf mich aufpassen kann, oder?«

»Verdammt! Du mußt nicht auf dich selbst aufpassen. Das ist meine Aufgabe!« Seine dunklen, zornerfüllten Augen starrten in ihr Gesicht, und seine Nasenflügel bebten. Rains Wut war echt. Amy hatte ihn noch nie so wütend gesehen. In seinen Augen lauerte pure Gewalt, und er war derartig angespannt, daß sie erschauerte. Trotzdem war sie entschlossen, ihm nicht nachzugeben.

»Reit los, Tally. Ich hab' euch bis heute abend wieder eingeholt, Rain.«

»Fahr doch zur Hölle!« Rain ließ seine Wut an Tally aus. Seine Stimme war kalt. »Du verdammter Hurensohn. Schon bald wird jeder einzelne Mann hier hinter euch her sein. Schau sie dir doch an! Sie haben alles beobachtet. Sie wissen, daß sie eine Frau ist, und weil sie eine Hose trägt, denken sie, sie könnten sie so leicht haben wie irgend eine billige Nutte. Sie warten darauf, zu sehen, was sie macht. Sobald sie losreitet, werden sie ihr folgen wie Fische einem Köder. Willst du, daß die Bande sie vergewaltigt?«

»Ich . . ., ich hab' sie nicht gebeten mitzukommen«, stotterte Tally.

»Hör auf, Tally die Schuld zu geben. Ich bin fähig, meine eigenen Entscheidungen zu treffen.« Amy sah ihn an, ohne mit der Wimper zu zucken, sah, was ihr Verhalten in ihm ausgelöst hatte und ließ sich trotzdem nicht abschrecken. »Komm schon, Tally.« Sie setzte ihr Pferd in Bewegung. Rain brachte sein Pferd auf gleiche Höhe und griff nach dem Zaumzeug.

»Du wußtest, daß ich nachgeben würde, wenn du drohst, ihn zu begleiten, oder? Du hattest recht. Wegen mir soll er also mitkommen. Aber ich warne dich, er wird zusammenbrechen, sobald es etwas schwieriger wird. Und wenn das passiert, dann laß ich ihn auf der Stelle zurück wie ein überflüssiges Gepäckstück. Verstanden?«

»Und was ist mit mir? Wenn ich zusammenbreche, läßt du mich dann auch wie ein überflüssiges Gepäckstück zurück? Ich wußte ja gar nicht, daß du deine *Freunde* danach aussuchst, wie gut du sie gebrauchen kannst. Tally und ich werden unseren Teil zur Arbeit beitragen, und wir werden dir schon nicht zur Last fallen.«

Einen endlosen Augenblick lang funkelten sie sich an. Er ließ die Zügel fallen und packte ihr Handgelenk. Sie hielt mit aller Kraft dagegen.

»Ich hab' noch nie meine Hand gegen eine Frau erhoben, aber bei Gott, du bringst mich wirklich noch dazu, dich zu schlagen!« Seine Stimme bebte, und seine Kiefer schlugen nervös zusammen, als er schwieg.

»Das würde ich an deiner Stelle gar nicht erst versuchen. Ich laß mich nicht so einfach übers Knie legen wie Eleanor.«

Amy schaute Rain direkt ins Gesicht und erkannte es kaum wieder: eingefallen, aschfahl, die Lippen vor Wut zusammengekniffen. Während sie sich anfunkelten, herrschte absolute Stille. Aus ihren Wangen war alle Farbe gewichen, aber sie sah ihm geradewegs in die Augen und wartete ab, was er tun würde. Schließlich nahm er seine Hand von ihrem Handgelenk und entfernte sich.

»Auf geht's! Wir haben hier schon genug Aufmerksamkeit erregt.« Seine Stimme war tief und monoton, fast ein wenig matt.

Amy war von seinem Griff erlöst, nicht aber von seinem Zorn, der ihn wie ein dichter Nebel einhüllte. Sie wendete ihr Pferd und folgte ihm in der Gewißheit, daß Tally ihr folgen würde. Sie schloß die Augen und ergriff den Sattelknopf. Ihre Brüste hoben sich in einem langen Atemzug. Sie fühlte sich unwohl.

Das Glücksgefühl der vergangenen Nacht erschien ihr nun wie ein Traum. Sie fragte sich, ob sie wohl jemals diesen Mann verstehen würde, der so zärtlich und liebenswert war und dann wiederum so sturköpfig und gemein sein konnte.

Kapitel 14

Es war schon fast Mittag. Das flaue Gefühl in Rains Magengegend hatte seit den frühen Morgenstunden unvermindert angehalten. Die Angst, die ihn befallen hatte, als das Pferd neben Amy erschossen zu Boden gesunken war, hatte ihn so sehr entnervt, daß er ernsthaft gefürchtet hatte, seine brennenden Pfeile würden ihr Ziel verfehlen. Er hatte sich zwingen müssen, nicht daran zu denken, daß der Schuß, der das Pferd in den Kopf getroffen hatte, genausogut Amy hätte treffen können.

Er fragte sich, ob das wohl der Grund gewesen war, warum er so wütend auf Tally Perkins reagiert hatte. Perkins war schließlich nur eine halbe Portion. Wenn er ein echter Mann wäre, hätte er ihn direkt gefragt, ob er mitkommen dürfe. Statt dessen war er hinter ihnen hergeschlichen, wohl in der Hoffnung, daß Amy Mitleid mit ihm haben würde. Wieder stieg Ärger in Rain hoch. Er würde seine Worte ohne zu zögern wahr machen, wenn Perkins sich den Strapazen nicht gewachsen zeigen würde. Sie waren nicht unterwegs, um Anfänger anzulernen.

Ein anderer Gedanke ging Rain durch den Kopf, der ihn sogar noch mehr verärgerte. Er erinnerte sich an die Worte seines Stiefvaters, John »Gefleckter Elch«, der immer gesagt hatte, daß eine Frau gezähmt werden müsse wie ein Pferd. Halte die Zügel fest in der Hand und tätschel ihnen den Kopf, dann macht ihnen das Halfter auch nichts aus. Wenn sie aber das Gebiß zwischen die Zähne bekommen, machen sie den Mann und sich selbst unglücklich. Er hatte Amy dieses Mal erlaubt, ihren Willen gegen seine Überzeugung durchzusetzen. Das schien ihm kein guter Anfang für ihr gemeinsames Leben zu sein.

Seitdem sie die heruntergekommene Ansiedlung verlassen hatten, waren sie ohne Unterbrechung durchgefahren. Rain wollte so viele Meilen wie möglich zwischen ihre Gruppe und diesen Ort legen. In der Siedlung hielten sich vor allem Halunken auf, die aus Sainte Geneviève vertrieben worden waren. Es gab dort gut dreihundert Häuser, eine Schule und ungefähr zehn Läden. Die gesamte Gegend hatte keinen besonders guten Ruf. Die Arbeiter aus den Minen waren ständig in Schlägereien verwickelt, und Geschäftsinhaber mußten tagtäglich mit Überfällen rechnen. Fast jeder trug irgendwo versteckt einen Dolch mit sich herum, manche sogar zwei, während immer andere ein Paar Pistolen griffbereit hielten. Anwälte, Bootsführer, Kaufleute, Offiziere in Zivil, Militäroberste sowie Flußpiraten, sie alle trafen aufeinander, sobald die Kerzenlichter angezündet wurden. Eine der Hauptvergnügungen dieses unzivilisierten Hinterwäldlerhaufens bestand darin, mit Gewehren oder Pistolen aufeinander zu schießen oder jemand anderem das Ohr mit einem Stilett an die Wand zu heften.

Der südliche Weg, den Rain gewählt hatte, führte weg vom Fluß und durch Wälder, deren Bäume schmale Äste hatten und das Sonnenlicht in kleinen, verstreuten Strahlen durchließen. Der Waldboden war dicht bedeckt mit welken Blättern, aber frei von Unterholz. Sie selbst machten kaum Geräusche, doch über ihnen veranstalteten einige buntschillernde Sittiche ein ziemliches Spektakel. Rain leitete die Gruppe aus dem Wald heraus und schlug die westliche Richtung ins Hügelland ein. An einer Quelle, die aus einer Felsspalte kam, ließ er anhalten.

»Hier machen wir Mittagspause«, sagte er zu Gavin. Der Tag war mit jeder Stunde heißer geworden, doch wehte ein angenehm kühler Wind. In der leichten Brise lag ein Duft nach Pinien und Zedern, die zwischen Hickorybäumen, Ulmen und einigen Gebüscharten, die Amy noch nie vorher gesehen hatte, verstreut waren. Im Westen waren schon die ersten flachen Hügel zu erkennen, die nach und nach höher, steiniger und kahler wurden.

Amy reichte Tally die Zügel ihres Pferdes, als er ihr seine Hand entgegenstreckte. Sie schaute gelegentlich zu ihm hinüber, während sie Holz für ein kleines, schnelles Feuer zusammensuchte. Er hatte ein Gespür für die Tiere und schien bemüht, sich nützlich zu machen. Selbst die störrischen Maultiere gehorchten ihm. Er führte die Pferde und Maultiere zum Wasser und band sie fest, so daß sie vom weichen Gras fressen konnten.

Rain, der sein Pferd selbst versorgte, ergriff plötzlich sein Gewehr. Mit ein paar langen, lautlosen Schritten war er verschwunden. Amy schaute ihm mit großem Unbehagen nach. Nachdem sie ihre Blase hinter einigen Büschen geleert und sich am Wasser gewaschen hatte, kehrte sie zum Lager zurück, um ein kleines Feuer in der Nähe der Felsspalte zu entfachen. Dafür benutzte sie Hickoryholz, da es nur wenig Rauch erzeugte. Die Tatsache, daß Rain sie und Tally ignoriert hatte, seit sie die Siedlung verlassen hatten, machte sie ganz krank. Sie versuchte verzweifelt, ihre Enttäuschung zu verdrängen, als Eleanor mit einem großen Teekessel in der Hand zum Feuer kam.

»Sagen Sie mir, was ich machen soll«, bat sie mit leiser und zögerlicher Stimme.

Amy setzte ihren Hut ab und fuhr sich mit dem Hemdsärmel über die Stirn, um ihre Überraschung zu überspielen. Der offene, ehrliche Ausdruck in Eleanors Gesicht war ungewohnt. Sie hatte ihre Haare auf indianische Weise geflochten, und die beiden Zöpfe hingen über ihre Brust herab. Amy kam sie jetzt sogar noch hübscher vor als vorher. An ihrer seidenen, weißen Bluse waren die oberen Knöpfe geöffnet, und die Ärmel hatte sie bis über die Ellbogen hochgekrempelt. Unter ihrem Rock waren die Spitzen von robusten Schuhen zu erkennen. Es schien Amy, als habe sich Eleanor endlich an die Reisebedingungen angepaßt. Außerdem sah sie um Jahre jünger aus.

»Amy? Gavin hat gesagt, daß ich helfen muß. Und ... ich will es auch. Wirklich.«

»Ich bin froh, daß du mir helfen willst. Zu zweit können wir das Essen viel schneller zubereiten. Füll schon mal Wasser in den Kessel, während ich mich ums Fleisch kümmere.«

Eleanor beeilte sich, zur Quelle zu kommen. Dabei lief sie an Gavin und Tally vorbei, die vor dem Wagen hockten und eins der Hinterräder begutachteten.

»Die Räder werden's höchstens noch einen Tag ohne Schmiere aushalten«, stellte Tally gerade fest.

Gavin, der das Gespräch zwischen Amy und Eleanor beobachtet hatte, war froh, daß Amy Eleanors Hilfe akzeptierte. Er sah Eleanor zur Quelle laufen und versuchte, sich wieder auf das zu konzentrieren, was Tally sagte.

»Ich werd' mich heute abend um sie kümmern.«

»Das ist gut. Ich versteh' nämlich überhaupt nichts von Wagen und so.«

»Das ist alles, wovon *ich* etwas verstehe: Wagen, Maultiere und Farmarbeit«, sagte Tally nachdenklich.

»Du wirst hier schnell dazulernen. Rain ist ein guter Mann, trotz seiner schroffen Art. Seine Aufgabe ist, das Mädel nach Belle Point zu bringen, und es liegt noch ein harter Weg vor uns. Es war ein Fehler, daß du ihn nicht gefragt hast, bevor wir die Quills verlassen haben.«

»Das weiß ich jetzt auch.«

»Es wurmt ihn, daß seine Frau ihm widersprochen hat. Ich kann nicht sagen, daß ich ihm deswegen Vorwürfe mache. Sie hat seinen Stolz verletzt.«

»Ich wollte Miss Amy keinen Ärger bereiten ...«

»Für Reue ist's jetzt zu spät, Junge. Du mußt machen, was der Mann dir sagt, wenn dir dein Leben lieb ist.«

Gavins Augen wanderten von Tallys besorgtem Gesicht zu Eleanor, die mit dem Kessel von der Quelle zurückkam. Ihr Anblick war ihm ein Augenschmaus. Die Sonne, die durch das Laub der Bäume brach, schien direkt auf ihren Kopf. Ihre Zöpfe hatten sich aufgelöst, und das offene Haar wehte ihr ins Gesicht. Sie strich es mit dem Handrücken von ihrer blassen Wange zurück. Ihre Augen waren auf den Boden gerichtet, und sie biß sich auf die Unterlippe.

Als sie näher kam, wandte Gavin widerstrebend den Blick ab, da er nicht wollte, daß sie merkte, wie er sie beobachtete. Ihm war bewußt, daß er sich zum Narren machte, wenn er ein warmes Gefühl der Freude zuließ, während er sie betrachtete. Er rief sich ins Gewissen, daß er angestellt worden war, sie zu einem anderen Mann zu bringen. Und noch etwas machte er sich klar: Er mußte in den nächsten Wochen genügend süße Erinnerungen speichern, daß sie sein ganzes Leben lang reichen würden.

Eleanor stellte sich recht ungeschickt beim Zubereiten des Mahls an, war aber lernwillig. Amy zeigte ihr, wie man den Teig für Maisbrot machte, ihn mit Quellwasser anfeuchtete und in das heiße Fett, in dem sie vorher das Fleisch gebraten hatte, gab. Als das Essen fertig war, aßen die vier davon und tranken einen starken Tee, wobei aber kaum ein Wort gewechselt wurde.

Nachdem sie ihr Mahl beendet hatten, bereiteten sie sich auf die Weiterfahrt vor. Rain war noch nicht wieder zurückgekommen. Amy wickelte einen Teller mit Essen in ein Stück Tuch und stellte ihn unter den Kutschbock. Gavin machte Rains Pferd hinten am Wagen fest.

»Fahren wir etwa ohne Rain weiter?« fragte Eleanor.

»Jawohl. So hat er's gesagt.«

Gavin bot Eleanor keine Hilfe an, über das Rad auf den Wagen zu klettern. Er beobachtete, wie sie mehrere Versuche unternahm, wandte sich dann ab und grinste zufrieden, nachdem sie sich endlich hochgezogen hatte, so wie sie es bei Amy gesehen hatte.

»Wir hätten sein Pferd zurücklassen sollen«, sagte Eleanor zu Amy, als sie losfuhren.

»Er kommt schon nach.«

»Du klingst gar nicht besorgt.«

Amy antwortete nicht. Ihre Kehle war trocken und wie zugeschnürt.

»Ich würde es dir nicht verübeln, wenn du Angst hättest.«

»Ich habe keine Angst!«

»Er hat heute morgen vor Wut gekocht...« Eleanor warf Amy einen fragenden Blick zu.

»Er wird sich schon wieder beruhigen.«

»Gavin hat gesagt, daß Rain der beste Scout im ganzen Territorium ist. Wenn Rain Tally nicht dabeihaben wollte, dann hättest du ihn zurücklassen sollen. Schließlich hast du ihn ja nicht gebeten nachzukommen. Oder etwa doch?«

»Es interessiert mich nicht, was du denkst, und ich will auch nicht drüber sprechen.«

»Und gut sieht er aus. Mein Gott, und wie!« Eleanor seufzte von ganzem Herzen. »Wenn er sich etwas Vernünftiges anziehen würde, wäre jede Frau in Charleston hinter ihm her.« Sie schaute Amy prüfend mit ihren veilchenblauen Augen an. »Gavin sagt, daß du ihn liebst.«

»Tally lieben? Quatsch!«

»Nicht Tally.« Eleanor lachte leise. »Wer würde den denn ansehen, wenn Rain und Gavin um ihn herum sind. Ich meine Rain. Liebst du ihn?«

Amy sah Eleanor direkt ins Gesicht, ihre Augen waren hart wie Bernstein, und ebenso hart klang ihre ungeduldige Stimme. »Ich liebe Rain Tallman, seit ich ein Kind war. Wenn du vorhast, ihn mit deinem Charme zu becircen, solltest du dir das besser zweimal überlegen. Ich würde dich mit allen Mitteln bekämpfen, und seien sie noch so schmutzig. Glaub mir, Eleanor, mir würden eine Menge Gemeinheiten zwischen hier und Belle Point einfallen.«

»Wenn du ihn halten willst, solltest du deine Taktik ändern.« Sie sprach diese Worte freundlich, aber bestimmt. »Du weißt nicht viel über Männer, sonst hättest du nicht vor all den Taugenichtsen eine so große Affäre aus Tallys Mitkommen gemacht.«

»Ich liebe Rain, das heißt aber noch lange nicht, daß ich vor ihm auf dem Boden krieche. Seine Einstellung gegenüber Tally war einfach falsch.«

»Das hättest du aber anders anstellen können. Man kann die Dinge so hinbiegen, daß ein Mann die Idee, die *du* gehabt hast, für seine hält.«

»Wenn du willst, daß wir miteinander auskommen, solltest du dich um deinen eigenen Kram kümmern.«

»Sei nicht böse auf mich, Amy. Ich könnte Rain auch nicht bekommen, wenn ich ihn haben wollte. Oh, ja, ich hab's versucht. Auf dem Weg nach Quill's Station hab' ich's wirklich versucht. Er hat mich mit seinen dunklen Augen angeschaut, als ob er genau wisse, was ich vorhatte. Da wußte ich, daß sein Herz einer anderen gehört. Zuerst hat es mich wütend gemacht. Ich hab' dich gesehen und mich gefragt, warum du? Was macht dich für ihn begehrenswerter?« Eleanor lachte. »Jetzt bin ich froh, daß er mir einen Korb gegeben hat. Ob du's glaubst oder nicht, Amy, man hat mir noch nicht oft einen Korb gegeben. Ein Mann ist viel aufregender, wenn du ihn nicht um den kleinen Finger wickeln kannst.«

»Aufregend? Ist das deine Vorstellung von Liebe?«

»Na klar. Bist du erregt, wenn du Tally ansiehst? Er sieht dich an, als würde er jeden Moment dahinschmelzen. Ach was! Er würde sich dir zu Füßen werfen und sich von dir treten lassen oder seine Hand ins Feuer halten, nur um dir zu gefallen. Erregt dich das? Ich finde es eher abstoßend. Rain würde einer Frau nicht hinterherlaufen, die ihn nicht will – obwohl keine Frau so dumm sein kann«, fügte sie mit einem Lachen hinzu. »Rain hält die Zügel fest in der Hand. Er ist ein Mann, ein echter Mann, so wie Gavin.«

»Apropos Gavin. Von ihm solltest du auch besser die Finger lassen.« Amys Ton war scharf.

»Möchtest du ihn auch noch?« Eleanors Augen verengten sich neugierig, als sie in Amys entschlossenes Gesicht blickte.

»Jetzt sei mal nicht albern. Ich *mag* Gavin. Ich möchte nicht, daß ihm das Herz bricht, wenn er dich an Will Bradford abgeben muß.«

»Gavins Herz wird nicht brechen. Er wird froh sein, wenn er mich los ist. Er hält mich für vollkommen nutzlos. Das hat er mir gesagt.«

»Nicht *vollkommen* nutzlos«, stellte Amy zynisch fest. »Gavin hat Bedürfnisse wie alle Männer.«

»So etwas hat er noch nicht einmal angedeutet«, erwiderte Eleanor hastig.

»Er hat dich doch in den Hintern gekniffen, oder?«

»Das war etwas anderes. Da hatte ich ... mich schlecht benommen.«

»Farr sagt immer, daß aus reumütigen Schurken die besten Familienväter werden. Gavin war, seit er erwachsen ist, in unzählige Prügeleien verwickelt. Das einzige Zuhause, das er kennt, sind Boote und Gaststätten. Wenn er sich irgendwann mal niederläßt, wird er hoffentlich eine Frau finden, die zu ihm hält, eine Familie mit ihm gründet und ihm dabei hilft, irgendwo Wurzeln zu schlagen. Er braucht einen Ort, wo er sich heimisch fühlen kann und eine Frau, die ihn über alles liebt.«

»Du weißt wohl ganz gut über ihn Bescheid.«

»Das ist das Gute, wenn man den ganzen Tag im Sattel

sitzt«, stellte Amy versonnen fest. »Man hat genug Zeit zum Nachdenken. Das solltest du auch mal ausprobieren, Eleanor.«

»Du hältst nicht viel von mir, was?« Ohne Amys Antwort abzuwarten, fuhr Eleanor fort: »Ich schätze, ich kann dir das auch gar nicht verübeln. Ich habe nämlich auch nachgedacht. Gavin hat recht. Ich *bin* zu nichts nutze. Mir fällt nichts ein, was ich besser könnte als du.«

»Bei deinem Aussehen mußt du auch gar nichts können«, murmelte Amy.

»Das habe ich auch gedacht«, erwiderte Eleanor langsam. »Mein ganzes Leben lang war ich nur schmückendes Beiwerk. Ich mußte nichts tun, außer stillsitzen und hübsch und nett sein. Tante Gilda hat immer gesagt, daß ich stets versuchen sollte, jung und hilflos zu wirken, damit sich um so mehr Männer um mich kümmern würden. Bei Rain hat das auf jeden Fall nicht gewirkt ... und bei Gavin auch nicht.«

Eine Stunde verging, dann noch eine. Amy schaute unter ihrem ins Gesicht gezogenen Hut hervor, um die Landschaft zu studieren, und versuchte dabei, die Gedanken an Rain zu verdrängen. Der Weg führte an einer Baumreihe entlang, die so dicht war, daß man nicht weiter als drei Meter in sie hineingucken konnte. Zur Linken lag eine Wiese mit hohem Gras. Ein Schwarm Krähen kam herbeigeflogen und setzte sich auf den vor ihnen liegenden Bäumen nieder. Die Sonne ließ ihr blauschwarzes Gefieder glänzen, und ihr lautes Krächzen durchbrach die Stille.

Amy erinnerte sich an Juicys Worte, daß sie die Vögel beobachten solle, damit diese ihr sagen konnten, was vor ihr läge. Er hatte ihr erklärt, daß eine Ansammlung von Krähen ein Zeichen von Tod oder Sterben sei. Sie erlaubte sich den Gedanken nicht, daß der Krähenschwarm irgend etwas mit Rain zu tun hatte, obwohl dieser jetzt schon seit mehr als drei Stunden verschwunden war.

Als ein Schuß ertönte, stiegen die Krähen mit lautem Flügelschlagen in die Luft und entschwanden in einer schwarzen Wolke.

Amy atmete tief ein und hielt die Luft solange an, bis ihre gequälte Lunge sie in kurzen Stößen wieder ausstieß. Sie dachte, sie würde an ihrem Herzen ersticken oder es würde aufhören zu schlagen und nie wieder anfangen. Das Geräusch war aus dem dichten, vor ihnen liegenden Wald gekommen.

Gavin hielt an. Amy brachte die Maultiere zum Stehen. Sie warteten, hörten aber kein weiteres Geräusch. Gavin bedeutete den anderen zu warten und ritt den Hügel hinauf. Nachdem er oben angekommen war, nahm er seinen Hut ab und winkte, damit sie nachkamen. Es vergingen zehn lange Minuten, bis die Maultiere den Wagen nach oben gezogen hatten. Schließlich hatten sie es geschafft, und Amy hatte freie Sicht.

Eine Welle der Erleichterung durchflutete ihren Körper, als sie Rain im Gespräch mit Gavin aus dem Wald kommen sah. Bestürzt stellte sie fest, daß sie die Tränen kaum zurückhalten konnte. Sie schluckte und blinzelte heftig mit den Augen. Es war ihm nichts passiert! Unbehagen, Wut und alles andere verblaßten im Vergleich zu der Freude, die sie spürte, ihn wiederzusehen. Sie ließ ihn nicht aus den Augen, während die Maultiere ihren langsamen, beschwerlichen Weg zu ihm fortsetzten. Sie dankte dem Herrn, daß ihre weinerliche Stimmung schon vorüber war, als sie die Tiere bei ihm zum Stehen brachte.

Als er mit Gavin fertig war, kam Rain auf den Wagen zu. Tally war nach vorne geritten und stand genau zwischen Amy und Rain, als dieser an ihr vorbei zu seinem Pferd ging. Falls Rain zu ihr herübergeschaut hatte, war es ihr entgangen. Er schwang sich auf seinen Braunen und ritt in den Wald.

»Rain hat frisches Fleisch gebracht«, rief Gavin. »Wir sollen weiterfahren. Er kommt später nach.«

Mit schmalen Lippen und neuerlicher Wut wegen Rains

Gleichgültigkeit schlug Amy den Maultieren die Zügel unnötig hart auf den Rücken, und der Wagen setzte sich in Bewegung.

Wenig später war plötzlich Tally neben ihr, um ihr mitzuteilen, sie solle anhalten, damit Rain einen erlegten Hirsch auf den Wagen laden konnte. Amy zog an den Zügeln, schaute aber stur geradeaus, als Rain am Wagen vorbeiritt, um ihm keine Chance zu geben, sie wieder zu brüskieren.

Der Tag wurde nicht besser. Ganz im Gegenteil, es wurde noch anstrengender. Der Weg war felsig, und die Hufe der Maultiere schleuderten ihnen kleine Steinchen ins Gesicht. Amys Hände schwitzten in den Lederhandschuhen und wurden ihr schwer, und es kam ihr vor, als ob jeder ihrer Arme fünfzig Kilo heben würde. Der Weg führte um einen flachen Hügel herum, der mit strahlend leuchtenden Frühlingsblumen übersät war. Im Norden konnte man mit Schilf bewachsenes Sumpfland erkennen, das sich bis zu den flachen Gebirgsausläufern erstreckte.

Am späten Nachmittag fühlte sich Amys Hinterteil an, als sei es am Kutschbock festgeklebt. Eleanor schien ein wenig zu dösen. Plötzlich sah sie auf.

»Gibt es einen Sturm?« fragte sie und sah sich verwirrt um. Dann stieß sie hervor: »Ach du meine Güte! Was ist das denn?«

Ein riesiger Vogelschwarm näherte sich ihnen aus südlicher Richtung. Wahrscheinlich ein paar verspätete Zugvögel, dachte Amy. Sie schaute in den Himmel, der ganz schwarz von Vögeln war. Das Geräusch der schlagenden Flügel schwoll in einem lauten Crescendo an, als sich der Schwarm näherte. Amy konnte kaum noch Eleanors ängstliches Wimmern hören, die ihr Gesicht mit den Händen bedeckte und versuchte, unter der Plane des Wagens Schutz zu finden.

»Wandertauben!« schrie Amy.

Die verschreckten Maultiere erhöhten plötzlich das Tempo.

Amy hielt mit aller Kraft dagegen, konnte sie aber nicht bremsen. Tally ritt von hinten heran und warf sich auf eins der Maultiere.

»Brrr! Brrr!« rief er dabei aus.

Tally hielt sich am Geschirr fest und stand auf der Querstrebe des Fuhrwerks. Die Maultiere wurden langsamer und blieben schließlich nervös tänzelnd stehen. Amy seufzte erleichtert auf und ließ die Zügel locker.

Als sie mit Liberty an den Wabash gekommen war, hatten sie Erzählungen von unglaublichen Schwärmen von Wandertauben gehört. Damals hatte sie gedacht, die Zahlen, von denen berichtet wurde, seien übertrieben. Jetzt sah sie mit eigenen Augen die Wahrheit. Man sagte, die Tauben seien eine Plage und für die Siedler im mittleren Westen schlimmer als Heuschrecken. Sie waren bekannt dafür, ganze Farmen zu ruinieren, indem sie die Ernte und alles andere Eßbare innerhalb weniger Stunden verspeisten. Wenn sie sich für die Nacht einen Schlafplatz suchten, dann nahmen sie die Bäume in einem Umkreis von zehn Quadratmeilen in Beschlag. Viele der Äste waren am nächsten Morgen durch das enorme Gewicht der eng beieinander sitzenden Vögel abgebrochen. Die Farmer schossen so viele Vögel wie möglich ab, einerseits, um sie zu essen, andererseits, um mit ihren Federn Kissen und Matratzen zu füllen. Aber davon abgesehen, brachten die Vögel nur Zerstörungen mit sich.

Rain band seinen Braunen hinten am Wagen fest und nahm sein Gewehr. Sobald sich ihm ein Vogel näherte, schoß er. Als er zu Boden fiel, hob Gavin ihn auf, nahm ihn an den Beinen und kam zurück. Er war mindestens dreißig Zentimeter lang, mit blaugrauem Rücken und roter Brust. Er hatte einen schwarzen Schnabel, blutrote Augen und hellrote Beine.

Noch mehr Vögel näherten sich, und Rain schoß wieder und wieder. Als der Schwarm vorbeigezogen war, hatte ein Dutzend Schüsse ein Dutzend Vögel vom Himmel geholt.

Rain und Gavin legten sie zu dem erlegten Hirsch, und Rain gab den Befehl weiterzufahren.

Als die Sonne unterging, kamen sie an ein Flüßchen in einer Ebene, in der zwischen den Stümpfen gefällter Bäume Getreide wuchs. Am Fuße eines Hügels hatte sich ein Siedler einen Unterschlupf eingerichtet. Amy wußte, daß sich viele Siedler in den ersten Jahren noch keine Hütte bauten, da dies zu zeitaufwendig war. Es war einfacher, an einem geeigneten Ort ein Loch zu graben und davor einen Zaun aus Baumstämmen aufzubauen. So hatte man ein provisorisches Heim, in dem man auch den Winter verbringen konnte.

Rain ritt auf den Farmer zu, der mit einem Steinschloßgewehr im Anschlag auf ihn wartete. Der Kopf des stämmigen Mannes war vorgestreckt. Mit einer schwieligen Hand schützte er seine Augen vor der untergehenden Sonne. Als Rain näher kam, ließ er die Waffe sinken und stieß einen Willkommensruf aus.

»Mein Gott, Tallman! Hab' dich zuerst gar nicht wiedererkannt. Ist ja auch schon 'ne Weile her.«

»Hallo, Badker.« Rain stieg ab und schüttelte dem Mann die Hand.

»Entschuldige wegen der Waffe. Aber nicht alle kommen in friedlicher Absicht.«

»Nichts zu entschuldigen. Ich war erleichtert zu sehen, daß die Tauben dich verschont haben. Ich hatte schon Angst, sie hätten dir alles weggefressen.«

»Meine Frau und ich haben auch die Luft angehalten. Gott sei Dank sind sie weitergeflogen! Ich hab' noch nicht mal eine abschießen können.«

»Wir haben ein paar erwischt und viel mehr Fleisch, als wir essen können. Ich wäre froh, wenn ihr uns etwas davon abnehmen würdet.«

»Liebend gern, aber nur, wenn ihr's wirklich nicht braucht.« Badkers Augen richteten sich auf den Wagen. »Hätte nie gedacht, daß du mit anderen reisen würdest, Tallman. Deswegen hab' ich dich auch nicht erkannt. Wollen die sich hier in der Gegend niederlassen?«

»Nein, sie ziehen in den Süden. Wie geht's der Frau und den Jungs?«

»Gut. Sehr gut. Sag doch deinen Leuten, sie sollen absteigen«, forderte Badker Rain herzlich auf. »Ich sag' meiner Frau, sie soll Tee machen.«

»Nicht nötig. Wir richten unten am Fluß unser Lager ein. Hier ist ein halbes Dutzend Vögel.« Rain nahm sie vom Wagen und legte sie auf den Boden. »Ich weide den Hirsch aus und laß euch morgen auch davon etwas da.«

»Vielen Dank. Ich hol' mein Messer und helf' dir dabei. Vonnie!« rief er. »Komm raus. Du wolltest doch seit langem mal wieder mit Frauen sprechen. Hier sind zwei.«

Der Farmer zog das Stück Hirschhaut zurück, das die Tür zum Unterschlupf abdeckte. Eine Frau kam heraus. Sie war nicht gerade hübsch, machte aber einen netten Eindruck. Ihr Kleid war ordentlich und sauber. Vom häufigen Waschen war es ein bißchen ausgeblichen so wie das Hemd ihres Mannes und die Kleider der beiden Kinder, die an ihrem Rock hingen. Über ihr glattes, schwarzes Haar hatte sie eine hübsche, schneeweiße Haube gezogen, die ein wenig schief saß, so als habe sie sie hastig der Besucher wegen aufgesetzt. Sie grüßte Rain mit einem warmen Lächeln und schüttelte seine Hand, ihre Augen waren aber auf Eleanor und Amy auf dem Kutschbock gerichtet.

Amy sah die Einsamkeit im Blick der Frau. Während der langen Jagdausflüge mit Juicy hatte sie denselben Ausdruck in den Gesichtern von Frauen gesehen, die monatelang in einer Hütte verbracht hatten, ohne jemand anderen als ihren Mann und ihre Kinder zu treffen.

»Hallo, ich bin Amy, und das ist Eleanor.«

»Ich bin Vonnie.« Die Frau kam näher, während die Kinder

hinter ihr blieben und sich immer noch an ihrem Rock festklammerten.

Amy kletterte vom Wagen herunter und schüttelte der Frau die Hand. »Und wer ist das?« fragte sie und schaute den kleinen Jungen an, der sofort sein Gesicht verbarg.

»Denny und der kleine Bud.« Vonnie holte ihre Kinder hinter ihrem Rücken hervor und forderte sie auf: »Sagt der Lady guten Tag.« Die Jungen waren so schüchtern, daß sie Amy nur kurz ansahen und dann ihre Gesichter in den Händen versteckten.

»Hallo Jungs.« Amy liebte Kinder und hatte gerne mit ihnen zu tun.

»Sie sehen nicht so oft Leute«, erklärte Vonnie entschuldigend.

»Möchtet ihr mit zum Fluß runter kommen?« fragte Amy.

Die beiden schauten ihre Mutter an. Als sie lächelte und nickte, strahlten sie freudig.

»Ist Ihnen das nicht lästig?«

»Überhaupt nicht.«

Gavin hatte sein Pferd am Wagen festgemacht. Er hob erst den einen Jungen, dann den anderen neben Eleanor auf den Bock. Dann kletterte er selbst hinauf.

»Ich nehm' sie mit, einverstanden Miss Amy?« fragte er, als er schon saß.

»Wenn du möchtest. Ich geh' zu Fuß.«

Vonnie und Amy winkten den Jungen hinterher. Amy hörte zwar, daß ihr Vonnie erzählte, was es für eine Freude für die Jungs sei, vorne auf dem Wagen mitzufahren, ihre Aufmerksamkeit war aber auf Rain gerichtet, der sie beobachtet hatte. Sein Gesicht war mürrisch und düster. Er nahm Amys Blick wahr und schaute ihr lange in die Augen, solange, bis Badker, der aus dem Unterschlupf gekommen war, neben ihm stand und ihm stolz einen großen Wetzstein zeigte.

Tally war vom Pferd abgestiegen und vorsichtig nähergekommen.

»Du kannst auch schon zum Fluß reiten«, sagte Amy. »Ich komme zu Fuß nach.«

»Ist das Ihr Mann?« fragte Vonnie, nachdem Tally sie verlassen hatte.

»Nein. Er ist der Stiefsohn meines Vaters.« Amy schaute Vonnie direkt ins Gesicht. »Rain Tallman ist mein Mann.«

Vonnies Augen wanderten zu Rain, dann zurück zu Amy, um ihr Gesicht zu studieren. Sie nickte zufrieden und lächelte sowohl mit den Augen als auch mit dem Mund.

»Sie passen zu ihm. Er ist ein guter Mann. Wir mögen ihn sehr.«

»Kommt er oft hierher?«

»Nicht oft. Aber einmal ist er genau zur rechten Zeit gekommen. Mein Mann war ans Bett gefesselt. Es war mitten im Winter, und er war schon ganz schön lange krank. Wir hatten seit Wochen kein Fleisch mehr gegessen, und ich hatte fast das gesamte Feuerholz aufgebraucht. Mr. Tallman ist gekommen und für mehr als eine Woche geblieben. Sie haben einen guten Mann, Miss.«

»Das denke ich auch«, sagte Amy leise und mußte schlukken. Ihre Lippen lächelten Vonnie an, ihre Augen aber blieben leer. »Ich geh' jetzt besser und bereite das Abendessen zu.« Dann fügte sie rasch hinzu: »Warum kommen Sie nicht mit und essen mit uns? Wir haben genug.«

»Das wäre schön. Ich habe heute morgen mit den Jungs Beeren gesammelt. Ich könnte einen Kompott kochen. Und dann bring' ich noch Milch mit. Schicken Sie die Jungs wieder zurück, damit sie mir helfen können.«

»Mach ich«, versprach Amy und ging den Weg hinunter in die Richtung, wo der Wagen stand.

»Warte, Amy!« Rain kam auf sie zu und zog sein Pferd hinter sich her. »Ich nehme dich mit.« Er stieg auf den Braunen und hielt ihr die Hand entgegen. Sie ergriff sie, um sich hinter ihn aufs Pferd zu schwingen. »Nein, hierhin«, sagte er und nahm seinen Fuß aus dem Steigbügel.

Als Amy ihren Fuß hineinstellte, griff er ihr unter die Arme und setzte sie quer auf seine Schenkel. Seine Arme umfaßten sie und zogen sie, nicht ganz sanft, an sich heran. Er trieb den großen Braunen an, der langsam den Weg hinunterlief.

O Gott, dachte Amy. Sie liebte ihn so sehr. Sie drehte ihren Kopf ein wenig und legte ihn an seine Schulter. Nach den Spannungen des Tages erschien ihr dies wie das Himmelreich. Sie hörte auf zu denken, als er plötzlich seine Wange an ihre preßte. Rain, ihr Liebster, hielt sie in den Armen. Sie schloß die Augen und gab sich dem Gefühl hin, an seiner Brust zu lehnen, seine Arme um sich herum zu spüren und seine Handgelenke und die seidigen Haare, die sie bedeckten, zu fühlen. Ohne nachzudenken, hob sie die Hand, um seine andere Wange zu streicheln. Sie war warm und rauh, und seine Bartstoppeln kratzten sanft an ihrer Handfläche. Ihre Finger wanderten weiter zu seinem Ohr und betasteten die Kerbe im Ohrläppchen. Es fiel ihr ein, daß er die Kerbe schon seit langer Zeit hatte, sie aber nichts von ihr gewußt hatte, bis er nach Quill's Station zurückgekehrt war.

Rain bewegte seinen Kopf, und seine Lippen glitten mit plötzlicher Eile über ihre Wangen zu ihrem Mund. Sie drehte ihren Kopf, um sie mit ebensolchem Nachdruck zu empfangen. Seine Lippen waren zuerst sanft und wurden dann fester, während sich ihre öffneten, ihm Einlaß gewährten und sich ihm unterordneten. Ihre Zungenspitze berührte seinen Mund nur ganz leicht, und sie merkte, wie er erbebte. Ihn zu fühlen und zu schmecken, brachte ihre Sinne zum Überlaufen. In seinen starken Armen zu liegen, erzeugte in ihrem Körper Hitzewellen, die zu einem wahren Feuermeer anwuchsen. Sie wußte nicht mehr, daß sie auf einem Pferd saßen oder daß die anderen auf dem Wagen sie sehen konnten. Für sie zählten nur seine warmen, verlangenden Lippen und der kraftvolle Herzschlag an ihrer Schulter. Rain hob den Kopf. Sie konnte seinen Blick auf ihrem Gesicht fühlen. Die vibrierende Spannung zwischen ihnen ließ sie erbeben.

»Mach deine Augen auf und schau mich an.« Ein sachlich kühler Ton begleitete diesen Befehl.

Amys Herz klopfte wie wild, und ein Schauer lief ihr über den Rücken. Sie hob ihre goldglänzenden Lider und verlor sich sofort in seinen dunklen, schmalen Augen. Einen schier endlosen Moment lang schauten sie sich an, und ihre Gesichter waren so dicht beieinander, daß sie seinen warmen Atem auf ihren feuchten Lippen spüren konnte. Sie fühlte den pochenden Pulsschlag in ihrer Kehle.

»Du bist *meine* Frau«, knurrte er scharf. Seine Augen funkelten streng.

»Ja, o ja.«

»Von jetzt an bist du *meine Frau,* und wenn wir in Belle Point ankommen, wirst du auch meinen Namen annehmen.«

»Das habe ich immer schon gewollt.«

»Du schläfst ab heute nacht unter *meiner* Decke.« Er bewegte sein Kinn ein wenig zur Seite, wobei sein Gesicht streng und wütend wirkte und seine Augen ihre immer noch festhielten. Sein Arm drückte sie stärker an sich, daß sie sich losreißen würde.

»Bist du noch immer wütend wegen Tally?« Sie wußte, daß dem so war, und hätte gar nicht fragen zu brauchen. Er ignorierte ihre Frage.

»Wir sind ein Paar. Wir gehören für immer zusammen.« Dies war eine einfache, positive Feststellung.

»Es tut mir nicht leid, daß ich Tally ...«

Rain fluchte. »Verdammt, ich spreche nicht von *ihm*!«

»Ich verstehe, warum er von Papa und seiner Mutter weg wollte.« Amys Stimme zitterte, aber sie war entschlossen, das zu sagen, was sie sagen wollte.

Rain fluchte in sich hinein. »Er will dich zur Frau.«

»Er tut mir leid«, sagte sie sanft. »Ich werde niemals seine Frau werden.«

»Stimmt. Das wirst du nicht. Du wirst nie einem anderen Mann gehören, außer mir.«

»Ich gehöre dir doch schon seit langer Zeit.«

»Der Franzose wollte dich haben.« Er schüttelte ärgerlich den Kopf und legte die Stirn in Falten. »Würde mich nicht wundern, wenn dieser Bastard auch noch auftauchen würde.«

»Da täuschst du ...«

»Das mit der Decke war mir ernst. Du kannst uns eine Schlafgelegenheit aus deinen und meinen Decken machen.«

»In Ordnung.«

Er lenkte das Pferd in den schattigen Wald und brachte es zum Stehen. Amy streichelte über seine Wange. Er schaute sie eine Weile lang an und nahm sie dann in die Arme, sanft, aber doch bestimmend. Sein Herz schlug schnell, und das wunderte sie, da er doch so voller Selbstvertrauen schien. Er zog an dem Gürtel um ihr Hemd und öffnete ihn, dann ließ er seine Hand unter das Hemd gleiten und griff nach einer ihrer festen Brüste. Er drehte den Kopf zu ihr hin und preßte seine Lippen auf ihre. Sie waren nicht sanft, sondern fest und zwangen ihren Mund nachzugeben. Seine Zunge drängte mit solcher Entschiedenheit in ihren Mund, als wolle er ihr durch sein heftiges Eindringen deutlich machen, daß sie ganz ihm gehörte. Seine Küsse und seine Hand auf ihren Brüsten ließen lodernde Flammen ihre Schenkel hochsteigen, die sich zwischen ihren Beinen zu einer feuchten Hitze verdichteten.

Er verlagerte das Gewicht im Sattel, und sie konnte seine harte, aufgerichtete Männlichkeit an ihrer Hüfte spüren. Sie lehnte sich ein wenig zurück.

»Hab keine Angst.« Seine Stimme war ein heiseres Flüstern. »Ich werde dich schon nicht auf den Boden werfen und über dich herfallen.«

»Ich habe keine Angst.« Dann fügte sie zögerlich hinzu: »Und ich wäre gar nicht böse, wenn du das machen würdest.«

Er drückte ihr Gesicht an seine Schulter. »Oh, Amy, süßes Mädchen. Ich muß dich nur anschauen, und schon ist es passiert.« Er hatte seine Lippen an ihre Wange gepreßt, und seine heisere Stimme drang an ihr Ohr wie durch einen Schleier.

»Ich bin so glücklich.« Es kam ihr so unwirklich vor, mit ihm zusammen zu sein und über dieses harte Ding zu reden, das sich gegen ihre Hüfte drückte. Plötzlich und unerwartet brach sie in Gelächter aus. Ihre Hände wanderten über die Stoppeln auf seinen Wangen zu den dichten, dunklen Haaren an seinen Schläfen und zogen einmal kräftig daran.

»Au! Was soll das denn?« Seine wunderbaren dunklen Augen lächelten.

»Das ist nur ein Vorgeschmack auf das, was dir blüht, wenn du Eleanor hinterherschauen solltest ... und sie dasselbe in dir auslöst.«

Ganz ungehemmt hielt sie ihm ihren halbgeöffneten Mund entgegen. Er legte ihre Hand auf seine harte, aufrechte Erektion. Sein Mund öffnete sich, aber er machte keine Anstalten, die aktive Rolle zu übernehmen, obwohl sie seinen wachsenden Hunger spüren konnte. Es war so ungeheuer erregend, daß sie mit ihm machen konnte, was sie wollte, daß sie ihn mit erneuter, entfesselter Gier küßte. Ihre Zunge schoß durch seine geöffneten Lippen, um zu schmecken, und sie ritt auf einer Welle ihr bislang unbekannter Hingabe. Erst durch das nötige Luftholen ließ sie von ihm ab und drückte ihre Lippen und ihre Nase an seine Wange.

»Himmel!« Er brachte nur noch ein erschöpftes Keuchen zustande. »Ich muß wohl erst einmal eine Runde im Fluß schwimmen, bevor ich mich Eleanor und Mrs. Badker zeigen kann.«

»Ach, mein armer Rain.« Amy strich an dem harten Grund seiner Sorge entlang. Als er ihr Handgelenk faßte und die Hand wegnahm, lachte sie fröhlich.

»Laß das, du Teufelchen!« Er sagte es streng, aber mit einem Lächeln auf den Lippen.

»Ich liebe dich«, sagte sie ernst und drückte ihre Nasenspitze gegen seine. »Ich liebe dich. Ich werde dir das jeden Tag sagen.«

Er schaute sie lange an, dann beugte er sich herab und küßte sie sanft und lange auf den Mund. Als er die Lippen wieder zurückzog, war sein Gesicht so nah an ihrem, daß sie dieselbe Luft einatmeten, so nah, daß sie nicht in seine Augen sehen konnte.

»Du hast ja auch eine Menge nachzuholen, und ich werde darauf achten, daß du es einhältst.«

Kapitel 15

Mit den Händen hinter dem Rücken wippte Hammond Perry auf seinen hohen Absätzen auf und ab. Er stand in einer Ecke seines Büros, so weit wie möglich von der Gruppe sichtlich nervöser Männer entfernt, die sich in der Nähe der Tür drängten. Hammond vermied es, wenn möglich, neben jemandem zu stehen, der größer war als er. Er haßte es, zu einem Mann, dem er einen Befehl gab, aufzusehen. Noch mehr haßte er es, sich seine Pläne durch einen Haufen unfähiger Trottel kaputtmachen zu lassen. Er kaute schweigend auf seiner Zigarre herum und sah die Männer aus kleinen, wachsamen Augen an, wodurch die Spannung in dem Raum wuchs. Schließlich nahm er die Zigarre aus dem Mund und hielt sie zwischen seinen beringten Fingern.

»Ich glaube«, sagte er langsam, »daß ihr zwischen den Ohren nichts als Scheiße habt.«

Bull trat einen Schritt nach vorne. »Es war nicht so, wie Sie denken, Mr. Perry. Wir wollten sie ja daran hindern, Reds Boot zu benutzen, aber irgend jemand hat sie gewarnt.«

»Irgend jemand hat sie gewarnt«, äffte Hammond ihn nach. »Zehn von euch wären nicht in der Lage, eine kranke Nutte vom Pißpott zu stoßen, geschweige denn, eine Frau zu entführen, die von zwei Männern und einem Mädchen bewacht wird.«

»Das war so ...«

»Halt's Maul!« brüllte Hammond. »Du kannst von Glück sagen, wenn ich dir nicht das Fell über die Ohren ziehe.«

»Verstehen Sie doch ...«

»*Du* mußt hier verstehen. Ihr habt nicht nur dabei versagt, die Frau zu entführen, ihr habt auch noch eins meiner Boote benutzt und es nicht wieder zurückgebracht!« Hammonds Stimme war immer lauter geworden, bis er schließlich brüllte. Für einen kleinen Mann hatte er eine kräftige Stimme. Und er wußte, wie er sie einsetzen mußte, um jemanden einzuschüchtern. »Ich dachte, du wärst hier der Größte, Bull. Hast du nicht damit geprahlt, du könntest einen Bären mit einer Weidenrute auspeitschen? Und jetzt läßt du dir von dem Schotten und einer Frau Miss Woodbury abnehmen.«

»Wie sollte ich denn wissen, daß sie es war, die Sie wollten? Außerdem ...« Bulls Hirn arbeitete so langsam, daß es eine Weile dauerte, bis er das, was Hammond ihm gesagt hatte, vollkommen verstanden hatte. »Eine Frau?«

»Der *Junge* in der Lederhose war Amy Deverell, die in Quill's Station lebt.«

»Eine Frau?« wiederholte Bull schwerfällig. »Sind Sie sicher?«

»Denkst du, ich würde lügen?« schrie Hammond ihn an.

»Nein, ich hab' aber noch nie 'ne Frau wie diese gesehen.«

»Du kennst doch auch nur die Schlampen aus den Kneipen.«

»Die sind gar nicht so schlecht.«

»Deine Meinung interessiert mich nicht. Das Boot, das du versenkt hast, konnte acht Tonnen transportieren. Du wirst die Kosten abarbeiten, oder ich binde dich hinten an ein Boot an, das solange nach New Orleans und zurück fährt, bis von dir nur noch ein Stück rohes Fleisch übrig ist.«

»Wir haben's nicht versenkt«, jammerte Bull. »Das war Tallman mit seinen verdammten brennenden Pfeilen.« Die anderen Männer nickten zustimmend, waren von Hammond aber zu eingeschüchtert, um auch nur einen Ton hervorzubringen.

»Ihr hättet ihn doch nur zu töten brauchen«, sagte Hammond ruhig, aber mit einem gemeinen Grinsen.

»Wenn Sie Tallman kennen, wissen Sie, daß das nicht einfach ist«, murmelte Bull. »Und wenn ich gewußt hätte, daß Sie 'ne Frau wollen, hätte ich Ihnen eine besorgt. Ständig kommen hier alle möglichen Frauen durch.«

»Du verdammter Idiot!« Hammonds Ärger entlud sich in einem Wutausbruch. »Ich will nicht *irgendeine* Frau! Ich will diese Frau.«

»Warum? Wenn Sie mich fragen, sieht sie zu zerbrechlich aus, um eine ganze Nacht durchgevögelt zu werden.«

»Ich frage dich aber nicht. Haut ab! Bei eurem Anblick wird mir übel. Macht schon! Geht zu den Docks und macht euch an die Arbeit. Und zwar sofort!«

Hammond scheuchte sie zur Tür hinaus und sah vom Fenster aus zu, wie sie zum Kai schlenderten. Sie hielten an der Ecke an und bildeten einen Kreis um Bull. Er schien ihnen etwas zu erklären.

»Bah!« schnaubte Hammond verächtlich. Er wandte sich vom Fenster ab und ging hektisch auf und ab, wobei seine Schritte auf dem Fußboden widerhallten. Die Zahnräder in seinem Kopf ratterten, entwarfen Pläne, verwarfen sie und schmiedeten wieder neue. Es vergingen zehn Minuten, bevor er eine Entscheidung traf. Er riß die Tür zu einem angrenzenden Raum seines Büros auf. Der dünne, grauhaarige Mann, der über ein Geschäftsbuch gebeugt war, sah auf. »Such den Franzosen Efant und bring ihn her.«

Nachdem der Mann weggehuscht war, setzte sich Hammond an seinen Schreibtisch, lehnte sich zurück und legte die Füße auf den Tisch. Er versuchte, sich an all die Einzelheiten zu erinnern, die man sich über Antoine Efant erzählte.

Man sagte, daß der Franzose, der zweitgeborene Sohn einer wohlhabenden Familie aus New Orleans, die Gefahr liebte, Abenteuer und schöne Frauen. Außerdem wurde behauptet, er habe während des Krieges für die Briten spioniert, sei ein Killer für eine ausländische Regierung gewesen und habe als

Scout für Zeb Pike gearbeitet. Es gab Gerüchte, nach denen er der Kopf einer Bande von Plünderern sei, die sowohl in Lisa Manuels Geschäften wie auch bei der Chouteaufamilie Pelze stahl und sie an die Hudson Bay Company verkaufte.

Hammond zündete sich eine weitere Zigarre an und dachte über diese Dinge nach, die dafür sprachen, Efant zu engagieren, damit er Rain Tallman die Braut Will Bradfords abnehmen würde. Es gab noch einen Grund: Der Franzose hatte eine Schwäche. Er hatte Ehrgefühl! Hammond mußte lachen. Für Efant war ein Wort ein Wort, und er soll einmal jemanden umgebracht haben, der sein Wort gebrochen hatte.

Es war an der Zeit, dachte Hammond, daß er einen Platz im blühenden Gesellschaftsleben von Sainte Geneviève einnähme. Er wollte dies mit Miss Woodbury am Arm tun. Er wußte um einige Methoden, um sicherzugehen, daß sie ihm ein gehorsames Weib sein würde, freundlich in der Gesellschaft anderer und gefügig in den eigenen vier Wänden. Erst würde er sie aber nehmen, um ihr klarzustellen, daß sie sein Eigentum war. »Oh, du süße Rache«, seufzte er. Dann, falls die Frau ihm Ärger bereiten würde, gab es etliche Wege, sie zu zähmen. Einer wäre beispielsweise, ihr zu drohen, sie in ein Gasthaus wie den »Keiler« zu bringen oder sie in den Straßen von New Orleans auszusetzen. O ja, sie würde bei ihm bleiben, und sie würde dankbar sein, ein Dach über dem Kopf zu haben und den Bauch voller Essen.

Um die Zigarre formte sich ein Lächeln, und Hammond rieb sich die Hände bei dem Gedanken, was er dem Franzosen erzählen würde, um ihn glauben zu machen, er habe ein *ehrbares* Recht auf Miss Woodbury.

Antoine Efant war kein auffallender Mann. Er war mittelgroß, mit breiten Schultern und Beinen wie Baumstämme, die ihn größer erscheinen ließen als er war. Seine normalerweise gute Stimmung konnte täuschen. Er war leicht reizbar und hatte schnell das Messer oder die Pistole bei der Hand. Das dichte, gelockte Haar, das seinen Kopf umgab, und der glänzende, schwarze Bart gaben ihm das Aussehen eines jungen und sorgenfreien Mannes. Tatsächlich war er aber schon fast dreißig Jahre alt, von denen er die letzten zehn genauso verbracht hatte, wie es ihm in den Kram gepaßt hatte.

Er verließ Hammonds Büro mit einem Säckchen Münzen am Gürtel. Es war eine ganze Stange Geld. Aber, dachte Antoine, als er über den Gehweg lief, Hammond Perry schätzte es nicht, wenn man sich unter Preis verkaufte. Antoine verachtete Perry, doch man hatte ihm unrecht getan. Selbst ein Wiesel wie Perry hatte ein Recht auf das, was man ihm versprochen hatte.

Antoine ging zu dem Gasthaus, in dem Perrys Gehilfe ihn eine Stunde vorher aufgespürt hatte. Die Gruppe um Bull unterbrach ihre Unterhaltung, als Antoine vorbeikam. Die ganze Stadt sprach davon, daß Bull und seine Komplizen losgeschickt worden waren, Red Cavanaughs Boot an der Flußüberquerung zu hindern, und daß dabei Perrys Boot Feuer gefangen hatte und gesunken war. Acht Männer hatten das Ufer erreicht, davon einer mit einer Kugel im Bein. Von den beiden anderen hatte man nichts gehört, was jedoch niemanden zu bekümmern schien. Bull heckte wohl einen Plan aus, um sein Gesicht zu wahren, dachte Antoine. Er mußte etwas unternehmen, um seinen Ruf als Schrecken der Stadt wiederherzustellen, oder seine Freunde würden sich gegen ihn stellen, und er wäre gezwungen, die Stadt zu verlassen.

Was Bull machte oder nicht, ging Antoine nichts an. Er arbeitete nie mit mehr als zwei Männern zusammen. Für diesen Job brauchte er nur einen – Hull Dexter. Was er an Hull besonders schätzte, war, daß er Befehle befolgte, ohne Fragen zu stellen. Was er nicht an ihm mochte, war das Gerücht, er habe vor acht Jahren bei einem Überfall auf einen Zug mit Frachtwaggons zugelassen, daß Frauen und Kinder von Flußpiraten unter seinem Kommando niedergemetzelt wurden. Wenn Antoine jemals herausfinden sollte, daß dies stimmte, würde er den Bastard eigenhändig erschießen, nicht wegen der Frauen, aber wegen der Kinder.

Die wunderhübsche dunkelhaarige Frau, die dieser Schotte Bull abspenstig gemacht hatte, war also die, die er Perry bringen sollte. Antoine hatte nicht mehr an sie gedacht, seit er gesehen hatte, wie der Schotte sie hinter dem Faß hervorgezerrt und sie vor sich über die Straße getrieben hatte. Aber das große Mädchen in der Lederhose, mit der goldenen Haut und dem Kämpferherzen, war ihm nicht mehr aus dem Kopf gegangen. Allein der Gedanke an ihren starken, schlanken Körper und ihre blitzenden Bernsteinaugen erregte ihn. In dem Moment, als sie dem Schotten zu Hilfe gekommen war, hatte er gewußt, daß sie die Gefährtin war, nach der er sich so lange gesehnt hatte. Zuerst hatte er gedacht, sie sei die Frau des Schotten, doch dann hatte er beobachtet, wie der Schotte die dunkelhaarige Schönheit behandelt hatte. In der rauhen Art, mit ihr umzugehen, hatte mehr als freundschaftliche Zuneigung gesteckt. Nun, dachte Antoine, das war das Pech des Schotten. Er würde nicht mehr lange Freude an ihr haben.

Amy Deverell. Antoine wiederholte den Namen wieder und wieder im Geiste. Hammond Perry war sich der Bedeutung der Informationen nicht bewußt gewesen, als er ihm die Namen der Gruppe um Rain Tallman gab. Antoine hatte schon immer davon geträumt, mit genau so einer Frau wie Amy Deverell neben sich zu reiten, wenn er über unerforschte Flüsse paddelte, über Berge wanderte und das weite Land hinter dem Fluß erkundete. Er würde mit ihr Nächte voller Leidenschaft erleben, ihr starker, geschmeidiger Körper unter ihm und eine Decke aus Sternen über ihnen.

»Ahh ... *l'amour.*«

Antoine verdrängte die Gedanken an Amy und konzentrierte sich auf den Mann, den es zu schlagen galt, wenn er die beiden Frauen bekommen wollte. Rain Tallman war bekannt dafür, daß er die Aufgaben, die man ihm stellte, auch ausführte. Er würde nicht so leicht aufgeben. Diesseits des Flusses war der Mann schon eine Legende. Zack Taylor hatte gesagt, er sei der beste Schütze, der beste Fährtenleser und der beste Scout westlich der Allegheny Mountains. Der einzige, der ihn vielleicht noch übertraf, war der alte Daniel Boone. Er war bereits über achtzig, jagte aber immer noch und stellte Fallen in der Nähe von Booneville. Keine Frage, dachte Antoine traurig, er würde Rain Tallman töten müssen.

Rain kniete an einem Seitenarm des Weißen Flusses nieder und nahm den Hirsch aus, den er erlegt hatte. Die Innereien warf er weit in den Fluß hinein, damit die Strömung sie vom Lager wegtrug. Wie immer waren all seine Sinne gleichzeitig auf das konzentriert, was um ihn herum geschah. Tally Perkins hatte die Maultiere getränkt, gestriegelt und zum Grasen weggeführt. Mit Gavins Hilfe hatte er den hinteren Teil des Wagens aufgebockt und schmierte nun die Räder.

Vom Feuer für das Abendessen stieg eine dünne Rauchfahne nach oben. Gavin hatte einen Stock angespitzt und durch die sechs geschossenen Tauben gebohrt. Dann hatte er den Spieß auf zwei gegabelte Äste gelegt, so daß man ihn über dem Feuer drehen konnte.

Rain überlegte, warum Bull und seine Komplizen es auf Eleanor abgesehen hatten. Irgendwie hatte Perry herausgefunden, daß sie Will Bradfords Verlobte war und unter seinem Schutz stand. Das war der Grund, warum er den Jungen, Mike Hartman, auf ihn angesetzt hatte, und der Grund, warum er Bull beauftragt hatte, sie an der Flußüberquerung zu hindern. Konnte der Rachedurst eines Mannes wirklich so weit gehen? Wenn dies der Fall war, würde Perry nicht aufgeben, bis sie Belle Point erreicht hätten.

Am meisten beschäftigte Rain der Gedanke, daß sich Amy

und Eleanor in Gefahr befanden. Eins war sicher: Sie mußten auf den Komfort des Wagens verzichten und die Berge auf Pferden überqueren. Amy würde das schaffen, aber wie würde Eleanor solch eine anstrengende Reise durchhalten? Die Frau hatte sich vollkommen verändert, seit Gavin sie sich vorgenommen hatte. Sie trug ihren Teil zur Arbeit bei und war Gavin und Amy gegenüber höflich. Rain beobachtete, wie die beiden Frauen den Fluß hinaufgingen, um einen Moment allein zu sein. Amy trug ihr Gewehr, als sei es ein Teil von ihr.

Rain stützte einen Ellbogen auf sein Knie und schaute Amy nach, die fröhlich neben der kleineren Frau herlief. Er fragte sich, wie er all die Jahre nur so dumm hatte sein können, sich so weit von ihr zu entfernen. Sie war eine unglaubliche Frau: stark und mutig, ehrlich und liebevoll. Sie war so freundlich zu Mrs. Badker gewesen, als sie erkannt hatte, wie einsam sie war. Würde sie sich in ihrem Hochtal wohl auch einsam fühlen? Er bezweifelte das. Die vielen Kinder, die sie haben würden, wären schon Gesellschaft genug, und außerdem würden sie sich weniger als eine Tagesreise von der Stelle niederlassen, wo Farr plante, seinen Handelsposten am Fluß zu gründen.

Amy hatte sich heute gegen seine Autorität gestellt. Dieses sture Gör! Die Lust, die er für sie verspürte, nagte in ihm, selbst wenn er sich über sie ärgerte. Heute nacht würde sie unter seinen Decken schlafen. Er wollte, daß die anderen sahen, daß sie zusammen waren. Keine Schwüre, die man vor einem Pfarrer oder einem Friedensrichter machte, konnten heiliger oder bindender sein, als die, die sie heute im kalten, klammen Wald geleistet hatten.

Rain merkte, daß er grinsen mußte. Er senkte seinen Kopf und fuhr mit seiner Arbeit fort. Er mußte ein Narr sein, sagte er sich, so verdammt glücklich zu sein. Der schwerste Teil ihrer Reise lag schließlich noch vor ihnen.

»Hast du dich mit Rain wieder vertragen?« fragte Eleanor, nachdem sie ihren Waschlappen ins Wasser getaucht und ihn mit einem kleinen Stück Seife eingeschäumt hatte.

»Ja.« Amy schauderte, als sie das eisige Wasser auf ihrer Haut spürte.

»Du hast Glück, jemanden zu haben, der dich liebt«, bemerkte Eleanor wehmütig.

Amy schaute auf und sah den verlorenen Ausdruck auf Eleanors Gesicht. Sie war heute so hilfsbereit und freundlich gewesen, und Amy fing langsam tatsächlich an, sie zu mögen.

»Sicher gibt es auch Leute, die dich lieben, Eleanor. So hübsch, wie du bist.«

»Ach ja«, seufzte Eleanor. »Männer, die mein Gesicht bewundert haben, gab es genug, aber niemanden, der auch die Person hinter dem Gesicht geliebt oder bewundert hätte. Noch nicht einmal Tante Gilda. Sie hat mein Aussehen dafür benutzt, Männer zum Kartenspielen anzulocken. So, jetzt ist es raus. Aber das ist jetzt vorbei«, fügte sie heiter hinzu. »Ach Amy, du kannst dir ja gar nicht vorstellen, wie froh ich bin, das Korsett und die ganzen Unterröcke los zu sein.« Sie stellte sich auf ihre Zehenspitzen und machte ein paar Tanzschritte. »Ich fühle mich so leicht wie eine Feder.«

»Warum hast du sie denn überhaupt getragen?«

»Ich weiß es auch nicht. Seit ich zehn war, habe ich fünf Unterröcke getragen und Korsetts, seit ich zwölf war. Ich wußte ja gar nicht, wie großartig und frei man sich ohne sie fühlt.«

»Du warst aber ganz schön sauer, als Rain dir alles ausgezogen hat.«

»Allerdings«, kicherte Eleanor. »Jetzt bin ich aber froh darüber.«

Amy stand auf und zog sich ihr Hemd wieder an. »Es war so lustig, Rains Gesicht beim Anblick des Korsetts zu sehen. Er hat gefragt, was das sei. Gavin hat versucht zu erklären, daß dies ein Kleidungsstück sei, das die Ladies aus den höheren Kreisen tragen, um ihre Taille schmaler erscheinen zu lassen. Rain hat nur gesagt: ›So ein Quatsch! Zieh es ihr aus.‹« Amy imitierte Rains Stimme recht gekonnt, und beide Frauen brachen in lautes Gelächter aus.

»Ich bin froh, daß ich ohnmächtig war. Sonst wäre ich vor Scham gestorben.«

»Das war eine ganz schöne Arbeit, dich von dem Korsett zu befreien. Rain mußte die Träger durchschneiden.«

»Was habt ihr denn damit gemacht? Ich habe kein einziges mehr gefunden.«

»Rain hat mir aufgetragen, sie aus deinem Koffer zu holen, und sie dann in eine Zeder geworfen.«

»Was hat er gemacht?« stieß Eleanor hervor.

»Er hat sie alle hoch ... auf einen Baum ... geworfen«, brachte Amy unter Gelächter heraus. »Das war komisch, sie dort oben baumeln zu sehen. Ich meinte, daß irgend jemand die Überraschung seines Lebens erleben würde, wenn das Korsett herunterkäme und ihm auf dem Kopf fallen würde.«

»Das hätte ich auch gern gesehen. Tante Gilda hätte einen Anfall gekriegt. Sie hat ein Vermögen für die Korsetts ausgegeben. Was hat Gavin denn gesagt?«

»Er hat gesagt, daß du bestimmt so stur wärst, aus Trotz wieder eins anziehen zu wollen.«

»Ist das alles?« Eleanor drehte sich um und beugte sich nach unten, um sich ihre Strümpfe hochzuziehen, so daß Amy ihr Gesicht nicht sehen konnte.

»Das ist alles. Wir sollten mal besser zurückgehen und nach den Vögeln sehen, sonst vergessen die Männer sie noch und lassen sie verbrennen.«

Sie schlenderten langsam zum Lager zurück. Amy lag die Frage auf der Zunge, warum Eleanor riskiert hatte, nach Kaskaskia zu gehen, um ein Boot nach New Orleans zu nehmen, und ob sie denn nicht mehr zu Will Bradford wollte. Doch ihre Freundschaft erschien Amy noch zu frisch für so persönliche Fragen. Für Rain würde es natürlich keinen Unterschied machen, wenn Eleanor ihre Meinung über die Heirat mit Will geändert hatte. Rains Aufgabe war es, sie nach Belle Point zu bringen, und dies würde er auch tun, egal, was Eleanor davon hielt.

Die Familie Badker erschien mit einem Eimer Milch, einem Topf Beerenkompott und einer Fiedel. Die Frau plauderte munter, während sie das Essen verteilte. Amy war überrascht und erfreut, zu sehen, wie Eleanor mit Vonnie umging. Vonnie war begierig, Neuigkeiten zu hören, und Eleanor erzählte ihr von den Dampfbooten, die von Pittsburgh aus Passagiere den Fluß herunterbrachten, und den neuen Gläsern, die man benutzte, um Nahrung zu konservieren.

»Nein, das kann ich ja gar nicht glauben«, rief Vonnie aus.

»Es stimmt aber. Ein Franzose hat entdeckt, daß man die Nahrung in Gläser füllen und mit Blechdeckeln, in denen sich eine Glasplatte befindet, verschließen muß. Wenn man das Essen in den Gläsern kocht, kann man es monatelang verwahren, vielleicht sogar ein Jahr.«

»Das muß ich Bud erzählen. Vielleicht können wir ja welche kaufen, wenn wir mal wieder nach Sainte Geneviève kommen.«

Amys Augen suchten oft Rains Gesicht. Trotz des Besuchs war er wachsam; seine Augen und Ohren sahen und hörten alles, was um ihn herum geschah. Er hatte das Ausweiden des Hirsches beendet, und nachdem er ein Stück davon zum Essen abgeschnitten hatte, hatte er das übrige Fleisch eingepackt, damit es die Badkers mit nach Hause nehmen konnten. Gavin saß ruhig und rauchte seine Pfeife. Tally hatte sich ein wenig abseits niedergelassen, die Ellbogen auf die Knie gestützt, und drehte Däumchen.

Nach dem Essen holte Bud Badker die Fiedel hervor und

fing an zu spielen. Er spielte ein lebhaftes Stück und tanzte dazu. Vonnie und die Jungen klatschten im Rhythmus der Musik in die Hände. Zu jedermanns Überraschung erhob sich Tally und forderte Vonnie auf. Sie sprang hoch, legte ihre Hand in seine, und sie begannen einen wilden Tanz um das Lager herum, immer im Lichtschein des Lagerfeuers.

»Singt, Jungs«, rief Bud.

Die beiden Jungen überwanden tatsächlich ihre Schüchternheit und fingen an zu singen:

»Brüder und Schwestern reicht euch die Hand,
Macht aus Amerika ein freies Land,
Kein Tyrann nimmt euch euer Recht
Oder macht Amerikas Namen schlecht.«

Nachdem die Jungen einige Zeilen des Liedes zum Besten gegeben hatten, fragte ihr Vater: »Wie wär's denn mit dem Yankee Doodle?«

Die kleinen, mit Sommersprossen übersähten Gesichter, strahlten vor Freude. Die beiden Jungen faßten sich an den Händen und schwenkten sie hin und her, dazu hoben sie im Takt ein Bein. Ihre kindlichen Stimmen waren klar und hell.

»Sollt ein Feind erwarten
uns're Jungen zu verhau'n
Wird er schon bald merken
daß sie sich zurückzuschlagen trau'n
Yankee Doodle tralala
Mit Tröte, Trommel, Fiedel.«

Amy beobachtete Rains Gesicht. Er zeigte eins seiner seltenen Lächeln, als er den Jungen zuhörte. Als ob er gespürt hätte, daß Amy ihn beobachtete, drehte er sich zu ihr um und schaute ihr tief in die Augen. Sie tauschten eine Botschaft aus, die nur sie verstanden. *Irgendwann würden auch sie Kinder haben.* Rain wäre gewiß ein guter Vater, dachte Amy, ebenso liebevoll wie Farr mit Daniel und Zack. Bei diesen Gedanken fühlte sie eine wilde, heiße Sehnsucht durch ihre Adern jagen.

Als sich Vonnie neben Amy niederließ, mußte sie ihre Gedanken von Rain abwenden.

»Uiuiui! Ich hab' schon lange nicht mehr mit jemand anderem außer den Jungs getanzt. Ich bin völlig außer Atem.«

»Ihre Jungs tanzen auch?«

»Aber ja. Bud hat ihnen den Holzschuhtanz beigebracht. Das machen wir, wenn wir allein sind. Er bringt ihnen auch bei, Fiedel zu spielen. Mein Gott, das tut manchmal schon in den Ohren weh.«

Tally stand Eleanor gegenüber. »Ma'am?«

Eleanor zeigte ein strahlendes Lächeln, stand auf und legte ihre Hand in Tallys. »Ich weiß aber nicht, wie das geht.«

»Ich zeig's Ihnen. Legen Sie Ihre Hand auf meine Schulter. Jetzt ... zuerst den einen Fuß, dann den anderen.«

Nach wenigen Minuten beherrschte Eleanor die nötigen Bewegungen. Ein Lachen, das süßer war als die Fiedelmusik, ertönte aus ihrem Mund. Gavin verschwand in der Dunkelheit, so daß er sie genau beobachten konnte, ohne daß sie ihn sah. Sie war die schönste Frau, die er jemals gesehen hatte. Warum brachte gerade diese Frau sein Herz zum Rasen? Warum sie? Da war mehr als nur das hübsche Gesicht; es gab noch etwas Tieferes. Manchmal glaubte er, Sehnsucht in ihren veilchenblauen Augen zu erkennen, die Sehnsucht, zu jemandem zu gehören. Er kannte dieses Gefühl genau. Er hatte es sein ganzes Leben lang gehabt. Doch sie war nicht für ihn bestimmt. Sie unterschieden sich so sehr voneinander wie ein Großgrundbesitzer von den Bauern, die sein Land bestellten.

Gavin wandte sich ab und ging in den Wald. Eine bohrende Frage hatte ihn schon den ganzen Tag beschäftigt. Warum hatte Eleanor versucht, sie zu verlassen? Es war mehr als der bloße Ärger über Rain, der ihr die Unterröcke und Korsetts abgenommen hatte. Sie hatte gesagt, daß sie ihr Geld verloren hätte und nun weiter mitkommen mußte. Hieß das, daß sie nicht mehr Major Bradford heiraten wollte? Allerdings machte das keinen großen Unterschied. Sie würden sie auf jeden Fall nach Belle Point bringen. Dort könnte sie es dem Major dann ja sagen, wenn sie nicht mehr seine Frau werden wollte. Ihm lief ein Schauer des Verlangens über den Körper. Gavin ging noch weiter in den Wald hinein, bis er Eleanors fröhliches Lachen nicht mehr hören konnte.

Amy war erleichtert, als Badker aufhörte, die Fiedel zu spielen. Sie hätte mit Tally getanzt, wenn er sie aufgefordert hätte, aber sie war sich nicht sicher, wie Rain darauf reagiert hätte. Und sie wollte ihre neubesiegelte Beziehung nicht auf eine weitere Probe stellen. Zeitweise schien es so, als würde der Abend nie vorübergehen. Nun bereiteten sich die Badkers aber darauf vor, zu ihrem Unterschlupf am Hügel zurückzukehren.

»Ich helfe dir, das Fleisch zum Haus zu bringen, Bud«, sagte Rain. »Nimm auch noch die Vögel. Wir können sie nicht gebrauchen.«

»Ich werde sie heute nacht noch braten«, sagte Vonnie. »Wenn ihr morgen früh noch mal vorbeikommt, könnt ihr sie mitnehmen. Das ist das wenigste, was ich für euch tun kann.« Mit diesen Worten setzte sie sich über Amys Protest hinweg, die meinte, das seien zu große Umstände. »Euer Besuch war so eine schöne Abwechslung. Wenn ihr irgendwann noch einmal hierherkommen solltet, unsere Tür ist immer offen für euch.«

»Meine Schwester wird in ein paar Wochen hier durchreisen. Sie heißt Liberty Quill. Richten Sie ihr aus, daß es uns gutgeht und daß wir uns darauf freuen, sie und Farr wiederzusehen.«

»Das mach' ich.«

Gavin kam zur Verabschiedung zurück.

»Ich übernehme die Wache am frühen Morgen«, teilte Rain ihm mit. »Ich erwarte zwar keinen Ärger, aber man kann ja nie wissen.«

»Das stimmt«, pflichtete Badker bei. »'ne Menge Leute kommen in letzter Zeit hier durch, darunter einige von dem Gesindel aus der Siedlung bei Sainte Geneviève. Ich laß die Frau und die Kinder nicht mehr allein.«

»Rain, ich hatte gedacht, der junge Bursche könnte die erste Schicht übernehmen, wenn's dir recht ist. Ich bleib 'ne Zeitlang bei ihm.«

»Von mir aus, wenn du das machen willst.« Rain griff das eine Ende der Stange mit dem Fleisch, Badker das andere, und zusammen gingen sie den Pfad hinauf. Vonnie und die Jungen folgten, ein Junge trug die Fiedel, der andere den Milcheimer.

»Tschüs, Amy und Eleanor. Wir hatten viel Spaß.« Vonnies Stimme kam aus dem Dunkeln.

»Sie scheint glücklich zu sein«, bemerkte Eleanor.

»Warum auch nicht? Sie hat ihren Mann und ihre Söhne, für die sie sorgen kann.« Amy kletterte in den Wagen, und Eleanor folgte.

»Meine Güte, bin ich müde.« Eleanor spannte die Schultern an und streckte die Arme. »Möchtest du heute nacht auf dem Bett schlafen? Wir können uns ja mit dem Strohsack abwechseln.«

»Ähm ..., nein.« Amy holte die zusammengerollte Strohmatratze unter dem Bett hervor. »Ich schlafe draußen.«

»Draußen? Warum das denn?«

»Weil ich's so will!« Amy reagierte heftiger, als sie eigentlich wollte. Es tat ihr sofort leid, wußte aber nicht, was sie sagen sollte.

»Entschuldigung, daß ich gefragt habe«, sagte Eleanor leise.

Sie setzte sich auf das Bett und begann, ihr Kleid auszuziehen. »Das ist deine Sache, wenn du mit Rain schlafen willst. Glaub mir, Amy, ich würde dasselbe machen, wenn mich jemand lieben würde.«

»Wir werden heiraten ...«

»Was sind schon ein paar Worte von einem Priester wert. Was wäre außerdem, wenn wir alle sterben würden, bevor wir auf einen treffen?« Eleanor stand auf und ließ das Kleid zu Boden fallen.

Amy kam auf sie zu und drückte ihre Hand. »Wenn du nicht aufpaßt, Eleanor, könnte ich dich noch richtig gern haben.«

»Das fände ich schön. Ich hatte noch nie eine Freundin – eigentlich auch keinen Freund, in dem Sinne.«

»Das hat sich ja jetzt geändert. Rain und ich lassen uns am Arkansas nieder. Vielleicht ist das ja gar nicht so weit vom Fort entfernt.«

Eleanor legte sich aufs Bett. »Als ich noch in Louisville war, schien die Vorstellung, in einem Fort in der Wildnis zu leben, so romantisch.«

»Jetzt nicht mehr?«

»Ich habe Angst, Amy.«

»Es ist ziemlich sicher dort. Wenn's nicht so wäre, würde Major Bradford dich bestimmt nicht zu sich holen.«

»Davor habe ich auch keine Angst. Ich glaube, es hat keinen Zweck, sich über irgend etwas Sorgen zu machen. Was passieren soll, wird passieren.« Eleanor kicherte leise. »Weißt du, ich frage mich, was geschehen wäre, wenn Tante Gilda mitgekommen wäre. Sie und Rain hätten sich bestimmt gegenseitig umgebracht.«

»Ich hab' so ein Gefühl, als ob Rain mit ihr fertig geworden wäre.«

»Da magst du recht haben.«

Kapitel 16

Amy breitete ihre und Rains Decken auf einer mit dichtem Gras bewachsenen Stelle unter einer Fichte aus, etwa zehn Meter vom Feuer entfernt, das allerdings nur noch aus ein paar glühenden Kohlen bestand. Wenn sie sicher gewesen wäre, daß dies der Platz war, an dem Rain schlafen wollte, hätte sie vorher noch einige Pinienzweige auf dem Boden ausgebreitet. Sie lehnte ihr Gewehr so an den Baum, daß es in Reichweite war, und ließ sich nieder, um auf ihn zu warten. Es war eine dunkle Nacht, und die Dunkelheit wurde noch dadurch verstärkt, daß ihr Lager von dichtem Wald umgeben war. Die Nachtluft war kühl. Amy begann zu zittern und warf sich eine der Decken um die Schultern.

Sie fragte sich, wo Gavin und Tally waren. Wenn sie selbst Wache halten würde, ginge sie langsam in Kreisen um das Lager herum. Juicy hatte ihr gesagt, daß man es so machen mußte, wenn man im Freien übernachtete.

Plötzlich huschte eine Gestalt aus dem Dunkeln heran und hockte sich neben sie. Instinktiv warf sie mit einer Hand die Decke zurück und griff mit der anderen nach ihrem Messer.

»Hey, ich bin's doch nur.«

»Verdammt, Rain! Schleich dich doch nicht so an.«

»Das hättest du eigentlich merken müssen. Ich beobachte dich schon eine ganze Weile.«

»Warum?«

»Einfach so, meine Süße.« Er legte seinen Arm um ihre Schultern und drückte ihr einen Kuß auf die Wange. »Komm mit. Ich möchte mit Gavin sprechen, und dann suchen wir uns ein Plätzchen, wo ich ein paar Stunden ganz allein mit dir sein kann.«

Amys Herz fühlte sich an, als seien ihm Flügel gewachsen, so leicht war es. Sie streckte ihre Hand aus, damit er sie hochzog. Er rollte rasch ihre Decken zusammen und klemmte sie unter den Arm. Amy hob ihr Gewehr auf und folgte Rain durch das Dickicht am Flußufer entlang.

Aus dem Augenwinkel sah Amy eine Bewegung am Ufer flußaufwärts. Sie starrte in die Richtung, sah aber zunächst nichts; dann nahm sie wieder Bewegungen wahr. Dieses Mal konnte sie die Umrisse eines Mannes erkennen, der zwischen den Felsen stand.

Rain imitierte den Ruf eines Nachtvogels, woraufhin eine zweite Gestalt erschien.

Als sie Tally und Gavin erreichten, schnauzte Rain: »Du versuchst ja wirklich alles, dich umzubringen, Perkins. Ich hab' dich schon aus zwanzig Metern Entfernung gesehen.«

»Ich dachte, ich würde ... im Verborgenen stehen.«

»Du hast dich bewegt. Felsen bewegen sich nicht«, erwiderte Rain ungeduldig. »Nur gut, daß niemand in der Nähe ist. Ich möchte mit dir und Amy sprechen, Gavin. Es gibt da was, das ihr wissen solltet. Ich möchte Miss Woodbury nicht beunruhigen. Ich bin mir nicht sicher, wie sie auf etwas reagiert, das sich als wirkliche Gefahr für sie rausstellen könnte.«

»Ich glaub', das Mädel ist zäher, als wir alle gedacht haben.«

In kurzen Sätzen erzählte Rain ihnen, wie sehr Hammond auf den Auftrag gehofft hatte, das Fort bei Belle Point aufzubauen, und wie unmäßig er Will Bradford dafür haßte, daß er ihn statt seiner bekommen hatte – sogar noch mehr haßte als Farr Quill. Er erklärte ihnen, daß Perry rachsüchtig war und daß ihm jedes Mittel recht sein würde, dieses Gefühl zu befriedigen.

»Er weiß, daß Miss Woodbury Wills Zukünftige ist. Er

wird bestimmt noch weitere Versuche unternehmen, sie zu entführen. Einmal hat er's ja schon versucht. Er wird nicht aufgeben, bis wir Belle Point erreicht haben.«

»Würde er das Mädel *töten,* nur um dem Mann zu schaden, der ihn ausgestochen hat?«

»Das oder noch schlimmeres«, sagte Rain offen.

»Gott im Himmel! Warum hast du mir das nicht schon in Kaskaskia gesagt? Dann hätte ich den Typen mit bloßen Händen umgebracht.«

»In Kaskaskia war ich mir noch nicht ganz über seine Absichten im klaren. Aber seitdem er versucht hat, uns am Überqueren des Flusses zu hindern, weiß ich, wo ich dran bin. Perry will Miss Woodbury.«

»Und was will er mit ihr machen? Das Mädel würd' den Mann doch niemals heiraten.«

»Dann würde er sie an ein Bordell weiter unten am Fluß verkaufen. So oder so wär's ein Sieg über Will Bradford.«

»Er wird sie niemals kriegen!« Gavins Schwur dröhnte in seiner Brust.

»Während der nächsten Tage wird er bestimmt noch einen weiteren Versuch unternehmen. Sie wissen, wohin wir reisen, und daß es nur einen Weg für Wagen gibt. Ich habe vor, die nächsten Tage so schnell wie möglich voranzukommen, um sie vielleicht abzuhängen. Wenn wir Davidsonville erreicht haben, lassen wir den Wagen zurück, kaufen Pferde und Maultiere und suchen uns eine Strecke abseits der Wege. Den Wagen und Miss Woodburys Koffer kann man ja nachkommen lassen.«

»Warum lassen wir denn nicht den Wagen hier bei den Badkers, Rain?« Amy rüttelte an seiner Hand und umfaßte sie fest.

»Wir brauchen ein Pferd für Miss Woodbury und ein paar gute Lasttiere. Und beides kriegen wir in Davidsonville.«

»Sie kann mein Pferd haben.« Tallys Stimme kam aus der

Dunkelheit, in die er sich zurückgezogen hatte, nachdem Rain ihn ausgeschimpft hatte. »Ich kann auf einem der Maultiere reiten und das andere führen. Es sind gute Lasttiere ...« Tallys Stimme erstarb, und Amy hätte ihm am liebsten einen Tritt versetzt, weil er so wenig Selbstvertrauen hatte. Denn schließlich wußte er doch am besten von ihnen über Maultiere Bescheid.

»Sie sind nicht eingeritten, und wir haben keine Zeit mehr dazu«, bemerkte Rain in scharfem Tonfall.

»Ich weiß vielleicht nichts darüber, wie man in der Wildnis überlebt, Rain, aber mit Maultieren kenn ich mich aus.« Das war die deutlichste Aussage, die Amy jemals von Tally gehört hatte. Insgeheim freute sie sich. In die Stille hinein, die Tallys Ausbruch folgte, fügte er hinzu: »Ich arbeite mit Maultieren, seit ich denken kann. Ich kann gleichzeitig eins reiten und eins führen. Ihr müßtet euch anstrengen, mit den Pferden überhaupt hinterherzukommen.«

»Hmm ...« Rain schwieg einen Moment lang. »Also gut. Wir lassen den Wagen hier. Gavin, erinnerst du dich an die Felsplatte, die ich dir vorhin gezeigt habe? Dort werden Amy und ich heute schlafen. Wenn du kurz nach Mitternacht pfeifst, übernehme ich die Morgenwache.«

Amy merkte, wie ihr das Blut ins Gesicht stieg, und war froh, daß es dunkel war. Rain hatte gerade Gavin und Tally deutlich gemacht, daß sie zusammen schliefen.

»Nicht nötig, Mann«, sagte Gavin, ohne zu zögern. »Ich und der Bursche passen schon auf, daß ihr heute nacht nicht gestört werdet. Bis morgen.«

Amy ging neben Rain über grobe Steine, an mannshohen Felsblöcken vorbei und durch ein dichtes Gestrüpp. Als sie einen kleinen Abhang hinaufgestiegen waren, blieb Rain stehen. Ihr Unterschlupf war unter einer Felsplatte, etwa zwei Meter über dem Fluß gelegen. Es war keine richtige Höhle; vom Boden bis zur Platte waren es ungefähr anderthalb

Meter, und es ging einen guten Meter in die Klippe hinein. Der Boden war mit Zedernzweigen ausgelegt.

»Ich war schon hier, als es noch hell war«, sagte er leise und beantwortete damit ihre ungestellte Frage.

Rain lehnte ihre Waffen an die Felswand und ließ ihre Dekken auf die Zweige fallen. Er legte seine Arme um sie, als ob er es nicht abwarten könne, und seine Lippen legten sich hungrig auf ihre. Sie waren verlangend, aber sanft.

»Ich habe den ganzen Abend darauf gewartet, mit dir allein zu sein«, flüsterte er.

»Das ist ein idealer Ort. Ich bin froh, daß du ihn gefunden hast.« Sie ließ ihre Augen verliebt über sein Gesicht tanzen und legte ihre Hand in seinen Nacken, um mit seinen Haaren zu spielen.

Der Kuß, den sie austauschten, war lang und tief und versprach eine Leidenschaft, die mit jeder Berührung stärker aufloderte. Sie nahm seinen Kuß durstig auf. Dann wandte er seinen Kopf ab, ließ sie los und breitete die Decken auf dem weichen Kissen aus Zedernzweigen aus.

»Was ist das denn?«

»Mein . . . Nachthemd.«

Amy nahm es ihm aus der Hand, setzte sich auf die Decken, beugte ihren Kopf nach vorne und zog ihr Hemd aus. Als sie aufschaute, war Rain verschwunden. In ihrer Hast hatte sie Schwierigkeiten, die Bänder an ihren Mokassins zu lösen und den Gürtel zu öffnen. Es erschien ihr wie eine Ewigkeit, bis sie endlich ihr Nachthemd über den Kopf gezogen und sich zwischen die Decken geschoben hatte.

Plötzlich setzte sie sich wieder auf und atmete tief ein. Sollte sie ihr Haar lösen? Ja, entschied sie, Rain würde das mögen. Sie entflocht ihren langen Zopf und kämmte mit den Fingern durch die Haare. Dann lehnte sie sich zurück. Ihr Herz klopfte wie das eines verschreckten Kaninchens, aber sie hatte keine Angst. Wie viele lange, einsame Nächte lagen hinter ihr?

Sie waren nun vorbei. Sie würde für immer mit ihrem Geliebten zusammen sein.

Rain erschien aus dem Nichts und ließ sich neben ihr nieder. Er hatte seinen Oberkörper entblößt und sich im Fluß gewaschen. Sie konnte die Feuchtigkeit auf seiner Haut spüren.

»Du bist immer so leise«, flüsterte sie.

»Hab' ich auch lang genug geübt.« Er zog schnell die Mokassins und die Hose aus und legte sich neben sie. »Das Wasser war kalt, aber ich wollte ja nicht wie eine stinkende Ziege zu dir kommen.«

Sie fühlte Zuneigung und Aufrichtigkeit, als er sie in seine Arme nahm. Amy hatte nicht erwartet, daß sich sein harter, muskulöser Körper so warm und kraftvoll anfühlen würde; seine langen Beine lagen dicht an ihren, und seine Arme hielten sie fest umschlungen. Ihr bebender Körper kuschelte sich zärtlich an seine warme, nackte, weichbehaarte Brust. Das Gefühl seines Körpers an ihrem verursachte eine süße und gleichzeitig quälende Lust in ihrer Magengrube, die bis in ihren pulsierenden Schoß drang. Seine Beine verknoteten sich mit ihren, und sie rieb die Fußsohlen an seinen Füßen. Ihre Hände streichelten über seinen Rücken und seine Schultern. Ihr Gesicht ruhte an seinem Hals. Sie fühlte seine großen Hände auf ihrem Hintern, mit denen er sie eng an sich heranzog.

»Er paßt genau in meine Hände«, flüsterte er. Dann lachte er so glücklich, daß sie am liebsten geweint hätte.

»Ich ... liebe dich.« Das war alles, was sie sagen konnte.

»Aah ...« Seine Arme hielten sie ganz fest. »Das ist himmlisch. Das wahre Paradies.«

»Ich will ewig mit dir zusammen sein.«

»Das wirst du.« Er strich ihr mit der Handfläche die Haare aus dem Gesicht. Sie fühlte seine Erregung, fühlte, daß sein starkes Äußeres ins Wanken geriet. »Amy, Amy, Amy ...«

»Ich habe sehr lange auf dich gewartet. Liebe mich, Rain. Liebe mich!« Ihr Herz raste vor Freude.

Amys Mund traf seine suchenden Lippen und gab ihrer Erregung nach. Der Kuß wurde intensiver. Sein Hunger schien unersättlich, und seine liebkosenden Hände wurden drängender.

»Dein Mund ist so süß«, flüsterte er, und seine Lippen bewegten sich über ihr Gesicht. Mit den Fingerspitzen streichelte sie über seine Wangen und zog seinen Mund zurück auf ihren. Sofort kam er ihrem lustvollen Drängen entgegen. Seine Zungenspitze erforschte die Innenseiten ihrer Lippen, und die feuchte, samtene Zunge verursachte ein kribbelndes Gefühl in ihrem Bauch. Er nestelte an dem Stoff, der seine Hände von ihrer warmen Haut trennten. »Zieh es aus, Süße.«

Er setzte sich auf und zog sie mit hoch. Mit gierigen Händen hob er das Nachthemd hoch und streifte es ihr über den Kopf. Er legte sich zurück, streckte sich und drückte sie an seinen Körper. Er nahm ihre Schenkel zwischen seine und preßte sie an seine Brust. Sie lag auf ihm, über ihnen die Decke. Seine Hände umfaßten ihren Po und drückten ihren Unterleib gegen seine Härte, die zum Leben erwacht war, sobald er sie das erste Mal berührt hatte. Sie genoß es, ihn zu fühlen und zu wissen, daß er bald ihre schmerzende Leere füllen würde. Sie hob ihren Kopf von seiner Brust, ihre Hände umfaßten sein Gesicht, und sie küßte ihn immer wieder voller Leidenschaft.

»Ich kann nicht glauben, daß ich hier wirklich mit dir zusammen bin.« Sie hörte nicht auf, ihn zu streicheln. Ihre Bauchmuskeln waren angespannt, und ihr Atem und ihr Herzschlag gingen unregelmäßig.

»Ich möchte dich sehen«, flüsterte er. »Gott, ich möchte dein Gesicht sehen, wenn ich dich liebe. Er strich mit seinen schwieligen Fingern vom Nacken aus über ihre Wirbelsäule und nahm die Weichheit ihres Rückens und ihrer Hüften wahr, preßte sie gegen seine Härte, die sie bis ins Mark erzittern ließ.

»Bald schon, Amy, bald.«

Er rollte herum, legte sie auf den Rücken und setzte sich auf sie. »Ich wollte, daß unser erstes Mal sehr lange dauert. Aber ich bin nicht sicher, wie lange ich warten kann ... « Er stöhnte die Worte leise in ihr Ohr. »Wie sehr ich das mag, deine Brüste an meiner, deinen Bauch gegen meinen gepreßt, und deine Arme fest um mich geschlungen. Amy, Amy, warum bin ich nicht früher zurückgekommen?«

Die tief in ihrem Körper brennende Flamme loderte wild auf, als sie das Saugen seiner Lippen an ihrem Nippel spürte. Er küßte ihre Brust, umspielte die Knospe mit seiner Zunge und beknabberte sie zärtlich. Ein Schaudern überlief sie, als seine forschenden Finger über ihren Körper glitten und das eigentliche Ziel umkreisten. Sie hieß sie willkommen, als sie zwischen ihren Schenkeln eintauchten, in die geheimnisvolle, dunkle Höhle eindrangen und das berührten, was noch nie zuvor berührt worden war. Das Beben ihrer Schenkel spornte ihn an, und sein Kuß war so leidenschaftlich, daß er alles vergessen machte und das Verlangen und den Schmerz in unerträgliche Höhen trieb.

»Jetzt, Süße ... jetzt?«

»Ja.« Sie spreizte ihre Beine und zog ihn zu sich herunter. Sie umschlang seinen Nacken und preßte sich an ihn. Sie war in einem überwältigenden Verlangen und dem Wunsch nach körperlicher Befreiung gefangen. Er stützte sich leicht ab, begierig nach Einlaß suchend – und hielt plötzlich inne.

»Werde ich dir weh tun?« Seine Brust hob sich mächtig bei dem Versuch, regelmäßig zu atmen.

»Hör nicht auf«, flehte sie. Ihre Hände umklammerten ihn fieberhaft, während sie ihn wieder und wieder auf den Mund küßte.

Ihr leidenschaftliches Bitten hallte in den entfernten Tiefen seines Herzens wider, trübte seinen Blick und schnürte ihm die Kehle zu. Diese wunderbare Frau schien sein Innerstes nach außen zu kehren.

»Ich liebe dich. Du erfüllst mein ... Herz, meine Gedanken, du bist mein Leben.« Mit gestammelten, unzusammenhängenden Liebesbekundungen drang er vorsichtig in sie ein, machte sie behutsam mit der Wurzel seiner Männlichkeit vertraut. Dann fand er sich stöhnend und mit einem hungrigen, begierigen Stoß in dieser süßen Weichheit wieder, eingebettet in diesen warmen und heiligen Ort. Amy fühlte einen leichten Schmerz, der schnell vorbei war, und verlor sich in der Lust, während sein feuriges Schwert wieder und wieder in sie eindrang. Der magische Kreis der Lust weitete sich aus. Sie sehnte herbei, wonach sie beide strebten, fürchtete es zu verpassen und bebte vor Erwartung unter dem Druck seines Körpers.

Ihr Körper bäumte sich auf, und sie grub ihre Finger in seinen muskulösen Hintern. Er war der Ekstase nahe, tief in ihr drin. Wellen rasender Lust durchströmten sie. Ihre ganze Welt war dieser Mann, der hier mit ihr zusammen war. Sein Mund war ihr Mund, sein Körper und ihrer waren eins. Ihre Vereinigung würde für immer in ihr Gedächtnis eingebrannt sein. Endlich war sie Teil ihres Geliebten. Er fühlte sich in ihrem Körper heimisch, bewegte sich gewandt, seine harte Männlichkeit verwöhnte ihren Schoß. Gierig stieß sie ihm ihre Hüfte entgegen, und er nahm sich mit wilder Erregung, was sie ihm anbot. Ihr Herz vibrierte vor all der Liebe, die sich dort für ihn angesammelt hatte.

Amy hatte es sich nicht träumen lassen, daß ihr Zusammensein mit Rain sie in solche Höhen der Sinnlichkeit führen würde. Ihre Leidenschaft schwoll an, schüttelte sie durch und schloß sie in eine Welt ein, in der nur sie beide existierten. Sie umklammerte ihn hilflos, nahm nur noch das regelmäßige Stoßen wahr, das immer schneller wurde und eine zuckende Lust erzeugte, die wie ein Freudentanz durch ihren Körper wirbelte. Sie fühlte, wie sein Körper zum Stillstand kam, erbebte und steif wurde. Dann spürte sie die Flut seiner Erlösung, und er rief laut ihren Namen aus.

Sie wußte nicht genau, wann es zu Ende war. Der süße, bekannte Geruch seines Atems und das leichte Berühren seiner Lippen am Mundwinkel brachte sie wieder zum Bewußtsein. Die Umklammerung ihrer Arme und Beine wurde stärker, sie hielt ihn in sich fest und preßte gierig ihren Mund an seinen. Ihre Hände streichelten über seine Haare, seinen Rükken und seine Schultern und umfaßten seinen Hals.

»Das war besser, als ich es mir je erträumt hätte«, murmelte er, als sich seine Lippen von ihren lösten.

Sie lachte ihn leise an, biß ihn sanft in die Unterlippe und saugte an ihr.

»Rain, geliebter Rain. Weißt du, wie lange ich dich schon liebe? Wie lange ich darauf gewartet habe, bis genau das passiert? Ich bin so glücklich, daß wir es endlich getan haben. Du füllst meine Leere ...« Sie stoppte abrupt mit einem Seufzer. Ihre Gefühle überwältigten sie, füllten ihre Augen mit Tränen und ließen ihre Stimme brechen.

»Ich bin froh, daß wir nicht länger gewartet haben. Du bist so vollkommen, Amy, auch wenn du Hosen trägst«, neckte er. Seine Lippen strichen über ihre, und er drückte seine Lenden nach vorne. Zu ihrer großen Freude fühlte sie ihn in voller Länge, hart, pochend und zärtlich.

»Rain, bin ich verdorben, weil ich das so sehr mag?« Sie faltete die Hände in seinem Kreuz und preßte sich fest an ihn.

»O Gott, nein! Wie kommst du denn darauf?«

»Die meisten Frauen mögen es nicht. Libby allerdings mag es. Sie hat erzählt, daß sie, wenn sie mit Farr zusammen ist, die Welt aussperrt. Damals hab' ich das nicht verstanden, jetzt schon.«

»Ich möchte, daß du dich leer fühlst, wenn ich nicht da bin.« Seine Stimme war ein rauhes Flüstern.

Sein Herz dröhnte an ihrem, eine wortlose Erklärung von Gebrauchtwerden und Sehnsucht. Diesmal war es vollkommen anders als beim ersten Mal. Ihre Hände glitten verliebt über seinen Körper, suchten und liebkosten. Sie lernte die Geheimnisse kennen, von denen sie bisher nur vage gehört hatte. In der neuentdeckten Freiheit zu lieben und zu entdekken, grub sich ihre Hand bis dorthin vor, wo sie miteinander verbunden waren. Sie lachte erfreut auf, als sie die dichten, groben Haare entdeckte.

»Wir passen so gut zusammen!« rief sie aus und rieb ihre Zehen an seinen Knöcheln.

»Ich hab' dir doch gesagt, daß ich froh bin, daß du groß bist.«

»Ich habe es immer gehaßt, größer zu sein als die anderen Mädchen. Jetzt bin ich glücklich.«

Er drehte sich auf die Seite und nahm sie mit sich, ihr weicher Bauch an seinem harten. Sie küßten sich mehrere Minuten lang, wobei sich seine Zunge in ihrem Mund sanft bewegte, und er mit den Fingern an ihren Brustwarzen spielte, bis er steif wurde. Er bewegte sich etwas nach unten und legte seinen Kopf an ihre Brust. Als er sich mit dem Mund an ihrem Nippel zu schaffen machte, wuchs ihre Lust so sehr, daß sie ihn ganz fest umarmte und ihm etwas Unverständliches ins Ohr murmelte. Er lachte liebevoll und wissend. Er saugte noch einmal an ihrer Brust, bevor er sich wieder nach oben bewegte, um sie auf den Mund zu küssen und tiefer in die Höhle zwischen ihren Schenkeln eindringen zu können.

»Ich wünschte, ich könnte dich sehen«, raunte er. »Ich wünschte, ich könnte deine Brüste sehen, deinen weichen Bauch. Ich möchte dich nackt sehen, nur von deinen Haaren bedeckt.«

»Rain, ich will ...« Sie drückte sich gegen ihn, als er seine Lenden anspannte.

»Sag's mir. Oh! Oh ..., sei lieber still, Schatz!« Sein Atem ging stoßweise, während sie sich fordernd bewegte.

Heftig einatmend, drang er ganz in sie ein. Sie ging auf ihn ein. Sie bebten beide am ganzen Körper, und lustvolle Schauer kamen über sie: wilde, unkontrollierte Zuckungen bis zum letzten Stoß seines Beckens. Sie fühlte die heftige Explosion, den plötzlichen Ausbruch in ihr. Sie hörte seinen Schrei, und ihre fiebrigen Körper begannen zu fliegen. Sie segelten von den Höhen des Vergessens hinab, verweilten in der Vereinigung von Körper und Geist und lagen sich schließlich bebend in den Armen.

Amy drückte ihn an ihren Busen. Er war ihr mehr wert als ihr eigenes Herz. Während sie ihn hielt, wunderte sie sich, wie sehr sich die gesamte Welt für sie verändert hatte. Dann, wie in einem Traum, war er wieder der große dunkle Junge mit den traurigen Augen von vor langer Zeit. Wieder hörte sie die Worte, die er gesagt hatte, bevor er losgezogen war, um herauszufinden, was für eine Art von Mann er war. *Du bist doch noch ein Kind, Amy. Du bist noch nicht reif für erwachsene Liebe.* Sie hatte ihn so sehr geliebt und gewünscht, daß die Zeit schnell verflöge, sie erwachsen würde, und er zurückkäme. Hier in ihren Armen war alles, was sie jemals ersehnt hatte.

Langsam wurde sein Atem ruhiger, und er legte sich auf den Rücken. Er zog sie zu sich hin, und seine Hand suchte ihr Bein und legte es über seines. Sie blieben lange still, ihr Kopf auf seiner Schulter, während er ihren Arm streichelte.

»Danke, daß du mich hierhergebracht hast, Rain. Das ist, als sei es unser Zuhause.«

»Ich wollte dich ganz für mich alleine. Das ist vielleicht das letzte Mal für einige Zeit.«

»Ich wünschte, wir könnten jede Nacht einen Platz wie diesen finden«, stellte sie versonnen fest.

»Wir müssen so schnell wie möglich reiten und soviel schlafen, wie's nur geht.«

»Ich weiß, ich bin gierig. Aber ich liebe dich so sehr.«

»Ich liebe dich auch.«

»Fällt es dir jetzt leichter, es auszusprechen?«

»Ich war nie ein großer Redner.«

»Ist schon gut. Ich fühle mich geliebt. Und du? Fühlst du, wie sehr ich dich liebe?«

»Ja… « Er umarmte sie fester und küßte sie auf die Stirn. »Ich fühle mich innerlich nicht mehr einsam.«

»Ich auch nicht, obwohl ich gar nicht weiß, wie ich es beschreiben soll.«

»Heute auf dem Boot hab' ich gewünscht, dich nicht mitgenommen zu haben.«

»Dann hättest du aber das hier verpaßt.« Sie streichelte mit den Fingerspitzen über die samtweichen Haare auf seiner Brust.

»Es wird nicht leicht sein, Eleanor an Perrys Männern vorbeizubringen. Er wird uns nicht noch einmal Stümper wie Bull hinterherschicken.«

»Ich hab' auch darüber nachgedacht. Ich werde dir helfen. Onkel Juicy hat mir eine Menge beigebracht.«

»Ich hab' mir überlegt, ob du nicht besser hier bei den Badkers bleibst und auf Libby und Farr wartest.«

Amy war empört, diese Worte aus seinem Mund zu hören. »Nein!« stieß sie hervor, und die Finger, die an seinem Hals lagen, ballten sich zur Faust. »Nein«, wiederholte sie noch einmal.

Er seufzte. »Ich wußte, daß du so reagieren würdest. Es wäre doch nur für ein paar Wochen. Ich würde dich später abholen.«

Amy hatte einen Kloß im Hals, und Tränen füllten ihre Augen. Dann brach die ganze Entrüstung aus ihr heraus.

»Wie kannst du nur daran denken, mich zurückzulassen, nachdem wir diesen wunderbaren Moment erlebt haben. Ich versuche, dir ständig klarzumachen, daß ich nicht hilflos bin, daß ich mich nützlich machen kann. Dinge machen kann… genauso gut wie du. Aber du…, du hörst ja überhaupt nicht zu.« Ihre Stimme zitterte, und die Worte wurden von einigen wütenden Schluchzern unterbrochen.

»Du weißt doch, daß ich dich liebe. Wenn dir irgend etwas passieren sollte, könnte ich nicht weiterleben. Verstehst du das denn nicht?«

»Wenn du mich verläßt, komme ich dir hinterher. Willst du das? Hier würde ich eingehen. Mit dir zusammen habe ich eine Chance. Was wäre denn, wenn dir etwas passieren würde? Es würde Wochen oder Monate dauern, bis ich davon erführe. Du könntest dich verletzt haben und mich brauchen, und ich wüßte nichts davon. Das würde ich nicht aushalten. Wie kannst du nur so etwas vorschlagen, wenn du mich liebst?«

»Gerade weil ich dich liebe ...«

»Ich möchte keinen Tag und keine Nacht mehr ohne dich verbringen. Ich habe gewartet und gewartet und gewartet«, schluchzte sie und verbarg ihr Gesicht an seiner Schulter.

»Ach Amy ..., Liebes.« Er hob ihr Gesicht an und trocknete mit seinen Lippen die Tränen in ihren Augen. »Ich möchte dich beschützen. Vielleicht habe ich ja schon den Samen unseres ersten Sohnes in dir gepflanzt.«

»Könnte ja auch ein Mädchen sein.«

Er lachte leise. »Groß, stur und mit goldenen Augen, ganz wie ihre Mutter.«

»Wage es nicht, dich über mich lustig zu machen!«

»Amy, o Amy! Du bist einmalig.«

»Was soll das heißen?«

»Das heißt, daß du nicht hierbleiben mußt. Das heißt auch, daß ich besorgter bin als jemals zuvor, aber auch stolz, weil du dein Glück mit mir versuchen willst.«

»Hast du denn nicht daran gedacht, daß ich bei dir bleiben möchte?«

»Ich habe es gehofft, aber ...«

»Kein aber!« Sie beugte sich über ihn, stützte die Unterarme auf seine Brust und schaute auf ihn herab. Sie konnte nur die Umrisse seines Gesichts erkennen, aber sie nahm ein

Schimmern wahr, das nur von Feuchtigkeit in seinen Augen rühren konnte. »Du machst mich manchmal verdammt wütend!«

»Ich muß auf dich achtgeben. Ladies fluchen nicht.«

»Das hast du mir schon mal gesagt.«

»Und du hast geantwortet: ›Ich bin keine Lady, ich bin ein Kind.‹«

»Daran erinnerst du dich noch?«

»Na klar. Ich erinnere mich an vieles.«

»An was denn noch?«

»Einmal bist du mit Mercy hinter den Stall gegangen, hast dein Kleid angehoben und hattest nichts drunter. Da hab' ich das hier gesehen ...« Seine Hände glitten nach unten und kniffen sie in den Hintern.

»Was? Du ..., du elender Spanner!«

Er lachte an ihrer Wange, rollte sich dann über sie und drückte sie auf die Zweige unter der Decke. Seine Küsse wurden intensiver und verlangender, sein Atem wurde schneller, und der Teil, mit dem er sie sanft herunterdrückte, wurde härter.

Sie liebten sich lange und innig, während die Zeit unbemerkt die Nacht durchschritt.

Kapitel 17

Das Fleisch wird für mehrere Tage reichen. Ich hab' auch noch Brot dazugetan.« Vonnie gab Amy die Tasche aus Hirschleder, die sie hinten am Sattel festmachte.

»Danke, Vonnie. Mach's gut und paß gut auf deine Jungs auf.«

»Mach' ich. Viel Glück noch.« Vonnie ging zu dem Pferd, auf das Gavin Eleanor geholfen hatte, und reichte ihr die Hand. »Wir werden auf Ihre Sachen aufpassen, Eleanor.«

»Sie können sie haben. Ich habe das Gefühl, daß ich keine eleganten Kleider und seidenen Unterröcke mehr brauche.«

»Sie brauchen sie nicht mehr?« fragte Vonnie verdutzt. »Sie können doch zurückkommen und ...«

»Ich möchte, daß Sie sie nehmen. Ich kann mir neue kaufen, wenn ich will. Ich habe alles, was ich brauche hier ... in diesem Bündel.« Eleanor schaute zu Gavin herüber, der ihr zusammengerolltes Bettzeug und die Dinge, die sie sonst noch brauchte, hinten am Sattel festband. Dann wanderte ihr Blick zu Amy und Rain, die sich bei den Händen hielten.

Eine dunkle Wolke der Einsamkeit schwebte über Eleanor. Amy hatte in der letzten Nacht das Bett mit Rain geteilt. Wie sie sich wohl dabei gefühlt hatte? Und wie fühlte sich Vonnie, die so glücklich mit ihrer Familie schien? Eleanor versuchte, an etwas anderes zu denken. Es war absurd, solche Gedanken zu haben. Bisher hatte sie hauptsächlich darauf geachtet, daß ein Mann sie materiell befriedigen konnte, und nicht, wie es sein würde, von ihm geliebt zu werden. Doch das war, bevor sie Gavin kennengelernt hatte. Er war ganz anders als alle

Männer, die sie bisher kennengelernt hatte, mit seinem großen, starken Körper, seinen struppigen Haaren und dem verwegenen Blick.

Und wieder, wie schon hundert Mal vorher, kam es Eleanor in den Sinn, wie zärtlich Gavin sie im Arm gehalten hatte, nachdem er ihr den Hintern versohlt hatte. Sie hatte gefühlt, daß er sich wirklich um sie sorgte. Wenn sie nur an die Worte dachte, *Weine nicht, Mädel. Die Kerle werden dich nie wieder berühren,* dann verursachten sie für einen Moment dieses außergewöhnliche Gefühl in ihrem Körper, als hielte sie die Welt in den Händen.

Eleanor hatte noch nie über die Freuden der Liebe nachgedacht; sie hatte immer nur die Folgen gesehen – wie ihre Mutter, die hoffnungslos einem Mann ergeben war, der ihr gesamtes Erbe verschleudert hatte, sich in Spielhallen herumtrieb und eine heimliche Geliebte hatte.

»Aber Eleanor, ich kann Ihren Koffer doch den Quills mitgeben, wenn sie hier durchkommen.«

»Nein. Bitte, Vonnie, ich möchte sie Ihnen wirklich schenken. Machen Sie aus den Unterröcken Hemden für die Jungs. Einer dürfte für mindestens zwei Hemden reichen.«

»Na, dann vielen Dank ...«

»Ich glaube nicht, daß Farr ein zweites Gespann für den Wagen dabeihaben wird«, stellte Rain fest. »Nutze ihn also ruhig, Badker, als ob er dein eigener wäre.«

»Er wird noch hier sein, wenn du wiederkommst. Meine Frau und ich, wir bedanken uns auf jeden Fall.« Er legte Vonnie eine seiner großen Hände auf die Schulter und lächelte sie an. »Wenn sie wieder mal quängelt, daß sie in die Stadt will, kann sie sich jetzt ja richtig aufdonnern«, neckte er sie.

»Geht ein paar Tage nicht allzu weit raus«, riet Rain. »Ich werde in den nächsten Stunden deutliche Spuren hinterlassen, so daß jeder, der hier hinkommt, sehen kann, daß wir den Wagen dagelassen haben.«

»Wir passen schon auf. Gebt gut auf euch acht.«

Tally belud ein Maultier mit den Sachen, die Rain aussortiert hatte, legte dem anderen eine Decke über und stieg auf. Sofort begann das Tier nervös zu tänzeln, beruhigte sich aber langsam, als Tally das andere Maultier dicht zu ihm heranführte. Rain sah sich alles genau an und nickte dann den anderen zu, ebenfalls aufzusteigen.

Sie winkten den Badkers zum Abschied zu und folgten Rain den Weg zum Fluß hinunter. Amy ritt direkt hinter Rain, gefolgt von Eleanor, Tally und dem Lasttier. Gavin ritt am Ende der Karawane. Eleanor hatte noch nie zuvor in einem Herrensattel gesessen und wunderte sich nun, wie leicht es doch war, rittlings mit beiden Füßen im Steigbügel zu reiten. Ihr dunkler, weiter Rock bedeckte nur spärlich ihre Waden, und sie mußte kichern, als sie daran dachte, was ihre Tante jetzt wohl sagen würde, wenn sie sie sehen könnte.

Eine Stunde vor Sonnenaufgang waren Amy und Rain zum Wagen zurückgekommen. Rain hatte Eleanor von Hammond Perry erzählt, und daß er vermutete, Perry würde versuchen, sie zu entführen. Einige Wochen vorher hätten Rains Worte sie in Angst und Schrecken versetzt. Nun hatte sie ihnen ganz ruhig gesagt, daß sie tun würde, was immer nötig war. Zum ersten Mal war in Rains Augen so etwas wie Bewunderung gewesen, als sich ihre Blicke trafen.

Als sie über einen Damm in einen dunklen Wald hineinritten, mußte Eleanor sich eingestehen, daß sie noch nie im Leben zufriedener gewesen war. Hier in den Wäldern, die Haare zu Zöpfen geflochten, in einem einfachen Kleid und ohne einen Hauch von Rosenöl am Körper, war sie so richtig glücklich. Zum ersten Mal im Leben kümmerte sie sich nicht um ihr Äußeres, und irgendwie fühlte sie sich den anderen zugehörig, fühlte sich ihnen gegenüber verantwortlich. Es war ihr nun wichtig, daß sie Gutes von ihr dachten. Diese Erkenntnis verblüffte sie mehr als alle anderen.

Der Weg führte an Gruppen von Pappeln, Ahornen, Eichen und anderen Laubbäumen vorbei, dazwischen verstreut hin und wieder Zedern und Pinien. Rain gab ein schnelles Schritttempo vor, und die Pferde fanden ihren Weg auch um umgestürzte Bäume und Gestrüpp herum. Dann führte Rain sein Pferd bergauf. Sie näherten sich einer steilen Felswand und folgten dann einem schmalen Pfad, der an ihr vorbeiführte.

Fast drei Stunden lang durchquerten sie eine wunderschöne Felslandschaft, so wie sie Eleanor noch nie gesehen hatte. Dann eröffnete sich plötzlich eine weite Ebene vor ihnen, die in der Ferne durch weitere Hügel und Täler begrenzt wurde. Rain brachte seinen Braunen an einem plätschernden Bach zum Stehen.

»Wir machen ein paar Minuten Pause.«

Eleanor warf zum Absteigen ein Bein über den Hals des Pferdes, so wie sie es bei Amy gesehen hatte, mit dem Resultat, daß sie flach auf dem Rücken landete. Das Pferd brach aus, wurde aber sofort von Rain eingefangen. Gavin half Eleanor hoch und hielt sie solange fest, bis ihre Beine wieder durchblutet waren. Ein Lachen brach aus ihr heraus, als sie in sein zerfurchtes, wettergegerbtes Gesicht schaute.

»Gut, daß ich so einen harten Hintern habe, nicht wahr, Gavin?«

»Allerdings, Mädel.« Seine Hände umfaßten ihre Oberarme, und er lächelte sie an, wobei seine weißen Zähne zwischen den Lippen aufleuchteten. Sie schauten sich schweigend an. Seit ihrem Aufbruch am Morgen hatte er sie immer wieder betrachtet und sich am Anblick ihrer glänzenden Haare, ihrer schmalen Taille und ihren weiblich gerundeten Hüften erfreut. Selbst ohne die Verformungen des Korsetts hatte sie eine Figur wie ein Stundenglas.

Eleanor sah, wie seine Augen an ihr herunterblickten. Sie war gänzlich verwirrt von der Kraft seiner strahlend blauen Augen. Obwohl sie und dieser Mann so vollkommen verschieden waren, fühlte sie doch, daß sie sich in ihrem tiefsten Innern kannten, daß es etwas Vertrautes zwischen ihnen gab, das es bei keinem anderen Mann und keiner anderen Frau geben konnte.

Er war gewiß nicht hübsch, aber das brauchte er auch gar nicht zu sein mit diesen unwiderstehlich blauen Augen. Er erschien auf den ersten Blick rauh, ja sogar ungehobelt, aber in seinem Innern war er doch höflich und zuvorkommend. Sein grobgeschwungener Unterkiefer, sein energisches Kinn und seine schiefe Nase hatten Charakter. Eleanor stand nahe genug bei ihm, um die zarten Fältchen um seine Augen erkennen zu können und die buschigen Augenbrauen, und sie fragte sich, ob er es ihr wohl erlauben würde, sie zurechtzustutzen.

Schließlich beendete er die Stille.

»Nora?«

»Ja, Gavin?«

»Alles wieder okay, Mädel?«

»Ja, Gavin.«

»Lauf ein bißchen. Es geht bald weiter.« Er ließ sie los und ging fort, um ihre Pferde zu tränken.

Eleanor folgte Amy in die Büsche. »Ich bin vielleicht verrückt, aber mir gefällt das.«

»Vor langer Zeit hat Rain Quill's Station verlassen, um herauszufinden, was für ein Mann er ist. Ich glaube fest, du findest gerade heraus, was für eine Frau du bist.«

»Ich denke ständig, daß ich eigentlich Angst haben müßte, aber ich habe keine.«

»Wirst du aber kriegen, wenn's an der Zeit ist. Onkel Juicy hat immer gesagt, daß nur Narren keine Angst haben. Ähm ..., hock dich lieber nicht dorthin. Die Blätter könnten giftig sein.«

»Es gibt so viel, was ich noch nicht weiß. Amy ..., meinst du, daß es um Leben und Tod geht, wenn Perrys Männer versuchen, mich zu entführen?«

»Zumindest kommen die nicht mal eben so vorbei und fragen, ob du mitkommst. Das ist sicher. Aber Rain wird schon aufpassen. Er wird nicht zulassen, daß sie dich uns wegnehmen.«

»Ich kann mir nicht vorstellen, auf einen Mann zu schießen.«

»Ich schon, wenn er auf mich oder Rain zielt.«

»Ich glaube, ich verstehe, was du meinst.«

»Mach dir jetzt mal keine Sorgen. Es ist noch ein langer Weg.«

»Ich wünschte mir, es ginge immer weiter, ohne daß wir jemals ankommen«, murmelte Eleanor.

»Das kannst du doch nicht sagen«, empörte sich Amy. »Dein Willy wartet doch auf dich.«

»Da möchte ich jetzt nicht drüber nachdenken«, sagte Eleanor hastig. »Wir kehren besser zurück. Ich möchte noch einen Schluck Wasser trinken, bevor es weitergeht.«

Die Sonne, die hinter dem dichten Wald verborgen lag, ging langsam unter. Es waren Stunden vergangen, seitdem sie gerastet hatten, und Amy war müde und hungrig. Sie hatte am Nachmittag Pökelfleisch verteilt, das Vonnie ihnen mitgegeben hatte, und das salzige Fleisch hatte sie durstig gemacht. Sie folgten Rain einen abschüssigen Weg ins Tal hinunter, dann wieder einen steilen Hang hinauf.

Das Tageslicht nahm schon ab, als sie das Geräusch fließenden Wassers vernahmen. Das Plätschern des Baches, der Windhauch in den Baumwipfeln, das Blätterrascheln unter den Pferdehufen, das Zwitschern der Vögel und das Herumhuschen kleiner Tiere, dies alles waren für Amy beruhigende Geräusche.

Rain stoppte direkt unter einem gewaltigen Baum, der über den Rand einer Kalksteinwand lehnte.

»Hier halten wir an.«

Sie zügelten ihre Tiere, blieben aber in ihren Sätteln sitzen und schauten ihn an. Rain schien unermüdlich zu sein, während Amy und Eleanor erschöpft waren. Eleanor hatte sich während der letzten Stunden am Sattelknauf festgehalten, wobei allerdings kein Ton der Beschwerde über ihre Lippen gekommen war.

Rain ging zu Amy und half ihr beim Absteigen. »Alles klar?« fragte er.

»Bei mir schon, aber Eleanor ...«

Eleanor schaute Gavin ermattet an, als er zu ihr kam. Sie fühlte überhaupt nichts in ihren verkrampften Gliedern. Sie war wie gelähmt, konnte sich nicht rühren. Er hob sie vom Pferd herunter, trug sie ein Stück und setzte sie unter den Baum. Jede Bewegung erzeugte schmerzvolle Stiche in ihrem Körper, und sie biß sich auf die Lippen, um ein Stöhnen zu unterdrücken.

»Ging doch gut, Mädel.«

»Oh ..., ich glaube nicht, daß ich mich je wieder bewegen kann«, flüsterte sie. »Ich möchte nicht, daß Rain und Amy etwas davon mitbekommen.«

»Es wird erst noch schlimmer werden, bevor's besser wird.«

»Oh, Gavin. Werde ich je wieder laufen können?«

»Wir müssen die Krämpfe aus deinem Körper bekommen, Mädel. Bleib hier sitzen, bis ich die Tiere angebunden hab'. Bin gleich wieder da.«

Die Tiere wurden abgesattelt und mit einer Handvoll Gras gestriegelt. Amy packte das Essen aus, wollte aber noch kein Feuer machen, bevor sie nicht mit Rain gesprochen hatte.

»Bleib ruhig sitzen, Eleanor«, sagte Amy, als Eleanor unter Stöhnen aufstehen wollte, um ihr zu helfen. »Ich kann sowieso nichts machen, bis mir Rain nicht gesagt hat, ob es ungefährlich ist, ein Feuer zu machen.«

»Ich weiß nicht, ob ich mich bewegen kann. Oh ..., ich bin so nutzlos!«

»Es war ein anstrengender Ritt.«

»Werden Rain und Gavin denn nicht müde? Ich glaube, die könnten noch die ganze Nacht durchreiten.«

»Das könnten sie vielleicht, aber die Pferde nicht.« Amy ging Rain entgegen, der von den Tieren herüberkam. »Kann ich ein Feuer für den Tee machen?«

»Ja. Deshalb habe ich diesen Ort ausgesucht. Komm, ich zeig's dir.« Er führte sie um einen großen Felsblock herum zu einem Felsvorsprung. »Hier ist es gut. Der Rauch wird an den Felsen kommen und sich auflösen. Man kann das Feuer erst dann sehen, wenn man schon so nah ist, daß man die Pferde hören kann. Aber zuerst ...« Er nahm sie an der Hand und zog sie zu sich heran. Er umarmte sie und senkte seinen Mund auf ihre einladenden Lippen. Sie bebte unter seinem tiefen, ausgehungerten, langanhaltenden Kuß. »Daran denke ich seit Stunden.«

»Ich habe an ... letzte Nacht gedacht.«

»Süßes, schamloses, kleines Ding!« scholt er sie mit rauher Zärtlichkeit. Leise lachend umfaßte er ihr Gesicht mit beiden Händen, bevor er ihr einen zarten Kuß auf den Mund gab.

»Ich bin, was ich bin, Rain Tallman!«

»Und ich will auch kein Haar an dir verändern!« Er umarmte sie lange und inniglich. »Wir sollten jetzt besser Tee kochen«, sagte er dann und ließ sie los. »Ich habe etwas trockenes Hickoryholz gefunden, womit wir ein schnelles Feuer machen können. Wie geht's Eleanor?«

»Sie war noch nie rittlings im Sattel. Die letzten Stunden waren die reinste Schinderei für sie, aber sie hat sich nicht beschwert. Ich ..., ich mag sie.«

»Sie ist nicht mehr die Frau, die ich aus Louisville abgeholt habe. Sogar ich mag sie inzwischen ein wenig.«

»Solange es nur ein wenig ist, ist es in Ordnung. Ich fände es gar nicht schön, wenn ich dir in dein anderes Ohr auch noch eine Kerbe machen müßte.«

»Was für ein freches Kind du doch bist!« Er grinste sie fröhlich an.

»Letzte Nacht war ich aber kein Kind.«

»Oh, nein ...«

»Und heute nacht?«

»Du wirst doch wohl zu müde sein heute nacht, meine Süße. Oder etwa nicht?« fragte er hoffnungsvoll.

»Ich bin ja schließlich keine dieser kleinen, zerbrechlichen Frauen, Mr. Tallman!«

»Dafür bin ich dem lieben Gott auch dankbar!«

Tiefes Stöhnen und Klagen kam von unter dem Baum, als Amy und Rain zurückgingen, um das Abendessen zu bereiten. Gavin hatte einige Zweige abgeschnitten, und Eleanor bäuchlings darauf gelegt. Er kniete neben ihr und knetete und massierte die verkrampften Muskeln an ihren Füßen und Waden und arbeitete sich langsam die schmerzenden Schenkel hinauf.

»Oh! Oh! Aufhören, Gavin, aufhören ..., ich halt's nicht aus.«

»Du mußt, Mädel. Wir können nicht zulassen, daß sich die Muskeln verhärten.« Seine riesigen Hände kneteten die Muskeln an ihren Schenkeln durch ihren schweren Rock hindurch.

»Aber ... mein Po tut mir auch weh und ...«

»Ganz ruhig. Da komm' ich auch noch hin.«

Rain kniete neben Gavin nieder. »Kann sich nicht mehr bewegen, was?«

»Ihr geht's ganz schön dreckig. Die Muskeln sind steif wie'n Brett.«

»Wenn ich mich recht erinnere, gibt's da hinten eine heiße Quelle. Die Indianer behandeln dort schmerzende Gelenke und verkrampfte Muskeln.«

»Ich hab' davon gehört. Kann ich sie dort hintragen?«

»Ich schau' erst mal nach, ob die Quelle überhaupt noch da

ist. Es hilft bestimmt, wenn sie eine Zeit in dem warmen Wasser liegt und du sie dann noch mal ordentlich durchknetest. Morgen muß sie auf jeden Fall wieder reiten.«

Amy und Rain mußten einen Abhang hinaufklettern, um zu der Quelle zu gelangen.

»Kann Gavin sie da hinauftragen?«

»Klar, er ist doch so sicher auf seinen Beinen wie eine Katze.«

»Es scheint ihm nichts auszumachen, sich um Eleanor zu kümmern«, bemerkte Amy.

»Er ist ein guter Mann«, antwortete Rain ruhig.

»Ich glaube, er liebt sie.«

»Dessen bin ich mir sicher. Deshalb behandelt er sie auch so ritterlich. Er weiß, daß sie einem anderen Mann gehört. Er würde nichts tun, um ihr weh zu tun. Darauf würde ich mein Leben wetten.«

»Verwette dein Leben um nichts in der Welt. Dafür ist es mir zu viel wert.«

Während Rain noch unterwegs war, brachte Amy Gavin und Eleanor Fleisch und Brot. Gavin holte eine Tasse Wasser vom Bach, und Eleanor trank mit großem Durst, aber wenig.

Rain kehrte zurück. »Dort oben gibt's ein schönes kleines Becken mit warmem Wasser. Es riecht nach Schwefel. Es wird schwierig werden, sie da hinaufzubekommen, aber es wird ihr gut tun. Ich zeige euch den Weg.«

»Möchtest du, daß ich mitkomme, Eleanor?« wollte Amy wissen.

»Nur wenn du willst. Wenn du mir mein anderes Hemd und meinen anderen Rock bringen würdest, könnte ich mit den Kleidern in das Becken gehen. Ach, Amy, ich fühle mich wie durch den Wolf gedreht. Wie hältst du das denn aus?«

»Ich bin es gewohnt, zu laufen und zu reiten. Jetzt weißt du, warum Rain wollte, daß du von Zeit zu Zeit ein Stückchen läufst.«

Gavin hüllte Eleanor in eine Decke ein und hob sie hoch. Eleanor fühlte sich, als habe man sie mit einem flachen Brett verprügelt, und gab sich völlig ihren Schmerzen hin. Als sie Gavins breite Brust spürte, fiel sie in einen Dämmerzustand und vertraute darauf, daß er auf sie aufpaßte. Sie nahm nur noch verschwommen wahr, daß er sie einen steilen Abhang hinauftrug, wobei seine Stiefel kaum Halt auf dem losen Schiefer fanden. Manchmal drehte er sich zur Seite, um sie vor dem harten Gestrüpp zu schützen. Nach einiger Zeit kam es ihr so vor, als ob er schwer atmen würde, und sie fragte sich, warum dies so war. Doch es strengte sie zu sehr an, darüber nachzudenken.

Eleanor bemerkte, daß man sie zu Boden ließ, und hörte das Murmeln von Gavins und Rains Stimmen.

»Von hier aus könnte man ein Feuer erkennen, das mehrere Meilen entfernt ist«, sagte Rain.

»Wenn der Mond aufgegangen ist, wird's 'ne helle Nacht werden.«

»Kommst du allein zurecht?« fragte Rain. »Amy würde die Kletterei sehr schwerfallen. Sie ist todmüde, auch wenn sie es nicht zugibt.«

»Ich komm' schon zurecht. Ich bade das Mädel und massiere sie. Sie wird morgen wieder reiten können.«

»Und, Gavin, ... sie gehört einem anderen Mann.«

»Ich weiß. Du brauchst keine Angst zu haben, daß ich ihr zu nahe komme.«

»Das weiß ich.« Rain packte ihn energisch an der Schulter. »Manchmal gibt uns das Schicksal schlechte Karten, nicht wahr, Gavin?«

»Jawohl, da hast du recht.«

»Hier sind dein Gewehr und dein Messer.« Rain legte die Waffen auf den Boden. »Gib das Nachtsignal, wenn du Hilfe brauchst.«

Gavin streifte sich die Stiefel und das Hemd ab, bevor er

neben Eleanor niederkniete und ihr Schuhe, Strümpfe und den schweren Rock auszog. Sie stöhnte widerwillig, wütend, daß er sie aus ihrem schönen Schlaf gerissen hatte. Er knöpfte mit zitternden Händen ihr Hemd auf mit dem deutlichen Gefühl, daß er kein Recht hatte, sie überhaupt zu berühren. Eleanor war wohl bewußt, daß sie ausgezogen wurde, aber es erstaunte sie nicht. Bekleidet oder nicht, der Schmerz war derselbe.

Er hob sie hoch, ihr Körper nur noch von dem dünnen Unterhemd bedeckt, und brachte sie zu dem Becken. Warmer Dampf stieg in Schwaden hoch, und es roch stark nach Schwefel. Gavin setzte sich an den Rand und tauchte seine Füße ins Wasser. Es war warm, sehr warm. Er wartete ungefähr eine Minute und glitt dann langsam mit Eleanor in den Armen ins Wasser. Sie schlug ihre Augen auf, und mit einer Hand umfaßte sie seinen Unterarm, als zuerst ihre Füße und dann ihr Hinterteil das Wasser berührten.

»Ist's zu heiß, Mädel?«

Der Klang der Worte, der starke Widerhall seiner kräftigen Stimme beruhigten sie. Sie fühlte, wie sein Atem ihr Haar umspielte.

Sie schüttelte den Kopf. »Nein.«

»Brauchst keine Angst haben. Ich laß dich nicht fallen.«

»Ich habe keine Angst. Wenn du bei mir bist, habe ich überhaupt keine Angst, Gavin. Ich liebe dich«, murmelte sie schläfrig. Seine Körperkraft war gewaltig und beschützend, war alles, was ihr Leben an Sicherheit und Schutz besaß. Sie wollte für immer in seinen Armen liegen. Sie schlief wieder ein.

Gavin stand eine Zeitlang still und hielt die kostbare Last in seinen Armen. Ihre Wange ruhte an seiner Schulter, eine Hand lag flach auf seiner nackten Brust, lange Strähnen ihrer glänzend schwarzen Haare trieben auf dem Wasser. Ein wildes, verbotenes Gefühl zwischen Qual und Erregung ergriff von ihm Besitz. Es war, als sei er in einem Wirbelsturm gefangen. Einen Moment lang dachte er daran, sich ein verborgenes Plätzchen in den Bergen zu suchen, wo er diese weiche, süße Frau ganz allein für sich haben konnte. Die Jahre der Frustration und des Schmerzes lasteten auf seinen Schultern. Ihm war bewußt, wie sehr er sich danach sehnte, sie zu lieben!

Gefühl und Verstand kämpften um die Vorherrschaft, während er im Wasser stand. Das Mädel war wohl nicht ganz bei sich und hielt ihn für einen anderen. Aber hatte sie nicht seinen Namen genannt? Gavin schüttelte ungläubig den Kopf und konnte nicht glauben, daß sie ihn gemeint hatte.

Er watete weiter in das Becken hinein, bis ihm das Wasser bis zur Taille ging. Dann nahm er den Arm unter ihren Beinen weg und ließ sie herab, so daß ihre Füße auf seinen standen und ihr das warme Wasser bis zu den Schulterblättern stand. Er hielt sie mit einem Arm um ihre Taille aufrecht und knetete mit der anderen Hand die Muskeln ihres Rückens. Eleanor fühlte durch ihre Benommenheit hindurch das Fließen des Wassers und die schon fast zärtlichen Berührungen der Hände auf ihrem erschöpften Rücken, die das letzte bißchen Schmerz vertrieben. Nur kurz dachte sie über diesen Segen nach, dann schlief sie versonnen ein, ihre Wange an seiner Brust.

Eleanor erwachte unter einer Decke auf einem Bett aus Tannenzweigen neben dem Becken. Sie hatte Muskelkater und war steif, aber eher auf eine angenehme Art. Gavin saß zu ihren Füßen, sein Kopf ruhte auf dem Arm auf seinen angewinkelten Knien. Das Mondlicht schien auf die weiße Haut seines breiten Rückens und der kräftigen Schultern. Sie schaute ihn lange an, bevor sie etwas sagte.

»Gavin?«

Er hob sofort den Kopf, als er seinen Namen hörte, lehnte sich zu ihr hinüber und schaute ihr ins Gesicht.

»Bist du wach? Wie fühlst du dich, Mädel?«

»Besser. Viel besser. Ich kann mich ohne große Schmerzen

bewegen. Ich kann mich kaum daran erinnern, in dem Becken gewesen zu sein. Oh, es hat so gutgetan.«

»Jawohl, Hitze vertreibt die Krämpfe.«

»Ist es schon Morgen?«

»Erst in ein paar Stunden.«

»Hast du noch nicht geschlafen?«

»Ich bin ein-, zweimal eingenickt«, sagte er und wollte nicht zugeben, daß er die ganze Zeit neben ihr gesessen und sie angestarrt hatte. Er hätte es nicht ertragen, auch nur einen kurzen Augenblick ihrer gemeinsamen Zeit zu versäumen.

»Komm, leg dich hin.«

»Nee. Ich dachte, daß ich dich wieder ins Becken bringe ...«

»Ich brauche nicht wieder ins Becken, Gavin. Leg dich doch hin.«

»Mädel – ich kann nicht. Meine Hose trocknet auf den warmen Steinen.«

Eleanor kicherte. »Wickel doch meinen Rock um dich rum. Oh, Gott!« Sie stellte auf einmal fest, daß sie unter der Decke nackt war. »Wo sind denn meine Kleider?«

»Dein Unterhemd trocknet auch. Es war schon dunkel. Du brauchst keine Angst haben, daß ich was gesehen habe.«

»Das macht mir nichts aus. Komm doch und leg dich auf die Decke. Ich weiß doch, daß du müde bist, du hast mich schließlich den steilen Berg hochgetragen.«

»Du wiegst ja nicht viel ...«

Im Mondlicht sah sie, daß er sie anguckte, ohne aber seinen Gesichtsausdruck erkennen zu können.

»Bitte, Gavin. Nur einen kleinen Moment.«

Langsam legte er sich auf das Bett aus Zweigen, und sie legte ihm ihren Rock um die Beine. Er sank auf die Decke, unter der sie lag, nieder und ließ einen Spalt zwischen ihnen frei. Er lag auf dem Rücken und schaute sich die Sterne an. Sein Profil zeichnete sich deutlich im Mondlicht ab. Eleanor überkam ein

Verlangen nach Zärtlichkeit für diesen großen, rauhen Mann. Sie wollte seinen Kopf an ihre Brust legen, ihn halten, trösten und die Falten der Einsamkeit aus seinem Gesicht vertreiben. Sie gehörten zusammen, sie und Gavin McCourtney, beide auf ihrem einsamen Weg durchs Leben.

»Gavin? Darf ich meinen Kopf auf deinen Arm legen?« Ihre geflüsterte Bitte war nicht viel mehr als ein Atemhauch. Er drehte seinen Kopf zu ihr hin.

»Mädel . . ., das darf ich nicht.«

»Wer würde denn davon wissen?« Sie rückte näher an ihn heran.

»Ich wüßte es.«

»Laß mich dich einen Moment lang halten.« Sie legte seinen Arm um ihren Hals und kuschelte sich an ihn heran, legte ihren Kopf an seine Schulter. »Manchmal bin ich einsam und ängstlich, aber nicht, wenn ich mit dir zusammen bin.«

»Rain ist ein guter Mann. Er wird dich sicher nach Belle Point bringen.«

»Das meine ich nicht.« Sie schaute zu ihm auf. Er guckte wieder in die Sterne. »Sprich mit mir. Das ist vielleicht unsere letzte Chance, unter vier Augen zu sprechen. Ich möchte wissen, was du denkst, was du für Träume hast.« Ihre Hand streichelte über seine Brust, und ihre Finger spielten mit den seidigen Haaren, die sie bedeckten.

»Ein Mann wie ich träumt nur von einem großen Bierkrug und einem Bauch voll Essen, Mädel.«

»Das glaube ich nicht. Ich denke, du willst ein Zuhause, eine Frau und Kinder. Amy hat gesagt, du würdest bestimmt einen guten Ehemann und Vater abgeben.«

»Warum sagt sie denn so was? Ich hab' mein halbes Leben auf dem Fluß verbracht.« Er hatte sie unbewußt an sich herangezogen und seine Hand auf ihren Schenkel gelegt.

»Magst du das Leben auf dem Fluß?«

»Ich kenne nichts anderes, Mädel.«

»Was ist mit deiner Familie?«

»Die sind alle schon so lange tot, daß ich mich nicht mal mehr an ihre Gesichter erinnere.«

»Erinnerst du dich an das, was ich von der großen Plantage in Carolina erzählt habe? Das waren alles Lügen«, gab sie leise zu. »Tante Gilda hat sich die Geschichte ausgedacht. Sie hat sie überall rumerzählt, damit jeder dachte, wir kämen aus gutem Hause. In Wahrheit war mein Vater ein Schurke. Meine Tante hat immer gesagt, er hätte jeden über den Tisch ziehen können. Zusammen haben sie andere um Geld betrogen, und davon haben wir gelebt. Meine Mutter schämte sich, aber sie liebte meinen Vater sogar noch, als er eine andere Frau mit nach Hause brachte, um mit ihr zu schlafen. Erst ist sie gestorben, dann er und dann Tante Gilda.«

Ihre Stimme war so traurig, daß Gavin sich zu ihr hindrehte und sie auf die Stirn küßte.

»Aah ..., du bist, was du bist – ein feines Mädel. Das hat nichts mit deinem Pa oder deiner Ma zu tun.«

»Will Bradford denkt, ich sei jemand. Er ist ein entfernter Verwandter mütterlicherseits. Tante Gilda hat ihm vorgegaukelt, die Familie habe noch immer einen guten Ruf.«

»Das wird dem Mann schon egal sein, wenn er dich erst gesehen hat.«

Ihre Hand streichelte noch immer über seine Brust und verursachte ein Kribbeln in seinem gesamten Körper. Er stoppte es, indem er seine Hand auf ihre legte.

»Ich hoffe, daß er schon weg ist, wenn wir ankommen.«

»Nee ..., darauf kannste doch nicht hoffen. Rain müßte dich dann woanders hinbringen.«

»In Kaskaskia wollte ich nach New Orleans fliehen und mich alleine durchschlagen.«

»Das war eine dumme Idee«, tadelte er. »Du brauchst 'nen Mann, der auf dich aufpaßt.«

»Eine Frau hat nicht viel Einfluß auf ihr Leben. Ich weiß

jetzt, daß ich bis nach Belle Point mitkommen muß. Es ist, als ob ich in einer Falle wäre.«

»Nee, der Mann wird dich gut behandeln. Rain sagt, er ist ein guter Mann.«

»Aber ich liebe ihn nicht.«

»Man sagt, daß sich nur wenige bei der Hochzeit lieben, Mädel.«

»Diese wenigen haben Glück.« Eleanors Hand machte sich von seiner los. Sie legte sie auf seine Wange und drehte sein Gesicht zu sich herum. »Kannst du mich einmal so küssen, als wenn du mich lieben würdest und mich heiraten wolltest?«

»Nee, Mädel, das kann ich nicht. Du bist einem anderen versprochen ...«

»Bitte, Gavin. Wir nehmen doch Will Bradford nichts weg. Er liebt mich nicht. Er fühlt sich mir verpflichtet, weil ich entfernte Verwandtschaft bin. Nur deswegen heiratet er mich.«

»Ach, Mädel, der Mann wär' doch ein Trottel, wenn er dich nicht lieben würde.«

»Würdest du mich lieben, wenn ich nicht vergeben wäre?«

»Ich würd' mich gar nicht trauen. Du stehst so weit über mir. Ich kann einem Mädel wie dir doch nichts bieten.«

»Doch, deine ganze Art. Du bist nett, du bist mutig, du hast gute Ideen. Du siehst viel mehr als ich. Ich habe darüber nachgedacht, was du mir an dem Tag, als wir Quill's Station verlassen haben, gesagt hast. Du hast gesagt, ich solle mir die Welt um mich herum gut ansehen und froh sein, daß ich auf ihr lebe. So hatte ich das noch nie gesehen.«

Sie schwiegen eine Weile. Dann sagte sie: »Ich glaube, ich liebe dich.« Er war so lange ruhig, daß sie schon glaubte, er sei eingeschlafen. Sie hob den Kopf und sah ihn an. »Hast du mich gehört, Gavin? Ich glaube, ich liebe dich.«

»Du weißt nicht, was du sagst. Du wirst deine Meinung ändern, wenn du in Belle Point ankommst und den Offizier siehst, der dich heiraten will. Dort kannst du dich zurücklehnen, durchatmen und bist nicht mehr abhängig von mir. Dort siehst du mich als das, was ich bin.«

»Ich sehe einen Mann, der mindestens so ehrbar ist wie die anderen Männer, die ich kennengelernt habe. Ich sehe einen Mann, der wegen meiner Dummheit sein Leben riskiert hat. Ich sehe einen Mann, der mich durchschaut und mein wahres Ich hinter der Fassade entdeckt hat. Und ich sehe den einzigen Mann, dem ich mich hingeben könnte ... ganz, wenn er mich wollte.«

»Nora! Ach, Noramädel, du bringst mich in Versuchung, den Mann zu betrügen, der dich mir anvertraut hat. Es stimmt, ich sehne mich nach dir, aber ...«

Eleanor richtete sich auf und beugte sich über ihn. Ihre Hände streichelten seine Wangen, und er konnte ihren Atem auf den Lippen spüren.

»Ich bitte dich nicht darum, das Vertrauen deines Freundes zu mißbrauchen und mich zu küssen. Ich küsse dich. Laß es mich tun. Bitte laß es zu.« Sie merkte, wie sein mächtiger Körper erzitterte, als ihre Lippen über sein Kinn auf seinen Mund glitten.

Gavin konnte ihre kleinen, festen Brüste fühlen, ihre warmen, liebkosenden Hände ... Die Berührungen gingen ihm so nahe, daß sein ganzer Körper kribbelte. Als ob er von Kräften gesteuert wurde, die stärker waren als er, umarmte er sie so fest, daß sie kaum noch atmen konnte. Ihr offener, süßer Mund war gegen seinen gepreßt und sandte ein heißes, flüssiges Feuer bis in sein tiefstes Inneres. Sein Körper wandt sich unter den schmerzlichen Flammen. Ihr Mund war honigsüß, ihre Berührungen weich. Ihre Lippen bewegten sich so leicht und zart über seine wie der Flügelschlag eines Schmetterlings. Oh, Gott! Wie sehr er sich danach sehnte, sich über sie zu beugen und den Kuß zu vertiefen, die Süße ihres Mundes zu erkunden. Aber er durfte nicht. Er schloß die Augen und blieb still liegen. Ein Stöhnen entfuhr seinem Mund, als sich ihre Lippen schließlich von seinem Mund lösten. Ihr Gesicht strich über seins, und ihre Lider streichelten seine Wange.

»Deine Lippen sind... gar nicht so hart, wie ich gedacht hätte. Und deine Bartstoppeln sind ganz weich.« Sie rieb ihre Handflächen über seine Wangen. »Wußtest du, daß ich noch nie vorher einen Mann geküßt habe? Ist das nicht komisch, wenn man bedenkt, daß ich die Männer für Tante Gildas Kartenspiele angelockt habe? Viele haben es zwar versucht, aber ich konnte es nicht leiden, wenn sie mich berührten. Außerdem hatte Tante Gilda Angst, ich würde meine Unschuld verlieren und die Chance vertun, einen reichen Mann zu heiraten, der sich auch um sie gekümmert hätte.« Sie sah in seine Augen. »Fandest du es schön?« Er starrte sie wie durch einen Schleier an. Als er nicht antwortete, zog sie ihren Kopf zurück. »Du fandest es also nicht...«

Wie in Panik zog er sie an sich heran. Er hielt sie so fest, daß sie seine Knochen und Muskeln durch die Decke an ihrem weichen Körper spürte. Sein donnernder Herzschlag wurde von heftigem, unregelmäßigem Atmen begleitet. Die erste sanfte Berührung ihrer Lippen hatte ihn wie ein Blatt im Wind erzittern lassen, und es fiel ihm schwer, auch nur ein Wort herauszubekommen.

»Nora..., geliebtes Mädel«, stammelte er flehentlich. Er zitterte am ganzen Leib. Sie blickte in seine Augen und sah, daß sie feucht waren. Ergriffen legte sie ihre Arme um ihn und ein Bein auf seins, um ihn zu wärmen. Dabei stieß ihr Knie unabsichtlich an seine harte Männlichkeit und ließ ihn zurückschrecken. Sanft, aber bestimmt schob er ihr Bein von seinem Körper.

»Liebster Gavin. Süßer, lieber Gavin – das wollte ich nicht.«

»Is' nicht dein Fehler«, krächzte er.

»Ich wußte nicht, daß du mich... so sehr willst.« Diese

Erkenntnis füllte sie mit beinahe unerträglicher Zärtlichkeit.

Gavin mußte lächeln – ein verlegenes, verwirrtes Lächeln, das sie noch mehr für ihn einnahm. Sie küßte ihn auf den Mundwinkel, legte dann ihre Hand auf seine Schulter und sah in den mit Millionen Sternen bedeckten Himmel.

»Ich habe mich schon gefragt, wie es wohl ist, mit einem Mann zu schlafen, Babies mit ihm zu machen«, sagte sie leise. »Tante Gilda hat erzählt, es sei eine unerfreuliche Pflicht, die man als Frau ertragen müsse. Aber ich glaube, das stimmt nicht, wenn man den Mann wirklich liebt. Amy hat die Nacht gestern mit Rain verbracht und ihn heute morgen so angesehen, als sei er Sonne und Sterne zusammengenommen. Ich wünschte, wir könnten auch so sein, Gavin.«

»Psst . . ., sag nicht so was.«

»Verbiete mir doch nicht den Mund. Ich fühle, daß ich dir alles sagen kann, was ich denke.«

»Es ist besser, wenn du das für dich behältst, Mädel«, sagte er barsch.

»Nenn mich Nora. Du bist der einzige, der mich so genannt hat.«

»Die Vögel fangen an zu zwitschern. Gleich wird die Sonne aufgehn.«

»Ich wünschte, wir könnten für immer hierbleiben«, bemerkte sie sehnsüchtig.

»Ich auch, Noramädel.«

Kapitel 18

Bei Tagesanbruch setzten sie ihren Weg fort. Rain führte sie durch gewundene Hohlwege und über eine Hügelkette. Sie überquerten einen tiefen, reißenden Bach mit hohen Ufern und bogen dann in einen düsteren Pfad ein, der sie in den einige Meter vom Flußufer entfernten Wald führte.

Eleanor hatte den Moment gefürchtet, an dem Gavin sie wieder in den Sattel heben würde. Als er dies getan hatte, lächelte sie erfreut. Die Schmerzen waren weit weniger schlimm, als sie befürchtet hatte.

Kurz nachdem sie zum Mittagessen Rast gemacht hatten, erreichten sie einen befahrbaren Weg, und Rain beschleunigte das Tempo. Einmal nahmen sie den schwachen Geruch von verbranntem Holz wahr, der aber wieder verschwand, nachdem sie eine Farm inmitten einer kleinen Lichtung hinter sich gelassen hatten.

Rain war den ganzen Tag ein Stück vorausgeritten. Am Nachmittag kam er ihnen entgegen, und sein besorgter Gesichtsausdruck ließ darauf schließen, daß etwas nicht stimmte.

»Da vorne sind ein paar Reiter. Sie scheinen zu warten.«

»Indianer?« Amy drehte ihr Pferd, damit Gavin herankommen konnte.

»Nein. Sehen eher aus wie Flußratten. Sie sitzen zwar auf Pferden, haben aber keine Sättel. Also haben sie die Pferde wohl gestohlen.«

»Wie viele sind's denn?« fragte Gavin.

»Ich habe fünf gezählt. Sie haben mich nicht gesehen.«

»Könnte ja sein, daß sie weiterreiten«, vermutete Gavin hoffnungsvoll.

»Glaube ich nicht«, antwortete Rain trocken. »Ich fürchte, es sind Bull und seine Kumpanen. Kann sein, daß sie in einem Boot den Fluß heruntergekommen sind und eine Abkürzung genommen haben. Sie wissen ja, daß wir nach Davidsonville müssen, und das hier ist der einzige Weg.« Rain nahm das Gewehr und legte es auf seinen Schoß.

Gavin, Amy und Tally griffen ebenfalls zu ihren Gewehren. Eleanor saß still im Sattel; ihre veilchenblauen Augen hatten einen sorgenvollen Ausdruck und suchten Gavins Blick.

»Sind das die Männer, die mich zu Hammond Perry bringen sollen?« fragte sie ruhig.

»Es sind Perrys Leute, und das ist bestimmt der Grund, weshalb sie auf uns warten«, antwortete Rain. »Laßt uns weiterreiten, so daß sie uns sehen. Es hat keinen Zweck, unnötig Zeit zu vergeuden.«

Amy ritt neben Rain. »Können wir nicht umkehren?«

»Sie würden uns folgen. Wir können ihnen genausogut entgegenreiten und es hinter uns bringen.«

»Was sollen wir denn machen?«

»Nichts. Wir warten erst einmal ab, was sie machen. Dadurch, daß sie sich so offen zeigen, wollten sie wohl erreichen, daß ich mich ihnen alleine nähere, um mich schnell zu überwältigen und sich Eleanor zu schnappen. Perry möchte sie lebend. Daher werden sie es auch kaum wagen zu schießen.«

Von einem kleinen Hügel aus konnten sie die Reiter sehen, die sich ihnen näherten. Amy erkannte Bull und den jungen Muley. Die anderen waren wohl irgendwelche Nichtsnutze, wie sie in allen Städten am Fluß herumlungerten. Manche trugen Pistolen, andere Gewehre. Zuerst ritten sie in leichtem Galopp, dann im Schritt. Rain zügelte sein Pferd. Gavin stellte sich neben Rain, und Amy kam neben Eleanor zum Stehen.

Bull ritt den anderen eine Länge voraus und hob seine Hand zum Gruß. »Hallo.«

»Bleib, wo du bist, oder du hast eine Kugel zwischen den Augen«, sagte Rain scharf.

Bull signalisierte den anderen, anzuhalten.

»Du bist nicht gerade freundlich. Dabei wart ihr doch diejenigen, die unser Boot zum Sinken gebracht habt.«

»Was wollt ihr?«

Sie waren ein dreckiger, verwahrloster, ausgemergelter Haufen. Rain hatte Typen wie sie zu Dutzenden gesehen: Plünderer, die von ihren Dörfern aus operierten. Sie schmuggelten, stahlen Pferde und lauerten Reisenden auf, streiften umher wie hungrige Wölfe und raubten die Schwachen und Unaufmerksamen aus. Nun waren ihre Augen gierig auf die Frauen gerichtet.

»Wir wollen Mr. Perrys Frau abholen«, sagte Bull. Ein dünnes Lächeln erschien auf seinem Gesicht.

»Da hättet ihr noch ein paar Männer mehr mitnehmen sollen«, bemerkte Rain trocken.

»Oh, die haben wir.« Bull hob seine Hand und winkte. Zwei Männer kamen aus dem Wald, von jeder Seite einer, und schlossen sich Bulls Gruppe an. »Was sagst du jetzt, Tallman? Bull Ellert ist kein Narr. Sieben gegen drei. Oder vielleicht vier, wenn ich die in der Hose zu den Männern zähle.« Er lachte, und die Männer hinter ihm stimmten ein. »Wenn's nicht um die Frau ginge, hätten wir euch schon längst umgenietet. Ihr habt uns schließlich versenkt und Mr. Perrys Boot angezündet.«

»Das war ein fairer Kampf, Bull.«

»Gebt ihr die Frau freiwillig raus?«

Rain nahm seinen Hut ab und wischte sich mit dem Hemdsärmel den Schweiß von der Stirn. Bevor er antwortete, setzte er den Hut wieder auf. »Ich muß zugeben, daß eure Chancen besser stehen. Es gibt so Situationen, in denen man denkt, man hat einen leichten Weg gefunden, um einen Abhang hinunterzukommen, und dann gelangt man an einen Fluß, den man nicht überqueren kann. Ich glaube, diesmal habt ihr mich ausgetrickst.«

Bull drehte sich um und grinste seine Männer an. »Hab' ich mir doch gedacht, daß du es so siehst wie ich, Tallman. Du sollst ja schließlich nicht auf den Kopf gefallen sein.«

»Bin ich auch nicht. Ich werde mein Leben doch nicht für eine Frau riskieren, und sei sie noch so hübsch. Wenn Perry sie haben will, kann er sie haben. Zieht euch einen Moment zurück, und ich versuche, sie davon zu überzeugen, daß das ihre einzige Möglichkeit ist.«

»Ist mir egal, ob sie einverstanden ist oder nicht. Schick sie sofort rüber.«

»Was kümmert's dich denn? Ihr habt sieben Waffen gegen drei. Gib mir zehn Minuten, um mit Miss Woodbury zu sprechen, dann könnt ihr sie euch holen.«

»Wollt ihr etwa flüchten?«

»Wohin sollten wir denn flüchten? Die Frau hat gedroht, sich im Ernstfall das Gesicht zu zerschneiden. Perry möchte doch keine vernarbte ...«

Eleanor schrie lange und durchdringend. »Ich bringe mich um!« Sie langte nach Rains Messer, und er ergriff ihr Handgelenk.

»Siehst du? Ich muß ihr erklären, daß du uns alle töten wirst, wenn sie nicht nachgibt und mit euch kommt.«

Bull sah, wie Rain mit Eleanor rang. Schließlich faßte Rain sie um die Taille und hob sie aus dem Sattel. Sie wehrte sich und schrie.

»Na gut. Zehn Minuten«, sagte Bull. »Wenn wir zurückkommen, gebt ihr uns die Frau und eure Pferde, und wir lassen euch ziehen.«

»Wollt ihr auch die Waffen haben?«

»Die Waffen auch. Ihr habt zehn Minuten. Ich möcht' sie

zwar nicht gern mit zerschnittenem Gesicht zu Mr. Perry bringen, aber zur Not ...« Er drehte sein Pferd um, und die Gruppe folgte ihm zum Weg.

Eleanor kämpfte noch einige Minuten mit Rain. Als Bull und seine Männer etwa hundert Meter entfernt waren, ließ Rain sie herunter. Sie sah ihn an und grinste.

»Wie war ich?«

»Gut gemacht. Sie waren sehr überzeugend.« An seinem kurzen Lächeln sah man deutlich die Bewunderung. »Jetzt müssen wir uns entscheiden, was wir machen.«

Eleanor ging zu Gavin herüber und legte ihre Hand in seine. Er drückte sie so fest, daß sie fürchtete, ihre Knochen würden brechen.

»Denkst du dasselbe wie ich?« fragte Gavin.

»Da gibt es nicht viel zu denken. Die bringen uns um, sobald sie Eleanor haben. Sie würden es nicht riskieren, uns zurückzulassen.«

»Das glaub' ich auch.«

»Wir haben nicht viele Möglichkeiten. Sie sind in der Überzahl.« Rains Stimme war ernst. »Es gibt nur eine Chance.« Er stieg von seinem Pferd ab, und die anderen folgten seinem Beispiel.

»Und die wäre?« Amy stand ruhig und hielt die Zügel ihres Pferdes.

»Wir müssen sie umbringen, bevor sie uns umbringen. Sie wollen sowieso nichts anderes. Sobald Eleanor außer Schußweite ist, eröffnen die das Feuer.«

»Sie sind in der Überzahl, Mann.« Gavin hatte seinen Arm um Eleanor gelegt, was aber keiner zu bemerken schien, nicht einmal Gavin selber.

»Sie sind nur drei mehr, wenn Amy und Tally auch schießen.«

»Natürlich schieße ich«, sagte Amy rasch. »Ich habe eine Pistole in meinem Bündel und ein Messer.«

»Und du?« Rain musterte Tally zweifelnd. »Kannst du schießen?«

»Du willst sie doch nicht einfach so abknallen?«

»Genau das haben sie auch mit uns vor«, sagte Rain mit Nachdruck. »Natürlich werden wir sie abknallen. Mit hungrigen Wölfen kann man nicht verhandeln.«

»Ich hab'... noch nie auf einen Menschen geschossen. Das ist unchristlich.«

»Was die mit uns vorhaben, ist auch nicht besonders christlich«, bemerkte Amy. »Ich habe auch noch nie auf einen Menschen geschossen, aber wenn es sein muß...«

»Ich würde ja, wenn ich wüßte, wie«, sagte Eleanor.

»Du kannst mit meiner Pistole schießen.« Amy öffnete das zusammengerollte Bettzeug an ihrem Sattel. »Ich lade sie. Du mußt nur zielen und abdrücken.«

»Wir hätten größere Chancen, Eleanor, wenn Sie das schaffen würden.«

»Keine Angst. Zeigt mir nur, was ich machen muß.« Eleanors Augen suchten Gavins. Sie würde es für ihre Liebe tun, dachte sie. Dann erklärte sie: »Ich würde mit ihnen gehen, wenn ihr dadurch lebend davonkämt.«

»Im Moment sind Sie das einzige, was uns am Leben hält.« Rain drehte sein Pferd herum, damit die Bande nicht sehen konnte, daß er seine Waffe nachlud. »Stellt die Pferde so, daß sie nicht sehen können, was wir machen. Tally, bring die Maultiere her, so, als ob du uns verlassen würdest. Dann dreh sie um, als ob du es dir anders überlegt hättest. Auf diese Weise werden sie zwischen uns stehen.«

Auf Tallys Stirn erschien kalter Schweiß, aber er machte, was Rain ihm aufgetragen hatte. »Es scheint mir unchristlich«, wiederholte er, »ihnen keine Chance zur Flucht zu geben.«

»Hör auf zu jammern, Tally«, sagte Amy streng. »Du wolltest unbedingt mit uns kommen, und ich habe trotz Rains Widerstand darauf bestanden, daß du bei uns bleibst. Jetzt verhalte dich auch wie ein Mann und tu das, was getan werden muß.«

»Aber Miss Amy, ich hab' noch nie ...«

»Sei endlich still! Mach, was Rain dir sagt, oder du endest als Fressen für die Geier.«

Sie standen hinter den Pferden und luden ihre Waffen.

»Wenn jeder von uns einen trifft, bleiben zwei über, denen wir mit leeren Waffen gegenüberstehen. Einen könnte ich mit meinem Messer niederstechen«, erklärte Rain.

»Den anderen kann ich mit meinem übernehmen.« Amy schaute Rain direkt in die Augen. »Ich durfte dir noch nie zeigen, was ich alles kann. Vertrau mir, Rain. Onkel Juicy hat mir alles beigebracht, um mich zu verteidigen. Er mußte immer daran denken, wie hilflos Fawnella gewesen war, als sie zu Hause von dem Franzosen getötet wurde.«

»Na gut, Schatz.« Er legte seine Hand auf ihre Schulter. »Möglicherweise werden ein paar von ihnen versuchen zu fliehen, wenn wir das Feuer eröffnen. In diesem Fall laßt sie laufen.«

»Auf welchen soll ich denn ... schießen?« Tally zitterte wie Espenlaub.

»Das sage ich dir, wenn sie auf uns zukommen. Sie müssen wieder anfangen zu schreien, Eleanor. Wir beide gehen voraus, und ich tue so, als wollte ich Sie auf das Pferd hieven. Dann ducken wir uns hinter den Pferden und fangen an zu schießen.«

Rain hatte schon einige Männer erschossen. Es war nie einfach. Er konnte Tallys Gefühle verstehen. Selbst bei dem Abschaum, der gekommen war, um sie umzubringen, handelte es sich immer noch um Menschen. Einige hatten vielleicht Familien, die sich fragten, wo ihre Männer abgeblieben waren. Er haßte es zu töten, und diese Männer würde er nur töten, weil sie ihnen sonst zuvorkämen oder, schlimmer noch, Amy und Eleanor mitnähmen und auf abscheulichste Art und

Weise mißhandeln würden. Bei dem Gedanken, Amy in den Händen dieser Männer zu sehen, wurde er auf einmal ganz ruhig.

Gavin versuchte, alle Gedanken, die über die bevorstehende Schießerei hinausgingen, zu verdrängen. Daß er vielleicht starb, war ihm nicht so wichtig, solange er nur Eleanor retten konnte. Sie war so hübsch, daß ihm beinahe die Augen schmerzten, wenn er sie nur ansah, und gerade jetzt schaute sie ihn aus ihren blauen Augen voller Bewunderung an. Sie war so wunderbar, daß es geradezu undenkbar war, sie kampflos dem Pöbel in die Hände fallen zu lassen. Er würde auch dafür sterben, um diesen Schatz, der der Mittelpunkt seines Lebens geworden war, zu beschützen.

Die Minuten vergingen. Schließlich kamen Bull und seine Mannen auf sie zu. Sie formten hinter Bull eine Art Halbkreis. Jeder von ihnen trug eine Waffe, und jede dieser Waffen war geladen. Rain stimmte es hoffnungsfroh, daß er Bull von ihrer Bereitschaft, Eleanor herauszurücken, überzeugt hatte. Dies und die Tatsache, daß sie wußten, was als Nächstes geschehen würde, dachte er, war ihnen Vorteil genug.

»Tally, nimm du Bull«, befahl er. »Er ist der, der uns am nächsten kommt und so am einfachsten zu treffen. Denk immer dran, daß er Amy töten und Eleanor mitnehmen will. Ich nehme die beiden zur Linken. Gavin, du übernimmst den ganz rechts, bevor er uns von der Seite attackiert. Amy, du den mit der Biberfellmütze. Und der neben Bull, mit der Feder am Hut, ist für dich, Eleanor. Halte deinen Arm gerade, nimm dir Zeit und drück ab. Bleibt noch der Junge übrig. Wenn er nicht davonrennt, mußt du mit dem Messer auf ihn losgehen, Amy.«

»Mach' ich«, antwortete sie ruhig.

»Ich zerre Eleanor hinter mir her. Wenn sie so nahe sind, daß wir sie nicht verfehlen können, gebe ich das Zeichen. Halte die Pistole hinter dem Rücken, Eleanor. Fang jetzt an zu schreien!«

Eleanor brüllte aus Leibeskräften und wehrte sich, um Rains festem Griff zu entkommen.

»Nein! Neiiin!«

»Verdammt, komm schon!« rief Rain und zog sie hinter sich her.

»Halt! Neiiin . . ., ich will nicht!«

Als Bull etwa zehn Meter entfernt war, ließ Rain Eleanor los. Blitzschnell verschwand sie hinter dem Pferd. Gleichzeitig suchte Rain Deckung hinter den Maultieren.

»Jetzt!«

Das Knallen der Schüsse war ohrenbetäubend. Die Maultiere gingen in die Knie, Pferde wieherten, Männer heulten auf, fluchten und fielen zu Boden. Durch den Pulverrauch hindurch sah Rain den Mann, auf den er geschossen hatte, zusammenzucken und vom Pferd fallen. Er nahm Maß und warf sein Messer auf den zweiten Mann, hörte ihn aufschreien und sah, wie er zu Boden sank. Trotz des dichten Rauchs konnte Rain erkennen, daß Bull noch immer im Sattel saß und sein Gewehr im Anschlag hielt. Eine Sekunde später flog Amys Messer wie ein Pfeil durch die Luft und blieb bis zum Griff in Bulls Brust stecken. Er schaute verdutzt drein, ließ sein Gewehr fallen und glitt langsam aus dem Sattel.

Ein Mann kroch schreiend über den Boden und kam schließlich unter die Hufe eines verschreckten Pferdes. Durch den aufgewirbelten Staub und die Rauchschwaden erkannte Rain, daß nur einer übriggeblieben war: der Junge. Er sah, wie dieser sein Gewehr anlegte und schoß, es dann fallen ließ, seinem Pferd die Sporen gab und mit gezückter Pistole auf sie zuritt. Rain nahm den Lauf seines Gewehrs in beide Hände und stellte sich dem Pferd in den Weg. Er holte weit aus und schlug so kräftig zu, daß der Junge aus dem Sattel geschleudert wurde. Wie ein in die Ecke getriebener Wolf sprang er auf und stürzte sich auf Rain, der ihm mit dem Kolben seiner Waffe einen harten Schlag gegen den Kopf versetzte, so daß er zu

Boden stürzte. Der Junge krümmte sich wie ein kleines, bissiges Tier.

Ein Maultier lag auf dem Boden, das andere bockte und schrie. Seine Hufe trampelten auf den am Boden liegenden Männern herum.

»Helft mir!« schrie einer. »Helft mir, bevor das verdammte Vieh ...« Der Mann wurde von den Hufen an der Stirn getroffen.

Soweit Rain es beobachtet hatte, war der Junge der einzige gewesen, der einen Schuß abgefeuert hatte. Rasch lud er sein Gewehr nach und schaute sich die Toten und Verwundeten an. Er durchsuchte sie und nahm denen, die noch lebten, die Waffen ab. Er holte seins und Amys Messer zurück, wischte die blutigen Klingen an den Kleidern der Toten ab und kehrte wieder zu seiner Gruppe zurück. Amy stand aufrecht und wachsam zwischen den anderen. Sie hatte schon ihr Gewehr nachgeladen und war bereit, es wieder zu gebrauchen. Tally hielt sich etwas abseits von den anderen, hatte den Kopf nach vorne gebeugt und erbrach sich auf den Boden.

»Es ist vorbei«, sagte Rain. Amy nickte und ließ die Waffe sinken.

Gavin war von dem einzigen Schuß, den die Schurken abgegeben hatten, getroffen worden. Er lag am Boden, und Eleanor beugte sich mit aschfahlem Gesicht über ihn. Die Kugel war durch den Hals des Maultiers gegangen, doch da sie aus nächster Nähe abgefeuert worden war, hatte sie Gavin in die Seite getroffen. Aus der Wunde tropfte Blut, aber er war noch bei Bewußtsein. Rain kniete sich neben ihn und schnitt mit seinem Messer das Hemd auf, um sich die Wunde anzusehen.

»Ist's schlimm?« fragte Gavin.

»Ich weiß nicht«, sagte Rain ehrlich. »Die Kugel steckt noch drin.«

»Tu, was getan werden muß.«

»Es eilt noch nicht. Wir müssen erst von hier verschwinden.«

»Und was wird aus denen?« Amy drehte den Kopf zu den Toten und Verwundeten hin.

»Die sind nicht unser Problem«, sagte Rain kalt. Er wandte sich wieder an Gavin: »Kannst du reiten?«

»Oh, nein! Bitte bewegen Sie ihn nicht!« bat Eleanor.

»Ruhig, Mädel«, beruhigte Gavin sie. Zu Rain sagte er: »Ich kann reiten.«

»Er wird verbluten!« rief Eleanor aus.

»Reißen Sie Ihren Unterrock in Streifen, und verbinden sie ihn«, befahl Rain. »Verdammt, Tally, hör schon auf zu kotzen und hol die Pferde. Wenn du nicht versagt hättest, wäre Gavin nicht verwundet worden.«

Tränen liefen über Tallys Gesicht. »Ich bin kein Mörder. Ich hätte den Jungen nicht töten können ... so wie du.«

»Er hatte eine Pistole in der Hand. Ich habe ihn bewußtlos geschlagen. Wenn er wieder zu sich kommt, wird er nicht lange zögern, dir an die Gurgel zu springen.«

Tally sah Amy hilfesuchend an, bekam aber nur einen kalten Blick zurückgeworfen. Sie wandte sich von ihm ab und ging zu Rain. Er steckte das Messer in die Scheide, die an ihrem Gürtel hing. Er legte die Hände auf ihre Schultern und drückte sie fest.

»Der alte Juicy wäre stolz auf dich, aber nicht so stolz wie ich.« Er küßte sie sanft auf die Stirn.

»Ich mußte Bull stoppen ...«

»Ich weiß. Es ist vorbei. Denk nicht drüber nach. Ich guck' mal, ob einer von ihnen eine Flasche Whiskey dabei hatte. Gavin wird einen Schluck brauchen können.« Er ging fort, kehrte aber noch einmal um. »Erschieß das Maultier, Tally. Du hast immer noch ein geladenes Gewehr.«

Sie entfernten sich einige Meilen von dem Ort der Schießerei. Für Gavin war es eine Quälerei. Amy führte sein Pferd, und Eleanor ritt neben ihm. Sie machten Rast an einer mächtigen Eiche am Ufer eines kleinen Baches. Amy und Eleanor sammelten ein paar trockene Blätter und breiteten sie unter einer Decke zu einem weichen Kissen aus. Rain und Tally hoben Gavin vom Pferd und legten ihn auf die Decke. Weder ein Stöhnen noch ein Murren kam über die Lippen des großen Mannes, obwohl sein Gesicht fahl und schweißgebadet war.

»Ich werde ein Feuer machen«, sagte Amy, als Rain und Tally die Pferde wegbrachten. »Wir brauchen Verbände, Eleanor. Ich habe ein sauberes Hemd. Was hast du noch?«

»Ich habe noch einen Unterrock.« Eleanors Augen standen voller Tränen. »Er ... hat sich vor mich gestellt, nachdem ich geschossen hatte. Er wird wieder gesund werden, oder?« Sie erschauerte vor Angst, und ihre Beine waren butterweich.

»Er ist groß und stark. Ich habe schwächere Männer gesehen, die sich von schwereren Wunden erholt haben.« Amy legte einen Arm um die kleine, dunkelhaarige Frau. »Du warst großartig, Eleanor. Einfach großartig! Du hast dich wie eine echte Pionierin verhalten. Onkel Juicy hätte gesagt, daß du Mumm hast. Bist du sicher, daß du nicht im Grenzgebiet aufgewachsen bist und die Sache mit Louisville nur erfunden hast?«

»Ich habe nur getan, was ich konnte.«

»Das war eine Menge. Sobald wir Zeit dafür haben, zeige ich dir, wie man ein Gewehr lädt und schießt. Ich bringe dir auch bei, wie man ein Messer wirft. Aber jetzt müssen wir uns erst einmal um Gavin kümmern. Nimm die Kaffeekanne und füll sie mit sauberem, klarem Wasser. Rain wird Gavin die Kugel rausschneiden und braucht dafür heißes Wasser.«

Als das Wasser kochte, hatte Rain schon sein Messer gewetzt. Er hielt es zusammen mit Amys Messer für einige Minuten in das kochende Wasser und kniete dann neben Gavin nieder.

»Möchtest du noch einen Schluck von dem Whiskey?«

»O Gott, nein! Der bringt einen ja um!«

»Ich weiß nicht, ob die Kugel ein Organ getroffen hat, ich glaube aber nicht. Ich kann sie unter der Haut in deinem Rükken spüren. Ich muß einen Schnitt machen, um sie herauszubekommen.«

»Mach, was du für richtig hältst.« Gavin stand schon unter dem betäubenden Einfluß des Whiskeys.

»Ich helfe dir, Rain«, sagte Eleanor.

»Nein, Mädel.« Gavins Stimme wurde fester. »Geh runter zum Bach und wasch dein hübsches Gesicht«, befahl er, als spräche er mit einem Kind. »Das wird kein schöner Anblick werden.«

»Komm mit, Eleanor. Wir müssen noch den Unterrock waschen, damit wir ihn morgen wieder benutzen können.« Amy hob das blutgetränkte Kleidungsstück auf, das Rain von Gavins Taille genommen hatte, nahm Eleanor an die Hand und ging mit ihr zum Bach. »Er möchte nicht, daß du ihn in diesem Zustand siehst. Er hat Angst, daß er schreien muß, wenn Rain die Kugel herausholt. Männer! Sie fürchten sich, ein wenig Schwäche zu zeigen.«

»Aber Rain braucht doch Hilfe, und Tally taugt dazu nicht.«

»Rain hatte recht, was Tally angeht. Er hätte auf der Farm bleiben sollen.«

»Ach Amy! Ich liebe Gavin so sehr!«

»Eleanor! Du hast doch nicht ...? Bist doch nicht ...?«

»Nein! Obwohl ich wollte. Aber er wollte nicht!«

»Aber ... was ist denn mit Will Bradford?«

»Will interessiert mich nicht mehr. Ich liebe Gavin. Ich möchte nicht zu Will, aber erzähle das bitte nicht Rain. Bitte!«

»Nein, schon gut.«

Durch ihr Versprechen und Eleanors Geständnis verwirrt, ließ Amy Eleanor am Bach zurück und ging ins Lager.

Rain fügte Gavin ein paar schnelle, sichere Schnitte zu. Gavin biß auf den Ledergürtel zwischen seinen Zähnen, und kein Laut kam über seine Lippen, als Rain die Kugel aus dem Loch zog, das er in seinen Rücken geschnitten hatte. Das einzige, was man hören konnte, war ein Keuchen, als Rain Essig auf die Wunde träufelte. Mit den beiden Messern säuberte Rain die Wunde an Gavins Seite und begoß auch diese mit dem kostbaren Essig. Im stillen dankte er Amy dafür, daß sie darauf bestanden hatte, ihn mitzunehmen.

»Du hattest Glück, daß die Kugel dich nicht direkt getroffen hat«, stellte Rain fest, als er fertig war. »Amy, schmier etwas von der Salbe auf die Wunde im Rücken. Ich suche eine frische Ulme, aus deren Rinde wir heute abend einen Umschlag machen können. Im Moment muß die Salbe reichen.« Er wickelte einen breiten Streifen von Eleanors zweitem Unterrock um Gavins Taille. »Wir bleiben heute und morgen hier. Dann müssen wir weiter nach Davidsonville. Wenn er nicht reiten kann, baue ich eine Trage.«

»Er braucht frisches Fleisch, um wieder zu Kräften zu kommen«, bemerkte Amy und tupfte Gavin den Schweiß von der Stirn.

»Ich gehe ...« Rains Worte wurden von Eleanors wildem Schrei unterbrochen.

Amy sprang auf.

Eleanor schrie erneut. Die verängstigte Frau kam auf sie zugerannt, als würde sie vom Leibhaftigen verfolgt. »Indianer! Indianer!«

»Schon gut«, sagte Rain rasch und legte eine Hand auf Amys Arm. »Schon gut«, beruhigte er auch Eleanor, als sie bei ihnen ankam. »Er ist ein Freund von mir. Ich weiß, daß er hier lebt.«

Der Indianer, der aus dem Wald kam, ritt auf einem prächtigen Rotbraunen, war groß, von schmaler Statur und trug eine Hose aus Hirschleder und ein mit Perlen verziertes Hemd. Er war hellhäutiger als die meisten Indianer, hatte ein freundliches, ausdrucksstarkes Gesicht und lebhafte, intelligente

Augen. Als Rain mit ausgestreckter Hand und fröhlich lächelnd auf ihn zuging, sprang er behende vom Pferd. Die beiden schüttelten sich die Hände, klopften sich auf die Schulter und umarmten sich wie zwei kämpfende Bärenjunge.

»Wie geht's, Meshewa?«

»Gut, und dir, Tallman?«

»Auch. Ist mein Freund Meshewa so alt, daß er es nicht schafft, heimlich an einer Frau vorbeizuschleichen, und so häßlich, daß sie einen Schock fürs Leben bekommt, wenn sie ihn sieht?« zog Rain ihn auf.

»Ah ..., welch schöne Frau! Meine Füße sind meinen Augen gefolgt.« Sein Englisch war flüssig und fehlerlos. »Sie muß mir vergeben, daß ich sie geängstigt habe.«

»Mary ›Blaue Feder‹ wird dir die Haut abziehen und als Wetzleder benutzen, wenn sie dich dabei erwischt, wie du eine andere Frau ansiehst.«

Der Indianer war stattlich. Er sah ebenso gut aus, wie in Amys Erinnerung Tecumseh, als er einige Jahre zuvor Quill's Station besucht hatte. Bei der Erwähnung des Namens seiner Frau wurde Meshewas Lächeln noch breiter, und seine dunklen Augen leuchteten.

»Das stimmt, Tallman. Sie beobachtet mich wie ein Falke das Kaninchen.« Seine Stimme war voller Stolz. »Sie möchte, daß ich das hier trage, damit ich immer an sie denke.« Sein schwarzes Haar war in der Mitte geteilt, und zwei Zöpfe, in die kleine, blaue Federn eingearbeitet waren, lagen auf seiner Brust.

»Wie geht es Mary ›Blaue Feder‹?« fragte Rain.

»Ein weiteres kleines Kind.« Meshewa machte eine Bewegung, die einen dicken Bauch andeutete.

»Schon wieder?« fragte Rain erstaunt. »Kein Wunder, daß sie dich Meshewa, den Hengst, nennen.«

Der Indianer lachte, und seine dunklen Augen wanderten von Rain zu Amy, die neben ihm stand.

»Deine Frau, Tallman?«

»Meine Frau. Sie heißt Amy.«

»Kleine Frau?« Er sah Rain an, und dieser nickte. »Ich habe viel von Kleiner Frau aus Quill's Station gehört.« Meshewas dunkle Augen waren direkt auf Amys Gesicht gerichtet. »Mein Onkel, John ›Gefleckter Elch‹, hat mir oft von Juicy Deverell erzählt.«

»Sie waren Freunde«, murmelte Amy.

»Noch kein kleines Kind, Tallman?« Meshewa sah sich Amys flachen Bauch an. »Soll Meshewa dir zeigen, wie man kleine Kinder macht?«

Amys Gesicht lief rot an, aber sie hielt dem wissenden Blick des Indianers stand.

»Wir machen die kleinen Kinder, wenn die Zeit dafür reif ist«, sagte Rain und legte die Arme um Amys Schultern. »Schatz, dieser Heide ist der Sohn von Minnie Dove, der Schwester meines Stiefvaters. Wir sind zusammen groß geworden. Sein Vater, Schwarzer Fuchs, hat versäumt, ihm Manieren beizubringen.«

Amy streckte ihm die Hand entgegen. »Wie geht's?«

Der Indianer nahm ihre Hand und schüttelte sie heftig. »Gut, und dir?« antwortete er. »Eine hübsche Frau, Tallman. Und sie schießt auch gut.«

»Du warst … dabei?« stammelte Amy.

»Ich wollte sehen, wie Tallman sich schlägt. Mein Onkel wäre stolz gewesen. Du warst auch gut, Kleine Frau.« Mit einem Schulterzucken beendete er das Gespräch über die Schießerei.

»Die Frau, der du Angst eingejagt hast, ist Eleanor Woodbury. Ich bringe sie zu Will Bradford nach Belle Point.«

»Aah … « Der Indianer drehte sich nach Eleanor um, die neben Gavin kniete. »Will Bradfords Frau?«

»Will hat mich geschickt, sie abzuholen.«

»Kennst du auch Will Bradford?« fragte Amy.

»Meshewa kennt jeden diesseits der Rocky Mountains«, bemerkte Rain mit einem Grinsen.

»Sei froh, Tallman. Ich weiß, daß Antoine Efant nach dir gefragt hat.«

»Antoine Efant? Der Franzose, der den Chouteaus und Lisa Manuel die Pelze gestohlen hat?« Rains Miene verdüsterte sich. »Was wollte er denn wissen? Wo hast du das gehört?«

Meshewa zuckte mit den Schultern. »Sainte Geneviève. Er wollte das Übliche wissen: Wo du hinwillst, warum du unterwegs bist, wann du weiterreist. Vielleicht will er deine Frau.« Bei der letzten Bemerkung warf er Amy einen herausfordernden Blick zu.

»Das soll er mal versuchen!« Rain war plötzlich wütend. »Ist Efant klein, stämmig, mit schwarzen Locken und einer Strickmütze?«

»Nicht halb so gutaussehend wie du, Tallman.«

»Verdammt, Meshewa!«

Meshewa lachte und klopfte Rain auf die Schulter. »Mary ›Blaue Feder‹ sagt, Tallman sei bestimmt ein guter Liebhaber, was, Kleine Frau?«

»Mary ›Blaue Feder‹ hat recht«, sagte Amy geradeheraus und lächelte den Indianer an.

Meshewa sah zu Eleanor hinüber. »Wenn dies Will Bradfords Frau ist, warum hat der große Mann sie in das warme Wasser getragen und mit ihr unter einer Decke geschlafen? Will Bradford würde ihn umbringen.«

Eleanor sprang auf. »Das hat er nicht getan!« rief sie aus.

»Ich habe die Spuren des großen Mannes gesehen: ein Bett.« Meshewa zuckte wieder mit den Schultern und wandte sich an Rain. »Ist der große Mann schwer verletzt?«

»Ich weiß nicht. Ich habe die Kugel herausgeholt. Es blutet nicht mehr. Heute nacht mache ich einen Umschlag aus Ulmenrinde, wenn ich eine finde. Ich möchte nicht länger als einen Tag hier verbringen.«

Der Indianer beugte sich über Gavin und nickte. »Er braucht Fleisch, um seine Kräfte wiederzuerlangen. Komm, Tallman. Geh mit Meshewa auf die Jagd. Ich bringe dich zu einer Ulme und zeige dir, wo Elche sind.«

»Feuer einmal in die Luft, wenn du mich brauchst, Amy.« Rain nahm sein Gewehr. »Wir gehen nicht weit weg.«

»Wenn er dein Freund ist, warum hat er uns heute nicht geholfen?« flüsterte sie, als der Indianer ging, um sein Pferd und sein Gewehr zu holen.

»Dafür gab es keinen Grund, Schatz. Es war besser, daß Bull nicht wußte, daß er da war. Wenn es ein Handgemenge gegeben hätte, wäre er hinzugekommen. Das hätte ich genauso gemacht.«

»Wußtest du, daß er hier war?«

»Nein. Ich wußte es erst, als wir hier haltgemacht hatten. Er wußte, daß dies ein guter Platz für ein Lager ist, und war bereits vor uns hier. Er hatte sein Zeichen auf dem Baum hinterlassen. Auf diese Art geben wir uns Zeichen, seit wir Kinder sind. Setz schon mal den Kessel auf. Wir kommen bald mit frischem Fleisch zurück. Du kannst ja Gavin etwas Tee kochen.«

Eleanor saß auf der Decke neben Gavin und hielt seine Hand. Er war eingeschlafen. Eleanor schaute Amy mit verweinten Augen an.

»Wir waren nicht unter einer Decke«, sagte sie stockend. »Er hat die ganze Nacht neben mir gesessen. Es war schon fast Morgen, als ich ihn überredet habe, sich hinzulegen und noch ein wenig zu schlafen. Wir haben nichts Schlechtes gemacht, Amy. Das schwöre ich.«

»Du brauchst dich nicht zu rechtfertigen ...«

»Aber ich will es dir erzählen, damit du nicht ... schlecht über Gavin denkst. Ich habe ihn gebeten, mich zu küssen, und er hat es nicht getan. Also habe ich ihn geküßt. Das ist alles, was passiert ist.«

»Ich glaube nicht, daß du und Gavin etwas Verbotenes getan habt, Eleanor. Ich koche erst einmal Wasser, und dann spreche ich mit Tally. Bleib hier sitzen und verscheuch die Fliegen. Er braucht jetzt dringend Schlaf.«

Tally hatte die Pferde und das Maultier in einer kleinen grasbewachsenen Lichtung beim Bach festgemacht. Er saß mit dem Rücken an einen Baum gelehnt, die Knie angezogen, und warf sein Taschenmesser in den Staub zwischen seinen Füßen.

»So kriegt man ein Messer stumpf.« Amy ging zu ihm hin und schaute auf ihn herab.

Tally wischte die Klinge an seinem Hosenbein ab, klappte das Messer zu und steckte es in die Tasche. Er legte die Hände auf seine Knie, ohne zu ihr aufzusehen.

»Wenn wir in Davidsonville ankommen, möchte ich, daß du uns verläßt, Tally. Vielleicht kannst du dort eine Arbeit finden, bis ein paar Leute vorbeikommen, die in den Norden wollen. Wenn nicht, gebe ich dir das Geld für die Heimreise.«

»Ich brauche dein Geld nicht. Tut mir leid, daß ich dich enttäuscht habe, Miss Amy.«

»Du hast nicht mich enttäuscht, sondern dich selbst.«

»Ich bin nicht dafür geschaffen ... durchs Land zu ziehen und zu töten. Ich bin ein Farmer.«

»Rain hat versucht, dir das klarzumachen. Er hat auch versucht, mir das klarzumachen, aber ich habe nicht auf ihn gehört.«

»Ich kann nicht so einfach töten wie er. Ma hat gesagt, er sei ... hart. Sie hat gesagt, ein Herumtreiber wie er hat weder Mitleid mit sich selbst noch mit anderen.«

»Ich finde es auch nicht gut, zu töten, und Rain auch nicht. Es sei denn, jemand will uns töten«, ereiferte sich Amy. »Ich mußte Bull stoppen, als du es nicht konntest. Dadurch hatte der Junge die Chance, auf Gavin zu schießen.«

»Ich konnte ihn nicht einfach so umbringen«, sagte Tally trotzig.

»Nein, du hast ihn lieber herankommen lassen, damit er uns umbringt«, erwiderte Amy sarkastisch.

»Ich war mir nicht sicher, ob er das wirklich tun würde.«

»Um Gottes willen! Du bist so dickköpfig wie mein Pa. Du bist so lange bei deiner Mutter geblieben, weil sie dir immer gesagt hat, was du tun mußt. Geh nach Hause, Tally. Dein Platz ist hinter dem Pflug.«

»Das war gar nicht so schlecht. Es ist auf jeden Fall besser, als kreuz und quer durchs Land zu ziehen, ohne ein Heim zu haben«, entgegnete er.

»Rain und ich werden irgendwann ein eigenes Zuhause haben. Wir lassen uns in Arkansas nieder.«

»Du hast mit ihm geschlafen, obwohl ihr nicht verheiratet seid!« brachte Tally in vorwurfsvollem Ton hervor.

»Ja, das habe ich. Und ich bin stolz darauf. Ich hoffe, daß ich seine Kinder zur Welt bringen werde; ganz, ganz viele Kinder. Deine Frau, falls du jemals eine bekommen wirst, tut mir jetzt schon leid. Sie wird einen Feigling zum Mann haben.«

Amy drehte sich um und ging schnell weg, bevor sie etwas sagte, was sie später bereuen würde. Tally würde nie etwas anderes sein als er war, und sie hatte sich getäuscht, als sie dachte, er könne sich vielleicht ändern.

Kapitel 19

Amy stützte ihren Kopf auf einem Arm ab und betrachtete die glänzenden Sterne am schwarzen Himmel über ihr. Der Tag war ruhig verlaufen. Alle hatten sich ausgeruht und um Gavin gekümmert. Sie brauchten den Ruhetag, um sich von den Aufregungen und der tödlichen Bedrohung des letzten Tages zu erholen.

Gavin schlief den Großteil des Tages. Zur Essenszeit hatte Eleanor darauf bestanden, ihn mit Stücken zarten Fleischs und in Brühe getauchten Brotstücken zu füttern. Den Rest der Zeit verbrachte sie damit, neben ihm zu sitzen, ihm mit der Krempe ihres Huts Luft zuzufächern und ihm kühles Wasser vom Bach zu bringen. Sie war die ganze Zeit außergewöhnlich ruhig. In ihren Augen war der traurige, leere Ausdruck von verlorenen Träumen und Resignation. Als es dunkel wurde, breitete sie ihre Decken neben Gavins aus, legte sich neben ihn und drehte den Kopf in seine Richtung, so, als ob sie es nicht ertrüge, ihn nicht anzusehen.

Als es völlig dunkel war, verließen Rain und Meshewa das Lager. Tally saß neben einem Baum und grübelte. Rain ignorierte ihn und sagte Amy, sie solle sich schlafen legen. Er und sein Freund würden um das Lager herumgehen und bald zurück sein.

Jetzt lag Amy auf ihrer Decke und fragte sich, ob Rain und Meshewa denn gar keinen Schlaf brauchten. Sie hatten fast die ganze Nacht davor am Lagerfeuer gesessen und sich unterhalten. Am Tag waren sie fortgeritten und erst am späten Nachmittag zurückgekommen.

Das Lager war ruhig, von den üblichen Nachtgeräuschen abgesehen: Grillen, Frösche und das Wasser des Baches, der auf seiner Reise zu einem größeren Strom im Süden über die Steine rauschte.

Plötzlich merkte Amy, der diese Geräusche vertraut waren, daß das regelmäßige Zirpen der Grillen aufgehört hatte. Sie hob vorsichtig den Kopf und sah sich um.

Rain kam aus dem Schatten, lief über eine vom Mondlicht beschienene Stelle auf sie zu und tauchte wieder in die Dunkelheit. Er warf seinen Hut auf den Boden unter einem Baum und lehnte sein Gewehr gegen einen Baumstamm.

»Woher wußtest du denn, daß ich kommen würde?« fragte er, während er sich neben sie hockte.

»Die Grillen haben einen kurzen Moment aufgehört zu zirpen.«

Rain lachte in sich hinein, zog sein Hemd aus, setzte sich auf die Decke und streifte seine Mokassins ab.

»Meshewa hat sich verabschiedet. Er reitet gerne nachts. Er hat die Augen einer Eule.«

»Wo will er denn hin?«

»Nach Hause. Nach dem Erdbeben ist sein Onkel mit dem Stamm ins Beaver-Lake-Gebiet gezogen. Meshewa hat den Stämmen östlich des großen Flusses eine Botschaft überbracht und gehört, daß ich durch Kaskaskia gekommen war.«

»Eine Kriegsbotschaft?«

»Nein. Eine Botschaft, in der es hieß, daß es für die Stämme Zeit würde, sich nach Westen zu begeben, bevor sie von den Weißen eingepfercht würden. Sein Onkel macht sich Sorgen. Ihre Heimat ist nördlich von Belle Point, aber Meshewa hat berichtet, daß es ständige Kämpfe zwischen den Osage und den Cherokee gäbe und Will Bradford alles Mögliche versuche, den Frieden wiederherzustellen.« Rain hob die Decke hoch und legte sich neben Amy, umarmte sie und zog sie an sich heran. »Vergiß das jetzt alles, Schatz. Komm her. Ich möchte dich festhalten.«

»Ich hatte nicht erwartet, daß du heute nacht bei mir schlafen würdest«, flüsterte sie und suchte mit ihren Lippen die warme Haut seiner Schulter.

»Hast du deshalb dieses Ding an?« fragte er, während seine Hände auf ihren runden Po legte und sie fest an sich preßte.

»Ich hatte gedacht, Meshewa würde wieder mitkommen, und du würdest vielleicht nicht wollen ...«

»Nicht wollen? Noch nicht mal, wenn ich alt und grau wäre und mit einem Bein im Grab stände. Selbst mit einer Krücke werde ich dich noch im Haus herumjagen.« Er zog sie hoch und befreite sie von dem Nachthemd. »Willst du es auch, ›kleine Frau‹? Willst du?« fragte er lachend, drückte sie wieder auf die Decke hinunter und lehnte sich über sie.

»Natürlich will ich!« Sie legte ihre Arme um seinen Nacken und massierte seine Schultermuskeln. »Aber ... ich muß zuerst etwas mit dir besprechen ...« Er preßte seinen Mund auf ihren, und seine Finger fanden ihre Brustwarze und spielte mit ihr. »Rain, hör auf damit, sonst kann ich nicht ... denken«, keuchte sie, nachdem ihre Lippen seine verlassen hatten und sie ihre Hand auf seine gelegt hatte.

»Ich habe dir doch gesagt, wenn ich einmal auf den Geschmack gekommen bin, werde ich ein läufiger Elchbulle. Wir können doch später reden. Im Moment hab' ich so eine Lust auf dich, daß ich kurz vorm Platzen stehe.« Seine Hände eilten über ihren ganzen Körper, streichelten sie vom Nacken bis zum Hintern, sanft und fordernd zugleich.

»Du bist gierig!« Sie lachte fröhlich in sein Ohr. »Bis auf gestern haben wir's jede Nacht gemacht.«

»Ich will dich auch jede Nacht!« sagte er heiser, zog sie dicht zu sich heran und bewegte seine Lenden so, daß sie seine Erregung an ihrem weichen Bauch spüren konnte. »Ich habe Meshewa fast dafür gehaßt, daß er mich von dir ferngehalten hat.«

Während seine Finger unermüdlich ihren Körper erforschten, berührte sie seine dunklen Nippel, zuerst vorsichtig, dann etwas fester, als er vor Erregung stöhnte. Sein Mund wanderte von ihrem Hals über die Schultern und küßte sie feucht aufs Ohr. Er hielt ihren Kopf fest in der Armbeuge und leckte ihr sanft über die Lippen, während seine Finger in dem seidenen, kupferfarbenen Busch zwischen ihren Beinen wühlte, bevor sie in die feuchte, dunkle Spalte der Wonne krochen.

»Rain, Liebling, ich liebe dich«, murmelte sie, preßte ihm ihren Körper entgegen und dachte nur daran, den Hunger, den er in ihr geweckt hatte, zu stillen.

Als sie merkte, wie er nach unten rutschte, um in sie einzudringen, spreizte sie die Beine und hieß ihn willkommen. Er war genauso hart und wundervoll wie zuvor. Es fühlte sich so gut an, ihn in sich zu spüren. Sie drückte sich gegen ihn und hörte sein Stöhnen, das tief aus seinem Inneren zu kommen schien; er steckte mit seiner ganzen Länge tief in ihr drin und verweilte dort. Als er sich zurückzog, hätte sie fast aufgeschrien. Sie umklammerte seine Hinterbacken, um ihn bei sich zu halten. Sie verlangte nach seinen wogenden Bewegungen, und ihre Hüften begannen, sich zu bewegen.

Aus seinem leisen Lachen an ihrem Mund sprach schiere Freude. Er verlangsamte den Rhythmus, während sie sich unter ihm wand, um ihn zum Weitermachen zu bewegen. Dann drückte er sich auf einmal mit aller Kraft in sie hinein, preßte sich tiefer und tiefer in ihren Schoß, bis Amy glaubte zu explodieren und vor Lust zu sterben. Aber er hörte nicht auf. Sie bewegten sich dichter, fester und schneller, bis Zeit, Wald und Sterne in einem heftigen Ausbruch von Farben barsten. Sie stöhnte vor Freude, während er lang anhaltend seufzte. Schließlich sanken sie zurück, lagen keuchend nebeneinander und hielten sich an den Händen.

So blieben sie eine ganze Weile liegen. Eine sanfte Brise trocknete ihre verschwitzten Körper. Schließlich richtete er sich auf seinen Ellbogen. Sie lächelte ihn an und streichelte mit ihren Fingerspitzen über seine Brust.

»Habe ich dir heute eigentlich schon gesagt, wie sehr ich dich liebe, ›Kleine Frau‹?« fragte er mit bebender Stimme. »Ich liebe dich so sehr, daß es mir schon fast angst macht.« Er strich mit dem Mund über ihre Lippen, bevor er flüsterte: »Mein Gott! Ich hätte mein ganzes Leben ohne dieses Gefühl verbracht ..., wenn ich nicht nach Quill's Station zurückgekommen wäre.«

»Ich habe auf dich gewartet«, bemerkte sie. »Ich hätte ewig gewartet.« Sie mußte fast weinen, als sie an die einsamen Jahre nach Juicys Tod dachte, in denen sie gehofft und gebetet hatte, Rain möge zurückkommen.

»Schatz, das wußte ich nicht.« Er legte sich auf den Rücken und drückte sie fest an seine Seite. »Du weinst doch nicht?« fragte er besorgt, als er die Feuchtigkeit auf seiner Wange spürte.

»Nein, ich bin bloß erschöpft. Ich hatte gestern solche Angst, das wir sterben müßten, ohne ein Haus gebaut und ohne unsere Kinder gesehen zu haben«, flüsterte sie mit dünner Stimme.

»Ich bin auch froh, daß es vorbei ist. Ich glaube nicht, daß wir uns jetzt noch Gedanken um Hammond Perry machen müssen. Wenn Gavin nicht angeschossen worden wäre, hätten wir es in einer Woche oder zehn Tagen bis nach Belle Point geschafft. Vielleicht müssen wir ihn in Davidsonville zurücklassen.«

»Ich habe Tally gesagt, daß er uns in Davidsonville verlassen soll. Ich habe mich in ihm getäuscht, und es tut mir leid. Wir hätten ihn bei dem Bootsführer lassen sollen, der uns übergesetzt hat.«

»Ich bin schon öfter auf Menschen wie ihn getroffen. Er fühlt sich nur wohl an einem festen Ort, wo er jeden Tag dasselbe machen kann. Er kann keine schnellen Entscheidungen treffen. Wenn du getötet oder auch nur verletzt worden wärst, weil er nicht den Mumm hatte zu schießen, hätte ich ihn umgebracht!« sagte er erregt. »So hat er es zu verantworten, daß der Junge Gavin getroffen hat, der zehnmal mehr Mann ist als er.«

»Gavin wird doch wieder gesund werden, oder?«

»Ich denke schon. Wenn wir ihn gut verbinden, wird er morgen schon wieder reiten können. Wir werden uns mit einer kürzeren Strecke begnügen. Ich habe einen Freund in Davidsonville, der sich um ihn kümmert, wenn er nicht mehr kann.«

»Eleanor macht es zu schaffen, daß Meshewa gesagt hat, sie habe mit Gavin geschlafen.«

»Meshewa hat die Zeichen gedeutet, die er vorgefunden hat. Gavin hat sich in Eleanor verliebt, aber ich bin sicher, daß er nichts machen würde, um sie zu entehren. Meine Aufgabe ist es, sie zu Will Bradford zu bringen, Schatz. Was danach geschieht, ist ihre Sache.«

»Was ist denn ..., wenn sie Will gar nicht mehr heiraten möchte?«

»Dann muß sie ihm das sagen.«

»Sie wird Gavin bestimmt nicht in Davidsonville zurücklassen wollen.«

»Das muß sie aber, wenn er nicht mehr weiter kann.«

»Rain ..., warum hat der Franzose wohl nach dir gefragt? Könnte das irgend etwas mit Hammond Perry und Eleanor zu tun haben?«

»Das glaube ich nicht. Ich habe von Efant gehört. Ich vermute, daß er der Franzose war, den wir in Kaskaskia getroffen haben. Er ist ein Erzgauner. Manche behaupten, er sei ein rücksichtsloser Killer, andere sagen, er sei ein ehrenwerter Mann. Wir brauchen uns aber im Moment keine Sorgen seinetwegen zu machen.« Er kroch unter der Decke hervor und zog sich Hemd und Hose an. Amy stützte sich auf einem Ellbogen ab und beobachtete ihn dabei.

»Wohin gehst du?«

»Ich drehe eine Runde um das Lager. Ich bin gleich zurück.«

Eleanor sah, wie Rain Amy verließ und leise im Wald um den Bach herum verschwand. Sie atmete tief ein und wischte sich die Tränen aus den Augen. Die Stunden vergingen nur langsam, während sie einsam in ihrem Bett lag und lauschte, ob der Mann, der nur unweit von ihr lag, irgendwelche Geräusche machte.

Nachdem Rain das Lager verlassen hatte, legte Gavin die Decke beiseite und stützte sich auf einem Arm ab.

»Gavin?« flüsterte Eleanor und beugte sich über ihn. »Möchtest du etwas zu trinken haben?«

»Jawohl. Das kann ich mir aber auch selber holen.«

»Ich habe hier etwas.« Sie holte eine Tasse und hielt sie ihm an den Mund. Er trank gierig und legte sich wieder nieder. »Kannst du nicht schlafen?« fragte sie besorgt und legte ihre Hand auf seine Stirn.

»Ich hab' doch den ganzen Tag geschlafen, Mädel. Ich kann einfach nicht länger liegen.«

»Deine Stirn ist immer noch kühl. Rain hat gesagt, ich solle auf Anzeichen von Fieber achten.«

»Du solltest selber etwas schlafen. Die ganze Zeit warst du unruhig ...«

»Warst du etwa wach?«

»Jawohl. Die meiste Zeit auf jeden Fall.«

Eleanor strich den Rand der Decke, unter der Gavin lag, glatt, legte sich darauf und breitete ihre Decke über sie beide aus.

»Mädel, du solltest nicht ...«

»Sag nichts, Gavin. Ich bleibe hier. Vielleicht brauchst du mich ja.«

»Du bringst dich selbst in Schwierigkeiten.«

»Das ist mir egal. Gavin…, wenn du dich nicht vor mich gestellt hättest, wäre ich jetzt vielleicht tot. Der Schuß, der dich in die Seite getroffen hat, hätte mich höher getroffen.«

»Das kann man nicht wissen, Mädel.«

»Schau mich an.« Sie drehte seinen Kopf in ihre Richtung. Ihre Gesichter berührten sich fast. Sie rutschte an ihn heran, wobei ihr Busen an seinem Unterarm entlangstrich. »Ich liebe dich. Gestern war ich mir sicher, wir würden sterben. Aber da du bei mir warst, hatte ich keine Angst.«

»Du warst sehr mutig.«

»Liebst du mich? Liebst du mich nur ein kleines Stückchen?«

»Noramädel, ich hab' kein Recht…«

»Warum hast du kein Recht?« flüsterte sie.

»Weil ich der bin, der ich bin, und du einem anderen versprochen bist. Selbst wenn du nicht…«

»Wenn wir in Belle Point angekommen sind, sage ich Will, daß ich ihn nicht heiraten werde.«

»Warum würdest du das machen?«

»Weil ich ihn nicht heiraten möchte. Ich möchte dich heiraten, wenn du… mich willst. Wir könnten zusammenleben, Gavin.«

»Ich weiß nicht, wovon du sprichst.«

»Ich weiß es dafür um so besser. Ich werde dich jetzt küssen. Und wenn du nicht erwiderst, ist es auch in Ordnung.«

»Nee, Nora, der Mann kommt gleich zurück.«

»Soll er's doch sehen. Es ist mir egal. Irgendwann wirst du mich küssen. Irgendwann wirst du unter meine Decke kommen und mich die ganze Nacht im Arm halten, so wie er Amy im Arm hält«, flüsterte sie und preßte dann ihre Lippen auf seine. Ihr Kuß war süß, sanft und liebevoll. Sie küßte ihn lange, kostete von der Süße seines Mundes und untersuchte genau die Form seiner Lippen. Nur zögerlich endete der Kuß.

»Du bringst mich noch um…, mein süßer Engel«, stammelte er mit belegter, unsicherer Stimme. Die Flamme, die in seinem Schoß loderte, nahm ihm den Atem. »Ich verzehr' mich nach dir und muß mich gleichzeitig zurückhalten.«

»Du mußt dich überhaupt nicht zurückhalten.«

»Ich halt das nicht aus!« Als er seinen Arm hob, legte sie ihren Kopf an seine Schulter und schmiegte sich an ihn. Obwohl die Decke zwischen ihnen war, spürte sie, daß er am ganzen Körper zitterte.

»Tu' ich dir auch nicht weh?«

»Nee. Der Teil von mir, der schmerzt, hat nichts mit meinen Verletzungen zu tun. Noramädel, ich weiß nicht, was ich tun soll.«

»Es reicht mir zu wissen, daß du mich liebst. Wir werden zusammen zu Will gehen und ihm sagen, daß wir uns lieben. Er wird mich bestimmt freigeben.«

»Und dann, Mädel? Ich weiß nicht, wie ich dir ein Leben, an das du gewohnt bist, bereiten soll. Ich kann's bestenfalls zu 'nem Farmer bringen. Das wär ein hartes Leben für ein Mädel wie dich.«

»Darüber brauchst du dir keine Sorgen zu machen. Verstehst du? Werd erst einmal gesund. Oh, küß mich, mein Lieber! Küß mich!« Sie schob ihren Kopf nach vorne und drückte ihre Lippen gegen seinen heftig pochenden Hals. Er zog sie noch fester an sich heran und stöhnte voll hungrigem Verlangen.

»Paß auf, Mädel«, warnte er sie, »bevor ich mich nicht mehr zurückhalten kann.«

Sie fühlte seine Lippen in ihren Haaren und seine Hand, die zärtlich ihre wohlgeformte Brust umspielte. Er knabberte und leckte sanft an ihrem Ohr, bevor seine Lippen über ihre Wange auf ihren wartenden Mund glitten. Sein Kuß war tief und verlangend und löste eine Vielzahl von Gefühlen in ihr aus. Er gierte nach ihrem Mund, küßte sie wieder und wieder, kostete von ihrer Süße, bis sich alles um ihn drehte. Dann, viel zu schnell, war es vorbei, und er zog seinen Kopf zurück. Er lag neben ihr und atmete unregelmäßig.

»Du bist so süß…, so süß.«

»Küssen ist etwas Wunderbares«, sagte sie leise, während sie sein Kinn liebkoste. »Gavin…, wie warst du als kleiner Junge?«

»Ach Mädel, das ist schon lang' her. Ich war wie die meisten Jungs: fröhlich.«

»Erzähl mir davon.«

»Meine Mutter liebte Musik, mein Vater war Lehrer. An vielen Abenden hat er mir bei Kerzenlicht Lesen beigebracht, während meine Mutter sang. Ich glaube, sie haben sich geliebt, das möchte man als Kind auf jeden Fall glauben.« Er hielt sie fest umschlungen, und es war ihm egal, ob Rain zurückkommen und sie beieinander liegend finden könnte.

»Ich war neun Jahre, als wir aus Schottland rübergekommen sind, um ein neues Leben in Amerika anzufangen. Wir lagen im Hafen und wollten am nächsten Morgen von Bord gehen. Mitten in der Nacht brach ein Feuer aus, und schnell stand das ganze Schiff in Flammen. Man konnte nichts machen. Mein Vater hat mich über die Reling geworfen und ist dann zurückgerannt, um meine Mutter zu holen. Ich hab' sie nie wieder gesehen.«

»Oh, mein armer Liebling! Was hast du dann gemacht?«

»Ich wurde von einer netten alten Dame aufgenommen. Sie starb, als ich zwölf war, dann bin ich an den Fluß gegangen, um mein Geld zu verdienen. Das ist alles, Mädel. Ich bin nichts anderes als ein grober Flußmensch.«

Anstatt etwas zu erwidern, legte Eleanor ihre Arme um seinen Hals und küßte ihn leidenschaftlich.

»Nichts anderes als ein grober Flußmensch?« protestierte sie entrüstet und ahmte dabei seinen schottischen Akzent nach. »Du bist der süßeste, wunderbarste Flußmensch auf der ganzen Welt, Gavin McCourtney!«

»Mädelchen, du mußt damit aufhören.«

»Wie kann ich das, wenn ich so glücklich bin?«

»Du kannst deine Augen zumachen und schlafen. Das kannst du machen. Sonst bist du morgen ganz erschöpft.«

»Ich kann meine Augen zumachen, kann aber nicht versprechen einzuschlafen«, sagte sie und kuschelte sich an ihn.

Als Rain zurückkam, war Eleanor eingeschlafen. Er ging vorbei, schaute hinunter und sah ihren Kopf in Gavins Arm eingebettet. Er blieb kurz stehen, ging dann aber weiter, sicher, daß er Gavins Augen gesehen hatte, die zu ihm aufgeblickt hatten.

Die Morgendämmerung erhellte bereits den östlichen Himmel, als Rain an das kleine Frühstücksfeuer trat. Eleanor saß auf ihren Decken und kämmte ihr Haar, während Gavin gerade vom Fluß zurückkam. Sie unterbrach das Kämmen und sah Gavin mit klopfendem Herzen an.

»Morgen«, sagte Rain.

»Morgen.« Eleanor drehte sich kurz zu Rain herum und wandte sich dann wieder Gavin zu.

»Es scheint ihm besserzugehen.« Rain legte noch etwas Holz aufs Feuer und hängte den Kessel darüber.

»Das sagt er zumindest.«

»Ich hab' weder den Jungen noch sein Pferd gesehen«, berichtete Gavin, als er sie erreicht hatte.

»Er ist letzte Nacht weggeritten«, bemerkte Rain ruhig. Er drehte sich um und hob den Kopf, als sich Amy mit ihren zusammengerollten Decken näherte. »Tally ist letzte Nacht weggeritten, Amy. Ich habe gesehen, wie er in Richtung Süden aufgebrochen ist.«

»Warum hast du ihn nicht aufgehalten?«

»Es wäre unvorsichtig gewesen, das Lager zu verlassen, um ihm nachzureiten«, antwortete er schroff.

»Stimmt. Du hast recht, Rain.«

»Warum hat er das gemacht?« fragte Eleanor.

»Er will nach Hause«, sagte Amy langsam.

»Das war dumm von dem Burschen.«

»Wie weit ist es bis Davidsonville?« fragte Amy, während sie die zusammengerollten Decken an den Pferden befestigte.

»Er könnte es an einem Tag schaffen. Wir werden zwei brauchen«, antwortete Rain. »Du mußt dir ein Pferd mit Eleanor teilen und das Maultier führen.«

Die vier tranken Tee und aßen Brot mit kaltem Fleisch, löschten das Lagerfeuer und trafen die letzten Vorbereitungen, um weiterzuziehen. Rain und Amy holten die Pferde, und Rain half Gavin in den Sattel.

Den ganzen Morgen ritten sie an dem reißenden Bach entlang. Als das Dickicht undurchdringlich wurde, ritten sie in östlicher Richtung weiter, überquerten den Bach und erreichten schließlich eine Straße. Amy vermutete, es sei die, auf der sie schon gewesen waren, als sie von Bull und seinen Männern angegriffen wurden. Die Gegend war flach und dicht bewaldet. Einige Male schreckten sie Wild auf, und als sie an einem Sumpfgebiet entlangkamen, erhob sich ein Entenschwarm in die Luft.

Gavins Gesicht war schmerzverzerrt, doch hielt er sich aufrecht im Sattel. Als sie am Mittag eine Pause einlegten, kümmerte Eleanor sich rührend um ihn und brachte ihm Essen und Trinken.

Am späten Nachmittag verließ Rain den Weg und bog in einen Wald ein. Mitten im Wald richteten sie ihr Lager ein. Sobald die Decken auf dem Boden ausgebreitet waren, legte sich Gavin hin und schlief ein. Rain und Amy führten die Tiere ans Wasser und banden sie in der Nähe des Lagers an. Amy entdeckte einen Blaubeerstrauch und füllte ihren Hut mit den dunklen, saftigen Beeren. Sie machten an diesem Abend kein Feuer, sondern aßen wieder Brot und kaltes Fleisch. Die Beeren waren eine willkommene Abwechslung.

Gavin schien am nächsten Morgen in deutlich besserer Verfassung zu sein. Eleanor und Amy wechselten den Verband und sahen erfreut, daß die Wunde schon blasser geworden war und gut verheilte. Sie erneuerten den Umschlag aus Ulmenrinde und wickelten Streifen von Eleanors Unterrock darum.

Als sie sich wieder auf den Weg machten, gab Rain ein gleichmäßiges, schnelles Schrittempo vor. Der Tag war warm, und ein süßlicher Duft lag in der Luft. Am Wegesrand wuchsen wilde Rosen, über denen Bienen summten. Amy sah, wie zwei Kardinalmännchen aus den Bäumen herausgeflogen kamen. Sie flogen kreuz und quer, tauchten ab und umkreisten sich gegenseitig. Dann kam ein Weibchen hinzu, und die beiden scharlachroten Vögel jagten dem rotbraunen hinterher, bis sie schließlich im blauen Himmel entschwanden. Auf dem Boden brach ein Zaunkönig in lautes Protestgeschrei aus, als sie zu nah an seinem Nest vorbeikamen, und ein Eichhörnchen flüchtete sich vor einer Amsel auf einen Baum.

Es war ein wunderschöner, friedlicher Tag. Amy betrachtete den vorausreitenden Rain, und ihr Herz füllte sich mit Glücksgefühlen. Er war die Liebe ihres Lebens, und sie näherten sich seinem Hochtal und dem Fluß der Träume, wo sie den Rest ihres Lebens zusammen verbringen würden. Das einzige Problem, was es noch zu lösen galt, war das von Eleanor und Gavin. Doch wenn Will Bradford der Mann war, den Rain ihr beschrieben hatte, würde er Eleanor bestimmt von ihrem Versprechen, ihn zu heiraten, befreien, damit sie mit Gavin glücklich werden könnte.

Etwa eine Stunde vor Mittag hörte Rain das Krächzen von Krähen und sah eine Anzahl von Aasfressern in den Bäumen sitzen. Er wartete einige Minuten ab, bevor er das Zeichen zum Halten gab.

»Bleibt hier«, sagte er knapp. Vor ihnen mußte etwas Totes liegen, etwas ziemlich Großes sogar, wenn es eine solche Menge von Aasfressern angelockt hatte.

»Was ist denn los?« fragte Amy, aber Rain ritt schon im Galopp davon und antwortete nicht.

Die drei Zurückgebliebenen warteten unruhig auf Rains Rückkehr. Amy schaute nervös nach hinten und zur Seite. Alles war ruhig, bis auf das Krächzen der Krähen. Es schien ihr, als hätte Rain sie schon vor einer Ewigkeit verlassen, aber es konnte nicht mehr als eine Viertelstunde vergangen sein, als sie ihn zurückkommen sah. Er ritt direkt auf Amy zu.

»Es ist Tally«, sagte er leise. »Irgend jemand muß sich von hinten an ihn angeschlichen und ihm die Kehle durchgeschnitten haben. Sie haben sein Pferd und sein Gewehr mitgenommen.«

Amy stieß einen erstickten Schrei aus. »Oh . . ., mein Gott!« Sie faßte sich an den Hals, als fürchtete sie, sich übergeben zu müssen.

»Wie furchtbar!« schrie Eleanor auf.

»Es gibt keine Anzeichen für einen Kampf, noch nicht einmal ein Handgemenge. Er hatte keine Zeit, Angst zu haben«, sagte Rain ruhig, so als wolle er Amy trösten. »Wartet hier auf mich.« Er deutete auf eine Gruppe von Espen. »Ich begrabe ihn.«

»Das ist alles mein Fehler! Ich habe ihn dazu gebracht, sich schuldig zu fühlen. Nur deshalb hat er uns verlassen«, schluchzte Amy. »Ich helfe dir, ihn zu begraben.«

»Nein«, sagte Rain energisch. »Es war nicht dein Fehler, und du hilfst auch nicht, ihn zu begraben. Gavin«, er schaute dem großen Mann direkt in die Augen und gab ihm ein stummes Zeichen. »Bring die Frauen weg und wartet auf mich.«

»Jawohl, mach' ich.«

Mit gesenktem Kopf drehte Amy ihr Pferd herum und folgte Gavin. Eleanor saß hinter ihr und legte tröstend eine Hand auf ihre Schulter. Als sie die Espen erreicht hatten, hielt Gavin an und ließ sich langsam vom Pferd gleiten. Auch Eleanor stieg ab, doch Amy blieb mit abgewandtem Kopf sitzen.

»Ich hätte ihn fortschicken sollen, als wir in Sainte Geneviève waren«, sagte sie verbittert. »Als wir erst einmal den Fluß überquert hatten, war's zu spät.«

»Du darfst dir keine Vorwürfe machen, Mädel. Er war ein erwachsener Mann.«

»Aber er hat meinetwegen sein Zuhause verlassen.«

»Das war seine Entscheidung.«

»Armer Tally.« Plötzlich erinnerte sie sich an das Bild, wie er unter dem Baum gesessen und sein Messer in den Staub zu seinen Füßen geworfen hatte. »Ich habe ihm gesagt, er solle uns verlassen, wenn wir Davidsonville erreicht hätten. Er hat geantwortet, daß er sich dies auch schon überlegt habe.«

»Warum ist er nur mitten in der Nacht aufgebrochen?« fragte Eleanor.

»Ich glaube, er hat es nicht länger bei uns ausgehalten und wollte sich auf eigene Faust durchschlagen. Er hat bestimmt wieder im freien Feld übernachtet. Er hat nichts dazugelernt ...« Amys Stimme brach.

Als Rain von der Straße her ein Zeichen gab, verließen sie den Wald und ritten zu ihm.

»Ich habe es so gut gemacht wie möglich, Amy.« Rains Hemd war schweißnaß. »Hier, das hab' ich dir mitgebracht.« Er überreichte ihr Tallys Taschenmesser. »Das kannst du seiner Ma als Erinnerung geben.«

Amy steckte es in die Tasche, ohne es anzusehen. »Ich werde sie wahrscheinlich nie wiedersehen«, murmelte sie und wandte ihr Gesicht ab.

Als sie die Stelle erreichten, an der Tally gestorben war, waren die Krähen verschwunden. Amy schaute starr geradeaus. Sie hatte Tally seit langem gekannt. Seine Unterwürfigkeit ihr gegenüber hatte sie verärgert, aber nun fühlte sie nur noch Mitleid.

In ihren Augen sammelten sich Tränen, und sie weinte leise in sich hinein.

Kapitel 20

Antoine Efant saß auf der Veranda, den Stuhl gegen die Wand gelehnt, und reinigte seine Fingernägel mit einer langen, dünnen Klinge. Die Hütte gehörte Pete Hopcus, einem Mann, mit dem er schon einmal zusammengearbeitet hatte und der nach Davidsonville gegangen war, um Neuigkeiten in Erfahrung zu bringen. Antoine wartete ungeduldig auf seine Rückkehr.

»Gott, ist es heiß hier!« Der Mann, der dies gesagt hatte, war älter als Antoine, hatte einen finsteren Gesichtsausdruck, und die Kleidung, die er trug, war nicht so gepflegt und sauber wie die des anderen. Hull Dexter war jemand, der für ein paar Dollar fast alles machte.

»*Mon Dieu!* Deine ständigen Meckereien gehen mir langsam auf die Nerven. Wirst du denn nicht gut genug bezahlt für das bißchen Unwohlsein?«

Hull ignorierte Antoines Frage und wischte sich mit einem Hemdsärmel über das Gesicht.

»Stören die Hitze und die Mücken dich denn nicht?«

»Nein. Geh runter zum Bach und hol einen Eimer Wasser.«

»Pete sollte eigentlich schon längst zurück sein.« Hull stand langsam auf. »Wenn er nicht den Krug Whiskey mitbringt, brech ich ihm das Genick.«

»Und wenn er das macht, breche ich deins.« Antoine fuhr fort, sich die Fingernägel zu reinigen.

»Jesus, Efant! Du kannst kein Mensch sein!«

»Du wirst nichts trinken, bevor unsere Aufgabe nicht erledigt ist. Das habe ich dir von Anfang an gesagt. Du kannst ja abhauen, wenn's dir nicht paßt.«

»Damit ich ein Messer in den Rücken kriege? Ich hab' noch von niemandem gehört, der Antoine Efant verlassen hat.«

»Das hat auch noch niemand«, antwortete Antoine und fügte leise hinzu: »... der danach noch davon hätte erzählen können. Jetzt geh schon endlich zum Bach.«

Rain und seine Gruppe erreichten Davidsonville am späten Nachmittag des zweiten Tages. Die Siedlung war plötzlich hinter einer Kurve vor ihren Augen aufgetaucht. Amy wußte nicht, was sie erwartet hatte, doch das Dorf bestand aus nur wenig mehr als ein paar heruntergekommenen Blockhütten, die sich um einen Handelsposten herum gruppierten. Davidsonville, das kaum mehr als fünfundzwanzig Hektar einnahm, lag in einer Lichtung, rundum von dichtem Wald umgeben. Die Straße verlief durch die Dorfmitte und führte direkt an dem Laden vorbei.

Vor der Blockhütte war die Erde von Pferdehufen und Wagenrädern zu feinem Staub zermahlen, und als sie ihre Pferde zum Halten brachten, wirbelten ihre Hufe eine dichte Staubwolke auf.

Rain stieg von seinem Braunen ab. Während er die Zügel an einem dicken Pfosten festmachte, erschien ein Mann auf der Veranda und blieb breitbeinig, mit den Händen am Gürtel, stehen. Er war klein, hatte die Körperform eines Fasses und lange dunkle Haare, die von einigen grauen Strähnen durchzogen waren. Sein grauer Bart war zu drei Zöpfen geflochten, die auf sein Leinenhemd herabhingen. Er stieß einen gellenden Schrei aus und schlug mit beiden Händen gegen seinen Brustkasten, als ob er eine Trommel sei.

»*Mon Dieu!* Rain Tallman! Ich dachte, man hätte dich aufgeknüpft und du wärst schon ausgetrocknet. Wie geht es dir denn?«

»Gut, Jean Pierre. Du bist so fett und vorlaut wie immer.«

»Ich wünsche mir auch gar nicht, anders zu sein. Komm rein. Komm sofort rein. Und schaff die Frauenzimmer aus der Sonne.« Er beäugte Eleanor und Amy neugierig.

Ein paar Leute hatten sich versammelt, um die Fremden zu sehen. In der Siedlung lebten ungefähr zehn Familien, und von jeder schien ein Abgesandter aus dem Nichts heraus gekommen zu sein. Aus dem Handelsposten trat ein halbes Dutzend Indianer heraus, die das Geschehen mit versteinerten Gesichtern beobachteten. Beim Anblick der Indianer klammerte sich Eleanor an Amy.

»Wir brauchen Zimmer für ein oder zwei Nächte, Jean Pierre.« Rain half zuerst Eleanor und dann Amy aus dem Sattel. Amy trat auf die Veranda. Eleanor wartete auf Gavin und hielt sich dicht in seiner Nähe.

»Komisch, daß du gerade jetzt auftauchst. Ein Soldat aus Belle Point hat vor ungefähr einer Woche Post gebracht. Da war auch ein Brief für dich dabei.«

»Tatsächlich?«

Der Händler konnte den mangelnden Enthusiasmus seines Gegenübers nicht nachvollziehen. Für die meisten Menschen war ein Brief der Höhepunkt ihres Lebens. Dieser Tallman hingegen tat so, als bekäme er jeden Tag Post.

Rain hielt Amy am Arm und schob sie durch die Tür in den Laden. Gavin und Eleanor kamen hinterher. Amy schaute sich interessiert um und verglich ihn mit Farrs Laden in Quill's Station. Es gab weder ein so großes Angebot wie bei Farr, noch war er annähernd so sauber.

Innen war es kalt und dunkel. Das einzige Licht drang durch die offene Tür und durch ein kleines Glasfenster in der Ladenfront. Der Laden war vollgestopft mit Fässern, Pelzen, Fallen und allen möglichen Gütern, die Farmer zum Leben brauchten. Von den Regalen hingen Harnische und Werkzeuge herab. Rain mußte sich ducken, um zum Ladentisch zu gelangen. Eine Kombination verschiedener Düfte drang an ihre Nasen: Leder, Pelze, Gewürze und gekochter Kohl. Der Laden war gleichzeitig auch das Postamt, das erste Postamt, das in Arkansas gegründet worden war.

Jean Pierre Hoffman trat hinter den Ladentisch und wühlte in einem Haufen von Papieren, Fellen und Tabakbeuteln. Schließlich, nach zahlreichen Flüchen und Verwünschungen derer, die es gewagt hatten, Regierungseigentum zu berühren, holte er einen dünnen, weißen Umschlag hervor und überreichte ihn Rain. Mit dunklen, glänzenden Augen wartete er neugierig darauf, daß Rain den Brief öffnete. Doch dieser steckte den Umschlag gleichgültig in seinen Hemdkragen.

»Was ist mit den Räumen?« fragte er. »Die Ladies sind müde und wären dankbar, wenn sie sich waschen könnten.«

»Es ist mir eine Ehre, die Ladies als Gäste zu empfangen.« Der Händler verbeugte sich. Bei seinem Lächeln entblößte er sein lückenhaftes Gebiß. »Tennessee!« brüllte er. »Hol Wasser!«

Das Gebäude hatte zwei Flügel. Den Geräuschen nach war im linken Flügel die Familie des Besitzers untergebracht. Man konnte deutlich die Stimme einer Frau, die ihre Kinder ausschimpfte, hören. Hoffman brachte sie in den rechten Flügel. Sie gingen durch einen langen, dunklen Lagerraum, an dessen Ende ein Gästezimmer lag. Die Tür, die er öffnete, hing schief an ihren Lederscharnieren herab. Amy und Eleanor betraten das Zimmer.

»Etwas Besseres habe ich nicht«, verkündete er. »Ihr Männer könnt im Lagerraum schlafen.«

»Das ist gut«, sagte Rain und machte einen Schritt in den kleinen Raum hinein, so daß auch Gavin noch Platz hatte.

Der Händler blieb einen Moment im Türrahmen stehen, bevor er in den Laden zurückkehrte. Rain Tallman war westlich des großen Flusses eine Legende. Daß er in Begleitung zweier Frauen in die Siedlung gekommen war, würde noch für Monate als Gesprächsstoff dienen. Jean Pierre würde den anderen davon erzählen, wie er einfach so angekommen war und nach einem Raum gefragt hatte.

»Ahh...« Jean Pierre seufzte. »Das ist schon ein Mann. Welche von den beiden wohl ihm gehört? Vielleicht sogar alle beide?«

Der Raum war winzig, die Ritzen in der Wand aus Baumstämmen mit Lehm abgedichtet. Über das hohe Fenster hatte jemand eine Hirschhaut gespannt. Darunter stand eine schäbige Bank. Als Bett diente eine Erhöhung in einer der hinteren Ecken, auf der eine mit Stroh gefüllte Matratze lag. Auf dem Kaminsims thronte in einem gläsernen Ständer eine Kerze. Wenn Amy nicht so matt und niedergeschlagen wegen Tally gewesen wäre, hätte sie sicherlich über diesen in solch einer rauhen Umgebung unerwarteten Anblick lachen müssen.

Ein Mädchen kam mit einem Eimer Wasser und einer Blechschüssel an die Tür. Sie hatte große, dunkle Augen und lange, schwarze Zöpfe. Obwohl sie helle Haut hatte, war doch ihre indianische Herkunft offensichtlich. Rain nahm den Eimer und die Schüssel.

»Danke, Tennessee.«

»Komm, setz dich, Gavin.« Eleanor deutete auf die Bank unter dem Fenster. Der Schotte machte es sich bequem, und Eleanor setzte sich neben ihn. »Das ist ja nicht viel besser, als draußen ein Lager aufzuschlagen«, stellte sie lachend fest.

»Dieser düstere Raum macht mich irgendwie nervös.« Amy verschränkte die Arme, und ein Schauer lief ihr über den Rükken. »Wie lange werden wir denn hierbleiben, Rain?«

»Das hängt davon ab, was in dem Brief steht.« Rain holte ihn unter seinem Hemd hervor und sah sich die Schrift auf dem Umschlag an. »Er ist von Will.«

Alle warteten gespannt darauf, daß Rain den Brief aufmachte. Er ging zur Tür und schaute hinaus, dann öffnete er den Umschlag mit seinem Messer und zog ein Blatt Papier hervor. Langsam las er das Geschriebene, wobei er den Bogen gegen das Licht hielt, damit er überhaupt etwas erkennen konnte. Dann las er ihn noch einmal, bevor er etwas sagte.

»Er ist von Will«, wiederholte er und warf Eleanor dabei einen Blick zu. Sie schaute ängstlich drein, als ob sie eine Todesnachricht erwartete. »Der Brief ist zwar an mich adressiert, Eleanor, aber er betrifft Sie. Soll ich ihn laut vorlesen?«

Sie nickte. Rain trat einen Schritt auf die Bank zu, lehnte sich gegen die Wand und las laut vor.

Belle Point
22. Mai 1819

Mein lieber Rain,
ich nehme nur zögernd die Feder in die Hand, um Dich über die Zustände hier im Fort zu unterrichten. Zusätzlich zu den schwierigen Streitereien zwischen den Indianern sind die Männer der Garnison, die Siedler um das Fort herum und die Indianer von Schüttelfrost und Gallenfieber befallen. Mehr als hundert Menschen sind der Krankheit schon erlegen.
Die Bedingungen hier haben sich alles andere als verbessert, seit ich Dich mit der Aufgabe betraut habe, Miss Woodbury hierherzubringen. Bis auf zwei Offiziersfrauen, die in der Wäscherei arbeiten, gibt es hier keine Frauen, und es gibt auch keine passende Unterbringungsmöglichkeit. Zwischen den Stämmen herrschen immer noch Unruhen, und die meiste Zeit bin ich außerhalb des Forts.
Die Umstände hier haben mich zu einer schwerwiegenden Entscheidung bewogen. Deswegen muß ich Dich informieren, daß es mir im Moment unmöglich ist, Miss Woodbury und ihre Tante aufzunehmen. Es wird wahrscheinlich noch Jahre dauern, bis das Fort sicher genug für sie sein wird. Versichere Miss Woodbury bitte, daß ich mich ihr gegenüber ver-

pflichtet fühle und sie später, sollte sie es dann noch wünschen, mit Freuden zur Frau nehmen würde. In der Zwischenzeit, Rain, kannst Du sie ja in Kaskaskia oder Sainte Geneviève unterbringen. Ich werde mit General Smith in Belle Fontaine die nötigen Vereinbarungen treffen, damit für ihren Unterhalt gesorgt ist. Und Dich, mein Freund, werde ich für Deine Zeit und Deine Ausgaben entlohnen und für immer in Deiner Schuld stehen.

Dein ergebener Diener
Major William Bradford
Kompanie A, 9. Bataillon
Belle Point, Arkansas

Rain überreichte Eleanor den Brief. »Möchten Sie ihn noch einmal lesen?« Sie schüttelte stumm den Kopf, so, als habe sie den Inhalt noch nicht vollkommen verstanden. Rain schob den Brief sorgfältig zurück in den Umschlag und steckte ihn unter sein Hemd.

»Heißt das, daß ich ihn nicht heiraten muß?« Eleanor hatte die Hände vor sich gefaltet.

»Will hätte Sie sowieso nicht *gezwungen,* ihn zu heiraten. Er fühlt sich nur verantwortlich für Sie.« Ein leicht verärgerter Unterton lag in Rains Stimme.

»Das rechne ich ihm hoch an«, sagte Eleanor nachdenklich. »Ich möchte aber nicht, daß er sich für mich verantwortlich fühlt. Tante Gilda hat die Familienehre ins Spiel gebracht, damit er mich heiratet. Ich werde ihm schreiben, daß er sich um mich keine Sorgen zu machen braucht.«

»Das ist Ihre Sache. Ich bringe Sie nach Sainte Geneviève, wenn Sie dorthin wollen. Aber ich möchte, daß Will auch von Perry erfährt.«

»Nein!« schrie sie auf. »Will soll sich mir gegenüber nicht verpflichtet fühlen.« Dann sprudelte es mit einem Ausdruck neuer Lebensfreude auf dem Gesicht heraus: »Sie denken vielleicht, daß ich schlecht und undankbar bin, aber ich fühle mich frei! Frei!« Sie strahlte Gavin an. »Zum ersten Mal im Leben kann ich frei darüber entscheiden, was ich machen möchte. Es gibt weder Papa noch Tante Gilda, Will Bradford oder irgend jemand anderen, der mir sagt, ich muß dieses oder jenes tun. Sie wissen ja gar nicht, wie wundervoll das ist.«

»Nun, so kann man das auch sehen. Schreiben Sie Ihren Brief an Will. Ich werde ihm auch einen schicken und ihm sagen, daß er sich nicht um Sie zu kümmern braucht, wenn Sie es denn so wollen.« Rain entfernte sich von der Wand. »Gavin, wie ich das sehe, bist du jetzt mit Eleanor zusammen.«

Es war das erste Mal, daß Rain aussprach, daß es etwas zwischen Gavin und Eleanor gab.

»Jawohl, ich liebe das Mädel«, sagte er geradeheraus und blickte Rain direkt in die Augen. »Ich weiß aber noch nicht, ob wir wirklich zusammenbleiben sollen. Ich muß noch drüber nachdenken, Mann.«

»Dann denk mal drüber nach. Mein Angebot steht, sie überall hinzubringen, wohin sie möchte.«

»Ich gehe nirgendwo hin ohne Gavin«, sagte Eleanor leise.

Rain zuckte mit den Schultern und umarmte Amy. »Wir müssen auch ein paar Entscheidungen treffen, Schatz. Wir können Jean Pierre für Farr und Libby eine Nachricht hinterlassen, weiterziehen und anfangen, unsere Hütte zu bauen, oder wir können ihnen entgegenreiten.«

»Ich weiß noch, was du gesagt hast, als du nach Quill's Station zurückgekommen bist. Ich brenne darauf, dein Hochtal und den Fluß zu sehen.« Ihre Augen strahlten voller Liebe und Glück.

An Rains Augenwinkeln erschienen kleine Lachfalten. Er streckte den Kopf vor und gab ihr einen Kuß auf die Nase.

»Ich hoffte, daß du das sagen würdest. Ich weiß noch, wie du hinter mir gesessen hast, so still wie eine Maus.« Er küßte sie ein weiteres Mal auf die Nase. »Gavin, was hältst du denn davon, dich irgendwo niederzulassen? Es gibt Platz genug, und bald schon werden Libby und Farr zu uns stoßen.«

»Gavin will sich bestimmt niederlassen«, sagte Eleanor aufgeregt. »Und ich auch.«

»Ganz ruhig, Mädel. Da gehört mehr zu, als es nur zu wollen. Ich denke drüber nach.«

»Was gibt es denn da noch nachzudenken?«

»Was es nachzudenken gibt?« wiederholte er. »Ne ganze Menge, Mädel. Ich hab' zum Beispiel kein Geld, um Güter, Werkzeuge und Samen zu kaufen. Man braucht Geld, um Körper und Seele zusammenzuhalten, bis sich das Land auszahlt.« In seinen blauen Augen, die zu ihr heruntersahen, war etwas Gequältes.

»Hast du vergessen, daß du noch Geld bekommst? Seit wir Louisville verlassen haben, hast du keinen einzigen Cent von deinem Lohn ausgegeben«, bemerkte Rain. »Komm, laß uns nach draußen gehen. Die Frauen müssen erst mal alles verdauen. Ich hole unsere Bündel, dann könnt ihr noch vor dem Essen waschen.«

Als Rain mit den Bündeln zurückkam, war der Raum fast völlig dunkel. Amy hatte Zunder und Feuersteine gefunden und die Kerze angezündet, wobei sie im Geiste dem Hausherrn für diesen Luxus dankte, da Kerzen im Grenzgebiet nicht gerade billig waren. Nacheinander wuschen sie sich an der Schüssel und schütteten das schmutzige Wasser in den Nachttopf, der in der Ecke des Zimmers stand.

»Ich hätte nie gedacht, daß ich so glücklich sein könnte.« Eleanor war vollkommen aufgedreht. Sie hatte sich ihr Gesicht gewaschen und bürstete nun ihr Haar. »Stell dir vor! Ich kann tun und lassen, was mir gefällt, und mehr als alles andere in der Welt möchte ich mein Leben mit Gavin verbringen. Ich wußte ja gar nicht, daß es so starke und doch freundliche Männer gibt.«

»Neues Land zu bestellen ist äußerst anstrengend. Es wird Zeiten geben, in denen du frierst, Hunger hast oder sogar krank bist. Du hast ja gesehen, wie Vonnie lebt.«

»Sie war aber glücklich. Ich habe mir auch schon überlegt, wie hart es werden könnte. Aber alles, was wir haben werden, erreichen wir durch unseren Einsatz. Das Haus wird unser Haus sein, die Kinder unsere Kinder. Oh, Amy, ich will viele Kinder haben. Als ich jung war, habe ich mir immer einen Bruder oder eine Schwester gewünscht. Man ist so einsam als Einzelkind.«

Rain klopfte an die Tür und sagte: »Das Essen steht auf dem Tisch.« Die Frauen bliesen die Kerze aus und folgten ihm durch den dunklen Lagerraum.

In dem Wohnzimmer des Hausherrn saßen sie auf Bänken an einem langen Tisch und wurden von Mrs. Hoffman und Tennessee bedient. Die Frau des Händlers war gut gebaut, mit bronzefarbener Haut und pechschwarzen Augen. Ihr Haar war in der Mitte gescheitelt und am Hinterkopf zu einem festen Knoten hochgesteckt. Extra für die Gäste hatte sie eine Brosche an den Hals ihres langen Hirschlederkleides befestigt. Ihre Tochter war ein gertenschlankes Kind von höchstens zwölf Jahren. Tennessee bewegte sich trotz des für den wachsenden Körper zu knappen Kleides ausgesprochen gewandt. Das Kleid spannte sich um ihre bereits entwickelten Brüste und zeigte ihre nackten Beine und Füße. Sechs weitere Kinder, die jeweils ungefähr ein Jahr auseinander lagen, hatten sich an der Wand aufgestellt und warteten, bis sie an den Tisch durften.

Das Essen war einfach, aber gut. Mrs. Hoffman verteilte wortlos Wildsteaks, Löwenzahnsalat und süße Kartoffeln auf die Holzteller. Nachdem Mr. Hoffman gierig sein Essen verschlungen hatte, lehnte er sich in seinem Stuhl zurück, rauchte ein Tonpfeifchen und blies den Tabakqualm in kleinen Wolken zur Decke.

»Ist hier gestern oder heute vormittag jemand auf einem Pferd durchgekommen, der ein weiteres mit sich führte?« fragte Rain beiläufig.

»Hier kommen ständig Reisende durch. Auch Söldner, Deserteure und Diebe. Alle kommen sie hier durch. Ich achte normalerweise nicht auf sie. Pete Hopcus war heute hier. Er wohnt östlich des Current River. Er hat erzählt, daß gestern abend ein junger Kerl auf einem Pferd mit einem zweiten hinten dran zu ihm gekommen sei. Hopcus hat ihn gegrüßt und ein Essen angeboten, war aber froh, als der Bursche weiterritt. Er meinte, er habe ziemlich mürrisch und gemein ausgesehen.«

»Sind hier in letzter Zeit Pferde gestohlen worden?«

»Ich habe nichts davon gehört. Hopcus hat erzählt, daß im Osten Flußpiraten ihr Unwesen treiben. Suchst du jemand Bestimmtes, Tallman? Pete ist wahrscheinlich noch irgendwo hier, wenn du ihn fragen willst.«

»Nein, nein. Wir haben auf unserem Weg nur die Leiche eines Reisenden gefunden, dem man das Pferd und die Waffe geklaut hatte. Ich kann mich nicht ruhig schlafen legen, wenn sich ein Halunke hier herumtreibt.«

»Ich kann natürlich für nichts garantieren. Es gibt aber niemanden, von dem ich wüßte. Wir können uns hier auch keine Scherereien erlauben. Das ist hier ein staatliches Postamt«, sagte er voller Stolz. »Das Militär paßt gut auf uns auf. Weißt du, wie der getötete Mann hieß? Dann schreib' ich ihn nämlich in unser Ortsregister.«

»Ich kannte ihn. Wir reden später darüber.« Rain bereute es, dies erwähnt zu haben, als er den gequälten Ausdruck auf Amys Gesicht bemerkte. »Ich möchte Will Bradford einen Brief nach Belle Point schicken. Weißt du, wann ein Bote in diese Richtung vorbeikommt?«

»Wir erwarten täglich die Post aus dem Osten. Was nach Westen geht, kommt über den Arkansas. Ich habe aber gehört, daß im Moment Hochwasser herrscht. Kann also schon noch ein bis zwei Wochen dauern.«

Rain nickte. »Freunde von mir werden hier in ein paar Wochen durchkommen. Ich lasse ihnen auch einen Brief hier.«

»Geht ihr nach Süden?« Hoffmans Augen wanderten von Rain zu Amy und Eleanor und wieder zurück. Er hätte nur zu gerne gewußt, warum Rain Tallman mit zwei Frauen reiste, traute sich aber nicht zu fragen.

»Das haben wir noch nicht entschieden.« Rain schüttelte den Kopf, als Tennessee ihm noch Kartoffeln anbot. »Wenn die Ladies fertig sind, können wir ja ein bißchen spazierengehen.«

Amy und Eleanor standen auf. Enttäuscht stand auch Jean Pierre auf und verbeugte sich. Amy drehte sich um, um Mrs. Hoffman und Tennessee zu danken, doch beide waren schon hinter dem Vorhang, der den Raum teilte, verschwunden.

»Richten Sie Ihrer Frau unseren Dank aus.«

»Oui, Mademoiselle.« Jean Pierre verbeugte sich noch einmal und fragte sich, ob die Große in der Lederhose wohl Rains Frau war. Sie war auf ganz andere Weise schön als die kleine dunkelhaarige Frau mit dem Engelsgesicht. Die Große war schlank, doch mit durchaus weiblichen Formen. Sie bewegte sich geschmeidig, und ihr Lächeln war spontan und herzlich. Wie immer bei solchen Gelegenheiten trauerte Jean Pierre seiner Jugend hinterher.

Sobald sie auf der Veranda standen, atmete Amy in tiefen Zügen die warme Nachtluft ein. Der intensive Essensgeruch und die Enge des Raums hatten sie fast krank gemacht.

»Ich mag es nicht, so eingeschlossen zu sein. Ich bin lieber draußen«, flüsterte sie und ergriff Rains Arm.

»Du bist eine Bergfee.« Er lachte und legte seine Hand auf ihre. »Gavin, ich habe mein Gewehr im Türrahmen stehenlassen. Warte, bis ich es geholt habe, dann gehen wir ein Stück und unterhalten uns. Im Haus gibt es eine Menge Ohren, und Jean Pierre liebt nichts mehr als Klatsch.«

Licht drang aus den offenen Türen der Hütten, an denen sie auf dem mondbeschienenen Weg vorbeikamen. Die Familien, die auf der Veranda saßen, verstummten, wenn sie die Fremden sahen. In der Ferne spielte jemand Akkordeon, und eine Frau sang dazu. Kinder spielten, lachten und ärgerten sich gegenseitig. All diese bekannten Geräusche erinnerten Amy an Quill's Station.

Am Rande des Dorfes hielt Rain an.

»Vor ein paar Jahren lebte, nur einige Stunden von hier entfernt, ein Priester. Ich habe mir überlegt, ob ich nicht zu ihm reiten und, wenn er will, ihn nach Davidsonville holen soll. Wir könnten morgen oder übermorgen heiraten und noch ein paar Tage hierbleiben, während ich Vorräte besorge. Was denkst du, Amy?«

»Ja! Oh, ja!« Amy umklammerte ganz fest Rains Arm. »Dann wären wir schon verheiratet, bevor wir dein Land erreichen; obwohl ich mich eigentlich bereits jetzt so fühle, als seien wir verheiratet.«

»Gavin?« Eleanor schüttelte Gavins Arm und sah ihm erwartungsvoll in die Augen, als er nichts sagte. »Was meinst du?«

»Ich weiß nicht, Mädel. Das geht alles zu schnell; du kannst doch noch gar nicht sagen, ob du's wirklich willst. Du hast doch erst seit heute die Freiheit, deine eigenen Wege zu gehen, und du solltest gut nachdenken, bevor du Entscheidungen triffst, die fürs ganze Leben von Bedeutung sind.«

Eleanor war einen Moment ruhig, dann trat sie einen Schritt zurück, stämmte ihre Hände in die Seite und musterte ihn.

»Du willst mich nicht. Du denkst, daß ich dir ein Klotz am Bein bin. Du meinst, daß ich nicht die richtige Gefährtin für dich bin. Ist es das?« fragte sie mit dünner Stimme. »War es dir nicht ernst, was du ... damals nachts gesagt hast?«

»Ich sage nichts, was ich nicht meine«, widersprach er bestimmt. »Aber du kannst jetzt frei entscheiden. Und du mußt keinen groben Flußmenschen nehmen, der nichts zu bieten hat.«

»Zum Teufel mit dir, Gavin McCourtney! Du großer, blöder Ochse! Am liebsten würde ich dich schlagen. Wie kannst du es wagen, mich als billiges, gewöhnliches Weib zu bezeichnen, das immer nur den Mann verführt, der gerade da ist. Das meinst du doch, oder? Wenn ich zwischen allen Männern auf der Erde wählen könnte, würde ich dich nehmen, du, du großer … dämlicher … blöder Esel.«

Rain fing an zu lachen. »Ich glaube, das habe ich schon mal gehört. In einem Stall, nicht wahr, Schatz? Du solltest sie besser heiraten, Gavin, und dafür sorgen, daß sie nicht länger mit Amy zusammen ist, sonst wird sie bald in Hosen, mit einem Gewehr unter dem Arm und laut fluchend durch die Gegend ziehen.«

»Und Messer werfen«, ergänzte Eleanor und warf den Kopf in den Nacken. »Das will mir Amy noch beibringen.«

»Komm, Schatz«, sagte Rain zu Amy. »Lassen wir sie allein entscheiden, obwohl ich das Ergebnis schon ahne. Ich reite morgen los und sehe zu, daß ich den Priester finde.«

»Kann ich nicht mitkommen? Wir könnten doch alle mitkommen und dort heiraten.«

»Wenn wir hier heiraten, kann Jean Pierre alles in das Ortsregister schreiben, in dem Landbesitze, Geburten, Hochzeiten und Todesfälle eingetragen werden. Ich möchte, daß das Land in unser beider Namen verzeichnet wird, Mrs. Rain Tallman.«

»Gavin kann gleich mit Ihnen kommen, Rain«, sagte Eleanor und sah den großen Mann herausfordernd an. »Er wird sich nicht um die Hochzeit drücken können, nur weil er denkt, er habe nichts zu bieten. Oder etwa doch, Gavin?«

»Nee, mein Noramädel. Und wenn ich noch mal irgendwelche Frechheiten oder Flüche aus deinem Mund höre, weißt du ja, was dir blüht.«

»Ja, Gavin ..., Liebster.«

Gerade waren die ersten Sterne am Nachthimmel aufgegangen, als Pete Hopcus in den Weg zu seiner Hütte einbog. Antoine steckte sein Messer in die Scheide und wartete. Warten war Antoines Spezialität – warten, lauschen und beobachten. Diese drei Fähigkeiten hatten ihm schon oftmals das Leben gerettet.

Pete Hopcus war ein dünner Mann mit einem kurzen Bakken- und einem langen Schnurrbart. Er trug eine weite Leinenhose, die von Hosenträgern gehalten wurde. Am auffälligsten an ihm waren seine großen Ohren.

»Tallman ist mit 'ner Frau in Hosen und der hübschesten Frau, die ich je gesehen hab', in die Stadt gekommen. Teufel noch mal! Ich dachte eigentlich, daß ich von schwarzhaarigen Frauen genug hab', aber die is' schon verdammt hübsch.«

»Ist das alles?«

»Alles?« entgegnete Pete. »Du hast noch nie 'ne Frau wie ...«

»Sind das alle, die in die Stadt gekommen sind?« präzisierte Antoine gereizt seine Frage. »Tallman und zwei Frauen?«

»Nee, da war noch so'n großer Kerl bei ihnen. Er bewegte sich vorsichtig, als ob er verletzt wär'.«

»Der Schotte«, murmelte Antoine. »Sie haben also tatsächlich alle den Überfall dieses dämlichen Schweinehundes überlebt. Der Junge war sich nicht sicher. Wenn sie der Frau auch nur ein Haar gekrümmt hätten, hätte ich ihn bei kleiner Flamme langsam geröstet.«

»Ich würd' auch gern ein bißchen mit ihr rummachen – was für eine Frau!«

»Ich spreche nicht von der schwarzhaarigen Schlampe!« fauchte Antoine. »Ich meine Amy Deverell. Ist sie unversehrt?«

»Die mit der Hose? Schien mir so.«

»Tallman hat nur getan, was ich auch gemacht hätte, nur hätte ich das verdammte Balg auch noch umgebracht.«

»Damit er dir die Arbeit erspart hätte, was?«

Antoine zuckte mit den Schultern. »Der Grünschnabel war ja wie eine Wildkatze – vollkommen mordlustig. Also habe ich ihn ruhiggestellt. Ich möchte nicht, daß irgendwelche Geschichten über mich in Kaskaskia erzählt werden.«

Pete Hopcus betrachtete den Franzosen aus den Augenwinkeln, und ein Schauer lief ihm den Rücken hinunter, als er feststellte, daß der ihn scharf anschaute. Mein Gott, dachte Pete. Traute er ihm nach all den Jahren immer noch nicht?

»Tallman hat gesagt, er braucht für einige Tage den Raum für die Frauen.«

»Noch etwas?«

»Tallman hat 'nen Brief bekommen. Ein Soldat hat ihn vor etwa einer Woche dagelassen, hat Hoffman erzählt. Mehr konnte ich nicht rausbekommen.«

»Das ist schon mehr, als ich erwartet hatte. Komm rein, dann können wir besprechen, wie wir weiter vorgehen.«

Pete brachte sein Pferd hinter die Hütte, und Antoine überdachte noch einmal den Plan, den er ausgeheckt hatte, um seine Aufgabe zu erfüllen. Daß seine verehrte Prinzessin nahe dran war, ihm zu gehören, löste bei ihm eine Gänsehaut aus. Nichts und niemand hatte ihn jemals mehr erregt. Für einen kurzen Moment umspielte ein jungenhaftes Lächeln seinen sonst so unbeweglichen Mund.

»Ma petite, mon bijou«, raunte er dem Bild von Amy vor seinem inneren Auge zu. »Nicht mehr lange, dann bist du mein.«

Kapitel 21

»Ich wünschte, wir hätten mit ihnen reiten können. Du nicht auch, Amy?« Eleanor und Amy standen auf der Veranda des Handelspostens und sahen Rain und Gavin hinterher.

»Ja. So haben wir aber wenigstens Zeit, unsere Haare und Kleider zu waschen. Ich bin froh, daß ich mein blaues Kleid mitgenommen habe. Ich habe es nur einmal getragen, seit Rain zurückgekommen ist. Ich glaube, er würde es mögen, wenn ich es zur Hochzeit anziehe.«

»Tante Gilda wäre entsetzt, wenn sie wüßte, daß ich in dem alten Rock und einer Bluse, an der zwei Knöpfe fehlen, heirate«, kicherte Eleanor fröhlich. »Aber das macht nichts. Ich heirate den freundlichsten, süßesten Mann der Welt. Ich weiß, daß Gavin *mich* liebt und nicht eine aufgedonnerte Puppe«, schwärmte sie mit verträumten Augen.

»Du sähst noch hübsch aus, wenn du nur in ein Bettlaken eingehüllt wärst.«

»Ach du! Wenn wir Blumen hätten, könnte ich jeder von uns einen Kranz flechten.«

»Vor dem Dorf habe ich Glockenblumen und Schleierkraut gesehen. Ich wette, wir können auch noch Veilchen finden. Meinst du, das reicht?«

»O ja. Dann vergeht die Zeit auch schneller, bis Gavin und Rain zurückkommen. Es gefällt mir gar nicht, hier allein zu sein. Ich glaube, der Ladenbesitzer ist ein alter... Lustmolch!«

»Lustmolch? Was ist das denn?«

»Du weißt nicht, was ein Lustmolch ist? Oh, Amy! Du

weißt ja über vieles Bescheid, aber von Männern hast du keinen blassen Schimmer.« Eleanor warf ihren Kopf zurück und schaute zu Amy hoch. »Ein Lustmolch ist ein Mann, der nur daran denkt, was eine Frau im Höschen hat. In deinem Fall also in deiner Lederhose.«

Amy brach in schallendes Gelächter aus. »Ich gebe zu, Eleanor, manchmal überraschst du mich. Woher weißt du das denn?«

»Weil er, wenn du ihm den Rücken zudrehst, auf deinen Hintern starrt.«

»Soll er doch gucken. Er scheint auch Mrs. Hoffman öfters auf den Hintern zu gucken, wenn man sich die Zahl seiner Kinder ansieht. Laß uns mal schauen, ob wir nicht einen Eimer von Mrs. Hoffman bekommen können. Wir können unsere Haare im Bach waschen und dann die Blumen pflükken.«

Als es dämmerte, war die Bevölkerung von Davidsonville aus ihren Häusern gekommen. Jetzt, da die Frühstückszeit vorbei war, gingen sie ihren alltäglichen Tätigkeiten nach. Die Frauen arbeiteten in den Gärten, während die Kinder fröhlich im Schmutz vor den Hütten spielten oder Reifen die staubige Straße hinunterrollten.

Die meisten Männer standen um einen Wagen herum, von dem sie ein Rad abmontiert hatten. Ein zugeschnittener Stock diente als Achse, ein kurzes Stöckchen war außen an das Rad gebunden worden. Amy hatte schon oft gesehen, wie mit dieser Methode Land vermessen wurde. Die Männer trugen das Rad an die Stadtgrenze. Mit einem Mann an beiden Enden der Achse rollten sie es durch die Stadt. Bei jeder Umdrehung hinterließ das Stöckchen einen Abdruck. Normalerweise ergaben einhundertsechsundzwanzig Abdrücke eine viertel Meile. Viele Grundstücke waren auf diese Weise vermessen worden.

Ein Mann kam auf einem rotbraunen Pferd hinter dem

Laden hervorgeritten. Mit hängenden Schultern saß er im Sattel, nickte einem anderen zu, der gerade sein Pferd festmachte, und ritt weiter die Straße hinab. Amy beobachtete den Reiter mit zusammengekniffenen Augen. Irgendwie kam er ihr bekannt vor. Aber er sah so alltäglich aus – er hätte jeder der unzähligen Kunden sein können, die irgendwann einmal in Quill's Station haltgemacht hatten. Er hielt den Kopf gesenkt, neigte ihn aber in ihre Richtung. Als das Pferd an ihnen vorbeikam, wandte er sich ihnen zu. Amy überfiel ein ungutes Gefühl. Sie sah ihm nach, als er aus der Stadt ritt, dann drängte sie Eleanor, wieder ins Haus zu gehen.

Am verabredeten Treffpunkt band Hull Dexter sein Pferd an und wartete darauf, daß Antoine Efant und Pete Hopcus erschienen. Um sein Gesicht kreiste ein Mückenschwarm. Wütend schlug er mit seinem Hut nach ihnen. Hull haßte dieses heiße, schwüle Land. Und langsam begann er auch Antoine Efant zu hassen. Der Mann hatte sich verändert, seit er von Bulls fehlgeschlagenem Versuch, die Frau zu kriegen, erfahren hatte. Er war so wütend gewesen, daß er den Jungen, der ihm davon berichtet hatte, umgelegt hatte. In den folgenden Tagen, während sie auf Tallman gewartet hatten, war die Wut in Efant noch gewachsen. Hull war sich über eines im klaren: Er würde heilfroh sein, wenn der Job endlich erledigt war und er nach Norden gehen könnte.

Antoine und Pete traten leise aus dem Wald hinter ihm. An den zuckenden Ohren des Pferdes erkannte Hull, daß sie kamen, und er drehte sich zu ihnen um.

»Was hast du herausgefunden?« Antoine lehnte sich lässig gegen einen Baum. Hull wußte, daß die Haltung nur von seiner inneren Anspannung ablenken sollte.

»Tallman und der große Schotte sind nach Süden geritten, um einen Padre zu holen. Und Hoffman erzählt allen in seinem Laden, daß es eine Hochzeit geben wird.«

»Gott!« sagte Pete. »Ich würd' ein Jahr meines Lebens geben, wenn ich mal schnell über die Schwarzhaarige drüber könnte. Die Frau in den Hosen gehört ja Tallman. Sie ...«

Antoines Augen verengten sich und sandten eine frostige Botschaft an Pete. Er hörte sofort auf zu reden und nestelte an seiner Patronentasche herum, die an seinem Gürtel hing.

»Du hast vielleicht kein Jahr mehr, Pete!« Antoine sprach spöttisch, aber Pete wußte genau, daß er nicht scherzte. »Wo wohnt denn dieser Padre?«

»An der Stelle, wo sich der Eleven Point River gabelt. Er ist für Hochzeiten und Begräbnisse zuständig.«

»Kennt Hoffman ihn?«

»Jeder nördlich des Arkansas kennt ihn.«

»Kennst du dich in dem Land zwischen hier und Eleven Point aus?«

»Wie in meiner eigenen Hosentasche.«

»Es gibt ein Kopfgeld von fünfhundert Dollar für Tallman. Bring mir sein rechtes Ohr, das mit der Kerbe, und du bekommst es.«

»Was ist mit dem Schotten?«

»Fünfzig Silberdollar.«

»Möchtest du eins von seinen Ohren oder die Nase?« fragte Pete vergnügt.

»Wenn er nicht zu seiner Frau zurückkommt, weiß ich, daß er tot ist. Dann kriegst du deinen Lohn.«

»In Ordnung.«

»Du hast zwei Gewehre, also zwei Schüsse. Tallman mußt du gleich mit dem ersten treffen, sonst hast du keine Chance.«

»Ich bin kein Narr. Ich weiß, wozu Tallman in der Lage ist.«

»Du weißt ja, wo du mich finden kannst. Hull bringt die Woodbury zum Fluß. Ein Boot wird sie dann nach Kaskaskia bringen.« Antoine sah Hull Dexter an. »Und danach möchte ich deine Visage nie mehr wiedersehen. Halt dich von der Gegend um die Rocky Mountains fern. Dorthin werde ich nämlich gehen.«

Die Augen des Franzosen waren kalt wie der Tod, und trotz der Hitze lief Hull ein Schauer über den Rücken. Irgend etwas nagte an dem Franzosen und brachte seine fiese Seite in ihm zum Vorschein. Nie war er so mürrisch und bösartig gewesen, und Hull hatte ihn selbst beim Töten lächeln sehen.

Ohne eine Antwort von Hull abzuwarten, wandte sich Antoine an Pete: »Versteck die Leichen im Wald und erschieß die Pferde. Ich möchte nicht, daß sie zurückkommen.«

»Ich weiß, was ich zu tun habe.«

»Dann mach schon.«

Bevor Pete ging, warf er Hull einen langen Blick zu, und Hull war sich sicher, Verachtung in seinem Gesicht erkannt zu haben. Hull stieg vom Pferd ab, machte die Zügel an einem jungen Baum fest und folgte Antoine durch den Wald.

An dem klaren, reißenden Bach waren zwei Pferde angebunden. Von diesem Punkt hatte man eine gute Sicht auf den Laden. Antoine hockte sich nieder und warf ein Stöckchen ins Sonnenlicht.

»Wir lassen uns Zeit, bis der Schatten des Baumes das Stöckchen erreicht. Wenn sie bis dahin nicht herausgekommen sind, gehst du los und schickst eins von den Kindern, die auf der Straße spielen, um sie zu holen. Sie kommen bestimmt, wenn sie das Pferd sehen, das der Junge mitgebracht hat. Das hat nämlich dem Burschen gehört, der sie in Kaskaskia gewarnt hat.«

Hull nickte, setzte sich und lehnte sich gegen einen Baum.

Der Schatten hatte schon fast das Stöckchen erreicht, als Amy und Eleanor mit einem Eimer und einem Arm voll Kleidern aus dem Laden herauskamen. Die schwarzhaarige Frau lachte und schwang den Eimer hin und her. Antoine hatte nur

Augen für das große, schlanke Mädchen in der Hose. Es war das erste Mal, daß er sie ohne Hut sah. Ihre Haut war golden, und ein langer, dicker Zopf hing auf ihre schmalen Hüften herab. Die Art, wie sie sich bewegte, faszinierte Antoine. Sie ging nicht, sie schwebte, ohne den Kopf zu bewegen. Sie hatte lange Beine, die sich, genau wie ihr schmaler, aber runder Hintern, deutlich in der Hose abzeichneten.

Antoine hielt kurz die Luft an, als sie sich umdrehten und auf den Bach zuliefen. Was für ein Glück! Hieß das nicht, daß die Frau für ihn bestimmt war? Gott hatte es so eingerichtet, daß sie geradewegs auf sie zukam. Er berührte mit den Fingerspitzen seine Schläfen, dann bekreuzigte er sich.

»Duck dich!« flüsterte er Hull heiser zu.

Sekunden später waren sie hinter den dichten, herunterhängenden Zweigen einer Trauerweide verschwunden.

»Gott, wie friedlich es hier ist.« Eleanor lief ein Stückchen voraus, drehte sich um und ging ein paar Schritte rückwärts, um Amy anschauen zu können. »Hier in der Wildnis gibt es eine Freiheit, die ich in der Stadt nie kennengelernt habe.«

»Das liegt daran, daß du nicht mehr dieses enge Korsett trägst«, neckte Amy sie.

»Ach, das habe ich schon fast vergessen.« Eleanor lachte fröhlich und ergänzte dann nachdenklich: »Hier braucht man sich nicht zu verstellen.«

»Das brauchst du woanders auch nicht. Obwohl es an manchen Orten schwieriger ist als an anderen.«

»Es war auf jeden Fall schwierig zusammen mit Tante Gilda. Oh, dreh dich mal um, Amy!«

Eleanor deutete durch die Bäume auf ein Rehkitz, das an frischen Blättern knabberte. Plötzlich hob es den Kopf, dann sprang es davon und war nicht mehr zu sehen.

»Och, schade!« seufzte Eleanor. »Irgend etwas hat es erschreckt. Hoffentlich waren wir das nicht.«

Amy lachte. »Es muß uns gerochen haben. Ist ja schließlich eine ganze Weile her, daß wir unsere Kleider gewaschen haben. Tennessee hat mir ein Stück Seife mitgegeben. Das können wir für die Kleider verwenden, aber ich habe auch noch ein Stück von zu Hause, mit dem wir uns die Haare waschen können.«

»Tennessee ist ein hübsches Mädchen. Ich wünschte, ich hätte ihr eins von den Kleidern geben können, die ich Vonnie überlassen habe.«

»Wenn der alte Lustmolch mich betrachtet, dann macht seine Tochter dasselbe mit dir. Du hast sie in ihren Bann gezogen.«

»In den Bann gezogen? Was soll das heißen?«

»Das soll heißen, daß sie dich mag. Sie ist fasziniert, verzaubert.«

»Das freut mich zu hören. Ich habe ihr gesagt, daß ich sie hübsch finde.«

Das Sonnenlicht wurde durch die hohen Bäume gefiltert, während sie den Bach entlangliefen, um einen passenden Platz zu finden, wo sie baden und ihre Kleider waschen konnten. Amy ging, mit ihrem Gewehr in der Hand, voran. Sie kamen an eine Stelle, an der ein langer flacher Fels in den Bach hineinragte.

»Das ist doch ein guter Platz.« Amy lehnte ihr Gewehr an einen Baumstamm und warf die schmutzigen Sachen auf den Fels.

Eleanor setzte sich und zog ihre Schuhe und Strümpfe aus. Sie streckte ihre Beine aus, wackelte mit den Zehen und tauchte schließlich ihre Füße ins Wasser.

»Ah, das tut gut! Zieh doch auch deine Schuhe aus, Amy!«

In der Stille, die ihren Worten folgte, glaubte Amy ein Geräusch zu hören. Sie drehte sich um und schaute den Weg hinunter, den sie gekommen waren. Nichts schien sich zu regen. Sie waren durch die dicht beieinander stehenden Trauerweiden von der Siedlung abgeschirmt. Als das Wiehern eines Pferdes an ihr Ohr drang, atmete sie erleichtert auf und ärgerte sich über sich selbst, weil sie so nervös reagiert hatte. Dennoch hatte sie ein ungutes Gefühl, als sie sich neben Eleanor niederließ.

Der Fels war heiß. Amy spürte die Hitze sogar durch ihre Wildlederhose. Als sie ihre Füße in das kalte Wasser hängte, ließ ihre Anspannung langsam nach. Eine Weile saßen sie ruhig nebeneinander und genossen die Sonne im Nacken und das kalte Wasser, das ihre Füße umspülte. Dann fing Eleanor an, übermütig im Wasser zu planschen. Einige Tropfen trafen Amy im Gesicht, und sie schnappte nach Luft.

»Du kleines Biest. Ich werde dich …« Ihre Worte verloren sich in dieser unglaublichen, entsetzlichen Sekunde, die sie ihr ganzes Leben nicht vergessen sollte.

Eine schwere Decke wurde über ihren Kopf geworfen, und ein Paar stahlharter Arme umklammerte sie fest. Amy war vollkommen überrumpelt und stürzte rücklings gegen ihren Angreifer. Sie purzelten den Fels hinunter, bis ein schwerer Körper auf ihrem zu liegen kam. Amy schnappte verzweifelt nach Luft. Die widerliche Enge der Decke um ihren Kopf versetzte sie in Panik. In den Sekunden, bevor ihr mit einem stumpfen Gegenstand heftig auf den Kopf geschlagen wurde, hörte sie Eleanors gellendes Schreien und den Fluch des Mannes über ihr: »Verdammt noch mal, Hull. Schlag die Schlampe doch einfach bewußtlos, wie ich es dir gesagt habe. Das spart uns Zeit und Ärger.«

Rain und Gavin ritten hintereinander durch ein Labyrinth von Felsblöcken in ein Gehölz hinein. Geradeaus konnten sie eine große, weite Wiese sehen, die bis an die Hügel am Horizont reichte.

Rain ließ sich auf Gavins Höhe zurückfallen.

»Geht's noch? Ich möchte nicht, daß deine Wunde wieder aufbricht. Eleanor würde mich dafür skalpieren.«

»Da kann nichts passieren, Mann«, brummte Gavin. »Ich bin so fest verbunden, daß ich kaum richtig atmen kann.«

Rain lachte. »Das ist erst der Anfang. Man sagt, daß eine herrschsüchtige Frau mit den Jahren immer schlimmer wird.«

Der Weg führte über eine Wiese am Waldrand entlang. Es war ein ruhiger, warmer Tag. Ein paar Schäfchenwolken hingen verloren am blauen Himmel. Rains wachsame, blauschwarze Augen glitten pausenlos über die Landschaft, konnten aber nichts Außergewöhnliches entdecken.

Etwas später, als sie wenig mehr als zwei Stunden von Davidsonville entfernt waren, nahmen seine feinen Ohren ein unbekanntes Geräusch wahr. Sie befanden sich gerade zwischen zwei bewaldeten Hügeln, unweit der Flußgabelung und Priester Witsels Haus. Die Ohren des großen Braunen waren gespitzt, und Rain gab Gavin ein Zeichen, anzuhalten.

Als Rain sein Gewehr in die Hand nahm, tat Gavin dasselbe. Einige Herzschläge lang blieben sie ruhig im Sattel sitzen, bevor Rain sein Pferd auf die Bäume zulenkte. Gavin folgte dicht hinter ihm. Das weiche Kissen aus Laub dämpfte die Geräusche der Pferdehufe.

»Da kommen Pferde den Weg rauf. Sechs bis acht«, flüsterte Rain. »Wir warten hier, bis sie vorbei sind.«

Sie stiegen ab. Rain schlich sich zu dem Weg, und Gavin hielt die Pferde an den Zügeln. Jetzt konnte man deutlich das Trappeln und sogar das Knarzen von Sattelleder hören. Es waren also keine Indianer, schloß Gavin, denn Indianer benutzten keine Sättel oder Hufeisen. Er band die Pferde an einem Ast fest und lehnte sein Gewehr an einen Baumstamm. Er mußte beide Hände frei haben, um den Pferden die Mäuler zuzuhalten, damit sie nicht die Tiere, die den Weg hinaufkamen, mit einem Wiehern begrüßten.

Rain spähte durch das Laubwerk auf die Hügelspitze, wo die Reiter auftauchen mußten. Seine Sinne waren in höchster Alarmbereitschaft – er sah, hörte, witterte die Gefahr und konzentrierte sich voll auf das, was auf sie zukam.

Als die Reiter erschienen, einzeln hintereinander reitend, entspannten sich Rains Schultern und ein Lächeln huschte über seine schmalen Lippen.

»Mein Gott! Will Bradford!« Rain ließ den Kolben seines Gewehres auf den Boden sinken. Über seine Lippen kam der Gesang der braunen Drossel, laut, deutlich und melodisch. Er pfiff einmal laut auf den Fingern und ließ dann noch einmal den Gesang der Drossel ertönen.

Der Mann, der die Gruppe von sechs Reitern anführte, gab das Zeichen, anzuhalten. Der Sergeant, der hinter ihm ritt, kam nach vorne.

»Was ist los, Sir?«

In diesem Moment kam Rain aus dem Wald heraus und trat auf den Weg. »Will! Will Bradford!« rief er. »Ich hoffte, du würdest dich an das Zeichen erinnern und mich nicht erschießen.«

»Rain? Bei allem, was mir heilig ist! Rain Tallman.« Bradford war ein stattlicher Mann in den Vierzigern, glatt rasiert und mit einem energischen Unterkiefer. Er war der ehrenwerteste Mann, den Rain je kennengelernt hatte, abgesehen von seinem Stiefvater und Farr Quill. Als Rain ihn erreichte, war er bereits vom Pferd abgestiegen, so daß sie sich kräftig die Hände schütteln konnten.

»Dich hätte ich am wenigsten hier erwartet. Ich habe deinen Brief erhalten und hätte gedacht, daß du in Belle Point alle Hände voll zu tun haben würdest.« Rain grinste über das ganze Gesicht. »Gavin«, rief er. »Komm raus, dann stelle ich dir Will Bradford vor.«

Gavin kam mit den beiden Pferden aus dem Wald heraus. Er bewegte sich langsam, doch sein Hirn arbeitete um so schneller. Was hatte das Erscheinen von Will Bradford zu bedeuten? Hatte er seine Meinung geändert und wollte Eleanor jetzt doch mit nach Belle Point nehmen? Gavin sah den Traum von der Hochzeit mit Eleanor förmlich entschwinden.

»Will, das ist Gavin McCourtney«, sagte Rain. »Er ist mit mir aus Louisville gekommen. Gavin, du hast ja in den letzten Wochen viel von Will Bradford gehört.«

»Das stimmt. Es ist mir eine Ehre, Sir.« Gavin streckte ihm die Hand entgegen.

»Ein Schotte«, bemerkte Will und schüttelte Gavins Hand. »Einige meiner besten Soldaten waren Schotten.«

»Freut mich zu hören, Sir.«

»Wohin reitest du, Rain? Du kannst doch Miss Woodbury und ihre Tante noch nicht nach Sainte Geneviève gebracht haben.«

»Nein. Miss Woodbury ist in Davidsonville. Ihre Tante ist gestorben, bevor wir Louisville verlassen haben.«

»Das tut mir leid. Das arme Kind. Jetzt ist sie so allein wie noch nie. Ich bin zu Verhandlungen nach Belle Fontaine geladen worden. Es wäre zu anstrengend für sie, mit uns zu kommen. Ich fürchte, ich muß es dir aufbürden, sie zu begleiten, wie ich es ja schon in meinem Brief vorgeschlagen habe.«

»Es ist eine Menge passiert, Will. Wichtige Dinge, die du wissen mußt. Habt ihr heute morgen schon eine Pause eingelegt?«

»Nein. Wir können hier kurz anhalten.«

Rain setzte sich zusammen mit Bradford auf einen Baumstamm, etwas entfernt von den anderen, die es sich, nachdem sie ihre Pferde festgemacht hatten, im Gras bequem machten. Rain versuchte, so genau wie möglich zu berichten, was alles geschehen war. Er erzählte, daß Hammond Perry den Jungen, Mike Hartman, entsandt hatte, um ihn zu töten. Er erzählte von dem Angriff in Kaskaskia und dem danach, bei dem Bull zugegeben hatte, daß Perry Miss Woodbury für sich haben wollte.

»Er will sich immer noch an dir rächen, Will. Er hat es nicht vergessen, daß man dir damals das Kommando in Belle Point übertragen hat und nicht ihm.«

»Mein Gott, Rain, manchmal wünschte ich, er hätte es bekommen.«

»Und nun zu Miss Woodbury. Meine Zukünftige, Amy Deverell, ist mit ihr in Davidsonville zurückgeblieben. Unter anderen Umständen würde ich es Miss Woodbury überlassen, dir dies zu erzählen. Aber um es auf den Punkt zu bringen: Sie hat sich in Gavin McCourtney verliebt und er sich in sie. Sie möchten heiraten.«

»Meine Güte!« Will lächelte Rain an. »Das sind wunderbare Neuigkeiten. Hältst du McCourtney für einen guten Mann?«

»Unbedingt. Er hat ein hartes Leben am Fluß geführt, aber er ist ehrlich und solide. Er liebt sie und steht mit seinem Leben für sie ein. Er hat sich in Kaskaskia unter Einsatz seines Lebens für sie geschlagen und sie vor einer Vergewaltigung oder sogar dem Tod gerettet.«

»Das überzeugt mich. Ich muß zugeben, daß mir, wo ich das jetzt weiß, ein Stein vom Herzen fällt.« Will wischte sich die Stirn mit seinem Halstuch ab.

»Miss Woodbury wollte dir einen Brief in Davidsonville hinterlassen. Sie ist inzwischen nicht mehr die feine Lady, die Gavin und ich in Louisville abgeholt haben. Sie war so verwöhnt, Will, daß ich schon versucht war, ihr mit einer Bürste den Hintern zu versohlen. Gavin hat's gemacht, und du wärst erstaunt, wenn du das Ergebnis sehen würdest.«

»Dadurch ist sie umgänglicher geworden, was?« fragte Will mit einem Lachen. »Ich frage mich, ob das auch bei einigen von meinen Männern wirken würde.«

»Gavin und ich sind unterwegs zu Priester Witsel. Wir

möchten ihn nach Davidsonville bringen. Du kannst ja den Brautvater ersetzen.«

»Priester Witsel?« Will runzelte die Stirn und schüttelte den Kopf. »Wir sind heute morgen an seinem Haus vorbeigekommen. Er ist vergangene Woche in der Flut ertrunken.«

»Ertrunken? Der arme Kerl. Dann hat es ja auch keinen Sinn, weiterzureiten. Wir können also wieder mit dir nach Davidsonville zurückkehren.«

»Wenn du es eilig hast mit der Hochzeit, Rain, würde es mich freuen, selbst die Zeremonie durchzuführen. In Arkansas bin ich dazu autorisiert.«

»Daran hatte ich ja gar nicht gedacht. Die Frauen werden vor Begeisterung hin und weg sein.« Rains Gesicht wurde durch eines der seltenen Lächeln aufgehellt. »Gute Nachrichten, Gavin«, rief er seinem Gefährten zu, der daraufhin näher kam. »Ich habe Will die Situation erklärt, und du brauchst dir keine Sorgen zu machen. Will freut sich für dich und Eleanor.«

Will konnte sehen, wie der große Schotte vor Erleichterung aufatmete. Er streckte ihm die Hand entgegen.

»Rain sagt, Sie seien ein guter Mann. Ich freue mich, Sie in unserer Familie willkommen zu heißen. Wenn es irgend etwas gibt, womit ich Ihnen und Eleanor helfen kann, würde ich dies gerne machen.«

»Ich ..., ja ..., nun, vielen Dank.« Gavin war so perplex, daß er nicht wußte, was er sagen sollte. Dieser Mann, ein hoher Offizier, bot *ihm* die Freundschaft an. Für einen Moment war er verwirrt. Dann lächelte er freudestrahlend und schüttelte herzlich die Hand des Majors.

Pete Hopcus war eine gute halbe Stunde vor Rain und Gavin an dem Paß angekommen. Es war keine Angeberei gewesen, als er Antoine erzählt hatte, er kenne die Gegend. Er hatte einen versteckten Wildpfad benutzt und so ein immenses

Stück des Weges abgekürzt. Nun hatte er einen Baum erklommen und es sich auf einem breiten Ast bequem gemacht. Er konnte den Weg überschauen, und seine beiden Gewehre lagen griffbereit und geladen neben ihm. Als er die beiden Männer erblickte, legte er eins der Gewehre an und zielte ruhig auf den Mann auf dem Braunen.

Pete wartete, den Finger am Abzug, daß seine Opfer näher kamen. Der erste Schuß mußte sitzen. Doch dann hielten die beiden Männer plötzlich an, und Tallman streckte seinen Kopf vor, um zu lauschen. Noch bevor Pete das Gewehr senken konnte, waren sie im Dickicht verschwunden.

Tallman mußte gespürt haben, daß er im Baum saß. Dieser Gedanke ließ Pete erschaudern. Wie war das möglich? Er drehte sich um, um zu sehen, ob sich vielleicht sein Pferd losgemacht hatte und auf den Weg gelaufen war. Eine Minute später hörte er dann die Reiter, die sich aus südlicher Richtung näherten. Das war es also! Tallman hatte sich versteckt, um sie vorbeizulassen.

Pete wurde wieder ruhiger. Sobald die Reiter wieder verschwunden waren, würde er den berühmten Waldläufer aus dem Sattel werfen, sein Ohr abschneiden und die Belohnung eintreiben. Vielleicht könnte er nach Memphis gehen oder nach New Orleans, auf jeden Fall so weit wie möglich von Antoine Efant entfernt. So wie sich der Franzose in letzter Zeit aufführte, würde er wohl kaum zögern, ihn umzubringen wie den Jungen, der mit dem Pferd des Reisenden gekommen war.

Die Soldaten ritten hintereinander über den Hügelkamm. Sie wurden von einem Offizier angeführt, entweder ein Captain oder ein Major, Pete war sich nicht sicher. Sie passierten ihn etwa in zehn Meter Entfernung und folgten weiter dem schmalen Weg. Pete fragte sich, ob er es überhaupt wagen durfte zu schießen. Die Patrouille würde die Schüsse sicher hören. Verdammt! Er mußte warten, bis Tallman mit dem

Priester zurückkam, was bedeutete, daß er auch diesen umbringen mußte.

Während Pete darüber nachdachte, was zu tun war, hielt der Trupp an, und Rain Tallman ging auf sie zu. Er begrüßte den Offizier, der vom Pferd stieg und ihm die Hand schüttelte. Petes Verärgerung wuchs noch, als sämtliche Soldaten von ihren Pferden abstiegen, ihren Proviant auspackten und sich im Gras niederließen.

Als die Männer endlich wieder ihre Pferde bestiegen, atmete Pete erleichtert auf. Sein Aufatmen verwandelte sich jedoch in ein Stöhnen, als Rain und der Offizier Seite an Seite in Richtung Davidsonville ritten. Es dauerte einige Minuten, bis Pete bewußt wurde, was diese Wendung für ihn bedeutete. Tallman kehrte zum Handelsposten zurück. Unter diesen Umständen konnte er ihn auf keinen Fall erschießen; sein Leben wäre keinen Pfifferling mehr wert. Andererseits würde Efant ihn umbringen, wenn Pete mit der Nachricht zurückkam, daß Tallman noch lebte.

Pete erschauderte. Im Zeitraum einer halben Stunde war alles, wovon er geträumt hatte, zerstört worden. Er mußte fliehen, und zwar weit weg. Er mußte sein Zuhause und alles, was er an Arbeit dort hineingesteckt hatte, verlassen. Aber dies zählte jetzt nicht mehr. Was war sein Zuhause schon im Vergleich zu seinem Leben?

Sobald es sicher war, kletterte Pete vom Baum. Sein Pferd stand noch da, wo er es zurückgelassen hatte. Er stieg auf und machte sich eilig in Richtung des Arkansas auf. Wenn er Glück hatte, würde er vielleicht eins seiner Gewehre verkaufen können und den Mississippi bis New Orleans herunterfahren. Dort wollte er dann auf einem Schiff anheuern und in ein fremdes Land fliehen.

Pete betete zu Gott, daß er nie wieder Antoine Efant begegnen würde.

Kapitel 22

Eleanor war das Blut in den Kopf geschossen, und sie mußte würgen. Langsam nahm sie das Schwanken unter sich wahr, und ihr wurde bewußt, daß sie quer über dem Pferderücken lag. Ihre Hände waren gefesselt, und der Strick schnitt ihr tief ins Fleisch, sobald sie sich bewegte. Sie öffnete die Augen und versuchte, auf den vorbeiziehenden Boden zu schauen. Plötzlich rebellierte ihr Magen, und sie erbrach sich über ihre Hände. Ihr wurde schwarz vor Augen, und sie fiel wieder in Ohnmacht.

Als Eleanor wieder zu sich kam, lag sie auf der Seite, den Rücken an einem Baumstamm. Sie nahm den Geruch des Erbrochenen wahr und mußte schlucken, um sich nicht noch einmal zu übergeben. Sie zwang sich, still zu liegen, und hob ihre Lider, um ihre Entführer anzusehen.

»Hast du auch keine Spuren zurückgelassen?« Die Frage kam von einem stämmigen, schwarzbärtigen Mann mit einer Strickmütze auf dem Kopf.

»Das hab' ich dir doch gesagt. Was beunruhigt dich denn so? Ist doch niemand da, der uns folgen könnte. Der Postmann denkt bestimmt, sie sind von Indianern entführt worden.«

Eleanor fragte sich, wieviel Zeit wohl inzwischen vergangen war. Das Licht war gedämpft. Dämmerte es, oder waren sie so tief im Wald, daß das Licht nicht durch die dicken Äste drang? Wenn es schon Abend war, mußten Gavin und Rain bereits wieder in der Stadt sein. Dann waren sie jetzt bestimmt auf der Suche nach ihr und Amy. Tränen flossen ihre Wangen hinunter und fielen ins Gras.

Warum hatte Gott dies zugelassen? War sie so böse gewesen, daß sie diese Bestrafung verdient hatte? Am Morgen war sie noch so glücklich gewesen und hatte sich auf ihre Hochzeit gefreut. *Oh, Gavin, Gavin.* Sie hatte gar keine Chance gehabt, ihm zu zeigen, wie sehr sie ihn liebte.

Zuerst dachte Amy, sie sei aus einem schrecklichen Alptraum erwacht. Doch als sie versuchte, sich zu bewegen, zuckte sie vor Schmerzen zusammen und stellte fest, daß ihr die Hände auf den Rücken gefesselt waren. In ihrem Kopf pochte es wild, und ihr Mund war ganz ausgetrocknet. Die Welt vor ihren Augen war verschwommen und wurde nur langsam schärfer. Sie lag auf dem Boden, neben ihr grasten drei Pferde, und zwei Männer hockten auf ihren Absätzen und aßen beide ein langes Stück Dörrfleisch. Keine drei Meter von ihr entfernt lag Eleanor.

»Verdammt, Hull, du hast zu fest zugeschlagen. Du solltest sie nicht gleich umbringen.«

»Die is' nicht verletzt. Sie hat nur gekotzt. Wir sollten schnell weiterreiten. Die Gegend hier gefällt mir nicht.«

»Die Frau ist fast vier Stunden lang auf dem Bauch geritten. Sie ist bares Geld wert, aber nur, wenn sie *lebend* bei Perry ankommt. Und du wirst auch nicht mit ihr rummachen, und das meine ich verdammt ernst, Hull«, raunte er drohend.

»Sie is' sowieso zu dünn. Ich hab' Frauen lieber, die'n bißchen mehr Fleisch auf den Rippen haben.«

»Sie war Perry versprochen. Ihr Vater hat die Heiratspapiere unterschrieben. Perry möchte sie unberührt haben. Verstanden?«

»Hab' ich doch gesagt.«

Amy schloß die Augen. In ihrem Innern fröstelte sie. Sie waren also von Antoine Efant entführt worden, dem Franzosen, von dem Rains indianischer Freund erzählt hatte, er habe nach Rain gefragt. Hammond Perry hatte ihn losgeschickt, um ihm Eleanor zu bringen. Doch was war mit den unterschriebenen Heiratspapieren gemeint? Perry mußte ihm irgendeinen Bären aufgebunden haben. Eleanor hatte noch nie etwas von Hammond Perry gehört, bevor sie nach Kaskaskia gekommen waren.

Amy hatte das Gesicht des anderen nicht deutlich erkennen können. Antoine Efant hatte ihn Hull genannt. War das etwa Hull Dexter, der Scout, der sie und Liberty im Stich gelassen hatte, als sie das erste Mal in die Wildnis gekommen waren? Farr war sich sicher, daß Hull Dexter für das Massaker, bei dem Daniels Familie ums Leben gekommen war, verantwortlich war. Daniel war der einzige gewesen, der überlebt hatte, und das nur, weil seine Mutter ihn in einen Maulbeerbusch geworfen hatte. Wenn das wirklich Hull Dexter war, konnte man sich auf das Schlimmste gefaßt machen.

Amy erschrak fürchterlich, als ihr plötzlich ein nasses Stück Tuch ins Gesicht gedrückt wurde. Sie riß die Augen weit auf. Der schwarzbärtige Mann hockte neben ihr und wischte ihr über die Stirn.

»Möchtest du einen Schluck Wasser, *ma chérie*?« fragte er freundlich.

Amy schaute ihn aus großen, aber leeren Augen an. Da ihr Mund zu trocken zum Sprechen war, nickte sie.

Der Franzose richtete ihren Kopf auf und flößte ihr etwas Wasser ein. Dann untersuchte er ihren Kopf und fand die Beule über ihrem rechten Ohr. Sie stöhnte vor Schmerzen auf, als er sie betastete.

»Das habe ich nicht gewollt, *ma petite*. Aber die Haut ist nicht aufgeplatzt. Der Schmerz wird bald vorübergehen.«

Amy dachte, der Schlag auf den Kopf habe auch ihr Gehirn in Mitleidenschaft gezogen. Sie wußte nicht, was die Worte bedeuteten, mit denen der Franzose sie bezeichnete, aber dem Ton seiner Stimme nach waren es Kosenamen. Irgend etwas in ihrem Hinterkopf sagte ihr, daß sie diesen Akzent kannte.

Langsam, während sie zu ihm aufsah, wurde ihr bewußt, daß dies der Franzose war, der sich in Kaskaskia nach dem Kampf zwischen Gavin und Bull für sie eingesetzt hatte.

»Eleanor ...« Sie konnte nur mit Mühe sprechen.

»Hull hat sie ziemlich hart geschlagen, aber das wird schon wieder.«

»Hull ... Dexter?«

»Kennst du ihn?«

Amy stöhnte und schloß die Augen. Sie fühlte, wie der Franzose sie packte, und riß die Augen wieder auf. Er preßte sie dicht an seine Brust und strich ihr die Haare aus dem Gesicht.

»Mon bijou«, schmachtete er. »Du brauchst dir keine Sorgen zu machen. Hull wird deiner Freundin nichts antun. Er wird sie zu ihrem Verlobten ...«

Amy versuchte, sich von ihm loszumachen. Mit den auf dem Rücken gefesselten Händen war es ihr unmöglich, sich zu befreien, aber in ihrem Gehirn arbeitete es fieberhaft.

»Er bringt sie zu Hammond Perry?«

»Das ist eine Frage der Ehre. Hör auf zu zappeln, mein Liebling. Ich tu dir nicht weh.«

»Du bist ein dummes Schwein, wenn du denkst, sie zu einem widerlichen Stinktier wie Hammond Perry zu bringen, sei ehrenhaft.«

»Der Mann hat Anrecht auf sein Eigentum. Ihr Vater hat die Heiratspapiere schon vor langer Zeit unterschrieben. Perry hat solange gewartet, bis sie volljährig war, und möchte sie jetzt heiraten.« Der Franzose schien um Amys Verständnis zu werben, damit sie nichts Schlechtes von ihm dachte. Er strich mit seinen Fingerspitzen über ihre Wange. »Wir werden noch viel Zeit miteinander verbringen. Wenn wir uns darüber unterhalten haben, wirst du es schon verstehen.«

Amy versuchte, ihren Kopf zurückzuziehen, und ihre Augen blitzten ihn an.

»Ich werde keine Zeit mit dir verbringen, und ich werde niemals verstehen.«

Der Franzose schaute sich um und sprach mit Hull.

»Schütt ihr etwas Wasser ins Gesicht, leg sie aufs Pferd und reite los.« Die Stimme, mit der er zu Hull sprach, war schroff, vollkommen anders als der schmeichelnde Ton, mit dem er zu Amy sprach.

Eleanor schrie laut auf, als ihr das Wasser ins Gesicht spritzte.

»Du warst schon die ganze Zeit wach«, knurrte Hull und stellte sie auf die Füße. Ihre Knie gaben nach, und Hull mußte sie festhalten, damit sie nicht umfiel.

»Gib ihr was zu trinken, und setz sie auf das Pferd«, befahl Antoine.

Eleanor wehrte sich und schrie: »Amy! A... my!«

»Sei still!« Hull schlug ihr so fest ins Gesicht, daß ihr Kopf zurückgeschleudert wurde. »Wenn ich noch einen Ton von dir höre, wird dir das Messer hier ein paar häßliche Schnitte zufügen.« Eleanor fühlte die scharfe Klinge an ihrem Hals. »So ist's besser. Du kannst einen Schluck Wasser haben und dich dann ruhig aufs Pferd setzen, oder ich leg dich wieder mit dem Bauch über den Pferderücken. Das kannst du dir aussuchen.«

»Warum machen Sie das?«

»Geld«, antwortete Hull und gab ihr etwas zu trinken. Sie war dankbar für die paar Schlucke Wasser.

Amy hatte es aufgegeben, gegen die Arme, die sie hielten, anzukämpfen. Ihre Angst war nun der Empörung gewichen. Als sie merkte, daß die Aufmerksamkeit des Franzosen auf Hull und Eleanor gerichtet war, spannte sie sich an und traf Antoine mit einem Knie direkt ins Gesicht. Als er mit ihr zu Boden fiel, kam sie auf ihm zu liegen. Mit aller verfügbarer Kraft schwang Amy noch einmal ihr Knie, um ihn zwischen den Beinen zu treffen. Aber er war schon zur Seite gerollt, so daß sie nur den Boden traf.

»Du ..., du Bastard! Rain wird dich umbringen!«

»Ah ... meine kleine Wildkatze!« Antoine setzte sich auf sie. »Tallman wird nicht kommen. Und du wirst ihn vergessen.«

»Ich werde ihn nie vergessen. Geh von mir runter, du Hurensohn!«

»So böse Worte aus einem so hübschen Mund. Ich fürchte, *ma chérie,* du zwingst mich dazu, dich noch einmal zu schlagen – aber diesmal auf die andere Seite, damit es nicht so weh tut.«

»Fahr zur Hölle!«

Nachdem Amy das Bewußtsein verloren hatte, drehte Antoine sie zur Seite, damit sie nicht auf ihren gefesselten Händen liegen mußte.

»Ah, *chérie.* Es wird noch eine Weile dauern, bis du zahm bist, aber was für eine Frau du doch bist!« Antoine stand auf, ging an Eleanor vorbei, ohne sie eines Blickes zu würdigen, und löste vom Ast die Zügel von Tallys Pferd. »Heb sie drauf«, befahl er.

Hull steckte das Messer in seinen Gürtel und packte Eleanor um die Taille. Er hob sie hoch und setzte sie in den Sattel. Dann steckte er ihre Füße in die Steigbügel.

»Bitte ... tun Sie das nicht.« Ihre mit Tränen gefüllten, veilchenblauen Augen sahen flehend zu Antoine herunter.

»Er wird Sie nicht vergewaltigen, Mademoiselle. Er weiß, daß ich ihn dann töten würde. Er hat meine Erlaubnis, ihnen Schnittwunden zuzufügen oder Sie zu schlagen, wenn Sie sich nicht benehmen, aber er wird Sie nicht vergewaltigen oder töten.«

»Was ... ist mit Amy?«

»Sie brauchen sich keine Sorgen um die Prinzessin zu machen«, antwortete Antoine, während er Eleanors Hände am Sattelknauf festmachte. Hull stieg auf sein Pferd, und Antoine reichte ihm die Zügel. »Mademoiselle, bleiben Sie im Sattel. Wenn Sie runterfallen, brechen Sie sich die Arme.«

»Mein ... Onkel, Will Bradford, wird Sie bezahlen, wenn Sie mich zu ihm bringen. Er wird mehr zahlen als Hammond Perry.« Eleanor wünschte sich, Will Bradford wäre ihr schon früher eingefallen.

»Das hat keinen Zweck. Der Handel ist vor langer Zeit gemacht worden. Sie sind Hammond Perry versprochen worden. Ihr Platz ist an seiner Seite.«

»Das stimmt nicht. Ich kenne ihn überhaupt nicht. Bitte! Verstehen Sie doch!«

»Los jetzt!« sagte Antoine scharf.

Die Pferde verließen die Lichtung. Eleanor drehte sich um und sah Amy am Boden liegen. Sie ließ die einzige Freundin, die sie je gehabt hatte, zurück.

»Adieu, Amy«, sagte sie leise. »Bestelle Gavin, daß ich ihn liebe.«

Ihr Kinn sank auf ihre Brust, und sie fing leise an zu weinen.

Amy erwachte aus einem Traum voll kleiner, roter Dämonen, die sie mit brennenden Stöcken stachen. Jeder Muskel in ihrem Körper schmerzte, und ihr Kopf fühlte sich an, als würde er jeden Moment explodieren. Ihre Arme waren schwer wie Blei, als sie versuchte, sie hochzuheben. Schließlich gelang es ihr, die Hände an den Kopf zu führen. Sie befühlte vorsichtig die Beulen über beiden Ohren und zuckte zusammen, als ihre Fingerspitzen über die Seite ihres Kopfes strichen, die mit Blut verkrustet war. Immerhin schien die Wunde klein und die Verletzung nicht schwer zu sein. Ihre Augen gewöhnten sich langsam an das gedämpfte Licht, das von einem kleinen Feuer auf der anderen Seite des Raumes kam, und allmählich erkannte sie ihre Umgebung.

Sie war in einer kleinen Hütte. Sie sah einen Tisch, eine Bank und vor dem kleinen Feuer einen Stuhl. Das Bett, auf dem sie lag, war eine mit einer Strohmatratze ausgelegte Erhöhung in einer Ecke des Raumes. Als sie sich sicher war, allein zu sein, versuchte sie, die Füße über die Bettkante zu hängen. Erst dann bemerkte sie, daß eine kurze Kette um ihr Bein hing, die an der Wand befestigt war. Von Panik gepackt, setzte sie sich hastig auf, und ein Schmerz durchzuckte ihren Kopf. Mit beiden Händen zerrte sie an der Kette und stieß einen verzweifelten Schrei aus, als diese standhielt. Schließlich gab sie es auf und richtete sich mühsam auf, so daß sie mit dem Rücken an der Wand lehnte.

Amy versuchte, sich an die letzten Ereignisse zu erinnern. Eleanor auf dem Boden liegend. Hull Dexter. Efant, der Franzose, der sagte, er würde Eleanor zu Hammond Perry schikken.

»Die arme Eleanor«, flüsterte sie. Amy wünschte, sie könnte Eleanor sagen, sie brauche sich keine Sorgen zu machen, da Gavin sie suchen würde. Am Morgen hatte Rain gesagt, sie würden vor Sonnenuntergang zurück sein. Jetzt müßten sie unterwegs sein, um nach ihnen zu suchen. War das erst an diesem Morgen gewesen? Amy war sich sicher, daß es jetzt Nacht war.

»Beeil dich, mein Liebster«, flüsterte sie. Vor ihren Augen sah sie sein dunkles Gesicht, seine schwarzblauen Augen und sein schüchternes Lächeln. Wie sollte er sie nur jemals finden? Gavin würde Eleanor bei Hammond Perry finden. Wäre es wohl schon zu spät für sie, ein glückliches Leben zu führen? Rain würde kommen. Sie brauchte nicht zu verzweifeln. Sie mußte ihm vertrauen und seiner Liebe für sie. Sie klammerte sich mit aller Kraft an diese Hoffnung und versuchte, sich zu beruhigen, um ihrem Entführer zu begegnen.

Die Tür öffnete sich, und der Franzose kam herein. Er hatte ein kleines, gehäutetes Kaninchen in der Hand. Sein erster Blick galt ihr, und er legte das Kaninchen auf den Tisch und trat auf ihr Bett zu.

»Du bist wach . . . und bestimmt hungrig.«

»Bestimmt«, erwiderte Amy trocken.

»Ich mache dir was zu essen, und dann reden wir.«

»Du solltest besser jetzt reden, und zwar schnell. Rain Tallman wird nämlich kommen und dich umbringen.«

»Wir haben Zeit, *ma chérie.* Du wirst dich besserfühlen, wenn du etwas gegessen hast.« Er steckte ein spitzes Stöckchen durch das Kaninchen und hängte es über das Feuer.

»Warum hast du mich wie ein Tier angebunden?«

Antoine drehte sich um und sah sie an. »Damit du mich nicht verläßt.«

»Bei der erstbesten Gelegenheit ramme ich dir ein Messer in den Rücken.«

»Ha! Das wüßte ich aber, *mon bijou.«*

»Hör auf, mich mit blöden französischen Namen anzureden.«

»Mein Juwel? Meine Liebe? Denn du bist meine Liebe. Das wußte ich von der ersten Minute, die ich dich in Kaskaskia gesehen habe. Ah..., was für eine Frau, habe ich mir gesagt. Nach so einer Frau habe ich schon immer gesucht.«

»Ich habe schon einen Mann. Und Rain Tallman ist zehnmal mehr Mann als du.«

Er entrollte ein Tuch auf dem Tisch und schnitt ein paar Scheiben von einem dunklen Kuchen ab. Er war mit Nüssen gefüllt und roch nach Rum.

»Eines Tages wirst du merken, daß dies nicht wahr ist«, sagte er geduldig. »Eines Tages wirst du mich lieben.«

»Du spinnst ja wohl! Ich werde dich niemals lieben, du Bastard!« Amy schrie so laut, daß sie Angst hatte, ihr Kopf würde platzen.

»Da irrst du dich, *mon petit chou.* Antoine ist kein Bastard. Efant ist einer der besten Namen in ganz New Orleans. *Ma mère* und *mon père* haben lange vor meiner Geburt kirchlich geheiratet.«

»Ich war mir eigentlich sicher, du seist eine Kreuzung aus

einem Esel und einem Warzenschwein«, bemerkte Amy wütend.

Antoine lachte. »Das behaupten so manche.«

»Du wirst schon aufhören zu lachen, wenn Rain erst mal hier auftaucht. Er wird kurzen Prozeß mit dir machen.«

»Darauf würde ich nicht zählen. Antoine Efant hinterläßt keine Spuren. Ich bin gegen alles gewappnet.«

»Rain wird meine Mokassins finden, mein Gewehr ...«

»Gar nichts wird er finden«, sagte Antoine und schaute in die Ecke, in der Amys Gewehr neben dem Bündel mit Kleidungsstücken stand, das sie hatten waschen wollen.

»Wo sind wir hier?«

»Das kennst du sowieso nicht.«

Es brachte nichts, ihr zu sagen, dachte Antoine, daß sie, nachdem Hull mit der Frau gen Osten gezogen war, die andere Richtung gewählt hatten.

Er überlegte, ob er ihr erzählen sollte, daß Tallman tot war, damit sie trauern und darüber hinwegkommen konnte. Er beobachtete ihr Gesicht im flackernden Feuerschein. Sie sah ihn mit den Augen einer Wildkatze an. Es wäre wohl besser, ihr langsam und schonend beizubringen. Sie mußte sich zuerst an ihn gewöhnen, dann würde sie ihn auch lieben lernen. Dies wäre sicher einfacher, wenn sie nicht wußte, daß er Pete Hopcus mit der Beseitigung Tallmans und des Schotten beauftragt hatte. Pete würde am nächsten Morgen kommen. Er hatte entschieden, daß es ihm gefährlich werden könnte, wenn Pete am Leben bliebe. Er würde ihm lautlos ein Messer in den Rücken rammen und seine Leiche dem Fluß übergeben.

»Ich muß mal«, sagte Amy offen.

»Ah, verzeih mir. Darauf hätte ich achten sollen. Dafür gibt es einen Topf.« Der Franzose zog einen Metalltopf unter dem Bett hervor und stellte ihn auf die Strohmatratze.

Amy schaute ihn an, als ob er den Verstand verloren habe. »Den benutze ich nicht.«

»Warum nicht? Ich habe große Mühen auf mich genommen, um ein Gefäß zu diesem Zweck aufzutreiben.«

»Ich will nach draußen.«

»*Chérie,* mach es doch nicht so kompliziert. Wenn ich dich nach draußen lasse, dann nur mit einer Leine um deinen zarten Hals, damit du mir nicht wegläufst.«

»Ich werde den nicht benutzen, solange du hier drin bist.«

»Süßes Schamgefühl! Bald schon werden wir uns so gut kennen, daß es dir egal sein wird.«

»Bevor es dazu kommt, bringe ich mich um.«

»Sag doch so was nicht«, schalt er sie sacht. »Nun lasse ich dich allein, damit du deinem Bedürfnis nachkommen kannst. Ah . . ., ich weiß nicht, warum einige Frauen denken, es sei unanständig, wenn es doch alle Kreaturen Gottes machen.«

»Hau schon ab!« zischte Amy. »Du machst mich krank!«

Amy hatte ihren Kopf auf den Arm gelegt. Tränen rannen ihr aus den Augenwinkeln und liefen ihr über die Schläfen in die Haare. Bisher war es ihr gelungen, nicht zu weinen. Aber jetzt fühlte sie sich so ängstlich, einsam und hungrig, daß sie ihre Tränen nicht zurückhalten konnte.

Sie hatte sich geweigert, auch nur einen Bissen von dem zu nehmen, das Antoine zubereitet hatte. Als er ihr das Mahl gebracht hatte, hatte sie es ihm aus den Händen geschlagen. Je mehr er sie umschmeichelte, desto wütender lehnte sie ihn ab. Er hatte sie angefleht, zu essen, da ein langer Tag vor ihnen lag. Aber sie hatte ihm nur den Rücken zugewandt.

Amy fragte sich, ob es ihr nicht mehr schadete, ihm so abweisend zu begegnen. Ihr Magen knurrte. Morgen würde sie essen, versprach sie ihrem leeren Magen. Sie brauchte all ihre Kräfte, falls sich die Gelegenheit zur Flucht ergeben sollte.

Antoine hatte auf den Boden vor der offenen Tür eine Dekke gelegt. Er hatte es gar nicht erst versucht, sich neben sie auf das Bett zu legen. Sie schwor sich, daß sie bis zum Tod kämpfen würde, wenn er dies versuchen sollte. Der Franzose hatte sie gefragt, ob sie wünsche, ihr Nachthemd anzuziehen – es war in dem Bündel gewesen, das sie zum Waschen mitgenommen hatte. Jetzt wünschte sie sich, sie hätte ja gesagt. Er hätte die Fußschelle öffnen müssen, damit sie aus ihrer Hose hätte steigen können. Aber als er gefragt hatte, fürchtete sie, er wolle mit ihr schlafen, und in diesem Fall hätte sie die Hose vor seinen Annäherungsversuchen geschützt.

Amy dachte an Eleanor. Wußten Gavin und Rain, daß Hammond Perry hinter ihrem Verschwinden steckte? Dachten sie, daß sie und Eleanor noch zusammen nach Kaskaskia unterwegs waren? Solche und ähnliche Fragen schwirrten in Amys Kopf herum, bis nur noch Verwirrung übrig blieb und ihre Kopfschmerzen zurückkehrten. Müde schloß sie die Augen. Morgen, dachte sie. Morgen würde Rain kommen.

Es war kurz nach Mittag. Amy hatte widerwillig gegessen, was Antoine ihr angeboten hatte. Der Franzose war angespannt. Er hatte seit dem frühen Morgen keine Versuche mehr unternommen, sich mit ihr zu unterhalten. Er war ein paarmal von der Hütte weggegangen. Durch die offene Tür konnte Amy ein kleines Stück Himmel sehen. Sie saß auf dem Bett, und jedes Mal, wenn Antoine die Hütte verließ, zerrte sie an der Kette, die durch ein kleines Loch in der Wand nach draußen ging und dort irgendwie festgemacht war.

Am Morgen hatte Antoine ein Messer auf dem Tisch liegenlassen. Sobald er das Zimmer verlassen hatte, war Amy zur Bettkante gerutscht. Auf einem Fuß stehend, hatte sie versucht, den Tisch zu erreichen. Ihre Finger umklammerten gerade die Tischkante, so daß sie den Tisch näher ziehen konnte, als Antoine hereinkam.

»Ah, *ma chérie.* Mir ist gerade eben das Messer eingefallen. Würdest du Antoine einen Schnitt zufügen, wenn du könntest?«

»Ich würde dir dein verdammtes Herz herausschneiden!«

Amy weinte fast vor Enttäuschung und ließ sich auf das Bett zurückfallen.

Der Nachmittag zog sich dahin. Als sich der Abend näherte, begriff Amy, daß alles anders war als am Abend zuvor. Antoine war mürrisch und still. Er machte kein Feuer fürs Abendessen, sondern gab ihr nur ein wenig kaltes Fleisch und etwas von dem rumdurchtränkten Kuchen. Amy aß langsam und beobachtete, wie er den Zugang zur Hütte hinunterstarrte.

Antoine war stinksauer. Pete Hopcus hätte seit der letzten Nacht oder dem frühen Morgen zurück sein müssen. Antoine wollte Tallmans Ohr sicher in seiner Hosentasche wissen, bevor er in den Westen aufbrach. Wenn Tallman noch lebte, würden sich früher oder später ihre Wege kreuzen. Nur gut, daß Tallman nicht wissen konnte, daß er im Besitz der Frau war. Antoine hatte so sorgfältig wie nie zuvor darauf geachtet, keine Spuren zu hinterlassen.

Er und Hull waren mit den Frauen mehr als fünf Meilen durch den Bach geritten, bis sie an eine Felsbank gekommen waren. Dort hatte Antoine die Pferde vorsichtig einzeln aus dem Wasser geführt, damit sie auf den Steinen keine Kratzspuren hinterlassen konnten. Der einzige, der von der Hütte wußte, war Pete Hopcus.

Antoine dachte an die Frau in der Hütte. Er sehnte sich nach ihrem weichen, warmen Körper. Er wollte, daß sie ihn liebte, aber allein schon mit ihr zusammen zu sein, war gut, ob sie ihn nun liebte oder nicht. Warum sollte er seine goldene Göttin nicht einfach in die Arme nehmen, fragte er sich, als er aufstand.

Als Antoine kam und sich aufs Bett setzte, zog sich Amy in die hinterste Ecke zurück. Er umfaßte ihre Hand und führte sie an seine Lippen. Er drückte flammende Küsse in ihre Handfläche, und seine Zunge hinterließ eine feuchte Spur bis zum Handgelenk.

»Mein Herz gehört dir, kleine Amy. Ich kann nicht länger

warten, bis du mich liebst, sondern will dir zeigen, wie es ist.«

»Du wirst mir gar nichts zeigen, verdammt!« Amy zog ihre Hand zurück. »Verschwinde, du ..., du Frauendieb!«

Er schüttelte den Kopf. »Ah ..., nur ein kleiner Kuß von deinem süßen Mund ...«

»Ich würde eher eine Klapperschlange küssen! Mir wird schlecht, wenn ich dich anschaue!«

»Ma chérie. Ich kann dich zum Leben erwecken. Ich möchte mein Leben mit dir teilen. Du wirst lernen, mich zu lieben, und du wirst es lieben, was ich für dich tue, selbst wenn du jetzt noch das Gegenteil behauptest.« Er begann, sie heranzuziehen.

»Du bist ein stinkendes Schwein. Ich werde dich bei der ersten Gelegenheit töten.« Panik überkam sie, und sie schlug ihm mit aller Kraft ins Gesicht. Er lachte nur.

»Oh ..., mein Liebling, du enttäuschst mich nicht. Wir werden kämpfen. Wir werden uns lieben. Wir werden zusammen alt werden ...«

»Das glaube ich kaum.« Die ruhigen Worte fielen wie ein Stein in den Raum.

Antoine sprang auf und wirbelte herum.

Im Türrahmen stand Rain. Sein Name blieb als stummer Schrei in Amys Kehle stecken.

»Der Fuchs lebt!« zischte Antoine. Dann stürzte er mit gezücktem Messer auf ihn los.

Rain warf sein Messer blitzschnell aus dem Handgelenk. Der Franzose hielt inne, als das Messer sich in seine Brust grub. Sein Gesicht war wie erstarrt, von den Augen abgesehen. Sie sahen langsam und unbewegt zu Amy herüber. Dann machte er mit hölzernen, wackeligen Beinen zwei letzte Schritte, um sein Gewehr zu erreichen. Er hob es mit einer Hand hoch.

Rain schoß. Der Lärm war ohrenbetäubend. Rauch füllte

den Raum. Antoines Körper wurde gegen die Wand geschleudert und fiel zu Boden. Ihm fehlte ein Stück des Gesichts, und in seinem Hinterkopf klaffte ein großes Loch.

Amy schrie nach Rain, als sich das Blut des Franzosen über den Boden ergoß.

Rain stürzte durch das Zimmer, und Amy spürte seine breite Brust, als er ihr Gesicht mit Küssen übersähte.

»Geht es dir gut, Liebes? Es war die Hölle, darauf zu warten, daß er endlich ins Haus ging. Schatz ..., Liebes ..., geht's dir gut?«

»Ja, ja!« Sie schluchzte vor Erleichterung, vor Schwäche und vor Glück. »Ich wußte, du würdest kommen. Oh, Rain, Liebling, halt mich fest.«

»Ich bin gerade rechtzeitig gekommen, oder? Ich bin gekommen, bevor ...« Er schob sie ein wenig zurück, damit er in ihr tränenüberströmtes Gesicht schauen konnte.

»Ja, du bist rechtzeitig gekommen.«

»Gott sei Dank!« Er drückte sie fest an sich. »Du bist mein Leben. Du bist Freude, Gesang und Sonnenschein. Amy, süße Amy, du bist Teil meines Herzens, meiner Seele«, flüsterte er heiser.

»Ich habe so auf dich gewartet.«

In ihrem Kopf drängten sich so viele Fragen, daß sie gar nicht wußte, wo sie anfangen sollte. Wie hatte er sie nur gefunden?

»Rain! Oh, Liebling ..., ein Mann namens Hull Dexter hat Eleanor mitgenommen. Er bringt sie zu Hammond Perry.«

»Ja, Liebling. Wir haben die Stelle gefunden, an der zwei Pferde nach Osten und eins nach Westen geritten sind. Ich bin zu dir gekommen. Gavin und Will Bradford suchen Eleanor. Laß uns gehen. Ich erzähle dir alles auf dem Weg nach Davidsonville.«

»Will Bradford und Gavin?«

»Ja, Liebes, genau die. Wir müssen jetzt gehen.«

»Mein Bein ist an die Wand gefesselt«, sagte sie, als er ihr beim Aufstehen helfen wollte.

»Dieser Hurensohn! Ich möchte ihn am liebsten noch einmal umbringen. Ich mache ein Feuer. Irgendwo muß ja der Schlüssel sein.«

Amy war so schwach, daß sie kaum laufen konnte, doch an Rains Arm ging es irgendwie. Bevor sie die Hütte verließen, nahm Rain ein Stück glühender Kohle von dem Feuer, das er gemacht hatte, um den Schlüssel zu finden, und warf es auf die Strohmatratze. Er nahm Amys Gewehr und das Bündel Kleider und führte sie nach draußen.

Am Fluß hob er sie hoch, preßte die kostbare Last dicht an seine Brust und watete hinüber, wo sein Brauner geduldig wartete.

Kapitel 23

Rain und Amy ritten bei Sonnenaufgang in das Dorf ein. Sie hatten die Stunden nach Mitternacht unter dem Schutz einer großen Espe verbracht, weil es angefangen hatte, leicht zu regnen. In der Nacht erzählte Rain Amy davon, wie sie Will Bradford getroffen hatten und zusammen mit ihm und seinen Männern nach Davidsonville zurückgekehrt waren. Während sie sich an ihn kuschelte, schilderte er ihr, wie verzweifelt er gewesen war, als sie feststellen mußten, daß sie und Eleanor aus der Stadt verschwunden waren.

»Gavin war wie besessen. Er und Will nahmen an, daß ihr von Indianern entführt worden wäret, weil wir nicht die geringsten Spuren finden konnten. Ein Indianer hätte sich aber nicht so viel Mühe gemacht«, erklärte Rain. »Mir war klar, daß hier irgend jemand genau nach Plan gehandelt hatte. Mir fiel nur ein Mann ein, der dazu in der Lage war: Antoine Efant, der Franzose, der in Sainte Geneviève nach mir gefragt hatte.«

Amy drehte den Kopf und saugte an seinem Hals, während ihr wieder die dunklen, durchdringenden Augen des Franzosen einfielen.

»Er hat gesagt, er sei zu schlau, um Spuren zu hinterlassen, aber ich war mir sicher, du würdest uns finden.«

»Aber nur mit Hilfe anderer. Am späten Nachmittag kam Tennessee, Jean Pierres Tochter, vom Bach. Sie war vollkommen erschöpft, und ihre Füße bluteten. Sie konnte kaum noch laufen oder sprechen. Sie war dir und Eleanor zum Bach gefolgt und hatte beobachtet, daß Efant dir eine Decke über den Kopf warf und dich bewußtlos schlug.

Als sie sah, daß sie dich und Eleanor auf Pferden wegbrachten, ist sie ihnen gefolgt. Sie wußte, daß ich die Stelle finden mußte, an der sie den Bach verließen, um auf eine Spur zu stoßen. Das Kind ist bestimmt zehn Meilen oder mehr gelaufen. Sie hat mir dann die Stelle gezeigt, an der die Pferde den Bach verlassen hatten. Efant war wirklich clever und hatte nicht die geringste Spur hinterlassen, die darauf schließen ließ, daß er diesen Weg gewählt hatte.

Danach war's einfach. Wir haben die Stelle gefunden, an der sich eine von euch übergeben hat. Tennessee hatte erzählt, daß sie Eleanor bäuchlings auf ein Pferd gelegt hatten und du zusammen mit einem schwarzbärtigen Mann mit einer Strickmütze auf einem Pferd saßest. Gavin war außer sich vor Sorge.«

»Woher wußtest du, daß ich mit Efant zusammen war und Eleanor mit Hull Dexter?«

»Als es zu dunkel zum Suchen wurde, haben wir angehalten. Wir hatten den Platz gefunden, an dem eine von euch mit einem der Männer gekämpft hatte. Ich dachte mir, daß du und Efant es gewesen sein mußten, da Eleanor zu schwach ist. Von dort sind zwei Pferde nach Osten geritten und eins nach Westen. Wir sind den beiden Pferden nach Osten gefolgt, bis wir schwarze Haare an einem Busch fanden. Gavin, Will und einer seiner Männer folgten diesem Weg, und ich ritt zurück, um dem anderen zu folgen. Ich gelangte gegen Mittag zu der Hütte, habe Efant gesehen und abgewartet. Schatz, ich habe Blut und Wasser geschwitzt, als ich dort saß.«

»Irgendwie war er sogar nett zu mir. Er glaubte tatsächlich, ich würde ihn irgendwann lieben. Wahrscheinlich war er verrückt.«

»Nein, er war angetan von dir. Du hast ihn in der Nacht in Kaskaskia fasziniert. Ich habe es schon damals in seinen Augen gesehen.«

»Ich möchte, daß niemals jemand anderes als du von mir angetan ist.« Sie streichelte sanft über sein Gesicht.

Am späten Morgen kamen Will Bradford und Gavin in die Siedlung. Eleanor ritt zusammen mit Will auf einem Pferd. Amy, Rain und Tennessee empfingen sie, während einige neugierige Dorfbewohner vor dem Laden standen und alles beobachteten. Gavin hatte noch immer mit seiner Wunde zu kämpfen und deshalb widerwillig zugestimmt, daß Eleanor die letzten Meilen mit Will ritt.

Eleanor war erschöpft und mußte sofort ins Bett gebracht werden, allerdings erst, nachdem man ihr berichtet hatte, welche wichtige Rolle Tennessee bei ihrer Befreiung gespielt hatte. Sie umarmte das kleine Mädchen und küßte es. Als sie von ihr abließ, trat Tennessee schüchtern einige Schritte zurück und sah sie mit strahlenden Augen an.

Später erzählte Will Rain, daß Hull Dexter, als er bemerkte, daß ihn drei Männer verfolgten, nur noch um die eigene Haut fürchtete. Er hatte die Zügel des Pferdes, das er hinter sich her führte, fallen lassen und sich auf und davon gemacht. Der Sergeant war ihm noch einige Meilen gefolgt, hatte ihn aber dann im Dickicht verloren.

»Wir wissen ja, wer er ist«, sagte Will. »Irgendwann wird er vor Gericht gestellt werden. Ich wünschte nur, es gäbe eine Möglichkeit, Beweise für Hammond Perrys Mittäterschaft zu finden.«

»Er würde wahrscheinlich doch wieder irgendeinen Trick finden, um verschont zu werden; so wie damals, als er Farr wegen Verrats hängen lassen wollte. Ich bin froh, daß Amy und Eleanor in Sicherheit sind.«

»Ich glaube, Eleanor wußte gar nicht, wer ich bin, als wir zu ihr kamen, und es hat sie auch nicht weiter gekümmert«, erwähnte Will lächelnd. »Sie hatte nur Augen für Gavin, und umgekehrt genauso. Nach einer Weile hat Gavin mich dann vorgestellt, und ihre ersten Worte waren: ›Ich liebe Gavin. Sie müssen sich nicht mit mir abgeben.‹ Abgeben, also wirklich! Sie gehört zur Familie, wenn auch nur entfernt«, spottete er.

»So, Rain, wann und wo sollen die beiden Hochzeiten denn jetzt stattfinden?«

Die gesamte Bevölkerung von Davidsonville wollte an der Hochzeit des berühmten Waldläufers und Amy Deverell teilnehmen. Sie interessierten sich aber auch für die hübsche Frau aus Louisville und den schottischen Flußmenschen. Damit alle gut sehen konnten, fand die Zeremonie auf der Veranda des Handelspostens statt. Tennessee stand zwischen den beiden Paaren. Ihr Pa hatte stolz gelächelt, als Amy und Eleanor darauf bestanden hatten, und ihre Mutter hatte ihr extra ein Kleid für die Feier genäht.

Neben dem Handelsposten wurden Truthähne, Wildbret und zwei ganze Schweine, die Will Bradford besorgt hatte, gebraten. Die Frauen backten süße Kartoffeln, Aufläufe und Heidelbeerkuchen. Kinder bedienten die Mühle, um Maismehl zum Brotbacken herzustellen, und die Männer drängten sich um ein Faß Whiskey, das Rain von dem Ladenbesitzer gekauft hatte.

Will Bradford hatte seine Reise nach Belle Fontaine um einige Tage verschoben, um die Trauungen vorzunehmen. Seine Männer hatten ein Lager am Rande des Dorfes errichtet und genossen die Festlichkeiten gemeinsam mit den Dorfbewohnern.

Am Morgen des zweiten Tages, nachdem Amy und Eleanor zurückgebracht worden waren, wurden sie mit ihren Männern getraut. Will Bradford, der prächtig in seiner Uniform aussah, sprach die Worte, die zuerst Amy und Rain und dann Eleanor und Gavin zu Mann und Frau machten. Beide Frauen trugen Kränze aus Wildblumen, die von Kindern gepflückt, und von Eleanor und Tennessee geflochten worden waren.

Fast den gesamten restlichen Tag über wurde vor dem Laden gefeiert und getanzt. Am Abend löste sich Eleanor von Gavins Seite und suchte Will Bradford, um mit ihm alleine zu sprechen. Sie fand ihn in dem Lager, das seine Männer am Rand des Dorfes errichtet hatten.

»Major Bradford? Darf ich mit Ihnen sprechen?«

»Natürlich, mein Kind.« Will nahm sie am Arm und ging mit ihr ein Stück weit weg vom Lager.

»Ich möchte mich entschuldigen. Ich weiß allerdings nicht genau, wie.«

»Entschuldigen? Wofür denn?«

»Ich weiß, daß Tante Gilda Ihnen von unseren finanziellen Schwierigkeiten geschrieben und an Ihre Familienehre appelliert hat, sich um uns zu kümmern. Die Wahrheit ist, daß sie und mein Vater Spieler waren. Sie haben mich dazu benutzt ...«

»Sprechen Sie nicht weiter.« Will blieb stehen und drehte sie zu sich hin. »Ich weiß genau, was für Menschen Ihr Vater und Gilda Woodbury waren. Ich weiß auch, daß Ihre Mutter eine Lady war, die die falsche Entscheidung getroffen hat, als es darum ging, einen Mann zu wählen. Ich bin nicht getäuscht worden. Ich wollte mich um die Tochter einer Lady kümmern, die ich sehr bewundert habe. Das ist alles. Mir fiel keine andere Lösung ein, als Sie zu heiraten. Heute war ich stolz und glücklich, als ich Sie mit Gavin McCourtney vermählt habe. Der Mann ist ernsthaft in Sie verliebt. Ich denke, bei ihm können Sie sich sicher fühlen.«

»Und ich liebe ihn auch. Oh ..., Sir, vielen Dank.« Eleanor stellte sich auf die Zehenspitzen und küßte ihn auf die Wange.

»Will«, sagte der Major und räusperte sich. »Oder besser noch, Onkel Will. Ich erwarte einen ganzen Stall voller Nichten und Neffen. Da kommt dein Mann. Er sieht ziemlich gefährlich aus. Laß mich los, Kind, bevor er mich umbringt.«

Eleanors Lachen klang wie das Zwitschern eines Vogels. Sie streckte ihre Hände aus, um Gavin zu empfangen.

»Gavin, Onkel Will möchte, daß wir ihm einen Stall voller Nichten und Neffen bescheren.«

Das besorgte Gesicht des Schotten wich einem seeligen Lächeln. »Ich gebe mein Bestes, Ihnen zu gehorchen, Sir.«

Gavin legte den Arm um seine Frau, und sie gingen zusammen davon. Eleanor sah ihn mit verliebtem Lächeln und glänzenden Augen an und dachte daran, wie schrecklich einsam sie gewesen war, bevor sie ihn kennengelernt hatte. Nun würde sie nie mehr einsam und ängstlich sein oder sich ungeliebt fühlen.

Amy stützte sich neben Rain auf den Ellbogen und fuhr mit ihren Fingerspitzen über sein hübsches Gesicht. Ihr Mann war der schönste Mann der Welt. Sie sprach ihren Gedanken laut aus und konnte sein Lächeln im schwachen Mondlicht sehen, das hinter den Zweigen über ihren Köpfen Versteck spielte. Sie hatten sich dafür entschieden, ihre Hochzeitsnacht im Wald zu verbringen und das Zimmer im Handelsposten Eleanor und Gavin zu überlassen.

Amys Blick wanderte von seinen sanften Lippen zu der hohen Stirn und verweilte auf den dichten, schwarzen Wimpern, unter denen ein Funkeln verborgen schien.

»Schaust du mich so an, um deinen Mann wiederzuerkennen, falls du ihn noch mal wiedertreffen solltest?«

»Ach du! Ich schau' dich halt gerne an. Soll ich dir sagen, was ich sehe? Ich sehe einen Mann, der hübsch ist, mutig und stark, so stark, daß er auch seine nette Seite zeigen kann, wie heute, als du Tennessee gesagt hast, sie sei hübsch, und daß du es dir vielleicht doch noch mal überlegen würdest, sie statt mich zu heiraten. Sie bewundert dich, genauso wie ich.«

Rain zog sie zu sich heran, so daß ihr Kopf auf seiner Brust zu liegen kam. Nach der Hochzeit, während sie darauf warteten, daß es schicklich war, sich zurückzuziehen, hatten sie vergnügte Stunden damit verbracht, Geschichten über die Kindheit auszutauschen, vergessen geglaubte Erinnerungen, wohlbehütete Geheimnisse und verborgen gehaltene Verletzungen auszugraben.

»Dein Herz schlägt so schnell«, sagte Amy und legte ihr Ohr auf seine Brust.

»So wird das auch für die nächsten fünfzig Jahre bleiben, wenn ich dich bei mir spüre.« Er wickelte eine Strähne ihres Haars um die Hand und führte sie an seinen Mund. »Fast hätte es aufgehört zu schlagen, als ich dachte, dich vielleicht für immer verloren zu haben.« Seine Stimme zitterte vor Erregung, und er fügte hinzu: »Und jetzt schlägt es voller Freude, dich wieder in den Armen zu halten.«

Amy fühlte seine Lippen im Haar und seine suchenden Finger an ihren Brüsten. Sie preßte ihre Lippen auf seine, und er küßte sie lange und leidenschaftlich. Als zärtliche Herausforderung winkelte sie ein Knie an und drückte gegen den Teil seines Körpers, der ihr soviel Freude bereitete. Er antwortete auf die Berührung mit einem leisen Stöhnen und drehte sie auf den Rücken.

»Du mußtest so viel durchmachen, Schatz. Ich habe Angst, dich zu überanstrengen.« Als er sie umarmte, nahm sie seinen donnernden Herzschlag wahr.

»Nein, du überanstrengst mich nicht«, flüsterte sie liebevoll, »aber versuche es wenigstens.«

Von diesem Moment an zählte nur noch die Befriedigung ihrer gegenseitigen Bedürfnisse. Sie wirbelten in einem Strom aus Leidenschaften, der aus liebkosenden Händen und Lippen, beißenden Zähnen und engumschlungenen Gliedmaßen bestand.

Sie liebten sich bis spät in die Nacht, bis schiere Erschöpfung Amy in einen tiefen Schlaf versetzte, und Rain in diese Leere zwischen Schlafen und Wachen fallen ließ. Sie lag an seinen nackten Körper geschmiegt, und ihre Wange ruhte an seiner Schulter.

Sie waren zusammen, so wie es ihre Bestimmung war.

Geheime Passionen

KAPITEL 1

Addies Augen sprühten vor Zorn.

»Verschwinden Sie! Kein Wunder, daß der Süden den Krieg verloren hat, wenn solcher Abschaum für ihn gekämpft hat.«

»Passen Sie lieber auf, wen Sie hier beschimpfen.« Die Miene des betrunkenen Soldaten wurde plötzlich bösartig. Er starrte unter die Sonnenhaube des jungen Mädchens, das neben Addie stand.

»G-Guck mal, Nate. Guck mal hier. Ist das nicht ein Anblick?«

»Das ist die Niggerin, von der wir gehört haben.«

»Mir doch egal. Sieht gar nicht wie eine aus. Ist ja fast weiß.«

Addie stellte sich rasch zwischen Trisha und den Mann, bevor Trisha das Messer aus ihrer Tasche ziehen konnte.

»Ist das Ihre Niggerin, Ma'am?«

»Falls Sie überhaupt Manieren haben, würde ich vorschlagen, daß Sie jetzt davon Gebrauch machen.« Addie bemühte sich, nicht laut zu werden und Aufmerksamkeit zu erregen.

»Na, na. Ganz schön arrogant, wenn man bedenkt, wer Sie sind.«

»Ich zahl' einen Vierteldollar für eine Stunde mit ihr.« Der Mann kam ganz dicht an Addie heran. Sein Atem roch so übel, daß sich ihr der Magen umdrehte. Sie wollte ihn mit der Hand zurückstoßen, aber er rührte sich nicht von der Stelle.

»Wenn ich schreie, wird sich jeder anständige Mann hier auf der Straße im Handumdrehen auf Sie stürzen.«

»Lassen Sie die Mätzchen, und kommen wir zur Sache. Was würde denn eine halbe Stunde kosten? Wenn ich recht überlege, schaffe ich sowieso keine ganze Stunde.« Er lachte. »Ich habe schon ewig keine Frau mehr gehabt, und mir platzt fast die Hose.«

»Werden Sie von den beiden belästigt, Madam?« Ein bärtiger Mann mit Lederweste türmte sich vor ihnen auf.

»Ja, allerdings.«

»Nein, das stimmt nicht. Die erzählt doch Märchen. Wir wollten nur ein kleines Geschäft machen, das ist alles.« Der Betrunkene wurde fast schlagartig nüchtern, als er zu dem Riesen aufsah. Um seine Angst zu überspielen, setzte er ein großspuriges Grinsen auf. »Wir wollen ihre Niggerin haben. Wir zahlen ja auch. Hey – was –«

Mit seinen großen Händen packte der bärtige Mann den Betrunkenen an den Schultern. Er hob ihn in die Höhe und beutelte ihn wie ein nasses Kätzchen, bevor er ihn auf die staubige Straße schleuderte. Der Betrunkene landete auf dem Rücken, schnappte nach Luft und schüttelte den Kopf, um zu sich zu kommen. Dann rappelte er sich auf, um den Hufen der Pferde auszuweichen, die am Geländer festgebunden waren.

»Wie kommen Sie dazu, ihn so zu behandeln.« Der zweite Soldat wich langsam zurück.

Der Riese folgte ihm und sprach so ruhig, daß Addie seine Worte nur mit Mühe verstehen konnte. »Ich diskutiere nicht mit Pferdedreck. Sorg dafür, daß dieser Saufkopf die Damen in Ruhe läßt, oder ich mach' Viehfutter aus euch.«

Die beiden Männer flohen auf die ausgefahrene Straße, und als sie einige Pferde und Wagen zwischen sich und den Mann in der Lederweste gebracht hatten, rief derjenige, der im Dreck gelegen hatte: »Das hab' ich ja noch nie gehört, daß eine Niggerin und eine Hure Damen genannt werden!« Sobald er das gesagt hatte, rannte er davon.

Addie legte ihrem Beschützer die Hand auf den Arm, als er die Veranda verließ, um den beiden zu folgen.

»Lassen Sie sie gehen. Bitte. Wir haben Ihnen genug Unannehmlichkeiten bereitet.«

»Miss Addie!« Colin kam der Weg hinuntergelaufen. »Alles in Ordnung?«

»Alles in Ordnung, Colin. Hast du den Pferden Wasser gegeben?«

»Ja, Ma'am. Aber –«

»Dieser Herr hat das Gesindel für uns verjagt«, sagte Addie ruhig und blickte dem Mann lächelnd in seine warmen braunen Augen.

»Es war mir die reinste Freude, Madam.« Er zog seinen breitkrempigen, nach oben gebogenen Hut, der von einer langen silbernen Nadel gehalten wurde, die durch Krempe und Krone gebohrt war. Dunkelbraunes lockiges Haar hing über seine Ohren und war so gerade abgesäbelt, als sei es mit einem Messer geschnitten worden. Er erinnerte Addie an einen wolligen Bären, und sie mußte sich auf die Lippen beißen, um nicht damit herauszuplatzen.

Der große Mann sah Trisha an, die mit gesenktem Kopf dastand.

»Sie und die kleine Lady sollten sich keine Sorgen machen. Ich werde diese Kerle im Auge behalten.« Er sah hinab auf einen kleinen Jungen, der sich an den Rock der Frau klammerte, und ein Mädchen, das einige Jahre älter war und ihn festhielt. Er boxte scherzhaft gegen Colins Schulter. »Ich glaube, ich hätte mich gar nicht einmischen brauchen. Der Bursche hier wäre mit den Perverslingen genausogut fertiggeworden. Er wollte sich schon mit fliegenden Fäusten auf sie stürzen.«

»Bald werd' ich ein Messer haben, und dann...« Colin reckte seine schmalen Schultern.

»Es ist nicht sehr ratsam, mit einem Messer auf einen Mann loszugehen, der größer ist als du. Merk dir das, Junge. Du mußt sie überraschen. Setz deine Mittel gezielt ein, und triff sie da, wo's weh tut. Du hättest ihm einen Kopfstoß versetzen können.« Er beugte sich hinunter und flüsterte Colin etwas ins Ohr. »Richtig fest, und du streckst sie zu Boden. Ich habe das mal einen Burschen machen sehen, der war nicht halb so groß wie du.«

»Danke, Mister.« Auf Colins Gesicht lag ein Grinsen, was selten geschah.

»Guten Tag, die Damen.« Der Mann warf Trisha noch einen langen Blick zu, legte die Finger an die hochgebogene Krempe seines Hutes und ging davon.

»Das war ein netter Mann. Nicht war, Trisha?«

»Wahrscheinlich«, murmelte Trisha.

»Was ist ein Perversling, Miss Addie?« fragte Colin.

»Ich habe nicht die geringste Ahnung. Jedenfalls nichts Gutes, da bin ich mir sicher.« Sie bückte sich und rückte den Hut auf dem Kopf des kleinen Jungen und die Haube auf dem Kopf des kleinen Mädchens, das jetzt Trishas Hand umklammerte, zurecht.

»Ich hab' es gewußt! Ich hab' es ja gewußt, ich hätte nicht herkommen sollen!« murmelte Trisha. »Ich hätte zu Hause bleiben sollen. Gott! O Gott, hab' Erbarmen! Wär' ich doch zu Hause geblieben.«

»Hör mit dem Jammern auf, Trisha. Geh mit erhobenem Kopf, und spuck ihnen ins Gesicht.« Addie warf einen Blick auf die drei Kinder, die zu ihr aufsahen und genau zuhörten. »Du meine Güte. Ich bin ja ein schönes Vorbild. Wir werden zu Hause darüber reden.«

»Ich mache nur Ärger«, murmelte Trisha leise, aber Addie hörte es trotzdem.

»Mir nicht! Du bist die liebste Freundin, die ich auf der Welt habe. Jetzt komm, wir gehen in Mr. Cashs Laden. Ich habe zwei Paar Socken zum Tauschen.«

Addie ordnete die Schnüre der Handtasche auf ihrem Arm, rückte noch mal den Hut des dreijährigen Dillon zurecht und lächelte den Rest ihrer Familie an. Menschenmengen machten Addie Hyde nervös und trieben Trisha fast in den Wahnsinn. Addie warf ihr einen Blick zu und sah, daß sie die Lippen fest zusammenpreßte, und ihre großen ausdrucksvollen Augen glitten von einer Seite zur anderen, als würde sie jeden Moment einen Angriff erwarten. Addie kannte die Angst des Mädchens und blieb dicht neben ihr, als sie dem elfjährigen Colin den Gehweg hinunter folgten.

* * *

Die Hauptstraße von Freepoint, Arkansas, war wenig mehr als ein schmaler Weg zwischen zwei Reihen von Holzhäusern: einige mit Verandas, andere, die direkt an die schlammverkrustete, unbefestigte Straße grenzten. Am Ende der Straße, gegenüber den Schienen, war ein Holzgebäude, das als Bahnhof diente.

An zwei Tagen in der Woche kam der Zug an und brachte nicht nur Post, sondern auch müde Männer, die aus dem Krieg heimkehrten; dann war in den Geschäften immer viel Betrieb. Heute waren die Straßen noch voller als gewöhnlich. In den beiden Krämerläden, den Barbiersalons, beim Hufschmied, im Sattlerladen und den Kneipen und Eßlokalen wimmelte es vor Menschen. Auf dem Gehweg drängten sich Farmer, Soldaten, orientierungslose, erst kürzlich freigelassene Neger, Gammler und Männer in zerschlissenen Uniformen der konföderierten Armee. Frauen und Kinder warteten zumeist in den Wagen, die entlang der Straße geparkt waren, auf die Männer.

John Tallman lehnte an der Außenwand des Ladens und beobachtete das Treiben auf der Straße. Er sah den Wagen in die Stadt kommen, sah den Jungen, der die müden, alten Pferde an das Geländer band und anschließend der Frau, dem Mädchen und den beiden Kindern hinunterhalf.

Seine Augen, die so dunkelblau waren, daß sie auf den ersten Blick schwarz erschienen, überblickten die Straße. Als sich die beiden betrunkenen Konföderierten vor den Frauen aufbauten, war John drauf und dran einzugreifen. Dann war der bärtige Grenzer eingeschritten, und John blieb stehen, da seine Hilfe offenbar nicht benötigt wurde. Er stand abseits und lachte leise, als der Baum von Kerl einen der Betrunkenen auf die Straße schleuderte und den anderen verjagte.

John war sich bewußt, daß auch er beobachtet wurde, aber er glaubte, das läge daran, daß es in Freepoint nicht viele Männer gab, die so gekleidet waren wie er. Er war überdurchschnittlich groß und trug sein Wildlederhemd über der Hose, mit einem Gürtel um die Taille. Sein Haar unter dem Lederhut mit niedriger Krone und runder Krempe war länger, als es die meisten Männer im Süden trugen. Es war blauschwarz und rollte sich in Höhe der Schultern nach innen. Wenn er sich rasierte, fand John das Gesicht, das ihn ansah – die schmale, gerade Nase, der volle, breite Mund und der Schnurrbart, dessen Enden sich beinahe bis zum Kinn bogen –, nicht besonders bemerkenswert. Es war jedoch ein Gesicht, daß anderen auffiel. Seine markanten Gesichtszüge und seine ruhige Selbstsicherheit entsprachen seiner Haltung. Er war ein Mann, der sich aufrecht und mit erhobenem Kopf bewegte und dabei einen unbeschwerten Ausdruck aufsetzte, während seinen Augen nichts entging. Eben jenen einstudiert gleichgültigen Blick zeigte er auch, als er den Frauen und Kindern in den Laden folgte.

Die kleine Gruppe hatte sich in eine Ecke abseits des

Gedränges begeben. Die kleineren Kinder hielten sich am Rock des älteren Mädchens fest, und der Junge stand neben ihnen, zum Kampf bereit, falls sie belästigt würden. Die Frau mit der runden Haube lächelte ihrer Familie zuversichtlich zu und ging dann zur Theke, um mit dem Besitzer zu sprechen.

»Guten Tag, Mr. Cash.«

»Wie geht's, Mrs. Hyde?«

Mrs. Hyde. John trat hinter den Warenstapel, von wo aus er die Frau und den Ladenbesitzer, der gleichzeitig der Postmeister war, sehen und hören konnte. Der Mann machte ein ernstes Gesicht. Er stand vor den Fächern, in denen die Post aufbewahrt wurde, während sein Angestellter die Kunden bediente.

»Ist Iola hier?« Mrs. Hyde sprach im weichen Singsang der Südstaaten.

»Sie ist heute oben. Hat wieder Probleme mit ihren Gelenken.«

»Das tut mir aber leid.«

»Sie hat mich heut' morgen gefragt, ob Sie in der Stadt wären.«

»Wir haben unser Baumwollfeld gehackt. Wir müssen verhindern, daß das Unkraut Überhand nimmt.«

»Mrs. Hyde, Sie haben keine... Post.«

»Ich habe auch keine erwartet«, antwortete Addie mit einem dünnen Lächeln.

Obwohl Addie wußte, daß der Postzug gekommen war, hatte sie nicht damit gerechnet, in der Stadt einen Brief von Kirby vorzufinden. Der Krieg war seit fast zwei Monaten vorbei, und ihre Hoffnungen waren schon lange vorher erloschen. Er hatte ihr nicht einen einzigen Brief geschrieben, seit er vor mehr als vier Jahren als Soldat zu den Arkansas Regulars gegangen war.

»Würden Sie einen Augenblick hierherkommen... bitte?«

Plötzlich bemerkte sie den besorgten Gesichtsausdruck des Mannes, und Addie erschauerte. Sie sah über die Schulter zu ihrer Familie hinüber, bevor sie ihm auf die andere Seite der Theke folgte.

»Ist etwas nicht in Ordnung, Mr. Cash? Wollen Sie keine Waren mehr gegen die Socken eintauschen?«

»Mein Gott, nein. Ich nehme Socken, Schals, Mützen und alles andere, was Sie mir bringen. Darum geht es gar nicht.«

»Was ist es dann?«

»Nun... gestern kam ein Mann hier vorbei. Er war ein Offizier der Konföderierten, oder war es gewesen. Vor einigen Wochen ist er drüben in Jonesboro auf einige frische Gräber gestoßen. Man hatte sich die Mühe gemacht, sie zu kennzeichnen. Bei jedem Grab war am Kopf ein Stock mit einem Hut daran in den Boden gebohrt.« Der Postmeister zog eine Taschentuch hervor und wischte sich die Stirn.

»Warum erzählen Sie mir das, Mr. Cash?« fragte Addie, aber sie wußte, es hatte etwas mit Kirby zu tun. Ihre Knie begannen zu zittern.

»Es ist mir sehr unangenehm, daß ich Ihnen die Nachricht überbringen muß... besonders auf diese Weise. In einem der Hüte stand der Name Kirby Hyde, Freepoint, Arkansas. Der Hauptmann hat mich gefragt, ob die Familie Hyde in dieser Gegend lebt; und wenn ja, ob ich die Nachricht überbringen würde. Es tut mir leid, Mrs. Hyde.«

Addie starrte den Ladenbesitzer an. Sie begriff, und ihre violetten Augen weiteten sich; dann senkte sie ihre Lider.

»Das ist kein Irrtum?«

»Nein, Madam. Der Hauptmann hat den Namen auf ein Stück Papier geschrieben. Ich kann es Ihnen holen, wenn Sie möchten.«

»Das ist nicht nötig.« Sie legte ihre Hand tröstend auf seinen Arm. »Das war nicht leicht für Sie. Vielen Dank, daß Sie es mir gesagt haben.«

»Werden Sie zurechtkommen? Möchten Sie nach oben zu Iola gehen?«

»Mir geht es gut. Vielen Dank für Ihre Anteilnahme.«

Die Nachricht kam nicht unerwartet. Sie fühlte keineswegs die niederschmetternde Trauer, die sie verspürt hatte, als Kirby gegangen war und sie schwanger zurückgelassen hatte. Ihr war längst klar, daß die Liebe, die sie für ihn empfunden hatte – falls es wirklich Liebe gewesen war –, erloschen war. Über die Jahre hinweg, in denen er nicht geschrieben hatte, hatte sie die Erinnerung an ihn allmählich tief in ihrem Inneren vergraben. Jetzt vergingen Wochen, in denen sie nicht einmal an ihn dachte.

Sie sollte trauern, sagte sie sich. Schließlich war er Dillons Vater. Ich werde später trauern, dachte sie.

Dann sah sie wieder Mr. Cash an und sagte: »Die Kinder und ich werden jetzt nach Hause gehen.«

»Es tut mir leid, Mrs. Hyde«, wiederholte er. »Oh, Mrs. Hyde«, rief er, als sie rasch den Gang zwischen den Fässern und den Säcken mit Waren hinunterging. »Einen Moment. Ich schulde Ihnen die Bezahlung für die Socken.«

Addie kehrte zur Theke zurück. »Könnte ich Zucker dafür haben?«

»Natürlich. Heute morgen kam welcher mit den Güterwagen an. Haben Sie einen Sack mitgebracht?«

»Ja.« Addie drehte sich so rasch um, daß sie beinahe mit einem großen Mann in einem Lederhemd zusammenstieß. Sie sah in sein dunkles Gesicht und die noch dunkleren Augen. Sein schulterlanges Haar war kohlschwarz. Er trug einen Lederhut mit Filzkrone.

»Ich bitte um Verzeihung.« Johns Hand schoß hervor, um ihre Schulter zu fassen und sie aufzufangen. Dann trat er zurück und legte die Finger an die Hutkrempe.

Addie hörte nur die gemurmelte Entschuldigung. Sie wollte unbedingt aus dem Laden, aus der Stadt heraus. Sie eilte um den Mann herum auf ihre Familie zu. Colin hielt ihr den Zuckersack entgegen.

»Miss Addie?« flüstere Trisha. »Sind Sie krank oder so? Sie sehen… seltsam aus.«

»Sobald ich den Zucker habe, fahren wir nach Hause.«

»Was machen wir, wenn die beiden Mistkerle uns folgen?«

»Mach dir keine Sorgen. Wir haben das Gewehr im Wagen. Colin hat es unter dem Sitz versteckt… und es ist geladen.«

»Mama, will den Zug sehen.« Dillon zupfte am Rock seiner Mutter.

»Der Zug ist heute morgen gekommen. Hier ist die Strecke zu Ende. Er hat die Lokomotive gewechselt und ist wieder abgefahren«, erklärte sie geduldig.

»Will Zug sehen«, jammerte Dillon.

»Das nächste Mal. Hör mal zu – wenn wir nach Hause kommen, machen wir Lebkuchen und vielleicht auch Breadpudding. Jetzt sei lieb und bleib bei Trisha.« Addie streichelte den Kopf ihres Sohnes und ging zurück zur Theke. Mr. Cash nahm den Sack und ging in das Hinterzimmer, um ihn zu füllen.

John Tallman war hinter den Warenstapel getreten, von wo aus er die Frau gut sehen konnte. Durch den Schatten seiner Hutkrempe geschützt, beobachtete er den Raum. Ein heruntergekommener ehemaliger Soldat der Konföderierten in zerschlissener, schmutziger Uniform starrte lüstern auf das Mädchen, das bei den Kindern stand. Sie hielt ihren Kopf weggedreht, ihr Gesicht war unter der Sonnenhaube verborgen.

Die Stadt war heute voll von Männern, die nach Frauen gierten, stellte John fest, als seine dunkelblauen Augen zu der Frau an der Theke zurückkehrten. Sein durchdringender Blick stand in krassem Gegensatz zu seiner entspannten Haltung. Er studierte die Frau, als betrachte er eine Karte. Sie war groß gewachsen und schlank, eine reife Frau Mitte Zwanzig. Strähnen von weichem honigfarbenen Haar umrahmten ihr feinknochiges Gesicht. Ihr stolz erhobenes Kinn und die freie, leichte Art ihrer Bewegungen gefielen ihm. Diese Frau wurde von keinem steifen Korsett eingeengt. Obgleich ihr Körper so dünn war, daß er fast zerbrechlich wirkte, zeigte die Haltung ihrer Schultern Charakterstärke. Sie schien überhaupt nicht wahrzunehmen, daß jeder Mann im Laden sie verstohlen anblickte. Er war plötzlich überzeugt davon, daß sie eine Person war, die sich den Herausforderungen des Lebens stellte. In dieser Provinzstadt fiel eine so schöne, begehrenswerte Frau auf wie eine Rose in einem Beet voller Unkraut.

Das Bedürfnis, die Frau erneut aus der Nähe zu sehen, in ihre bemerkenswerten violetten Augen zu blicken, ließ John beiläufig auf die Theke zugehen, an der sie wartete. Als er neben ihr stand, stellte er fest, daß sie nicht so groß war, wie er zunächst gedacht hatte. Ihr Kopf reichte gerade über seine Schulter. Die aufrechte Haltung und ihre Schlankheit hatten den Eindruck erweckt, sie sei größer.

Mr. Cash kehrte aus dem Hinterzimmer zurück und stellte Addies Sack auf die Theke.

»Zehn Pfund, Mrs. Hyde. Halten Sie das für einen fairen Tausch für die Socken?«

»Mehr als großzügig. Vielen Dank.« Als sie nach dem Sack greifen wollte, packte eine große Hand das gedrehte, verschnürte Ende. Sie zog ihre Hand zurück und sah auf.

»Ich trage ihn zu ihrem Wagen, Madam.«

Sie sah ihn direkt an. Ihre fein gezeichneten Gesichtszüge waren seltsam ruhig. Die leichte Rötung ihrer Wangen verrieten, daß ihr ein wenig unbehaglich zumute war und sie versuchte, die Fassung zu bewahren. Die wilde Entschlossenheit in ihren violetten Augen mit den dichten Wimpern berührte sein Innerstes mit einer Gewalt, die nur noch wirre Gedanken zuließ.

»Das ist sehr freundlich, Sir. Aber ich habe schon Hilfe.« Der Junge, der bei den anderen Kindern gewartet hatte, drängte sich jetzt zwischen sie. Er schlang beide Arme um den Sack und zog ihn an sich. Der drohende Blick auf seinem jungen Gesicht schien den Mann davor zu warnen, Einspruch einzulegen. »Sagen Sie Iola, es tut mir leid, daß ich sie verpaßt habe«, sagte Addie zu dem Ladenbesitzer.

»Das werde ich, Mrs. Hyde.« Mr. Cash sah zu, wie Addie und die Kinder das Geschäft verließen, blickte dann zu John auf und schüttelte den Kopf. »Es war wirklich schrecklich, dieser Frau die traurige Nachricht zu überbringen. Sie hat Mumm, das muß man ihr lassen. Sie hatte mehr Schwierigkeiten als ein Hund Flöhe, aber sie läßt den Kopf nicht hängen. Stolz ist sie. Wirklich stolz.«

John hob den Deckel von einem Glas und nahm sich zwei Zigarren. Er legte eine Münze auf die Theke, die Mr. Cash sofort einstrich.

»Was immer die schlechte Nachricht war, sie hat sie gut aufgenommen.«

»So ist Addie Hyde. Ihr Mann ist in den Krieg gezogen, und soweit ich weiß, hat sie nicht einen Brief von ihm bekommen. Sie hat ihm nach der Geburt des Jungen einen geschickt. Ich weiß nicht, ob er ihn bekommen hat. Geantwortet hat er jedenfalls nicht. Konnte sowieso nie verstehen, warum sie ihn überhaupt geheiratet hat. Er war so ein Süßholzraspler – immer mit einem Lächeln und Schmeicheleien, um den Frauen den Kopf zu verdrehen. Iola, meine Frau, sagt, Addie war einfach nur einsam, ganz alleine da draußen. Einsame Frauen machen manchmal dumme Sachen.« Mr. Cash schüttelte den Kopf und sah seinen Kunden dann fragend an. »Sie sind nicht von hier, nicht wahr?«

John grinste. »Woher wissen Sie das?«

»Hier sind nicht viele so gekleidet. Sind Sie aus dem Westen?«

»Das könnte man sagen. Verkaufen Sie die Socken?« Der Fremde befühlte die weiche Wolle.

»Ja, aber sie sind teuer. Sie hat ein paar besondere Schafe. Schert sie selbst und verarbeitet die Wolle. Hat eine besondere Methode, um sie weich zu machen.«

»Wieviel?«

»Ein Vierteldollar.«

»Ich nehme beide Paare.« Der Fremde legte einen Yankee-Dollar auf die Theke. »Haben Sie ihr gesagt, daß ihr Mann nicht zurückkommt?«

»Ja. Den Krieg hatte er wohl überstanden, ist aber auf dem Weg nach Hause umgekommen. Zumindest steht sein Name in einem Hut, der auf einem Grab drüben in Jonesboro steckt.«

»Schlimme Sache. Eine Frau mit so vielen Kindern wird es schwer haben.«

»Nur der Kleine ist ihrer. Die andern beiden sind Waisen, die ihr ein fauler Pfarrer aufgehalst hat. Das Niggermädchen ist seit ein paar Jahren bei ihr. Sieht eher weiß als farbig aus, was? Jeder geile Bock hier in der Gegend kommt früher oder später an Miss Addies Tür, um einen Blick auf sie zu werfen.«

Mr. Cash wandte sich an eine Frau, die in die Fächer guckte, in der die Post aufbewahrt wurde.

»Ich hole Ihre Post, Mrs. Doubler. Die kleine Amy hat hier einen Brief von ihrem jungen Mann aus Des Moines oben. Ich habe gehört, im Frühling wird es eine Hochzeit geben. Wie die Zeit vergeht. Ich kann mich noch dran erinnern, wie sie ein Dreikäsehoch war.«

John verließ die Theke und ging langsam hinaus auf die

Veranda des Ladens. Sein Wunsch, Addie Hyde wiederzusehen, irritierte ihn. Obwohl er nur ein paar Sekunden in ihre violetten Augen geblickt hatte, konnte er den Ausdruck darin nicht vergessen.

Er nahm den Hut ab und fuhr sich mit der Hand durch die Haare. Verflucht, dachte er. Er mußte noch eine Woche totschlagen, bis er den Richter treffen sollte. Als besonderen Gefallen für seinen Cousin Zachary Quill hatte er eingewilligt, Richter Ronald Van Winkle und seine Gruppe mit ihm und seiner Kolonne von Güterwagen durch das Indianerterritorium, das Gebiet von Oklahoma, und nach New Mexico ziehen zu lassen, wo sie den Cimarron-Trail nehmen und nach Santa Fe im Süden abbiegen würden.

Seine Wagenkolonne, die aus Saint Louis kam, würde in einer weiteren Woche am Treffpunkt nördlich von Fort Smith sein. Die Fuhrleute würden eine Woche Zeit haben, um ihre Tiere ausruhen zu lassen und ihre Wagen zu überprüfen, bevor die Fahrt Richtung Westen begann. Vielleicht könnte er es einrichten, Mrs. Hyde zu begegnen, solange er hier war.

Addie hielt Dillons Hand fest und blieb dicht neben Trisha, als sie hinter Colin, der den Zucker trug, zum Wagen gingen. Sie verließen den Gehweg, überquerten die Straße und stiegen die Stufen zur nächsten Veranda hinauf.

Der bärtige Mann, der die betrunkenen Soldaten verjagt hatte, saß auf einer Bank vor einem Eßlokal. Er starrte Addie und ihre Familie an. Sein unverhohlener Blick ruhte erst auf Addie, dann auf Trisha, und musterte sie von oben bis unten mit einer Mischung aus Lust und Bewunderung.

Addies Nerven waren bereits angespannt, und das unverfrorene Taxieren des Mannes bewirkte, daß ihr der Geduldsfaden riß. Weil er nicht wegsah, stemmte Addie ihre freie Hand in die Hüfte und hob ihr Kinn noch etwas höher als gewöhnlich. Ihre großen violetten Augen starrten den Mann wütend an, wodurch sein Interesse keineswegs gemindert wurde; ihre Farbe war ungewöhnlich, und sie funkelten kampflustig.

»Zum Teufel noch mal! Haben Sie noch nie eine Frau gesehen?«

Auf seinem Gesicht zeigte sich eine Spur von Belustigung. Er sprang auf die Füße, riß sich den Hut vom Kopf und antwortete sanft und respektvoll: »Ich wollte Ihnen nicht zu nahe treten, Madam. Aber es ist ein Vergnügen, so schöne Frauen wie Sie zu sehen.«

Addie errötete; dann, als ihr klar wurde, daß er es ernst meinte, lachten ihre Augen ihn an, und ihr Mund zuckte.

»Entschuldigen Sie, daß ich wütend geworden bin. Und vielen Dank, daß Sie uns vorhin geholfen haben, Sir,« sagte sie, als sie an ihm vorbeigingen.

Simmons war schon so lange als Buffer bekannt, daß er seinen Vorname Jerr fast vergessen hatte. Er stülpte seinen Hut mit der aufgeschlagenen Krempe wieder auf den wolligen Kopf und sah zu, wie der Wagen die Stadt verließ. Die beiden kleinen Kinder waren hinten, und auf dem Sitz saß das Mädchen auf der einen Seite der Frau und der Junge auf der anderen. Obwohl der Junge das Gespann lenkte, blickte er immer wieder über die Schulter, als würde er erwarten, daß ihnen jemand folgte.

Ein kurzer Blick über die Straße sagte Buffer Simmons, daß er nicht der einzige war, der beobachtete, wie die Frau und ihre Familie die Stadt verließen. Auf der anderen Straßenseite stand ein großer schlanker Mann in Lederhosen lässig an einen Verandapfeiler gelehnt. Buffer blinzelte, um den Mann besser sehen zu können, der nun mit der stillen Würde eines Indianers die Straße in Richtung Saloon überquerte.

Herrgott noch mal! Was trieb ein Mann wie John Tallman in einer heruntergekommenen Stadt wie Freepoint? Fast so bekannt wie Rain Tallman, sein berühmter Vater, war John weit weg von seiner Gebirgsranch im Gebiet von New Mexico.

Buffer kratzte sich am Kopf. Was er für einen eher langweiligen Trip durch Indianerterritorium gehalten hatte, versprach jetzt ziemlich interessant zu werden.

KAPITEL 2

Der Wagen bog in den langen Weg ein, der zu dem verwitterten Holzhaus mit der schiefen Veranda und dem gemauerten Schornstein führte. Das Haus stand auf einer Anhöhe inmitten eines Pekanobaum-Wäldchens und war das einzige Zuhause, das Addie je gehabt hatte; hier kannte sie jeden Winkel.

Auf den Vorgarten war sie stolz. Er war jetzt fast so schön wie damals, als ihre Mutter noch lebte. Die Flammenblumen und Steckrosen standen in voller Blüte, ebenso die Moosröschen, die den Boden bedeckten – rot, weiß, gelb und rosa. Herabhängende Pekanobäume spendeten dem Haus Schatten. Addie konnte sich daran erinnern, wie ihr Vater an den Ästen entlanggegangen war und mit einer langen Stange gegen die Zweige geschlagen hatte. Er war so geschickt und schnell, lachte und sang, während sie mit ihrer Mutter die fetten Nüsse aufsammelte, die auf sie niederprasselten.

Ihre Eltern waren beide bei dem Versuch ertrunken, die Kühe über einen angeschwollenen Fluß zu treiben. Mit sechzehn war Addie allein zurückgeblieben bis auf einen alten Onkel ihrer Mutter, der bei ihr gelebt hatte und drei Jahre später gestorben war. Auf seinen Tod war ein Jahr der Einsamkeit gefolgt – bis Kirby gekommen war. Sie hätte sogar vor dem Tod ihres Onkels heiraten können. Aus einem Umkreis von zwanzig Meilen waren Verehrer gekommen. Erst begutachteten sie die Farm, und weil ihnen gefiel, was sie sahen, begutachteten sie Addie, und wieder gefiel ihnen, was sie sahen. Addie konnte den

Gedanken nicht ertragen, den Rest ihres Lebens mit irgendeinem von ihnen zu verbringen. Einige ihrer Verehrer waren verärgert darüber, daß sie weggeschickt wurden, und verbreiteten das Gerücht, sie sei unvernünftig und kaltherzig. Nach und nach wurde sie als mürrische Jungfer verschrien – bis Kirby auftauchte.

Als Colin den Wagen hinter dem Haus anhielt, sprang Trisha hinunter und riß sich die Haube vom Kopf. Ihre Haut hatte die Farbe von Kaffee mit einem großzügigen Schuß Sahne. Ihre goldbraunen Augen waren groß, ihre Nase schmal und ihr Kinn spitz. Sie zerrte ein Stück Stoff aus ihrer Tasche und band es um ihre Stirn, um sich das schwarze lockige Haar aus dem Gesicht zu halten.

»Ich gehe nie wieder in die Stadt!«

Addie hatte Verständnis für die Angst des Mädchens und versuchte, sie zu beruhigen. »Der Krieg ist vorbei, Trisha. Du brauchst keine Angst zu haben, daß jemand Anspruch auf dich erhebt. Du bist frei und kannst gehen, wohin du willst.«

»Ich will nirgendwo hingehen, Miss Addie. Ich will hierbleiben, bei Ihnen und den Kleinen. Was hat man davon, wenn man frei ist, aber nirgendwo hinkann?«

»Ich will auch, daß du hierbleibst. Großer Gott! Was hätte ich in den letzten paar Jahren nur ohne dich gemacht? Du warst da, als ich dich am nötigsten brauchte. Dann hat ein Engel diese beiden hier direkt auf meine Türschwelle gelegt.« Addie umarmte Jane Ann und lächelte Colin an. »Und seitdem war ich nicht einen Tag einsam.«

»Das war kein Engel!« Colin hatte begonnen, die Pferde auszuspannen. »Der alte Sikes war es. Er war es leid, uns Essen zu geben, und hat gesagt, andere Leute wären an der Reihe – als ob wir Hunde wären. Ein Wunder, daß er uns nicht einfach erschossen hat.«

»Ihr werdet nicht mehr an andere gegeben, das steht fest.

Du und Jane Anne bleibt hier bei mir und Trisha und Dillon. Wegen der Felder! Trisha und ich hätten den Mais und die Baumwolle niemals pflanzen können, wenn du uns nicht geholfen hättest und Jane Ann nicht auf Dillon aufgepaßt hätte.«

»Und ich wäre mausetot, das ist sicher, wenn du der alten Klapperschlange, die ich auf dem Feld gefunden habe, nicht mit der Hacke den Kopf abgehauen hättest«, versicherte Trisha dem Jungen und erschauerte bei der Erinnerung daran.

»Geh und zieh dein gutes Kleid aus, Jane Ann. Und häng deine Haube auf, Liebes. Trisha hat sie erst heute morgen gebügelt.« Addie holte den Zucker hinten aus dem Wagen.

»Ich hole das Gewehr,« rief Colin.

Addie war gerade durch das Haus gegangen und hatte die Vordertür geöffnet, um zu lüften, als sie eine Kutsche den Weg hochfahren sah.

»Oh, Mist! Da kommt Pfarrer Sikes, und Mrs. Sikes ist auch dabei.«

»Ich verstecke den Zucker.« Trisha nahm den Sack und ließ ihn hinter den Holzkasten fallen. »Wenn er ihn sieht, Miss Addie, fängt er von dieser Sache mit dem Zehnten an, den er immer anbringt, wenn er was will.«

Etwa zu der gleichen Zeit, zu der Addies Eltern hergezogen und ihr Grundstück erworben hatten, waren die Sikes' in die Ozarks gekommen und hatten in den Bergen eine Kirche gegründet. Addie war davon überzeugt, daß sie sich wegen dieser langen Verbindung zu ihren Eltern verpflichtet fühlten, ein Auge auf sie zu haben. Pfarrer Sikes hatte anfangs nicht wie ein religiöser Fanatiker gewirkt, doch jetzt führte er das Leid der Welt auf die Sünden der Menschen zurück und behauptete, sie hätten Gottes Zorn auf sich gezogen.

Er kontrollierte seine Herde mit strenger Hand. Wenn er

erfuhr, daß jemand aus der Gemeinde am Sonntag nur ein Samenkorn gesät oder Feuerholz zum Anheizen gespalten hatte, prangerte er ihn mit Sicherheit öffentlich an. In seinen Predigten verkündete er dann, derjenige hätte den heiligen Sonntag nicht eingehalten und sei zur Hölle verdammt.

Die Kutsche hielt neben dem Haus, und Addie und Dillon gingen hinaus in den Hof, um sie zu begrüßen.

»Kommen Sie her, und trinken Sie etwas Erfrischendes.«

»Wir können nur ein paar Minuten bleiben«, sagte Mrs. Sikes, eine lebhafte, kleine, zierliche Frau. Sie kletterte aus der Kutsche und stand schon auf der Veranda, bevor ihr korpulenter Mann den Fuß auf den Boden gesetzt hatte. »Ich wollte unbedingt wissen, ob Mr. Hyde heute mit dem Zug gekommen ist.«

»Nein. Er war nicht im Zug. Setzen Sie sich hier in den Schaukelstuhl, Mrs. Sikes.«

»Und wie geht es meinem Baby?« Sie kniff Dillon in die Wange, und ihre kleinen, runden Augen glänzten liebevoll.

»Er ist kein Baby mehr. Er ist drei Jahre alt.«

»Wirklich? Wie die Zeit vergeht.«

»Guten Tag, Pfarrer Sikes. Kommen Sie auf die Veranda. Ich hole einen Stuhl und einen Eimer kaltes Wasser. Hier draußen ist es kühler als im Haus.«

»Kommen Sie gut zurecht?« fragte der Pfarrer, nachdem er getrunken hatte, und ließ den Schöpflöffel wieder in den Eimer fallen. Dann sank er erschöpft auf den Stuhl, den Addie aus dem Haus geholt hatte. Sie zuckte zusammen und hoffte, der Stuhl würde das enorme Gewicht aushalten, als sie hörte, wie er quietschte und ächzte.

»Uns geht es gut. Wirklich gut«, antwortete Addie.

»Tag und Nacht sind Männer auf der Straße unterwegs, die vor kurzen noch gemordet, Feuer gelegt und vergewaltigt haben. Die Stadt ist voll von Deserteuren und freigelassenen Sklaven, die nichts mit sich anzufangen wissen. Daß

Sie ohne einen Mann hier draußen sind, heißt den Teufel versuchen. Besonders mit dieser Schlampe hier.« Seine Stimme dröhnte in der Stille, die nur durch das Summen der Junikäfer und das Krächzen einer Krähe oben in einem Pekanobaum unterbrochen wurde.

»Ich bin nicht allein. Ich habe die Kinder und Trisha, die ganz gewiß keine Schlampe ist«, sagte Addie empört.

»Unsinn!« Der dicke Pfarrer schnaubte wütend. »Dieses faule Niggermädchen zieht hurendes Gesindel an wie ein Topf Honig die Wespen.«

Addie schluckte die Antwort, die ihr auf der Zunge lag, hinunter. Sie bekämpfte ihren Zorn und atmete tief durch. Sie konnte es sich nicht erlauben, den Pfarrer zu verärgern. Er war gemein genug, ihr Colin und Jane Ann wegzunehmen, nur »um ihr eine Lektion zu erteilen«. Addies gerötetes Gesicht blieb Mrs. Sikes nicht verborgen.

»Wir machen uns Sorgen um Sie, meine Liebe.«

»Wir liegen abseits von der Straße. Wir werden nicht belästigt.« *(O Herr, vergib mir diese Lüge.)*

»Sie sind am Sonntag nicht zum Gottesdienst gekommen«, sagte Pfarrer Sikes vorwurfsvoll. Es war nicht übermäßig heiß, aber der Schweiß lief ihm die Stirn und die Wangen hinunter.

»Daisys Fessel war geschwollen, und ich wollte sie nicht vor den Wagen spannen. *(Und diese auch, o Herr.)* Es war zu heiß, um zu laufen und Dillon zu tragen.«

»Nein, mein Kind.« Der Pfarrer schüttelte seinen Kopf so heftig, daß seine Hängebacken wackelten. »Einfache Bequemlichkeit ist keine Entschuldigung dafür, dem Haus Gottes fernzubleiben. Diese Waisen hätten kommen sollen, um das Wort Gottes zu hören«, sagte er ernst und fügte dann hinzu: »Der Junge ist groß genug, um für seinen Unterhalt zu arbeiten, und das wird auch von ihm verlangt.«

»Er arbeitet hier.« Addie verspürte ein beinahe panisches

Unbehagen. »Sie müssen sich um Jane Ann und Colin keine Sorgen machen. Ich werde sie beide behalten.«

»Sie haben Ihre Christenpflicht für die beiden erfüllt. Sie haben Sie länger bei sich behalten als irgend jemand von uns. Jetzt ist jemand andres an der Reihe, diese Last zu übernehmen.«

»Colin und Jane Ann sind keine Last«, sagte Addie entschieden. »Als Sie sie gebracht haben, haben Sie gesagt, sie hätten keinen nahen Verwandten. Ich habe genausoviel Anrecht auf sie wie jeder andere.«

»Sie haben keine lebenden Verwandten, soweit ich weiß. Sie wurden der Kirche überlassen, und ich hab es übernommen, für ihre Unterbringung zu sorgen. Ich glaube, sie brauchen eine stärkere Hand, als sie hier haben. Der Herr spricht: ›Wenn du die Rute schonst, wird das Kind verdorben.‹«

Addie zweifelte ernsthaft daran, daß der Herr meinte, Kinder müßten *geschlagen* werden, aber sie merkte, daß weiteres Diskutieren den Pfarrer nur unnachgiebiger machen würde. Sie schluckte ihre Wut hinunter und bemühte sich, sachlich zu bleiben.

»Haben Sie je gesehen, daß die Kinder sich schlecht benommen haben?« fragte sie, und fuhr fort, bevor er antworten konnte: »Sie sind jetzt ein Teil meiner Familie. Ein wichtiger Teil. Colin hilft mir mit den Schafen und auf dem Feld. Jane Ann paßt auf Dillon auf.«

»Sie haben nicht die Mittel für zusätzliche Esser, ohne Mann im Haus«, sagte er störrisch.

»Ich hatte keinen Mann im Haus, als Sie sie hergebracht haben. Ich bin fast vier Jahre lang zurechtgekommen.«

»Ihr Mann wird seinen Teil dazu sagen müssen, wenn er nach Hause kommt. Sie haben nicht gehört, daß er tot ist, oder?«

»Ich habe keine offizielle Nachricht bekommen«, sagte Addie, bemüht, das Zittern in ihrer Stimme zu verbergen.

»Ja, schau mal«, unterbrach Mrs. Sikes, bevor ihr Mann die Auseinandersetzung fortsetzen konnte. Dillon hatte ihr einen roh gefertigten Bogen mit Pfeil auf den Schoß gelegt.

»Hat Colin gemacht. Ich schießen?«

»Aber sicher. Paß aber auf, daß du nichts triffst.«

»Einmal Huhn treffen. Aber nicht weh tun.« Dillon ging zum Rand der Veranda, legte seinen Pfeil auf die Sehne und zog ihn zurück. Als er losließ, flog der Pfeil gut drei Fuß weit in den Hof. Er rannte los, um ihn zu holen. Als er zurückkam, lächelte er glücklich.

»Das war gut. Sehr gut. Nicht wahr, Horace?«

»Was? Äh... ja, gut.« Der Pfarrer fächelte sich mit seinem Hut Luft zu. »Glauben Sie, daß Mr. Hyde hier leben will, falls... wenn er zurückkommt?«

»Ich denke schon. Ich sehe keinen Grund für einen Umzug.«

Der Pfarrer legte stets einen mißbilligenden Gesichtsausdruck auf, wenn er von Kirby sprach. Er war ihm nur einmal begegnet – an dem Tag, an dem Kirby und Addie zu Pfarrer Sikes geritten waren und ihn gebeten hatten, sie zu trauen. Er hatte die überstürzte Hochzeit von Anfang an abgelehnt und versucht, Addie umzustimmen. Als sie sich von seinen Argumenten nicht überzeugen ließ, vollzog er die Zeremonie mit ablehnender Miene.

»Falls Sie vorhaben, das Grundstück zu verkaufen – Oran Birdsall sucht etwas für seinen Sohn. Er hat Bargeld.«

»Ich werde es mir merken... falls wir verkaufen wollen.«

»Wollte es nur mal erwähnen. Komm jetzt, Frau.« Der Pfarrer stemmte sich noch und stülpte sich den Hut auf den kahlen Kopf. »Wir gehen besser.«

»Ja, laß uns aufbrechen.« Die zierliche Frau hüpfte von der Veranda. »Wir werden die Longleys besuchen. Schwester Longley liegt krank im Bett.«

»Das tut mir leid. Grüßen Sie sie von mir.«

»Das werde ich. Wiedersehen, Schwester Hyde.«

»Auf Wiedersehen.«

»Wiedersehen«, echote Dillon.

Addie blieb im Hof stehen, bis die Kutsche nicht mehr zu sehen war. Sie seufzte erleichtert, als sie ihren Sohn in die Arme nahm.

Sie dachte darüber nach, was der Pfarrer über die Birdsalls gesagt hatte, die die Farm kaufen wollten. Die Birdsalls und die Renshaws waren die wohlhabendsten Familien in den Hügeln rund um Freepoint. Sie wußte bereits seit einer Weile, daß die Birdsalls ihren Besitz vergrößern wollten. Addie hatte den heimlichen Wunsch, ihre Flügel auszustrecken. Dort draußen lag ein großes Land, und sie wollte unbedingt etwas davon kennenlernen. Sie hatte gehofft, die Farm eines Tages zu verkaufen und an einem anderen Ort ein neues Leben anzufangen, an dem sie ihre Schafe züchten und aufziehen, die Wolle verarbeiten und zu Garn spinnen konnte. In den letzten paar Jahren hatte sie den Großteil des Bedarfs für sich und ihre Familie mit dem Geld gedeckt, das sie durch den Verkauf oder Tausch der warmen Kleidung verdiente, die sie und Trisha strickten.

Doch dann war Kirby mit seinen lachenden Augen und tänzelnden Füßen in ihr Leben getreten und hatte es auf den Kopf gestellt. Er war eines Tages erschienen und hatte gefragt, ob er in der Scheune schlafen und für seine Verpflegung arbeiten könne. Es gab so viel zu tun, und er hatte so eifrig gewirkt, daß sie ihm erlaubt hatte zu bleiben. Er hatte ihr im Handumdrehen geholfen, das kleine Baumwollfeld zu beackern, die Zäune zu reparieren und die Pfirsichbäume zu beschneiden. Sie hatten zusammen im Gemüsegarten gearbeitet – und sie hatten zusammen die wilden Himbeeren gepflückt.

Für ihre kleine Schafherde hatte Kirby nur Verachtung übrig und weigerte sich, sie zu versorgen; die weichen Wollsocken, warmen Handschuhe und Schals, die sie ihm strickte, wußte er jedoch zu schätzen.

Er hatte mit einer nervösen Energie gearbeitet, die Addie manchmal verwirrte. Das Leben auf einer Farm war er nicht gewohnt gewesen, aber nachdem sie ihm gesagt hatte, was zu tun war und wie er es tun sollte, war er an die Arbeit herangegangen, als ob sie um jeden Preis bis Sonnenuntergang beendet werden müßte. Und wenn sie etwas freie Zeit übrigblieb, hatten sie gelacht, gesungen und gespielt wie zwei Kinder, die schulfrei haben.

Eines Abends, nach vielen leidenschaftlichen Liebkosungen, hatte Addie seiner sexuellen Überzeugungskraft nachgegeben und gestattet, daß er in sie eindrang. Es war für sie keine angenehme Erfahrung gewesen, und danach quälten sie Schuld und Angst. Sie hatte ihm weitere Intimitäten verweigert, und sie hatten gestritten. Für Addie war die Geburt eines unehelichen Kindes gleichbedeutend mit dem Tod. Eine unglückliche Woche verging, bis Kirby einwilligte, zu Pfarrer Sikes zu gehen und das Gelübde abzulegen. Einen Monat später war er in die Stadt gegangen, um einen Eimer für den Brunnen zu kaufen, und bei seiner Rückkehr war er so glücklich gewesen wie ein Junge mit einer neuen Schleuder.

Er hatte sich den Arkansas Regulars angeschlossen.

Addie blieb allein zurück, schwanger und verängstigt. Diesen Herbst und Winter würde sie niemals vergessen. Ihr war klar gewesen, daß sie sich nur auf sich selbst verlassen konnte, und sie hatte unablässig gearbeitet, um Lebensmittelvorräte für den Winter anzulegen und Äste als Feuerholz aus dem Wald zu schleifen.

Während dieser schrecklichen Monate war ihr Traum, Teil einer großen liebevollen Familie zu sein, langsam und qualvoll gestorben. Sie war den Gedanken nachgegangen, die in ihrer tiefsten Seele gelauert hatten, seit Kirby in ihr

Leben getreten war. Er war ein rastloser Mann, und ihre kurze Zeit mit ihm war vorbei. Dennoch bereute sie nicht, daß sie ihn in ihr Bett gelassen hatte, denn er hatte ihr das eine gegeben, was sie sich mehr als alles andere gewünscht hatte – ein Kind, das sie lieben konnte.

Während des letzten Monats ihrer Schwangerschaft war Trisha aus den Wäldern aufgetaucht und hatte sich im Hühnerhaus versteckt. Dünn und krank war sie vor ihr auf die Knie gefallen und hatte Addie angefleht, sie vor dem Mann zu verstecken, von dem sie glaubte, er würde sie verfolgen. Sie sagte, sie sei an einen Mann verkauft worden, der sie in ein Bordell stecken wollte. Für Addie war Trisha ein Geschenk des Himmels. Die beiden Frauen waren aufeinander angewiesen, hatten einander getröstet und schließlich Liebe und Respekt füreinander entwickelt. Niemand war gekommen, der nach Trisha suchte, und Addie glaubte, daß das Mädchen bei ihrer Flucht so viele Meilen zurückgelegt hatte, daß ihr Besitzer die Verfolgung aufgegeben hatte.

Dann, vor zwei Jahren, hatte Pfarrer Sikes Colin und Jane Ann auf die Farm gebracht und Addie gebeten, die beiden bei sich unterzubringen. Sie hatte die Waisen ins Herz geschlossen, und in einer Weise, die sie sich nie erträumt hätte, hatte sie jetzt eine Familie.

Den beiden Frauen war es mit Colins Hilfe gelungen, genug Nahrungsmittel anzubauen, um die Winter zu überstehen. Addie und Trisha hatten Kleinwild gejagt, wenn sie Munition übrig hatten. Weil Trisha wilde Bienenstöcke ausplündern konnte, hatten sie immer reichlich Honig für Zwieback und Wachs für Kerzen.

Addie hatte zwei Mutterschafe und einen Bock retten können. Sie brachte Trisha bei, wie die Wolle gewaschen und gekrempelt und der Faden gesponnen wurde. Sie war überrascht und erfreut, als sie entdeckte, wie gut das Mädchen über das Trocknen der Wolle Bescheid wußte und wie begabt sie im Umgang mit Farben war. Aus dem Garn strickten die Frauen Socken, Fäustlinge, Schals und Mützen.

Wenn sie jetzt darüber nachdachte, stellte Addie fest, daß es ihnen besser ergangen war als vielen anderen. Glücklicherweise hatten in dieser Gegend von Arkansas nur kleinere Gefechte stattgefunden, und sie hatten den Plünderern nur ein Hausschwein, einige Hühner und ein paar Kohlköpfe, die sie nicht rechtzeitig vom Feld ins Haus hatten retten können, überlassen müssen. Einmal hatten sie die Pferde in einem Dickicht versteckt und die Schafe ins Haus geholt.

Der Krieg war vorbei – und jetzt konzentrierte sich ihre Sorge darauf, ihre Familie beisammen und das Gesindel, das durch die Gegend strich, von ihrem Haus fernzuhalten.

Addie wartete, bis sich die Familie um den Küchentisch versammelt hatte, bevor sie die Neuigkeit von Kirby erzählte. Sie heizte den Herd an und machte einen Schub Lebkuchen, während Colin und Trisha die abendliche Hausarbeit erledigten.

»Ich muß euch etwas sagen«, sagte sie dann von ihrem Platz am Kopfende des Tisches aus. Sie sah in jedes der vier Gesichter, die sich zu ihr drehten. Dillons kleiner Mund war vollgestopft mit warmem Lebkuchen. Jane Ann und Colin warfen einander verstohlen ängstliche Blicke zu, als erwarteten sie eine schlechte Nachricht. Trisha, die seit ihrer Rückkehr aus der Stadt ungewöhnlich still gewesen war, legte ein Stück Lebkuchen auf ihrem Teller zurück.

»Mr. Hyde wird nicht zurückkehren. Mr. Cash hat mir heute gesagt, daß er auf dem Heimweg ums Leben gekommen ist und in der Nähe von Jonesboro begraben liegt.«

Addie sah ihren Sohn an, der weiteraß. Die Nachricht hatte keine Wirkung auf den kleinen Dillon, obwohl sie ihm oft erklärt hatte, sein Papa kämpfe im Krieg. Colin und Jane Ann sahen erleichtert aus. Addie wußte, daß Trisha sich

Sorgen gemacht hatte, welchen Platz sie einnehmen würde, wenn der Herr des Hauses zurückgekehrt war.

»Was wird jetzt mit uns geschehen, Miss Addie?« fragte Colin.

»Ich denke, von jetzt an werden wir fünf auf uns gestellt sein. Wir haben hart gearbeitet, und wir sind zusammengeblieben. Es gibt keinen Grund, wieso es nicht so weitergehen sollte.«

»Wenn der alte Sikes nicht auf die Idee kommt, mich zum ollen Renshaw zu bringen«, stieß Colin hervor, dann ließ er den Kopf hängen.

Addie beugte sich zu ihm und legte ihre Hand auf seine. »Er wird dich oder Jane Ann nicht wegbringen. Du bleibst hier bei mir und Trisha und Dillon.«

»Aber Miss Addie.« Colin sah auf, sein Blick düster, seine Stimme heiser. »Jeden Sonntag kneift mir Mr. Renshaw in den Arm und sagt, ich wäre groß genug, für mein Futter zu arbeiten. Er sagt, er braucht einen kräftigen Jungen – und er steckt mit Pfarrer Sikes unter einer Decke.«

»Verdammt noch mal! Es ist mir egal, wie er zu Pfarrer Sikes steht.« Addie fluchte nur, wenn sie aufs äußerste provoziert wurde. Jetzt funkelten ihre Augen vor Zorn. »Du und Jane Ann, ihr seid *meine* Kinder. *Meine,* zum Teufel, und ich werde auf Mr. Renshaw losgehen wie ein wilder Hornissenschwarm, wenn er versucht, dich mir wegzunehmen. Er wird denken, er steckt mit einer Wildkatze in einem Sack.« Sie hoffte, Colin würde lächeln, aber er starrte weiter auf seinen Teller.

»Und das ist nicht alles«, warf Trisha ein. »Ich weiß, wie man einen Fluch auf ihn legen kann, daß seine Augäpfel bluten und seine Zunge trocken wird und aufplatzt. Das werd' ich machen, wenn ich ihn nicht umbringe.« Ihre Stimme zitterte vor Aufregung, und ihre bemerkenswerten Augen glitzerten wie Goldnuggets.

»Colin, hast du dir Sorgen gemacht, du müßtest zu Mr. Renshaw?« fragte Addie.

Colin gab keine Antwort. Als Addie seinen Blick traf und in seine unglücklichen Augen sah, fühlte sie tiefes Mitleid mit ihm.

»Wir wollten weglaufen.« Jane Ann leckte sich die Krümel vom Mund. »Wir wollten ein Pferd nehmen und nach Kalifornien reiten.«

»Wollten wir nicht!« Colin sah seine Schwester verächtlich an.

»Wollten wir wohl. Du hast gesagt, wir würden das machen, wenn du zu Mr. Renshaw mußt. Du hast gesagt, er will mich nicht, und du hast Mama versprochen, auf mich aufzupassen. Das hast du gesagt, Colin.«

»Vergiß das mit Kalifornien oder irgendeinem anderen Ort. Ihr beide bleibt hier – hier ist euer Zuhause. Ich werde mit Pfarrer Sikes reden und das klarstellen. Ich will nichts mehr davon hören.«

»Werden Sie unsere Mama sein, Miss Addie?« fragte Jane Ann.

»Ich hab' gesagt, du sollst das nicht fragen!« rief Colin.

»Hab' ich vergessen.« Jane Ann senkte den Kopf.

»Liebes, ich wäre stolz, wenn du mich als deine zweite Mama ansehen würdest und mich so nennen willst«, sagte Addie zu Jane Anns gesenktem Kopf.

»Das würden Sie erlauben?«

»Natürlich. Aber deine eigene Mama darfst du nicht vergessen und mußt sie in deinem Herzen behalten.«

»Ich wünschte, ich könnte mich an sie erinnern. Colin kann es.«

»Ich kann mich nur ein bißchen erinnern«, murmelte Colin.

»Setz dich hin, Dillon«, sagte Addie streng, als ihr Sohn sich auf seinen Stuhl stellte, um die Lebkuchen erreichen zu können. »Frage Trisha, ob sie dir den Teller reicht.«

Dillon ignorierte seine Mutter und lehnte sich bedenklich weit über den Tisch. Addie schnappte seine Hand und hielt sie vom Teller weg. Dillons Gesicht wurde trotzig.

»Setz dich hin. Wenn wir alle auf unseren Stühlen stehen würden, um an Sachen dranzukommen, würden wir… mit den Köpfen zusammenstoßen!«

Jane Ann lachte hell auf. Sogar Colin lächelte. Dillon setzte sich hin, verschränkte seine kleinen Arme über der Brust und streckte Jane Ann die Zunge heraus.

»Guck, was er gemacht hat! Er hat mir die Zunge rausgestreckt!« Jane Anns Gelächter wurde auf der Stelle zum Weinen.

»Ich glaube, wir sind alle müde.« Addie stand auf, um den Teekessel mit Wasser zu füllen. »Hol die Wanne, Colin. Jetzt wird gebadet, und danach geht es ins Bett.«

»Bad?« Colin murrte auf dem Weg zur Tür. »Ich bade nicht.«

Addie sah zu, wie er hinausging. Das Versprechen, das sie ihm gegeben hatte, belastete sie schwer. Mr. Renshaw konnte eine hübsche Summe Geld für den Bau der neuen Kirche beisteuern, und das allein würde Pfarrer Sikes so viel bedeuten, daß er ihr befehlen könnte, Colin herzugeben. Sie würde ihn irgendwie überzeugen müssen, daß sie Colins Hilfe nötiger brauchte als Mr. Renshaw. Sie fragte sich, ob sie auf die Hilfe von Mrs. Sikes zählen konnte. So oder so, schwor sie sich, sie würde ihr Versprechen an Colin halten.

Addie war sich bewußt, daß sie eine andere Frau war als diejenige, die Kirby schwanger und allein zurückgelassen hatte. Sie hatte die Jahre besser überstanden, als sie erwartet hatte. Sie war dem unwiderstehlichen jungen Mann, den sie für einige kurze Wochen gekannt hatte, dankbar, und sein Tod tat ihr leid, aber sie konnte keine niederschmetternde Trauer verspüren.

Ihr wurde klar, wie schrecklich einsam und wie empfänglich für seinen Charme sie gewesen war. Sie war ein junges Mädchen gewesen, das nach den Sternen gegriffen hatte, und ohne es zu wissen den strahlendsten von allen erwischt hatte – ihren Sohn Dillon.

KAPITEL 3

Wissen Sie was, Miss Addie? Wenn ich mal heirate, dann den schwärzesten Mann, den es gibt. Ich will, daß meine Kinder schwarz wie die Nacht sind, damit kein Zweifel besteht, was sie sind. Ich glaube, der Vater von meiner Großmutter war weiß, zumindest etwas. Mamas war weiß, und meiner auch. Weiße Männer haben uns alle ruiniert.«

»Du bist wunderschön, Trisha. Deine Schönheit zieht die Männer an wie Honig die Bienen. Eines Tages wirst du einen Mann finden, der dich für das liebt, was du bist, und nicht wegen der Hautfarbe deiner Eltern oder Großeltern. Ich habe gehört, es gibt Orte, an denen dein Negerblut niemanden interessieren würde.«

»Blödsinn! Von so einem Ort habe ich noch nie was gehört. Das ist doch bloß Geschwätz.« Trisha wrang den Putzlumpen aus. Sie schrubbte die Küche mit dem Badewasser der Kinder. »Sind Sie gar nicht traurig, daß Ihr Mann tot ist?«

»Ich bin traurig, daß Kirby tot ist. Er war so jung und gutaussehend und ist so begeistert in den Krieg gezogen.«

»Viele waren wild darauf zu kämpfen, damit die dummen Sklaven nicht befreit werden. Sie sind sich so sicher, daß die armen Nigger so dumm sind, daß sie ins Feuer laufen, wenn die Weißen nicht auf sie aufpassen.«

»Ich fürchte, Kirby hat das Leben nie sehr ernst genommen. Iola Cash meinte, er wäre ein Schmeichler. Und schmeicheln konnte er wirklich, aber er war verantwortungslos.«

»Was bedeutet das, Miss Addie?«

»Er hat sich in mein Herz und in mein Bett geschmeichelt und mich geschwängert. Als ich ihm gesagt habe, er würde Vater werden, ist er am nächsten Tag in die Stadt gegangen und Soldat geworden. Er hat mich zurückgelassen, um für mich selbst zu sorgen und sein Kind zu bekommen. Er hat mir nie geschrieben und nie auf den Brief geantwortet, in dem ich ihm erzählt habe, daß sein Sohn geboren sei. Man muß ihm allerdings zugestehen, daß er den Brief vielleicht nicht bekommen hat. Der einzige Verwandte, von dem er je gesprochen hat, war ein Onkel in Jonesboro, also habe ich den Brief dorthin geschickt. Sein Handeln war mehr als verantwortungslos – es war verachtenswert! ... Warte, Trisha, ich helfe dir, die Wanne auszuleeren.«

»Ich bin mir nicht ganz sicher, was dies alles bedeutet«, sagte Trisha, während sie die Wanne zum Ende der Veranda trugen und in den Hof auskippten, »aber mir ist klar, was Sie fühlen.«

»Wenn ich darüber nachdenke, glaube ich, daß es für Kirby zwei Zwecke erfüllt hat, in den Krieg zu ziehen: er hatte einen Grund, von hier zu verschwinden, und konnte sich in ein Abenteuer stürzen.« Addie hing die Wanne an den Nagel neben der Hintertür und folgte Trisha ins Haus.

»Haben Sie ihn geliebt?«

»Ein paar Wochen lang vielleicht. Ich war einsam. Wochen vergingen, in denen ich nicht eine Menschenseele gesehen habe. Aber ich kann nicht allein Kirby die Schuld geben. Ich war kein Kind mehr.«

»Sie wußten nicht, was ein Mann alles macht, der eine Frau will«, murmelte Trisha.

Addie sah in dem Spiegel über dem Waschtisch und nahm die Nadeln aus ihrem Haar. Sie vertraute dem Spiegel stumm an, daß sie sich Kirbys Gesicht nicht einmal mehr genau vorstellen konnte. An andere Dinge konnte sie sich erinnern: seine Rastlosigkeit, seine Ausflüchte, wenn sie ihn nach seiner Familie fragte, daß er sich weigerte, über die Zukunft zu reden. Manchmal hatte sie das Gefühl gehabt, nur sein Körper sei bei ihr, während der Rest ganz woanders war.

Sie überlegte, was sie Dillon über seinen Vater erzählen würde, wenn er älter wäre. Sie würde sagen, er hätte gerne gelacht, im Fluß geschwommen, an dem Seil geschaukelt, das vom Pekanobaum herabhing, und daß er eine Schwäche für gutes Pferdefleisch gehabt hätte. Sie würde Dillon auch erzählen, daß sein Vater tapfer gewesen und in den Krieg gezogen war, um für eine gute Sache zu kämpfen. Ja, das würde sie ihm erzählen. Ein Junge hatte das Recht, daran zu glauben, daß sein Vater ein Mann mit Prinzipien gewesen war, auch wenn das nicht der Wahrheit entsprach.

Als Trisha Colins Schuhe aufhob, fiel ein Stück Rindsleder heraus, das sie zurechtgeschnitten hatte, um das Loch in der Sohle zu stopfen. Sie schnalzte mit der Zunge und schob das Leder wieder hinein, bevor sie die Schuhe unter die Haken stellte, an denen die Mützen und Hauben hingen.

»Der Junge wächst aus den Schuhen heraus, Miss Addie.«

»Ich wollte warten, bis der Sommer vorbei ist, bevor ich ihm neue kaufe. Ich hoffe, daß wir im Herbst einen Lehrer für die Schule haben, dann können er und Jane Ann zur Schule gehen. Wußtest du, daß er befürchtet hat, er müßte zu Mr. Renshaw?«

»Wußte ich. Er kann den Mann kein bißchen leiden. Sagt, daß er ihn jedesmal kneift, wenn sich die Gelegenheit bietet, und daß er seine Hände auf seinen Hintern legt.«

Addie wandte sich schockiert um. »*Wohin*?«

»Sie wissen schon... da hinten.« Trisha legte sich eine Hand auf ihr Gesäß.

»Warum sollte er so was machen?

»Miss Addie! Sie sind unglaublich. Sie haben keinen Schimmer von den schlimmen Dingen, die passieren. Wissen Sie nicht, wieso es der alte Kerl auf Colin abgesehen hat?«

»Nein, das weiß ich nicht. Das ist doch mehr als unnormal, daß ein erwachsener Mann so etwas mit einem Jungen wie Colin macht.«

Trisha drehte die Augen zur Decke. »Sie sind nicht zu retten, Miss Addie. Wissen Sie nicht, daß es erwachsene Männer gibt, die eine Schwäche für Jungen haben?«

Trisha hob die Hände und ließ sie wieder sinken. »Ich muß es Ihnen wohl erklären. Miss Addie, das häßliche alte Tier hat noch was anderes im Sinn, als Colin auf dem Feld arbeiten zu lassen. Er will ihn sich ins Bett holen.«

»Ins Bett?« Addie riß die Augen auf. »Warum um alles in der Welt sollte er das wollen?«

»Weil er ein schlimmer Mann ist, darum. Sie waren Ihr ganzes Leben lang hier draußen und wissen nicht, was in Orleans und Natchez vorgeht, oder auf den Schiffen.« Trisha hob ihre Hände. »Wenn ich Ihnen erzählen würde, was ich mit eigenen Augen gesehen habe, würden Sie glauben, daß ich lüge, und hinterher würden Sie brechen.«

Addie betrachtete Trishas schönes Gesicht. Sie war nicht älter als fünfzehn gewesen, als sie aus dem Wald gekommen war, frierend, hungrig und krank. Seitdem hatte sie die Farm höchstens ein halbes Dutzend Mal verlassen. Addie fragte sich, was sie gesehen hatte, daß sie so schlecht über Männer dachte.

Trisha sprach selten über ihr früheres Leben, aber einmal hatte sie Addie erzählt, ihre Großmutter sei eine wunderschöne Viertelnegerin gewesen und ihre Mutter eine Achtelnegerin. Ihr Vater, ein Plantagenbesitzer, hatte ihre Mutter geliebt, konnte sie aber nicht heiraten. Trisha und ihre Mutter hatten in einem kleinen Haus in New Orleans gelebt, bis sie zehn Jahre alt war. Nach dem Tod ihrer Mutter hatte ihr Vater sie in das große Haus gebracht, wo sie in der Küche arbeitete. Als er in den Krieg zog, hatte seine Frau, die er geheiratet hatte, um einen Erben zu zeugen, Trisha verkauft.

»Böse Dinge geschehen. Böser, als Sie es sich jemals vorstellen könnten.« Trishas langes, lockiges Haar umrahmte ihr angewidertes Gesicht. »Es gibt vornehme *Herren*, die schlimmer sind als brünstige Schweine, und es gibt welche, die Frauen und Kinder stehlen, damit die Vornehmen sich mit ihnen vergnügen können. Manche von ihnen fesseln nackte Frauen und peitschen Sie mit Weidenruten aus und machen schlimme Sachen mit kleinen Jungs wie Dillon und Colin und kleinen Mädchen wie Jane Ann –«

»Trisha!« Addie schnappte schockiert nach Luft. »Ich kann nicht glauben –«

»Hören Sie lieber auf mich. Das will der alte Renshaw von Colin.«

»Aber... wie?«

»Er wird ihn zwingen... mit seinem... Ding zu spielen! Er mußte es schon anfassen.«

»O mein Gott! Mein Gott!« Addie sank in einen Stuhl und sah zu Trisha auf. »*So was* machen die? Ich hätte nie geglaubt –«

»Natürlich wußten Sie das nicht.« Trisha wollte weitere Einzelheiten darlegen, als sie plötzlich verstummte und den Kopf zur Tür neigte. »Psst...« Dann sprang sie schnell wie eine Katze zum Tisch und blies die Lampe aus. »Da kommt jemand.«

»Ich gehe zur Vordertür.« Addie hörte, wie Trisha die Küchentür schloß und den Riegel vorschob. Sie dankte Gott für das scharfe Gehör des Mädchens, denn sie selbst hatte nichts vernommen.

Sie schnappte sich das Gewehr, als sie zur Tür ging und

diese bis auf einen Spalt schloß, um hinaussehen zu können. Jetzt hörte sie das leise Gemurmel von Männerstimmen und sah den dunklen Schatten von zwei Reitern, die den Weg hinaufkamen. Der Geräusch der Pferdehufe wurde durch den tiefen Sand gedämpft. Die Reiter ritten im Schritt zur Veranda und ließen ihre Tiere durch Addies geliebte Blumenbeete trampeln. Sie schnaubte vor Wut und schloß die Tür leise.

»Hab' doch gesagt, daß ich ein Licht gesehen habe.«

Die heisere Stimme, die Addies an die Tür gepreßtes Ohr erreichte, gehörte einem der Männer, die sie in der Stadt angepöbelt hatten.

»Wenn die glauben, daß die blöde Tür uns aufhält, sind sie aber auf dem Holzweg. *Ha-ha!*« Diese Stimme war schrill vor Aufregung.

»Du kannst das Niggermädchen haben. Ich werde der eingebildeten Gans Bescheid stoßen, die so arrogant war.«

»Sie hat dich Pferdedreck genannt. *Ha-ha-ha!*« Der Mann lachte, während er so fest gegen die Tür hämmerte, das sie erbebte.

»Schmutzige stinkende Säufer!« flüsterte Addie.

Durch den Lärm war Colin aufgewacht und kam angerannt. »Miss Addie, was ist?«

»Besoffene Schweine, Colin. Sie werden gleich verschwinden.«

»Hüb...sche Da...me. Öffnen Sie die Tür. Sie haben Be...such!« *Bumm! Bumm!* »Wir werden viel Spaß zusammen haben.«

»Kommen Sie, Ma'am. Sie haben keine Kunden da drin.«

»Sie verschwinden besser, bevor Sie in ernsthafte Schwierigkeiten geraten. Sie können in der Stadt Ihren Spaß haben«, rief Addie laut durch die geschlossene Tür.

»Jetzt sind wir extra so weit geritten, da bleiben wir auch bis morgen früh.«

»Sie verschwenden hier Ihre Zeit. Gehen Sie zurück in

die Stadt oder wo Sie sonst hergekommen sind.« Addie war bereit, das Gewehr zu benutzen, um ihr Haus und ihre Familie zu schützen.

»Machen Sie die Tür auf! Verdammt noch mal! Ich sag das nicht noch mal.« Jetzt klang die Stimme verärgert. »Sie haben das Niggermädchen für wertloses Südstaatengeld an Kerle vermietet. Wir können mit richtigen Yankee-Münzen zahlen.«

Zorn stieg in Addie auf wie ein Vulkan. *Rohe, vulgäre Tiere. Wie können sie es wagen, zu meinem Haus zu kommen und solchen Dreck von sich zu geben!*

»Verschwinden Sie, oder ich werde beide Läufe dieser Büffelbüchse durch die Tür abschießen«, rief sie.

»Kein Grund, sich aufzuregen. Wir wollen nur ein bißchen Spaß haben.«

»Ihr verkommenen feigen Stinktiere!« schrie Addie mit schriller Stimme. »Bewegt eure stinkenden, verdorbenen Kadaver von meiner Veranda.«

»Aus dem Weg, Miss Addie,« sagte Trisha, während sie den Riegel wegschieben wollte. »Ich werden diesen Abschaum umpusten.«

»Laß die Tür zu«, zischte Addie.

»Kein Penner würde es wagen, so mit Ihnen zu reden –«

Trishas Worte wurden unterbrochen, als schwere Stiefel gegen die Tür traten, so daß sie gegen den Riegel gedrückt wurde.

»Wenn Sie die Tür nicht aufmachen, schlagen wir jedes Fenster in diesem Haus ein. Wir sind nicht hierher geritten, um von einer Hure und einer Niggerin weggeschickt zu werden. Wenn Sie nicht –«

Peng!

Als der Schuß in nächster Nähe fiel, erstarrte Addie, und Trisha schnappte nach Luft. Einen Moment herrschte Stille, dann brach eine Männerstimme das Schweigen:

»Die Dame sagte, Sie wären nicht willkommen. Steigen Sie auf Ihre Pferde, und hauen Sie ab.«

»Äh… zum Teufel!«

»Wer sind Sie?«

»Ein Mann mit einem Gewehr, das auf deine Kehle gerichtet ist.«

»Wenn Sie auf Vergnügen aus sind, Mister, können wir uns doch arrangieren. Denke schon, daß die beiden uns gut unterhalten könnten.«

»Wer ist das?« flüsterte Colin.

»Ich weiß nicht. Psst!«

»Schert euch weg, oder ich verpasse eurem Fell ein paar Löcher.«

»Sehen Sie –«

»Er will sie für sich!«

»Ich habe nichts übrig für Feiglinge, die sich Frauen aufdrängen. Geht ihr jetzt, oder soll ich schießen?«

»Wenn Sie die Niggerin und die Hure wollen – viel Spaß.«

Peng!

»O Gott! Sie haben mich erschossen!«

»Diesmal war es dein Hut. Beim nächsten Mal dein Kopf.«

»Warum tun Sie das?«

»Damit ihr eure Worte beim nächsten Mal sorgfältiger wählt, wenn ihr mit einer Dame sprecht.«

»Das ist keine –«

»Komm schon. Gehen wir. Der verrückte Spinner bringt uns wegen so einer Kleinigkeit noch um.«

Addie hörte das Quietschen von Sattelleder, dann entfernten sich die Männerstimmen.

»Sie sind weg.«

»Wer ist der Mann?« flüsterte Trisha.

»Ich weiß es nicht.«

»Ist er weg?«

»Das weiß ich auch nicht.« Addie öffnete die Tür einen Spalt. »Mister«, rief sie. »Sind Sie noch da?«

»Ja, Madam.« Als Addie die Männerstimme hörte, kam diese ihr plötzlich bekannt vor.

»Vielen Dank.«

»War mir ein Vergnügen.«

»Wer sind Sie?«

Nach einer Pause sagte er: »Nur ein Passant. Habe ich die Erlaubnis, in Ihrer Scheune zu übernachten?«

»Nun… ja, wenn Sie wollen.«

Addie wartete, und als er nichts mehr sagte, bedeutete sie Trisha, zum Hinterfenster zu gehen.

»Was glaubst du, Colin? Können wir ihm trauen?«

»Ja, Ma'am. Ich glaube schon.«

»Ich frage mich, wer es ist.«

»Vielleicht der dicke Mann, der uns in der Stadt geholfen hat.«

»Könnte sein.«

»Warum kommen die Männer hierher?« fragte Colin.

»Sie wollen hereinkommen und… trinken, und… reden.« Addie suchte nach Worten.

»Wenn ich erwachsen bin, wird es keiner mehr wagen, Sie und Trisha zu belästigen.«

»O Colin. Deine Mama wäre so stolz auf dich, genau wie ich es bin.«

Sie schlang die Arme um den Jungen und drückte ihn an sich. Er gestattete diesen Beweis der Zuneigung, weil es dunkel war. Für einen langen Moment lehnte er sich an sie. Sie hielt seinen drahtigen kleinen Körper fest und strich ihm das Haar aus dem Gesicht. Sie hatte tiefes Mitleid mit ihm. Er drückte sein Gesicht einen Augenblick lang an ihren Hals, bevor er sich losmachte, dann nahm er ihr das Gewehr aus der Hand und stellte es an die Tür.

»Der Mann bringt sein Pferd in den Stall. Er wird sich unter den Pekanobaum bei der Veranda legen«, sagte Trisha, als sie in das Zimmer zurück kam.

»Es ist so dunkel«, sagte Addie, die aus dem Fenster spähte. »Ich kann mir beim besten Willen nicht vorstellen, wie du etwas sehen kannst.«

»Das ist mein Niggerblut«, sagte Trisha trocken. »Sollte auch für irgendwas gut sein.«

»Trisha, um Himmels Willen!«

»Der Himmel hat nichts damit zu tun«, antwortete Trisha mit einem nervösen Kichern.

»Ich glaube, wir können genausogut ins Bett gehen, anstatt hier im Dunkeln zu sitzen.

»Mit diesem ›Passanten‹ da draußen mach' ich kein Auge zu.«

»Wenn er hineinkommen wollte, hätte er es mittlerweile versucht.«

»Vielleicht kommt ihm später der Gedanke.«

»Man braucht einen Rammbock, um diese Tür einzuschlagen. Das würde einer von uns sicher hören, oder das Klirren von Glas, wenn er es am Fenster versucht.«

Noch immer murrend, ging Trisha in das Zimmer, in dem sie mit Jane Ann schlief. Colin folgte ihr in seinem langen Nachthemd und legte sich auf das Rollbett. Addie blieb im Türrahmen stehen.

»Er kommt nicht rein«, sagte Colin. »Das weiß ich genau, aber wenn er es versucht, werde ich das hören und mit der Büffelbüchse kommen.«

»Du bist ein lieber Junge. Du hast Ohren wie ein Luchs, und Trisha hat Augen wie eine Eule. Glaubst du, der Fremde draußen weiß, mit wem er es zu tun hat?«

Addie legte sich in voller Bekleidung neben ihren Sohn auf das Bett. Es war ein ereignisreicher Tag gewesen – das Ende eines wichtigen Kapitels in ihrem Leben und der

Anfang eines neuen. Die letzten paar Jahre lang hatte sie die Tage gezählt und abgewartet, ob Kirby wohl zurückkommen würde. In der Zwischenzeit hatte sie viel gelernt, war stärker und selbstbewußter geworden. Ihr kam es so vor, als sei sie jetzt losgelassen worden, um zu entscheiden, in welche Richtung ihr Leben und das ihrer Familie verlaufen sollte.

Sie erinnerte sich an ein Sprichwort, das ihr Vater oft zitierte: »Gestern ist für immer vorbei.« Als sich ihre Lider senkten und sich ihr Mund zu einem Gähnen öffnete, kam ihr ein Gedanke. *Die Vergangenheit ist vorbei; die Zukunft ist ein Fenster, das geöffnet werden will.*

John Tallman führte sein Pferd in ein Gittergehege, in dem drei Schafe in die entlegenste Ecke flohen, um ihn von dort aus mißtrauisch zu beäugen, und eine schwarzweiße Kuh geduldig wiederkäute. Er trug seinen Sattel und seine Deckenrolle zu dem großen Pekanobaum neben der Veranda und warf sie auf den Boden.

Schafe! Das einzige, was er an ihnen mochte, war das, was aus ihrer Wolle gemacht wurde. Sie waren dumme, stinkende Geschöpfe, die, wenn man sie auf den Rücken drehte, liegenblieben und starben, weil sie nicht intelligent genug waren, wieder auf die Beine zu kommen.

John rollte seine Decke aus, setzte sich auf ein Ende und zog sich die knöchelhohen weichen Ledermokassins und die Socken aus. Er wühlte in seiner Satteltasche und zog ein Paar der Wollsocken hervor, die er im Laden gekauft hatte. Sein Vater hatte ihm schon früh beigebracht, auf seine Füße achtzugeben: »Du kannst nie wissen, wann du sie brauchen wirst, um dein Leben zu retten.« Daher trug er gute Mokassins mit dicken Sohlen und wechselte die Socken alle zwei oder drei Tage. Mrs. Hyde hat ein wunderbares Paar Socken gemacht, dachte er, als er sie anzog. Sie waren weich und ohne Wülste, die wunde Stellen verursachen könnten.

Ihm war nicht klar gewesen, daß sich die Frau mit den violetten Augen in seinem Kopf so festgesetzt hatte, bis er sich über das Gerede erregt hatte, das er in der Kneipe aufgeschnappt hatte, in der er zu Abend gegessen hatte.

»Ich hab' gehört, das Niggermädchen ißt bei denen mit am Tisch.« Der Mann sprach davon, als wäre es die widerwärtigste Sache, die er je gehört hatte. »Das ist doch wohl der Gipfel.«

Die Bemerkung bewirkte, daß John seine Gabel heftig in das Fleischstück stieß. Ignoranz und Intoleranz konnte er nicht ausstehen.

»Keine anständige Frau würde so was zulassen. Man kennt das ja – Wie der Herr, so's Gescherr.«

»– Und gleich und gleich gesellt sich gern.«

»Keine Ahnung, was die da draußen treiben. Vielleicht so einen geheimen Streckenposten, um Sklaven bei der Flucht in den Norden zu helfen.«

»Ich wette, das ist es.«

»Jetzt macht sie das nicht. Sie treibt was anderes. Wir gehen da heute abend hin, verdammt noch mal.«

»Laßt Mrs. Hyde in Ruhe. Hört ihr?« Der Wirt wischte die Theke mit einem feuchten Tuch ab und wandte sich dann an einen ungeduldigen Kunden. »Es ist nicht wahr, was über sie erzählt wird.«

Die Männer redeten weiter. »Hab' gehört, ihr Mann kommt nicht zurück... das heißt, falls sie überhaupt mal einen gehabt hat. *Ha-ha-ha!*«

»Blödsinn! Sie hatte einen. Hab' von so einem Typen gehört, daß ein lockerer Rumtreiber einen Sommer lang da draußen war und sie schwanger zurückgelassen hat, als er Soldat wurde.«

»Jetzt ist sie nicht schwanger, es sei denn, einer von den Kerlen, die sich da draußen den steilen Zahn angucken, ist in *ihre* Schlüpfer gestiegen. Du kannst die eingebildete Zicke haben. Ich will mir ein saftiges Stückchen von der kleinen farbigen Schlampe abschneiden.«

»Das sind doch alles bloß Gerüchte«, sagte der Wirt. »Es gibt keinen Mann unter euch, der sagen könnte, daß Mrs. Hyde ihn reingelassen hat… also haltet den Mund, oder verschwindet hier!«

»Was werden Sie denn so fuchtig? Wollen Sie sich um die Witwe Hyde bemühen, und haben Sie Angst, daß wir Ihnen die Tour vermasseln? *Ha-ha-ha!*«

»Haltet euer Schandmaul. Ihr – bewegt besser euren Arsch raus und kommt nicht wieder!«

John Tallman trank seinen Kaffee aus und stand vom Tisch auf. Er wollte dem Mann die Faust ins Gesicht schlagen. Aber dann sagte er sich, daß er sich nicht wegen einer Frau schlagen sollte, mit der er nur ein paar Worte gewechselt hatte, und er legte einige Münzen auf den Tisch und ging hinaus. Er stand auf der Veranda, als die beiden Männer nach draußen kamen und prahlten, sie würden zur Farm von Witwe Hyde reiten.

Jetzt, als er auf seiner Decke lag und den Kopf auf die Hände gebettet hatte, war John froh, daß er ihnen gefolgt war. Er betrachtete den dunklen Umriß des bescheidenen Hauses mit den Blumenbeeten, dem sorgfältig gepflegten Gemüsegarten und dem ordentlichen Holzstapel. Der im Zickzack verlaufende Bretterzaun war mit Holzknüppeln geflickt. Ein Loch im Scheunendach war mit einem Stück Blech zugenagelt. Der Kuhstall war sauber, die Hühner für die Nacht eingefangen.

Addie Hyde war eine erstklassige Frau, genau wie er es sich gedacht hatte, als er sie im Laden gesehen hatte.

»Der erste Eindruck, den eine Person auf dich macht, ist oft der richtige. Vertraue deinen Instinkten; denke deine eigenen Gedanken; folge deinem Weg.« Diesen Ratschlag hatte Rain Tallman seinen Söhnen gegeben.

John berührte den Kratzer an seinem Kinn. Die letzten zehn Jahre lang hatte er mit dem Gewehr gelebt und gelernt, das Bowiemesser zu gebrauchen. Er hatte getötet, schnell und gnadenlos, jedoch nur, um sein eigenes Leben zu retten. Das Töten war ihm nie leichtgefallen, obwohl er mit Männern zusammengelebt hatte, die keine andere Lebensweise kannten.

John war in den Osten gekommen, um Waren für den Handelsposten zu kaufen, den sein Vater für die Indianer und die Siedler eingerichtet hatte, die den Weg über Santa Fe ins Gebiet von New Mexico nahmen. Dies war seine dritte Reise in ebenso vielen Jahren. Dieses Mal hatte er einen Abstecher nach Quill's Station am Wabash gemacht, um seinen Cousin Zachary Quill zu besuchen. Jetzt freute er sich darauf, auf seine Ranch zurückzukehren, in das kühle, dickwandige Ziegelhaus, das er für die Familie gebaut hatte, die er eines Tages haben wollte.

John lachte leise, als er daran dachte, wie seine Mutter ihm zusetzte, er müsse sich eine Frau suchen und die leeren Räume in seinem Haus mit Kindern füllen. Er lachte wieder und fragte sich, was sie wohl denken würde, wenn sie ihn jetzt sehen könnte, wie er unter einem Pekanobaum lag und eine Witwe und eine Horde Kinder bewachte, anstatt in einem weichen Bett in einem Hotel zu schlafen.

Er war sich sicher, niemals eine Frau zu finden, die der legendären Amy Tallman glich. Obwohl sie Mitte Sechzig war, ritt sie noch immer an der Seite ihres Mannes, kämpfte an seiner Seite und liebte ihn mit feuriger Leidenschaft. Sie ihrerseits war das Licht in seinem Leben. Sie hatten ein Haus in den Bergen nördlich von Fort Smith gebaut und zwei Jungen und zwei Mädchen großgezogen, von denen John Gefleckter Elch Tallman, benannt nach seinem indianischen Großvater, der bei dem großen Erdbeben von 1811 ums Leben gekommen war, der jüngste war.

Vor sechs Jahren, als ihnen klar wurde, daß ihre Söhne für eine Sache würden kämpfen müssen, an die sie nicht glaubten, hatten Rain und Amy Tallman ihre Familie und ihre weltlichen Güter in drei Wagen gepackt, das Indianerterritorium durchquert und sich im Norden New Mexicos niedergelassen.

Vögel flatterten in den Ästen über Johns Kopf. Er hoffte von ganzem Herzen, daß sie sich entleert hatten, bevor sie sich für die Nacht niederließen. Der gelblichweiße Mond ging über der Baumgruppe auf und ließ Millionen Sterne erblassen. Eine Eule stieß einen klagenden Schrei aus; ein Wolf heulte in der Ferne. All diese Geräusche waren John vertraut.

Dann hustete im Haus ein Kind, Bettfedern quietschten, und erneut wandten sich seine Gedanken einem Paar violetter Augen mit dunklen Wimpern und Haar von der Farbe des falben Pferdes zu, das er als Kind besessen hatte. Er drehte sich um und bettete den Kopf auf seinen Arm, plötzlich unbehaglich wegen des sexuellen Verlangens, das ihn überflutete.

Zum Teufel! Vielleicht war es wirklich an der Zeit, daß er sich eine Frau nahm.

KAPITEL 4

Addie wachte plötzlich auf, hob den Kopf vom Kissen und lauschte. Sie hörte das Singen einer Axt. Durch das Fenster an der Ostwand sah sie die Morgendämmerung. Ihr Sohn schlief fest, die Wange auf seine Hand gelegt. Addie rollte sich zum Bettrand, sprang auf die Füße und eilte in die Küche. Sie hob den Riegel von der Tür, um sie einen Spalt weit zu öffnen und hinauszusehen, als Trisha mit dem Gewehr in der Hand neben ihr erschien.

»Wer ist es?« flüsterte sie.

»Das wollte ich gerade herausfinden.«

Addie erkannte den Holzhacker sofort. Es war der Mann, der ihr angeboten hatte, den Zucker zum Wagen zu tragen. Während sie zusah, hoben seine starken Arme die Axt und senkten sie so kraftvoll nieder, daß sie den Klotz spaltete. Er bückte sich und warf den ofengerechten Scheit auf den wachsenden Stapel.

»Wer ist da draußen?« flüsterte Trisha.

»Das ist der Mann, der im Laden war, der, der einen Lederhut aufhatte und sein Hemd über der Hose trug.«

»Was macht der an unserem Holzstapel?«

Addie öffnete die Tür. »Er hackt Holz.«

»Das weiß ich. Wieso?«

»Keine Ahnung. Um Himmels Willen, Trisha, leg das Gewehr weg.«

»Der Mistkerl führt was im Schilde, sonst würde er das nicht machen. Kein Mann hackt für Frauen Holz, von denen er nichts will.«

»Fragen wir ihn doch. Wir können nicht so tun, als wäre er nicht da.«

»Ich ziele mit dem Gewehr auf ihn, solange er hier ist.«

Addie nahm ein Band aus der Tasche, faßte ihr offenes Haar im Nacken zusammen und band es fest. Nachdem sie ihr Kleid geglättet und sich vergewissert hatte, daß es bis zum Hals zugeknöpft war, trat sie auf die Veranda hinaus.

»Guten Morgen!« rief sie.

»Morgen.« Die Axt setzte keinen Schlag aus.

»Sie haben letzte Nacht schon genug für uns getan. Sie müssen das nicht machen.«

»Ich weiß.« Durch einen Axthieb fiel ein Stück Holz. Er hob es auf und warf es auf den Stapel.

»Wir wissen zu schätzen, was Sie getan haben.«

Er winkte ab, um zu zeigen, daß er die Tat für nichtig hielt, dann zog er einen weiteren schweren Ast zum Hauklotz.

»Wie sollen wir die Kuh melken mit diesem... Gauner da draußen?« zischte Trisha.

»Ich wäre Ihnen sehr verbunden, wenn Sie das Mädchen bitten würden, nicht mehr mit dem Gewehr auf mich zu zielen. Es könnte losgehen.« John schob seinen Hut zurück und wischte sich mit dem Hemdsärmel die Stirn.

»Wenn es losgeht, sind Sie mausetot«, schrie Trisha.

»Eben dies befürchte ich ja«, sagte John trocken und schwang wieder die Axt.

»Miss Addie –« Colin kam mit der großen Büffelbüchse in der Hand aus der Küche gestürzt.

»Großer Gott!« John starrte ihn an. »Sie sind hier draußen ungefähr so hilflos wie ein Nest voll Klapperschlangen.«

Addie lächelte. »Wir können gut auf uns selbst aufpassen.«

»Das sehe ich.«

»Sie können gerne mit uns frühstücken.«

»Miss Addie!« Trisha war sprachlos. »Warum haben Sie das gesagt?«

John stützte sich auf den Stiel der Axt und betrachtete das Trio auf der Veranda, bevor er das Angebot annahm.

»Vielen Dank, Madam.«

»Es wird eine Weile dauern, bis es fertig ist. Wir müssen erst einige Arbeiten verrichten.«

»Ich werde nicht rausgehen und die Kuh melken, wenn der da draußen ist«, sagte Trisha verärgert.

»Trisha, in ein paar Minuten ist es hellichter Tag«, sagte Addie geduldig zu dem Mädchen.

»Wenn er uns etwas antun wollte, wäre er letzte Nacht eingedrungen. Wir müssen alle arbeiten. Ich sammele die Eier ein, du melkst, und Colin füttert die Tiere. Colin, leg das Gewehr weg. Du auch, Trisha.«

»Ich behalte das Gewehr bei mir, und ich behalte diesen... ›Passanten‹ ständig im Auge.«

»Das wird schwierig werden, wenn du melkst. Ich hole den Eimer und halte das Gewehr, während du dir die Hände wäschst.«

John hackte noch immer Holz, als die Frauen aus der Scheune kamen. Die freigelassenen Hühner gackerten und suchten unter den Holzsplittern eifrig nach Würmern. Mit dem Milcheimer in der einen Hand und dem Gewehr in der anderen machte Trisha auf dem Weg zurück ins Haus einen großen Bogen um ihn. Addie blieb stehen, um mit ihm zu reden. Sie hatte ein Ende ihrer Schürze zusammengerafft und hielt es in der Hand.

John sah auf sie herab und wartete, daß sie zu sprechen begann. Raum und Zeit schienen auf den Punkt neben dem Holzstapel zusammenzuschrumpfen, auf dem sie standen.

»Die Hühner haben es heute morgen gut mit uns gemeint. Ich kann Ihnen Eier mit Zwieback und Sauce anbieten. Frisches Fleisch haben wir nicht mehr.«

John fuhr der Gedanke durch den Kopf, daß er schon schönere Frauen gesehen hatte, aber diese hier fiel wegen der Leichtigkeit ihrer Bewegungen auf: erhobenes Kinn, gerade Schultern, den Kopf stolz gereckt. Ihr Haar *hatte* die Farbe des falben Pferdes. Es war auch dicht und fein, und einige Strähnchen, die vom Morgenwind bewegt wurden, umspielten ihr Gesicht.

Er betrachtete sie mit der Absicht, einen Fehler zu entdecken, einen Makel, der beweisen würde, daß das, was in der Kneipe über sie erzählt worden war, zumindest ein Fünkchen Wahrheit enthielt. Die kühle Gelassenheit in ihrem Blick besiegte ihn.

»Bedeutet das, daß Sie nicht mehr glauben, daß ich mit... äh... weniger noblen Absichten hergekommen bin?«

Addie spürte, wie sich ihre Wangen röteten. Sie zögerte und versuchte, eine Antwort zu finden, wollte ehrlich sein, konnte jedoch nicht mehr verstehen, was sie dazu gebracht hatte, ihn zum Frühstück einzuladen. Ihre Gedanken kreisten in leichter Verwirrung, und schließlich zuckte sie die Schultern, eine seltsam mädchenhafte Geste.

»Nein. Es heißt nicht, daß wir keine Angst mehr vor Ihnen haben. Aber es gibt Momente, in denen man sich auf sein Glück verlassen muß. Ich setze darauf, daß Sie ein ehrlicher, anständiger Mensch sind und uns keinen Kummer bereiten wollen.« Sie versuchte zu lächeln, doch ihre Augen blieben ernst. Ihr Blick blieb auf ihm ruhen, durchdringend, unergründlich und einen Augenblick lang in verwirrender Weise verletzlich.

John nahm seinen Hut ab und wischte sich wieder mit dem Hemdsärmel die Stirn. Er setzte den Fuß auf den Hauklotz, stützte den Ellenbogen auf seinen Oberschenkel und zeigte auf das Haus. Sein Lächeln verlieh seinen dunklen Gesichtszügen einen Hauch von Wärme.

»Das Mädchen will mich erschießen.«

Addies Augen blieben auf sein Gesicht gerichtet. »Sie hatte ein schweres Schicksal. Das hat sie ängstlich gemacht.«

»Kriegen Sie oft Besuch wie letzte Nacht?«

»Hin und wieder. Weshalb sind Sie hier?« Sie sah ihn ruhig an, ihre violetten Augen waren neugierig geöffnet. »Mir ist klar, daß Sie nicht zufällig hier sind.«

»Ich habe in der Kneipe Gerede gehört. Was sie gesagt haben, paßte nicht zu dem Eindruck, den ich im Laden von Ihnen hatte.«

»Ich kann mir vorstellen, was über Trisha und mich erzählt wurde. Ich möchte Ihnen danken –«

»Bitte bedanken Sie sich nicht schon wieder, Mrs. Hyde. Das ist nicht nötig.«

»Sie kennen meinen Namen. Ich kenne Ihren nicht.«

»Tallman. John Tallman.«

»Sehr erfreut.« Addie bot ihm ihre Hand an. John drückte sie kurz und ließ sie dann los.

»Miss Addie!« schrie Colin von der Veranda. »Pfarrer Sikes kommt.«

»O nein! Der Tag fängt ja gut an.« Addie ging in Richtung Haus, dann kehrte sie zurück. »Mister Tallman, würde es Ihnen etwas ausmachen, in der Scheune zu bleiben, bis der Pfarrer weg ist? Er wäre zu glücklich, wenn er etwas... Unschickliches an Ihrer Anwesenheit hier finden könnte.«

»Sicher. Aber den Zwieback mit Sauce vergesse ich nicht.« Sein leichtes Lächeln veränderte seine ernsten Gesichtszüge. Er setzte den Hut wieder auf und eilte zur Scheune.

Addie rannte zum Haus, lud die Eier auf dem Küchentisch ab und sagte Trisha und Colin, sie sollten aus dem Blickfeld bleiben. Gerade als sie auf die vordere Veranda stürzte, kam die Kutsche des Pfarrers im Hof zum Stillstand. In der Hoffnung, ihn von der Idee abzubringen, das Haus zu betreten, ging sie rasch die Stufen hinab, um Pfarrer Sikes zu begrüßen.

»Morgen, Pfarrer. Ist es nicht ein wunderbarer Tag?«

»Das ist wahr, Schwester Hyde.«

»Sie sind früh auf den Beinen.«

»Habe in Freepoint zu tun. Ich bin nur vorbeigekommen, um Ihnen zu sagen, daß Bruder Renshaw in ein oder zwei Tagen vorbeikommen wird, um Colin abzuholen. Er braucht ihn, damit er Käfer von seinen Kartoffelpflanzen entfernt. Sorgen Sie dafür, daß der Junge seine Sachen gepackt hat und fertig ist.«

Die Worte trafen Addie wie ein Schwall kaltes Wasser. Einen Moment lang war sie zu keinem Gedanken fähig. Dann fiel ihr wieder ein, was Trisha über Mr. Renshaw erzählt hatte, und die Wut taute die Kälte auf, die sie überkommen hatte.

»Ich brauche Colin. Ich brauche ihn viel dringender als Mr. Renshaw. Ich dachte, ich hätte gestern klargemacht, daß er hier bleibt.«

»Frau, Sie haben nicht zu entscheiden, wo der Junge hinkommt«, sagte der Pfarrer bestimmt, und seine kleinen Augen wurden hart. »Sie können das Mädchen behalten.«

»Sie sind Bruder und Schwester und sollten nicht getrennt werden. Soweit ich weiß, haben sie keine lebenden Verwandten mehr. Es wäre grausam und gemein, sie zu trennen.« Aus Addies Ton sprach sowohl ihre Verzweiflung als auch ihre Entschlossenheit.

»Sie sind nicht Ihr *Eigentum,* Schwester Hyde. Sie hatten sie nur leihweise.«

»Sie sind auch nicht Ihr *Eigentum*. Falls Sie es vergessen haben, der Krieg ist vorbei. Sowohl Weiße als auch Farbige sind frei.«

»Minderjährige nicht. Sie tun das, was man ihnen sagt. Bruder Renshaw hat angeboten, für Nahrung und Kleidung des Jungen zu sorgen, wenn er dafür arbeitet.«

»Bruder Renshaw hat das angeboten?« wiederholte Addie mit geschürzten Lippen. »Wie großzügig von ihm!«

»Er erfüllt seine Christenpflicht. Er hat sich angeboten, wie es andere vor ihm getan haben.«

»Zum Teufel noch mal! Es ist mir verdammt egal, ob der alte Dreckskerl seine ganze verfluchte Farm angeboten hat. Er wird Colin nicht kriegen! Und außerdem – Sie haben nicht das gottgegebene Recht, ein Kind von seinem Zuhause wegzureißen, wo es geliebt wird und erwünscht ist.« Ihre Stimme war immer lauter geworden, bis sie schließlich brüllte.

»Verflucht noch mal! Geben Sie zu, Pfarrer – Sie kriegen Geld dafür, daß Sie diesem Perversen das Kind überlassen!«

»Blasphemie!« Der Pfarrer rang nach Atem und erstarrte. »Ihre Eltern würden sich im Grabe umdrehen, wenn sie so etwas aus Ihrem Mund hören würden!« Er blies die Wangen auf, sein Gesicht nahm die Farbe einer Rübe an, und sein Kiefer zitterte. »Der Junge wurde in meine Obhut gegeben. Er geht dahin, wo ich es bestimme.«

»Wenn es der Blasphemie bedarf, Ihre Aufmerksamkeit zu bekommen, dann soll es wohl so sein! Ich schere mich den Teufel darum, wieviel Geld der alte Dreckskerl Ihnen gibt oder ob er eine Kirche baut, die so groß ist wie das Kapitol in Little Rock. Ich gebe das Kind nicht her, damit es von einem abartigen Vieh wie Renshaw mißhandelt wird. Colin bleibt hier, und jeder, der kommt, um ihn zu holen, wird mit einer Ladung Schrot empfangen.«

»Jetzt ist es endgültig aus. Packen Sie auch die Sachen des Mädchens. Ich werde ein *christliches* Haus für sie finden. Hatte schon gehört, was hier vor sich geht. Hab' es bis jetzt nie geglaubt. Sie sind auf dem direkten Weg zur Hölle, *Mrs.* Hyde.«

»Genau wie Sie, Sie verfluchter Heuchler! Ihnen geht es nicht um Colins Wohl. Diese Kinder sind Ihnen so gleichgültig wie… Hunde!«

»Flucht wie ein Kutscher! Jesus, vergib ihr. Allmächtiger Gott, dieses arme Geschöpf ist in die Schlangengrube des Teufels geraten!« Der Pfarrer rollte die Augen nach hinten. Er sah aus, als sei er in Trance. Dann starrte er Addie mit klarem, haßerfüllten Blick an. »Ich bete dafür, daß Gott mir vergibt, daß ich die armen unschuldigen Kinder in diesem Sündenpfuhl gelassen habe. Doch das ist vorbei, Gott,« – er sah zum Himmel – »das ist vorbei!«

»Sie müssen mich umbringen, bevor Sie eins von ihnen kriegen«, schrie Addie.

Pfarrer Sikes schlug mit der Peitsche auf den Rücken des Pferdes, und das überraschte Tier sprang vorwärts. Addie hatte kaum Zeit, beiseite zu springen.

»Haben Sie gehört?« schrie sie der Kutsche hinterher. »Wenn Sie es wagen, noch mal hierherzukommen, kriegen Sie eine Ladung Schrot in Ihren fetten Pelz. Sie Heuchler! Sie – herzloses, schmutziges altes Tier!« Sie schüttelte ihre Fäuste gegen die Kutsche, die den Weg hinunterschwankte. »Verdorbener alter Schurke! Fromm daherredender Hurensohn!«

Addie war so aufgebracht, daß Worte, die sie ihr Lebtag noch nicht ausgesprochen hatte, durch die Wut aus ihr herausquollen, die sich seit dem offenen Gespräch mit Trisha über den Grund dafür, warum Renshaw Colin wollte, in ihr aufgestaut hatte. Sie war so verzweifelt, daß sie nur noch dastehen und mit den Füßen stampfen konnte. Dann brach sie in Tränen aus.

»Miss Addie!« Colin und Trisha eilten zu ihr. »Was hat die alte Kröte zu Ihnen gesagt?«

»Oh, Miss Addie! Nicht weinen!« Colins sommersprossiges Gesicht war ganz verzweifelt.

»Eines Tages werde ich dem alten schleimigen Scheißkerl direkt in seine Eingeweide schießen!« Trisha richtete das Ende des Gewehrs auf die sich entfernende Kutsche.

Addies Schluchzen schlug plötzlich in hysterisches Gelächter um. Sie schlang ihre Arme um Colin und das Mädchen und drückte sie an sich, weil ihre Knie weich wurden.

»Oh, sind wir nicht ein Anblick? Ich verfluche ihn, und du erschießt ihn.« Tränen strömten Addies Wangen hinab. »Ich habe Dinge gesagt, die ich noch nie gesagt habe.«

»Fluchen tut gut, nicht war?« sagte Trisha.

»Ich habe die Beherrschung verloren. Ich habe... alles verdorben –«

»Wird er mich... zum Weggehen zwingen?« Der verzweifelte Ausdruck auf Colins jungem Gesicht brach Addie fast das Herz.

»Nein, Liebling. Du gehst nicht weg von uns, solange Trisha und ich noch Munition für das Gewehr haben.«

»Das hat er aber gesagt, oder?«

»Ja, das hat er gesagt.« Addie konnte den Jungen nicht anlügen, auch wenn es leichter für ihn wäre. »Aber das bedeutet nicht, daß du gehen wirst.«

»Was ist mit Jane Ann?«

»Mr. Renshaw will nur dich. Der Pfarrer ist wegen einiger Dinge, die ich gesagt habe, wütend auf mich. Er hat gesagt, er will ein anderes Haus für Jane Ann suchen. Aber er wird keinen von euch wegholen. Ich finde eine Lösung...«

Das stolze kleine Gesicht des Jungen fiel langsam in sich zusammen, als er begriff. Die Tränen, die er mit Gewalt zurückhalten wollte, rannen jetzt seine Wangen hinab. Addie zog ihn an sich und spürte das heftige Schluchzen, das seinen Körper schüttelte.

»K-können wird nicht weggehen? Können wir nicht nach Kala...fornien?«

»Mach dir keine Sorgen, Colin. Wir werden alles tun, was in unserer Macht steht, um dich hier bei uns zu behalten. Uns fällt schon was ein.«

»Ich habe mir was ausgedacht!« Trisha sprach mit erstickter Stimme. »Ich werden diesen… diesen alten widerlichen Haufen Pferdescheiße umbringen!« Einen Augenblick lang hatte Addie Angst, denn sie war sich sicher, daß das Mädchen dazu fähig war, ihre Drohung wahrzumachen.

Addie drückte Colin fester an sich und spürte, wie seine Tränen den Stoff ihres Kleides durchnäßten. Sie hatte tiefes Mitleid mit dem armen kleinen Jungen. Er hatte seine Arme fest um ihre Taille geschlungen, was er noch nie zuvor getan hatte und woran sie messen konnte, wie verzweifelt er war.

Über Colins Kopf hinweg sah Addie Mr. Tallman, den »Passanten«, wie Trisha ihn nannte, auf der Veranda stehen. Dillon stand auf einer Seite, Jane Ann auf der anderen. Beide Kinder trugen noch ihre Nachthemden. Addies Blick traf die durchdringenden dunkelblauen Augen des Mannes und verharrten dort. Er trug keinen Hut, und sie konnte die irritierte Falte auf seiner Stirn sehen.

»Ach du meine Güte! Den habe ich ja ganz vergessen.«

Als sie sprach, zuckte Colin zusammen, dann riß er sich aus Addies Umarmung los und rannte um die Hausecke. Addie sah ihm nach, dann blickte sie den Mann auf der Veranda bekümmert an.

»Ich mache uns Frühstück,« sagte sie düster.

Trisha tat einen Schritt nach vorne, aber Addie legte ihr die Hand auf den Arm. »Sieh nach Colin, Trisha.«

»Aber –«

»Gib mir das Gewehr. Ich komme schon zurecht.«

Trisha zögerte, dann gab sie es ihr. »Brüllen Sie, wenn er was macht.«

»Das werde ich. Geh jetzt. Colin braucht dich.«

Trisha hob ihren Rock über die nackten Knöchel und blieb dann stehen, als sie an der Veranda vorbeikam.

»Weißer Mann, wenn Sie Miss Addie was antun, schieß ich Sie tot.«

Mit nach unten gerichtetem Gewehrlauf stieg Addie die Stufen zur Veranda hinauf und ging ins Haus. John und die Kinder folgten ihr.

»Dieses Mädchen scheint fest entschlossen zu sein, mich zu erschießen.«

»Sie mißtraut Männern. Und ich kann es ihr nicht verübeln.« Addie stellte das Gewehr in die Ecke. »Jane Ann, du und Dillon, ihr zieht euch an, dann kommt ihr her und wascht euch vor dem Frühstück.«

»Warum weint Colin?« Jane Ann zog an Addies Hand.

»Ich erzähl' es dir später, Liebes. Zieh dich an und hilf Dillon, ja?«

»Werden Colin und ich von hier weggeholt?«

»Nein, Dummerchen.« Addie drückte das Mädchen einen kurzen Augenblick an sich und ließ sie dann los. »Jetzt mach voran.«

Als die Kinder weg waren, trug Addie den Teekessel zum Waschtisch.

»Setzen Sie sich, Mr. Tallman. Ich wasche mich schnell, dann fange ich mit dem Kochen an.« Addie seifte ihre Hände ein, spülte sie ab und benetzte ihr Gesicht mit Wasser. Nachdem sie sich abgetrocknet hatte, goß sie die Waschschüssel aus und legte ein sauberes Handtuch daneben.

»Das Wasser im Teekessel ist heiß.«

»Ich habe mich schon am Brunnen gewaschen, wo Ihr Besucher mich nicht sehen konnte.«

»Es wird ein Weilchen dauern, bis der Ofen heiß genug für den Zwieback ist.« Während sie sprach, öffnete Addie das Feuerloch und legte ein Stück Holz nach. Ihre Bewegungen waren ruckartig, und ihre Hände zitterten, als sie die flache Pfanne auf den Ofen stellte, Fett hineingab und dann die Schüssel, die sie zum Backen benutzte, auf die Arbeitsfläche stellte.

Sie machte eine Mulde in das Mehl in der Schüssel und fügte Salz, Soda und einen Löffel Fett hinzu, wobei sie sich bemühte, dem Mann am Tisch ihren Rücken zugewandt zu lassen. Nachdem sie Buttermilch hineingegossen hatte, verarbeitete sie das Mehl zu einem Teig, bis er so fest war, daß er abgestreift, geformt und in die Pfanne gelegt werden konnte.

Ihr Herz schlug heftig. Sie wünschte sich nichts so sehr, wie sich zu verstecken und zu weinen, aber sie arbeitete rasch und ohne überflüssige Bewegungen. Bald köchelte die Sauce in der Bratpfanne, und sie begann, den Tisch zu decken.

John beobachtete jede Bewegung der Frau. Irgend etwas zerriß sie innerlich. Sie hatte ihn nicht direkt angesehen, aber er hatte bemerkt, daß ihr Tränen in den Augen standen.

»Dillon läßt mich seine Hosenträger nicht festmachen. Er läuft immer weg.« Der kleine Junge rannte, gefolgt von Jane Ann, in das Zimmer und zwängte sich zwischen seine Mutter und den Tisch. »Sehen Sie«, sagte Jane Ann. »Er macht Theater, weil wir Besuch haben.«

»Dillon, bitte benimm dich jetzt.«

»Komm mal her, du kleiner Wurm.« John beugte sich vor und hob das Kind auf seinen Schoß. »Meine Schwester hat auch einen kleinen Wirbelwind wie dich. Der tobt herum wie ein junger Hund.«

Überrascht, daß er auf dem Schoß eines Mannes saß, wurde Dillon ganz still und fixierte Johns Gesicht.

»Wir hatten einen Hund.«

»War der groß und böse?«

»Er hat gebellt und am Seil gezogen.«

»Wie hieß er denn?«

»Lincoln.«

»Lincoln? Daran hätte der alte Abe bestimmt seinen Spaß –«

»Darf ich deinen Schnurrbart anfassen?« – »Wenn du mich deine Hosenträger festmachen läßt.«

Die Augen des Jungen waren rund und blau und ernst. »Ich zuerst?«

»Erst geben wir uns wie Männer die Hand darauf. Ich muß mir sicher sein, daß du nicht dein Wort brichst und wegläufst. Ein Mann hält sein Wort.« John streckte seine Hand aus. Dillon gab ihm seine. »Ich verspreche, daß du meinen Schnurrbart anfassen darfst.«

»Ähm... ich verspreche, daß du meine Hosenträger festmachen darfst.«

Als Addie sah, wie ihr Sohn auf dem Schoß des Mannes saß, lief ihr eine Träne über die Wange. Sie wischte sie unauffällig weg und drehte sich zu Jane Ann um.

»Wasch dich schnell. Ich bürste und flechte dein Haar nach dem Frühstück.« Addie ging zur Tür. »Trisha! Colin!« rief sie. »Frühstück ist fertig.«

Addie zog gerade die Pfanne mit dem goldbraunen Zwieback vom Ofen, als die beiden hereinkamen. Colin ging direkt zur Waschschüssel. Trisha sah Dillon finster an, weil er auf dem Schoß des Passanten saß und mit seinen dicken Fingern den Schnurrbart befingerte, der an beiden Seiten des festen Mundes hinunterhing. Jane Ann lehnte sich an das Knie des Mannes und kicherte.

»Hol bitte ein Glas Pflaumenmus, Trisha. Wir können uns setzen.«

Trisha brachte das Glas zum Tisch und verzog sich dann in die entlegenste Ecke der Küche.

»Setzt euch auf eure Plätze. Das gilt auch für dich, Dillon«, sagte Addie, als das Kind keine Anstalten machte, Johns Schoß zu verlassen. »Ich gieße den Kaffee ein.«

Addie wickelte ein Tuch um den Griff der Emaillekanne und kam zum Tisch zurück. Trisha blieb stehen und blickte mit dem Rücken zum Tisch zur offenen Tür hinaus.

»Trisha, setz dich hin und hilf Jane Ann.«

John blickte auf, sah die Besorgnis in Addies Augen und begriff, daß Trisha fürchtete, er könnte es als Beleidigung verstehen, wenn sie sich an den Tisch setzte.

»Solchen Zwieback habe ich seit Monaten nicht mehr gegessen, Miss«, sagte er zu Trisha. »Ich werde ihn nicht genießen können, wenn ich Angst haben muß, daß Sie mich von hinten erschießen. Und es ist sogar noch länger her, daß ich mit *zwei* schönen Damen am Tisch gesessen habe.«

»Warum sagen Sie das, weißer Mann? Sie wissen, daß ich farbig bin«, zischte Trisha, als sie herumwirbelte. Ihre goldenen Augen glitzerten wie die einer wütenden Katze.

»Sie sind also ein bißchen farbig. Ich bin teils irisch, teils schottisch, teils französisch. Der Stiefvater meines Vaters war Shawnee. Meine Großmutter hat ihn geheiratet, weil sie es wollte, und nicht, weil sie mußte. Ich bin nach ihm benannt. John Gefleckter Elch Tallman. Ist das der Grund, weshalb Sie nicht mit mir an einem Tisch sitzen wollen?«

»Sie wissen, daß es nicht das ist!«

»Dann setzen Sie sich bitte. Ich habe solchen Hunger, daß ich einen kranken Hund verspeisen könnte.«

»Bäh!« sagte Jane Ann und streckte ihre Zunge heraus.

Trisha stolzierte um den Tisch herum und ließ sich in ihren Stuhl fallen.

Erst als sie ausatmete, merkte Addie, daß sie die Luft angehalten hatte. Sie sah dem Mann in die Augen und dankte ihm stumm.

Die Mahlzeit wäre recht schweigsam verlaufen, wenn Dillon und Jane Ann nicht beständig geplappert hätten. Sie hatten ihren Spaß. Addie hatte ihnen nur einmal gesagt, sie sollten still sein, als Dillon etwas über das Toilettenhaus gesagt hatte. John redete mit Jane Ann und Dillon, denn er wußte, daß die anderen ihre Sorgen hatten.

»Als ich ein kleiner Junge war, habe ich ein junges Stinktier gefunden. Ich weiß nicht, was mit seiner Mutter passiert war.«

»Hat es gestunken?« fragte Jane Ann.

»Zuerst nicht. Ich habe es in einem Beutel herumgetragen, den ich mir um den Hals gehängt hatte. Eines Tages stieg ich auf einen Baum und konnte mit dem Beutel nicht runterklettern. Meine Mutter stand unter dem Baum und sagte, ich solle ihn runterwerfen und sie würde ihn auffangen. Da stellten wir fest, daß es alt genug war, um zu... ihr wißt schon.«

Die Kinder lachten. Colin hatte den Kopf über seinen Teller gesenkt.

»Was haben Sie gemacht?« fragte Dillon und sah John ins Gesicht.

»Ich mußte es in den Wald bringen und freilassen.«

»Wie hat es geheißen?«

»Rose. Ich glaube, ich hatte gehofft, daß es wie eine Rose riechen würde.« John erhaschte Addies Blick und zwinkerte ihr zu. Ein Hauch von einem Lächeln erschien auf ihren Lippen, bevor sie wegsah. »Vielen Dank für das Essen, Madam. Ich kann mich nicht erinnern, jemals etwas Besseres gehabt zu haben. Ich würde gerne den Lattenzaun reparieren, wenn der Junge hier mir zur Hand gehen würde. An einigen Stellen könnte ein kräftiger Sturm ihn umwerfen.«

Colin erhob sich, ohne aufzusehen. Auch Addie stand auf.

»Colin... wenn du lieber nicht –«

»Ich will. Ich kann mein Leben nicht an Ihrem Rockzipfel verbringen, Miss Addie.«

Addie stand in der Tür und sah zu, wie der Junge mit dem großen Mann den Hof überquerte. Plötzlich überkam sie der Gedanke, daß Kirby Hyde überlebt hätte und nach

Hause zu ihr und ihrem Sohn gekommen wäre, wenn er mehr wie dieser Mann gewesen wäre; und sie selbst würde sich jetzt nicht so allein und ängstlich fühlen.

KAPITEL 5

Bis zum späten Vormittag hatten sie sechs Pfosten repariert und dort, wo es nötig war, neue Latten eingefügt. Colin arbeitete neben John und sprach nur, wenn er angesprochen wurde. Der Junge war ein guter Arbeiter, der oft schon ahnte, was benötigt wurde, und es holte, bevor John darum bat. Als sie mit dem Zaun fertig waren, traten sie zurück, um ihre Arbeit zu begutachten.

»Eine Herde Wildpferde würde er nicht aufhalten, Colin, aber für ein Pferd, eine Kuh und ein paar Schafe reicht er aus.«

»Daisy und Myrtle würden nicht einmal weglaufen, wenn wir sie im Hof ließen.«

John sah auf den Jungen hinab. Zum ersten Mal hatte er freiwillig etwas gesagt.

»Sie sind kluge Pferde. Sie wissen, auf welcher Seite das Brot gebuttert ist.«

»Was bedeutet das?«

»Das bedeutet, daß sie erkennen, was gut für sie ist. Mit anderen Worten, sie wollen bei Leuten bleiben, die gut zu ihnen sind und sie füttern.«

Trisha, die im Garten arbeitete, beobachtete die beiden. Das Gewehr lag immer dicht neben ihr. John fragte sich, ob das Gewehr als Schutz vor ihm gedacht war oder ob sie jemand anderes erwartete.

Die Szene, deren Zeuge er am frühen Morgen geworden war, ging ihm nicht aus dem Kopf und verwirrte ihn. Addie Hydes herzzerreißendes Schluchzen klang ihm noch in den

Ohren, und er sah die beiden Frauen und den Jungen vor sich, die sich verzweifelt umschlungen hielten. Als Addie aufgeblickt und ihn angesehen hatte, hatte ihr Stolz gesiegt. Sie hatte ihren Kopf emporgehoben; und obwohl ihre Wangen tränennaß waren, war sie an ihm vorbeigerauscht und hatte ruhig getan, was zu tun war.

»Komm, wir trinken etwas Kaltes, Colin. Das haben wir uns verdient, meinst du nicht?«

Am Brunnen löste John das Seil und ließ es an der Rolle hinunter, bis er hörte, daß der Eimer auf das Wasser schlug. Als er gefüllt war, zog er ihn hoch, setzte ihn auf die Bretterplattform, die den Brunnen umgab, und griff nach dem Schöpflöffel, der am Pfosten hing. Er streckte ihn Colin entgegen.

»Das Querstück, das die Rolle hält, ist ganz schön wacklig. Wenn du ein Stückchen Draht hast, könnten wir es verstärken.«

Nachdem Colin getrunken hatte, gab er den Schöpflöffel zurück und ging zur Scheune. John trank, trug den Wassereimer dann zur Wasserrinne der Hühner und leerte ihn aus.

Colin kam mit einem Stück rostigen Draht und einer Eisenzange zurück.

»Der Teil, der auf diesem Pfosten liegt, ist locker«, sagte John und ging um den Brunnen herum. »Wenn ich dich auf meine Schultern hebe, kannst du ihn erreichen und den Draht darum und um den Pfosten schlingen.«

Colin nickte. John nahm seinen Hut ab und schwang Colin hinauf, so daß er rittlings auf seinen Schultern saß. Dann stützte er ihn ab, während Colin seine nackten Füße auf seine Schultern stellte und sich aufrichtete. John hielt die Beine des Jungen fest, während er arbeitete. Als er fertig war, hob er ihn hinunter.

»Gute Arbeit. Das wird halten, bis der Draht durchrostet.« John hob seinen Hut auf. »Bist du bereit, das Loch in der Wand vom Hühnerhaus in Angriff zu nehmen? Ein Wunder, daß noch kein Fuchs durch das lockere Brett geschlüpft ist.«

Colin zuckte die Schultern.

»Ich hole das Stück Blech, das hinter der Scheune liegt. Hast du Nägel?«

Colin nickte und ging in die Scheune. Als sie sich am Hühnerhaus trafen, hatte der Junge ein Dutzend eckiger, rostiger Nägel.

»Wenn ihr was übrig habt, wäre es gut, die Nägel in Fett oder Gänseschmalz zu stecken. Dann werden sie nicht rostig und lassen sich leichter einschlagen.«

Nachdem sie die Seitenwand des wackeligen Hühnerhauses repariert hatten, stemmte John Colin hoch, damit er ein Stück Blech über das Loch im Dach nageln konnte. Dann folgte er dem stillen Jungen in die Scheune, und sie räumten das Werkzeug weg.

»Colin...« Als John dem Jungen seine Hand auf die Schulter legte, zuckte Colin zurück, als habe er sich verbrannt.

»Was?« sagte er verärgert.

»Hier ist doch was nicht in Ordnung. Für gewöhnlich stecke ich meine Nase nicht in die Angelegenheiten anderer Leute, aber ich würde euch gerne irgendwie helfen.«

»Da können Sie nichts machen.« Colin drehte sich weg und lehnte sich gegen ein Stallgeländer.

»Vielleicht schon. Ich merke doch, daß Mrs. Hyde Sorgen hat. Der Pfarrer hat sie schrecklich aufgebracht. Meine Güte, hat sie ein Temperament.«

»Ich habe sie noch nie so wütend gesehen. Der verdammte alte Sikes ist ein... ein Eselsarsch!« Die Stimme des Jungen wurde von Schluchzern erstickt.

»Da hast du wahrscheinlich recht. Was hat er denn vor?«

»Er... er will mich von Miss Addie wegbringen, und Jane Ann auch.«

»Wegbringen? Wie kommt er dazu? Ist er ein Verwandter?«

»Nein!«

»Wurdet ihr in seine Obhut gegeben?« fragte John sanft.

»Er sagt... er sagt, unsere Mutter hat uns der Kirche anvertraut.«

»Wie lange seit ihr schon bei Miss Addie?«

»Zwei Jahre. Sie hat uns gerne –«

»Daran besteht kein Zweifel. Es ist ganz offensichtlich, daß sie eine Menge von dir und deiner Schwester hält.«

»Sie sagt, ich bin... *ihr* Junge. Der alte Renshaw ist... ein Dreckskerl.«

Colin drehte sich plötzlich um, schlang seine Arme um Johns Taille und drückte sein Gesicht an ihn. Heftiges Schluchzen schüttelte den Jungen.

John stand erstaunt da, die Hände auf die Schultern des Jungen gelegt, und wußte nicht, was er sagen oder tun sollte. Einmal hatte er seine Mutter so weinen sehen, als seine kleine Schwester gestorben war. Er versuchte, Worte des Trostes zu finden, als Trisha in die Scheune gestürzt kam und mit dem Gewehr direkt auf ihn zielte.

»Lassen Sie ihn los! Ich schieße Sie tot, weißer Mann!«

Weiche, krause schwarze Locken umrahmten ihr Gesicht und fielen auf ihre Schultern herab. Mit Ausnahme ihrer leuchtenden goldenen Augen hätte ihr Gesicht in Stein gemeißelt sein können. Barfuß stand sie da, gelassen und zu allem bereit. Sie war wie die kleine tödliche Mokassinschlange, die in Oklahoma so häufig vorkommt.

»Trisha! Nicht!« Colin drehte John den Rücken zu und streckte seine Arme aus, um ihn zu schützen. »Er hat nichts gemacht.«

»Er hat dich festgehalten –«

»Er könnte … uns vielleicht helfen –«

»Ha! Ein *Passant* wird keine Hilfe sein. Dieses Gewehr hier schon eher.«

John ergriff Colins Schultern und schob ihn beiseite. »Sie sind wild entschlossen, mich zu erschießen, seit ich hergekommen bin«, sagte er weitaus ruhiger, als ihm zumute war. »Ich werde es langsam leid.«

»Ist mir egal, was Ihnen leid wird. Wenn Sie den Jungen anfassen, puste ich Ihnen den Kopf weg.«

Colin ging zu Trisha, legte seine Hand auf den Gewehrlauf und senkte ihn nach unten.

»Er hat nichts gemacht«, wiederholte er.

»Sie brauchen verdammt dringend Hilfe, Lady. Ich wollte mich anbieten«, sagte John. »Aber jetzt glaube ich, ich verschwinde hier besser, solange ich noch auf mein Pferd klettern kann.«

»Gehen Sie nicht!« stieß Colin hervor.

Trisha stützte den Gewehrschaft auf den Boden und sah verwirrt von einem zum anderen.

»Warum hast du das gesagt?« Sie sah Colin durchdringend an.

»Ich weiß nicht. Irgend jemand muß uns helfen.«

»Was hat es damit auf sich, daß der Pfarrer Colin zu jemand namens Renshaw bringen will? Hat sich Mrs. Hyde darüber aufgeregt?« fragte John.

»Er bringt ihn nicht weg! Eher bringe ich den Kerl um!« Trisha atmete heftig und zitternd ein. Ihre Nasenflügel bebten wütend.

»Hat Mrs. Hyde mit dem Bürgermeister gesprochen?«

»Darüber weiß ich nichts. Ich weiß nur, daß der Pfarrer Colin nicht zu diesem alten stinkenden Saukerl bringen wird, damit er mit ihm rummachen kann.«

»Rummachen?« Johns dunkle Augenbrauen zogen sich zusammen.

Trisha erhob eine Hand und rollte die Augen zur Decke. Ihr Gesichtsausdruck spiegelte ihre Abscheu wider.

»Sind Sie so dämlich, daß Sie nicht wissen, was *rummachen* bedeutet?«

John sah das Mädchen weiter an. Dann wurde sein Blick plötzlich hart und durchdringend. Die Wut in seinem Inneren wurde immer größer.

»Wenn Sie das meinen, was ich glaube, das Sie meinen, würde ich mich gerne allein mit Colin unterhalten.« Die dunkelblauen Augen, mit denen er Trisha ansah, wichen ihrem Blick nicht aus. Genausowenig wie ihre goldenen.

»Wenn Sie ihm was antun, bring' ich Sie um.«

»In Ordnung.«

»Miss Addie sagte, Essen ist fertig.«

»Wir kommen in ein paar Minuten.«

»Colin?«

»Ja. Gleich.«

Trisha drehte sich um und lief leichtfüßig aus der Scheune.

»Du sitzt auf deinem üblichen Platz«, gab Addie als Antwort auf die Frage ihres Sohnes. »Mr. Tallman sitzt neben Colin. Leg Messer und Gabel neben den Teller, Jane Ann. Oh, Trisha, kommen die beiden endlich?« fragte sie, als das Mädchen von der Veranda hereinkam.

»Gleich«, sagte sie verärgert und stellte das Gewehr in die Ecke.

»Ist etwas nicht in Ordnung?«

»Colin mag diesen... *Passanten*.«

»Das macht dir Sorgen?« Addie flüsterte fast, damit die Kinder nichts hörten.

»Ja. Kann doch sein, daß er ein Ganove ist.«

»Wir sollten so fair sein und erst einmal nicht davon ausgehen. Er hat heute morgen viel gearbeitet. *Dillon!*« Addie packte ihren Sohn am Arm, als er an ihr vorbeirannte. »Im

Haus wird nicht gerannt. Nach dem Essen kannst du mit Jane Ann Fangen spielen, solange ihr wollt – draußen. Du gehst besser zur Toilette, dann komm rein und wasch dich.«

»Jane Ann sagst du nicht, daß sie aufs Klo gehen soll.«

»Jane Ann ist alt genug, um zu wissen, wann sie gehen muß.«

»Ich auch.«

»Nicht immer. Manchmal schiebst du es raus, bis es fast zu spät ist.«

Dillon ging murrend nach draußen, und Addie folgte ihm auf die Veranda. Wie sie befürchtet hatte, zog ihr Sohn die Hosenträger von seinen Schultern und wollte seine Hosen herunterlassen.

»Dillon Hyde! Wage es nicht, in den Hof zu machen! Geh zur Toilette, oder es gibt für dich keinen Pudding, junger Mann. Hörst du?«

Addie war müde. Der morgendliche Besuch des Pfarrers hatte ihre Kraft aufgebraucht. Außerdem hatte sie mit Trisha einen Eimer voll kleiner neuer Kartoffeln ausgegraben, die sie am Brunnen gewaschen hatten. Sie kochten jetzt mit dem Kohl auf dem Ofen, und um den Geschmack zu verbessern, war etwas Räucherfleisch dabei.

Himmel, was sollte sie nur tun, wenn der Pfarrer mit einer Gruppe Männer käme, um Colin zu holen? Sie war fest entschlossen, sie, wenn nötig, mit dem Gewehr zu vertreiben. Aber was dann? Würde Sikes zum Bürgermeister gehen und fordern, daß sie ihm Colin übergeben würde? Er würde jetzt nicht nachgeben und vor seiner Gemeinde das Gesicht verlieren. Das stand fest.

Den ganzen Morgen über hatte sie den Gedanken im Hinterkopf gehabt, an Mr. Birdsall zu verkaufen. Doch es wäre ein Wunder, wenn sie das Geld holen, ihre Familie in den Wagen packen und verschwinden könnte, bevor Sikes eingreifen würde. Sie würde diesen Ort liebend gern verlassen, wenn das bedeutete, daß sie Colin und Jane Ann behalten könnte. Sie war den ganzen Morgen über den Tränen nahe gewesen, und jetzt war es wieder soweit. Sie schüttelte den Kopf und zwang sich, nicht mehr daran zu denken, bis sie, Trisha und Colin sich zusammensetzen konnten, um einen Plan zu machen.

Als John hereingekommen und einen Blick auf den Tisch geworfen hatte, begriff er, daß Addie Hyde ihm das Beste vorsetzte, was sie hatte. Sie setzten sich, Addie sprach wieder das Tischgebet und reichte dann einen Teller mit heißen Stücken Maisbrot herum. Er stellte fest, daß die Kinder sich gut benahmen. Ihre Tischmanieren waren besser, als er es manchmal in vornehmen Speisesälen in Hotels und öffentlichen Restaurants gesehen hatte.

»Mr. Tallman, wir sind Ihnen sehr dankbar, daß Sie den Zaun geflickt und vor allem das Hühnerhaus repariert haben«, sagte Addie, als die Teller gefüllt waren und sie mit dem Essen begonnen hatten.

»Ohne Colin hätte ich nicht viel ausrichten können. Ich bin nur etwas stärker als er, sonst hätte er es auch ohne mich geschafft.«

»Haben Sie ein kleines Mädchen?« fragte Jane Ann.

»Nein, aber eine meiner Schwestern hat zwei Mädchen, und die andere hat eins. Eins ist ungefähr in deinem Alter.«

»Wie heißt sie?«

»Sie heißt Tennessee, aber sie wird Tenny genannt.«

»Ein ungewöhnlicher Name,« sagte Addie.

»Sie wurde nach Tennessee Hoffman benannt, einem kleinen Mädchen, das meiner Mutter das Leben gerettet hat. Der Vater des Kindes, Mr. Hoffman, war ein Franzose mit Sinn für Humor; seine Frau war eine Shawnee. Sie haben ihre Töchter nach den Staaten benannt, in denen sie geboren wurden. Tennessees zwei Schwestern hießen Virginia und Florida.«

»Dazu gibt es bestimmt eine Geschichte, Mr. Tallman. Wir würden sie gerne hören, nicht wahr, Kinder? Aber lassen wir Mr. Tallman erst aufessen.«

Addie servierte den Pudding, der rasch verzehrt war. Die Kinder liebten Geschichten. An den langen Winterabenden erfanden Trisha und Addie abwechselnd Geschichten, um sie zu unterhalten.

»Sind Sie jetzt fertig?« fragte Jane Ann, sobald John den letzten Bissen gegessen hatte.

»Ja, aber...« Er sah Addie an.

»Bitte. Das heißt, wenn es Ihnen nichts ausmacht.«

»Es gibt da kein Geheimnis. Ich bin nur kein guter Redner.«

»Sie haben es doch prima gemacht.«

John zuckte die Schultern und begann.

»Meine Mutter und der Rest ihrer Familie werden dem kleinen Mädchen namens Tennessee, das sie davor bewahrt hat, in die Wildnis verschleppt zu werden und ihre Familie möglicherweise nie wiederzusehen, für immer dankbar sein. Das war vor langer Zeit, noch bevor meine Mutter und mein Vater geheiratet haben. Mein Vater, Rain Tallman, begleitete eine Dame von Quill's Station am Wabash nach Fort Smith am Arkansas. Meine Mutter war als Begleiterin der Dame dabei, die den Kommandanten des Forts heiraten sollte.

Die Gruppe hatte einen oder zwei Tage in Davidsonville, einer kleinen Ansiedlung am Black River, pausiert. Tennessees Vater hatte dort einen Handelsposten. Eines Tages gingen meine Mutter und die andere Dame zum Fluß hinab, um zu baden und zu waschen. Während sie da waren, wurden sie von einem abtrünnigen Trapper namens Antoine Efant gefangengenommen.

Tennessee, die damals etwa elf Jahre alt war, sah, wie die Frauen entführt wurden und wie Efant und seine Truppe mit ihren Pferden in den Fluß ritten. Sie wußte, daß sie das taten, um meinem Vater die Verfolgung zu erschweren. Sie blieb im Wald und rannte den Fluß entlang, um zu sehen, wo sie das Wasser verlassen würden. Obwohl ihre Füße ganz zerschnitten waren und bluteten und das Gebüsch ihr Gesicht und Arme zerkratzte, folgte sie ihnen Meile um Meile. Als Efant und seine Truppe den Fluß schließlich verließen und über Land weiterritten, rannte Tennessee zurück zu der Ansiedlung.

Zu dem Zeitpunkt hatte mein Vater entdeckt, daß die Frauen verschwunden waren. Tennessee konnte ihm sagen, wo die Entführer aus dem Fluß gekommen waren und ersparte ihnen so stundenlanges Absuchen des Ufers. Weil John Gefleckter Elch, mein Stiefvater, ihn ausgebildet hatte, konnte mein Vater ihnen folgen. Dank Tennessees schneller Reaktion wurden beide Frauen am Tag ihrer Entführung gerettet. Mein Vater und meine Mutter haben dann direkt dort in Davidsonville geheiratet.«

»Was ist mit dem bösen Mann passiert?« fragte Jane Ann.

»Mein Vater hat ihn umgebracht.«

»Da bin ich froh!«

»Er ist so böse wie der alte Renshaw!« Das kam von Dillon.

Addie sah ihren Sohn überrascht an. Ihr kam der Gedanke, daß er wohl mehr von dem, was vor sich ging, wußte, als ihr klar war.

»Und Tennessee?« Addie mußte einfach fragen. »Hat Ihre Mutter sie wiedergesehen?«

»O ja. Später kam sie mit Eleanor und Gavin McCourtney, der Dame, die mit meiner Mutter entführt worden war, nach Quill's Station. Tennessee hat Mike Hartman, einen Freund meines Vaters, geheiratet. Sie leben noch immer in Quill's Station. Ich habe sie erst letzten Monat getroffen.«

Während der Mahlzeit hatte Trisha nicht ein Wort gesagt,

doch als John die Geschichte erzählte, hatte sie ihn mit ihren wunderbaren Augen angesehen und ihn, das wußte er, nach ihren eigenen Maßstäben beurteilt.

»Vielen Dank für das zweite wirklich gute Essen, Mrs. Hyde. Ich werde jetzt aufbrechen, aber erst würde ich gerne mit Ihnen allein ein paar Worte wechseln.« John erhob sich vom Tisch. »Miss Trisha kann mich von der Veranda her im Auge behalten«, fügte er mit dem Anflug eines Lächelns hinzu.

Colin stand hinter seinem Stuhl, die Augen auf Johns Gesicht gerichtet.

»Tschüs, Mr. Tallman. Die Geschichte hat mir gefallen«, sagte Jane Ann.

»Er wird erst in ein paar Minuten gehen«, sagte Addie. »Ihr könnt euch dann verabschieden.« Sie folgte John zur Tür, die er ihr aufhielt, bevor er ihr nach draußen folgte. Addie ging zum Brunnen, wo sie sich umdrehte. »Was haben Sie auf dem Herzen, Mr. Tallman?«

»Den Ärger, den Sie hier haben.«

»Das geht Sie nichts an. Es ist mir wirklich peinlich, daß Sie das gesehen haben... was heute morgen passiert ist.«

»Der Pfarrer will Colin und Jane Ann woanders hinbringen«, sagte er ohne Umschweife, so daß sie keine Möglichkeit hatte zu leugnen.

»Sie haben mit Colin gesprochen.«

»Ja. Ich werde helfen, wenn ich kann.«

»Warum?«

»Weil es den Jungen zerreißt.«

»Das weiß ich. Trisha und ich werden uns darum kümmern.«

»Haben Sie den Bürgermeister um Hilfe gebeten?« fragte er.

»Nein.«

»Um Himmels Willen! Warum nicht?«

»Weil er mir kein Kind anvertrauen würde – einer alleinstehenden Frau, die manchmal kaum ihr eigenes Kind ernähren kann! Er wird pflichtgemäß tun… was Pfarrer Sikes will.«

»Werden Sie nicht darum kämpfen, daß der Junge vor einem Kerl wie Renshaw bewahrt wird?«

»Da liegen Sie verdammt richtig, ich werde kämpfen!« Addies Temperament flammte auf.

»Sie haben also eine Vorstellung davon, was für ein Mann er ist?«

»Ja, das weiß ich.« Ihre Augen füllten sich mit Tränen, aber sie ignorierte sie und hob ihr Kinn.

»Ich werde mit dem Bürgermeister sprechen«, bot John an.

»Warum sollten Sie das tun?«

»Für Colin.«

»Wir kennen Sie nicht, Mr. Tallman. Wir sind hier ganz gut allein zurechtgekommen. Es ist nicht nötig, daß Sie sich in unsere Angelegenheiten einmischen, so gut das auch gemeint sein mag.«

»Sie wollen meine Hilfe nicht annehmen, weil Sie mich nicht kennen? Das ist der dümmste Grund, den ich je gehört habe. Wenn man in Schwierigkeiten steckt, Lady, nimmt man jede Hilfe an, die man kriegen kann.«

»Kommen Sie nicht auf die Idee, Colin mitzunehmen.«

»Um Himmels Willen!«

»Als ich jünger war, habe ich davon geträumt, einen Bruder oder eine Schwester zu haben, was nie wahr wurde. Ich habe die Absicht, diese Geschwister zusammenzulassen, bis sie alt genug sind, für sich selbst zu entscheiden.« Addies Stimme zitterte, und nach diesen Worten schloß sie ihren Mund abrupt.

Für einen langen Moment kreuzten sich ihre Blicke – funkelndes violettes Brennen und dunkelblaues Feuer. John kam ein Gedanke, der seine Wut sofort dämpfte und ihn lächeln ließ. Er erinnerte sich daran, daß sein Vater erzählt hatte, John Gefleckter Elch hätte immer gesagt, eine Frau müsse wie ein Pferd gezähmt werden. Halte die Zügel fest in der Hand, streichele sie etwas, und das Halfter wird sie nicht stören. Aber wenn sie das Gebiß zwischen die Zähne bekommen, machen sie den Mann und sich selbst unglücklich.

Sein Lächeln schien Addie noch wütender zu machen. Schweigen umgab sie, während ihre Blicke kämpften.

»Es tut mir leid, wenn ich Sie verärgert habe, Mrs. Hyde. Ich biete Damen nur selten meine Dienste an. Wenn sie nicht erwünscht sind...« Er wandte sich zum Gehen.

»Warten Sie!«

John drehte sich wieder um. Die Farbe war aus Addies Wangen gewichen. Ihre Augen waren verzweifelt geweitet, aber sie sah ihn fest an. O Gott, war sie schön. Er spürte plötzlich, daß er Dinge fühlte, die er nie zuvor gefühlt hatte, von denen er nie geträumt hatte. Das Herz ging ihm über, als ihn eine heftige Sehnsucht, ein enormes Verlangen überkam.

»Wollten Sie noch etwas sagen?« sagte er barsch, denn er spürte, wie die Wirklichkeit um ihn herum verschwamm.

»Es tut mir leid –« Die Worte kamen als gequältes Flüstern aus ihrer zugeschnürten Kehle. »Ich hatte einfach noch keine Zeit, zur Ruhe zu kommen.«

»Ich glaube, Sie haben nicht viel Zeit.«

»Ich... weiß.«

»Ich werde mit dem Bürgermeister reden. Ich kann ihm besser als Sie sagen, was für ein Mensch Renshaw ist.«

»Vielen Dank.«

KAPITEL 6

John ritt von der Farm und verfluchte sich selbst dafür, daß er dieses warme Gefühl der Freude in sich unterdrückt hatte, als er zum Abschied Addie Hydes Hand gehalten hatte. Sie hatte in ihm etwas geweckt, an dem zuvor niemals gerührt worden war – etwas, das ihn unruhig und aufgeregt machte. John war mit einigen Frauen intim gewesen. Doch er hatte niemals den Drang verspürt, zu einer von ihnen zurückzukehren.

Er erinnerte sich, wie offen und ehrlich Addie ihn angesehen hatte, als sie ihm gedankt hatte, an die anmutigen Bewegungen ihres Körpers, als sie von seinem Pferd zurückgetreten war und ihren Sohn an die Hand genommen hatte. Addie Hyde hatte Klasse; sie war wie ein elegantes, schönes Vollblut.

Zum Teufel, dachte er. Er konnte es sich nicht erlauben, sich für eine Frau zu interessieren, die tausend Meilen entfernt wohnte. Sie war dort auf dieser Farm verwurzelt, auf der sie ihr ganzes Leben verbracht hatte. Warum konnte er eine solche Frau nicht in Santa Fe getroffen haben?

Er ließ sein Pferd leicht galoppieren. Er würde sie vergessen, sobald er auf dem Weg nach Hause war. Er würde sein Möglichstes tun, um ihr zu helfen, die Waisen zu behalten, und dann weiterreiten.

Meine Pflichten werden erfüllt sein.

Am Mietstall nahm John seinem Pferd den Sattel ab und stellte es in eine Box.

»Geben Sie ihm etwas Korn«, sagte er zu dem alten

Mann, der vor der Tür saß und die Füße auf einen Baumstumpf gelegt hatte. Er warf ihm eine Münze zu, die der Alte nicht fing, der sich aber bückte, um sie aus dem Dreck aufzuheben.

Ein Reiter näherte sich vom Pferch des Mietstalls her.

»Reiten Sie weg?« fragte der alte Mann.

»Nee.« Der Reiter hatte seine Augen auf John gerichtet. »Sind Sie John Tallman?«

»Ja.«

»Hab' ich mir gedacht. Habe Sie mal drüben in Fort Gibson im Indianerterritorium getroffen.«

John studierte den Mann. Er trug eine braunweiße Rindslederweste, obwohl es ein warmer Tag war. Sein Hut hatte eine breite Krempe und war vorne nach oben gebogen. Er war massig, mit breiter Brust, und hatte Beine wie Baumstämme. Er war so groß, daß seine Steigbügel unter dem Bauch seines Pferdes hingen.

»Kann mich nicht erinnern«, sagte John.

»Ist fünf oder sechs Jahre her.« Der Mann beugte sich vor, um auf der anderen Seite des Pferdes auszuspucken. »Hatte damals noch keinen Bart. Heiße Jerr Simmons. Vielleicht kennen Sie mich als Buffer Simmons.«

»Jäger?«

»Ja.«

»Nun, schönen Tag noch.« John ging um das Pferd herum in die Stadt hinein.

»Komischer Kerl«, sagte der Stallbesitzer. »Nicht sehr gesprächig.«

»Aber ein unglaublicher Kämpfer.«

»Was macht er hier?«

»Wenn ich das nur wüßte. Aber ich habe so eine Ahnung.«

Der große Mann gab seinem Pferd die Sporen und ritt davon, und der neugierige Stallbesitzer blieb enttäuscht zurück, weil er heute abend in der Kneipe keine Neuigkeiten zu erzählen haben würde.

Nachmittags brachte Colin die Schafe für gewöhnlich auf die Wiese hinter der Farm, auf der es keine giftigen Nachtschattengewächse gab. Heute begleitete Addie ihn und ließ Trisha mit den kleinen Kindern im Haus zurück. Der Bock, Mr. Jefferson, und die Mutterschafe, Dolly und Eimer, waren Haustiere. Sie erkannten Addie an der Stimme, wenn sie sie rief, und sie wußten, daß sie für gewöhnlich einen kleinen Leckerbissen in der Tasche hatte. Die Schafe waren besonders zahm. Mr. Jefferson war manchmal etwas bockig, aber er gehorchte dem langen Stock, den Addie bei sich trug.

Eimer war während eines Sturms im späten Frühjahr geboren worden. Seine Mutter war gestorben, und Addie hatte das kleine Lamm zum Füttern ins Haus gebracht. Dillon durfte ihm einen Namen geben, weil Jane Ann das andere Schaf getauft hatte. Da er gedrängt wurde, einen Namen zu sagen, hatte er sich in der Küche nach Anregungen umgesehen. Als seine Augen auf den Wassereimer fielen, hatte er gelächelt.

»Ich werde es Eimer nennen«, hatte er verkündet.

»Ist das deine endgültige Entscheidung?« hatte Addie ernst gefragt, während der Rest der Familie hinter vorgehaltener Hand gekichert hatte.

»Ich werde es Eimer nennen.«

Die Wiese war eine langer schmaler Streifen zwischen zwei steilen Hügeln, die dicht mit Kiefern und Gebüsch bewachsen waren. Das Gras war hoch und saftig. Heute wollten Colin und Addie Beutel mit geschnittenem oder abgerissenem Gras füllen, das sie an den Tagen benutzen würden, an denen sie die Tiere nicht zum Grasen nach draußen lassen konnten.

Addie liebte es, hierherzukommen. Es war ruhig und friedlich. Kein Luftzug regte sich, und der Himmel war unglaublich klar. Sie saß nun auf einem großen Felsen, der seit ihrer Kindheit ihr Lieblingsplatz war. Sie konnte sich daran erinnern, daß sie früher auf ihn klettern mußte. Jetzt setzte sie sich einfach hin. Die Sonne schien ihr warm auf den Rücken.

Während Addie sich ausruhte, gingen ihr Fragen durch den Kopf. Warum war John Tallman den Männern zur Farm gefolgt? Vielleicht aus Neugier. Nachdem diese gestillt war, warum war er über Nacht geblieben? Es könnte sein, daß er sie wirklich vor den Männern beschützen wollte, überlegte Addie. Aber warum hatte er heute morgen die ganzen Arbeiten verrichtet? Und warum angeboten, Colin zu helfen? Addie grübelte darüber nach, und die einzige Lösung, die ihr einfiel, war, daß er einer eng verbundenen Familie entstammte und Colins Misere ihn irgendwie berührt hatte.

»Glauben Sie, daß Mr. Tallman zurückkommt, Miss Addie?« fragte Colin, als hätte er Addies Gedanken gelesen.

»Er hat gesagt, er würde mit dem Bürgermeister sprechen. Ich vermute, er wird kommen und uns erzählen, was dabei herausgekommen ist.«

»Wenn ich groß bin, will ich so sein wie er.«

»Warum sagst du das? Du kennst ihn gar nicht. Er könnte uns nur was vorspielen.«

»Er spielt nichts vor. Er ist wirklich wütend geworden, als ich ihm von... dem alten Renshaw erzählt habe.«

»Man muß mit einem Menschen länger zusammen sein als nur ein paar Stunden, bevor man ihn kennt. Manchmal dauert es Monate, bis man unter einer schönen Fassade den wirklichen Menschen entdeckt; und wenn das geschieht, stellt man fest, daß man diesem Menschen vollkommen gleichgültig war.« Ihre Stimme hatte einen wehmütigen Unterton.

»Ich glaube nicht, daß Mr. Tallman so ist.«

Colin, mein Schatz, du hast mehr Vertrauen als ich. Er könnte auch ein Schurke sein, so wenig wissen wir über ihn.

Addie saß auf dem Felsen und blickte ins Tal hinunter. Sie brauchte diese Zeit zum Ausruhen. Es kam ihr vor, als würde ihr Leben in letzter Zeit zu schnell vorübergehen, als würde sie bald alt sein und weder die vielen Dinge getan haben, die sie hatte tun wollen, noch die Dinge gesehen haben, die sie hatte sehen wollen.

Kirby hatte ihr nicht nur Dillon geschenkt, sondern ihr mit seinen Geschichten von Orten und Dingen auch die Tür zur Phantasie geöffnet. Armer Kirby. Sie würde niemals erfahren, ob er auf dem Weg zurück zu ihr gewesen war, als er getötet wurde, oder ob er sie und Dillon aus seinem Gedächtnis gestrichen hatte, um seinen eigenen Träumen zu folgen.

Einige Stunden verstrichen. Colin folgte den Schafen und trieb sie zurück, wenn sie zu weit ins Tal hinunter liefen, und kehrte dann zurück zu Addie.

»Miss Addie, drehen Sie sich jetzt nicht um, aber da drüben, wo der Blitz die große Zeder gespalten hat, ist ein Mann auf einem Pferd. Ich glaube, er beobachtet uns durch ein Fernglas.«

»Oh, Colin –« Addie bekam plötzlich Angst.

»Lassen Sie uns zurückgehen.«

»Warum füllen wir nicht einfach die Beutel mit Gras und arbeiten uns langsam zum Haus vor.«

Colin begann, die kurze Handsichel zu schwingen. Während sie darauf wartete, das Gras aufzunehmen und in die Säcke zu stopfen, sah sich Addie um, als würde sie die Schafe beobachten. Sie hob den Blick und sah den Mann. Er und sein Pferd waren so mit dem Schatten verschmolzen, daß sie ihn von selbst kaum bemerkt hätte. Colin hatte recht: er beobachtete sie durch ein Fernglas.

»Wir füllen diesen einen Sack, Colin. Beweg dich langsam. Wir wollen nicht, daß er glaubt, wir würden vor ihm weglaufen. Wenn er wollte, könnte er uns einholen, bevor wir die halbe Strecke zum Haus geschafft haben.«

»Wer ist es denn?«

»Auf jeden Fall keiner von den Leuten des Pfarrers. Wenn die kommen, reiten sie unverfroren direkt auf das Haus zu. Es ist wahrscheinlich jemand aus der Stadt, der einen Blick auf Trisha werfen will.«

»Wenn Trisha nur kein Nigger wäre.«

»Colin, bei diesem Wort stehen mir die Haare zu Berge. Bitte sag es nicht mehr. Trisha hat etwas farbiges Blut. Meine Güte! So, wie die Gentlemen hier in den Südstaaten Kinder zeugen, wird es in hundert Jahren keinen weißen Menschen mehr im Süden geben, der nicht ein bißchen farbiges Blut hat.«

»Aber sie ist... so weiß wie ich.« Colin streckte seinen sonnengebräunten Arm aus.

»Ich weiß. Aber es scheint so, daß sie als Neger gilt und wie Eigentum behandelt wird, sobald sie nur einen Tropfen Negerblut in sich hat.«

»Weiße Mädchen werden nicht von Männern begrapscht.«

»Nein.« Addie beobachtete den Reiter aus den Augenwinkeln, während sie arbeiteten.

»Mr. Tallman war es egal, ob Trisha eine Negerin ist oder nicht.«

»Mr. Tallman ist bei Indianern aufgewachsen, oder zumindest sein Vater. Indianer werden manchmal schlechter behandelt als Neger.«

»Warum machen weiße Leute das, Miss Addie?«

»Nicht alle Weißen sind so. Colin, er entfernt sich. Jetzt ist er stehengeblieben und... er beobachtet das Haus. Er kann es von da aus sehen. Hol die Schafe.« Addie füllte den Sack eilig mit dem Gras, das Colin geschnitten hatte.

Sobald sie den Hügel umrundet hatten und den Weg zu den Farmgebäuden hinuntereilten, suchte Addie die Abhänge wieder ab und erkannte die Umrisse eines Pferdes mit Reiter.

»Er ist noch immer da und beobachtet das Haus. Trisha ist im Garten. Dillon und Jane Ann sind auf der Veranda.«

»Was machen wir?«

»Wir bleiben in der Nähe des Hauses.«

Trisha empfing sie, als sie die Schafe in den Stall brachten.

»Sie waren nicht lange weg.«

»Ein Mann auf einem Pferd beobachtet das Haus durch ein Fernglas.«

»Warum macht er das?«

»Sieh nicht hin. Tu so, als wüßten wir nicht, daß er da ist.«

»So ein Mistkerl. Wenn ich nur ein Fernglas hätte, dann könnte ich *ihn* anstarren.«

»Wenn ich bloß erwachsen wäre, das wünsche ich mir.« Colin stampfte mit seinem nackten Fuß auf.

Gleich nach dem Abendessen wurden die kleinen Kinder gewaschen und ins Bett gebracht. Addie löschte die Lampe, und sie saßen im Dunkeln und unterhielten sich.

»Wir brauchen einen Hund«, sagte Addie. »Dann würden wir merken, wenn jemand kommt.«

»Gänse sind auch gute Wächter. Ich kannte eine Frau in Orleans, die hatte zwei Gänse. Wenn jemand kam, haben sie wild geschnattert.«

»Es ist bestimmt leichter, einen Hund zu bekommen als Gänse.«

»Glauben Sie, Mr. Tallman kommt zurück?« Colins Stimme kam aus der Dunkelheit. Er stellte diese Frage zum zweiten Mal in der letzten Stunde.

»Ich glaube schon«, sagte Addie. »Aber wir können uns nicht darauf verlassen. Wenn der Pfarrer darauf besteht, daß du zu Mr. Renshaw ziehst, werde ich alle Mitglieder der Kirche besuchen und ihnen erzählen, was Ellis Renshaw für ein Mensch ist.«

»Sie werden Ihnen nicht glauben«, sagte Trisha höhnisch. »Außerdem können Sie nicht schlecht daherreden, Miss Addie, das wissen Sie.«

»Die andere Möglichkeit wäre, daß wir unsere Sachen packen und in der Nacht verschwinden. Wir könnten in eine andere Stadt ziehen, vielleicht nach Fort Smith, und ein Eßlokal aufmachen. Das könnten wir versuchen, aber wir werden kein Geld haben, wenn ich nicht vorher die Farm verkaufe.«

»Die Farm verkaufen?« Colins Stimme krächzte ungläubig. »Das ist doch unser Zuhause, Miss Addie.«

»Es ist nur ein Haus. Wir könnten im Wagen leben, oder irgendwo anders, solange wir nur zusammen sind.«

»Sie würden alles aufgeben, um... mich und Jane Ann zu behalten?«

»Ich würde noch viel mehr tun, Liebes.«

»Aber Sie haben gesagt, daß Sie die Farm lieben.«

»Das habe ich. Aber in Wahrheit... liebe ich euch mehr.«

* * *

Als John das Büro des Bürgermeisters verließ, standen ihm Ärger und Enttäuschung ins Gesicht geschrieben. Er war am Nachmittag des Vortags dort erschienen, um zu erfahren, daß der Bürgermeister den ganzen Tag abwesend sei. Heute morgen war er wieder dort gewesen und hatte auf den Mann gewartet. Als er endlich kam, waren seine Augen von einem nächtlichen Gelage getrübt.

»Verkommenes Stück Dreck«, murmelte John vor sich hin, als seine langen Beine den Weg zum Mietstall zurücklegten.

Der Süden war der reinste Sumpf, dachte er, wenn der

Abschaum der Gesellschaft auf verantwortungsvolle Posten gesetzt wurde. Sobald er den Grund für seinen Besuch beim Bürgermeister geäußert hatte, wurde ihm mitgeteilt, daß Renshaw die gesetzliche Vormundschaft für den Waisen Colin Harris beantragt hatte. Nein, um die Schwester des Jungen habe Renshaw nicht gebeten, hatte der Bürgermeister gesagt, weil in seinem Haus keine Frau lebte.

Nachdem dies verkündet worden war, war alles, was John dem Mann über Renshaw sagen wollte, auf taube Ohren gestoßen. Der Bürgermeister hatte über die Andeutung, Renshaw habe abnorme sexuelle Vorlieben, nur gelacht. Er hatte die Bedeutung dieser Worte nicht einmal verstanden, bis John unverblümt erklärt hatte, daß es Männer gab, sehr wenige, die ihr Vergnügen bei kleinen Jungen suchten.

Der Bürgermeister hatte erklärt, daß Ellis Renshaw ein redlicher Bürger des Bezirks sei, und hatte auf die Vorwürfe gegen ihn mit Vorwürfen gegen Addie Hyde gekontert. Er hatte gesagt, sie habe, nachdem Mr. Hyde in den Krieg gezogen war, nicht nur eine entlaufene Sklavin aufgenommen, sondern auf der Farm auch Prostitution betrieben. Ein verrufenes Haus sei kein geeigneter Ort für Kinder. Er hatte sogar angedeutet, daß jetzt, da Mr. Hyde angeblich tot sei und nicht zurückkehren würde, um sich um den Jungen Dillon zu kümmern, Pfarrer Sikes die Vormundschaft für Mrs. Hydes Sohn beantragen würde.

Da konnte John in seiner Wut nicht länger an sich halten.

»Wenn Sie das zulassen«, sagte er sanft und beugte sich mit geballten Fäusten über den Mann, »werde ich Ihr schäbiges Fell an einen Baum nageln, und Ihre Knochen wird man nicht finden.«

Der geduckte Bürgermeister hatte in die vor Wut funkelnden Augen geblickt und begriffen, daß dieser Fremde, der wie ein Grenzer gekleidet war, ihn in Sekundenschnelle mit dem Bowiemesser, das ihm im Gürtel steckte, töten könnte.

»Das Gesetz ist auf meiner Seite.«

»Das *Gesetz*?« hatte John mit frostigem Spott geantwortet. »Das Gesetz ist hier so nutzlos wie Euter an einem Ochsen. Sie sind ein lausiger Jurist. Sie sind nicht mehr als ein betrunkenes Schwein!«

»Ich kann Sie für Ihre Drohungen verhaften lassen.«

»Versuchen Sie es, und es bleibt nicht bei Drohungen. Wenn eine Schlange getötet werden muß, dann töte ich sie, und mir ist egal, wie das geschieht. Ich habe drei Jahre bei den Shawnee gelebt, und es gehört zu meinen Spezialitäten, sich an einen Mann anzuschleichen und ihm ein Messer in den Rücken zu stoßen. Vergessen Sie das nicht!«

Jerr Simmons, im ganzen Indianergebiet bekannt als Buffer, hatte beobachtet, wie John das Büro des Bürgermeisters verlassen hatte und zum Mietstall gegangen war. Das Gesicht des Scouts war das eines grimmigen Wolfes. Er hatte sich wohl über irgend etwas aufgeregt. Aus dem Türrahmen eines Schmiedeladens hatte Simmons gesehen, wie John aus der Scheune kam, sich in den Sattel schwang und in Richtung der Hyde-Farm davonritt.

Warum sollte sich ein bekannter Scout und Viehzüchter in diesem armseligen Kaff an das Gesetz wenden? Simmons hatte den Mietstall in der Nacht aufgesucht. Tallmans Pferd war dagewesen. In der Nacht zuvor war es nicht im Stall gewesen. Hatte er die Nacht draußen bei Hydes verbracht? Das einzig Interessante da draußen waren die Frauen. Auf welche hatte der Scout ein Auge geworfen?

Die blonde Frau war hübsch genug, dachte Simmons jetzt. Aber sie hatte drei Kinder an ihrem Rockzipfel hängen. Ein Mann müßte schon richtig verrückt nach ihr sein, um die aufzunehmen. Er konnte sich nicht vorstellen, daß John

Tallman sich das aufhalsen würde. Er mußte auf das Mädchen aussein, auf Trisha. Es war kein Problem gewesen, ihren Namen herauszufinden. Fast jeder Mann in der Stadt kannte ihn. Keiner wußte, wo das Mädchen hergekommen war oder warum sie auf der Hyde-Farm lebte. Es war offenbar nur bekannt, daß sie Negerblut hatte, und das machte sie zu leichter Beute.

»Trisha, Trisha…« Buffer sagte gern ihren Namen. Es machte ihm überhaupt nichts aus, daß sie einen oder zwei Tropfen Negerblut in sich hatte. Sie war das schönste Geschöpf, das er jemals gesehen hatte, und seit er einen Blick auf das Gesicht unter ihrer Sonnenhaube hatte erhaschen können, ging sie ihm nicht mehr aus dem Kopf. Gestern, als er sie durch das Fernglas beobachtet hatte, war er so aufgeregt gewesen wie ein Junge, der zum ersten Mal eine nackte Frau sieht. Ihre Bewegungen waren wild und frei, so daß er sich fragte, ob sie unter ihrem losen Hemd überhaupt etwas trug. In der Stadt hatte sie zahm gewirkt, aber er würde sein Klappmesser darauf wetten, daß sie, wenn es drauf ankäme, so wild sein konnte wie ein Luchs mit einer Horde Jungen.

Er lachte leise.

Als er die mit Büffelfell gedeckte Hütte am Wolfe Creek im Gebiet von Oklahoma verließ, hatte Buffer Simmons den Entschluß gefaßt, nie mehr zurückzukehren. Schöne Blume, die Kiowa, die sich um ihn gekümmert hatte, als er verdorbenes Fleisch gegessen hatte und fast gestorben war, war zu ihrem Volk zurückgekehrt. Sie war hübsch gewesen und die einzige Frau, die er seit fast einem Jahr gesehen hatte.

Zum Glück war er nicht durch Kinder an sie gebunden. Er erinnerte sich daran, wie willig sie gewesen war und wie er sich nach einer Frau gesehnt hatte. Er hatte kein schlechtes Gewissen, weil er sich aus dem Staub gemacht hatte, ohne ihr zu sagen, daß er nicht zurückkommen würde. Sie hatte das von Anfang an begriffen. Ihr Volk würde sich um sie kümmern. Die Kiowa sorgten immer für ihre Leute. Mit der Zeit würde sie ein Krieger zu sich in die Hütte nehmen, der eine Frau brauchte, die für ihn sorgte.

Buffers Gedanken waren jetzt vollkommen auf das junge schwarzhaarige Mädchen mit den katzenhaften Augen fixiert. Er begehrte sie stärker, als er je im Leben etwas begehrt hatte. Er mußte einen Weg finden, sie allein zu treffen. Er wollte sie nicht mit Gewalt nehmen, wenn er nicht mußte. Der Gedanke war irrsinnig. Sie müßten alleine ins Indianerterritorium flüchten. Das machte ihm keine Sorgen, aber wenn er sie überzeugen könnte, mit ihm zu gehen, könnte er sich noch immer Richter Van Winkle anschließen und das tun, wofür er angeheuert worden war – frisches Fleisch für die Truppe zu beschaffen, die nach Santa Fe reiste. Das Geld wäre ein guter Anfang für sie.

Wenn John Tallman, bei den Shawnee, Cherokee und Kiowa als Gefleckter Elch bekannt, es auch auf das Mädchen abgesehen hatte, dann war das ein Problem, das man in Betracht ziehen mußte. Der Teufel würde los sein, wenn er Trisha mit Gewalt nehmen würde und sie diejenige wäre, die Tallman sich ausgeguckt hatte. Er wollte bestimmt nicht mit dem Scout aus New Mexico um sie kämpfen, aber wenn es der einzige Weg wäre, würde er es tun.

Buffer Simmons zog ein langes Messer, dessen Klinge auf beiden Seiten scharf wie ein Rasiermesser war, aus der Innenseite seiner Weste und begann, sich das Haar von seinem Handrücken zu rasieren. Er stellte sich in Gedanken einen Kampf auf Leben und Tod mit John Tallman vor. Er hoffte inständig, daß es nicht dazu kommen würde. Buffer vertraute darauf, daß er auf sich aufpassen konnte. Tallman war ein Mann wie alle anderen und genauso sterblich wie alle. Er war vielleicht der beste Scout im Gebiet, aber er, Buffer Simmons, war der beste Jäger. Eine Sache machte ihm jedoch Sorgen: Es gab keine Spielregeln, wenn es um das Auflauern und Erlegen von Beute ging, aber ein Mann wie John Tallman war eine andere Sache.

KAPITEL 7

Im Osten ging die Sonne als roter Feuerball am Horizont auf. Der Morgen versprach, sich in nichts von den anderen klaren sonnigen Morgen zu unterscheiden; dieser Tag würde Addie in künftigen Jahren jedoch nicht nur als der bis dahin schrecklichste Tag ihres Lebens in Erinnerung bleiben, sondern auch als Wendepunkt für sie und ihre Familie. Jedes Detail dieses Tages würde sich für immer in ihr Gedächtnis eingraben.

Wie üblich stand Trisha auf, sobald sie Addie in der Küche hörte. In ihrer liebsten Kleidung, einem losen Hemd, mit nackten Füßen und Haar, das in Locken auf ihren Rücken fiel, blieb sie kurz in der Tür stehen und band ein Tuch um ihren Kopf, um sich das Haar aus dem Gesicht zu halten.

»Morgen, Trisha.« Addie bemerkte, daß das Mädchen ganz blaß war und dunkle Ringe unter den Augen hatte. »Bist du die ganze Nacht wach gewesen?«

»Ja. Ich mußte ständig daran denken, daß der alte Renshaw sich Colin holen will. Ich habe mir eingeredet, er kommt nicht nachts, aber bei jedem Geräusch habe ich befürchtet, daß er es ist. Was sollen wir nur machen, Miss Addie?«

»Ich weiß nicht. Ich habe auch die ganze Nacht darüber nachgedacht. Wenn wir vom Bürgermeister keine Hilfe bekommen können, fällt mir nur noch ein zu versuchen, Mr. Birdsall zum Kauf der Farm zu überreden; dann könnten wir die Kinder nehmen und weggehen. Ich weiß aber nicht, wohin wir gehen sollten. Es müßte ein Ort sein, an dem wir uns irgendwie unseren Lebensunterhalt verdienen könnten.«

»Colin glaubt, daß der Passant uns helfen wird.«

»Er hat angeboten, mit dem Bürgermeister zu sprechen.« Addie sagte jedoch nicht, daß sie verzweifelt darauf hoffte, daß es ihm gelingen würde, den Beamten davon zu überzeugen, daß Renshaw kein anständiger Mensch war und es daher nicht in Frage kommen würde, ihm einen kleinen Jungen anzuvertrauen.

Trisha zuckte die Schultern. »Ich wäre sehr überrascht, wenn er wiederkommen würde.« Sie entleerte das restliche Wasser in den Ofentank und ging hinaus zum Brunnen. »Machen wir heute Wäsche?« fragte sie, als sie zurückkam.

»Glaubst du, wir sollten? Eigentlich war gestern Waschtag; aber nachdem der Pfarrer da war, habe ich gar nicht mehr daran gedacht.«

»Ich würde sagen, daß wir waschen, es weht so ein schöner warmer Wind. Vielleicht regnet es ja am nächsten Waschtag.«

Sie aßen Brei mit Honig und übriggebliebenen Zwieback, der gebuttert und in einer Pfanne oben auf dem Ofen geröstet worden war. Colin und Trisha holten Wasser aus dem Brunnen, um die Wasch- und Spülwannen zu füllen. Dann gab Addie das heiße Wasser aus dem Tank hinzu, sammelte die schmutzige Kleidung ein und stapelte sie auf der Veranda.

Der Morgen verging langsam. Sie hatten reichlich Arbeit, die sie aber nicht von der Unruhe ablenkte, die über ihnen lag. Als sie eins von Dillons Hemden wusch, schrubbte Trisha es so fest auf dem Waschbrett, daß sie ein Loch hineinriß. Addie, die bemerkte, wie Colin immer wieder sehnsüchtig in Richtung der Stadt sah, hoffte, daß John Tallman den Jungen nicht enttäuschen würde.

Am späten Vormittag hing die Kleidung auf der Leine, die zwischen zwei Bäumen gespannt war; das Waschwasser hatten sie von der Veranda getragen und ausgekippt. Colin hatte die Kuh weggebracht, die bis zum Melken auf einer saftigen Wiese angepflockt werden sollte.

Addie knetete gerade Brotteig, als Jane Ann in die Küche gerannt kam, die Augen ängstlich aufgerissen.

»Miss Addie! Miss Addie!« schrie sie. »Der alte Renshaw kommt!«

»Großer Gott!« Addie blieb beinahe die Luft weg. Sie wischte sich die Hände an ihrer Schürze ab und eilte zur Vordertür, als der Wagen am Haus vorbei nach hinten fuhr. Sie rannte durchs Haus und hinaus auf die hintere Veranda. Mr. Renshaw hatte die Pferde zwischen dem Haus und der Scheune angehalten und kletterte von seinem Wagen herunter.

»Sie wissen, warum ich gekommen bin«, sagte er ohne Umschweife.

Obwohl Addie und die Kinder ihn den »alten« Renshaw nannten, war er nur wenig älter als die fünfundzwanzigjährige Addie. Er war ein kleiner Mann, drahtig und O-beinig, mit hellbraunem, sonnengebleichtem Haar. Sein auffälligstes Merkmal war der große Mund mit den vorstehenden Zähnen.

Er starrte Addie mit harten, kalten Augen an. »Sie haben gehört, was ich gesagt habe, Frau. Holen Sie ihn.«

Addie erinnerte sich an das, was Trisha ihr über diesen Mann erzählt hatte, und unglaubliche Wut überkam sie, während sie ihn ansah. In diesem Augenblick wünschte sie inständig, sie wäre ein Mann, damit sie dieses armselige Stück Mensch zu Brei schlagen und die Überbleibsel in den Misthaufen an der Scheune schmieren konnte, wo sie hingehörten.

»Sind Sie taubstumm? Oder sind Sie so verdorben, daß

Sie mich nicht verstehen? Ich hab' gesagt, ich will den Jungen holen. Bringen Sie ihn her! Ich hab' nicht den ganzen Tag Zeit.«

»Steigen Sie wieder auf den Wagen, und verschwinden Sie. Colin bleibt hier.« Addies Stimme zitterte; ihre Kehle war so zugeschnürt, daß sie kaum sprechen konnte.

»Der Pfarrer hat mich schon gewarnt, daß Sie aufsässig werden. Machen Sie mir keine Zicken, das lass' ich mir nicht bieten. Wenn Sie *mir* frech kommen, hau' ich Ihnen eine rein.«

»Nein, das werden Sie nicht! Wenn Sie Miss Addie was antun, werde ich... werde ich Ihnen das Herz herausschneiden.« Colins Stimme zitterte vor Angst, aber er stand aufrecht, mit geraden Schultern und erhobenem Kopf.

Addie sah auf den kleinen Jungen herab, dessen Kopf kaum an ihre Schulter reichte. Er konnte sich nicht einmal selbst verteidigen. Über sein Leben, sein Wohlergehen wurde von einem ignoranten, gleichgültigen, selbstsüchtigen Provinzpfaffen entschieden.

Colin hatte den Wagen gesehen und gewußt, wer gekommen war. Seine Furcht war so groß, daß sein erster Gedanke war, sich zu verstecken, damit Renshaw ihn nicht finden würde. Dann wollte er in der Nacht davonlaufen. Aber das würde bedeuten, daß seine geliebte Miss Addie sich dem alten Renshaw und dem Pfarrer stellen müßte und nur Trisha als Hilfe hätte, und er wußte, das würde er nicht fertigbringen. Er war den ganzen Weg von der Wiese hergerannt. Jetzt spürte er, wie er eine Gänsehaut bekam, als die Augen des Manns ihn fixierten.

»Halt den Mund, und steig in den Wagen. Deine Sachen kannst du später holen.«

»Ich dachte, ich wäre deutlich genug gewesen«, sagte Addie und hob ihre Stimme. »Er kommt nicht mit Ihnen. Niemals! Und ich möchte, daß Sie sofort von meinem Besitz verschwinden.« Sie war unglaublich erleichtert, daß man ihr ihre Angst nicht anhören konnte.

»Der Pfarrer meinte schon, daß Sie stur sein würden. Mir ist völlig egal, ob Sie ihn unbedingt behalten wollen. Ich bin gekommen, um den Jungen zu holen, und ich gehe nicht ohne ihn. Der Pfarrer hat gesagt, er soll für mich arbeiten.«

»Für Sie *arbeiten*? So nennen Sie das? Sie geiler alter Ziegenbock!« Addie verlor die Beherrschung. Sie hob ihre Hände, als wolle sie ihn schlagen, und ihre Stimme wurde immer lauter, bis sie schrie. »Sie dreckiger Kinderschänder! Sie sind schlimmer als ein brünstiges Wildschwein! Nicht einmal das niedrigste männliche Tier tut Kindern das an, was Sie tun! Verschwinden Sie jetzt von meinem Land, oder, Gott steh mir bei, ich werde Sie wie einen tollwütigen Hund erschießen, was Sie ja auch sind!«

»Heb nicht die Hand gegen mich, du Hure! Ich will den Jungen holen, und ich nehme ihn mit.« Schnell wie eine Schlange schoß seine Hand hervor und ergriff Colins Arm. »Steig in den Wagen, du verdammter unehelicher Hurensohn, oder ich schlag dir den Hintern grün und blau, wenn wir zu Hause sind.«

»Ich komme nicht mit!« Colin schlug mit seiner freien Hand und versuchte, den Mann zu treten.

Renshaw verpaßte dem Jungen mit der offenen Hand einen schallenden Schlag ins Gesicht. Der Hieb warf Colins Kopf zurück.

»Neeeiiin!« schrie Addie. Sie sprang auf Colin zu, packte ihn um die Taille, und die beiden fielen auf den Boden, so daß Renshaw den Arm des Jungen loslassen mußte. Addie rollte sich mit Colin herum und hielt ihren Körper zwischen ihm und Renshaw. Sie verspürte einen heftigen Schmerz in den Rippen, als der Mann sie mit seinem schweren Stiefel trat.

»Du verdammte Hure! Dir werd' ich –«

Peng!

Renshaw schrie, taumelte zurück und fiel der Länge nach rücklings in den Dreck, wobei er mit den Händen seine Geschlechtsteile umklammerte.

Durch den Schuß aufgeschreckt, machten die Pferde einen Satz nach vorne, liefen bis zur Scheune, blieben dort stehen und tänzelten nervös im Zaumzeug.

Addie rappelte sich auf. Trisha stand barfüßig mit gespreizten Beinen da, hielt das Gewehr auf den am Boden liegenden Mann gerichtet und überschüttete ihn mit Schimpfwörtern.

»Bastard! Hurensohn! Geiler alter Bock! Scheißefressender Hund!«

»Oh... Gott! Hilf mir Gott –« Renshaw, voller Schmerzen und in Panik, schrie und fluchte weiter und umklammerte seinen Schritt.

»*Gott* wird dir jetzt nicht helfen!« rief Trisha. »Du hast es nicht verdient zu leben. Du bist ein nichtsnutziges häßliches Schwein, du Bastard! Ich werde dir dein *Ding* wegschießen, dann kannst du es nicht mehr in kleine Kinder stecken. Dann schieß ich so viele Löcher in dich, daß du aussiehst wie ein Mehlsieb.«

»Trisha, nicht!« Plötzlich wurde Addie klar, was geschehen war.

Du lieber Gott! Trisha hat einen weißen Mann erschossen! Ob er stirbt oder nicht, die Renshaws werden sie holen und aufhängen!

Addie nahm dem Mädchen das Gewehr aus der Hand.

Trisha ähnelte einer zusammengerollten, tödliche Schlange. Es war, als wäre sie plötzlich wild geworden. Ihre Lippen waren hochgezogen, und sie fletschte die Zähne. Ihre Augen funkelten.

»Ich will ihn töten! Ich will ihn töten!«

»Ich hoffe, das hast du schon«, sagte Colin, dem Tränen über das Gesicht strömten.

Addie sah hinab auf Renshaw, der ausgestreckt im Dreck lag und sie haßerfüllt anstarrte. Die Kugel hatte seine Geschlechtsteile verfehlt und war in sein Hüftgelenk eingedrungen.

»Die Niggerhure hat mich erschossen!« flüsterte er ungläubig. »Gott helfe mir!«

»*Ich* habe auf Sie geschossen, Sie Abschaum!«

Addies ganze Aufmerksamkeit war auf den Mann am Boden gerichtet. Sie hörte weder die ängstlichen Schreie von Dillon und Jane Ann noch das Geräusch eines herangaloppierenden Pferdes. Benommen nahm sie plötzlich wahr, daß John Tallman von seinem Pferd sprang.

John ging zu ihr und kniete sich neben den gestürzten Mann. »Wer ist das?«

»Ellis Renshaw. Ich habe auf ihn geschossen.«

»Miss Addie...«

»*Ich* habe auf ihn geschossen«, wiederholte Addie entschlossen, wobei sie Trisha direkt in die Augen sah und kaum wahrnehmbar den Kopf schüttelte.

»Ich hoffe, er stirbt!« sagte Trisha. »Ich hoffe, er stirbt.«

»Colin, lauf und hol eins von den Handtüchern von der Leine«, sagte John ruhig, während er Renshaws Hose von der Taille bis zum Schenkel mit seinem Bowiemesser aufschnitt. »Er verdient es sicher zu sterben, aber das würde jetzt jede Menge Ärger machen. Ihr Frauen geht besser einen Schritt zurück, wenn ihr nicht sein bestes Stück sehen wollt.«

»Ich besorg' mir ein Messer«, zischte Trisha. »Ich werde den Dreckskerl *kastrieren*!«

»Bring Trisha und die Kinder ins Haus, Addie. Colin und ich werden das regeln.«

Es kam Addie nicht in den Sinn, sich dem sanften Befehl zu wiedersetzen. Sie nahm die Kinder an der Hand, und sie hockten sich zusammen auf den Rand der Veranda. Trisha folgte widerwillig, schimpfte vor sich hin und sah über die Schulter nach dem Mann am Boden. Sobald sie sich hingesetzt hatte, kletterte Dillon auf Addies Schoß und faßte mit seinen kleinen Händen ihr Gesicht.

»Hab' dich lieb, Mama.« Der Ausdruck auf seinem Gesicht war fast verzweifelt. Addie hätte am liebsten geweint.

»Ich habe dich auch lieb, meiner kleiner Schatz.«

»Hab' Trisha auch lieb.«

»Ich weiß, und Trisha hat dich auch lieb. Du und Jane Ann braucht euch keine Sorgen zu machen. Wir kriegen das schon alles hin.«

»Colin hat gesagt, Mr. Tallman wird nicht zulassen, daß der alte Renshaw ihn wegbringt«, sagte Jane Ann, die auf Trishas Schoß saß und eine Haarsträhne zwischen den Fingern drehte, wie oft, wenn sie verwirrt war.

»Ich verlass' mich nicht auf diesen *Passanten*. Ich verlass' mich auf das Gewehr, um den alten Renshaw von Colin fernzuhalten«, sagte Trisha vollkommen ruhig.

Addies Gedanken rasten. Sie war sich sicher, daß Renshaws Verwandte gegen Trisha vorgehen würden; und weil sie farbig war, würden sie sie hängen, ohne weiter darüber nachzudenken. Sie mußte Renshaw davon überzeugen, daß sie – Addie – auf ihn geschossen hatte. Sie würde behaupten, er sei ihr zu nahe getreten. Sie würden es nicht wagen, *sie* ohne Gerichtsverhandlung zu hängen.

»Bleib hier, Liebes, und paß auf Trisha und Jane Ann auf«, sagte sie zu Dillon und setzte ihn neben Trisha, die einen Arm um ihn legte und ihn an sich drückte.

Addie ging rasch über den Hof zu John, der neben Renshaw hockte. Colin hatte Renshaws Gespann und Wagen zurück zu der Stelle gebracht, wo der jammernde und fluchende Mann auf dem Boden lag.

»Die Kugel hat seine Hüfte zerschmettert«, sagte John zu

Addie. »Wir brauchen ein flaches Brett, auf das wir ihn legen können, um ihn in den Wagen zu heben.«

»In der Scheune ist eine alte Tür. Colin und ich werden sie holen.«

Als sie an Renshaw vorbeiging, blieb sie stehen und sah hinab. »Es tut mir kein bißchen leid, daß ich auf Sie geschossen habe. Wenn die anständigen Leute in dieser Gegend wüßten, was für ein dreckiges Schwein Sie sind, würden sie Sie holen und aufhängen.«

»Die Niggerhure hat auf mich geschossen!«

Addie schürzte die Lippen, und als sie sprach, troff ihre Stimme vor Sarkasmus.

»Alle Renshaws sind dämlich, und Sie sind der dümmste von ihnen. Sie sind so dumm, daß Sie nicht mal wissen, wer auf Sie geschossen hat. Ich war es, und ich bin stolz darauf. Ich wünschte nur, ich hätte Sie getötet.«

Addie war sich bewußt, daß John aufgehört hatte, Renshaw zu versorgen, und sie ansah.

»Hol die Tür, Addie.«

Addie und Colin trugen die alte Holztür aus der Scheune zu der Stelle, an der Renshaw lag, der schützend die Hand über sein Geschlechtsteil hielt. John schob die Tür dicht an ihn heran.

»Rollen Sie sich auf die Seite, wenn Sie können.«

»Ich... kann nicht, gottverdammt!«

John zuckte die Schultern. Er bewegte den Oberkörper des Mannes. Dann zog er ihn, mit den Händen unter seinen Hüften, auf das Brett. Renshaw schrie vor Schmerzen.

»Kannst du mit Colin das eine Ende des Bretts hochheben?« fragte John.

Addie nickte. »Wo bringen Sie ihn hin?« fragte sie, nachdem sie das Brett angehoben und dann auf den Wagen geschoben hatten.

»Nach Hause. Er hat mir gesagt, wie ich hinkomme. Hol

mein Pferd, Colin, und binde es hinten an die Klappe.« John nahm Addies Arm und führte sie vom Wagen weg. »Das wird für eine Menge Ärger sorgen. Es nützt nichts, daß du die Schuld auf dich nimmst. Er weiß, daß Trisha auf ihn geschossen hat, und er schwört, sie wird dafür hängen. Ich bringe ihn nach Hause, dann komme ich zurück. Sorg dafür, daß Trisha und die Kinder im Haus bleiben, während ich weg bin.« Er sprach leise und ruhig, aber sein Ton ließ keinen Zweifel daran, daß er erwartete, daß seinen Anweisungen Folge geleistet würde.

»In Ordnung.« Sie starrte ihn an und versuchte, seinen Gedanken zu erraten. Ihre Wangen erröteten leicht, aber ihre großen violetten Augen blieben fest. Schüchtern legte sie ihm die Hand auf den Arm. »Mr. Tallman, ich danke Ihnen; Colin und Trisha danken Ihnen auch.«

Johns Gedanken erstarrten. Auch nachdem sie ihre Hand weggezogen hatte, spürte er noch deren Wärme auf seinem Arm. Die Tiefe seines Verlangens, sich um diese Frau und die, die ihr nahestanden, zu kümmern, verwirrte ihn. Er zwang sich dazu, zu lächeln und heiter zu sprechen.

»Eins muß man ja sagen, Addie. Du hast mehr Courage als andere.«

Addie blickte ihn fest an. »Tun Sie, was zu tun ist, Mr. Tallman.«

»Das ist eine ernste Angelegenheit.«

»Ich weiß. Was hat der Bürgermeister gesagt?« Sie mußte einfach fragen; es hatte sie den ganzen Morgen beschäftigt.

»Von ihm können wir keine Hilfe erwarten. Wenn jemand kommt, Addie, bleib im Haus. Laß niemanden hinein. Ich komme zurück, sobald ich kann.«

Unter seinem dunklen, ruhigen Blick begann ihr Herz heftig zu klopfen. Gerade in diesem Augenblick wirkte er nicht wie ein Fremder, den sie erst vor ein paar Tagen kennengelernt hatte. Er wirkte wie ein vertrauter Freund. Nach einem langen, eindringlichen Blick wandte er sich um und kletterte auf den Sitz des Wagens.

Sie sah zu, wie der Wagen den Weg zur Straße hinunterfuhr. Er hatte »wir« gesagt. Und er hatte sie geduzt. Plötzlich fühlte sie sich nicht mehr so allein.

»Colin, hol die Kuh. Gib ihr von dem Gras, das wir gestern geschnitten haben.« Addie eilte zur Veranda, auf der Trisha mit Dillon und Jane Ann saß. »Wir müssen Mr. Jefferson und die Schafe wieder in den Stall bringen.«

»Ich helfe Trisha!« Jane Ann sprang von Trishas Schoß.

»Danke, Liebling. Dillon und ich sehen nach meinem Brotteig.«

»Was hat der Passant gesagt?«

»Er hat gesagt, er kommt zurück, sobald er kann. Er wird uns helfen, Trisha. Und wir brauchen wirklich jede Hilfe, die wir kriegen können.«

»Warum haben Sie gesagt, Sie hätten den alten Scheißkerl erschossen?«

»Psst...« Addie warf einen Blick auf die Kinder. Sie waren mit einer Hornkröte beschäftigt, die unter der Veranda hervorgekommen war. »Du weißt so gut wie ich, daß Mr. Renshaw seine Leute aufhetzen wird, damit sie dich holen. Aber sie werden nicht wagen, mich ohne Gerichtsverhandlung anzurühren.«

»Ich hätte ihn umbringen sollen. Das wäre auch nicht schlimmer gewesen.« Große Tränen traten Trisha in die goldenen Augen. Sie sah aus wie ein ängstliches kleines Kind. Addie umarmte sie, und das Mädchen hielt sie umklammert.

»Du bist mir so lieb, als wärst du mein Kind. Ich werde bis zum letzten Atemzug für dich kämpfen. Erinnere dich, was wir die letzten paar Jahre durchgemacht haben und wie wir es geschafft haben, zusammenzubleiben. Wir sind jetzt nicht allein. Mr. Tallman wird zurückkommen, und er wird sagen, was wir am besten tun. Eines weiß ich – ich erschieße jeden verdammten Renshaw dort auf dem Hügel, bevor ich zulasse, daß sie dich anrühren.

* * *

Die Zeit verging langsam. Eine Mahlzeit wurde zubereitet, die Kinder bekamen zu Essen, und für Mr. Tallman wurde etwas übriggelassen. Addie hatte sich in Gedanken unablässig damit beschäftigt, zu Birdsall zu gehen und die Farm gegen Bargeld anzubieten. Sie mußten weg von hier, nicht nur wegen Colin, sondern jetzt auch wegen Trisha. Je länger Addie darüber nachdachte, desto mehr war sie davon überzeugt, daß dies der einzige Ausweg sei und daß es so schnell wie möglich geschehen müsse.

»Trisha und Colin, hättet ihr Angst, eine Weile allein hierzubleiben? Ich gehe rüber zu Birdsall und frage, ob er es ernst meint, daß er die Farm kaufen will.«

»Ich hab' keine Angst vor den miesen Renshaws.« Trisha warf ihre schwarze Mähne zurück und blickte trotzig drein, aber Addie fiel auf ihr Theater nicht herein; ihre Lippen bebten, und ihre Hände zitterten. Das Mädchen fürchtete sich.

»Wenn die irgendwas unternehmen, dann erst später am Abend; und bis dahin wird Mr. Tallman zurück sein. Ich bin nicht länger als eine Stunde fort. Ich glaube, es wäre am besten, mit Mr. Birdsall zu reden, bevor er hört, in welchen Schwierigkeiten wir stecken. Colin, hilf mir, die Pferde anzuspannen.« Addie nahm ihre Schürze ab, glättete ihr Haar und nahm ihre Sonnenhaube.

»Machen Sie sich keine Sorgen um die Kinder. Ich passe auf sie auf. Ich glaub, der alte Renshaw hat kapiert, daß wir uns nichts gefallen lassen.«

»Wenn ich zurückkomme, laden wir soviel wie möglich in den Wagen. Such die Lebensmittel, die Kleidung und

Decken raus, Trisha. Das müssen wir mitnehmen, und wenn es das einzige ist.« Addie bückte sich, um Dillon und Jane Ann zu umarmen. »Ihr beiden helft Trisha, während ich weg bin. Hört ihr? Und seid schön artig.«

Addie eilte aus der Tür, bevor die Kinder den Schleier auf ihren Augen sehen konnten. Colin stand neben den aufgezäumten Pferden.

»Soll ich nicht mitkommen, Miss Addie?«

»Ich hätte dich liebend gern bei mir, aber du wirst hier gebraucht, um auf Trisha und die Kleinen aufzupassen. Hol eine Handvoll Mais, und streu sie den Hühnern in den Stall, dann sperr sie ein. Wir werden ein paar von ihnen mitnehmen, wenn wir abfahren.«

»Wo fahren wir hin?«

»Das weiß ich noch nicht, aber sobald ich zurückkomme, fahren wir weg von hier. Du kannst mit Trisha anfangen, die Sachen zu packen.«

Sie kletterte auf den Wagen, als John den Weg hinauf auf das Haus zu geritten kam. Mit irritiertem Gesichtsausdruck kam er auf den Wagen zu.

»Wo zum Teufel fährst du hin?«

Addie errötete leicht, und ihre Augen blitzten kampflustig.

»Zu den Birdsalls. Mr. Birdsall hat einmal angeboten, die Farm zu kaufen.«

»Ich hatte gesagt, du sollst hierbleiben.«

»Wir können nicht hierbleiben. Wir müssen weg, mit dem Geld für die Farm oder ohne. Die Renshaws werden keine Ruhe geben, bis sie sich gerächt haben. Sie werden Trisha hängen« – Addies Stimme zitterte – »und niemand wird einen Finger rühren, um uns zu helfen.«

»Ich habe gesagt, du sollst beim Haus bleiben. Du hältst dich nicht an Anweisungen, nicht wahr, Addie?« Als sie nicht antwortete, fragte er: »Wie weit ist es zu den Birdsalls?«

»Ein paar Meilen. Vielleicht etwas mehr.«

»War jemand hier?«

»Wir haben niemanden gesehen.«

»Die Renshaws sind ganz schön aufgebracht. Ich denke, sie werden gegen Mitternacht hier auftauchen, um Trisha zu holen und alles niederzubrennen.«

Die klare, deutliche Aussage offenbarte ihr etwas vom Charakter des Mannes. Er spielte nicht mit Worten. Was gesagt werden mußte, sagte er geradeheraus.

Eine kalte lähmende Angst saß Addie in allen Knochen. Sie atmete zitternd ein und versuchte, ihm zu verheimlichen, wie sehr sie sich fürchtete. Sie hob ihr Kinn und griff nach den Zügeln, doch sie wurden ihr aus der Hand genommen und Colin gegeben.

»Spann die Pferde aus, Colin. Gib ihnen Futter und Wasser und etwas Getreide. Sie werden heute nacht hart arbeiten müssen. Sag Trisha, sie soll im Haus bleiben und die Kleinen bei sich behalten. Es könnte sein, daß jemand durch ein Fernglas alles beobachtet.«

Starke Hände griffen nach Addie und faßten sie um die Taille. Bevor ihr klar wurde, was geschah, wurde sie aus dem Sitz des Wagens gehoben. Als sich ihre Überraschung legte, saß sie vor John auf seinem Pferd, das Gesäß auf seine festen Schenkel gebettet, seine Arme um sie gelegt, während er das Pferd auf die Straße lenkte.

Kapitel 8

Welche Richtung?« fragte John, als sie die Straße erreichten.

Es dauerte einen Augenblick, bis sie sich gesammelt hatte, und selbst dann fiel ihr das Sprechen schwer.

»Nach... links.«

Nie zuvor war sie auf diese Weise geritten, auf dem Schoß eines Mannes, der seine Arme um sie gelegt hatte. Als sie mit Kirby auf einem der Arbeitspferde zum Heiraten in die Kirche geritten war, hatte sie hinter ihm gesessen und ihre Arme um ihn gelegt.

»Nimm die blöde Haube ab. Sie sticht mir ins Auge.«

Ohne zu zögern, zog Addie an der Schleife unter ihrem Kinn und nahm die Haube ab, obwohl ihr nicht klar war, wie die weiche Krone ihn stören konnte.

»So ist es besser. Du hast wunderschönes Haar. Es ist eine Schande, daß du es in diesem Knoten trägst.

»Ich bin kein Mädchen mehr, das mit offenem Haar herumlaufen könnte«, sagte sie gereizt.

»Warum nicht?«

»Weil ich kein Flittchen bin, darum!«

»Was hat das damit zu tun? Ich habe Flittchen gesehen, die hatten ihr Haar so fest zusammengerafft, daß sie die Augen zukneifen mußten.«

Sie wußte, daß er sie neckte, und wollte nicht darauf eingehen.

»Warst du schon immer so ernst, Addie?«

Als sie seine sanft geäußerte Frage hörte, kam ihre Erinnerung plötzlich mit einem Schlag zurück: wie sie in der Scheune Verstecken spielt, zum Fluß hinunterrennt, wobei ihr das offene Haar auf den Rücken fällt, wie Kirby nach ihr greift und sie auf das Gras am Ufer hinabzieht.

Nein! schrie es in ihr. Diese schwere Verantwortung hatte nicht immer auf ihren Schultern gelastet. Sie hatte ihr Haar offen getragen und war so dumm gewesen, sich mit einem Mann einzulassen, der sie benutzt und dann verlassen hatte, um seinem Traum von einem Abenteuer nachzujagen. Sie würde nicht noch einmal so dumm sein. Addie redete sich nicht ein, Kirby sei aus Überzeugung in den Krieg gezogen. Er wollte die Aufregung genießen und sie und ihren Sohn loswerden.

Sie bemerkte, daß John auf eine Antwort wartete, und weil sie nicht wußte, wie sie reagieren sollte, sagte Addie das Erstbeste, was ihr in den Sinn kam:

»Ich habe Ihnen nicht erlaubt, mich zu duzen.«

Er lachte.

Sie hörte nicht nur das leise Geräusch, sondern spürte auch seine Bewegung an ihrem Oberarm und seinen warmen Atem in ihrem Nacken. Ihr war deutlich bewußt, daß ihr Gesäß in dem V ruhte, das von seinem Schoß gebildet wurde, und sie war bemüht, sich aufrecht zu halten und ihre Schultern nicht an seine Brust zu lehnen. Sie blickte auf die Hände hinab, die die Zügel hielten. Die Finger waren lang, die Nägel kurz und sauber. Feine schwarze Härchen bedeckten die Handrücken.

Aus irgendeinem verrückten Grund fiel ihr das Atmen schwer, und ihr dummes Herz schlug so heftig, als sei sie um die Wette gerannt.

»Nach rechts«, sagte sie, als sie zu einer Wagenspur kamen, die hinaus zu einem dichten Baumwollfeld führte.

Der Weg durchquerte ein dichtes Wäldchen. Die Sonne schien hell durch das grüne Laub. Es war außergewöhnlich ruhig, bis auf das Klappern der Pferdehufe auf dem weichen Boden.

Krah! Krah! Eine Krähe, die über ihnen kreiste, tauchte plötzlich hinab. Nach der Schelte der Krähe hörten sie einen Chor von Flüchen aus der Kehle eines Eichelhäherschwarms, der oben in den Bäumen saß. Dann war es wieder ruhig, bis aus der Ferne der Gesang einer Bergdrossel ertönte.

Ein Reh rannte mit einem Kitz an seiner Seite aus dem Wald und den Weg vor ihnen hinunter, um dann wieder im Schutz eines Dickichts zu verschwinden.

»Ich hätte gedacht, daß das Wild so nahe der Stadt abgejagt wäre.«

»Das Land hier gehört den Birdsalls. Nur Birdsalls jagen hier.«

»Was ist Birdsall für ein Mensch, und wie kommt es, daß er ein Angebot für das Haus gemacht hat?«

»Er ist von ganz anderem Schlag als die Renshaws.«

»Das will nicht viel heißen«, sagte John trocken.

»Er war mit der erste, der sich hier in der Gegend niedergelassen hat. Mein Vater kam später und erwarb das Land neben seinem. Mr. Birdsall hat zwei Söhne und will für jeden eine Farm. Und... er will nicht, daß die Renshaws mein Land bekommen. Einer seiner Söhne, der gerade aus dem Krieg zurückgekehrt ist, hatte mit einem Renshaw Ärger, weil dieser einen Schwarzen mißhandelt hat. Die jungen Birdsalls sind in den Krieg gezogen, weil ihnen der Gedanke nicht gefiel, daß Yankees herkommen und ihnen Vorschriften machen könnten, nicht weil sie an die Sklaverei glaubten.«

»Weiß Birdsall, daß der Pfarrer Colin zu Renshaw schicken will?«

»Keine Ahnung. Auf jeden Fall buckelt er nicht vor Pfarrer Sikes, wie einige andere es tun.«

Als sie sich dem Haus näherten, kamen bellende Hunde

verschiedenster Größe und Rasse darunter hervor und scharten sich um sie. Auf ein Wort des weißhaarigen und weißbärtigen Mannes, der in einem Stuhl auf der Veranda saß, rannten sie davon, aber nicht weit – sie ließen sich im Hof nieder und beäugten die Besucher mißtrauisch.

Das Holzhaus sah aus, als stünde es schon immer da. Es war breit und kastenförmig, mit einem durchhängenden Dach, das die vordere und hintere Veranda bedeckte. Gemauerte Schornsteine ragten auf jeder Seite über den Dachfirst empor. Neben dem Haus befand sich eine Pfirsichplantage und ein gepflegter Garten, über den von einem Ende zum anderen Schnüre gespannt waren, mit kleinen Stoffetzen daran, die die Vögel vertreiben sollten.

John hielt sein Pferd am Pfosten an, half Addie hinab und stieg dann aus dem Sattel. Er folgte ihr auf die Veranda.

»Guten Tag, Mr. Birdsall.«

»Tag, Addie«, antwortete der alte Mann, während er an ihr vorbei auf John blickte.

»Das ist Mr. Tallman, ein… Freund.«

»Tag.« John trat vor und streckte seine Hand aus.

»Kenne nicht viele Leute, die Tallman heißen. Hab' mal einen in der Nähe von Fort Smith getroffen, der so hieß. Ist lange her.«

»Das könnte mein Vater gewesen sein. Rain Tallman. Er ist vor vierzig Jahren in diese Gegend gekommen.«

»Ja, der war es wohl. Sie sehen ihm sogar ähnlich, wenn ich es mir recht überlege. Setzen Sie sich, setzen Sie sich.«

Nachdem er auf die verschlissenen Rohrstühle gedeutet hatte, wandte er den Kopf und rief ins Haus: »Cloris!«

Eine rundliche Frau mit hübschem Gesicht trat so rasch aus der Tür, daß sie dahinter gelauert zu haben schien.

»Hallo, Addie.«

»Hallo, Cloris. Das ist Mr. Tallman.« Dann, zu John:

»Cloris ist mit Alfred verheiratet, einem der Söhne von Mr. Birdsall.«

»Möchten Sie etwas Kaltes trinken?«

»Das wäre nett«, murmelte Addie.

»Ich weiß, daß du nicht zum Zeitvertreib gekommen bist, Addie«, sagte Mr. Birdsall, sobald Cloris die Veranda verlassen hatte. »Was hast du auf dem Herzen?«

Addie holte tief Luft. »Haben Sie noch Interesse daran, meine Farm zu kaufen?«

»Bist du bereit, sie zu verkaufen, oder bist du dir noch unsicher?«

»Ich bin bereit zu verkaufen. Heute.«

»Warum heute?«

»Nun... ich –«

»Sie wird heiraten«, sagte John ruhig; dann, als Addie ihn verwirrt anblickte: »Ich glaube, wir sollten ihm die Wahrheit sagen, Liebes. Mr. Birdsall, Addie fürchtet, daß sie in Verruf geraten könnte, wenn sie so bald nach der Neuigkeit über Kirby wieder heiratet.«

Cloris kam mit einem Eimer Wasser nach draußen. Nachdem Addie getrunken hatte, gab sie John den Schöpflöffel.

»Ausgezeichnetes Wasser«, sagte er nach einigen Schlucken.

»Das beste in den Ozarks.« Mr. Birdsall wartete, bis Cloris wieder ins Haus gegangen war, bevor er weiter fragte: »Warum heute?«

»Ich breche auf, um zu meiner Ranch in New Mexico zurückzukehren, und ich möchte Addie mitnehmen. Ich habe mich verpflichtet, als Scout eine Wagenkolonne zu führen, die auf mich wartet.«

Addie war sprachlos. Der Mann konnte so gerissen lügen.

»Da beneide ich Sie. Als ich herkam, war das hier Neuland. Orbie Johnson, das war Addies Vater, kam ein paar Jahre später. Eine Zeitlang waren wir die einzigen. Dann kamen andere. Leider auch Gesindel«, brummte er. »Orbie war ein guter, fleißiger Arbeiter. Er hat mir geholfen, die Pfirsichbäume da zu pflanzen, kurz bevor es ihn erwischt hat. Orbie würde sich freuen, daß Addie eine guten Mann bekommt. Der andere Kerl, den sie geheiratet hat, war keinen Pfifferling wert.«

Sie hätte schreien können! Woher wußte Birdsall, daß John Tallman ein *guter* Mann war? fragte Addie sich. Und wie konnte er wissen, daß Kirby keinen Pfifferling wert gewesen war? Sie öffnete den Mund, um ihn zu fragen, dann schloß sie ihn, als sie sah, daß John sie durchdringend ansah und seine dunkelblauen Augen ihr befahlen, ruhig zu sein. Sie preßte den Mund zusammen, aber ihre violetten Augen sprühten vor Ärger.

»Ich glaube, Sikes nimmt dir die Waisen gerne ab. Hab' gehört, Renshaw nimmt den Jungen. Cloris hat nach dem Mädchen gefragt. Bin mir aber nicht sicher, die muß noch etwas wachsen, bevor sie eine große Hilfe sein kann.«

»Colin und Jane Ann kommen mit mir«, sagte Addie entschlossen. »Ich... äh, habe Mr. Tallman erklärt, daß ich mich nicht von ihnen trennen könnte. Mr. Birdsall, wegen der Farm –«

»Sir, wir haben das besprochen«, unterbrach John ruhig. »Es sind acht Hektar Baumwolle und fünf Hektar Mais. Ein halber Hektar Ginster und ein halber Hektar Garten. Die Scheune ist in gutem Zustand, und es gibt einen guten Brunnen. Addie wird alle Haushaltsgegenstände dalassen, die wir nicht mitnehmen können, außerdem die Milchkuh und die Schafe.«

»Die Schafe nicht!«

»Hör mal, Liebling –«

»Die Schafe nicht!« beharrte sie.

John zwinkerte Mr. Birdsall zu. »Wir glauben, sechshundert in bar wären ein fairer Preis.«

Sechshundert? Addie blieb beinahe die Luft weg. Sie hatte vorgehabt, nur dreihundert zu fordern.

»Das ist eine ganz schöne Summe für Bargeld.«

»Nicht wenn man bedenkt, wie die Dinge liegen. In einem Jahr werden Sie für diese Farm zwölfhundert kriegen. Ich mache Ihnen einen Vorschlag. Legen Sie einen schweren Wagen und ein paar gute Maultiere drauf, und wir gehen runter auf vierhunderfünfzig in bar.«

»Ich weiß nicht –«

John schwieg. Seine Augen trafen Addies und sahen sie lange an. Das Schweigen wurde gespannter. Birdsall rieb den Schnurrbart an seinem Kinn.

»Ich weiß nicht«, sagte er wieder.

»Wir haben noch einen anderen Interessenten, aber Addie –«

»Vier.«

»Vier-fünfundzwanzig, und ich suche die Maultiere aus.«

»Abgemacht.« Mr. Birdsall streckte John seine Hand entgegen und stemmte sich dann auf die Füße und stieg von der Veranda.

Addie war verblüfft. Während des gesamten Verkaufs *ihrer* Farm hatten die beiden Männer sie vollkommen ignoriert.

Sie und John folgten Mr. Birdsall in die Scheune hinter seinem Haus. John nahm Addie am Ellbogen und drückte ihn kurz, bevor er sich die Maultiere ansah.

Eine halbe Stunde später saß Addie auf dem Wagensitz, während John sein Pferd an die Wagenklappe band. Nachdem sie die Farm an Mr. Birdsall überschrieben hatte, hatte er John eine Verkaufsurkunde für den Wagen und die Maultiere sowie einen Beutel Geld gegeben, das John gezählt und in der Innentasche seiner Weste verstaut hatte.

Cloris Birdsall kam hinaus zum Wagen. »Viel Glück, Addie. Papa hat gesagt, daß Alfred und ich in deinem Haus wohnen können. Ich freue mich so... ich bin es wirklich leid, mit Verwandten zusammenzuwohnen«, fügte sie flüsternd hinzu.

»Versorg die Moosröschen gut«, sagte Addie mit erstickter Stimme. »Die Stockrosen sprießen jedes Jahr, aber ich streu' trotzdem Samen aus. Daisy ist eine gute Kuh, aber manchmal muß man sie mit dem Kopf... in die Seite stoßen –«

»Fertig?« John setzte den Fuß zwischen zwei Radspeichen und sprang neben Addie auf den Sitz, wo er die Zügel an sich nahm.

Sie nickte, zu bewegt zum Sprechen.

Mr. Birdsall kam zum Wagen und streckte seine Hand aus.

»Es ist ja nicht so, daß Fremde dein Haus übernehmen, Addie. Orbie wußte, daß ich sein Grundstück mochte.«

»Papa wäre froh, daß Sie es haben. Auf Wiedersehen, Mr. Birdsall.«

»Wir sind Ihnen sehr zu Dank verpflichtet«, sagte John. Dann: »Vielleicht schicken Sie heute ein paar Ihrer Jungs runter zur Farm. Wir brechen gegen Abend auf. Ich würde es den Renshaws zutrauen, daß sie rüberkommen und alles zusammenschießen, wenn sie hören, daß wir weg sind.«

»Meine Güte, das wäre dann aber das letzte, was sie zusammenschießen, wenn sie das wagen. Diese Renshaws haben zusammen nicht so viel Hirn wie eine Fliege.«

»Da muß ich Ihnen recht geben. Guten Tag noch.«

John schwang die Peitsche über die Rücken der Maultiere, und der Wagen rollte von dem Gehöft weg. Addie saß stocksteif neben ihm, ihre Augen strikt nach vorn gerichtet. Sobald sie außer Sichtweite der Birdsalls waren, wirbelte sie zu ihm herum.

»Warum haben Sie ihm *das* erzählt?« verlangte sie zu wissen. Ihre Augen funkelten vorwurfsvoll, und obwohl sie ruhig bleiben wollte, wurde ihre Stimme lauter.

John zog seine dunklen Brauen zusammen, als er sie fragend anblickte. Er ignorierte ihre Wut und sagte sanft:

»Was meinst du?«

»Das wissen Sie!«

»Daß wir heiraten werden? Ist es denn so eine schreckliche Vorstellung, mich zu heiraten?«

»Aber… es ist eine Lüge.«

»Vielleicht; aber es hat funktioniert, oder? Wir sind viel besser weggekommen, als ich erwartet hatte. Ich hatte diesen Wagen schon gesehen, als wir den Weg hinaufkamen. Du hättest doch versucht, deine Sachen in den zu laden, den du hast. Hoffentlich regnet es nicht, bevor wir ein paar kräftige Bögen und eine Wagenplane besorgen können.«

»Es war richtig, Mr. Birdsall anzulügen«, beharrte Addie. »Sie haben alles an sich gerissen und einfach meine Farm verkauft. Ich war gar nicht daran beteiligt.«

John Gesicht nahm einen überraschten Ausdruck an. »Ärgert dich das? Willst du in der Familie die Hosen anhaben?«

»Wir sind keine Familie!« Addie schrie beinahe.

»Mr. Birdsall ist davon ausgegangen. Hättest du ein besseres Geschäft gemacht? Was wolltest du verlangen? Zweihundert, dreihundert?«

Er hatte so gut geschätzt, daß Addies Ablehnung etwas nachließ. Ihre violetten Augen blickten kurz zu ihm auf. Sein Gesicht war so hart, daß es sie erschauern ließ. Addie hatte es sich immer zugute gehalten, aufrichtig zu sein. Und trotz ihrer verletzten Eitelkeit und seinem eigenmächtigen Handeln schuldete sie ihm Dank.

»Ich danke Ihnen dafür, was Sie getan haben, Mr. Tallman. Bitte verzeihen Sie, daß ich mich aufgeregt habe.« Sie senkte ihre Augen auf ihre Hände, die sie im Schoß ineinander verschränkt hatte. Sie spürte, daß seine Augen auf ihr ruhten, und das machte sie nervös.

»Zieh doch nicht so ein Gesicht. Du hast bekommen, was du wolltest, und noch dazu einen Wagen und ein Gespann.«

»Ich weiß, aber ich... verkaufe nicht jeden Tag mein Zuhause.« Sie verstummte. Um ihre Gefühle zu verbergen, konzentrierte sie sich darauf, sich an der Seite des Wagens festzuhalten, weil das Gespann schneller geworden war.

»Warum hast du es dann getan? Du hättest Trisha in den Norden schicken können; Colin hätte sie begleiten können, und deine Probleme wären gelöst gewesen.«

Sofort war ihm klar, daß er genau das Falsche gesagt hatte. Addies Gesicht wurde dunkelrot, ihre Augen sprühten vor Zorn, und ihre Dankbarkeit war schlagartig vergessen.

»Meine Probleme gelöst? Sie einfach wegschicken, ohne einen Gedanken daran zu verschwenden, was aus ihnen wird? Ist es das, was Sie mit *Ihren* Problemen machen, Mr. Tallman? Aus den Augen, aus dem Sinn? Also, ich nehme meine Verantwortung ernster.«

Er lächelte. »Du bist wirklich eine besondere Frau. Es wird mir ein Vergnügen sein, dich näher kennenzulernen.« Er setzte seinen Fuß auf das Vorderbrett und zog die Zügel zurück, um das Gespann zu verlangsamen. Sie kamen zu einer scharfen Biegung des Wegs.

»Von wegen! Besser als jetzt werden Sie mich nie kennenlernen.«

Sein Lächeln wurde breiter. Seine dunkelblauen Augen zeigten eine solche Bewunderung und Entschlossenheit, daß Addie erschauerte, obwohl sie vor Wut schwitzte.

»Du brauchst mich, Addie. Ich bin alles, was zwischen dir und den Renshaws steht. Aus irgendeinem Grund, den Gott allein kennt, haben sich unsere Wege gekreuzt. Vielleicht will das Schicksal, daß wir uns... sehr gut kennenlernen.« Er sprach ruhig, als ob ihm dieser lächerliche Gedanke wirklich ernst wäre.

Bis auf das Quietschen des Wagens und das Klirren der

Geschirre war es ruhig, aber Johns Worte dröhnten in ihrem Kopf: *uns sehr gut kennenlernen.* Er hatte wirklich Nerven! Der ist nicht ganz richtig im Kopf, dachte sie wild.

»Schicksal!« stieß sie hervor. »Sie spinnen doch, wenn Sie diesen Blödsinn glauben!« Sie hatte etwas sagen wollen, daß ihn wirklich verstummen lassen würde, aber als sie in seine lachenden Augen blickte, wurde ihr klar, daß ihr das nicht gelungen war. »Sie sind vollkommen verrückt.«

»Vielleicht. Komm von deinem hohen Roß herunter, und erzähl mir von deinem Mann. Mr. Birdsall schien nicht viel von ihm zu halten.«

»Mein Mann ist ein Thema, das ich nicht mit Ihnen diskutieren werde, weder jetzt noch sonst irgendwann.«

Irgendwie fühlte Addie sich seltsam lebendig. Sie führte es auf die Tatsache zurück, daß sie sich seit Monaten, ja sogar seit Jahren nicht mehr mit einem interessanten Mann unterhalten hatte. Sie mußte widerwillig zugeben, daß es ihr Vergnügen bereitete, mit ihm zu sprechen. Aber diese andere Sache, daß sie sich lebendig fühlte, wenn sie mit ihm zusammen war, daß sie sein Gesicht hinter geschlossenen Lidern sah, verwirrte sie. Und, Gott möge ihr helfen, sie war glücklich, oh, so glücklich, daß er bei ihr war.

John war sich nicht sicher, wieso er diese Dinge zu ihr gesagt hatte. Er glaubte sie nicht einmal selbst. Man hatte ihm beigebracht, daß ein Mann seinen eigenen Weg durchs Leben geht. Es lag an ihm, ob er einen geraden oder einen gewundenen Weg einschlug. Er glaubte auch, daß es so etwas wie Glück nicht gab. Ein Mann bestimmte sein Schicksal selbst.

Er warf einen Blick auf die Frau neben ihm. Es irritierte ihn, daß er sie so gerne ansah. Sie war zerbrechlich und unberechenbar, aber trotzdem stark. Sie hatte Rückgrat, das stimmte, und würde es mit jedem Mann aufnehmen, wenn sie sich im Recht glaubte. Er bewunderte ihre tiefe Loyalität zu Trisha und dem Jungen, und sogar zu ihrem Mann, der laut Birdsall keinen Pfifferling wert gewesen war.

John fragte sich, ob sie eine leidenschaftliche Liebhaberin sein würde. Sofort spürte er, wie sich Vorwürfe in ihm regten. Verdammt! Er hatte vorgehabt, sich für lange Zeit nicht für eine Frau zu interessieren, vor allem nicht für eine Frau, die zusätzliche Belastungen mit sich brachte. Ihr eigener Sohn war eine Sache für sich, aber da waren ja auch der Junge, seine Schwester und Trisha – eine komplette Familie, die das große Haus auf seiner Ranch füllen würde. *Wo zum Teufel kam jetzt dieser Gedanke her?* Vor seinem geistigen Auge sah er Addie dort in dem schattigen Hof – ein weiter Rock wehte um ihre nackten Knöchel, ihr Haar hing bis zu ihrer Taille hinab, und ein dunkelhaariges Baby saß auf ihrer Hüfte.

Verdammt noch mal! Das war eine ernste Angelegenheit, die ihm da durch den Kopf ging. Brauchte er vielleicht einfach eine Frau? Er hatte die Frauen, mit denen er zusammen war, immer sorgfältig ausgewählt und hatte sich nie mit einer von den Schlampen, die in den meisten Saloons so leicht zu haben waren, zufriedengegeben.

Eines stand für ihn fest: Der Anblick von Addie Hyde ließ sein Herz höher schlagen, als es irgendeine Frau vor ihr vermocht hatte, und er war verblüfft von der Stärke seines Verlangens, sich um sie zu kümmern. Sie war eine volle, reife Frau mit starkem Charakter, regem Verstand und lebhaften Geist. Ihr Körper war aufrecht und stark und trotzdem unglaublich weich. Es wäre sehr leicht, großes Interesse für sie zu haben.

»Ohhh!« Der Ausruf, den Addie hervorstieß, holte John aus seinen Träumereien zurück. Seine starken Hände, die die Zügel hielten, hatten die Maultiere auf den Weg zum Haus gelenkt. »O nein! Mir ist gerade eingefallen, daß… ich diese Maultiere wahrscheinlich gar nicht lenken kann!«

»Mach dir keine Sorgen. Du wirst sie nicht lenken müssen.«

»Aber –« Addie hielt plötzlich inne und sah den Mann neben sich an. Er saß unbeweglich da und suchte mit den Augen die Seiten des Weges und die Strecke, die vor ihnen lag, ab. Er war so aufmerksam wie ein Hengst, der seine Herde beschützte. »Was ist?«

»Da ist jemand. Wenn ich dir sage, du sollst dich ducken, dann tu es ohne Widerrede.«

»Woher wissen Sie das? Ich kann nichts sehen –«

»Mein Pferd. Hier ist irgendwo ein anderer Hengst.«

Addie sah sich zu Johns Pferd um, das an die Klappe gebunden war. Es hatte die Ohren aufgestellt, seine Nüstern bebten, und es stieß kleine schnaubende Geräusche aus.

»Oh, ich hätte sie nicht allein lassen sollen!« Addies Augen suchten das Haus nach Trisha und den Kindern ab. Die Vordertür war geschlossen, und nicht einmal ein Huhn war im Hof zu sehen.

John sagte kein Wort, als er die Maultiere den Weg hinauf und um das Haus herum trieb. Addies Herz raste vor Angst und Sorge. Das erste, was sie sah, war ein großes geflecktes Pferd, das an das Geländer neben dem Wassertank gebunden war. Dann sah sie Colin und einen bärtigen Mann, die auf dem Rand der Veranda saßen. Colin hatte ein Fernglas in der Hand. John fluchte, brachte die Maultiere zum Stehen und band die Zügel an den Griff der Bremse. Addie kletterte über das Rad nach unten, bevor er ihr behilflich sein konnte, und eilte zur Veranda.

»Ist alles in Ordnung?« fragte sie. Ihre Angst ließ etwas nach, als sie sah, daß Colin lächelte.

»Erinnern Sie sich noch an Mr. Simmons, Miss Addie? Er hat mich durch sein Fernglas gucken lassen.« Addie sah auf die geschlossene Tür. »Trisha wollte nicht rauskommen.«

»Zumindest hält *sie* sich an Anweisungen.« John war

hinter Addie herangekommen. »Was machen Sie hier, Simmons?«

»Tag, Tallman.« Der bärtige Riese grinste. Er war genauso groß wie John und viel schwerer. »Kam gerade vorbei.«

»Von wegen. Ich hab' die Abdrücke von Ihrem Pferd auf dem Hügel gesehen. Sie haben durch das Fernglas da spioniert.«

»Beim Jupiter, Sie sind besser, als ich dachte. Hab' gehört, Sie könnten einen Vogel am Himmel aufspüren, hab' es aber nicht geglaubt.«

»Das war nicht schwer. Nur wenige Pferde haben so große Hufe. Wenn Sie vorhaben, weiter herumzuschnüffeln, sollten Sie sich ein anderes Pferd besorgen.«

Simmons zeigte mit einem Kopfnicken und einem Grinsen seinen Respekt.

Colin, der beide Männer beobachtete, machte ein besorgtes Gesicht.

»Guten Tag noch«, sagte John als Verabschiedung. Und obwohl er Addies Ellbogen ergriff, als sie auf die Veranda stieg, blieben seine Augen auf den anderen Mann gerichtet.

»Übernehmen Sie hier das Kommando, Tallman?« fragte Simmons.

»Das könnte man so sagen. Ich heirate Miss Addie.« Während er sprach, drückte John Addies Ellenbogen. Fest.

»Wenn das der Fall ist, dann würde ich gerne mal im Vertrauen mit Ihnen reden.«

»Warten Sie bei Ihrem Pferd. Ich komme gleich.« John öffnete die Hintertür und schob Addie vor sich her, bevor sie protestieren konnte.

»Warum haben Sie das gesagt?« flüsterte sie wütend.

»Denk doch mal nach. Solche Männer werden dich in Ruhe lassen, wenn sie glauben, daß du beschützt wirst.«

»Aber –«

»Wir haben keine Zeit für Diskussionen.« Er faßte sie an

den Schultern. »Pack mit Trisha zusammen, was ihr braucht. Kochtöpfe, Lebensmittel, Bettzeug und Kleidung zuerst. Dann werden wir sehen, wieviel Platz noch für andere Dinge ist. Wir brechen in zwei Stunden auf, also verschwendet keine Zeit.«

Als er hinausging, ließ er die Tür offen. Addie wandte sich um und sah Trisha und die kleinen Kinder in der Ecke hinter den gepackten Wäschewannen stehen. Erst jetzt stellte sie fest, daß in der Küche bis auf die Möbel fast alles ausgeräumt war.

Sie blinzelte, um ihre Tränen zu verbergen.

KAPITEL 9

John wußte nicht viel über Jerr Simmons, den Mann, der als Buffer bekannt war. Er hatte nichts Schlechtes über ihn gehört, allerdings auch nichts Gutes.

Erst heute morgen hatte er entdeckt, daß jemand das Haus beobachtet hatte. Die Abdrücke waren tief, was bedeutete, daß diese Person ein schwerer Mann auf einem schweren Pferd war.

Als er Simmons und das Fernglas sah, war es nicht schwierig gewesen, zwei und zwei zusammenzuzählen. Er hatte nicht viel übrig für einen Mann, der sich versteckt hielt und Frauen ausspionierte.

»Colin«, rief er, als er sah, daß der Junge mit Simmons sprach. »Miss Addie braucht Hilfe.«

»Tschüs, Mr. Simmons. Danke, daß ich durch Ihr Fernglas gucken durfte.« Colin warf John einen besorgten und verwirrten Blick zu, als er an ihm vorbeirannte.

»Nun, Simmons, was haben Sie gemacht? Dem Jungen Informationen über die Frauen entlockt?«

»Ja«, gab Simmons zu. »Hab' aber nicht viel erfahren. Der Kleine ist verschlossen wie eine Auster.«

»Sagen Sie, was Sie zu sagen haben. Ich habe zu tun.«

»Warum haben Sie gesagt, daß Sie diese Frau heiraten? Sie schien sich über die Neuigkeit zu wundern.«

»Es geht Sie zwar nichts an, aber ich werde sie heiraten. Sie weiß es nur noch nicht.«

Buffer Simmons kicherte. »Dachte mir, daß Sie ein Mann sind, der sich nimmt, was er will.«

»Ich *nehme* keine Frau, wenn sie nicht genommen werden will!«

»Wollte Sie nicht beleidigen... und die Lady auch nicht. Kommen Sie. Ich muß Ihnen etwas zeigen.«

John folgte dem Mann in die Scheune und weiter in den hinteren Teil. Als er aus der Hintertür trat, sah er Buffer dastehen, die Hände grinsend auf die Hüfte gestemmt.

»Hab' einen kleinen getrockneten Misthaufen gefunden.«

Der Mann, der auf dem Boden in einem Haufen Kuhdung saß, war klein, drahtig und hatte fast genauso viel Haar im Gesicht wie auf dem Kopf. Seine Füße waren fest zusammengebunden, er hatte einen Knebel im Mund, und seine gefesselten Handgelenke waren nach oben gezogen und an einen Ast über seinem Kopf gebunden. Nach der Beschaffenheit der Kuhfladen zu urteilen, in denen er saß, war die Kuh erst vor kurzer Zeit von ihrem Lieblingsplatz im Schatten vertrieben worden.

Kalte, wäßrigblaue Augen starrten John und Buffer unter dem spärlichen strohfarbenen Haar hervor an.

»Hübscher Anblick, was?«

»Sieht wirklich wie ein Haufen Mist aus«, sagte John trocken. »Wo haben Sie ihn gefunden?«

»Schlich hier mit einem Gewehr herum. Hab' ihn durch mein Fernglas gesehen. Ich wußte, daß Sie nicht hier waren, weil ich gesehen hatte, wie Sie mit Miss Addie weggeritten sind. Dachte mir, daß ich besser nachsehe, was er vorhat.«

»Es ist einer von den Renshaws.«

»Ja. Hat erst alles ausgeplaudert, bevor ich ihm das Maul mit diesem Lumpen da gestopft habe. Mußte mir damit natürlich erst den Dreck von den Stiefeln wischen.« Simmons hatte offensichtlich seinen Spaß.

John hob das Gewehr auf, das an die Scheune gelehnt war, und nahm die Patronen heraus, dann packte er den Lauf und schwang es so heftig gegen den Baumstamm, daß der Griff zersplitterte; der Schießmechanismus zerbrach und fiel ab.

Der Mann auf dem Boden stampfte vor Wut mit den Füßen. Sie rutschten im weichen Dung hin und her. Wütendes Grunzen ertönte unter dem Knebel.

»Du Hurensohn«, fauchte John. »Ich sollte dir ins Gesicht treten. Simmons war gnädiger mit dir, als ich es gewesen wäre. Ich hätte dich an den Daumen aufgehängt, nachdem ich dir die Haut vom Rücken gezogen hätte. Wenn dich deine Leute finden, dann sag ihnen, falls sie vorhaben die Frauen hier zu suchen, dann werde ich sie kriegen... einen nach dem anderen... in den Rücken... wenn sie am wenigsten damit rechnen.«

John hatte die Absicht, ihm Furcht einzujagen, und er war erfolgreich. Das Gesicht des Mannes wurde kalkweiß. Voller Angst sah er zu, wie John das zerbrochene Gewehr weit in den Vorhof warf und zurück in die Scheune ging.

»Weiß der Junge von ihm?« fragte er, sobald Buffer die Scheune betrat.

»Nein. Hat ihn nicht gesehen, muß es auch nicht erfahren.«

»Was hat Renshaw Ihnen gesagt?«

»Daß er die Hure erschießen würde, die seinen Cousin verkrüppelt hat.«

»Das ist die Wahrheit. Sie hat ihn verkrüppelt. Der wird kein Feld mehr pflügen. Wahrscheinlich nicht mal mehr auf ein Pferd steigen.«

»Ich hab' in der Stadt von den Renshaws gehört. Das ist eine ganze Horde. Einige von ihnen sind schlimmer als eine gereizte Schlange. Sie werden blutrünstig hier auftauchen.«

»Ja.«

»Brauchen Sie Hilfe, um den großen Wagen zu beladen? Der Junge hat das Werkzeug, die Seile und Geschirre zusammengesucht.«

»Sie haben alles begriffen, nicht wahr?«

»Ja. Renshaw hat komplett ausgepackt. Sein Cousin wollte den Jungen, das Mädchen hat auf ihn geschossen. Die ganze Sippe wird kommen, um alles niederzubrennen, also bringen Sie sie hier weg. Denke, das ist ganz schön viel für einen Mann alleine. Zwei würden besser klarkommen.«

John sah ihn mißtrauisch an. »Was versprechen Sie sich davon?« Als der Riese mit den Schultern zuckte, sagte John: »Das ist hier nicht Ihre Gegend, Simmons. Das letzte, was ich gehört habe, war, daß Sie mit einer Kiowa-Frau unten am Wolfe Creek hausen.«

»Wußte gar nicht, daß ich so berühmt bin, daß ein Tallman sich für mich interessiert.«

»Was bringt Sie hierher?«

»Dasselbe wie Sie, glaube ich.«

»Und zwar?«

»Ich warte auf Van Winkle. Er hat mich als Jäger für seine Truppe angeheuert.«

»Zum Teufel!«

»Sind Sie sein Scout?«

»Er folgt meiner Gruppe durchs Indianerterritorium. Wenn er Sie angeheuert hat, dann braucht er mich nicht.«

»Sagen Sie das Van Winkle.«

»Das werde ich tun.« John band sein Pferd los, führte es zum Wassertank und tauschte dann das Zaumzeug gegen ein Halfter. Anschließend pflockte er das Pferd auf einem Wiesenstück an.

Als er zurückkam, hatte Buffer die Maultiere ausgespannt und führte sie zum Tank. John ging ins Haus. Alle arbeiteten. Addie hatte Dillon und Jane Ann je einen Kopfkissenbezug für ihre Kleidung gegeben. Trisha und Colin trugen Lebensmittel aus dem Keller nach oben. John nickte zustimmend, ging in ein Schlafzimmer und kam mit einer Strohmatratze heraus, die er zum Wagen trug. Dann holte er die andere Matratze und ein Federbett, das Addie sicher nicht zurücklassen wollte.

Buffer brachte die wichtigsten Dinge aus der Scheune. Er schien zu wissen, was mitzunehmen und was dazulassen war. Er arbeitete schnell, als hätte er so etwas schon häufiger getan, und wenn er gerufen wurde, kam er zur Veranda und half John, die Truhe und die Walnußkiste in den Wagen zu tragen.

»Wir nehmen das alles später raus und ordnen es neu«, versprach John, als er Addies besorgten Blick sah. Ihr Spinnrad thronte auf einer Wanne voller Utensilien. »Wir müssen die ganze Nacht fahren, Addie«, sagte John, als er die Matratzen arrangierte. »Wir müssen ein Plätzchen einrichten, auf dem die Kleinen schlafen können.«

»Meine Schafe können im anderen Wagen fahren.«

John sprang vom Wagen herab und sah sie an, als seien ihr plötzlich Hörner auf der Stirn gewachsen.

»Habe ich richtig gehört?«

»Allerdings, wenn Sie gehört haben, daß meine Schafe im anderen Wagen fahren können.«

»Addie, deine Schafe nimmst du *nicht* mit!«

»Doch, das werde ich. Es sind meine Schafe; das hier ist mein Wagen.«

»Du kannst dir später neue Schafe kaufen.«

»Nicht diese Art von Schafen. Ich habe Jahre gebraucht, um dieses Paar Merinoschafe zu bekommen. Sie werden mit dem Werkzeug und den anderen Sachen hinten im Wagen fahren. Wir werden etwas Stroh hineintun, so daß sie sich hinlegen können.«

»Addie, sei doch vernünftig. Wir werden morgen den ganzen Tag und die ganze Nacht fahren. Wir müssen so schnell wie möglich von hier wegkommen. Meine Männer warten mit meinen Güterwagen in der Nähe von Van Buren. Wenn wir sie erreichen können, bevor uns die Renshaws kriegen, dann wird kein Bataillon von Renshaws oder Sheriffs Colin oder Trisha bekommen.« Er sprach im Plauderton, um sie zu beruhigen.

»Bitte, John.« Sie legte ihm die Hand auf den Arm und sah ihm flehend in die Augen. Es war das erste Mal, daß sie seinen Namen laut ausgesprochen oder ihn freiwillig berührt hatte. »Ich kann mit diesen Schafen den Lebensunterhalt für mich und meine Familie verdienen.«

»Addie, das mußt du nicht. Ich werde mich um dich kümmern, und um die Kinder und Trisha.«

»Nein!« Sie zog unvermittelt ihre Hand zurück. »Wir sind keine Bettler. Ich bin dankbar für das, was Sie jetzt tun, und ich hoffe, daß ich Ihnen das eines Tages zurückzahlen kann. Ich werde mit dem Geld von Mr. Birdsall ein kleines Haus kaufen, und mit der Wolle der Schafe kann ich tun, was ich die letzten paar Jahre getan habe – meine Stricksachen verkaufen.«

Eine Welle der Zärtlichkeit für die mutige Frau überkam ihn. Ihre Augen baten um Verständnis. Er hob die Finger und strich ihr eine Haarsträhne zurück hinter das Ohr. In seinem Kopf schwirrten Millionen wirrer Gedanken, die er nicht ausdrücken konnte.

Er drehte sich weg und rief Buffer Simmons zu: »Lade etwas Stroh hinten auf Colins Wagen, und heb' die Schafe rein.«

Addie ging ein letztes Mal durch das Haus. Sie fuhr mit den Fingern über den Küchentisch, die Lehne des Schaukelstuhls, den Fuß des eisernen Bettgestells. Ihre buckelige Truhe stand nicht mehr am Fuß des Bettes; sie hatte sie mit Bettzeug und Andenken gefüllt. Dazu gehörten die Uhr ihrer Mutter, das Hochzeitsfoto ihrer Eltern und ein Set von Kamm, Bürste und Spiegel mit Elfenbeingriffen, das sie ihr in dem Jahr vor ihrem Tod geschenkt hatten. John hatte die Truhe in den Wagen getragen.

Sie nahm zwei Küchenstühle mit und ließ vier für die Birdsalls zurück. Nur der Tisch mit der tiefen Kerbe, die Dillon mit dem Schlachtmesser gemacht hatte, der Ofen und die Arbeitsfläche blieben zurück. Cloris würde nicht wissen, daß eine Seite des Ofens heißer war als die andere und daß das lange Ofenrohr, das durch das Dach führte, einige Male heruntergekommen war und Ruß in der ganzen Küche verteilt hatte.

Auf Wiedersehen, Haus. In deinen schützenden Mauern habe ich meine Kindheit verbracht, um meine Eltern getrauert, meinen Sohn gezeugt und geboren. Ich werde niemals vergessen, wie du mich in dieser kalten, regnerischen Nacht beschützt hast. Du hast mein Glück und meine Sorgen mit mir geteilt. Jetzt ist es für mich Zeit, weiterzuziehen.

»Addie«, sagte John aus der Tür.

Sie drehte sich rasch um, mit Tränen in den violetten Augen.

»Wir können aufbrechen.«

Wild entschlossen hob sie den Kopf. »Dann lassen Sie uns losfahren.«

John schloß die Tür hinter ihr, ging neben ihr zum Wagen und half ihr auf den Sitz. Er prüfte die Plane, die er über den hinteren Teil des hochbeladenen Wagens geschnürt hatte. Dillon und Jane Ann saßen in dem Nest, das er hinter dem Sitz gemacht hatte. Sie waren so aufgeregt, daß sie sich kaum zusammenreißen konnten.

Trisha, die ein braunes Leinenkleid und eine dunkle Sonnenhaube trug, saß neben Colin auf dem Sitz des zweiten Wagens. Sie hatte härter gearbeitet als alle anderen, und die ganze Zeit über hatte sie kaum ein Wort gesprochen. Es war offensichtlich, daß sie Buffer Simmons nicht mochte oder ihm traute. Sie sah ihn weder an noch sprach sie mit ihm oder zeigte sich erkenntlich.

Buffer stieg auf sein Pferd und ritt zu John, der seinen Hengst hinten an den Maultierwagen band.

»Ich bleib' hier. Ich glaub' nicht, daß sie direkt herkommen. Sie werden sich anschleichen und den Cousin finden. Das wird eine Weile dauern.«

»Diese Wagen kann man leicht aufspüren.«

»Also, wenn die anderen auch so dumm sind wie ihr Cousin, dann haben die nur Stroh im Kopf. Die vergessen die Wagen und gehen auf mich los. Der Cousin wird mir ans Fell wollen, und ich werd' ihm genau so viel zeigen, daß er in die Falle geht. Bevor die wissen, was los ist, sind sie schon fast in Little Rock.«

»Tun Sie, was Sie können, dafür wäre ich Ihnen sehr dankbar.«

Buffer Simmons wendete sein Pferd und ritt die wenigen Schritte zu Trisha, die neben Colin saß. Er hielt das Pferd an und tippte an seinen Hut.

»Sie müssen sich keine Sorgen machen, Miss Trisha. Diese Renshaws werden Sie nicht einholen. Tallman weiß, was er tut. Ich werde Sie irgendwann morgen einholen.«

Trisha sah ihn an. Über dem dunklen Kragen ihres Kleides war ihr Gesicht blaß. Das tiefschwarze Haar, die honigfarbenen Augen und die schmalen, blütenähnlichen Lippen machten sie tausendmal aufregender als irgendeine andere Frau, die er jemals gesehen hatte. Für einen langen, überwältigen Moment saugte Buffer Simmons Gehirn ihren Anblick auf wie ein Schwamm, und er war sprachlos und verlegen wie ein verliebter Junge.

Und dann, so schnell wie ein Schlag ihrer langen Wimpern, war dieser Moment vorbei. Simmons kam wieder zu sich. Er senkte leicht den Hut, spornte sein Pferd heftig an und ritt davon.

John blieb am Ende des Wagens, bis Simmons die Scheune umrundet hatte und auf den Hügel hinter dem Haus zuritt, dann ging er zurück, um mit Colin zu sprechen.

»Wir werden mit einem ordentlichen Tempo losfahren,

weil die Pferde frisch sind. Dann werden wir es ruhig angehen lassen.« Er sah Trisha an. Sie sah starr nach vorne. »Laß Trisha etwas fahren. Ich will nicht, daß du dich verausgabst; es könnte sein, daß du deine Kraft später brauchen wirst. Bleib so nahe wie möglich an uns dran, aber laß dein Gespann nicht zu dicht an mein Pferd Victor kommen; und ruf, wenn du Hilfe brauchst. Wir fahren, solange es noch hell ist, und machen dann Rast, bis der Mond aufgeht.«

»Glauben Sie, daß sie uns folgen werden?« fragte Colin.

»Ja«, sagte John aufrichtig. »Zumindest müssen sie so tun, um ihr Gesicht zu wahren. Aber Simmons wird sie wegführen und uns die Gelegenheit geben, einige Meilen zwischen uns und sie zu bringen.«

»Wo fahren wir hin, Mr. Tallman?«

Nicht einmal Addie hatte diese Frage geäußert.

»Weiter im Westen warten meine Männer mit Güterwagen. Wir fahren zu ihnen. Wenn sie auf diese Truppe stoßen, wird den Renshaws Hören und Sehen vergehen.«

John ging um Colins Wagen herum, um zu überprüfen, daß alles sicher verschnürt war, bevor er auf den Sitz neben Addie kletterte.

»So, das wär's.« Er schlug mit der langen schlangenartigen Peitsche über die Rücken der Maultiere. Der Wagen schwankte, wurde ruhiger und bewegte sich vorwärts. John sah auf die Frau neben ihm. »Schau doch nicht so traurig. Du kannst doch wiederkommen.«

»Ich glaube nicht, daß ich das will.«

Die Augen auf das Haus gerichtet, umklammerte Addie die Seite des Wagensitzes. Ihre Kehle war trocken. Ihr Herz lag ihr wie ein Stein in der Brust.

Auf Wiedersehen… auf Wiedersehen… auf Wiedersehen…

Der Wagen kroch weiter.

Sie verließen das Gehöft bei Einbruch der Dämmerung. Addie blickte nicht zurück. Ihre tränenverschleierten Augen waren nach Westen gerichtet. Sie hörte nicht einmal das Lachen von Dillon und Jane Ann, das hinten aus dem Wagen kam. Sie hatten den größten Spaß ihres Lebens; für Addie hingegen fing ein neues an, in dem sie auf einen Mann vertrauen mußte, den sie nicht viel länger als drei Tage kannte.

Addie hatte die frühen Abendstunden immer gemocht. Sie liebte es zu beobachten, wie das weiche Sonnenlicht die Farben des Himmels veränderte, und die kühle, frische Luft einzuatmen, die nach Zedern duftete und von den Ozarks hinüberwehte. Sie fand es passend, daß dieses neue Leben für sie am Abend begann und nicht am Morgen, wenn sie noch einen ganzen Tag vor sich hatte.

Als sie jünger war und ihre Eltern noch lebten, dachte Addie jetzt, war alles einfach und das Leben ewig gewesen. Sie hatte sich nicht vorstellen können, daß das Leben so hart sein würde, so einsam und so voller Enttäuschungen. Wie alle jungen Mädchen hatte sie davon geträumt, ihr Leben mit einem Mann zu teilen. Als sie älter wurde, hatte sich ihre Vorstellung von diesem Mann von Zeit zu Zeit geändert, aber er war immer stark und liebevoll gewesen. Er würde sein Leben um sie und die Kinder gestalten, die sie haben würden.

In diesem Sommer vor fast fünf Jahren hatte sie geglaubt, diesen Mann gefunden zu haben, als Kirby auf die Farm gekommen war. Sie war innerlich leer gewesen und hatte ein Verlangen gespürt, das gestillt werden wollte. Sie war eine Frau gewesen, die die Liebe einer Frau geben wollte, und sie hatte jemanden gebraucht, der sie haben wollte.

Die Einsamkeit hatte sie blind gemacht.

Der Himmel wurde langsam dunkel.

Seit sie die Farm verlassen hatten, hatten weder Addie

noch der Mann neben ihr ein Wort gesagt. Die Kinder lagen flüsternd und kichernd auf der Matratze.

»Mr. Tallman, Sie haben noch das Geld, das Mr. Birdsall mir für die Farm gezahlt hat.«

»Es ist in der Tabakdose unter dem Sitz, wenn du es brauchst. Ich würde empfehlen, daß du es nicht bei dir trägst.«

»Ich will Sie für das, was Sie getan haben, bezahlen.«

»Das wirst du.«

»Nennen Sie Ihren Preis«, sagte Addie knapp.

»Nun, da muß ich überlegen. Ich habe einwandfreie Kleidung zum Wechseln und eine unbezahlte Rechnung im Hotel in Freepoint zurückgelassen. Wenn der Besitzer die Kleidung nicht für die Rechnung annehmen will, wird er mir den Sheriff auf den Hals hetzen.«

»Ich verstehe nicht, was ich daran ändern könnte.«

»Du könntest mich unter deine Fittiche nehmen und für mich sorgen wie für die anderen Waisen.«

»Sie sind keine Waise!« sagte Addie verärgert. »Oder... hilflos in einer Welt von Erwachsenen, für die Kinder nur Eigentum sind.«

»Nein, das bin ich nicht. Beruhige dich, Addie. Ich weiß, daß es ein Schock ist, sein Zuhause so plötzlich zu verlassen, und ich kann verstehen, daß dich das aufregt. Die einzige andere Möglichkeit wäre gewesen, dort zu bleiben und gegen die Renshaws zu kämpfen. Sie hatten das Gesetz auf ihrer Seite, auch wenn Trisha einen guten Grund dafür hatte, daß sie auf den Kerl geschossen hat.« Er sah sie an. Sie hatte die Haube abgenommen, und der Wind wehte durch ihr Haar. Ihr schlanker Körper war stocksteif. Dann, während er sie beobachtete, ließ sie ihre Schultern ganz leicht sinken.

»Das ist mir klar, und ich bin unglaublich dankbar –«

»Auch wenn sie nicht auf Renshaw geschossen hätte, hätten deine Probleme gerade erst angefangen. Der Bürgermeister hat gesagt, Renshaw habe einen Adoptionsantrag für Colin eingereicht –«

»Ach du großer Gott!«

»Das ist nicht alles. Pfarrer Sikes wollte versuchen, dir Dillon wegzunehmen.«

Die Worte trafen Addie wie ein Keulenschlag.

»Dillon wegnehmen? Pfarrer Sikes hätte... mir Dillon weggenommen, weil ich Colin nicht hergeben wollte?«

»Nein, das ist nicht der Grund. Ich glaube, du hast den alten Mann neulich damit verärgert, daß du so geflucht und ihn einen Heuchler genannt hast. Jetzt ist er davon überzeugt, daß der Junge aus dem Haus einer gefallenen Frau weggebracht werden muß. Mit anderen Worten, er wollte ihn aus einem Freudenhaus retten.«

»Freudenhaus?« stieß Addie hervor. Als sie wieder Luft bekam, bebte sie vor Wut. Ihr Zorn war so groß, daß ihr die Worte beinahe im Hals steckenblieben. »Was für ein... ein elender Hurensohn!«

»Addie, paß auf deine Wortwahl auf! Du fluchst schon wieder«, sagte John lachend, aber das konnte Addies Wut nicht mindern.

»Meinen Sohn wegnehmen? Da würde ich ihn eher umbringen! Er ist doch nur ein fetter, tyrannischer, Bibelsprüche klopfender Heuchler! Eine Kröte ist er. Wenn ich ihn jemals wiedersehe, spucke ich ihm ins Gesicht. Ein Aas ist er! Ein feiger, stinkender Angsthase! Er würde es nicht wagen, einem Vater seinen Sohn wegzunehmen, selbst wenn er das armseligste Geschöpf auf der ganzen Welt wäre!« Addie war so aufgebracht, daß die wütenden, bitteren Worte nur so aus ihr heraussprudelten. Sie knüllte ihre Sonnenhaube zusammen und wickelte eines der Bänder immer fester um ihr Handgelenk, bis es zerriß.

John drehte sein Gesicht weg, weil er sein Grinsen nicht

verbergen konnte. Er hatte sie aus ihrer Trübsal herausgeholt. Sie war unglaublich wütend. Er war froh, daß er diese Neuigkeit bis jetzt aufgehoben hatte. Es hatte sie davon abgelenkt, daß sie ihr Zuhause verließ.

Addie schimpfte noch immer vor sich hin.

»Dieser aufgeblasene, besserwisserische Pferdearsch wird meinen Sohn nicht anrühren, und der dreckige Hundesohn, den Sikes für eine so ›aufrichtige‹ Stütze der Kirche hält, wird seine schmutzigen Hände niemals auf Colin oder Trisha legen. Da schieße ich ihm eher seinen Schädel weg!«

John pfiff durch die Zähne. »Ich hoffe wirklich, daß du niemals auf mich wütend wirst, Liebling. Da hätte ich keine Chance.«

Addie war so wütend, daß sie den Kosenamen gar nicht registrierte. Sie drehte ihm ihr Gesicht zu.

»Ich bin es so verdammt leid, daß ich übergangen, ausgenommen, nicht ernst genommen und verachtet werde, weil ich eine Frau bin und niemanden habe, der sich für mich einsetzt. Ich bin es leid. Hören Sie? *Leid!*«

»Ja, ich höre. Ich mache dir keinen Vorwurf«, sagte John ruhig.

»Das wird sich ab jetzt ändern. Da können Sie Ihren letzten Cent drauf verwetten.«

»Schön für dich.«

»Versuchen Sie nicht, mich zu beruhigen, Mr. Tallman.«

»Das versuche ich gar nicht. Ich stimme dir nur zu.«

Sie starrte ihn an. »Sie wissen nicht, wie es ist, wenn man als Frau allein ist. Verdammte Männer! Sie trauen einer Frau nicht zu, daß sie überhaupt denken kann.« Sie drehte sich zu dem Wagen hinter ihnen um. »Wo ist Mr. Simmons?«

»Er ist zurückgeblieben, um herauszufinden, was die Renshaws machen.«

»Das ist nett von ihm. Ihn werde ich auch bezahlen.«

»Nein, das wirst du nicht.«

»Warum nicht?«

»Weil er nicht angestellt ist. Er hat seine Hilfe *angeboten*.« Er sprach in scharfem, fast zornigem Ton.

Addie saß ruhig da und fragte sich, warum um alles in der Welt ihre Zunge mit ihr durchgegangen war. Als sie ihre verworrenen Gedanken gesammelt hatte, kamen ihr Fragen in den Kopf.

»Wie weit sind Ihre Männer entfernt, und warum sind sie dort und Sie hier?«

»Wenn wir weiterfahren, werden wir sie morgen Nachmittag treffen. Sie sind dort, weil sie die Güterwagen aus Saint Louis heruntergebracht haben, und ich bin hier, weil ich dich und deine Familie vor den Renshaws retten will.«

»Warum sind Sie nicht bei Ihren Männern und den Güterwagen?«

»Ich habe in Saint Louis meine Waren bestellt und meine Männer zurückgelassen, damit sie die Waren aufladen und zurückfahren, während ich meinen Cousin Zachary Quill in Quill's Station besucht habe, einen kleinen Ort am Wabash.«

»Das erklärt nicht, warum Sie in Freepoint waren«, sagte Addie treffend.

»Mein Cousin hat mich als besonderen Gefallen darum gebeten, daß ein Freund von ihm und seine Truppe mit uns durch das Indianerterritorium und das Gebiet von Oklahoma ziehen dürfe. Er kommt von Springfield herunter und wird uns in fünf Tagen treffen. Beantwortet das deine Fragen?«

»Das erklärt noch immer nicht, wieso Sie in Freepoint waren.«

»Ich mußte Zeit totschlagen. Wollte mir die Sehenswürdigkeiten ansehen, vielleicht ein Bad nehmen, die... Kneipen besuchen.«

»Oh.«

»Bist du jetzt überzeugt, daß ich kein Bandit oder Spion

oder Abtrünniger bin? Apropos Abtrünnige, es gibt ziemlich viele, jetzt, wo der Krieg vorbei ist.«

»Glauben Sie, wir werden welche treffen?«

Er zuckte die Schultern. »Vielleicht, vielleicht auch nicht. Aber das ist noch ein Grund dafür, daß ich mein Lager so bald wie möglich erreichen will. Für einige Banden, die ich gesehen habe, wären Trisha und du mehr wert als Geld.«

»Wollen Sie mir angst machen?«

»Nein, Addie. Ich versuche nur, ehrlich zu sein.«

Nach einem kurzen Moment des Schweigens fragte Addie: »Ist Van Buren eine größere Stadt?«

»Etwa so groß wie Freepoint.«

»Wir müssen einen Ort finden, an dem wir uns niederlassen können.«

»Mach dir darüber jetzt keine Sorgen. Wir werden heute abend darüber sprechen.«

»Mama.« Dillon stand hinter ihr und zog an ihrem Arm. »Ich muß Pipi!«

»Dillon, bitte –«

»Ich auch.« Jane Anns Ankündigung war noch lauter als Dillons.

»Bald.«

»Aber ich *muß*, Mama.«

»Könnt ihr beiden noch ein Weilchen warten?« fragte John, als ob er Erfahrung mit solchen Situationen hätte. »Wenn wir um diese Biegung und noch ein bißchen weiter gefahren sind, halten wir an und lassen die Tiere ausruhen. Dann könnt ihr etwas Wasser trinken und ins Gebüsch gehen.«

»Ich warte«, sagte Dillon.

»Ich auch«, echote Jane Ann und ließ sich mit Dillon wieder auf der Matratze nieder.

Wie seltsam, dachte Addie, mit diesem fremden Mann über Körperfunktionen zu sprechen und sich nicht einmal zu schämen.

KAPITEL 10

Addie war nicht wohl zumute, als sie zusah, wie John sein Pferd vom Wagen losband.

»Ich werde ein oder zwei Meilen zurückreiten, um festzustellen, ob wir verfolgt werden. Gebt den Pferden und den Maultieren jeweils einen Eimer Wasser, nicht mehr.« Er sprang ohne Sattel auf den Rücken des Pferdes. »Addie, feuere zwei schnelle Schüsse ab, wenn du mich brauchst.«

Nachdem er weg war, blieben sie alle für ein paar Sekunden reglos stehen. Dann nahm Colin zwei Eimer hinten aus dem Wagen, gab Trisha einen davon und ging hinunter zu dem Bach, der entlang des Weges floß.

»Paßt auf Schlangen auf.«

»Miss Addie, warum mußten Sie das sagen?« schimpfte Trisha.

»Mama –«

»Geh auf die andere Seite vom Wagen, Dillon, und mach dort, was du mußt. Jane Ann, geh mit Trisha zum Bach.«

Addie wartete, bis ihr Sohn wieder in Sichtweite war, dann ging sie zum Ende des Wagens, um nach ihren Schafen zu sehen.

»Alles in Ordnung, Mr. Jefferson?« fragte sie und rieb den Bock zwischen den Augen. »Paßt du auf Dolly und Eimer auf?« Die Schafe waren schwankend auf die Beine gekommen. »Ich hole euch gleich etwas Wasser.«

Nachdem die Schafe Wasser bekommen hatten und die Pferde und Maultiere mit ein paar Säcken abgerieben worden waren, aß die kleine Gruppe schweigend den Zwieback und das Fleisch, das Addie in ein Tuch gewickelt unter dem Wagensitz aufbewahrt hatte.

Als sie mit Colin und Trisha an der dunklen, einsamen Straße stand, wurde Addie plötzlich klar, wie sehr sie nun von diesem großen dunklen Mann abhängig war, der in ihr Leben eingedrungen war. Er war im Nu ihre Stärke und ihr Mut geworden. Wie würde sie ohne ihn zurechtkommen? Sie würde zurechtkommen, das wußte sie, aber es war jetzt etwas anderes. Sie hatte gespürt, wie es war, seine Sorgen mit einem starken Mann zu teilen.

»Miss Addie, fühlen Sie sich nicht gut?« Trisha war dicht an sie herangetreten, nachdem sie Dillon und Jane Ann wieder in den Wagen geholfen hatte, damit sie sich hinlegen konnten.

»Ich fühle mich ganz gut«, flüsterte Addie. »Nur etwas verloren, so allein hier draußen.«

»Ich meine, fühlen Sie sich schlecht, weil Sie die Farm verlassen haben? Ich hasse es, Miss Addie. Wenn ich dieses Stinktier nicht erschossen hätte –«

»Ich glaube nicht, daß wir Colin sonst vor ihm hätten retten können. Und nein, ich fühle mich nicht schlecht. Zuerst schon, aber das war nur die Trennung. Ich wollte schon immer mal etwas anderes kennenlernen, etwas anderes tun. Ich wollte nicht bis an mein Lebensende auf dieser Farm leben.«

»Sie machen mir keine Vorwürfe?«

»Natürlich nicht!« Addie legte ihren Arm um das Mädchen. »So was darfst du nicht einmal denken!«

»Was werden wir machen? Bringt der *Passant* uns in eine Stadt, wo uns die Renshaws nicht finden?«

»Das habe ich ihn auch gefragt. Er hat gesagt, wir würden heute abend darüber reden. Ich sage mir ständig, daß er ein anständiger Mann ist. Das muß er einfach sein. Warum sollte er sonst das Risiko eingehen, uns zu helfen?«

»Der andere. Dieser Simmons. Was hat der hier zu suchen?«

»Was glaubst du, Colin? Du scheinst Mr. Simmons besser zu kennen als Trisha und ich.«

»Er ist ein Jäger«, sagte der Junge, und Addie verspürte plötzlich Mitleid mit dem Jungen, dem keine normale, sorgenfreie Kindheit vergönnt war. »Er hat gesagt, er würde Fleisch für eine Wagenkolonne jagen, die das Oklahoma-Gebiet Richtung New Mexico durchquert. Er ist kein schlechter Mensch, Miss Addie, aber ich glaube, Mr. Tallman mag ihn nicht sehr.«

Eine Eule schrie. Sie verstummten und lauschten. Die Eule schrie wieder.

»Still ist es, nicht wahr? In Nächten wie diesen kommen die Geister hervor. Bestimmt ist hier ein Friedhof in der Nähe«, flüsterte Trisha voller Angst.

Addie betrachtete den Himmel im Osten und sah, wie der Mond über den Hügeln aufging.

»Mr. Tallman hat gesagt, daß wir die ganze Nacht durchfahren werden und morgen abend bei seinen Männern ankommen.«

»Was machen wir dann?« fragte Colin.

»Um ehrlich zu sein, das weiß ich nicht. Im Augenblick müssen wir Mr. Tallman vertrauen.«

»Vielleicht hat er sich einfach aus dem Staub gemacht«, murmelte Trisha. »Hat sein Pferd genommen. Gibt keinen Grund, warum er zurückkommen sollte.«

»Er hat seinen Sattel dagelassen«, sagte Colin schnell. »Ohne den würde er nicht verschwinden.«

»Ich habe auf jeden Fall keine Angst, wenn er nicht wiederkommt. Solange ich dieses Gewehr hier in der Hand habe, habe ich vor gar nichts Angst, außer vor... Geistern.« Trisha bemühte sich um forsches Auftreten, aber ihre Stimme zitterte.

Die drei warteten schweigend neben dem Wagen, in dem Dillon und Jane Ann schliefen. Addies Augen suchten die Dunkelheit nach einer Bewegung ab. Sie fröstelte in der Nachtluft und rieb sich zitternd mit den Händen über die Arme. Es herrschte fast vollkommene Stille, unterbrochen nur durch das gelegentliche Flattern eines Vogels oder den entfernten Ruf eines Kojoten. Eine Wolke zog vor den Mond.

»Addie, ich bin es.« Johns Stimme kam aus Richtung des Baches. Dann hörten sie das Geräusch von Pferdehufen am felsigen Ufer.

Addie war unglaublich erleichtert, als er mit seinem Pferd am Zügel in Sichtweite kam.

»Alles in Ordnung?« fragte er.

»Alles bestens. Wir haben den Tieren Wasser gegeben und sie abgerieben. Haben Sie etwas gesehen?«

»Nein. Simmons hat gesagt, er könnte sie in die Irre leiten; ich denke, das hat er nicht getan. Aber wenn der Morgen kommt, werden sie die Spur wiederfinden. Die geben nicht so leicht auf«, sagte John, der sich an Renshaws zusammengeschnürten Cousin in dem frischen Kuhdung erinnerte. Er band sein Pferd wieder hinten an den Wagen. »Wir sollten aufbrechen. Zieh los und fahr voran, Colin. Wenn du den Tieren ihren Kopf läßt, bleiben sie auf der Spur. Laß sie in ordentlichem Tempo laufen. Hast du das Gewehr?«

»Ja, Sir.«

»Ich könnte eine Weile mit Trisha fahren, und Colin mit Ihnen«, schlug Addie vor.

»Nein. Colin kommt mit den Pferden gut zurecht, und Trisha mit dem Gewehr. Sie sind ein gutes Team.« Er schob seine Hand unter Addies Ellenbogen und drängte sie auf den Wagensitz. »Schlafen die Kleinen?«

»Ja, endlich. Sie waren todmüde, und selbst die Aufregung der Reise konnte sie nicht mehr wachhalten.« Addie wickelte das Essen aus, das sie für ihn aufbewahrt hatte, und nachdem er das Gespann angetrieben hatte, brach sie einen Zwieback auf, legte ein Stück Fleisch hinein und gab es ihm. »Ich hatte keine Zeit, etwas für unterwegs zu kochen. Ich hoffe, das hier stillt vorerst den gröbsten Hunger.«

John nahm einen Bissen. »Immerhin füllt es meinen leeren Magen, der mich gequält hat.«

»Hinten ist eine Kanne Milch. Es kann sein, daß wir gerade Butter machen.« Sie lachte leise. »Ich habe heute morgen drei Laib Brot gebacken. Wir haben Marmelade und Honig dazu, hungern müssen wir also nicht. Dillon und Jane Ann waren heute abend zu müde, um viel zu essen, aber morgen werden sie das aufholen.«

John aß zwei weitere Zwiebacke, bevor er zu sprechen begann. Er zermarterte sich das Hirn darüber, wie er Addie seinen Vorschlag unterbreiten sollte. Je länger er darüber nachdachte, um so sicherer war er sich, daß er sich wünschte, daß Addie und ihre Familie die leeren Räume auf seiner Hacienda füllten. Daß er die Verantwortung für ihre Sicherheit übernommen hatte, spielte in seinen Überlegungen keinerlei Rolle. Er könnte beinahe dafür garantieren, daß sie vor den Renshaws geschützt wären, wenn er sie in die Obhut eines Freundes in Fort Smith gegeben oder sie nach Norden nach Quill's Station geschickt hätte; aber er war sich nicht sicher, ob der Bürgermeister die Befugnis hatte, in Fort Smith über die Waisen zu bestimmen.

Er wandte sich zu der blonden Frau mit den violetten Augen neben ihm um. Ihr Gesicht war ihm zugewandt, als würde sie ihn studieren. Der Mond schien auf ihr Gesicht. Es zeigte viel Mut und Stärke. Sie war genau die Art von Frau, auf die er gewartet hatte, eine, die nicht beim ersten Anzeichen von Schwierigkeiten aufgab. Als er sie jetzt ansah, erinnerte er sich an Worte, die er früher irgendwann einmal gelesen hatte: *Im Leben eines Mannes gibt es einige endgültige Dinge und nur eine endgültige Frau. Wenn er sie findet, zieht er nicht weiter, es sei denn, er ist ein Narr.*

»Ich bin kein Narr.« Als er ein leises Geräusch von Addie hörte, bemerkte er, daß er laut gesprochen hatte. »Ich führe Selbstgespräche«, sagte er rasch und grinste. »Das bedeutet, daß ich zu viel alleine bin.«

Addie nickte nachdenklich. »Ich habe das auch getan, als ich allein war.«

»Wann war das?«

»Mehr oder weniger die letzten acht Jahre – nachdem Mama und Papa gestorben sind. Dann habe ich, sogar bevor Dillon geboren wurde, mit ihm und den Schafen gesprochen. Natürlich wußte ich damals nicht, daß Dillon ein *Er* war.« Sie lachte nervös.

Mit dem Mondlicht auf dem Weg konnten sie den anderen Wagen deutlich sehen. Bis auf das Klingen der Geschirre, das Quietschen des Wagens und das Geräusch der Pferdehufe war es ruhig.

»Warum haben Sie Colin gesagt, er solle voranfahren?«

»Ich hatte angst, daß sein Gespann zu nah an mein Pferd geraten und getreten werden könnte. Victor wurde in den Bergen gezüchtet und hat starke Überlebensinstinkte. Sogar bevor ich es hören kann, wird er mich wissen lassen, wenn sich ein anderes Pferd von hinten nähert.

»Mr. Tallman –«

»Kannst du dich nicht überwinden, mich John zu nennen?«

»So gut kenne ich Sie wirklich noch nicht.«

»Wie lange wird das dauern?«

»Nun... die Antwort darauf weiß ich nicht. Aber ich möchte, daß Sie wissen, wie sehr die Kinder, Trisha und ich zu schätzen wissen –«

»Addie, wenn du mir noch einmal sagst, wie dankbar du

bist, könnte es sein, daß ich dich einfach von diesem Sitz schubse und ohne dich weiterfahre.«

»Oh, Sie!« Sie lachte. »In Ordnung. Ich werde es nicht mehr sagen... für heute.«

»Morgen nicht, morgen abend nicht, niemals mehr.«

Nach ein paar Minuten Schweigen sagte Addie: »Trisha und Colin machen sich Gedanken darüber, wo wir hinfahren. Ich auch. Ich weiß nur, daß wir Richtung Westen fahren und Fort Smith und Van Buren in dieser Richtung liegen.«

»...und meine Güterwagen.«

John fiel ein, daß Addie nichts über ihn wußte bis auf das wenige, was er ihr am ersten Morgen beim Frühstück erzählt hatte, und das Bißchen mehr, daß er ihr erzählt hatte, direkt nachdem sie die Farm verlassen hatten. Sie mußte ihn und seine Lebensweise kennen, um eine Entscheidung treffen zu können, die so drastische Auswirkungen auf sie und ihre Familie haben würde.

»Vertraust du mir, Addie?«

»Du meine Güte! Sonst würde ich jetzt bestimmt nicht hier sein.«

»Warum? Warum vertraust du mir?«

»Ich glaube... weil Sie uns in der ersten Nacht geholfen haben. Und, na ja... Sie *wirken* vertrauenswürdig.«

»Das ist nicht gerade ein überzeugender Grund.«

»Ich hatte keine Wahl, oder?«

»Nein, ich glaube nicht. Ich bin kein großer Redner, besonders, wenn es um mich geht. Aber im Hinblick auf... nun, auf das, was ich vorhabe – mit dir – denke ich, es wäre nur fair, daß ich dir ein paar Sachen erzähle.«

»Mit mir? Was meinen Sie?«

John ignorierte ihre Fragen und begann: »Ich bin dreißig Jahre alt. Ich komme aus einer guten Familie. Mein Vater und meine Mutter sind sowohl in Arkansas als auch im

Gebiet von New Mexico angesehene Leute. Mein Vater wollte während des Krieges nicht Partei ergreifen, und mein Bruder und ich haben seine Überzeugung geteilt. Auf meiner Ranch in New Mexico in der Nähe der sogenannten Elk Mountains besitze ich fünfhundert Stück Vieh und fast genauso viele Pferde. Meine Männer und ich reiten sie für die Armee zu.«

John hatte rasch gesprochen, als wolle er die Pflicht hinter sich bringen, aber jetzt wurde er langsamer, als er sein Haus beschrieb.

»Die Gebäude der Ranch stehen auf einem langen, sanften, ostwärts gerichteten Abhang eines breiten, flachen Tals. In der Nähe fließt ein klarer Bach, der von einer Quelle gespeist wird. Der Bach wird von Pfirsichweiden und Baumwollpflanzen gesäumt. In der Nähe gibt es auch große Lilienpflanzen namens Yucca. Aus den Yuccawurzeln wird Seife gemacht. Im Süden und Westen des Tales hat man einen weitläufigen Ausblick auf die Grasprärie und die Rocky Mountains in der Ferne.

Mein Haus, oder meine ›Hacienda‹, wie man auf Spanisch sagt, ist aus Stein und Lehmziegeln in Hufeisenform gebaut. Die Mauern sind zwei Fuß dick, das Dach flach. Im Winter ist es warm, im Sommer kühl. In der Mitte des U ist ein Hof; dort gibt es einen tiefen Brunnen und schattenspendende Pinien.«

John verstummte, und Sekunden vergingen.

»Das klingt wundervoll«, sagte Addie, um das Schweigen zu brechen.

»Die meisten Räume stehen leer«, sagte er sanft. »Keine Kinder spielen im Hof. Wenn ich weg bin, lebt ein mexikanisches Ehepaar dort, und mein Vater reitet gelegentlich hinüber, um nach dem Rechten zu sehen.«

Schweigen.

Addie sah ihn an. Er blickte geradeaus, seine Ellenbogen

ruhten auf den Oberschenkeln, die Zügel lagen locker in seiner Hand.

»Verstehst du, worauf ich hinauswill, Addie?« Als sie nicht antwortete, sagte er: »Ich bitte dich, mit mir nach New Mexico zu kommen, in meinem Haus zu leben, diese Räume mit Kindern zu füllen. Du brauchst jemanden, der dich beschützt. Ich brauche jemanden, der mein Haus mit mir teilt.«

Addie war verblüfft. Selbst wenn ihr Leben davon abgehangen hätte, wäre sie nicht in der Lage gewesen zu sprechen. Das Schweigen zwischen ihnen wurde länger. Er erwartete offensichtlich eine Reaktion von ihr. Addie räusperte sich. Sie spürte, daß sein durchdringender Blick auf sie gerichtet war, und plötzlich war sie erhitzt und atemlos.

»Ich hatte gehofft, Addie, daß dir eine Verbindung zwischen uns vorteilhaft erscheinen würde.«

Seine zurückhaltenden, unpersönlichen Worte rüttelten sie wach und holten sie zurück in die Realität. Entschlossen hob sie ihr Kinn, sah ihm in die Augen und sagte kühl:

»Meinen Sie eine unzüchtige Verbindung?«

»Nur, wenn du eine Heirat mit mir für unzüchtig hältst«, sagte er im gleichen kühlen Tonfall.

»Warum sollten Sie überhaupt eine Ehe mit einer Frau, die Sie gar nicht kennen, in Betracht ziehen? Noch dazu mit mir, mit drei Kindern und einer lieben Freundin, die so lange bei mir leben wird, wie sie will.«

Er antwortete ihr mit einer Gegenfrage.

»Würdest du es in Betracht ziehen, mit mir fast tausend Meilen durch Indianerterritorium zu reisen und mit mir auf meiner Ranch zu leben, ohne mich zu heiraten?«

»Natürlich nicht! Was glauben Sie, was ich bin? Eine... Schlampe?«

»Wenn ich das geglaubt hätte, hätte ich dich nicht gebeten, meinen Namen anzunehmen.« Sein Tonfall war fest und entschlossen. Die Spannung zwischen ihnen nahm zu.

Addie schluckte tapfer und sah ihm in die Augen. »Mr. Tallman, ich fühle mich geehrt... glaube ich, daß Sie mir anbieten, mit Ihnen durchs Leben zu gehen. Ich muß Ihren Antrag jedoch ablehnen. Sobald wir unser Ziel erreichen, sind Sie frei und können Ihrer Wege gehen. Ihre Pflichten als Gentleman haben Sie zu Genüge erfüllt.«

Als John lachte, schloß Addie den Mund und errötete.

»Es freut mich, daß Sie meinen Entschluß so... unterhaltsam finden.«

Als er nichts sagte, wandte sie sich zu ihm um. Ein breites Grinsen lag auf seinem Gesicht. Er ließ seinen Blick über ihre sanfte Stirn, ihre gebogenen Brauen, ihre süßen rosigen Wangen schweifen. Als seine Augen sich auf ihre Lippen richteten, öffneten sie sich, und Addie holte zitternd Luft.

»Du bist unglaublich, Addie. So ordentlich und anständig, aber wenn du dich aufregst, hat man den Eindruck, daß du zu einer Wildkatze wirst.«

»Ist das ein Kompliment?«

»So war es zumindest gemeint. Ich möchte ein paar Sachen klarstellen. Ich halte mich nicht für einen *Gentleman*. Ich habe dir nicht geholfen, weil ein *Gentleman* so etwas tun würde. Ich bin in einem rauhen Land aufgewachsen, das rauhe Männer hervorbringt, und man hat mich gelehrt, meine Instinkte zu benutzen. In dem Augenblick, in dem ich dich im Laden gesehen habe, wußte ich, daß du eine Frau mit hohen moralischen Prinzipien bist. Ich respektiere Frauen und Kinder und verachte Feiglinge und Tyrannen. Das ist alles.«

Addie fiel keine Antwort ein. Sie war noch ganz durcheinander von seinem Heiratsantrag.

»Nun, was sagst du? Ich habe dir bereits mehr über mich erzählt als jeder anderen Frau zuvor. Also, es liegt bei dir.«

»Ich lehne ab, aber vielen Dank.«

»Du darfst nicht nur an dich selbst denken«, fuhr John

fort, als hätte sie gar nichts gesagt, »sondern auch an die Kinder und Trisha. Die Leute in den Bergen sind ausgesprochen rachsüchtig. Darum gibt es bei ihnen so viele Fehden. Ich bin mir sicher, daß die Renshaws es zu ihrem Lebensziel machen werden, das zu rächen, was einem Renshaw angetan wurde. Ich kann euch in Fort Smith zurücklassen, nur zwei Tagesritte von Freepoint entfernt, wo die Renshaws euch in weniger als einer Woche finden werden; oder ich kann euch durch das Indianerterritorium nach New Mexico mitnehmen, wo du und die Kinder nicht nur von mir, sondern auch von meinen Männern beschützt würdet. Du hast die Wahl.«

»Ich habe Ihnen bereits gesagt –«

»Dann denk an Colin und Jane Ann. Renshaw hat beantragt, Colin zu adoptieren. Der verrückte Provinzpfarrer glaubt, daß du nicht fähig bist, Dillon aufzuziehen.«

»Ach du meine Güte. Jedesmal, wenn ich daran denke, habe ich das Gefühl, daß es mich in tausend Stücke reißt.«

»Trauerst du noch um Kirby Hyde?«

Einen Moment lang herrschte erstauntes Schweigen; dann: »Nein!«

»Hast du ihn geliebt?«

»Nein! Äh … ja! Das geht Sie nichts an.«

»Erzähl mir von dir und Kirby.«

»Da gibt es nichts zu erzählen. Ich habe ihn geheiratet; er ist in den Krieg gezogen und kam nicht mehr zurück.«

»Das ist alles?«

»Das ist alles.«

»Hmmm …«

Danach war es eine lange Zeit still zwischen ihnen. Beide waren mit ihren eigenen Gedanken beschäftigt. Die Luft wurde kühler. Addie kniete sich auf den Sitz und breitete eine Decke über die Kinder aus, die auf der Matratze schliefen. Als sie sich wieder hinsetzte, zog sie ihre Schürze über die Arme und fixierte die Silhouette des Wagens vor ihnen.

In Gedanken ging sie noch einmal die Ereignisse des Tages durch, vom frühen Morgen bis zu den Worten, die sie gerade mit dem Mann neben sich gewechselt hatte. Nachdem sie jede Möglichkeit zur Bewahrung ihrer Unabhängigkeit und zum Schutz ihrer Familie geprüft hatte, gab es für sie nur einen Entschluß. Die vier Menschen, die von ihr abhängig waren, waren ihr größtes Anliegen. Für deren Sicherheit würde sie ihren Traum von einem Mann, der sie um ihrer selbst Willen liebte, opfern.

Als sie ihre Entscheidung getroffen hatte, machte sie einen letzten Versuch, eine gewisse Kontrolle über die Zukunft zu behalten.

»Mr. Tallman, ich werde mit Ihnen kommen und in Ihrem Haus als Haushälterin arbeiten –«

»Addie, das ist nicht das, was ich im Sinne hatte. Zum Putzen und Kochen kann ich jemanden anstellen.«

»Aber wenn wir verheiratet sind und Sie später jemand anderes kennenlernen, wird es Ihnen vielleicht leid tun, daß Sie an mich gebunden sind.«

»Oder vielleicht andersherum. Denkst du, du könntest einen anderen Mann treffen und mich loswerden wollen?«

»Nein. Ich versuche nur, Ihnen zu sagen, daß Sie mich nicht heiraten müssen, um Ihr Haus mit Kindern zu füllen.

»Würdest du denn unverheiratet mit mir schlafen?«

»Nein! Ich meinte Dillon, Jane Ann und… Colin.«

»Das sind für mich meine Kinder. Sie werden meinen Namen tragen. Aber ich will noch mehr Kinder, und ich möchte nicht, daß sie *Bastarde* sind.« Sein Tonfall war barsch, fast zornig.

Wieder verstummte Addie erschrocken.

»Ist der Gedanke, mit mir… so zusammenzusein… für dich abstoßend?« Als sie nicht antwortete, fuhr er fort: »Ich habe nicht die Absicht, über dich herzufallen, sobald das Gelübde gesprochen ist.« Schweigen. »Und ich habe nicht vor, *zwei* ungebundene Frauen mit auf die Reise zu nehmen. Trisha wird schon für genug Schwierigkeiten sorgen.«

Addie dachte lange über seine Worte nach, bevor sie sprach.

»Bis wann brauchen Sie eine Antwort?«

»Bis Tagesanbruch. Wir nähern uns einer Art Stadt. Dort wird es eine Kirche und einen Pfarrer geben.«

Danach schien er sie zu ignorieren. Müde und zu keinem Gedanken fähig, kauerte Addie auf dem Sitz und bemühte sich, nicht zu weinen. Sie war sich vollkommen im klaren darüber, wieviel Glück sie und die Kinder hatten, daß ein Mann wie John für sie sorgte. Ihren Drang zum Weinen führte sie darauf zurück, daß sie etwas Zeit brauchte, um diese drastische Wende in ihrem Leben zu verarbeiten.

Der Mond stand direkt über ihnen, als sie ein zweites Mal anhielten, um die Tiere ausruhen zu lassen. John rief Colin zu, er solle stehenbleiben. Als beide Wagen standen, sprang John hinab und ging mit den Eimern zum Fluß. Addie und Trisha rieben die schwitzenden Pferde und Maultiere mit den Säcken ab. Nachdem beide Gespanne Wasser bekommen hatten, gaben John und Colin Victor und den Schafen zu trinken.

»Mama…«

Bevor Addie den Wagen erreichte, war John schon da.

»Wieso bist du denn wach, Kleiner?«

»Muß mal!«

»Schon wieder? Na komm!« Als er Dillon aus dem Wagen hob, schlang das Kind die Arme um Johns Hals. »Du hast heute wohl einen ganzen Eimer Wasser getrunken«, sagte er, als er mit dem kleinen Jungen in der Dunkelheit verschwand.

Addie verspürte eine seltsame Regung in ihrem Herzen, als sie ihr Kind in Johns Armen sah.

»Mama –«

»Muß du auch mal, Jane Ann?« fragte Addie.

»Mir ist kalt. Das macht keinen Spaß mehr. Ich will in mein Bett… mit Trisha.«

Trisha kletterte auf den Wagen. »Trisha ist hier. Ich hole noch mehr Decken für meine süße Kleine. Leg dich hin und schlaf. Morgen kannst du neben mir sitzen, und ich erzähl' dir von einer Prinzessin namens Jane Ann.« Trisha breitete eine Steppdecke über das Kind und stopfte sie fest.

Sie kletterte vom Wagen hinunter, gerade als John mit Dillon auf dem Arm zurückkam, den Kopf des Kindes an seine Schulter gelehnt.

»Hier ist auch Platz für Colin. Er sollte etwas schlafen«, sagte Addie. »Ich werde für eine Weile das Gespann übernehmen.«

Colin wollte protestieren, hörte jedoch auf, als John sich einmischte.

»Sie hat recht, mein Junge. Morgen wirst du deine ganze Kraft brauchen. Ein Mann ruht sich aus, wenn er kann. Kletter da rauf, und kuschel dich neben Dillon. Du brauchst keine Angst zu haben, daß er ins Bett machen könnte. Er hat sich gerade so entleert, daß der Wasserspiegel angestiegen ist.«

Addie merkte erst, daß John hinter ihr stand, als sie ihren Fuß auf eine Wagenspeiche setzte, um sich auf den Sitz zu ziehen. Er ergriff ihre Hand und hielt sie fest, nachdem sie sich hingesetzt hatte. Sein Griff war warm und fest. Sie hatte das seltsame und unerwartete Gefühl, geliebt zu werden, und ihre Kehle schnürte sich zusammen.

»Würdest du lieber hinterherfahren?«

»Das… ist mir gleich.«

»Wenn du mich brauchst, dann bleib einfach stehen.« Er

drückte ihre Hand, dann ließ er sie los. Sie löste die Zügel vom Griff der Bremse. »Du hast einen guten Partner mit einem Schießgewehr«, sagte er, als Trisha sich setzte und das Gewehr aufhob.

Addie blickte ihn an und sah weiße Zähne unter seinem dunklen Schnurrbart hervorblitzen. Die Zukunft wird gut, dachte sie. Dafür werde ich sorgen. Vielleicht liebt er mich nicht, aber er wird nicht verschwinden und mich allein lassen, wie Kirby es getan hat.

KAPITEL 11

Die Wagen wurden langsamer, damit die Tiere die lange Steigung zu der Stadt hinaufsteigen konnten, die ruhig in der Morgensonne dalag. Am Geländer vor dem Saloon standen zwei Pferde; bei dem Händler ein Wagen mit Gespann.

Addie, die neben Colin saß, versuchte, die losen Haarsträhnen wieder in den Knoten in ihrem Nacken zu stopfen und dann die Falten in ihrem Rock ein wenig zu glätten. Bei der letzten Rast hatte Colin darauf bestanden zu fahren, damit Addie oder Trisha etwas schlafen konnten. Trisha hatte sich widerwillig neben Dillon und Jane Ann gelegt.

In der Zeit, die sie gemeinsam verbracht hatten, hatte Addie ihre Situation erläutert und Trisha gesagt, daß sie darüber nachdachte, Mr. Tallman zu heiraten und mit ihm auf seine Ranch in New Mexico zu ziehen. Zuerst war das Mädchen strikt dagegen, daß Addie den *Passanten* heiratete, um sie vor den Renshaws zu retten. Aber dann hatte Addie erklärt, daß Ellis Renshaw einen gerichtlichen Antrag auf Colin eingereicht hatte und daß Pfarrer Sikes versuchen wollte, Dillon in die Obhut der Kirche zu geben, weil er sie für eine untaugliche Mutter hielt.

»Trisha, es wird eine lange, gefährliche Reise werden.«

»Das ist mir egal. Ich gehe dahin, wo Sie hingehen.«

»Glaubst du, ich tue das Richtige?«

»Ich sehe keinen anderen Ausweg, Miss Addie.«

Addie stützte die Hand ins Kreuz und zwinkerte mit den

trockenen, staubumrahmten Augen. Sie konnte sich nur an eine Nacht erinnern, in der sie nicht wenigstens ein bißchen geschlafen hatte, und das war die Nacht gewesen, in der ihre Eltern nicht nach Hause gekommen waren und man am nächsten Tag ihre Körper flußabwärts gefunden hatte.

Als John pfiff, hielt Colin das Gespann am Stadtrand in der Nähe eines Mietstalls an, wo der Wassertank mit einer Handpumpe gefüllt wurde. Nachdem er ihnen bedeutet hatte, still sitzenzubleiben, ging John hinüber und sprach ein paar Minuten lang mit dem Mann, dann kam er zurück zu den Wagen.

»Ich habe veranlaßt, daß die Gespanne Wasser und Futter bekommen.« John streckte seine Hand aus, um Addie herabzuhelfen. »Der Stallbesitzer wollte mit den Schafen nichts zu tun haben« – er lächelte – »aber wir werden uns später um sie kümmern.«

Addie stolperte beim Herabklettern. John faßte sie um die Taille und half ihr auf den Boden.

»Danke.«

»Nichts zu danken, Madam.« Er wirkte erstaunlich gut gelaunt für einen Mann, der die ganze Nacht keine Auge zugetan hatte. »Dort drüben gibt es eine Toilette für euch Damen.« Er deutete auf eine Bretterbude. »Dillon, Colin und ich werden hinter den Mietstall gehen. Wir treffen uns wieder hier.«

Trisha war schon vom Wagen heruntergeklettert, als John ihn erreichte. Er half Jane Ann herab, dann Dillon. Er nahm den Jungen bei der Hand und ging auf den Stall zu.

»Dillon hat sich ganz schön mit dem *Passanten* angefreundet, Miss Addie.«

Trisha hatte ihre Haube hervorgeholt und knotete die Bänder unter dem Kinn zusammen. Addie ließ ihre den Rücken hinunterhängen. John und die Jungen warteten schon, als sie zum Wagen zurückkamen.

»Wir haben nur eine Stunde, und es gibt viel zu tun.« John zog einen Beutel aus seinem Hemd und gab Colin etwas Geld.

»Addie und ich müssen etwas Geschäftliches erledigen. Geh solange mit Trisha und den Kindern zum Händler. Trisha, such Lebensmittel aus, die man unterwegs essen kann: Rosinen, getrocknete Pfirsiche, Käse, wenn sie welchen haben, und Zuckerstangen.«

»Ich habe Geld...« Addie wollte auf den Wagen klettern, um die Tabakdose zu suchen, in der das Geld von Mr. Birdsall war, doch dann spürte sie zwei Hände um ihre Taille und wurde weggehoben.

»Jetzt nicht, Addie.«

»Oh, aber –«

»Psst... Das sagst du doch zu Jane Ann, nicht wahr, wenn du willst, daß sie still ist?« Seine Hände lagen noch immer um ihre Taille, und er sah ihr in die Augen.

Sie sind blau, nicht schwarz. Addie durchfuhr dieser Gedanke, als sei es besonders wichtig. Er sah sie weiter an, und sie wußten beide, was er wissen wollte, aber vor den anderen nicht fragen mochte. Nach einem Augenblick nickte sie.

Er zog seine Augen zusammen und hob die Brauen. Sein Mund arbeitete, doch das einzige Wort, das er hervorstieß, war: »Sicher?«

Sie nickte wieder.

Er schnappte nach Luft, als ob er den Atem angehalten hatte. Seine Hand griff nach ihrer und hielt sie zärtlich fest.

»Colin, wenn du vor uns wieder hier bist – was wahrscheinlich ist –, dann laß die Schafe etwas grasen.«

»Kann ich mit euch kommen?« Dillon zog an Johns Hand.

John legte dem Jungen seine freie Hand auf den Kopf. »Diesmal nicht, kleiner Frosch. Geh mit Colin und Trisha.«

Addie ging mit John die staubige Straße hinunter. Als er

bemerkte, daß sie zwei Schritte machen mußte, wenn er einen tat, verlangsamte er sein Tempo.

»Wo gehen wir hin?«

»Zum Hotel. Der Stallbesitzer hat gesagt, daß dort ein Richter wohnt. Er kann uns trauen. Entweder er oder der Bürgermeister, aber wenn das so einer ist wie in Freepoint, dann würde ich den Richter vorziehen.«

»Warum haben Sie es so eilig? Wir könnten in Fort Smith getraut werden oder –«

»Wir kommen nicht nach Fort Smith. Und ich möchte, daß wir verheiratet sind, bevor wir meine Männer treffen.«

»Warum?«

»Weil ich dich als meine Frau vorstellen möchte.« *Oder bevor du es dir anders überlegst.*

»Ich bin nicht für eine Hochzeit gekleidet«, protestierte Addie. »Mein Gesicht ist schmutzig und –«

»Ich werde im Hotel darum bitten, daß du dich waschen und kämmen kannst, während ich mit dem Richter rede. Und, Addie, binde dein Haar nicht zu einem festen Knoten zusammen. Flechte es locker und laß es den Rücken hinunterhängen.«

»Aber das mache ich nie!« stotterte sie.

»Das weiß ich, aber tu es für mich. Es wäre ein Hochzeitsgeschenk.«

Sie stiegen auf die Veranda des Hotels und betraten es durch die Schwingtür. Der Mann an der Rezeption sah von seinem Hauptbuch auf. Sein Mund formte ein O. Der große schwarzhaarige Mann in Lederhosen war eine beeindruckende Erscheinung; sein Haar hing ihm auf die Schultern hinab, und sein von Natur aus dunkles Gesicht war durch einige Tage Bartwuchs noch dunkler geworden. Aber die Augen und die Haltung des Mannes bewirkten, daß der Angestellte auf die Füße sprang.

Die Frau sah blaß und müde aus. Sie hatte einen dreckigen Streifen im Gesicht, und Haarsträhnen hatten sich aus ihrem Knoten gelöst und hingen auf ihre Schultern herab. Sie hatte wundervolle violette Augen, aber sie waren stumpf und gerötet.

Der Angestellte nahm all das mit einem Blick zur Kenntnis, bevor der Mann seine Aufmerksamkeit in Anspruch nahm.

»Richter Carlson. Welches Zimmer hat er?«

»Wieso... äh... Nummer zwei. Gleich dort den Gang hinunter.«

»Ich brauche einen Raum, in den sich die Dame hier für ein paar Minuten zurückziehen kann.«

»Ja, Sir. Hier entlang. Zimmer Nummer eins.«

Sie folgten dem Angestellten zum Ende der Halle und in einen kurzen, schmalen Flur. Er öffnete eine Tür und trat beiseite. Addie und John betraten den Raum, in dem ein Bett, ein Stuhl und ein Waschtisch standen.

»Ich klopfe in ein paar Minuten an die Tür«, sagte John. Er sah aus, als wollte er noch mehr sagen, doch nach einem Blick auf den Angestellten, der mit unverhohlener Neugier zusah, drückte er ihren Arm, verließ das Zimmer und schloß die Tür hinter sich.

Addie stöhnte laut, als sie sich in dem kleinen gesprungenen Spiegel betrachtete, der über dem Waschtisch hing. Sie sah viel schlimmer aus, als sie erwartet hatte. Als sie sich vorbeugte, um sich genauer zu betrachten, erkannte sie, warum sich ihre Augen so kratzig angefühlt hatten. Ein Schmutzfilm bedeckte ihr Gesicht und hatte sich in ihren Augenwinkeln abgesetzt. Sie goß Wasser aus der Kanne in die Schüssel, befeuchtete ein Ende des Handtuchs und drückte es an ihr Gesicht.

O Gott. Das tat so gut.

Sie versuchte, nicht an das zu denken, was ihr bevorstand, rollte ihre Ärmel bis zum Ellbogen auf und wusch sich

Gesicht, Hals und Arme, so gut es ohne Seife ging, dann nahm sie ihre Haarnadeln heraus und steckte sie in die Tasche, aus der sie gleichzeitig ein Stück Kamm nahm. Johns Wunsch fiel ihr wieder ein, und sie ließ ihr Haar offen, glättete es mit dem Kamm und flocht es zu einem langen Strang. Sie hielt das Ende in der Hand und überlegte, womit sie es festbinden könnte, als John klopfte.

Sobald sie die Tür öffnete, kam er eilig in das Zimmer. Er hatte seinen Hut abgenommen und unter den Arm gesteckt. Ohne ein Wort zog er sein Messer aus der Scheide und schnitt einen dünnen Streifen von seinem Hirschlederhemd ab. Er steckte das Messer wieder ein und band den Streifen dann sorgfältig um das Ende ihres Zopfes.

Addie spürte, daß ihr das Herz in der Brust wie verrückt pochte, und sie erschauerte. Sie hob ihre Wimpern mit den goldenen Spitzen und verlor sich sofort in seinen schmalen dunkelblauen Augen. Er war so groß, seine Schultern so breit, daß sie glaubte, sie wäre vor der ganzen Welt geschützt, wenn sie sich an ihn lehnte. Einen unendlichen Moment lang sahen sie sich in die Augen, ihre Gesichter waren einander so nahe, daß sein Atem sich auf ihrem feuchten Gesicht warm anfühlte.

»Du wirst es nicht bereuen, Addie. Ich werde mein Bestes tun, damit es dir nicht leid tut, daß du mich geheiratet hast.«

»Sie werden es vielleicht bereuen –«

»Nein, das werde ich nicht. Wenn du mich besser kennenlernst, wirst du feststellen, daß ich nicht aus einer Laune heraus handle, vor allem nicht bei so wichtigen Dingen.«

»Sie sollten warten, bis Sie mich besser kennen. Die Kinder… vielleicht wird es Ihnen lästig, sie in Ihrem Haus zu haben.«

Einen flüchtigen Augenblick lang hatte er heute morgen gefühlt, daß sie bei ihm war, daß sie so fühlte wie er, daß sie auf ihn einging. Jetzt war er innerlich gehemmt. Er fand nie die richtigen Worte, wenn er tiefe Gefühle empfand, und irgendwie kam es immer dazu, daß er Unbedeutendes sagte und die Dinge, die er hatte sagen wollen, verschwieg.

Er wollte sein Herz ausschütten, doch alle Worte waren wie weggeblasen, als er ihr in die Augen sah. Es gab so viel, was ihm an ihr gefiel – ihre Haltung, ihr erhobenes Kinn, ihre geschwungenen Lippen, wenn sie lächelte. Wie sie die letzten vierundzwanzig Stunden überstanden hatte, hatte ihn mehr als alles davon überzeugt, daß sie die Frau war, die er wollte.

»Richter Carlson wird in wenigen Minuten hier sein. Ich muß mich waschen, bevor er kommt. Ich habe zehn Pfund Dreck im Gesicht.«

Er trat beiseite und ging zum Waschtisch. Unterwegs hängte er seinen Hut an den Bettpfosten. Addie hatte das Wasser, das sie benutzt hatte, in den Ausguß geschüttet. John füllte das Becken, tauchte seine Hände in das frische Wasser und benetzte sich Gesicht und Hals. Während er sein Gesicht mit einem Handtuch von der Stange abtrocknete, sah er Addie durchdringend an.

Diese Frau wird die Frau sein, die ich lieben und ehren werde, bis daß der Tod uns scheidet. Der Gedanke machte ihn glücklich. Er bezweifelte nicht, daß sie eine treue Frau sein würde, wenn sie einmal verheiratet wären; und vielleicht, nur vielleicht, würde sie ihn mögen oder sogar lieben, wie seine Großmutter den ersten John Gefleckter Elch geliebt hatte und seine Mutter seinen Vater liebte. Dann verdrängte er diesen Gedanken sofort. Es war zu früh, um an ein solches Wunder überhaupt zu denken.

Er sah sie lange an, dann ging er auf sie zu, legte seine Finger unter ihr Kinn, um es anzuheben, und küßte sie sanft auf die Lippen. Es war ein zärtlicher, sehnsüchtiger Kuß. Als er seine Lippen löste, war sein Gesicht ihrem so nahe, daß sie die gleiche Luft atmeten, so nah, daß sie ihm nicht in die Augen sehen konnte.

»Du siehst aus wie ein ängstlicher kleiner Hase, der in der Falle sitzt. Mach dir keine Sorgen, ich werde keine Forderungen an dich stellen. Wenn wir als Mann und Frau zusammenkommen, dann wird das geschehen, weil wir *beide* es wollen.«

»Danke«, flüsterte sie und blinzelte rasch, um ihre Tränen zurückzuhalten.

»Du hast nicht zufällig einen Kamm, oder?« fragte er, als er zurücktrat. Sie gab ihm das Stück, das sie benutzt hatte. Er mußte sich bücken, um in den Spiegel zu blicken. »Demnächst wirst du mir die Haare schneiden müssen, sonst muß ich es flechten.«

Addie war noch ganz durcheinander von dem Kuß, der so überraschend angenehm gewesen war. Sie hatte nicht gewußt, daß Küsse so zärtlich sein konnten. Kirbys waren zu Anfang sanft gewesen, doch später wurden sie hart und fordernd und überhaupt nicht so, wie sie es mochte.

O Gott, mache ich schon wieder einen Fehler?

Addie fiel plötzlich etwas ein, das ihre Mutter ihr vor vielen Jahren gesagt hatte: »Gräme dich nicht über Fehler von gestern. Jeder Morgen ist ein neuer Anfang. Fang neu an.«

Das Klopfen an der Tür klang wie ein Donnerschlag. Addie sprang auf, und ihr Herz begann zu rasen. John öffnete die Tür und ließ einen kleinen Mann mit weißem Haar und einem passenden Schnurrbart und Bärtchen herein. Er trug einen dunklen Serge-Anzug und ein weißes Hemd mit hohem Kragen. Er sah genauso aus, wie sie sich einen Richter vorgestellt hatte. Der kleine Mann schloß die Tür mit einem lauten Knall hinter sich.

»Wir müssen einige Papiere ausfüllen.« Richter Carlson nahm den Stuhl und trug ihn zum Waschtisch. »Räum diese Sachen hier weg, mein Sohn. Ich brauche eine Unterlage zum Schreiben.«

John nahm die Schüssel und den Krug weg, während der Richter Papiere, einen Federhalter und ein Tintenfaß aus seiner Tasche holte.

»Nun, junge Dame. Ihr vollständiger Name.«

»Addie Faye Johnson Hyde.«

»Witwe?«

»Ja, Sir.«

»Alter?«

»Vierundzwanzig.«

Richter Carlson war stolz auf seine Schreibkunst, die er mit vielen Schwüngen und Schnörkeln ausführte, als ob das Dokument gerahmt und an die Wand gehängt werden sollte.

»Jetzt zu Ihnen, junger Mann. Vollständiger Name.«

»John Gefleckter Elch Tallman.«

Der Richter sah auf. »Verwandt mit Rain Tallman?«

»Mein Vater.«

»Hmm. Witwer?«

»Nein.«

»Zum ersten Mal im Hafen der Ehe, was? Alter?«

»Dreißig.«

Addie kam es vor, als würden sie stundenlang warten, während Richter Carlson die Papiere ausfüllte, obwohl es nur Minuten waren; dann legte er die Dokumente beiseite und stand auf.

»Nimm ihre Hand«, sagte er zu John. Dann: »Wenn ich mir es überlege, sah dein Vater vor dreißig Jahren genauso aus wie du.«

»Haben Sie ihn gekannt?«

»Jeder in der Gegend kannte Rain Tallman. Wenn dieser Junge hier nur annähernd so ist wie sein Vater, Mädchen, dann haben Sie einen guten Mann abbekommen.«

Addies Augen blitzten, als der Richter John mit dem Wort *Junge* bezeichnete. Wie konnte man den großen Mann neben ihr nur einen Jungen nennen!

Die Zeremonie war so kurz, daß sie vorbei war, kaum daß sie begonnen hatte. Richter Carlson hielt nichts von Zeitverschwendung.

»Wollen Sie diese Frau lieben und schützen?«

»Ja.«

»Wollen Sie diesen Mann lieben und ihm gehorchen?«

»Ja.«

»Ich erkläre Sie hiermit zu Mann und Frau. Was Gott vereint hat, soll der Mensch nicht trennen. Sie dürfen die Braut küssen. Hier sind Ihre Papiere, Mrs. Tallman. Heben Sie sie sorgfältig auf, und wenn dieser Kerl hier auf Abwege gerät, halten Sie sie ihm unter die Nase. Ich werde die gesetzlichen Unterlagen bei den zuständigen Behörden einreichen.«

Der Mann sagte all das, ohne auch nur einmal Luft zu holen. Eine Sekunde später hatte er Federhalter und Tintenfaß wieder in seiner Tasche verstaut und eilte zur Tür, wo er stehenblieb und John ansah. Seine Augen funkelten, und zum ersten Mal lächelte er.

»Schätze, daß Sie jetzt allein sein möchten.«

»Vielen Dank, Sir.«

»Umpf!« schnaubte er, bevor sich die Tür mit einem lauten Knall schloß.

John sah auf Addies gerötetes Gesicht herab. »Jetzt sind wir wohl verheiratet.«

»So ist es wohl.«

»Er hat gesagt, ich dürfte die Braut küssen.«

Addie zuckte unverbindlich mit den Schultern, obwohl sie kaum zu atmen wagte.

John senkte sein Gesicht zu ihrem herab. Als sie seinen Schnurrbart sanft auf ihrer Wange spürte, war ihr zum Weinen zumute. Sie war für ihn nun eine Frau, die ihm Kinder schenken, den Haushalt führen und mit ihm arbeiten würde, während er ihr dafür Schutz für sie und ihre Familie bot. Als seine Lippen sie berührten, schloß sie die Augen.

Er legte seinen Mund auf ihren und holte Luft. »Addie… Addie – tu doch nicht so, als würde ich dich quälen. Mach die Augen auf, und sieh mich an.« Er hob den Kopf, und sie blickte zu ihm auf. »Wir werden ein schönes Leben haben.«

Sie nickte und schlang ihre Arme um seine Taille. Als seine Lippen sie erneut berührten, waren sie warm und sanft und bedeckten ihren Mund mit kleinen Küssen. Seine Umarmung wurde fester, als sie ihren Mund dem seinen näherte. Addie fühlte, wie sie dicht an die harten, muskulösen Oberschenkel gedrückt wurde, doch seine Stärke ängstigte sie in keiner Weise.

»Ich habe mein Gelübde nicht leichtherzig abgelegt.«

»Ich weiß.«

Sie spürte seinen kräftigen Herzschlag, roch den scharfen Rauch auf seinem Hirschlederhemd, spürte seinen warmen Atem auf ihrer Stirn. Er streichelte ihren Nacken, dann fuhr er mit dem Finger den Zopf entlang, der bis auf ihre Hüften hinunterreichte.

»Ich mag es, wenn dein Haar offen ist. Viele Frauen in New Mexico tragen es so«, murmelte er sanft.

Es war tröstlich, sich an ihn zu lehnen, in den Armen dieses Mannes geborgen zu sein. Sie legte ihre Stirn auf seine Schulter. Es war so lange her, daß sie sich an jemanden hatte lehnen können.

»Ich weiß, daß du müde bist«, flüsterte er in ihr Ohr. »Aber wir müssen los.«

Addie hob den Kopf und trat zurück. John nahm seinen Hut vom Bettpfosten und öffnete die Tür. Er legte seine Hand unter Addies Ellbogen und führte sie neben sich, als sie zurück in die Hotellobby gingen. Der Mann an der

Theke stand auf, als John eine Münze auf das Registrierbuch warf.

Als sie in die Sonne hinaustraten, sah John prüfend die Straße hinunter. Die gleichen Pferde standen vor dem Saloon, das gleiche Gespann vor dem Laden. Als sie an einem Eßlokal vorbeigingen, rochen sie starken Kaffeegeruch. John blieb stehen und sah Addie an.

»Mrs. Tallman, meinen Sie, wir könnten es wagen, mit unserer Familie hier zu frühstücken?«

»Sie sind der Fuhrmeister, Mr. Tallman.« Addie war von ihrer Antwort selbst überrascht. Dann fiel ihr etwas ein. »Oh. Aber wir können Trisha nicht zurücklassen. Man würde sie hier bestimmt nicht essen lassen.«

»Doch, allerdings. Trisha sieht indianisch oder mexikanisch aus. Nur in Freepoint, wo jeder wußte, daß sie farbiges Blut in sich hat, hat man es ihr verweigert.«

»In Ordnung.« Addie lächelte ihn an. »Tun wir's. Der Kaffee riecht wunderbar.«

»Ich mag Frauen, die etwas riskieren.«

Er lächelte und drückte sie fester an sich, als sie kameradschaftlich den Gehweg hinuntergingen.

Wenn er lächelte, sah er jünger aus, nicht so hart. Addie wurde klar, was ihr neuer Mann für eine stattliche Erscheinung war.

Dillon und Jane Ann spielten bei den Wagen Fangen. Trisha und Colin standen an ein Ende gelehnt und beobachteten die Schafe, die auf dem kurzen Wiesenstück neben der Straße grasten.

»Mama! Mama!« Dillon rannte auf sie zu. »Ich hab' Hunger. Trisha hat gesagt, wir müßten warten.«

John hob den Jungen hoch und setzte ihn auf seine Hüfte. Jane Ann umklammerte Addies Hand.

»Wir werden in dem Restaurant da drüben essen«, sagte John. »Trisha, leg das Gewehr unter den Wagensitz. Es wird nichts passieren. Die Wagen werde ich aus dem Fenster sehen können.«

Addie sah Trishas Gesichtsausdruck, und sie fühlte tiefes Mitleid mit dem Mädchen.

»Gehen Sie nur. Ich passe auf die Schafe auf.«

»Wir gehen nicht ohne dich, Trisha.« John ergriff das Gewehr. »Ich weiß, was du denkst. Aber eins kannst du mir glauben. Je weiter wir nach Westen kommen, desto weniger wird man auf deine Hautfarbe achten.«

»Ich bin, was ich bin, Herr *Passant*.« Trisha war bemüht, schnodderig zu wirken, aber Addie sah, daß ihre Lippen zitterten.

»Ja. Du bist eine sehr hübsche junge Dame. Eine der hübschesten, die ich je gesehen habe. Darum werfen die Männer dir Blicke zu. Ein paar Tropfen Negerblut haben Farbe in dein ganzes Leben gebracht. Jetzt komm. Mit deinem schwarzen Haar und meinen schwarzen Haar wird man glauben, daß du meine Tochter bist.«

Trisha sah ihn erstaunt an. »Würde Sie das nicht ärgern?«

»Ärgern? Zum Teufel!« John lachte. »Ich wäre außer mir vor Freude, wenn meine Töchter halb so hübsch wären wie du.«

In diesem Augenblick begann Addie, sich ein bißchen in ihn zu verlieben.

KAPITEL 12

Sie waren wieder unterwegs. Die Stadt, in der Addie und John geheiratet und in der sie als Familie im Restaurant gegessen hatten, lag jetzt hinter ihnen.

Plötzlich lachte John laut auf, dann grinste er Addie an, wobei er unglaublich selbstzufrieden aussah.

»Colin ist die Kinnlade ganz schön runtergefallen, als er erfahren hat, daß wir geheiratet haben und auf meine Ranch in New Mexico fahren.«

»Armes Kind. Er war sich nicht sicher, was das für ihn und Jane Ann und Trisha bedeuten würde. Seine Schwester und er sind ständig herumgeschubst worden, seit ihre Eltern tot sind.«

»Jetzt wird er es gut haben. In weniger als einer Stunde habe ich zwei Jungen und ein Mädchen bekommen.«

»Das gefällt Ihnen?«

»Und wie. Jeder Mann wünscht sich Söhne... und Töchter.«

Addie war es ein Rätsel, warum er so erpicht darauf war, die Verantwortung für die Kinder zu übernehmen.

»Aber es sind nicht... Ihre.«

»Doch, das sind sie. Als ich dich geheiratet habe, sind sie meine Stiefkinder geworden.« Er zog seine dunklen Brauen zusammen.

»Glaubst du, ich werde ihnen kein guter Vater sein?«

»Nein, das ist es nicht. Ich freue mich für Colin, daß Sie ihm Aufmerksamkeit schenken. Er ist so ein lieber Junge.«

John lächelte wieder. »Amy wird ganz schön überrascht sein.«

»Ist Amy Ihre Schwester?«

»Meine Mutter. Sie ist großartig. Du wirst sie mögen.«

»Wird sie mich mögen?«

»Natürlich. Sie wird dich lieben, wenn du gut zu *mir* bist und ihr Enkelkinder schenkst. Jetzt hat sie schon drei.«

»Wird sie sie wohl akzeptieren?«

»Aber sicher. Ich würde den Namen der Kinder gerne auf Tallman ändern, wenn du damit einverstanden bist.«

»Für Dillon kann ich entscheiden, aber Colin und Jane Ann müssen wir fragen.«

Nach einem kurzen Moment des Schweigens sagte Addie: »Danke, John.« Es war das zweite Mal, daß sie ihn beim Vornamen nannte.

»Wofür?«

»Daß Sie meine Kinder annehmen und dafür, wie Sie Trisha behandelt haben.«

»Trisha gehört zu deiner Familie – zu *unserer*.«

»Warum können Sie ihr Negerblut übersehen, während andere Männer dazu offenbar nicht in der Lage sind?«

»Mein Vater hat mir und meinen Brüdern und Schwestern beigebracht, daß alle Menschen unter der Sonne gleich sind. Zu Hause bin ich mit Indianern und Mexikanern aufgewachsen. Mein Vater erzählt manchmal von einem Neger namens Mr. Washington, der die Fähre über den Wabash unterhalb von Quill's Station betrieb. Er war ein Freund von Tecumseh, dem Häuptling der Shawnee. Seine Frau war eine Shawnee namens Süßer Baum. Mr. Washington wurde in Quill's Station äußerst respektvoll behandelt.«

»Die Weißen haben Trisha wegen ihres Negerbluts nie gleichwertig behandelt, und die Neger nicht, weil sie so weiß aussieht. Sie wurde ihr ganzes Leben lang mit Füßen getreten, benutzt und gedemütigt. Doch Sie haben ihr das Gefühl gegeben, daß sie zu uns gehört.«

»Ist sie schon lange bei dir?«

»Kurz bevor Dillon geboren wurde, habe ich sie in der Scheune gefunden, frierend und ganz schwach vor Hunger. Sie war weggelaufen. Sie hat mir erzählt, ihre Mutter sei eine schöne Achtelnegerin gewesen. Als sie starb, hat ihr Vater Trisha in das große Haus gebracht. Dann zog er in den Krieg, und seine Frau hat sie verkauft, als sie entdeckte, daß Trisha in der Küche arbeitete.«

Addie erzählte ihm, wie Trisha Holz gehackt, die Hausarbeit gemacht und sich um sie und Dillon gekümmert hatte, als er geboren wurde.

»Das Baby und ich hätten wohl kaum überlebt, wenn Trisha nicht gewesen wäre.«

»Du hast ganz schön viel durchgemacht.«

»Es hätte schlimmer sein können. Wir hatten ein Haus und zu essen, was andere nicht hatten. Im ganzen Süden haben die Yankees Häuser niedergebrannt und Lebensmittel und Tiere gestohlen.«

»Die Südstaatler haben im Norden wahrscheinlich das gleiche getan.«

»Zum Glück ist das vorbei.«

Obwohl es angenehm war, neben John zu sitzen und die Dinge mit ihm zu besprechen, die ihr wichtig waren, war sie sich bewußt, daß er ständig auf der Hut war. Einmal hatte Victor, sein Hengst, ihn vor einem Pferd gewarnt, das sich näherte. John nahm sein Gewehr vom Wagenboden und legte es Addie über die Knie. Dann setzte er sich so hin, daß er die Pistole, die er um die Hüften trug, leicht aus dem Halfter ziehen konnte. Als der Reiter näher kam, gab John die Zügel an Addie.

»Tag«, grüßte der Mann, als er vorbeiritt. Er zog den Hut vor Addie und auch vor Trisha.

John legte das Gewehr wieder auf den Boden und nahm die Zügel.

»Ich glaube nicht, daß das ein Renshaw war. Sein Pferd war zu gut. Wenn ich mich nicht irre, war es ein Tennessee Walker.«

Am späten Nachmittag kamen sie zu einer Holzbrücke, die über einen Fluß führte. Addies Pferde, die den ersten Wagen zogen, gingen direkt hinüber, aber die Maultiere scheuten. Sie hatten Angst vor dem Geräusch ihrer Hufe auf den Brettern. Nur Johns starke, erfahrene Hand an den Zügeln und die Peitsche auf ihren Rücken konnten sie dazu bewegen, die Bretter zu überqueren.

Colin hatte sein Gespann auf der anderen Seite der Brücke angehalten. John blieb neben ihm stehen und wickelte die Zügel um den Griff der Bremse.

»Wir werden den Tieren hier Wasser geben. Das wird genügen, bis wir das Lager erreicht haben.«

John stieg vom Wagen herunter und streckte seine Hände nach Addie aus. Er faßte sie um die Taille und hob sie auf den Boden. Dann nahm er Jane Ann und Dillon an.

»Bleibt auf der Straße, bis ich das Gras mit einem Stock abgeklopft habe«, warnte er sie. »So nahe am Fluß gibt es wahrscheinlich Schlangen, und sie werden in der Sonne liegen. Wir werden euch etwas zu trinken holen.«

Colin, der die Eimer trug, folgte John, als er einen Pfad zum Fluß hinunter abklopfte. Trisha trug eine Dose und einen Eimer für die Schafe.

Jane Ann zog an Addies Hand. »Ich muß mal.«

»Du kannst hier machen, während John und Colin unten am Fluß sind. Mußt du auch, Dillon?«

»Nee.« Er rannte los, um eine kleine Dosenschildkröte aufzuheben, die die Straße überqueren wollte, sich jetzt aber in ihren schützenden Panzer zurückgezogen hatte. »Guck mal. Ich hab' eine Schildkröte.«

»Laß das jetzt, Dillon. Du kannst sie dir holen, wenn du fertig bist. Komm hierher vor die Pferde, damit Jane Ann ungestört ist. Verrichte du auch dein Geschäft, junger Mann. Wir werden später nicht deinetwegen anhalten.«

»Ach, Mama!«

Sie tranken alle durstig aus der Dose und aßen eine Handvoll Rosinen, während die Pferde je einen Eimer Wasser hatten und die Schafe sich einen teilten. Dillon hob die Schildkröte auf und zeigte sie Colin und John.

John warnte den Jungen davor, seinen Finger in den Panzer zu stecken, als Victor wieherte und begann, nervös zu tänzeln. Der Hengst hatte die Ohren aufgestellt, und John reagierte sofort.

»Irgend jemand kommt schnell näher. Setz die Kinder in den Wagen. Hol dein Gewehr, Trisha. Addie, hol meines. Colin, stell dich mit der Büffelbüchse hinter den großen Wagen. Zeig sie ruhig, aber schieß um Gottes Willen nicht damit, sie würde dich sonst rückwärts in den Fluß schleudern. Wenn man sie sieht, macht das schon genug Eindruck. Ich hätte in der Stadt ein Gewehr kaufen sollen«, murmelte er.

Sie gehört das Geräusch eines galoppierenden Pferdes. Der Reiter bog um die Kurve in der Straße und überquerte die Holzbrücke.

»Das ist Simmons«, sagte John und trat hinter dem Wagen hervor. Das Pferd des Jägers war schweißnaß, und seine Flanken bebten. »Sie sind schnell geritten.«

»Ja. Die Renshaws sind etwa drei Meilen zurück. Ich bin quer über Land geritten, um einen Vorsprung zu gewinnen.«

»Wie viele?«

»Vier.«

Addie stöhnte leise auf. Alle Augen waren auf John gerichtet. In der Zeit, die Buffer brauchte, um vom Pferd zu steigen, hatte er seine Entscheidung getroffen.

»Addie und Colin kommen mit den Maultieren nicht zurecht. Holt die Schafe aus dem Wagen, damit er leichter wird.« Er eilte zum Wagen und ließ die Klappe herunter. Zusammen mit Buffer hob er die Schafe heraus, die blökten und dann begannen, am Straßenrand zu grasen.

»Steig mit deinem Gewehr hier hinein, Trisha.« John schwang sie auf den Wagen, schloß die Klappe und eilte dann zum anderen Wagen. Er hob die jammernde Jane Ann heraus und gab sie Buffer, dann nahm er Dillon auf den Arm. »Laß sie sich vorne unter dem Sitz verkriechen. Trisha«, sagte er im Vorbeigehen, »schieß auf alles, was die Straße hinunterkommt und wie ein Renshaw aussieht. Schieß auf das Pferd. Vielleicht bricht sich ein Renshaw den Hals, wenn er runterfällt.«

John legte Colin die Hand auf die Schulter. »Sohn, du bist hier der Mann. Ich verlasse mich darauf, daß du die Frauen und Kinder von hier wegbringst. Verstanden? Fahrt weiter, bis ihr das Frachtlager seht. Es liegt auf der rechten Seite auf einem Hügel.«

»Ja, Sir.«

»Addie, diese Stelle eignet sich am besten dazu, sie aufzuhalten.« Er faßte sie an den Schultern. »Simmons hält zu mir, sonst wäre er nicht hier.«

»Können wir nicht alle zum Lager fliehen?«

»Nein, Madam«, sagte Buffer. »Keine Chance, denen zu entkommen.«

Addie bat John: »Dann lassen Sie Colin die Kinder nehmen. Ich kann schießen, und Trisha auch.«

»Nein. Du gehst mit Colin. Wenn ihr das Lager erreicht, sagt meinen Männern, wer ihr seid.« Er faßte sie um die Taille und hob sie in den Wagen. »Ich will keine Renshaws töten, wenn es sich vermeiden läßt. Ich würde sie gerne in den kalten Fluß werfen und ihre Pferde verjagen.«

»Gute Idee.« Buffer lachte belustigt und begutachtete

zwei hohe Bäume, die auf beiden Seiten der Straße standen. »Ich weiß genau, wie wir das machen könnten.«

»Seid vorsichtig«, rief Addie, als der Wagen anfuhr und die Pferde losgaloppierten. Sie blickte zurück und sah, wie Buffer Simmons sein Pferd und Johns zurück zur Holzbrücke führte und John eine Rolle Seil aus dem Wagen holte.

Der Wagen hatte mehrere Meilen zurückgelegt, bevor Colin seine Füße gegen das Fußbrett drückte, um die rennenden Pferde erst in den Trab und dann in zügiges Schrittempo zu bringen. Addie fragte sich, wo der kleine Junge seine Kraft herhatte. Jane Ann wimmerte, und Dillon weinte laut. Addie blickte sich um und sah, daß Trisha an der Klappe kauerte und die Straße durch den Staub beobachtete, der von den Rädern aufgewirbelt wurde.

»Psst... Dillon, nicht weinen. Jane Ann, Liebes, alles in Ordnung?«

»Ich hab mir weh getan... als ich umgefallen bin.«

»Du kannst mit Dillon hier zu mir und Colin hinaufklettern. Trisha«, rief sie, nachdem die Kinder auf dem Sitz saßen, »alles in Ordnung?«

»Ja, außer daß ich in Schafsdreck sitze. Wenn ich einen Renshaw in die Finger kriege, muß er ihn fressen.«

Addie lachte, dann fing sie plötzlich an zu weinen. Sie drehte sich weg, damit die Kinder nicht sehen konnten, wie ihr die Tränen die Wangen hinunterströmten. Die schlaflose Nacht, die Anspannung des Morgens, die Angst und der harte Ritt verlangten ihren Tribut.

»Soll ich für eine Weile die Zügel übernehmen, Colin?« fragte sie, als sie die Fassung wiedergewonnen hatte.

»Nein, Madam.«

»Hast du... Schüsse gehört?«

»Nein, Madam. Keine Sorge, Miss Addie. Mit diesen Renshaws wird Mr. Tallman doch mit Leichtigkeit fertig.«

»Magst du ihn, Colin?«

»Ja, Madam!« Der Junge grinste sie an. »Er wird mir ein eigenes Pferd schenken. Er sagt, keiner darf es reiten, nur ich, und nur ich werde mich drum kümmern.«

»Bis nach New Mexico ist es noch weit. Wahrscheinlich kommen wir nie mehr zurück.«

»Ich will nie mehr dahin zurück. Traurig, Miss Addie?«

»Nein, eher ängstlich. Wir haben unser Schicksal in die Hand eines Mannes gelegt, den wir kaum kennen.«

»Wollten Sie Mr. Tallman nicht heiraten?«

Als sie Colins besorgten Blick sah, bereute Addie, daß sie ihre Lage so kraß geschildert hatte.

»Ich glaube, daß Mr. Tallman ein guter, anständiger Mann ist. Er hat ein Haus und wünscht sich eine Frau und Kinder«, sagte sie eilig und war erleichtert, daß Colin mit ihrer Antwort zufrieden war.

Colin schlug die Pferde mit der Peitsche, und sie liefen schneller. Addie horchte nach Schüssen, aber sie hörte keine. Dillon schlief auf ihrem Schoß ein und Jane Ann an ihrer Schulter. Ihr Rücken schmerzte, und ihre Augen brannten, weil sie nicht geschlafen hatte. Es kam ihr vor, als würde der Wagen eine Ewigkeit weiterrumpeln, bis sich ihr in der Ferne ein eindrucksvoller Anblick bot.

Eine Reihe von Güterwagen stand auf einem grasbewachsenen Hügel. Die Ladung, die über die sechs Fuß hohen Seitenwände hinausragte, war mit dunklen Planen abgedeckt. Zwei gedeckte Wagen standen in der Nähe, und innerhalb des Kreises graste eine große Anzahl von Maultieren und Ochsen auf einer Wiese.

Colin lenkte die Pferde von der Straße und auf einen ausgetretenen Weg zum Lager. Mehrere Männer erwarteten sie, als sie neben einem der gedeckten Wagen anhielten. Einer der Männer trat hervor und stellte sich neben das schwitzende, zitternde Gespann.

»Willst du die Pferde umbringen, Junge?«

»Ist das hier das Lager von John Tallman?« fragte Addie.

»Ja.«

»Mr. Tallman ist acht oder zehn Meilen hinter uns. Vier Männer haben uns gejagt, und er versucht, sie aufzuhalten. Er braucht Hilfe.«

»Vier haben Sie gesagt?«

»Ja. Vier Männer, die... böse sind.«

Ein O-beiniger Mann mit üppigem Schnurrbart trat an die Seite des Wagens. Seine hellblauen Augen taxierten die Gruppe.

»Nun, Madam, wenn es nur *vier* sind, dann braucht John keine Hilfe. Wenn es acht oder zehn wären, würden wir vielleicht hinreiten und mal nachsehen.«

»Sie wollen ihm nicht helfen?« Addie starrte den Mann erstaunt an.

»Wenn es nur so wenige sind, würde er nicht erfreut sein, wenn wir uns in seinen Kampf einmischen.«

»Es sind *vier*, Sie – Sie Holzkopf!« rief Addie. »Verstehen Sie mich nicht?«

»Doch, Madam.«

Dillon wachte auf und fing an zu weinen.

»Was meinst du, Rolly?« sagte der Mann mit dem buschigen Bart zu dem, der neben den Pferden stand.

»Nee! Die Sache ist vorbei, bis wir die Pferde gesattelt haben.«

Addie schob Dillon von ihrem Schoß und stand auf. »Ich traue meinen Ohren nicht. Sie weigern sich, Ihrem Arbeitgeber zu helfen? Also, so etwas habe ich noch nie gehört!«

»Wer sind Sie überhaupt, Madam?« fragte Bill.

»Das werde ich Ihnen sagen.« Addie zitterte vor Wut. »Ich bin *Mrs.* John Gefleckter Elch Tallman.« Sie beugte sich vor und ergriff die Pferdepeitsche. »Machen Sie sich auf den Weg, und helfen Sie ihm, oder – in drei Teufels Namen, ich ziehe Ihnen eins mit der Peitsche über.« Sie merkte nicht, daß Tränen sich einen Weg durch den Staub auf ihrem Gesicht bahnten.

Das Grinsen der Männer wurde breiter.

»Was wollen Sie hier veranstalten, Madam? Haben Sie vor, uns aus dem Lager zu vertreiben, damit Ihre Freunde hier die Waren stehlen können? Da sollten Sie sich aber eine bessere Geschichte einfallen lassen. Ich kann nicht glauben, daß John geheiratet hat, schon gar nicht eine Frau mit einer Horde Kinder.«

Addie war so schockiert von dem, was er sagte, daß sie den Mann gar nicht wahrnahm, der auf einem großen grauen Pferd angeritten kam.

»Was ist los, Bill? Wer ist das?«

»Sagt, sie wär mit John verheiratet. Sagt, John hätte acht oder zehn Meilen die Straße runter etwas Ärger. Will, daß wir da runter reiten. Sind angeblich bloß vier.«

»Sie sind uns seit Freepoint gefolgt«, erklärte Addie. »Mr. Tallman hat uns vorgeschickt und wollte auf sie warten.«

»Hat er gesagt, wir sollten ihm helfen?«

»Er hatte keine Zeit, uns überhaupt etwas zu sagen.«

»John weiß, was er tut. Er kann auf sich selbst aufpassen.«

Addie sah den Mann auf dem Pferd an, der genau wie die anderen einen amüsierten Gesichtsausdruck hatte. Ihr wurde klar, daß sie nur irgendeine Frau mit einer Schar Kinder in einem wackeligen alten Wagen vor sich sahen. Sie glaubten nicht, daß ihr Boss, John Tallman, sie geheiratet hatte! Sie glaubten, daß sie irgendwelche üblen Absichten hatte.

Diese Demütigung war mehr, als sie ertragen konnte. Sie konnte ihre Tränen nicht mehr zurückhalten, die plötzlich und heftig hervorbrachen. Sie sank auf den Wagensitz, bedeckte ihr Gesicht mit den Händen und schluchzte, wie sie es seit dem Tod ihrer Eltern nicht mehr getan hatte.

»Mama! Mama!« Dillon war entsetzt. Er hatte sie noch nie so verzweifelt gesehen. Er bekam einen Schreianfall und versuchte, seine kleinen Arme um sie zu schlingen. Jane Ann weinte an Addies Schulter.

»Weg von dem Pferd!« rief Colin und ließ die Peitsche über die Rücken der müden Tiere knallen. Sie zogen an. Er ließ sie eine Kehrtwende machen und lenkte sie wieder auf den Weg zur Straße hinunter.

Der Mann auf dem Pferd folgte ihnen. Er ritt neben den Wagen.

»Bleib stehen!« rief er.

Peng! Trisha schoß mit dem Gewehr in die Luft. »Weg!« schrie sie. »Weg, oder ich schieße Ihnen ein Loch in den Schädel!«

»Zum Teufel! Halt den Wagen an, Junge!«

Sie hatten das Ende des Weges erreicht und bogen auf die Straße, bevor der Mann den Seitenriemen des Zaumzeugs packen konnte.

»Was wollen Sie?« fragte Colin. »Wir werden nicht bleiben und zusehen, wie *die* Miss Addie beleidigen und sie zum Weinen bringen. Wir werden hier warten, bis Mr. Tallman kommt... wenn er kommt.«

»Hände weg von dem Pferd!« Trisha stand mit gespreizten Beinen hinten auf dem Wagen und zielte mit dem Gewehr an der Schulter auf den Reiter.

Er sah sie aus schmalen Augen zornig an.

»Nimm das Gewehr runter, Mädchen.«

»Ich nehm es nicht runter, *Junge,* bevor du nicht verschwindest. Mr. Tallman hat gesagt, ich soll auf das Pferd schießen, wenn uns ein häßliches Stinktier verfolgt. Das bist wohl du, du Schwein.« Sie bewegte das Gewehr, so daß es auf den Kopf des Pferdes zielte.

»Großer Gott!« Der Mann wendete das Pferd, entfernte sich vom Wagen und sah sie an.

Addie trocknete sich die Augen mit ihrem Rockzipfel. Sie fühlte sich, als hätte man ihr mit einem Knüppel auf den Kopf geschlagen. Ihr Körper schmerzte, der Kopf tat ihr weh; aber vor allen Dingen fühlte sie sich innerlich leer. Wie konnte sie diesen Männern, die sie so geringschätzten, jemals wieder gegenübertreten?

»Wein nicht, Mama.« Dillon schlang, noch immer wimmernd, seine Arme und Beine um sie.

»Das werde ich nicht. Versprochen. Wir brauchen einen Schluck Wasser.« Sie blickte sich um. »Trisha, ist da hinten ein Topf Wasser?«

»Schicken Sie Jane Ann nach hinten, um ihn zu holen.« Trisha ließ die Augen nicht von dem Reiter.

»Leg das Gewehr weg, Trisha. Er wird uns nichts tun. Allerdings wird er uns auch nicht helfen.« Addie hob Dillon von ihrem Schoß und kletterte über das Wagenrad hinunter.

»Sollen wir weiterfahren, Miss Addie?« Colins junges Gesicht war sorgenvoll.

»Die Pferde sind schrecklich müde.« Sie hob erst Dillon, dann Jane Ann hinunter. »Ignorier ihn einfach, Colin«, sagte Addie, als sie bemerkte, daß Colin den Mann, der sie beobachtete, feindselig ansah. »Ich gebe den Kindern etwas zu trinken, dann sollten wir die Pferde abreiben. Arme Tiere. Sie mußten die letzten beiden Tage hart arbeiten.«

* * *

John und Buffer Simmons waren auf die Renshaws vorbereitet, bevor sie ihre Stimmen und das Klappern von Pferdehufen in der nachmittäglichen Stille hörten. Sie hatten das Seil an einen Baum auf der einen Seite des Weges gebunden. Es führte über den Boden bis zur anderen Seite, wo es über einen niedrigen Ast gezogen war. Das Ende war an Buffers Sattel befestigt.

Rittlings auf seinem Pferd sitzend, wartete John, von

Büschen geschützt, auf der anderen Seite. Er konnte sich nicht vorstellen, daß die Renshaws so dumm wären, auf den alten Trick hereinzufallen. Kein Zehnjähriger im Grenzgebiet würde ohne Pistolen in einer Gruppe reiten, die einzigen Waffen in den Sattelscheiden. Simmons hatte sie beobachtet und gesagt, daß es kinderleicht wäre, sie aus dem Sattel zu werfen. Er freute sich sichtlich darauf, sie zu verprügeln.

John überließ nichts dem Zufall. Er überprüfte seine Pistole, dann nahm er den langen Ast zur Hand, den er sich als Knüppel ausgesucht hatte.

Als Simmons seinem Pferd die Sporen gab und das Seil sich hob, stieß er einen markerschütternde Schrei aus. Zwei Männer wurden durch das Seil aus dem Sattel gerissen. Ein Pferd bäumte sich auf und warf seinen Reiter in den Fluß, und in dem Durcheinander ging ein Pferd in die Knie.

John stürmte aus den Büschen und schwang den Knüppel. Der Mann, der noch im Sattel saß, wurde von seinem Pferd gestoßen und fiel rückwärts in den Fluß. Simmons, der noch immer schrie wie ein betrunkener Indianer, sprang in die Menge und schickte einen weiteren Renshaw mit einem wohlplazierten Tritt über die Böschung in das kalte Wasser.

»Ich nehme den Cousin!« schrie Buffer und packte den Mann hinten am Hemd und am Hosenboden. »Puh! Du stinkst immer noch nach Kuhscheiße«, sagte er und stieß ihn in den Fluß.

»Rein mit dir«, sagte John zum letzten Renshaw.

»Ich... kann nicht schwimmen!«

»So ein Pech.« John schlug ihm mit dem Knüppel in den Magen. Der Mann taumelte zurück und stürzte die Brücke hinunter.

»Ich kann nicht schwiiiiimmen...«

»Helft dem dummen Idioten«, schrie Buffer. »Wir wollen

nicht, daß ihr ertrinkt... noch nicht.« Einer der Männer eilte zu dem Mann, der auf dem Rücken lag und mit Armen und Beinen auf das Wasser einschlug, und half ihm auf.

»Ihr bleibt da.« John zielte mit seiner Pistole auf einen Mann, der versuchte, auf die Beine zu kommen. Er ließ sich wieder in das kalte Wasser fallen, das ihm bis zur Brust reichte.

»Was habt ihr vor?« fragte der jüngste von den Renshaws.

»Das überlegen wir uns noch«, antwortete John. Dann: »Was glaubst du, Buffer? Ist das nicht ein hübscher Anblick?«

»Aber wirklich. Selten was Schöneres gesehen! Sollten wir sie nicht einfach erschießen?«

»Wir könnten erst noch unseren Spaß haben. Es war kein großes Vergnügen, sie zu fangen. Das hätte ein Blinder machen können. Ich habe noch nie erwachsene Männer gesehen, die so dumm waren wie diese Renshaws.«

»Ihr könnt euch ruhig lustig machen. Unser Tag wird kommen. Wir Renshaws vergessen niemals, was die Hure uns angetan hat.«

»Und ich vergesse nicht, was du mir angetan hast«, rief der Cousin.

»Wenn sie nichts vergessen, werden wir ihnen noch etwas Unvergeßliches bieten.« John zog seine Pistole aus dem Halfter und spannte sie. »Ich habe den ersten Schuß. Hey, du. Steh auf, damit ich deine Kniescheibe sehen kann.«

»Nein! Bitte! Nicht...Bi...tt...e –«

»Hör auf zu betteln«, stieß ein Älterer hervor.

»Schieß ihm in den Kopf«, schlug Buffer vor.

»Würde der nicht zerplatzen wie ein Kürbis?«

»Wahrscheinlich, aber es ist nicht christlich, sie so dreckig zur Himmelspforte zu schicken. Laß sie ein bißchen da sitzen und den Renshaw-Gestank abwaschen.«

»Gute Idee. Hütet euch vor Zitterschlangen. Das ist

eine grausame Art zu sterben. Ich kümmer' mich um die Pferde.«

»Zitterschlangen? Ja, ich hab' gehört, daß es die in dieser Gegend im Fluß gibt. Die kommen aus den stinkenden Quellen unten in Rock Cave. Man sagt, sie mögen Gestank und vermehren sich wie die Kaninchen.«

»Schlangen! Verflucht!« Die Renshaws begannen, mit den Händen ins Wasser zu schlagen.

»Sie sind winzig klein«, sagte Buffer. »Man merkt gar nicht, daß sie einen gebissen haben, bis man anschwillt und einem das Blut aus Nase und Ohren kommt. Ha-ha-ha!« Er zeigte auf den jüngsten Renshaw. »Der Kleine wird richtig hübsch aussehen, wenn er etwas anschwillt.«

KAPITEL 13

Die Sonne war untergegangen.

Zu dieser Jahreszeit waren die Tage lang, aber für Addie kam die Nacht viel zu schnell. Es waren mehr als sechs Stunden vergangen, seit sie Mr. Tallman an der Brücke zurückgelassen hatten. Für Addie war es noch zu früh, an ihn als John, ihren Ehemann, zu denken. Die letzten beiden Tage waren wie ein Traum vergangen – wie der Traum von jemand anderem, den sie selbst bloß aus der Ferne beobachtete.

Colin und Trisha hatten die Pferde ausgespannt und so angepflockt, daß sie am Straßenrand grasen konnten. Colin war Wasser aus einem Bach in der Nähe holen gegangen, und Addie hatte ein Tuch befeuchtet, mit dem sie sich alle den Straßenstaub von Gesicht und Händen gewaschen hatten.

Sie machte sich Sorgen. Sie war ständig den Tränen nahe, was sie auf die Erschöpfung und die lange Zeit ohne Schlaf zurückführte. Wie würde sie mit der Schuld leben können, wenn Mr. Tallman etwas zugestoßen sein sollte? Er hatte ihre Probleme auf sich genommen. Es wäre möglich, daß er verletzt war und blutete und der skrupellosen Renshaw-Sippe ausgeliefert war.

Sie dachte an etwas anderes. Sie und die Kinder mußten vielleicht die Nacht hier verbringen, mit nur einer Decke und einem Tuch für sie alle. Zum Glück hatte Trisha heute morgen Rosinen und getrocknete Pfirsiche gekauft. Damit hatte Sie den gröbsten Hunger der Kinder stillen können.

Im Lager auf dem Hügel brannte ein Feuer, und der Geruch von bratendem Fleisch wehte zu ihnen hinunter. Einmal hatte sich der Mann auf dem grauen Pferd genähert und versucht, ein Gespräch anzufangen. Aber sie hatten ihn ignoriert und waren auf die andere Seite des Wagens gegangen. Schließlich hatte er sich wieder zu den Männern am Küchenwagen gesellt, die Addie wie eine ganze Armee vorkamen.

Addie zweifelte keinen Moment, worüber sie sprachen.

»Was machen wir, wenn Mr. Tallman nicht kommt?« fragte Trisha. Es war das erste Mal, daß jemand von ihnen die heikle Frage aussprach.

»Er ist auf dem Weg. Wenn er verletzt wäre, würde Mr. Simmons uns Bescheid sagen.«

»Den Bärtigen kann ich nicht ausstehen. Er starrt mich an wie eine Katze den Vogel.«

»Hat er irgend etwas Unhöfliches gesagt?«

»Nein. Aber er hat gehört, was in der Stadt geredet wurde, und er weiß, daß ich farbig bin. Er denkt sicher wie die anderen geilen Böcke, daß ich leicht ins Bett zu kriegen bin.«

Addie sah sich um, um sicherzugehen, daß die Kinder nicht zuhörten. Colin hatte eine Kaulquappe aus dem Bach mitgebracht. Sie waren um den Eimer versammelt, und Colin versuchte zu erklären, daß sie sich in einen Frosch verwandeln würde. Einen Moment lang vergaß Dillon die Schildkröte, die er zurückgelassen hatte.

»Vielleicht denkt Mr. Simmons gar nicht so.«

»Warum hat er uns dann mit dem Fernglas beobachtet?«

»Das weiß ich nicht. Aber ich weiß, daß er uns beim Packen geholfen und die Renshaws aufgehalten hat, um uns einen Vorsprung zu verschaffen. Und er hat uns gewarnt.«

»Er will was«, behauptete Trisha hartnäckig. Sie hatte sich ein Tuch um die Schultern gelegt. Das dunkle Haar lockte sich um ihr Gesicht und fiel ihr schwer auf den Rücken hinab. Sie streifte es ungeduldig zurück. »Wenn wir nach New Mexico gehen, gehen wir dann mit denen?« Sie deutete mit dem Kopf auf das Lager.

»Ich glaube schon. Sie sind nicht im geringsten so, wie ich sie mir vorgestellt hatte.« Addie fragte sich, ob Trisha ihr Mißtrauen gegenüber Männern jemals überwinden würde.

»Wir könnten auch weglaufen... in eine Stadt.«

»Dafür ist es jetzt zu spät. Ich habe Mr. Tallman *geheiratet*. Ich habe das heilige Gelübde abgelegt.«

»Was glauben Sie, warum er Sie heiraten wollte?«

»Ich habe dir schon letzte Nacht gesagt, er glaubt, es wäre Zeit, daß er eine Familie gründet. Er will Kinder in seinem Haus.«

»Ich bin aber kein Kind.« Trishas Stimme hatte einen argwöhnischen Unterton.

Als es dunkel wurde, nahm Addies Sorge um Tallman zu. War es den Renshaws gelungen, sich anzuschleichen und ihn und Simmons aus dem Hinterhalt zu überfallen? Sie begann, auf und ab zu gehen, wobei sie darauf achtetet, außerhalb der Sichtweite der Fuhrleute auf der entgegengesetzten Seite des Wagens zu bleiben. Sie traute sich kaum, die Augen von der Straße abzuwenden, auf der sie vor so vielen Stunden gekommen waren.

Trisha saß auf der Wagenklappe und ließ die Füße baumeln, dann sprang sie plötzlich herab.

»Hören Sie«, zischte sie. »Da sind Schafe.«

Addie blieb stehen und lauschte, den Blick fest auf die Straße gerichtet.

»Bääh... bääh...«

»Ich höre es auch. Unsere Schafe!«

Sie versammelten sich am Ende des Wagens und warteten. Dann sahen sie im Dunkeln, wie der Wagen um eine Kurve bog, während das Blöken der Schafe lauter wurde.

Addies Herz hüpfte vor Erleichterung, als sie den Lederhut mit der flachen Krone sah, den der Mann auf dem Wagensitz trug. Die Kinder drängten sich dichter an Addie und Trisha, als der Wagen näher kam.

Colin, der freudig grinste, trat vor und begrüßte John.

»Ein Glück, daß Sie hier sind, Mr. Tallman. Alles in Ordnung?«

»Bei uns schon. Und bei euch?«

»Auch.«

John ließ die Maultiere anhalten, und Buffer Simmons, der eins der Schafe auf dem Schoß hatte, ritt neben den Wagen.

»Nehmt mir dieses verdammte Schaf ab, bevor ich ihm seinen blökenden Kopf abreiße. Es gibt nichts Blöderes als Schafe, ausgenommen die Renshaws.«

John hob das Schaf herunter. Es trabte sofort zu Addie.

»Wo sind die anderen?«

»Hinter dem Wagensitz angebunden. Es hat ewig gedauert, bis wir sie eingefangen hatten. Darum kommen wir so spät. Was zum Teufel macht ihr hier? Warum seid ihr nicht im Lager?«

»Wir haben uns entschlossen, hier auf Sie zu warten. Haben die Renshaws –«

»Wir hatten keine nennenswerten Schwierigkeiten. Warum seid ihr hier unten und nicht oben im Lager?« wiederholte John. Er legte ihr die Hand auf die Schulter und schüttelte sie leicht.

»Wir *waren* dort. Diese Mistkerle haben Miss Addie ausgelacht…«

»Trisha! Das reicht!«

»…Und sie haben gesagt, daß Sie keine Frau mit einer ›Horde‹ Kinder heiraten würden.« Trisha warf wütend den Kopf zurück. Sie hatte sich schützend neben Addie gestellt.

»Sie haben Miss Addie zum Weinen gebracht«, stieß Colin hervor. »Und ich habe sie hier runtergeführt.«

»Ich hasse sie!« heulte Jane Ann und verbarg ihr Gesicht in Addies Rock.

»Das reicht. Das gilt für euch alle.« Addie blickte auf und sah Johns finsteren Gesichtsausdruck. »Die Männer, mit denen wir gesprochen haben, haben uns nicht verstanden. Ich habe sie gebeten, Ihnen zu Hilfe zu kommen, aber sie waren sich sicher, daß Sie dort hinten allein zurechtkommen würden.«

»Sie haben gesagt, wir wären gekommen, um sie wegzulocken, damit jemand die Sachen aus ihren Wagen stehlen könnte.«

»Colin, ich bitte dich! Dein Mundwerk ist genauso lose wie Trishas.«

»Es ist aber nun mal die Wahrheit, Miss Addie.« Colin ließ den Kopf hängen.

Addie sah den Jungen an, so daß sie zunächst nicht bemerkte, wie Johns dunkles Gesicht vor Zorn glühte. Als aber seine Hand auf ihrer Schulter so fest zugriff, daß es beinahe schmerzte, blickte sie überrascht auf. Er hatte die Luft angehalten. Seine Lippen waren zusammengepreßt, sein Kiefer angespannt und seine Augen zwischen den dunklen Wimpern nur noch schmale Schlitze.

Addie legte ihm die Hand auf den Arm. »John, wir möchten nicht, daß es wegen uns zu Schwierigkeiten mit deinen Männern kommt. Wie wir aussahen, der wackelige alte Wagen – ich kann es ihnen nicht verübeln, daß sie uns für eine dahergelaufene Truppe gehalten haben –«

Er strich ihr mit der Hand über die Schulter, dann zog er sie beschützend an sich.

»Das wird nicht wieder vorkommen«, sagte er sanft und sah ihr in die müden violetten Augen, unter denen dunkle Ringe waren. »Meins ist jetzt deins. Deins ist jetzt meins.«

Er ließ sie abrupt los und kletterte auf den Wagen. Er hob die Schafe nacheinander zu Buffer hinunter, der sie auf die

Füße stellte. Wie Kinder liefen sie auf Addie zu. Sie bückte sich und kraulte ihnen die Köpfe.

»Alles in Ordnung, Mr. Jefferson? Lauf und kümmer dich um Eimer und Dolly.«

»Gib mir die Kleinen an, Simmons.« John streckte seine Arme nach Dillon und Jane Ann aus und setzte sie auf den Sitz. Dann kletterte er vom Wagen herunter. »Das Gespann und der Wagen können ruhig hierbleiben, Colin. Willst du dich mit Trisha hinter den Sitz quetschen oder lieber zum Lager laufen?«

»Sie können mit mir reiten.« Buffer kletterte wieder auf sein Pferd und stützte sich mit einem wölfischen Grinsen auf das Sattelhorn.

»Ich reite nicht mit diesem Warzenschwein.« Trisha warf ihm einen vernichtenden Blick zu, kletterte auf den Wagen und zwängte sich hinter den Sitz.

»John« – Addie legte ihm die Hand auf den Arm – »warum bleiben wir nicht heute nacht hier unten und geben ihnen… eine Chance, um –«

»Nein. Die Kinder und du, ihr bekommt jetzt eine warme Mahlzeit und ein Dach über dem Kopf.« Er ergriff Colin und setzte ihn hinter Buffer, dann half er Addie, über das Rad auf den Sitz zu klettern.

»Mir wäre es lieber, wenn wir nicht viel Aufhebens darum machen würden. Die Männer werden uns noch weniger mögen.«

John antwortete nicht, sondern senkte die Peitsche auf den Rücken der Maultiere und lenkte sie auf den stark ausgefahrenen Weg zum Lager.

Addie versuchte erneut, John zu beschwichtigen. »Vielleicht hat sie die Art mißtrauisch gemacht, wie ich gefordert habe, daß sie dir helfen. Ein Mann auf einem großen grauen Pferd ist heruntergekommen und wollte mit uns reden.«

»Was hat er gesagt?«

»Trisha hat ihn mit dem Gewehr verjagt.«

»Gut gemacht, Trisha. Ich werde dir beibringen, wie man mit dem Ding schießt und trifft, worauf man zielt.«

Als sie das Lager erreichten, fuhr John direkt in die Mitte des Kreises, der von dem großen Lagerfeuer erleuchtet war. Ein halbes Dutzend Männer standen herum. Einer ging auf den Wagen zu.

»Hallo, John. Wie ich sehe, hast du es geschafft.«

John ignorierte den Gruß, ging herum und hob erst Addie, dann die Kinder und Trisha herunter. Buffer ritt heran, und Colin glitt von seinem Pferd.

»Leg deine Sachen da hin, wo du übernachten willst, Simmons, und nimm dir von dem, was Bill in seinem Kochtopf hat. Rolly«, sagte er zu dem Mann, der ihn am Wagen begrüßt hatte, »bring den Wagen da rüber, und stell ihn unter den Bäumen ab, mach die Maultiere los, und pflock sie bei den anderen Tieren an, damit sie sich aneinander gewöhnen. Paco und Huntley, ihr holt noch zusätzliche Leinwand und baut da drüben bei dem Wagen ein paar Zelte für meine Frau und die Kinder auf. Dann ladet alles ab, was auf dem Wagen ist, und stapelt es an einem hohen, trockenen Ort, und holt genug Leinwand, um alles abzudecken. Unter den Sachen sind einige Matratzen. Legt sie in die Zelte.«

Die Männer beeilten sich, seine Befehle auszuführen. Als der Wagen hinter Addie weggefahren wurde, fühlte sie sich nackt und allen Blicken ausgesetzt. Sie vermutete, daß es Trisha genauso ging, da das Mädchen sich hinter sie stellte.

»John –«

Addie war sich sicher, daß der Sprecher derselbe Mann wie der auf dem grauen Pferd war, obwohl er jetzt keinen Hut trug.

»Später, Cleve.«

»Wir –«

»Später.« Johns Tonfall duldete keine Widerrede. Er hob Dillon hoch und setzte ihn sich auf die Hüfte. Der Junge flüsterte ihm etwas ins Ohr. John hielt einen Moment inne, dann flüsterte er zurück: »Die Schildkröte ist im Wagen. Wir werden sie morgen holen.« Er führte die kleine Gruppe um das Feuer herum zu einigen Bänken.

»Bring ihnen etwas zum Abendessen, Bill.«

»Er muß uns nicht bedienen. Ich kann servieren«, protestierte Addie.

»Du fällst doch fast um vor Müdigkeit. Setz dich. Wo ist dein Helfer, Bill?«

»Ähm... er ist –«

»Er ist was?«

»Betrunken.«

»Zu betrunken zum Arbeiten?«

»Ich fürchte ja.«

John sah Cleve an. »Wenn er wieder nüchtern ist, zahl ihn aus, und schick ihn weg.«

John setzte Dillon neben Addie auf die Bank. Trisha setzte sich dicht neben sie. Addie spürte, wie sie zitterte. Trisha wollte sich von den Blicken der Männer, die aus dem Licht getreten waren und in kleinen Gruppen zusammenstanden, nicht einschüchtern lassen, sondern hob das Kinn und starrte zurück. Nur als Jane Ann näher kam und sich gegen Trishas Knie lehnte, wandte sie ihren Blick ab.

Buffer stand im Dunklen, beobachtete Trisha und bewunderte ihren Mut. Es verwirrte ihn, daß er den Drang verspürte, sie zu beschützen, und die Männer dafür verabscheute, daß sie sie so begafften; er nahm sein Pferd und pflockte es außerhalb an.

Die Atmosphäre rund um das Lagerfeuer war äußerst angespannt. Addie hatte sich noch nie im Leben so unwohl gefühlt. Sie kam sich vor, als ob sie mit ihrer Familie in einem Schaufenster säße, wo alle Leute sie anstarrten. Sogar die Kinder waren still und warfen den Männern, die sich im Dunkeln aufhielten, ängstliche Blicke zu.

John schnitt Scheiben von einem Fleischstück ab, das über den heißen Kohlen im Lagerfeuer gegrillt wurde. Er legte sie auf einen Teller. Bill gab Bohnen dazu und trug sie zu seinem Tisch, den er seitlich von einem Wagen heruntergelassen hatte. Die kleine Gruppe, die auf den Bänken saß, sprach und sah er nicht an. Addie stand auf, um ihm zu helfen. Sie war es nicht gewöhnt, sitzen zu bleiben und bedient zu werden.

»Setz dich und iß, Addie«, sagte John, als er die letzten beiden Teller zum Tisch trug.

»Setzen Sie sich auch?«

»Gleich.« Er füllte einen Teller für sich selbst und ließ sich dann neben Colin nieder.

»Bääh... bääh...« Addie steckte gerade den ersten Bissen in den Mund, als sie die Schafe hörte.

»Was zum Teufel?«

»Großer Gott –«

»Zum Kuckuck!«

»Von wegen Kuckuck! Das sind Schafe!«

Der laut blökende Mr. Jefferson kam gefolgt von Dolly und Eimer ins Lager und lief schnurstracks auf Addie zu. Sie stießen gegen Dillon. Die Bohnen auf seinem Teller rutschten ihm auf den Schoß, und er begann zu brüllen, den mit Essen gefüllten Mund weit geöffnet.

Durch seine Schreie hindurch hörte Addie das Gelächter der Männer im Schatten. John hob das Kind hoch und setzte es auf seinen Schoß. Addie stand schnell auf; ihr Gesicht war puterrot, und sie wünschte sich, weit weg am anderen Ende der Welt zu sein. Die Schafe folgten ihr aus dem Feuerschein heraus.

»Gregorio,« rief John.

»Sí, señor.«

»Du kennst dich mit Schafen aus. Kümmer dich um sie, damit Mrs. Tallman in Ruhe ihr Abendessen zu sich nehmen kann.«

Der mexikanische Junge, der aus dem Schatten heraustrat, hatte einen breiten Hut auf dem Rücken, der durch ein Band um seinen Hals festgehalten wurde.

»Warten Sie, *señora*. Ich hole etwas Mais, dann folgen sie mir bestimmt.«

Addie rieb den Schafen die Köpfe und sprach leise auf sie ein, während sie wartete, denn sie wußte, daß die Umgebung die Tiere genauso verwirrte wie sie selbst. Gregorio kam mit einer flachen Pfanne zurück. Er hielt Mr. Jefferson den gemahlenen Mais unter die Nase und ließ den Bock daran schnuppern. Dann ging er rückwärts, und die Schafe folgten ihm. Addie wartete, bis die Schafe in der Dunkelheit verschwunden waren, bevor sie zurück zum Tisch ging.

Dillon war auf Johns Schoß eingeschlafen.

Addie war körperlich und geistig erschöpft. Sie war sich sicher gewesen, daß sie wie eine Tote schlafen würde, sobald sie die Augen geschlossen hätte, aber es gelang ihr nicht. Hinter den Lidern sah sie das Gesicht eines großen Mannes mit dunklem, schulterlangen Haar und dunkelblauen Augen. Ihre Gedanken drehten sich im Kreis, als sie neben Jane Ann und Trisha auf der Matratze lag.

Seit Dillons Geburt war dies die erste Nacht, in der er nicht neben ihr schlief, und sie fragte sich, wieso sie Johns Bitte so leicht nachgegeben hatte. Nein, dachte sie jetzt, es war keine Bitte gewesen, sondern eine Entscheidung.

»Du kannst mit den Mädchen hier schlafen.« Mit dem schlafenden Dillon auf der Schulter hatte John sie zu den Zelten geführt, die in der Nähe des Hauptlagers aufgestellt worden waren. »Colin, Dillon und ich schlafen im anderen.«

»Dillon kann hier bei uns schlafen. Es ist genug Platz.«
»Ihr habt mehr Platz, wenn er bei Colin und mir ist.«
»Aber... er ist nachts immer bei mir gewesen. Er wird aufwachen und Angst haben.«
»Wenn das passiert, bringe ich ihn zu dir.«
»Es könnte sein, daß er... mal nach draußen muß.«
»Colin und ich werden uns um ihn kümmern. Du mußt etwas schlafen, Addie. Morgen werden wir Vorbereitungen für die Fahrt treffen.«

Trisha und Jane Ann waren sofort eingeschlafen. Addie lag mit dem Kopf am Eingang, damit sie das Zelt sehen konnte, in dem ihr Sohn schlief. Sie hatte sich innerlich darauf vorbereitet, mit ihrem neuen Ehemann zu schlafen, wenn er es verlangte. Sie war jetzt Addie Faye Tallman. Kirby Hyde war nicht mehr ihr Mann. Sondern John Tallman. Würde er morgens, mittags und abends auf seinem *Recht* beharren, wie Kirby es nach ihrer Hochzeit getan hatte? Sie hatte diesen Teil der Ehe verabscheut, sich jedoch gefügt, wie sie es auch mit anderen lästigen Pflichten getan hatte.

Sie hatte beobachtet, wie John mit Dillon und Colin das Zelt betreten hatte. Kurze Zeit später hatte sie gesehen, daß er herausgekommen und zum Küchenwagen zurückgegangen war, wo noch immer ein kleines Feuer brannte.

Morgen werden wir die nötigen Vorbereitungen für die Fahrt treffen. Die Worte ihres neuen Mannes gingen Addie nicht aus dem Kopf, ebensowenig wie der Gedanke, daß die Zeit zu schnell vorbeiraste. Sie hätte sie eine Weile anhalten wollen, bis sie über alles, was ihr widerfahren war, nachgedacht und sich daran gewöhnt hatte.

Willst du diesen Mann lieben und ihm gehorchen? Gehorchen? Bis auf die beiden kurzen Monate, die sie mit Kirby zusammengelebt hatte, hatte sie niemandem gehorchen müssen, seit ihre Eltern gestorben waren. Jetzt war dieser Mann ihr rechtmäßig angetrauter Ehegatte, und sie hatte versprochen, ihm zu gehorchen.

John Tallman, wer bist du? Ich kenne dich überhaupt nicht!

John legte das schlafende Kind auf die Matratze und zog ihm die Schuhe aus. Der kleine Kerl war völlig erledigt, nicht anders als seine Mutter. Unter ihren violetten Augen waren dunkle Ringe gewesen, und sie hatten müde geglänzt. Sie hatte sich tapfer bemüht, die Schultern gerade und den Kopf oben zu halten, aber als sie neben ihm zum Zelt ging, war sie fast getaumelt. Noch einige Stunden mehr ohne Schlaf, und sie wäre zusammengebrochen.

Als er auf das schlafende Kind hinuntersah, dachte John kurz an den Mann, der es gezeugt hatte. Kirby Hyde hatte vielleicht den Samen gesät, aber *er* würde es ernähren und diesen Jungen zu einem besseren Mann als seinen Vater erziehen. Dillon war jetzt sein Sohn, in jeder Hinsicht. John deckte den Jungen zu und strich ihm mit dem Handrücken über die runde Wange, bevor er sich erhob.

»Ich gehe eine Weile zum Küchenwagen, Colin.«

»Wir kommen schon zurecht, Mr. Tallman. Ich kümmer' mich um Dillon.«

»Du mußt mich nicht siezen, Colin.«

»Äh… ich… Miss Addie erlaubt nicht, daß ich Erwachsene duze.«

»Da mach dir mal keine Sorgen. So was erledigt sich meist von selbst.«

»Die Renshaws waren hinter mir her, nicht wahr?«

»Sie wollten Trisha holen, weil sie auf ihren nichtsnutzigen Verwandten geschossen hat.«

»Trisha hat das nur gemacht, um mich zu retten.«

»Ich weiß. Ich habe es gesehen. Sie ist ein mutiges Mädchen.«

»Aber… aber Miss Addie mußte wegen mir ihre Farm verlassen.« Die Stimme des Jungen klang wirklich betrübt. »Sie hat gesagt, das stimmt nicht, aber ich glaube doch.«

»Zum Teil war es wohl wegen dir. Aber auch, weil Pfarrer Sikes ihr Dillon wegnehmen wollte. Er war der Meinung, daß sie nicht in der Lage wäre, ihn aufzuziehen, wegen der Männer, die zu ihrem Haus kamen.«

»Das war nicht ihre Schuld… oder Trishas. Sie hat nie jemand reingelassen.«

»In der Stadt wurde geredet, daß sie es doch tat. Der Pfarrer hat mit dem Bürgermeister gesprochen, nachdem Addie ihm die Meinung gesagt hatte, weil du zu Renshaw solltest, und nachdem er erfahren hatte, daß Dillons Vater nicht zurückkommt.«

»Glauben *Sie* es?«

»Hätte ich sie zur Frau genommen, wenn ich glauben würde, daß sie keine anständige Frau ist?«

»Ich… wollte es nur wissen.«

»Ist schon in Ordnung. Du kannst mich alles fragen.«

»Miss Addie hat mir nicht gesagt, daß der alte Mistkerl Dillon wegnehmen wollte.«

»Ich glaube, sie wollte nicht, daß du dir Sorgen machst.«

»Sie hat sich schreckliche Sorgen um Sie gemacht. Was ist mit den Renshaws passiert? Haben Sie sie erschossen?«

»Nein. Wenn es einen anderen Weg gibt, erschießt man besser niemanden. Wir haben sie in den Fluß gestoßen, sie drin sitzenlassen und ihre Pferde verjagt. Buffer hatte recht damit, daß sie ein dämlicher Haufen sind. Sie würden im Indianerterritorium nicht durchkommen. Innerhalb einer Woche würden ihre Skalps von einem Pfosten baumeln.«

»Äh… Sir?« Colins zögerliche Stimme ließ John stehenbleiben, als er gerade gehen wollte. »Ich habe mich gefragt, ob… Jane Ann und ich –«

»Deine Schwester und du, ihr könnt so lange bei uns wohnen, wir ihr wollt.«

John war in der Geborgenheit einer liebevollen Familie aufgewachsen, stets in dem Bewußtsein, daß er sich auf seine Mutter und seinen Vater verlassen konnte, doch er konnte Colins Unsicherheit verstehen.

»Als ich Addie gebeten habe, mich zu heiraten, hat sie mir gesagt, daß sie drei Kinder und Trisha habe. Es war für mich eine Ehre, daß sie mir nicht nur ihr Leben, sondern auch das ihrer Kinder und Trishas anvertraute. Addies Kinder sind jetzt meine Kinder, Colin. Damit meine ich dich und Jane Ann genauso wie Dillon. Ihr werdet bei mir und Addie in unserem Haus leben, bis ihr alt genug seid, für euch selbst zu sorgen.«

»Ich werde mich bemühen... keinen Ärger zu machen.«

»Bemüh dich nicht zu sehr, mein Sohn. Das verdirbt den ganzen Spaß.« Trotz seiner Erschöpfung grinste John breit. Er packte die Schulter des Jungen. »Ich weiß noch, daß mein Vater, als ich in deinem Alter war, immer gesagt hat, er sei sich sicher, ich hätte nicht genug Verstand, um bei Regen ins Haus zu kommen.«

»Lebt er noch?«

»Und wie. Er wird dich mögen.« John lachte leise. »Als erstes wird er dir beibringen, wie man einen Truthahn oder einen Hasen mit Pfeil und Bogen erlegt. Er wird dir zeigen, wie man einen Angelhaken aus einem Truthahnknochen macht und wie man sich an einen Hirschen anschleicht und eine Klapperschlange häutet. Er ist bei den Shawnee aufgewachsen und versteht mehr von der Wildnis als jeder andere Mann, den ich kenne.«

»Meine Güte«, flüsterte Colin ehrfürchtig.

»Ich werde noch viel Zeit haben, dir von ihm zu erzählen, bevor wir nach Hause kommen. Geh jetzt ins Bett. Ich komme bald zurück.«

KAPITEL 14

Der Kaffeetopf, der durch viele Feuer geschwärzt war, stand auf einem flachen Stein in den Kohlen. John nahm eine Blechtasse aus einem Beutel, der an der Seite des Küchenwagens hing, und füllte sie mit starkem schwarzen Kaffee. Neben dem Feuer warteten nur drei Männer. Die anderen hatten ihre Decken genommen und waren in der Dunkelheit verschwunden, weil sie wußten, daß der Boß alles andere als glücklich darüber war, wie sie seine Frau behandelt hatten.

John sah über das Lagerfeuer hinweg die schweigenden Männer an. Sie waren eine ausgesuchte Gruppe, ausgewählt aufgrund ihrer Erfahrung und ihrer Fähigkeit, die Mühen und Herausforderungen einer gefährlichen Reise auf sich zu nehmen, und weil sie absolut vertrauenswürdig waren. John würde jedem einzelnen von ihnen sein Leben anvertrauen, und gelegentlich hatte er das bereits getan.

Cleve Stark war ein schmaler Mann mit kaltem Blick, dreißig Jahre alt, der nichts und niemand fürchtete außer Gott. Seine Waffe führte er, als sei sie eine Verlängerung seines Armes, und er war die Sorte Mann, die in jeder Gefahr besteht. Ein hartes Leben und harte Kämpfe hatten jede Weichheit aus seinem kräftigen, sehnigen Körper gezogen. Haar und Schnurrbart waren dunkelrot, was ihm bei den Apachen und den Navajo den Spitznamen Roter Hund eingebracht hatte.

Er war beständig auf der Hut, wie das bei Männern seiner Art üblich war. Ohne diese Eigenschaft hätte er das

Massaker an seiner Familie während der schlimmen Überfälle durch mexikanische Ganoven und die endgültige Zerstörung seiner Ranch durch die Chiricahua-Apachen nicht überlebt. Er war zäh wie Leder und widerstandsfähig und daher zweiter Befehlshaber des Ochsentrecks.

Der Anführer der Ochsentreiber, Dal Rolly, stand auf, um seine Kaffeetasse zu füllen. Er war für die Ochsentreiber und die Ochsen verantwortlich. Jedem der sechzehn Wagen war ein Mann zugeteilt, und es gab sechs Ersatzleute für den Fall von Unfällen oder Krankheit. Die Ersatzleute arbeiteten mit den Hirten, um die zusätzlichen Tiere zu treiben, und als Nachtwächter. Wenn für die Fahrer der Tag begann, legten sie sich in den Proviantwagen schlafen. Rolly erwartete, daß jeder Mann seine Arbeit ohne Klagen verrichtete.

Rolly, mit der Statur eines Grizzlybären, hatte kaum Haare auf dem Kopf, während sein Gesicht von einem braunen Bart bedeckt war. Er war gleichzeitig der Stellmacher. Mit ordentlichen Werkzeugen und einem Vorrat von abgelagertem Eichenholz hielt er die Wagen in gutem Zustand. Als geschickter Packer glich Rolly das Gewicht und den Umfang von Gütern in den Wagen aus, um zu verhindern, daß sich Pfützen bildeten oder die Ladung verdorben wurde, falls Wasser in den Wagenkasten eindrang, wenn ein Fluß durchquert wurde. Er war knapp einen Meter achtzig groß, wog aber fast zweihundert Pfund. Er war wortkarg, geduldig und, wie viele kräftige Männer, freundlich und ausgeglichen. Ständig trieb er seine Männer an, ihren Rekord zu brechen, in weniger als sechzehn Minuten nach dem Ruf »anspannen« loszufahren.

Der Koch, Bill Wassall, hatte den Spitznamen Sweet William, weil er es liebte, alles, von Bohnen über Maisbrot bis zum Büffelsteak, mit Melasse oder Honig zu übergießen. Er stand jeden Morgen vor Tagesanbruch auf und schob die

Asche von den Kohlen seines Feuers, wobei er manchmal einen Kessel mit roten mexikanischen Bohnen herausfischte, die er die Nacht über hatte köcheln lassen. Nachdem er Holz nachgelegt hatte, mahlte er ein Pfund Kaffeebohnen und ließ die Töpfe kochen.

Wenn das Frühstück fertig war, weckte er die Männer, indem er eine Kuhglocke schüttelte und rief: »Raus aus den Federn! Kommt essen, oder ich werfe alles weg.« Manchmal stimmte er ein Lied an, für gewöhnlich seine eigene unanständige Version von »The Yellow Rose of Texas«.

Er war die Autorität im Lagerbereich. Mit seinen grauen Haaren und dem schielenden Blick wirkte er langsam und ungeschickt, aber er wußte, wie er seine Sachen zu erledigen hatte. Er war stolz auf seine Arbeit und galt als erstklassiger Koch, was einer der Gründe dafür war, daß John und Rain Tallman ihn für die Fahrt angeheuert hatten. Gut verpflegte Männer waren zufriedener und besser in der Lage, die Arbeiten zu verrichten, für die sie angestellt worden waren. Ein weiterer Grund war, daß Bill Wassall ein zäher alter Vogel war, der in fast jeder Situation zurechtkam.

Die drei Männer warteten darauf, daß John zu sprechen begann. Sie wußten alle, daß er verärgert genug war, um einer Klapperschlange den Kopf abzubeißen. Als stiller Mensch wurde John nicht sehr häufig wütend, aber wenn es doch geschah, reagierte er entweder mit kühler, bissiger Ruhe oder heißem, heftigen Zorn.

Als John schließlich sprach, wandte er sich an Cleve.

»Hast du meine Nachricht bekommen, bevor du Saint Louis verlassen hast?«

»Ich weiß Bescheid. Wir sollen einen Richter und seine Truppe hier treffen, und sie werden mit uns nach Santa Fe ziehen.«

»Der Mann, der mit mir angeritten kam, wurde von Richter Van Winkel als Jäger für seine Gruppe angeheuert.«

»Um Himmels willen, wie groß ist seine Gruppe denn?« fragte Rolly.

»Er hat sechs Wagen, alle in erstklassigem Zustand, insgesamt vierzehn Leute, einschließlich des Richters und seiner Nichte – fünfzehn, wenn man Buffer Simmons mitrechnet.«

Rolly schnaubte verächtlich. »Keine Kinder in Windeln?«

John richtete seinen kalten, harten Blick auf den Ochsentreiber.

»Würden die Kinder dich daran hindern, deine Arbeit zu?«

»Nein. Es ist nur... also –« Als Rolly bemerkte, daß er sich auf gefährlichem Boden befand, geriet er ins Stocken.

»Ich glaube, die Truppe des Richters wird nicht lange mit uns ziehen. Sie wollen bestimmt keinen Staub schlucken«, sagte Cleve in der Hoffnung, einen peinlichen Moment zu überbrücken. »Wir werden eher mit denen ziehen.«

»Mein Cousin Zachary Quill hat mit dem Schwager des Richters, Harold Read, im Krieg gedient. Hauptmann Read hat Zack das Leben gerettet, später seines verloren. Um Zack einen Gefallen zu tun, habe ich eingewilligt, den Richter und Reads Tochter mit uns nach Santa Fe ziehen zu lassen. Sie werden eine vollkommen von uns getrennte Gruppe sein, die nur aus Sicherheitsgründen in unserer Nähe reist.«

»Von Buffer Simmons habe ich schon gehört.« Cleve zog einen brennenden Zweig aus dem Feuer, um sich eine dicke Zigarre anzuzünden. »Er könnte sie ohne unsere Hilfe durch das Indianerterritorium bringen – und auch schneller. Weiß der Richter, daß wir höchstens zehn bis zwölf Meilen pro Tag schaffen, daß unser Tag zwischen drei und vier Uhr früh anfängt und daß wir mittags rasten, um die Tiere ausruhen zu lassen?«

»Wenn Zack ihm das nicht gesagt hat, werde ich es tun.«

Bill Wassall hatte bisher geschwiegen, doch seinem wissenden Blick war nicht entgangen, wie John zu den Zelten hinübersah, in denen die Neuankömmlinge schliefen.

»Morgen und übermorgen«, sagte John, »werde ich in Van Buren ein Fuhrwerk für meine Frau und meine Kinder besorgen. Sieh dir mal den Wagen an, mit dem wir gekommen sind, Rolly, und bring ihn so gut wie möglich auf Vordermann, bevor wir ihn für die Reise wieder beladen.«

»War diese Hochzeit... ähm... nicht ein bißchen plötzlich, Boß?« fragte der Koch.

John richtete seine kalten dunklen Augen auf Bill. »Selbst wenn es so war, das macht sie nicht weniger gesetzmäßig.«

»Als Witwe mit Kindern... da hat man ein schweres Leben.« Bill beendete den Satz lahm, denn er hatte sagen wollen, daß die Witwe Glück gehabt hatte, einen Mann wie John zu erwischen.

»Der kleine Junge ist ihrer. Die beiden anderen Kinder sind Waisen, die sie zu sich genommen hat. Das Mädchen lebt seit langer Zeit bei ihr. Sie sind ihre Familie. Jetzt auch meine. Falls ihr irgendwelche Einwände dagegen habt, daß meine Frau und meine Familie bei uns sind, dann habt ihr jetzt Gelegenheit, das zu sagen.«

»Zum Teufel!« rief Bill. »Das geht uns doch nichts an, wenn du eine Witwe... heiratest. Es ist nur – nun, wir waren überrascht. Keiner wußte, daß du heiraten wolltest.«

»Stimmt, das geht wirklich weder euch noch sonst jemanden was an.«

»Die Männer begaffen das Mädchen. So was Hübsches hab' ich noch nie gesehen«, sagte Rolly. »Könnte sein, daß sie für Ärger sorgt, wenn wir erst mal unterwegs sind.«

»Wenn irgendeiner der Männer sich dem Mädchen in unhöflicher Weise nähert, dann kriegt er es mit mir zu tun.« Johns Tonfall ließ keinen Zweifel daran, wie ernst es ihm war.

»Wegen heute... als sie angekommen sind –« Rolly wollte den unangenehmen Teil der Unterhaltung hinter sich bringen.

»Ja. Was ist damit?« fragte John mit schmalen Lippen.

Rolly sah die anderen beiden Männer hilfesuchend an. Cleve hob seine Brauen mit einer Geste, die Rolly sagte, er habe seinen Kopf in die Schlinge gesteckt und müsse ihn nun selbst wieder rausziehen. Bill blickte interessiert zum Mond hinauf, der über den Baumwipfeln hing, und war nicht bereit, ihn anzusehen.

»Sie... ähm... kam reingestürmt, Pferde schaumbedeckt und so weiter, und sagte, du hättest in der Nähe eine kleine Schlägerei mit ein paar Typen aus Arkansas. Sie hat nicht mal gefragt, weißt du, sondern uns befohlen, da runterzureiten und dein Fell zu retten. Natürlich wollten wir die Wagen nicht verlassen.«

»Und das habt ihr ihr erklärt?« fragte John ruhig.

»Nun, wir haben nur gesagt, daß du keine Hilfe brauchst...«

»...und daß ich keine Frau mit einer ›Horde‹ Kinder heiraten würde.«

»Ich weiß nicht, wer das gesagt hat. Sie hat unser Nein nicht akzeptiert. Wollte mit der Peitsche auf uns los.« Rolly grinste, bevor ihm klar wurde, wie gefährlich das war.

»Ihr habt sie ausgelacht. Ich glaube, das war, als ihr ihr vorgeworfen habt, sie wolle euch weglocken, damit ihre Freunde die Ladung stehlen könnten.«

»Wenn du hiergewesen wärst und gesehen hättest...«

»Wie war das, Cleve?« fragte John ruhig.

»Ich war nicht hier, als sie ankamen, aber es ist so, wie Rolly sagt. Die Frau...«

»Mrs. Tallman«, unterbrach John.

»Ich habe sie gefragt, ob du sie geschickt hättest, uns zu holen. Sie sagte nein. Wir dachten uns, daß du um Hilfe gebeten hättest, wenn du welche gebraucht hättest. Als klar wurde, daß wir nicht gehen würden, ist sie zusammengebrochen und hat angefangen zu heulen. Wir dachten, daß wäre ihre Art… nun… uns dazu zu bringen, das zu machen, was sie wollte. Dann hat der Junge das Gespann angetrieben und ist verschwunden.«

»Ihr habt sie den ganzen Nachmittag ohne Nahrung und Wasser da unten sitzen lassen. Wenn ich nicht zurückgekommen wäre, wären sie die ganze Nacht dort geblieben.« Johns Stimme wurde ruhiger und ruhiger, ein Zeichen dafür, daß seine Wut zunahm.

»Ich wollte mit ihnen reden. Das Mädchen hat mich mit dem Gewehr verjagt. Die ist aggressiv wie ein Floh auf dem Rücken eines Hundes.«

»Sie hätte dich erschossen, da kannst du dir sicher sein. Sie hat in Freepoint auf einen Mann geschossen, der Colin, den älteren Jungen, wegholen wollte. Die Sippe dieses Kerls war hinter uns her.«

»Wir wollten nicht unhöflich gegenüber Mrs. Tallman sein«, sagte Cleve. »Aber du hättest unter den gleichen Umständen genauso gehandelt.«

Cleve Stark war der Mann in der Gruppe, der sich gegenüber den Tallmans behauptete. Er war nicht bereit, klein beizugeben, wenn er sich im Recht glaubte. Wenn es böses Blut wegen der Art und Weise gab, wie die Frau behandelt worden war, dann wollte er es jetzt wissen.

Er sah den Mann, den er wie einen Bruder liebte, direkt an. John wurde in New Mexico rasch zu einer Legende. Die Cowboys, die auf seiner Ranch arbeiteten, schworen darauf, daß er Ziele traf, die sonst niemand sehen konnte, und daß er fähig war, in tiefster Nacht bei strömendem Regen ein Pferd aufzuspüren. Außerdem war er ein harter, aber gerechter Mann. Rain Tallman hatte nicht nur dafür gesorgt, sondern seinem Sohn auch einen kräftigen Körper, großes

Mitgefühl für Benachteiligte, tiefverankerten Respekt gegenüber Frauen und eine sture Hartnäckigkeit mitgegeben. Von seiner Mutter, Amy Tallman, hatte John den feurigen Stolz und die unauslöschliche Loyalität gegenüber Familie und Freunden geerbt.

John studierte das vertrauensvolle, tapfere, wettergegerbte Gesicht seines Freundes Cleve; und obwohl er sich sicher war, daß er *nicht* so wie sie gehandelt hätte, wenn eine hilfesuchende Frau ins Lager gekommen wäre, entschied er, daß es an der Zeit war, die Sache beizulegen. Wichtig war, wie Cleve und die anderen Männer seine Familie in Zukunft behandeln würden. Er drehte den Kopf und sah den Koch an.

»Gibt es hier jemanden, den du als Ersatz für Harrison nehmen würdest?«

»Hab' noch nicht drüber nachgedacht. Harrison ist ein guter Mann, er schaut nur gerne zu tief ins Glas.«

»Viel zu tief. Ich werde auf der Fahrt keine Trinkerei und keine Männer dulden, die sich so betrinken, daß sie ihre Arbeit nicht verrichten können. Harrison geht. Morgen früh.«

Der Koch zuckte die Schultern. »Paco wäre in Ordnung.«

John nickte. »Meine Frau möchte vielleicht ihr eigenes Feuer zum Kochen haben. Sie und die Kinder werden den Zug nicht aufhalten oder den Ablauf stören. Jeder von euch hat seine Verantwortungen. Um *sie* kümmere ich mich«, sagte er mit fester Stimme, die keinen Widerspruch duldete. Er stand auf, spülte seine Tasse in dem Wasserkübel neben dem Lagerfeuer aus und legte sie zurück in den Beutel. Zu Cleve sagte er: »Wir suchen uns zwischen hier und Fort Gibson lieber noch ein paar Männer mehr.«

»Was denkst du, Cleve?« fragte Rolly, einige Minuten nachdem John das Lagerfeuer verlassen hatte.

»Worüber?«

»Du weißt schon. Daß John die Frau so plötzlich geheiratet hat und sie und die Kinder mit nach Hause nimmt.«

»John macht so was Wichtiges wie heiraten nicht überstürzt und nicht, ohne es gründlich überlegt zu haben. Er muß sie als Frau gewollt haben.«

»Ich weiß noch, daß er mal davon gesprochen hat, seine Hazienda mit Kindern zu füllen. Ich dachte, er würde von seinen *eigenen* Kinder reden.« Rolly rieb sich das bärtige Kinn.

»Sie haben Freepoint in aller Eile verlassen.« Bill schüttete getrocknete Pfirsiche in einen Topf mit Wasser, in dem sie über Nacht einweichen sollten. »Dieser Wagen, den er mitgebracht hat, wurde nicht für eine weite Reise gepackt, das steht fest.«

»Das geht uns nichts an, Bill«, sagte Cleve, als er die brennende Spitze seiner Zigarre abklopfte und vorsichtig dagegendrückte, um sicherzugehen, daß sie erloschen war; dann steckte er sie wieder in die Tasche. »John wird dafür sorgen, daß uns seine Familie nicht in die Quere kommt. Du wirst nicht mal für sie kochen müssen.«

»Das wäre mir auch egal«, entgegnete Bill gereizt.

»Er ist empfindlich, wenn es sie betrifft.« Rolly stand auf und reckte seine mächtige Gestalt. »Dem geht es nicht nur darum, der Frau an die Wäsche zu gehen. Zum Teufel! Die muß schon was ganz schön Besonderes sein, wenn man drei Kinder und ein Mädchen mitnimmt und sie achthundert Meilen weit durch Indianerterritorium schleppt, während man zu Hause eine ganze Auswahl an Frauen hat.«

»Es ist wohl besser, wenn du deine Ansichten für dich behältst«, sagte Cleve, als er sich entfernte.

»Genau das habe ich auch vor. Darauf kannst du wetten. Trotzdem würde ich gerne wissen, wo er diese Frau getroffen hat und warum er sie unbedingt heiraten wollte.«

»Dillon! Bleib in Sichtweite.« Addie und Trisha sortierten den Inhalt des Wagens, der zu den Zelten gezogen worden war, und packten ihn neu zusammen. »Wenn ich eine Linie aufzeichnen muß, werde ich das tun«, drohte sie.

Eine mit einem Stock in den Dreck gezogenen Linie diente als unsichtbarer Zaun. Ein Schritt über diese Linie bedeutete, eine halbe Stunde früher ins Bett zu müssen. Einmal hatte Dillon seine Mutter testen wollen und war immer wieder über die Linie gelaufen – und war um drei Uhr nachmittags ins Bett gegangen, ohne Abendessen. Es war eine gefürchtete Bestrafung, die bei den kleineren Kindern große Wirkung zeigte.

»Zieh keine Linie, Mama. Ich wollte nur meine Schildkröte holen.«

»Wolltest du nicht!« sagte Jane Ann gehässig. Dann, zu Addie gewandt: »Er hat hinter einem Baum gepinkelt.«

»Du... sei still!« schrie Dillon.

»Das reicht. Jane Ann, du sollst nicht petzen. Es ist in Ordnung, wenn Dillon sich hinter einem Baum erleichtert. Hier gibt es keine Toilette.«

»Aber ich hab' gesehen, wie er... es gemacht hat.« Jane Anns Lippen zitterten.

»Du hättest dich schnell abwenden sollen, als du gesehen hast, was er tat.«

»Sie kam hinter mir her. Als ich sie gesehen habe, konnte ich nicht aufhören«, jammerte Dillon.

»Von jetzt an sag mir Bescheid, wenn du ins Gebüsch gehst, und ich passe auf, daß Jane Ann bei mir bleibt. Geht jetzt spielen. Lauft nicht in die Nähe des Küchenwagens, und bleibt in Sichtweite. Trisha, du sollst die Truhe doch nicht alleine hochheben.«

Addie packte ein Ende der Truhe, und die beiden Frauen hoben sie vom Waschtisch.

»Wenn wir den Milchkrug nicht zum Koch gebracht hätten, hätten wir etwas Buttermilch trinken können und müßten zum Abendessen nicht da hoch gehen wie Bettler, die auf Almosen hoffen.« Trisha war widerwillig zum Frühstück gegangen, als John sie abgeholt hatte. »Können wir nicht selbst was machen?«

»Ich hoffe, wir können das einrichten. Hast du jemals über einem Lagerfeuer gekocht?«

»Nein. Aber wir haben das im Handumdrehen raus. Ich glaube, der Koch will nichts mit uns zu tun haben. Und ich will nichts mit *ihm* zu tun haben. Miss Addie, ich habe das Gefühl, daß wir... Leuten aufgedrängt werden, die uns nicht wollen. Als ob wir... Müll wären. Aber Colin hat sich trotzdem ganz schön mit dem *Passanten* angefreundet. Er hängt an ihm wie eine Klette. Wo sind sie jetzt hin?«

»Colin ist da drüben bei Mr. Rolly. Er nimmt die Räder von unserem Wagen ab.« Addie blickte auf, als sie sah, daß sich ein Mann näherte. »Da kommt Mr. Stark, den wir heute morgen kennengelernt haben. Sei freundlich, Trisha.«

»Ich werde ihn nicht beißen, auch wenn mir danach zumute ist.« Trisha warf Cleve Stark einen wütenden Blick zu, dann ging sie zur Seite und wandte ihm den Rücken zu.

»Tag.« Cleve zog seinen Hut. Sein Haar hatte graue Strähnen, wodurch er viel älter wirkte als mit Hut.

»Mr. Stark«, antwortete Addie höflich.

»Ich habe mit John über die Schafe geredet. Er sagte, ich solle mit Ihnen sprechen.«

»Was gibt es?«

»Haben Sie vor, sie mitzunehmen?«

»Nun, ich – hatte es gehofft. Mr. Tallman hat mir nicht gesagt, daß ich sie nicht mitnehmen könnte.«

»Man müßte ganz schön auf sie aufpassen. Ein Wolf würde bei der ersten Gelegenheit eins reißen.«

»Um Himmels Willen! Daran habe ich nicht gedacht. Sie waren für mich ein Teil meiner Familie.«

»Ja. Manchmal zahlt es sich nicht aus, wenn man sein Vieh zu Haustieren macht.« Er sah sie mit einem seltsam erwartungsvollen Gesichtsausdruck an.

»Wir wollen Ihnen nicht zur Last fallen, Mr. Stark.«

»Das ist es nicht, Madam. Wenn John es anordnet, werden wir einen Mann für sie abstellen…«

»Nein! Das möchte ich nicht. Aber wenn sie hinten am Wagen angebunden werden, könnten Trisha, Colin oder ich doch neben ihnen herlaufen.«

»Es ist eine weite Strecke, Madam. Wir werden zwölf bis vierzehn Meilen pro Tag zurücklegen. Ich glaube, sie werden kaum mithalten können. Die Nachthirten halten die Ochsen zusammen, und die Maultiere werden angepflockt. Wie wollten Sie ihre Schafe einsperren?«

»Ich werde mit Mr. Tallman darüber reden.«

Als Cleve mit seinem Hut in der Hand dastand, fiel sein Blick auf Trisha, die ihm den Rücken zugewandt hatte, dann zurück auf Addie.

»Wegen gestern. Wir wollten nicht unhöflich sein. Wir waren nur völlig überrumpelt, sonst hätten wir uns nicht so verhalten. Wir hatten nicht die geringste Ahnung, daß John eine Frau hatte.«

»Das war gestern, Mr. Stark. Ich will mich nicht über Dinge grämen, die ich nicht ändern kann.«

»Ja, Madam.« Er setzte den Hut auf und lüpfte ihn höflich.

»Mir ist klar, daß Sie und die anderen Männer nicht vorhatten, bei dieser Reise Frauen und Kinder dabeizuhaben. Wie ich schon gesagt habe, wir werden uns bemühen, nicht zu stören.«

»Jawohl, Madam.«

KAPITEL 15

Addie saß neben John auf dem Sitz des alten Wagens, den ihre Familie seit Jahren besessen hatte. Die müden, schwankenden Pferde, die ihn zogen, waren für sie wie liebe Freunde. Sie war mit ihrem neuen Mann auf dem Weg nach Van Buren, um den Wagen und das Gespann gegen einen gedeckten Wagen einzutauschen, der sie und die Kinder über Hunderte von Meilen zu ihrer neuen Heimat in New Mexico bringen sollte.

Sie sah zurück und winkte der kleinen Gruppe zu, die neben den Zelten stand.

»Es wird ihnen nichts passieren, Addie. Trisha kann sich voll und ganz um die Kinder kümmern.«

»Ich weiß... aber über Nacht...«

»Bei Cleve, Rolly und den anderen sind sie sicherer als bei uns.«

»Trisha hat sich gefürchtet, weil ich wegfahre, aber sie wollte es nicht zugeben.«

»Mach dir keine Sorgen, daß die Männer sie belästigen könnten.«

»Ein bißchen sorge ich mich schon, ich kann nicht anders. Sie ist mir eine treue Freundin.«

»Ich weiß. Das hast du mir erzählt.«

»Ich habe ihr versprochen, daß sie so lange bei mir bleiben kann, wie sie will, und zwar nicht nur, weil ich ihr eine Menge schuldig bin, sondern weil ich sie liebe.

»Das weiß ich auch. Sie wird in unserem Haus willkommen sein.«

»Sie spielt die Tapfere, aber innerlich wird sie fast verrückt vor Angst.«

»Sie ist sehr mutig. Sie wird schon zurechtkommen.«

»Sie hat Angst, sie könnte in einem … Bordell landen.«

»Wenn das passiert, dann nur, weil sie sich selbst dafür entscheidet. Sie kann nicht ihr ganzes Leben lang an deinem Rockzipfel hängen.«

»Sie hängt nicht an meinem Rockzipfel!«

»Wie würdest du es denn nennen? Sie folgt dir wie ein Schatten.«

»Sie hat sonst niemanden. Sie hat viel durchgemacht.«

»Genau wie du, und deine Sorgen haben dich stark gemacht. Laß uns jetzt nicht über Trisha reden. Eines Tages wird sie heiraten und ihre eigene Familie haben.«

»Das bezweifele ich.«

»Buffer Simmons himmelt sie an.«

»Viele Männer *himmeln sie an*.«

»Es ist mehr als das. Ich glaube, er hat es wirklich auf sie abgesehen.«

»Hat er das gesagt?«

»Nein. Aber wenn ein Mann so viele Fragen über eine Frau stellt wie er, dann hat er gewisse Absichten.«

»Wahrscheinlich führt er wirklich Absichten, und zwar nicht, sie zu heiraten. Er weiß, daß sie farbiges Blut hat. Pfarrer Sikes hat dafür gesorgt, daß jeder in der Stadt es wußte.«

»Ich glaube nicht, daß das für Simmons ein Hindernis wäre, wenn er sie heiraten wollte.«

»Er will nur, was andere Männer vor ihm gewollt haben, die gesehen haben, wie hübsch sie ist.« Addie warf einen Blick auf John, um zu sehen, wie er auf ihre Aussage reagieren würde. Er sah nach vorne. »Sie hatten alle *gewisse Absichten*«, sagte Addie trocken.

John schwieg. Das Gespräch über Trisha hatte ihre

Gedanken beschäftigt, während sie losgefahren waren. Aber jetzt war das Lager außer Sichtweite, und endlich hatte er seine Frau für sich. Er wollte diese Zeit nutzen, um mit ihr vertrauter zu werden, um sie wirklich kennenzulernen. Er wollte wissen, woran sie dachte, wovon sie träumte – wie sie zu ihm stand. Und noch wichtiger, er wollte wissen, wieso sie so einen Taugenichts wie Kirby Hyde geheiratet hatte.

Er wandte seinen Kopf leicht zur Seite, um sie zu betrachten. Sie trug das gleiche blaue Kleid wie an dem Tag, als er sie zum ersten Mal in der Stadt gesehen hatte. Die Morgensonne schien jetzt auf ihr helles Haar, das aufgerollt und im Nacken festgesteckt war. Ihre Augen waren groß und traurig. Die dunklen Ringe unter ihnen betonten ihre leuchtende Farbe noch. Auf dem Schoß hielt sie eine Sonnenhaube mit steifem Rand.

»Hast du die Fußabdrücke der Kinder genommen, damit wir ihnen feste Schuhe kaufen können?« fragte John im Bemühen, das Gespräch fortzusetzen.

»Ja. Auch von Trisha. Ich habe ein Blatt aus einem alten Katalog gerissen und jeden Fuß mit Bleistift nachgezogen, dann habe ich den Umriß ausgeschnitten. Wir können das Geld, das ich für die Farm bekommen habe, nehmen, um Schuhe zu kaufen. Ich möchte, daß Sie die Hälfte von dem nehmen, was übrig bleibt, wenn wir den Wagen und die Maultiere und die Vorräte für die nächsten paar Wochen gekauft haben.«

»Das Geld, das du für die Farm bekommen hast, ist deins. Ich kaufe alles, was wir für die Reise brauchen.«

Addie wandte ihren Kopf langsam um. »Warum sollten Sie?«

»Weil du meine Frau bist. Ich sorge für alles, was mir gehört.«

»Wie für Ihr Pferd? Ihren Hut? Ihr Frachtgespann?« Ihre Stimme klang gereizt.

»So habe ich das nicht gemeint, Addie. Wenn die Zeit kommen sollte, daß wir etwas von deinem Geld brauchen, dann würde mein Stolz mich nicht daran hindern. Ich hoffe, daß wir beide gemeinsam für das Wohl unserer Familie zusammenarbeiten können.«

»Es tut mir leid, daß ich undankbar geklungen habe.«

John schlug mit dem Zügel auf die Rücken der Pferde, und der Wagen rollte die Straße hinab.

Addie blieb ruhig und lächelte nicht, als sich ihre Blicke kreuzten, während in ihr eine panische Unbehaglichkeit wütete. Sie fühlte sich wie in einer anderen Welt. In so kurzer Zeit war so viel passiert. Ihre Kinder und Trisha hatte sie bei Fremden zurückgelassen. Der Mann neben ihr war ebenfalls ein Fremder. War es möglich, daß weniger als eine Woche vergangen war, seit sie ihn zum ersten Mal gesehen hatte? Dennoch war er ihr Mann und würde erwarten, heute nacht mit ihr zu schlafen, sie intim zu berühren.

Eine Frau ist verpflichtet, ihren Mann zu beglücken, wann immer und wo immer er es verlangt. Das hatte Kirby gesagt.

Würde dieser Mann grob oder sanft zu ihr sein? Sanft, wie Kirby zu Anfang gewesen war, oder grob, wie Kirby nach ihrer Hochzeit?

Sie wandte sich um und sah, daß John sie anblickte.

»Machst du dir Sorgen wegen heute nacht, Addie?«

Um Himmels willen! Kann er Gedanken lesen? Sie wollte seinem Blick ausweichen, aber seine dunklen Augen blieben auf ihre gerichtet. Sie öffnete den Mund in der Absicht, es zu leugnen, aber sie konnte nicht sprechen. Sie konnte ihn nicht anlügen.

»Es... ist lange her.«

»Ich will Kinder von dir, Addie. Aber ich werde mich dir nicht aufzwängen, um welche zu bekommen.«

Sie riß ihren Blick los und sah geradeaus. »Ich bin bereit zu tun, was... äh, von mir erwartet wird.«

»Du wirst deine Pflicht tun? Meinst du das?« Als sie nicht antwortete, fragt er: »Hast du Kirby Hyde geliebt?«

»Das haben Sie mich schon einmal gefragt.«

»Und du hast mir nicht geantwortet.«

»Ich werde jetzt auch nicht antworten. Das geht Sie nichts an.«

»Alles, was mit dir zu tun hat, geht mich etwas an, Addie. Aber ich werde nicht darauf bestehen. Wir werden noch unser ganzes Leben zusammen verbringen. Ich will wissen, was du willst, und wenn ich kann, werde ich es dir geben. Ich will die guten und die schlechten Zeiten mit dir teilen.«

Ich will, daß wir sind wie meine Mutter und mein Vater. Wenn sie ein Zimmer betritt, sieht sie als erstes meinen Vater an. Sie sprechen mit den Augen. Sie denken und reden wie ein Mensch.

Nach einem unbehaglichen Schweigen fragte Addie: »Was wollen Sie wissen?«

»Erzähl mir von deinen Eltern.«

Die Spannung löste sich, als Addie davon erzählte, wie ihre Mutter und ihr Vater sich kennengelernt hatten, als sie von einem Farmer in Tennessee aufgenommen wurden, um für ihre Unterkunft zu arbeiten, beinahe so wie Colin und Jane Ann. Beide hatten keine Eltern mehr; Addie wußte nicht genau, woran sie gestorben waren. Als ihr Vater sechzehn war, entschloß er sich, zu gehen und seinen eigenen Weg zu machen. Er nahm ihre Mutter mit. Sie machten den Bruder ihrer Mutter bei einer anderen Familie ausfindig, und er kam mit ihnen. Sie waren fast noch Kinder, als sie heirateten. Obwohl ihr Leben hart war, gelangten sie schließlich nach Arkansas und bezogen ihr Stück Land.

»Warst du ihr einziges Kind?«

»Sie hatten vor mir zwei, die nur wenige Tage nach ihrer Geburt gestorben sind, und eines nach mir, das nur ein Jahr alt geworden ist.«

»Hast du Colin und seine Schwester aufgenommen, weil deine Eltern Waisen waren?«

»Zuerst vielleicht schon. Dann habe ich sie liebgewonnen. Sie brauchten mich«, sagte sie beinahe entschuldigend.

Die Vormittagssonne war heiß. Addie fächelte sich mit dem steifen Rand ihrer Haube Luft zu. Als sie an einen schmalen, klaren Bach kamen, hielten sie an, um das Gespann trinken zu lassen. John sprang vom Wagen hinab und streckte seine Arme nach Addie aus. Als sie ihm die Hände auf die Schultern legte, umfaßte er ihre Taille und schwang sie mit Leichtigkeit auf den Boden.

»Vertritt dir die Beine. Ich hole dir etwas zu trinken.«

Als er mit einer Blechtasse voll Wasser vom Bach zurückkam, trank sie durstig, wobei sie die runde Tasse neugierig ansah. Sie bestand aus Blechringen, die sich teleskopartig ineinanderschoben, wenn sie geschlossen wurden.

»So eine Tasse habe ich noch nie gesehen.«

»Ich habe sie aus Saint Louis.« Er drückte auf Ober- und Unterseite. Die Tasse schob sich zusammen. »Zusammengefaltet ist sie nur zwei Zentimeter hoch. Man kann sie leicht in seiner Tasche oder in der Satteltasche verstauen.«

»Zeigen Sie sie Dillon lieber nicht.« Addies violette Augen funkelten fröhlich, als sie ihn ansah. »Er würde sie andauernd auseinanderziehen und zusammenfalten und sie ruinieren.«

»Gut, daß ich das weiß. Wenn ich ihn mal ruhigstellen will, werde ich die Tasse hervorzaubern.« Seine lächelnden Augen blickten sie verschwörerisch an.

Sein Lächeln ließ Addies Herz flattern. Sie fuhr sich mit der Zungenspitze über die Lippen und sah, daß sich seine Augen auf ihren Mund richteten. Bei ihm zu sein und mit ihm aus der gleichen Tasse zu trinken hatte sie vollkommen verwirrt und durcheinandergebracht. Es war ein anderes Gefühl, mit ihm allein hier auf der einsamen Straße zu sein.

Er wirkte nicht mehr so ernst. Er war herzlicher, freundlicher. Sie fragte sich, ob er genauso über sie dachte.

»Wie weit ist es noch?«

»Noch eine Stunde.« Er blickte zur Sonne hinauf. »Wir können dort in einem Restaurant essen«.

Er sah sie an, sein schlanker Körper war entspannt, weder in Eile, weiterzufahren, noch gleichgültig. Während er darauf wartete, daß sie etwas sagte, schienen sich Zeit und Raum auf diese Stelle am Bach zu reduzieren.

»Dann werde ich Hunger haben.«

»Ich habe noch nie jemanden gesehen, der Augen von der Farbe wie deine hatte. Wußtest du, daß sie stets deine Stimmung widerspiegeln?«

»Darüber habe ich noch nie nachgedacht.«

»Warum sind sie jetzt so traurig?« Sein Tonfall war sanft, vertraulich. Sie dachte, er würde sie necken, aber er lächelte nicht.

Sie wandte sich ab und sah den funkelnden Bach hinauf und hinunter. Sie wußte, daß sie sprechen mußte, und zwar leichthin sprechen. Als sie ihn wieder ansah, beobachtete er sie so eingehend, daß sie ihren Blick rasch senkte. Ein seltsames Gefühl überkam sie, als ob ihr die Luft wegbleiben würde.

»Ich weiß nicht, warum sie traurig sind. Ich bin nicht direkt traurig.« Sie machte eine Pause. »Nun, vielleicht ein bißchen.« Sie neigte den Kopf zur Seite, um ihn anzusehen, denn er war einen Schritt nähergetreten. »Sind Sie jemals traurig?«

»Manchmal. Ich bin auch müde, hungrig, wütend, einsam und ängstlich, genau wie du.«

»*Sie* sind ängstlich?« sagte sie spöttisch, wobei sie sich wünschte, seine Nähe wäre ihr nicht so deutlich bewußt.

»Natürlich. Nur Idioten haben niemals Angst. Du hattest schon oft Angst, nicht wahr?«

»Ja. Ich hatte in der Nacht Angst, als Sie zur Farm gekommen sind und die betrunkenen Dreckskerle verjagt haben! Warum haben Sie das getan?«

Er strich sich mit dem Zeigefinger den Schnurrbart entlang und sah sie plötzlich lüstern an.

»Vielleicht hatte ich vor, dich selbst zu *verschlingen*. Grrrr...« Er fletschte die Zähne wie ein hungriger Wolf.

Addies Gesichtsausdruck veränderte sich augenblicklich von ernster Konzentration über Überraschung zu Freude. Sie erstickte fast an dem fröhlichen Gelächter, das aus ihr heraussprudelte.

»Mr. Tallman! John!« Sie lachte laut auf. »Wenn du mir Angst einjagen wolltest, dann ist es dir nicht gelungen! Ohhh!« quiekte sie, als er sie wie ein Kind in die Arme schloß.

»Du solltest lieber Angst haben«, sagte er und hielt sie über das strömende Wasser. »Ich könnte dich hier direkt in den Fluß werfen.«

»Oh... oh, bitte nicht...« Sie umklammerte seinen Nacken.

»Wenn du richtig Angst hast, setze ich dich wieder in den Wagen.«

»So gerne ich ja ein Bad nehmen würde, ich habe Angst vor kaltem Wasser!« Er trug sie zum Wagen. »Und ich habe Angst, weil mich noch nie jemand so gehalten hat. Um Himmels willen! Laß mich runter. Ich bin zu schwer.«

»Schwer, ach du meine Güte«, sagte John und ließ sie auf den Sitz hinab. »Du wiegst ungefähr soviel wie ein Sack Futter.«

Er kletterte das Rad hoch, setzte sich neben sie und ließ das Gespann loslaufen. Es stieg durch das steinige Flußbett und das Ufer hinauf zur Straße.

»Es ist nicht gerade schmeichelhaft, mit einem Sack Futter verglichen zu werden.« Sie rümpfte die Nase in gespieltem Hochmut; plötzlich hatte sie das Gefühl, sie würde sich wie ein Idiot benehmen.

»Ich hätte ein Sack Kartoffeln sagen können, aber die sind klobig. Du bist… weich.«

Addie mußte ihn einfach ansehen. Sie hatte ihn noch nie so strahlend lächeln sehen. In den Winkeln seiner blauen Augen, die amüsiert funkelten, waren Lachfältchen. Sie sahen einander an, und Addies leises Kichern mischte sich mit Johns tiefem herzlichen Gelächter.

Die Stadt Van Buren lag verschlafen in der Mittagssonne. Sie erschien Addie größer als Freepoint und viel älter. Am Ufer des Flusses Arkansas gegenüber von Fort Smith gelegen, war Van Buren der Ausgangspunkt für Frachtwagen, Siedler und Armeeregimenter, die ins oder durch das Indianerterritorium zogen.

John, der die heitere Kameradschaftlichkeit genoß, erzählte Addie ein wenig über die Stadt, als sie sich dieser näherten.

»Thomas Martin, ein Freund meines Vaters, kam 1818 an diese Stelle am Arkansas und errichtete einen Handelsposten. Als Siedler nachkamen, entstand ein Ort namens Phillips Landing, weil ein Mann namens Phillips ein großes Stück Land gekauft hatte. Später wurde der Name der Stadt in Van Buren abgeändert, wegen des Präsidenten.«

»Kennt man dich hier?«

»Ein wenig. In den zwanziger Jahren haben sich meine Eltern etwa hundert Meilen nördlich von hier niedergelassen. Ich wurde dort geboren und bin dort aufgewachsen. Wir kamen etwa zweimal im Jahr her, um Vorräte zu kaufen.«

»Es ist hier hügeliger, als ich erwartet hatte.«

»Ja, es ist eine hügelige Gegend. Die Geschäfte sind gut, aber für die Menge von Waren, die wir zu Hause brauchen, müssen wir nach Saint Louis. Die Eßlokale und Hotels sind mäßig, die Saloons ausgezeichnet.« Er grinste sie an.

»Und du weißt das natürlich!« sagte sie frech.

John konnte sich nicht erinnern, sich jemals besser amüsiert zu haben. Die Zeit war ihm wie im Flug vergangen, seit sie das Lager verlassen hatten, aber in Wirklichkeit waren sie schon den halben Tag unterwegs. Er war von Addie Tallman – nie wieder wollte er den Namen Hyde mit ihr in Verbindung bringen – begeistert. Sie war nicht nur hübsch, sondern auch intelligent. Sie hatte einen wachen Verstand und einen wunderbaren Sinn für Humor. Wenn sie wütend wurde, war sie außerdem eine richtige Furie. Er lachte leise, als er an die Standpauke dachte, die sie dem Pfarrer gehalten hatte.

»Worüber lachst du?« Addie wandte ihren Kopf und sah ihn an.

»Du ärgerst dich wieder, wenn ich das sage.« Er konnte nicht aufhören zu grinsen.

»Jetzt hast du mich neugierig gemacht. Sag es mir besser, oder ich befürchte das Schlimmste.«

»Ich habe daran gedacht, wie du auf der Straße gestanden, mit den Füßen gestampft und dem Pfarrer jedes Schimpfwort an den Kopf geworfen hast, das dir einfiel.« Er schüttelte sich vor Lachen. »Nachdem ich das gesehen habe, ist es nicht meine Absicht, dich jemals vor irgend jemanden in Rage zu bringen.«

Addies Gesicht wurde feuerrot. »Ich kann mich gar nicht mehr erinnern, was ich gesagt habe. Trisha sagte, es wären Dinge gewesen, die sie mich noch nie hätte sagen hören. Ich war *so* wütend! Na, allein der Gedanke daran, daß... der alte Dreckskerl glaubt, er könnte Colin an dieses verkommene Stinktier von Renshaw geben! Natürlich wußte ich damals noch nicht, daß er auch Dillon wegholen wollte. Ich... ich hätte ihm eher seinen häßlichen Kopf weggeschossen als ihm meine Jungen gegeben!«

»Beruhige dich, Liebes. Ich wollte dich nicht schon wieder auf die Palme bringen.«

Als ihr der Kosename bewußt wurde, verspürte sie das wunderbare Gefühl, zu ihm zu gehören – ein Gefühl der Sicherheit. Sie sah ihn an und bemerkte plötzlich, daß sein Kopf ständig in Bewegung war und sich von einer Seite auf die andere bewegte, aber so langsam, daß die Bewegungen kaum merklich waren. Er war ein äußerst wachsamer Mann, bemerkte sie, und unter seinem ruhigen Äußeren lag etwas, das so unbeugsam war wie der Stiel einer Axt.

»Glaubst du, der Bürgermeister hat eine Nachricht hierher geschickt, daß Trisha wegen der Schüsse auf Ellis Renshaw verhaftet werden soll?«

»Wenn ja, dann werden wir es rausfinden. Mach dir keine unnötigen Sorgen. Ich verspreche dir, wir werden Trisha mit uns nach New Mexico nehmen.«

Er hielt den Wagen am geöffneten Tor des Mietstalls an.

»Hallo, Tallman.« Der Stallbesitzer hatte einen langen weißen Bart und trug den grauen Hut der konföderierten Armee. Er starrte Addie neugierig an, als John ihr vom Wagensitz hinunterhalf. »Gute Reise nach St. Louis gehabt?«

»Sicher. Paß auf den Wagen und die Tiere auf, Wally. Ich komme nachher zurück.«

John nahm Addies Arm, als sie zur Hauptstraße der Stadt hinuntergingen, während der alte Mann hinter ihnen herstarrte, bevor er neugierig den klapprigen Wagen und das altersschwache Gespann betrachtete. Er schüttelte den Kopf und wunderte sich, daß ein Mann wie John Tallman mit solcher Ausrüstung in die Stadt kam.

»Nach dem Essen«, sagte John, als sie den Gehweg erreichten, »bringe ich dich ins Hotel, damit du dich ausruhen kannst. Ich selbst werde versuchen, uns einen Planwagen zu besorgen.« Er preßte ihren Arm an sich und lächelte stolz auf sie herab.

Addie stand am Fenster des Hotelzimmers und sah auf die Straße hinunter. Sie war zu nervös, um sich auszuruhen. Noch nie in ihrem Leben, außer wenn sie krank gewesen war, hatte sie sich am hellichten Tag hingelegt. Sie sah sich im Zimmer um. Dies war erst das zweite Mal, daß sie in einem Hotel war. Das Zimmer war fast genauso wie dasjenige, in dem sie und John geheiratet hatten – eisernes Bettgestell, Waschtisch, Krug und Schüssel aus Porzellan, ein Tisch mit einer Öllampe. Ihre Haube hing am Knauf eines Stuhls, und die Stofftasche mit ihrem Nachthemd, Kamm, Bürste, Waschlappen und Handtuch stand auf dem Sitz.

Sie vermied es, das Bett anzusehen. Es erschien ihr schrecklich schmal. Sie versuchte, nicht daran zu denken, wie sich die große Gestalt ihres Mannes auf der einen Seite ausstrecken würde und sie sich auf der anderen. Statt dessen dachte sie daran, wie besonders sie sich vorgekommen war, als er sie in das Restaurant geführt, ihren Stuhl zurechtgerückt und dann das Essen bestellt hatte.

Eine leise Stimme in ihrem Inneren erinnerte sie daran, daß Kirby auch aufmerksam gewesen war. Aber das war vor ihrer Hochzeit gewesen. Das hier war etwas anderes, argumentierte ihr Verstand. Sie und John waren schon verheiratet. Er hatte es nicht mehr nötig, um sie zu werben. Er hatte bereits das gesetzliche Recht, ihr Bett zu teilen.

Addie sah zurück auf die Straße, als ein stattlicher Mann in einem schwarzen Serge-Anzug und mit Zylinder und einer goldenen Uhrenkette über der Brust aus der Bank kam, eine junge Dame am Arm. Sie trug ein modisches rosa und weiß gestreiftes Kleid und eine Spitzenhaube. Ihre schmale Taille wurde durch die vielen Meter von Stoff für den üppigen Rock betont. Neben dem großen Mann wirkte sie winzig, und sie ging mit zierlichen Schritten, wobei sie ihren Rock, wenn nötig, mit behandschuhten Fingern anhob.

Nicht nur Addie beobachtete das Paar. Männer starrten

sie an; Frauen gafften. Ein Mann, der auf einem Wagen die Straße hinunterfuhr, wandte sich auf dem Sitz um, um sie besser sehen zu können. Das Paar schien nicht zu merken, daß es Aufsehen erregte, und ging weiter zum Hotel am Ende der Straße, in dem es verschwand.

Addie, die nicht besonders an dem gut gekleideten Paar interessiert war, zog sich einen Stuhl ans Fenster und setzte sich, um auf John zu warten.

Van Buren war nicht nur der Ausgangspunkt für den Westen, es war auch eine Stadt am Fluß. Die Straßen wimmelten von verschiedensten Menschen: Schiffern, Indianern, Soldaten, Farmern, Rumtreibern und ein paar Negern. Deserteure sowohl von der Armee der Nordstaaten als auch von der der Südstaaten kamen aus den Hügeln herbei. Während des Essens hatte John erklärt, daß einige Richtung Süden nach Texas unterwegs waren, andere weiter in den Westen.

»Immer, wenn es Krieg gibt«, hatte John gesagt, »gibt es auch Abtrünnige. Nach der Niederlage von Santa Anna sind sie über Texas hergefallen: sie haben gestohlen, alle Überbleibsel mitgenommen, getötet, wenn es ihnen in den Sinn kam. Nach diesem Krieg wird es genauso sein. Es wird eine Weile dauern, bis sie verschwunden sind.«

»Werden wir ihnen auf dem Weg nach New Mexico begegnen?«

»Es kann passieren, ist aber eher unwahrscheinlich. Sie finden sich meistens in Trupps von vier bis zwölf Mann zusammen und überfallen Gehöfte oder kleine Trecks. Darum will der Richter auch mit uns ziehen. Mach dir keine Sorgen«, hatte John gesagt, als er Addies Gesichtsausdruck bemerkte. »Um gegen uns anzukommen, braucht es schon eine kleine Armee.«

Addies Aufmerksamkeit wurde wieder auf die Gegenwart gelenkt, als vier Reiter vom entlegenen Ende der Stadt in die

Straße einbogen. Selbst aus der Entfernung konnte Addie erkennen, daß die Männer außergewöhnlich gute Pferde ritten. Das glatte schwarze Fell glänzte; die Mähnen waren gekämmt und lagen auf einer Seite der hochgewölbten Hälse. Sie hatten lange, ausladende Schweife, die ordentlich gestriegelt waren. Die Männer auf den Pferden trugen die blaue Uniform der Nordstaaten-Armee. Sie saßen mit erhobenen Köpfen und geraden Schultern aufrecht im Sattel, wie bei einer Parade.

Als sie am Hotelfenster vorbeikamen, sah Addie, daß die Männer genauso gepflegt waren wie die Pferde. Ein Mann zog ihre Aufmerksamkeit besonders auf sich. Unter dem dunklen Hut hatte er helles, lockiges Haar, das beinahe bis auf seine Schultern reichte. Er hatte einen schönen blonden Bart und erinnerte Addie an Bilder von General Lee, die sie gesehen hatte. Sie war nicht im geringsten überrascht, als die Soldaten vor dem Hotel am Ende der Straße anhielten und ihre Pferde ans Geländer banden. Drei der Männer betraten das Hotel, und der vierte stellte sich vor die Pferde, als befürchtete er, jemand könne sie stehlen.

Addie hörte ein leises Klopfen an der Tür und wandte sich vom Fenster ab. Als John das Zimmer betrat, stand sie auf und sah ihn an, und wieder einmal fiel ihr auf, wie groß er war. Er trug keinen Hut, doch sein Kopf reichte fast bis an den Türrahmen.

Hätte sie klar denken können, so hätte Addie sich gefragt, wieso seine Größe und die Tatsache, daß sie allein in diesem kleinen Raum waren und er das Recht hatte, alles mit ihr zu tun, sie nicht einschüchterte. Es kam ihr jedoch keiner dieser Gedanken in den Sinn.

»Hast du einen Wagen bekommen?«

»Einen wunderbaren.« Er warf seinen Hut aufs Bett. »Wir haben Riesenglück, daß wir heute gekommen sind.« Er goß Wasser aus der Kanne in die Schüssel und benetzte sein Gesicht. »Wally vom Mietstall hat mir von einem Holländer erzählt, der gestern mit einem außergewöhnlich guten Wagen in die Stadt gekommen war und ihn verkaufen wollte. Wally sagte, der Mann sei auf dem Weg nach Texas gewesen, als seine Frau starb. Mit vier Kindern ohne Mutter wollte er nicht weiterfahren.« Nachdem er sein Gesicht abgetrocknet hatte, hing John das Handtuch wieder über den Halter und sah in den Spiegel über dem Waschtisch. »Ich muß zum Barbier, um mich rasieren und mir die Haare schneiden zu lassen.«

»Was wird der arme Mann jetzt machen?« fragte Addie. »Sind welche von den Kindern groß genug, um auf die anderen aufzupassen?«

»Danach habe ich nicht gefragt. Er wird die Kinder zurück nach Indiana bringen, wo er Verwandte hat.«

»Er hat nicht nur seine Frau verloren, sondern auch seinen Traum, in einem neuen Land ein neues Leben anzufangen.«

»Manchen Leuten ist es nicht gegeben, neue Wege zu beschreiten. Für sie ist es besser, sich irgendwo niederzulassen und dort zu bleiben. Der Holländer ist ein ausgezeichneter Handwerker. Der Wagen, den er gebaut hat, ist der Beweis dafür. Aber mit Reisen kannte er sich nicht aus, und bei der Wahl seiner Begleiter war er nicht klug gewesen. Es ist gut möglich, daß er es nicht bis Texas geschafft hätte, und wenn doch, so hätte er dort nicht durchgehalten.«

»Woran ist seine Frau gestorben?«

»Schlangenbiß. Sie hat im Fluß Wäsche gewaschen, und eine Wassermokassin hat sie erwischt.«

»Ohh...« Addie erschauerte.

»Einen so stabilen Wagen habe ich noch nie gesehen. Der Holländer räumt gerade seine Habseligkeiten heraus. Wir können morgen früh aufbrechen und gegen Mittag wieder im Lager sein.«

»Warum habt ihr das Lager so weit weg von Van Buren aufgeschlagen?«

»Die Tiere hatten die Ladung von Saint Louis hinuntergezogen, und sie brauchten Zeit zum Ausruhen und Grasen. Die Gegend um Van Buren ist zu dieser Jahreszeit meistens abgegrast, weil so viele Trecks hier Station machen. Wir wollen nur für einen Tag hier bleiben, wenn wir die Truppe von Van Winkle treffen. Übrigens, der Richter ist in der Stadt. Ich werde ihn aufsuchen, nachdem wir eingekauft haben.«

Addie setzte ihre Haube auf und hing sich ihre Geldbörse über den Arm. Dann öffnete John die Tür und folgte ihr in die Halle.

»Addie, wir haben eine große Auswahl von Kleidungsstücken bei den Waren, die wir zum Geschäft meines Vaters bringen, du wirst also nichts mehr brauchen. Aber ich möchte, daß du alles kaufst, von dem du glaubst, daß du es für dich selbst, Trisha oder die Kinder benötigst.« Er lächelte sie an. »Ich denke nicht, daß du Socken kaufen mußt. Ich werde nur noch die tragen, die meine Frau strickt. Meine Füße haben sich noch nie so wohl gefühlt.«

»Du hast die Socken von Mr. Cash gekauft?«

»Aber sicher. Ich habe zwei Vierteldollar pro Paar bezahlt, und sie sind jeden Cent wert.«

»Fünfzig Cent?« Sie riß die Augen erstaunt auf.

»Jetzt weißt du, warum ich dich geheiratet habe: damit ich ein Leben lang mit Addie Tallmans Stricksocken versorgt werde.«

Als er ihren Arm drückte, warf er ihr einen neckischen Blick zu. Sie ging neben ihm die Treppe hinunter, als würde sie auf einer Wolke der Glückseligkeit schweben.

Er war anders als jeder Mann, den sie je getroffen hatte.

In der Hotellobby blieb John stehen und sprach mit dem Mann am Tresen, dann gingen sie zusammen die Straße entlang zu dem großen Geschäft an der Ecke.

KAPITEL 16

Addie war überwältigt von den vielen Waren, die auf den Theken lagen, an den Wänden standen und sogar von der Decke des großen Ladens herabhingen. Das Geschäft war bestimmt doppelt so groß wie das in Freepoint, dachte sie. Es war später Nachmittag, und es war eine Reihe von Kunden im Laden, die Addie aber wegen der auf den Tischen gestapelten Waren nicht sehen konnte. An den meisten Stellen reichten die Sachen bis über ihren Kopf. Als sie die schmalen Gänge entlangging, hörte sie jedoch Stimmen murmeln.

»In Freepoint war während des Krieges alles knapp«, sagte Addie zu John.

»Die Waren hier kommen seit Kriegsende größtenteils aus dem Norden.«

Ein junger Mann mit weißer Schürze um den Bauch eilte auf sie zu. Sein Haar war in der Mitte gescheitelt und an den Seiten angeklatscht. Ein gewichster Schnurrbart zierte seine Oberlippe.

»Mr. Tallman, es ist mir ein Vergnügen, Sie zu sehen. Wir haben schon gehört, daß Sie in der Stadt sind.«

»Addie, das ist Ron Poole. Seinem Vater gehört das Geschäft. Ron, meine Frau, Mrs. Tallman. Wir möchten Schuhe für unsere Kinder kaufen.«

»Ihre Kinder? Äh... ja, hier entlang bitte.« Er führte sie zu mit Schuhkartons gefüllten Regalen. »Schuhe für Kinder sind auf den oberen Regalen, für Damen hier unten. Am Ende des Ganges finden Sie Stiefel für Jungen. Also, was darf ich Ihnen zeigen?«

Addie wählte Schuhe für Trisha und die Kinder aus, indem sie die Papierumrisse ihrer Füße an die Schuhsohlen hielt, um die Größe zu überprüfen. Dann suchte sie, weil John darauf bestand, ein Paar für sich selbst aus, praktische schwarze Schuhe, die bis über die Knöchel geschnürt wurden. Nachdem sie für die Jungs Hüte mit Krempen und ein Paar schwere Segeltuchhosen für Colin ausgewählt hatte, zögerte Addie, ob sie für Trisha einen Reitrock nehmen sollte.

»Trisha reitet liebend gern«, sagte sie zur Erklärung, als sie den Rock zu den Sachen legte, die sie kaufen wollten. »Der Besitzer der Plantage, auf der sie aufgewachsen ist, hatte einen großen Stall. Sie hat mir erzählt, sie sei nachts zum Reiten auf die Weide geschlichen, weil man sie tagsüber nicht in die Nähe der Pferde gelassen hat.«

»Reitest du gerne?«

»Ich weiß nicht. Ich bin bisher nur auf Arbeitspferden geritten.«

»Nimm auch einen Rock für dich. Du wirst reichlich Gelegenheit zum Reiten haben, wenn wir nach Hause kommen.«

Nach Hause. Zum ersten Mal hatte er das Wort im Zusammenhang mit ihr benutzt, und zu ihrer Überraschung begann sie zu zittern, als würde sie mit tausend Nadeln gepiekst.

John ging an den Tischen und Regalen entlang und wählte viele Dinge aus, was den Sohn des Ladenbesitzers sehr erfreute, der hinter ihm hereilte und die Artikel zum Tresen trug und sie auf seine Rechnung schrieb. Addie blieb neben dem Tisch mit Kreidetafeln und *McGuffey*-Büchern stehen. Sie fuhr mit den Finger über die *Fibel,* das *Erste* und *Zweite Lesebuch* und das *Buchstabierbuch.*

»Willst du sie für die Kinder nehmen?« John stand direkt hinter ihr und sprach leise in ihr Ohr.

»Colin hat noch nicht die Gelegenheit gehabt, zur Schule

zu gehen. Jane Ann und Dillon könnten jetzt anfangen. Ich könnte sie mit diesen Büchern unterrichten, aber der Preis... sie sind ziemlich teuer.« Ihre Stimme war genauso leise wie seine.

»Unterricht ist unbezahlbar. Nimm sie, und das *Fünfte* und *Sechste Lesebuch* auch.«

Addie hielt die vier Bücher wie Schätze an sich gedrückt. Sie sah sie an, dann hinauf zu John. Ihre violetten Augen blickten ihn fragend an.

»Kann ich die von dem Geld für die Farm bezahlen?«

»Ich dachte, das hätten wir geklärt. Was meins ist, ist deins, und was deins ist, ist meins.« Er umfaßte sie, drückte seine Brust gegen ihren Rücken und nahm ihr die Bücher aus der Hand. »Du brauchst auch Schiefertafeln und Kreidestifte. Nimm ruhig reichlich Kreide.«

Während Addie die Tafeln auswählte, ging John zu dem Tisch, auf dem Messer von verschiedener Schärfe und Größe in ordentlichen Reihen lagen. Auf dem schmalen Gang kam ein Paar auf ihn zu. Der Mann trug die Uniform der Union, die Frau ein modisches rosagestreiftes Kleid. John warf ihnen nur einen kurzen Blick zu und vergaß sie wieder. In einem Sekundenbruchteil hatte er den Mann als ausstaffierten Dandy beurteilt, der den Krieg jetzt genoß, wo er vorüber war. Der Soldat hatte seine ganze Aufmerksamkeit auf die Frau gerichtet. Sie war jung und hübsch und sah zu ihm auf, als sei er der einzige Mann auf der Welt.

Nach sorgfältiger Überlegung wählte John ein Klappmesser für Colin aus, brachte es zur Theke und ging dann zurück zu Addie, die noch immer bei den Büchern stand.

»Kannst du dich bei den Tafeln nicht entscheiden?«

»Die Tafeln habe ich schon ausgesucht, aber ich weiß nicht, wieviel Kreide ich nehmen soll.«

»Zwei Schachteln. Die wird nicht schlecht.« Dabei schaute er so ernst, daß sie lachen mußte, und ihr Gelächter steckte ihn an. Ihre hellen Töne mischten sich mit seinem tieferen, herzlichen Brummen. »Ich höre dich gerne lachen, Addie.«

John war von dem Funkeln in Addies Augen und dem Lächeln auf ihren Lippen fasziniert. Er sah weder, daß der Offizier der Union und die Frau am Ende des Ganges stehengeblieben waren, noch bemerkte er, daß der Mann am Boden festgewachsen zu sein schien, während er hinüberstarrte. Dann drehte er die Dame um und drängte sie zur Tür.

»Komm, laß uns jetzt bezahlen«, sagte John. »Im Hotel wartet eine Überraschung auf dich.«

»Eine Überraschung? Gut oder böse?«

»Was wäre denn eine böse Überraschung?«

»Wenn Pfarrer Sikes oder Ellis Renshaw dort auf mich lauerten.«

John lachte.

Der Ladenbesitzer warf seinem Sohn einen bedeutungsvollen Blick zu. John Tallman, für gewöhnlich finster und ernst, war ganz hingerissen von seiner Frau und gewährte ihr alles, was sie sich wünschte. Zu schade, dachte der Besitzer, daß sie sich relativ bescheiden gab.

Auf dem Weg zur Theke nahm John noch einen Satz Spielzeugsoldaten, einen Beutel Murmeln und eine kleine Puppe mit glänzendem Kopf mit.

»John! Nein!«

»Addie! Doch!« Er lachte wieder.

Plötzlich merkte er, daß er an diesem Tag mehr gelacht hatte als während des ganzen letzten Monats. Der Gedanke ernüchterte ihn für einen Augenblick. Hatte er sich in diese Frau verliebt? Er mochte sie, bewunderte sie und hatte sie geheiratet, weil er zu diesem Zeitpunkt in seinem Leben eine eigene Familie wollte. Aber Liebe, wie sein Vater sie definierte, war etwas Seltenes und Wunderbares und Dauerhaftes. War John zufällig darauf gestoßen?

Es dämmerte, als sie den Gehsteig vor dem Geschäft betraten. Entlang der Straße wurden Lampen angezündet.

»Wir holen unsere Einkäufe morgen früh ab, wenn wir die Stadt verlassen«, sagte John und hielt ihre Hand fest, als sie ihre Haube aufsetzen wollte. »Laß sie ab. Du hast wunderschönes Haar, Addie.«

»Es schickt sich nicht, ohne Haube auf der Straße zu sein.«

»Wir werden uns nicht darum scheren, was sich *schickt*. Sollen wir etwas essen, bevor wir zurück ins Hotel gehen?«

»Ich weiß nicht. Ich bin viel zu aufgeregt wegen der ganzen Sachen, die wir gekauft haben und... wegen der Überraschung.«

»Es freut mich, dich glücklich zu sehen. Du hattest nicht viel Freude im Leben, oder?«

»O, doch!« Sie sah ernst zu ihm auf. »Ich war an dem Tag sehr glücklich, als ich Trisha in der Scheune gefunden habe, und an dem Tag, an dem mein Sohn geboren wurde und als Colin und Jane Ann zu mir gezogen sind. Ich hatte ein schönes Leben, John. Ich möchte nicht, daß du oder sonst irgend jemand Mitleid mit mir oder meinen Kindern hat.«

John fand es merkwürdig, daß sie im Zusammenhang mit glücklichen Tagen Kirby Hyde nicht erwähnte.

»Ich habe kein Mitleid mit dir, Addie. Ich bewundere deinen Mut. Nicht viele Frauen haben durchgemacht, was du durchmachen mußtest, und kaum eine hat es so unbeschadet überstanden wie du.«

»Manchmal glaube ich, daß ich nicht ganz richtig bin. Vor einer Woche habe ich meinen Garten bearbeitet, meine Baumwollfelder gehackt, die Schafe versorgt und mich um meine Familie gekümmert. Und jetzt bin ich hier in einer fremden Stadt und habe vor, meine Kinder in ein fremdes Land zu bringen. Und ich bin...«

»Du bist was?« fragte John ruhig.

»Ich bin überhaupt nicht besorgt, daß du dich plötzlich nicht mehr um uns kümmern könntest.« Addie ließ den Worten freien Lauf, solange sie Mut genug hatte, sie auszusprechen.

»Ich werde mein Bestes tun. Das schwöre ich.« John fühlte, wie sich ihm die Kehle zusammenzog. Niemals im Leben hatte er etwas so ernst gemeint.

In der Lobby des Hotels, in dem sie wohnten, waren die Lampen angezündet. Zwei Männer räkelten sich in den lederbezogenen Sesseln und lasen Zeitung.

»Laß uns in einem Lokal essen, das ich kenne. Wenn wir zurückkommen, wird deine Überraschung hier sein.«

»Bist du sicher?«

»Ganz sicher.«

Sie gingen an der Bank vorbei, bogen in eine Seitenstraße ein und steuerten auf eine kleines Steinhaus mit hölzerner Veranda zu. An einen Verandapfosten war ein verwittertes Brett mit der Aufschrift BUNG FODDER genagelt.

Addie las sie laut und sagte dann: »Was hat das zu bedeuten?« John beugte sich vor und flüsterte ihr ins Ohr: »Besser, wenn du das nicht weißt. Da hat jemand einen merkwürdigen Humor.«

Sie gingen die Stufen hoch in einen Raum, in dem zwei lange Tische mit Bänken auf jeder Seite standen. Eine Wand war von dem farbenfrohen Gemälde einer mexikanischen Hazienda mit blühenden Kaktuspflanzen bedeckt. Die hintere Wand hatte zwei Türen, eine war von einem Vorhang verdeckt, und die andere führte in die Küche. Das kleine Haus war von einem köstlichen Duft erfüllt.

»Lupe!« rief John. »Zeit fürs Abendessen.«

»Erzähl mir nicht, wofür es Zeit ist, du schlitzohriger Sohn eines Maultiers. Setz dich hin. Ich komme raus und serviere, wenn ich fertig bin. Es dauert nur... Oh, heiliger

Vater! John-ny! John-ny, mein Liebling! Du kommst Lupe besuchen!«

Die Frau, die durch die Tür mit dem Vorhang geschossen kam, war fast so breit, wie sie groß war. Sie trug einen weiten schwarzen Rock mit einer schwarzen Borte am Saum, ein weißes Hemd und zahlreiche bunte Halsketten verschiedenster Farbe. Das schwarze Haar, das ihr bis zur Taille reichte, wurde im Nacken von einem breiten roten Band zusammengehalten.

Sie versuchte, ihre Arme um John zu schlingen, aber der üppige Busen war ihr im Weg. Ihr Kopf reichte ihm nur bis zur Brust.

»Hallo, Lupe.« John sah Addie lachend an.

»›Hallo, Lupe‹ – ›Hallo, Lupe‹! Ist das alles, was dir einfällt? Sag mir, daß ich noch immer deine Liebste bin, du Rumtreiber!«

»Wenn ich das täte, Lupe, würde ich mit meiner Frau gehörig Ärger kriegen.« Er schob die kleine Frau ein wenig zurück und lächelte in ihr rundes, freundliches Gesicht.

»Deine Frau? Du hast einfach eine andere Frau geheiratet? Yi, yi, yi!« jammerte sie. »Du hast mich umgebracht, damit du es weißt.« Sie preßte sich die Hände gegen die Brust und sah Addie mit dunklen, bekümmerten Augen an. »Du hast mein Herz gestohlen«, sagte sie dramatisch.

»Das tut mir leid«, sagte Addie, die sich verzweifelt bemühte, ernst zu bleiben. »Ich wußte nicht, daß er schon vergeben war.«

Dann strahlte Lupes Gesicht auf einmal vor Lächeln, und sie ergriff Addies Hand.

»Ich sag dir die Wahrheit, mein Liebes, ich hatte Angst, ich würde ihn eines Tages heiraten müssen. Er hat mich schon seit Jahren belästigt. Ich werde langsam zu alt, um ihm die vergnügungssüchtigen Weiber vom Leib zu halten. Du scheinst jung und kräftig zu sein. Ich hoffe, du hast einen ordentlichen Schlag.« Sie schlug mit der Faust in ihre andere Hand. »Das wird er von Zeit zu Zeit brauchen.«

»Nimm von ihr bloß keinen Ratschlag an, Addie. Ich kenne sie, seit ich ein Dreikäsehoch war.«

»Hör lieber gut zu, was ich sage, John Gefleckter Elch Tallman. Wenn ich dich nicht kriegen kann, bin ich nur froh... Wie heißt du, Liebes?«

»Addie.«

»Ich bin froh, daß Addie dich abgekriegt hat. Du wirst gut sein zu ihr, oder ich verhau dir den Hintern«, sagte Lupe frech. Dann: »Wie geht es deiner Mutter?«

»Amy geht es bestens. Jetzt, wo der Krieg vorbei ist, kommen Rain und sie nächstes Jahr vielleicht mal zu Besuch.«

»Ich würde sie gerne wiedersehen. Jetzt erzähl mir von deiner neuen Frau hier. Wie hat ein häßlicher alter Kerl wie du sie nur dazu gebracht, sich mit dir einzulassen?«

»Das war nicht leicht, Lupe. Wie wär's, wenn du uns was zu essen auftischen würdest, bevor die hungrigen Männer reingeströmt kommen?«

Das Hühnchen mit Reis war ausgezeichnet. John zeigte Addie, wie man eine heiße Tortilla buttert und zu einer fetten Zigarre aufrollt.

»Schmeckt es dir?« fragte er, nachdem sie einen Bissen probiert hatte.

»Sehr.«

»Mexikaner tun Fleisch, Chili oder Pfefferschoten hinein. Sie essen Tortillas wie wir Brot.«

Bald wurde es zu laut, um sich zu unterhalten. Die Tische waren alle besetzt, und Kunden warteten auf der Veranda. Lupe brachte große Platten mit Essen. Die Männer nahmen sich Teller aus einem Regal und bedienten sich, während sie die lustige kleine Frau beständig neckten.

Als John und Addie ihre Mahlzeit beendet hatten, ließ

John neben ihren Tellern Geld zurück. Lupe folgte ihnen auf die Veranda, umarmte John wieder und schlang dann ihre kurzen, dicken Arme um Addie.

»Du hast einen guten Mann, Addie. Wenn sein Vater mich nur einmal angeschaut hätte, hätte ich Amy in einen Brunnen geworfen und ihn genommen«, scherzte sie. »Laß das nicht Amy hören, Junge«, sagte sie dann schnell zu John.

»Das werde ich nicht. Paß auf dich auf, Lupe. Wenn du Lust bekommst, von hier wegzugehen, dann pack deine Sachen, schließ dich einem Gütertreck an und komm runter. Du bist uns immer willkommen.«

»Vielleicht mache ich das wirklich. Geht jetzt. Ich muß wieder rein, oder die Männer fangen an, am Tischbein zu nagen.«

»Hat es dir gefallen?« fragte John auf dem Rückweg zum Hotel.

»Sehr, und ich fand sie sehr nett.«

»Sie ist direkt nach dem texanischen Unabhängigkeitskrieg mit ihrem Mann aus Texas hergekommen. Obwohl ihr Mann mit einer Reihe texanischer Mexikaner mit Sam Houston in San Jacinto gekämpft hat, hassen viele Leute da unten die Mexikaner.«

»Ist ihr Mann gestorben?«

»Schon vor einigen Jahren. Meine Familie hat ihr vorgeschlagen, nach New Mexico zu kommen, aber sie hat hier irgendwo einen nichtsnutzigen Sohn, den sie nicht verlassen will.«

Sie betraten das Hotel und gingen die beiden kurzen Treppen zu ihrem Zimmer hinauf. Addies umherwirbelnde Gedanken dämpften ihre Müdigkeit. Sie hatte einen schönen Tag verlebt und hatte sich an Johns Gesellschaft gewöhnt. Das Bewußtsein, daß sie ihn immer mehr mochte, ließ das, was vor ihr lag, weniger bedrohlich erscheinen.

John schloß ihre Tür auf und ging ins Zimmer, um die

Lampe anzuzünden, während Addie in der Tür wartete. Sobald das Zimmer erleuchtet war, sah sie die große Zinnbadewanne.

»So eine habe noch nie gesehen«, stieß sie hervor. »Außer auf Bildern.«

Sie fuhr mit den Fingern über den Rand der erhöhten Rückseite und berührte dann die weichen Handtücher, die Seifen und Puder auf dem niedrigen Stuhl daneben.

»Ich habe gehört, daß ein Wannenbad zu den Dingen gehört, die Frauen am liebsten mögen. Meine Schwester lag meinem Vater jahrelang in den Ohren, bis er so eine wie diese hier bringen ließ.«

»Ich habe bisher immer nur in einer Wäschewanne gebadet«, gestand Addie.

»Das Wasser ist unterwegs. Ich warte, bis die Wanne voll ist, dann besuche ich den Richter, während du badest.« John zeigte ihr den dicken Schlauch, der über dem Wannenrand hing, und wies auf eine verdeckte Öffnung in der Wand. »Hier wird das Wasser durch ein Rohr entleert, wenn du fertig bist; es muß also nicht rausgeschöpft und die Treppe hinuntergetragen werden.«

John öffnete auf ein leises Klopfen hin die Tür. Drei Jungen kamen herein, jeder trug zwei große Eimer mit Wasser. Dampf stieg auf, als das Wasser in die Wanne geschüttet wurde. Ein voller Eimer blieb auf dem Boden stehen, als die Jungen hinausgingen, ohne John oder Addie auch nur einen Blick zuzuwerfen.

»Wenn du willst, daß die Wanne ausgeleert und weggebracht wird, bevor ich wieder da bin, dann zieh an dem Seil am Waschtisch.«

»John. Danke für die Überraschung.«

»Es war mir ein Vergnügen. Ich bin nicht sehr erfahren mit Überraschungen für Damen, aber ich dachte mir, mit dieser könnte ich nicht falsch liegen.«

»Es war sehr aufmerksam von dir.«

»Laß dir Zeit. Ich werde eine Weile weg sein. Schließ die Tür ab, wenn ich gegangen bin, und häng den Schlüssel dort an den Haken. Ich habe einen zweiten Schlüssel.«

Vor dem Hotel blieb John stehen, um sich eine dünne Zigarre anzustecken, dann ging er auf das Hotel am Ende der Straße zu. In Gedanken war er bei der Frau, die er im Zimmer zurückgelassen hatte. Er war sich nicht sicher, wie er sich gegenüber seiner neuen Frau verhalten sollte. Schon bei dem Gedanken daran, ihren weichen, warmen Körper im Bett zu haben, geriet er in Wallungen. Es bestand kein Zweifel daran, daß er sie begehrte – nicht irgendeine Frau, sondern *sie.* Er würde langsam vorgehen. *Zum Teufel, ich bin kein geiler Ziegenbock*, versicherte er sich. Er blieb beim Barbier stehen und steckte seinen Kopf zur Tür hinein.

»Ich komme ungefähr in einer halben Stunde wieder. Heißes Wasser da?«

»Tag, Mr. Tallman. Keine Sorge, jede Menge.«

John nickte und überquerte die Straße.

Das Hotel gehörte zu den modernsten in Arkansas. John hatte für sich und Addie das weniger vornehme Hotel ausgesucht, weil er glaubte, bei solchem Luxus würde sie sich unbehaglich fühlen. Was ihn selbst betraf, so hatte er in vielen eleganten Häusern gewohnt, und es war ihm völlig gleichgültig, ob die Angestellten wegen seiner Trapperkleidung die Nase rümpften. Selbstbewußt öffnete er die Hoteltür. Die facettierte Glastür, die mit einem eingravierten Hirschen verziert war, klapperte, und ein Bediensteter am Tresen sah auf.

»Welches Zimmer hat Richter Van Winkle?« fragte John.

Der junge Mann mit dem hohen steifen Kragen sah ihn mit hochgezogenen Brauen mißtrauisch an.

»Der Richter ist beim Essen.«

»Wo?« fragte John.

»Wieso… im Speisesaal. Wo sonst?«

»›Wo sonst?‹« echote John um seine Zigarre herum. »Er hätte doch zu Lupe runtergehen können.«

Der Bedienstete formte mit seinen dünnen Lippen ein entsetztes O, dann preßte er sie mißbilligend zusammen.

John drehte ihm den Rücken zu und lehnte sich für einen Augenblick gegen den Tresen, dann nahm er den Hut ab, schob ihn unter den Arm und ging durch die Lobby in den Speisesaal. In dem Augenblick, in dem er den Raum betrat, stand der Geschäftsführer direkt neben ihm.

»Sir?«

»Wer ist Richter Van Winkle?«

»Der Richter? Er steht dort neben dem Tisch mit dem Yank… äh, mit dem Nordstaatler. Er wollte gerade aufbrechen, als der Soldat kam.«

»Danke.« John kehrte in die Lobby zurück, um auf den Richter zu warten.

Als Van Winkle durch die Tür kam, ging er hinter einer jungen Dame und einem Yankee-Hauptmann her, dem Paar, das John schon in Pooles Laden gesehen hatte. Der Mann war wie für eine Parade gekleidet, sein blondes Haar, sein Schnurrbart und sein Bärtchen waren ordentlich gebürstet. *Ein eitler, nichtsnutziger Pfau,* dachte John. Diesmal trug die Frau ein lavendelfarbenes Kleid, das mit Spitzen und Bändern verziert war.

Das Paar stand dicht beieinander und sah sich in die Augen, während sie sprachen. John beobachtete, wie der Mann die Hand des Mädchens an seine Lippen hob und küßte. Dann, während er die Hand des Mädchens noch immer hielt, sprach er mit dem Richter, der ihm freundschaftlich auf die Schulter schlug. Der Richter und das Mädchen brachten den Hauptmann zur Tür.

John trat von der Wand weg, als sie wieder in die Lobby kamen.

»Richter Van Winkle. Ich würde gerne mit Ihnen sprechen.«

»Ja, ja«, sagte der Richter ungeduldig und runzelte die Stirn. »Was kann ich für Sie tun?«

»Gar nichts«, antwortete John genauso ungeduldig. »Es geht darum, was ich für Sie tun soll. Ich bin John Tallman.«

»Tallman?« Er sah John an, als würde er ihm nicht recht glauben.

Der Richter war ein großer, stattlicher Mann mit spärlichem weißen Haar und einem dichten weißen Bart. Die Weste unter seinem dunklen Serge-Anzug war kunstvoll mit Schnörkeln verziert. Eine schwere goldene Uhrenkette erstreckte sich über seine ausladende Statur. Jetzt zog er die Uhr hervor und blickte darauf, als hätte er einen dringenden Termin.

»Tallman«, wiederholte er.

»John Tallman. Zachary Quill ist mein Cousin«, ergänzte John, um dem Gedächtnis des Richters auf die Sprünge zu helfen.

»Ich weiß. Ich weiß. Ich habe nur nicht erwartet… Ach ja, ein feiner Herr, Hauptmann Quill.«

»Ich glaube schon«, sagte John trocken.

»Das hier ist meine Nichte, Miss Cindy Read.«

»Madam.« John nickte.

»Sehr erfreut. Ich habe Sie heute im Laden gesehen.« Die großen kornblumenblauen Augen des Mädchens richteten sich interessiert auf John.

»Wie nett von Ihnen, daß Sie sich an mich erinnern«, sagte John höflich, bevor er sich wieder an den Richter wandte. »Der Jäger, den Sie angeheuert haben, ist in unserem Lager. Ich soll Ihnen ausrichten, daß er sich Ihnen in einem oder zwei Tagen anschließen wird.«

»Der Jäger. Oh, ja. Eine Truppe, die so groß ist wie meine, braucht jemanden, der frisches Fleisch jagt.«

»Es ist Ihre Sache, ob Sie einen Jäger anheuern oder nicht. Einer meiner Männer wird morgen vorbeikommen und überprüfen, ob Ihre Wagen und Ihre Vorräte für die Fahrt geeignet sind, und sich vergewissern, ob Sie genügend Ersatzteile für Reparaturen haben. Ich will nicht durch zusammengebrochene Fuhrwerke oder aufgebrauchte Vorräte aufgehalten werden.«

»Geh schon in dein Zimmer, meine Liebe.« Van Winkle tätschelte mit der Hand ihren Arm. »Mr. Tallman und ich müssen ein paar Dinge klären.«

»Ach! Immer schickst du mich weg, wenn es gerade interessant wird.« Sie lächelte John affektiert an. »Gute Nacht, Mr. Tallman.«

»Gute Nacht, Madam.«

Als das Mädchen auf der Treppe verschwunden war, ging der Richter in die entlegenste Ecke der Lobby, damit sie ungestört waren. John folgte ihm und wartete dann, bis der Mann sich seine Zigarre angesteckt und das Streichholz in ein Gefäß mit Sand gedrückt hatte, das in der Nähe stand.

»Meine Wagen und meine Vorräte sind allein meine Sache«, sagte der Richter in einem Ton, der deutlich zeigte, daß er nicht erfreut war. »Ich habe nur eingewilligt, mit Ihnen zu fahren, damit meine Nichte unter besonderem Schutz steht.«

»Es mag sein, daß sie jetzt noch Ihre Sache sind, aber wenn Sie liegenbleiben und wir auf Sie warten müssen, werden sie auch zu meiner. Wie viele Männer haben Sie?«

»Dreizehn, ohne mich und meinen Mann.«

»›Ihren Mann?‹«

»Ein Neger. Schon sein ganzes Leben in unserer Familie.«

»Dreizehn Männer und sechs Wagen. Wie viele Ihrer Männer sind schon im Westen gewesen?«

»Hören Sie, Tallman. Ich muß mich vor Ihnen für meine Männer nicht rechtfertigen.«

»Buffer Simmons ist der einzige erfahrene Mann, den Sie haben. Ist es so?«

Der Richter wurde rot. »Nach den neuesten Berichten, die ich erhalten habe, ist die Fahrt nicht mehr so gefährlich wie noch vor ein paar Monaten. Dem Süden wurde das Rückgrat gebrochen. Die Indianer lassen sich nieder. Sie wissen, wo es ihnen gutgeht. Sie werden sich benehmen, oder sie werden zusammengetrieben und eingesperrt.«

John schwieg einen Augenblick lang, seine Miene war nicht zu deuten. Als er glaubte, sprechen zu können, ohne daß seine Wut aus ihm herausbrechen würde, sagte er: »Ihre Berichte stimmen nicht.«

»Das ist egal. Ich habe sechs kampferprobte Soldaten, die alle die blaue Nordstaatenuniform tragen.«

»Die Uniformen werden die Abtrünnigen, die Ihre Truppe angreifen, wirklich unheimlich beeindrucken«, sagte John trocken und schüttelte ungläubig den Kopf.

»Der Hauptmann der Patrouille ist der Verlobte meiner Nichte, ein hoch angesehener Mann, der im Hauptquartier des Quartiermeisters in Illinois gedient hat. Er wurde nach Albuquerque überwiesen.«

»Ein echter Kämpfer.«

Der Richter ignorierte Johns Sarkasmus. »Ich wurde vom verstorbenen Präsident Lincoln abgeordnet, mich in Santa Fe um die Indianerangelegenheiten zu kümmern.

Gott stehe den Indianern bei. »Ich sage es Ihnen klipp und klar, Richter. Ich habe einundzwanzig Wagen, zweiundfünfzig Männer, zwei Frauen und drei Kinder. Ich erwarte nicht, daß wir Schwierigkeiten haben werden, wenn wir das Indianerterritorium durchqueren. Mein Vater ist bei den Shawnee aufgewachsen, und ich spreche die Sprache der Choctaw, der Cherokee und der Creek. Ich werde ihr Land durchqueren und nicht versuchen, es ihnen wegzunehmen oder ihnen zu sagen, wie sie zu leben haben.«

Der Richter schnaubte verächtlich. »Es ist eine allgemein bekannte Tatsache, daß jemand ihnen das sagen muß.«

»Zweifellos bekannt bei den Weißen, die ihnen ihr Land rauben und jeden Vertrag gebrochen haben, der unterzeichnet wurde.« John stieß seine Worte wütend hervor. »Es gibt in Oklahoma und in den Ebenen von Texas Hunderte Meilen Land, die Niemandsland genannt werden. Dort herrscht das Recht des Stärkeren. Komantschen und Chiricahua-Apachen ziehen in diesem Land umher. Beide Stämme können gefährlicher sein als ein Schwarm gereizter Hornissen. Aber sie sind harmlos im Vergleich zu den Abtrünnigen, Deserteuren, Banditen und den Banden von Guerilleros der Konföderierten, den schlimmsten von allen, die nicht nur aus Habgier plündern, rauben und töten, sondern aus Vergnügen.«

»Verdammte Rebellen, allesamt. Wollen nicht zugeben, daß sie fertiggemacht wurden, und zwar ordentlich.«

»Ich komme übermorgen hier vorbei. Sie können sich mir anschließen, wenn Sie wollen. Wenn nicht, viel Glück.«

John stülpte sich den Hut auf den Kopf und schritt dann rasch auf die Tür zu. Als er den Bürgersteig erreichte, war der Richter schnaufend und prustend hinter ihm.

»Tallman.«

John drehte sich um. »Sie brauchen meine Hilfe nicht, Richter. Ihre kleinen Soldaten werden sich um alles kümmern. Aber eines sage ich Ihnen wegen der Dame, die bei Ihnen ist – hören Sie auf Ihren Jäger, Buffer Simmons. Wenn irgend jemand eine kleine Gruppe durchbringen kann, dann er.«

»Es tut mir leid, wenn Sie mich mißverstanden haben, Tallman. Ich werde morgen aufbrechen und Sie in Fort Gibson treffen.«

»Ich fahre nicht über Fort Gibson. Es liegt nicht auf meiner Strecke.«

Der Richter riß sich die Zigarre aus dem Mund. »Die

Abordnung, die mir zugeteilt wurde, hat sich darauf gefreut, ein Grenzfort zu besichtigen.«

»Dann um alles in der Welt lassen Sie sie doch das Grenzfort *besichtigen*. Ich bin im Frachtgewerbe tätig; ich veranstalte keine Führungen. Zeit ist Geld.«

»Es würde nur ein paar Tage dauern.«

»Ich fahre nicht über Fort Gibson«, beharrte John.

»Hauptmann Quill hat gesagt, daß Sie für gewöhnlich ein paar Tage in Fort Gibson bleiben.«

»Bei anderen Fahrten habe ich das getan. Zack hat vielleicht vermutet, daß ich diese Route nehmen würde, aber nicht zu dieser Jahreszeit. Ich durchquere das Indianerterritorium auf der schnellsten und sichersten Route, die ich kenne, also den Arkansas entlang bis zum Canadian und dann westlich den Canadian entlang.«

»Ich kann Ihnen einen anderen Weg zeigen. Er soll...«

»...Hören Sie, Richter, ich nehme diese Route. Ich habe hundert Kopf Arbeitstiere, für die ich für Futter und Wasser sorgen muß. Sie müssen fressen, um zu arbeiten. In einem Monat wird das Gras in der heißen Sonne von Oklahoma welken und austrocknen. Ich habe eine Woche verschwendet, in der ich auf Sie gewartet habe.«

»Schon gut, schon gut. Wenn Sie nicht einlenken, bin ich gezwungen, mich zu fügen.«

»Niemand zwingt Sie, sich mir anzuschließen. Nur damit Sie es wissen, es wäre mir lieber, Sie täten es nicht – und ich würde Sie nicht mitnehmen, wenn es nicht für meinen Cousin Zack wäre.«

»Wir werden übermorgen fertig sein.«

»Gute Nacht, Richter.«

Der Richter sah zu, wie der Grenzer die Straße überquerte und den Barbiersalon betrat. *Unverschämter Kerl!* Er fragte sich, wie so ein arroganter Flegel mit dem freundlichen, höflichen Zachary Quill verwandt sein konnte.

KAPITEL 17

Colin saß neben Trisha, fest entschlossen, sie nicht mit Buffer Simmons allein zu lassen. Der Junge war den ganzen Tag über in ihrer Nähe geblieben. Sie hatte versucht, ihn mit den Kleinen zum Abendessen zum Küchenwagen zu schicken, aber sie hatten sich geweigert, ohne sie zu gehen, obwohl der Koch ihnen gut zugeredet hatte. Sie vermißten Addie und klammerten sich schüchtern an Trisha.

Der Koch wollte ihnen Essen hinunterschicken, als Buffer Simmons mit zwei kleinen Kaninchen aufgetaucht war, die bratfertig und bereit zum Aufspießen waren.

Mit Einbruch der Dämmerung wurde zwischen den beiden Zelten ein kleines Lagerfeuer entfacht. Dillon und Jane Ann sahen mit unverhohlener Neugier zu, wie Buffer die Kaninchen über die niedrige Glut hing. Er war mit den Kinder wunderbar geduldig und erlaubte ihnen, abwechselnd den Spieß zu drehen, damit das Fleisch von allen Seiten gleichmäßig gar wurde.

Nachdem sie die Kaninchen gegessen und die Buttermilch, die der Koch geschickt hatte, getrunken hatten, waren die kleineren Kinder eingeschlafen, und Trisha hatte sie zu Bett gebracht.

Jetzt stocherte Buffer mit einem Stöckchen im Feuer herum, ohne direkt in die Flamme zu sehen. Seine Augen schweiften im Lager umher, immer auf der Hut, wachsam, darauf bedacht, im Blickfeld der Männer zu bleiben, die um das Feuer am Küchenwagen saßen. Er wollte nicht, daß Cleve Stark oder Dal Rolly herkamen und Trisha Angst einjagten, so daß sie ins Zelt gehen würde. Buffer hatte vorgehabt, heute nach Van Buren zu reiten, um mit dem Richter Kontakt aufzunehmen, aber als er erfuhr, daß Trisha und die Kinder ohne Miss Addie und Tallman alleine hier im Lager bleiben würden, hatte er seinen Plan aufgeschoben.

Seit die Kleinen ins Bett gegangen waren, hatte Buffer Colin, und, wie er hoffte, auch Trisha mit Geschichten unterhalten, ein beliebter Zeitvertreib von Männern, die am Lagerfeuer saßen. Einige der Geschichten waren wahr. Andere nicht.

»Einmal habe ich einen Jungen aus Galveston kennengelernt. Er war ein schlaksiger Kerl, etwa in deinem Alter, Colin. Er bestand nur aus Armen und Beinen und Ellenbogen. Ich hab' ihn unten am Red River getroffen. Er half einem Typen, einer Kuh das Fell abzuziehen. Offenbar hat er seine Sache nicht gut gemacht, oder zumindest fand der Typ das. Er ist einfach aufgestanden und hat dem Jungen direkt auf den Ar... – hat ihn einfach niedergehauen.« Buffer sah Trisha an. Sie blickte in die Ferne, hörte aber zu. »Stand einfach auf und hat dem Jungen einen Schlag verpaßt, und das hat ihm noch Spaß gemacht. Das ging mir einfach gegen den Strich, daß ein Mann einem Jungen so etwas antut.«

»Was haben Sie gemacht?« fragte Colin.

»Nun, ich hab' den Jungen aufgehoben, hab' gesehen, daß er nicht verletzt war, hab' ihn hinter mich auf meinen Sattel gesetzt und bin weggeritten.« Buffer warf den Stock ins Feuer. Trishas goldene Augen waren jetzt auf ihn gerichtet.

»Sie haben den bösen Mann ungeschoren davonkommen lassen?«

»Es hätte nichts gebracht, ihn windelweich zu schlagen. Aus einem erwachsenen Mann kann man die Boshaftigkeit nicht rausprügeln. Als ich den Jungen mitgenommen habe, mußte er die Kuh ganz alleine häuten. Der Junge und ich haben in den Bergen von Wichita überwintert, zusammen mit einem halbverrückten Trapper namens Claytrap Throddle. Der verrückte Alte war ein unglaublicher Koch. Er machte Waschbärfleisch, gebackenes Stinktier und Süßkartoffeln. So was Gutes hab ich nie wieder gegessen.

Na ja, der Junge war wild wie ein Stier und hatte ungefähr soviel Verstand wie Kuhmist. Als der Frühling kam, hat er dem alten Claytrap etwas Geld gestohlen und hat sich verdrückt. Das letzte, was ich von ihm gehört habe, war, daß er Postkutschen ausraubte und Pferde stahl. Ich glaube, ich hätte dem Kuhhäuter ruhig erlauben sollen, aus *ihm* die Boshaftigkeit rauszuprügeln.«

Der Feuerschein beleuchtete Buffers rötliche Gesichtszüge unter seinem dichten braunem Haar, das sich bis tief in die Stirn und um die Ohren herum lockte. Es war unmöglich, sein Alter zu bestimmen, da sein Gesicht fast vollständig von einem dichten Bart verdeckt war. Seine Zähne waren weiß und gleichmäßig, was darauf hinzudeuten schien, daß er noch keine vierzig war.

Buffer wartete, in der Befürchtung, Trisha würde im Zelt verschwinden, bevor Colin aufgab und zu Bett ging. Seit dem Morgen war der Junge wie ihr Schatten gewesen. Buffer beobachtete, wie der Kopf des Kleinen zur Seite fiel. Er war todmüde, aber er versuchte durchzuhalten und das zu tun, was er für seine Pflicht hielt: Trisha zu bewachen.

Sie saß auf dem Boden, die nackten Füße am Feuer, den Rücken an Addies Truhe gelehnt. Buffer konnte kaum die Augen von ihr abwenden. Dichte schwarze Locken umrahmten ihr Gesicht und fielen ihr auf die Schultern. Seit sie im Lager war, hatte sie ihr Haar nach hinten gestrichen und bedeckt getragen, aber heute abend hatte sie das Tuch abgenommen und ihre Finger im Haar vergraben, um sich die Kopfhaut zu massieren. Ihre Wimpern waren so lang, daß Buffer sich vorstellte, sie könnten sich verheddern, wenn sie ihre goldenen Augen schloß.

Er sah Colin an. Der Junge war eingeschlafen, sein Kopf ruhte auf einem Baumstumpf. Jetzt war die Zeit gekommen, da Trisha Colin aufwecken und ins Bett gehen würde – wenn sie das vorhatte. Ein grausames, hartes Leben hatte Buffer gelehrt, Geduld zu haben und mit Enttäuschungen zurechtzukommen. Wenn er heute abend nicht mit ihr sprechen konnte, würde es andere Abende geben.

»Warum gucken Sie mich so an, Bürstengesicht?« Trisha sprach leise, nachdem sie einen Blick auf den schlafenden Jungen geworfen hatte.

Buffer lebte auf. Er entschied, daß Ehrlichkeit der beste Ansatz wäre.

»Weil Sie das Hübscheste sind, was es hier anzusehen gibt.«

»Verdammt noch mal! So einen Schwachsinn habe ich schon oft gehört.«

»Vielleicht lüge ich ja.«

»Lügen hab ich auch schon oft gehört. Wie sehen Sie unter diesem Mist in Ihrem Gesicht aus?«

»Ich weiß nicht genau. Es ist lange her, daß ich ein glattes Gesicht hatte.« Buffer fing automatisch an, sich mit den Fingern über den Bart zu streichen.

»Wahrscheinlich haben Sie ein fliehendes Kinn. Darum verstecken Sie es. Ein Mann mit einem fliehenden Kinn ist das Pulver und Blei nicht wert, das man braucht, um ihn zu erschießen.«

»Da haben Sie vielleicht recht. Haben Sie mal einen Mann mit einem fliehenden Kinn gekannt?«

»Ich kenne sie alle. Fliehendes Kinn, immer auf der Flucht, außer wenn's um eins geht. Da gehen sie ran wie Bullen.« Sie hob ihr Kinn und starrte ihn an. »Lungern Sie hier rum, um unter meinen Rock zu kommen, Bürstengesicht?«

»Ich wäre wohl kein normaler Mensch, wenn ich nicht

daran denken würde. Aber zum Teufel, ich bin kein brünstiger Elch«, sagte er und schnaubte angewidert.

»Es wird Ihnen nicht gelingen, das steht fest. Wenn *ich* Sie nicht erschieße, dann Colin. Wenn Colin nicht, dann Mr. Tallman. Er hat mir gesagt, ich muß mir von keinem Mann etwas gefallen lassen, den ich nicht will.«

»Großer Gott, Miss Trisha. Ich würde jeden Mann umbringen, der versuchen würde, Sie zu... entehren.«

»Warum sagen Sie das? Ich bin doch nur ein Nigger.«

»Sagen Sie das nicht! Sagen Sie das nie wieder! Sie sind so weiß wie ich. Auch wenn Sie das nicht wären, würde das keinen Unterschied machen. Unter unserer Haut sind wir alle gleich.«

»Sie meinen unter einer Decke...«

»Das habe ich nicht gesagt, zum Teufel! Sie sind mir zuerst aufgefallen, weil Sie das hübscheste Ding waren, daß ich je gesehen hatte. Dann war es mir egal, wie hübsch Sie sind, weil ich gesehen habe, wie Sie mit Colin und den Kleinen umgehen, wie Sie sich gegen den alten Renshaw zur Wehr gesetzt haben. Das bedeutet mehr als Hübschsein.« Er stocherte wütend im Feuer, und Funken stoben auf.

Nach längerem tiefen Schweigen sagte Trisha: »Das ändert gar nichts. Warum bleiben Sie hier? Warum gehen Sie nicht weg?«

»Ich... ich dachte, ich könnte mich vielleicht mit Ihnen unterhalten. Das hatte ich vor, seit ich Sie in der Stadt gesehen habe. Damals wollte ich... Ihnen den Hof machen. Jetzt ist es raus, und Sie können sich ruhig kaputtlachen«, schloß er seinen Satz wütend ab.

»Kommen Sie runter von Ihrem hohen Roß. Ich lache ja gar nicht. Aber ich will auch nicht, daß ein Bürstengesicht mir den Hof macht. Außerdem bin ich kein großer Redner, und ich glaube, darum geht es dabei.«

»Puh! So einem schwatzhaften Mädchen bin ich noch nie begegnet.«

»Ich bin kein Mädchen. Ich bin eine Frau.«

»Du siehst aus wie ein *Mädchen*.«

»Im Juli werde ich zwanzig Jahre. Da ist man kein Mädchen mehr. Da, wo ich her bin, ist das zu alt dafür, daß einem der Hof gemacht wird.«

»Wo kommen Sie denn her?«

»Orleans«, sagte sie und schloß dann abrupt den Mund.

»Wie lange sind Sie schon bei Miss Addie?«

»Geht Sie nichts an.«

»Ich frage Colin.«

»Wenn Sie das tun, schieße ich Ihnen den Fuß weg!«

»Das würde Ihnen ähnlich sehen.« Er nahm einen Stock und legte ihn auf das heruntergebrannte Feuer.

»Wie alt sind Sie denn?«

»Warum wollen Sie das wissen?«

»Ich versuche, mich mit Ihnen zu unterhalten, Bürstengesicht. Sie müssen es mir nicht sagen. Von mir aus könnten Sie so alt wie die Hügel da sein.«

»Ich bin fünfundzwanzig. Fünf Jahre älter als Sie.«

»Das glaube ich nicht.«

»Die Hälfte meines Lebens war ich auf mich gestellt. Das kann zwei Auswirkungen auf einen Mann haben. Entweder macht es ihn stark wie einen Ochsen, oder es bringt ihn um. Und, *Fräulein,* ich bin nicht tot.« Zur Bestätigung klopfte er mit der Faust gegen seine Brust.

»Was regen Sie sich so auf? Ärgern Sie sich, daß Sie nicht tot sind?« Plötzlich entwich ihr ein leises Kichern. Sie bedeckte den Mund mit der Hand, um es zu unterdrücken.

Buffer war einen Augenblick lang verwirrt. Dann lachte er.

»Sie bringen mich schneller auf die Palme als sonst irgend jemand, und ich würde Ihnen am liebsten den Hals umdrehen.«

Trisha beruhigte sich. »Versuchen Sie das lieber nicht. Ich habe mir ein Stilett besorgt, damit könnte ich Ihnen die Leber rausschneiden.« Sie hob ihren Rock an und zeigte ihm kurz die dünne Klinge, die an ihre Wade gebunden war.

»Gütiger Himmel! Wenn Sie auf das Ding fallen, schneiden Sie sich das Bein ab. Sie brauchen eine Scheide dafür.«

»Es ist schon in Ordnung so.«

Buffer zog sein Messer aus der Scheide, die er um die Taille trug. Er hielt es in der Hand, dann balancierte er es auf seinem Zeigefinger. Er nahm seinen Hut, drückte die Krone ein und warf ihn in Trishas Schoß.

»Werfen Sie meinen Hut dahinten hin, weg von den Zelten.«

Trisha schleuderte den Hut weg, als wäre er eine Scheibe. Buffer zog sein Messer zurück. Sobald der Hut in der Luft war, ließ er die Klinge pfeilschnell lossegeln. Sie durchbohrte den Hut und fiel zu Boden. Als er den Hut zu Trisha zurückbrachte, steckte die Messerklinge noch immer in der Krone.

»Verdammt!« rief sie aus. »Sie haben Ihren Hut ruiniert.«

»Er brauchte sowieso ein Luftloch.«

»Könnte ich das wohl lernen?«

»Aber klar. Sie könnten besser werden als ich, und ich bin schon gut. Sie sind leichter und schneller – das macht einen guten Messerwerfer aus. Ich werde Ihnen ein paar Tricks zeigen – eines Tages.«

»Tun Sie mir bloß keinen Gefallen, Bürstengesicht.«

»Keine Sorge, *Schandmaul*. Wenn Sie ein Messer werfen können, könnten Sie vielleicht mal eins der Kinder vor einem Schlangenbiß retten.« Er knurrte, schlug sich den Hut auf den Kopf und stampfte weg zu der Stelle, an der er seine Decken hingelegt hatte.

Er lächelte.

Addie blieb in der Wanne, bis das Wasser kühl wurde. Sie hatte sich von Kopf bis Fuß mit süß duftender Seife eingeseift und ihr Haar gewaschen. Nachdem sie sich abgetrocknet und die Haare abgerubbelt hatte, zog sie ihr Nachthemd an und das Kleid darüber. Es war so weit, daß sie das Oberteil nicht zuknöpfen konnte, darum hielt sie es mit der Hand zusammen, als die Jungen kamen, um die Wanne auszuleeren und wegzubringen. Sie stand halb hinter der Tür und war erleichtert, als sie diese hinter ihnen schließen konnte.

Das warme Wasser hatte ihre Nerven entspannt und beruhigt, und sie fühlte sich jetzt auf das vorbereitet, was ihr bevorstand, wenn John zurückkam. Sie hatte keine Angst vor ihrem neuen Ehemann, aber sie dachte mit Unbehagen an den Akt, den er ihrem Körper antun würde. Sie würde ihn empfangen, dachte sie jetzt, als sie mit dem Handtuch ihr Haar bearbeitete. Sie war diesem Mann sehr viel schuldig. Es war nicht so, daß sie es noch nie zuvor getan hatte. Sie hoffte nur, es würde schnell vorbei sein.

Die Lampe bis auf einen schwachen Schein heruntergedreht, saß Addie am Fenster und beobachtete das Treiben auf der Straße. Das war neu für sie. Sie war die Ruhe auf der Farm gewöhnt, und es war seltsam, die Leute herumlaufen zu sehen und die Musik aus den Saloons unten an der Straße zu hören.

Der Klang eines Klaviers und einer Geige mischte sich mit Männerstimmen und betrunkenem Gelächter. Gelegentlich hörte sie laute, prahlerische Stimmen und das Kratzen von Stiefelabsätzen auf dem Gehsteig, wenn Männer einen Saloon verließen und ihre Pferde bestiegen oder zu einem anderen Saloon weiterschwankten. Sie dachte an Trisha und die Kinder im Lager und fragte sich, was sie wohl von den Geschehnissen hier denken würden.

Sie vermißte sie. Aber nicht so sehr, wie sie erwartet hatte. Es hatte ihre ganze Willenskraft gebraucht, nicht zu weinen, als sie die kleine Gruppe, die neben den Zelten stand, verlassen hatte. Es war erst die dritte Nacht seit Dillons Geburt, in der sie nicht die Hand ausstrecken und ihn berühren konnte – um sicher zu sein, daß er atmete. Mrs. Sikes hatte ihr erzählt, daß Babys in der Nacht manchmal aufhörten zu atmen. Sie hatte sich deswegen Sorgen gemacht, bis Dillon so alt war, daß er laufen konnte.

Als sie dort im Dunkeln saß, stellte sich Addie vor, wie sich die Kinder über die Geschenke von John freuen würden. Jane Ann hatte noch nie eine Puppe gehabt. Dillon wußte gar nicht, daß es so etwas wie Zinnsoldaten gab, und Colin würde überglücklich über sein Klappmesser sein. Addie hatte gesehen, wie John eine Dose Zuckerstangen dazugeschoben hatte. Sie wollte protestieren, doch dann sah sie den Wink, den er dem Angestellten gab, und verstand, daß er sie genauso wie die Kinder überraschen wollte.

Sie kämmte ihr beinahe trockenes Haar glatt, bevor sie es flechten wollte, als sie ein leises Klopfen an der Tür und dann einen Schlüssel im Schloß hörte. Ihr Puls wurde schneller, als sie aufstand, die Augen auf die Tür gerichtet.

John trat ein, entdeckte Addie im schwach beleuchteten Zimmer und drehte sich dann um, um die Tür wieder abzuschließen.

»Riecht wunderbar hier.«

»Das ist die Seife… und das Puder.«

»Die Wanne ist ja weg.«

»Ja. Ich habe das Seil gezogen, und die Jungen sind gekommen und haben sie abgeholt. Vielen Dank für das Bad.«

»Du mußt dich nicht bedanken, Addie.« Er hing seinen Hut an den Bettpfosten und ging auf sie zu.

»Ich habe aus dem Fenster gesehen«, sagte sie rasch und wandte sich der Straße zu. »Ich kann von hier aus das andere Hotel sehen.«

John trat dicht an sie heran. Sie spürte, wie seine Hand

ihr Haar berührte, und trotz ihrer guten Vorsätze begann sie zu zittern.

»Dein Haar ist fast trocken.«

»Ich wollte es gerade flechten.«

»Muß das sein?«

»Es wird morgen früh ganz verfilzt sein, wenn ich es nicht tue.« Addie war so atemlos, als sei sie eine Meile gerannt.

»Wenn du es offen läßt, helfe ich dir, es zu entknoten.« John legte seine Hände auf ihre Schultern und zog ihren Rücken an sich. »Sei nicht nervös, Addie.«

»Das bin ich nicht.«

»Doch, das bist du. Ich spüre, wie du zitterst und wie dein Herz ängstlich schlägt.« Er hatte seinen Kopf gesenkt, bis seine Wange an ihr Ohr gedrückt war. Er legte seine Arme um sie, verschränkte sie unter ihrem Busen und drückte Addie an sich.

Sie standen lange Zeit schweigend da, während Addie aus dem Fenster starrte, ohne etwas wahrzunehmen.

»Würdest du gerne hier sitzen, bis dein Haar ganz trocken ist?« fragte John; und ohne ihre Antwort abzuwarten, sagte er: »Du hast dein Kleid über deinem Nachthemd. Ich mache das Licht aus, und du kannst es ausziehen.«

Als er wegging, zog Addie die Arme aus den Ärmeln und ließ das Kleid zu Boden fallen. Sie hob es auf und hing es an einen Haken an der Wand. Ihr Nachthemd war sehr bescheiden. Die Ärmel reichten bis zum Ellenbogen. Sie vergewisserte sich, daß es bis zum Hals zugeknöpft war.

Das einzige Licht im Zimmer kam jetzt durch das Fenster herein. Addie ging darauf zu. John saß auf dem Stuhl. Er nahm sie an der Hand und zog sie auf seinen Schoß herab. Sie war sich deutlich darüber im klaren, daß nur seine Hose und ihr Nachthemd zwischen seinen harten Schenkeln und ihrem Gesäß waren. Zuerst saß sie aufrecht, dann ließ die Steifheit ihrer Wirbelsäule allmählich nach, und sie lehnte sich an ihn. Er fuhr ihr durchs Haar und breitete es über seinen Arm und seine Schulter aus.

»Leg den Kopf an meine Schulter. Das ist bestimmt bequemer.«

»Ich habe… noch nie bei einem Mann auf dem Schoß gesessen.«

»Ich hatte noch nie eine Frau auf dem Schoß, da haben wir also etwas gemeinsam.«

Als sie den Kopf auf seine Schulter legte, strich sie mit der Nase über seine Wange. Sie nahm den scharfen Geruch wahr und merkte, daß er sich in einem Barbiersalon hatte rasieren lassen. Sie erinnerte sich daran, daß Kirby fast ihr letztes Geld dafür ausgegeben hatte, sich die Haare schneiden und rasieren zu lassen. Sie mußten ohne Kaffee auskommen, bis Addie eine Mütze und einige Fäustlinge gestrickt hatte, um sie in Mr. Cashs Laden einzutauschen.

Johns Hände waren unter ihrem Haar, seine Finger streichelten ihren Nacken. Es war so angenehm, daß Addie beinahe anfing zu schnurren.

»Du hattest einen anstrengenden Tag.« Er murmelte diese Worte, als er seine Beine übereinanderschlug und so ein Nest formte, in das sie sich kuscheln konnte. »Ich hatte gehofft, dich so zu beschäftigen, daß du keine Zeit hast, die Kinder zu vermissen.«

»Ich habe sie nicht so sehr vermißt, wie ich erwartet hatte.«

»Dann hast du dir also keine Sorgen gemacht?«

»Nicht wirklich. Ich habe hauptsächlich an Trisha gedacht. Sie hat mich gefragt, ob Mr. Simmons dableiben würde, wenn wir weg wären. Ich glaube, weil er mit uns von der Farm hergekommen ist, würde sie bei ihm Hilfe suchen, falls etwas passieren sollte.«

Er senkte den Kopf und flüsterte ihr ins Ohr: »Sie müssen sich daran gewöhnen, daß sie dich mit mir teilen müssen.«

John holte tief Luft. Diese weiche, süß duftende Frau in

den Armen zu halten war eine schwere Prüfung für seine Selbstbeherrschung. Ein Teil von ihm pulsierte und war sich schmerzhaft bewußt, wogegen es gedrückt war.

»Hast du den Richter getroffen?«

»Ja. Wenn er nicht eine junge Dame bei sich gehabt hätte, wäre ich versucht gewesen, ihm zu sagen, er solle sehen, wo er bleibt.«

»War er dir nicht sympathisch?«

»Er ist ein arroganter Besserwisser.«

»Ist die Dame seine Frau?«

»Seine Nichte. Sie war recht nett, aber die Sorte, die noch nie im Leben einen Handschlag getan hat.«

»Schäm dich«, sagte Addie mit einem Lächeln in der Stimme. »Nur weil sie nicht pflügen oder einem Eichhörnchen ein Auge ausschießen kann, muß sie noch lange nicht zu nichts zu gebrauchen sein.«

»Kannst du diese Dinge?«

»Natürlich kann ich pflügen. Was glaubst du, wie Trisha und ich unsere Felder bestellt haben? Und« – sie lachte leise – »einmal habe ich einem Eichhörnchen ein Auge ausgeschossen, aber das war ein Versehen. Ich hatte auf ein anderes Eichhörnchen gezielt.«

John lachte. Addie konnte die Bewegung in seiner Brust und das heftige Klopfen seines Herzens spüren.

»Addie, du bist ein Wunder.« Als wollte er seine Äußerung unterstreichen, drückte er seine Lippen an ihr Haar. »Ich habe dem Richter gesagt, daß wir übermorgen hier vorbeikommen und daß er mitziehen kann, wenn er will.«

»Hat er immer noch vor, mit uns zu kommen?«

»Heute abend wollte er das. Warte erst mal ab, bis er erfährt, daß wir um drei Uhr morgens das Lager auflösen und von sechs bis acht Uhr fahren, die Tiere mitten am Tag ausruhen lassen und dann bis Einbruch der Dunkelheit weiterziehen. Er wird schimpfen wie ein Rohrspatz.«

»Warum hast du ihm das nicht schon heute gesagt?«

»Ich mußte ihm andere Dinge sagen, von denen ich glaubte, sie würden ihn abbringen. Wenn er es herausfindet, wird er vielleicht nach Fort Gibson eilen und auf einen anderen Treck warten.«

Mit Emotionen beladenes Schweigen machte sich zwischen ihnen breit. John konnte kaum begreifen, daß diese Frau seine Ehefrau war. *Ehefrau*. Sie war sein, und er würde sie für immer lieben und schützen, oder bis daß der Tod sie schied. Er wollte sie, wollte sich selbst in ihrem weichen Körper verlieren, bei ihr Trost suchen und ihr dafür Trost spenden. Er wollte nicht einfach seine Gier stillen. Er wollte sie lieben und die ganze Nacht lang festhalten. Und noch mehr als das wollte er, daß sie ihn lieben *würde*. Zum Teufel noch mal! Das wünschte er sich mehr, als er jemals etwas gewünscht hatte.

Als er sprach, war aus seiner Stimme nichts von seinen Gedanken herauszuhören. Er hatte gedankenverloren ihr Haar gestreichelt. Wenn nicht diese Bewegung seiner Hand und sein lauter Herzschlag gewesen wären, hätte Addie geglaubt, er sei eingeschlafen.

»Willst du jetzt ins Bett gehen?«

Sie hob den Kopf von seiner Schulter und sah ihm ins Gesicht. Sie hatte ihn noch nie absichtlich berührt. Jetzt tat sie es, indem sie ihre Handfläche an sein Gesicht legte und mit den Daumen seinen seidigen Schnurrbart berührte.

»John, ich bin kein junges Mädchen mehr. Ich weiß, was im Ehebett erwartet wird. Du hast mir alles gegeben, was mir im Leben lieb ist, und...«

John umfaßte ihre Handgelenke und nahm ihre Hände von seinem Gesicht weg.

»Ich will nicht, daß du aus Dankbarkeit zu mir kommst. Ich habe nichts getan, das ich nicht tun wollte. Ich werde warten, bis die Zeit kommt, daß du mich willst, mich suchst, ohne den Gedanken daran, was ich für dich getan habe.«

Addie rutschte von seinem Schoß und stellte sich neben ihn. Ihr war zum Weinen zumute. Sie hatte sagen wollen, daß sie glücklich war, ihn zum Mann zu haben. Es hatte ganz falsch geklungen. Dankbarkeit war eine Last. Nachdem sie sich in acht genommen hatte, wenn sie dieses Wort benutzte, schwor sie sich jetzt, es nie wieder zu tun. Aber sie hatte es gesagt, und nun herrschte angespanntes Schweigen zwischen ihnen.

KAPITEL 18

Addie, die sich elend fühlte und nicht wußte, wie sie ihre Worte ungeschehen machen sollte, ging um das Bett herum und schlüpfte unter die dünne Decke. Sie streckte den Rücken und starrte an die Zimmerdecke, während sie zuhörte, wie John sich entkleidete. Schließlich kam er ins Bett und legte sich neben sie.

»Ich habe kein Nachthemd an, Addie. Ich habe keins. Unterwegs schlafe ich in meinen Hosen. Zu Hause schlafe ich nackt.«

»Ich erwarte nicht, daß du dich meinetwegen änderst«, sagte sie leise.

»Ich wollte nicht, daß du denkst, daß ich mich dir aufdrängen will.«

»Das habe ich auch nicht gedacht.«

»Es wird eine lange Nacht werden, wenn wir hier liegen und Angst haben, wir könnten uns berühren. Ich würde dich gerne umarmen...«

»Ich auch.«

Er schob einen Arm unter ihre Schultern. Mit der anderen Hand drehte er sie zu sich. Er zog sie sanft an sich, bis sie der Länge nach an ihn gedrückt war. Ihre Zehen berührten sein Bein über dem Knöchel, und ihre Schenkel lagen an seinen. Sie kuschelte den Kopf an seine Schulter.

»Besser, oder?«

»Ich hätte mein Haar flechten sollen. Es wird dir ins Gesicht geraten.«

Er faßte die langen, seidigen Strähnen in ihrem Nacken

zusammen und zog sie herüber auf seine nackte Brust. John fand ihre Hand, legte sie auf sein Herz und bedeckte sie mit seiner eigenen.

»Macht es dir... etwas aus, hier so bei mir zu sein?«

Addie realisierte plötzlich, wie nah sie seinem starken, nackten Körper war, und lag unbeweglich da. Sie atmete seine pure Anwesenheit ein und fühlte nichts von der Angst, die sie erwartet hatte.

»Es ist... schön«, sagte sie schließlich.

»Ich bin mir sicher, daß wir ein schönes Leben haben werden, Addie.« Sie spürte, wie sein Schnurrbart über ihre Stirn strich, wenn er sprach.

»Ich hoffe es. Ich hoffe, daß ich dich niemals enttäuschen werde.«

»Es könnte passieren, daß wir uns eines Tages in einander verlieben.« Er wartete gespannt auf ihre Antwort.

»Eine liebe Freundin, die schon seit langer Zeit tot ist, hat mir gesagt, daß man einen Mann erst *mögen* und sich dann mit ihm anfreunden muß. Wenn die Liebe kommen soll, dann kommt sie danach.«

»Das erscheint mir sinnvoll. Ich mag dich, Addie. Ich mag viele Dinge an dir.«

»Ich mag dich auch.«

»Was magst du an mir? Ich bin nicht gutaussehend, und ich bin auch keiner, der ein großes Theater veranstaltet. Es können Tage vergehen, ohne daß ich mehr als drei Worte sage.«

»*Das* hätte ich nicht von dir gedacht. Mit mir hast du viel geredet.«

»Vielleicht läßt es sich mit dir einfach leicht reden. Was magst du an mir?« fragte er wieder.

»Nun... ich mag, wie du aussiehst«, flüsterte Addie und drückte ihr Gesicht gegen die warme Haut an seinem Hals, weil es ihr peinlich war.

»Du willst mich veräppeln!« Stummes Lachen ließ seine Brust erbeben.

»Nein, das stimmt nicht. Du bist ein attraktiver Mann. Du stichst aus der Menge hervor.«

»Das ist wegen meiner Kleidung. Wenn wir nach Hause kommen, werde ich nicht mehr so auffallen.«

»Du magst Kinder, und du bist nett zu ihnen«, fuhr sie fort. »Manchmal wirkst du ernst, aber in Wirklichkeit bist du das nicht. Ich mag den Gedanken, jemanden wie dich an meiner Seite zu haben, falls ich in Schwierigkeiten gerate. Nicht, daß ich dich nur *deswegen* mag«, fügte sie hastig hinzu. »Du bist zuverlässig und... ein guter Pferdehändler, sonst hätte ich niemals die beiden Maultiere von Mr. Birdsall bekommen.«

»Addie, bist du dir sicher, daß du von mir redest?« In seiner Stimme schwang Lachen mit – erfreutes Lachen.

»Steigt dir das zu Kopfe?«

Er lachte laut. *O Gott. Wo ist diese Frau nur hergekommen? Amy wird sie lieben.*

»Vielleicht kann ich morgen meinen Hut nicht aufsetzen.«

Er lachte wieder und drückte sie an sich, wobei er das Körperteil vergaß, das auf ihre Weiblichkeit reagierte, bis es ihren Schenkel berührte. Sie schien es nicht zu bemerken, aber er zog sich zurück.

»Weißt du, an *wen* ich denke, wenn ich dich ansehe?« Im Dunkeln war es leicht für sie, mit ihm zu reden.

»Ich traue mich gar nicht zu fragen.«

Sie fing an zu lachen und konnte nicht aufhören. Sie preßte den Mund gegen seine Schulter. Johns Hand schob sich hinter ihren Kopf. Er streichelte ihr Haar. Sie lachte leise weiter. War sie nervös?

»Ich habe das Gefühl, daß mir das nicht gefallen wird«, sagte er mit den Lippen an ihrer Schläfe. »An wen erinnere ich dich, daß es dich so belustigt?«

»Ich wollte Quasimodo sagen. Um... um dich zu ärgern. Es kam mir lustig vor, denn wenn irgend jemand *nicht* wie Quasimodo ist, dann du.«

»Quasimodo? Der Glöckner? Oh, Esmeralda, wie nett von dir.« *Ich habe wirklich einen Schatz gefunden!* John fuhr mit den Fingern ihre Rippen entlang, und sie kicherte wie verrückt. »Du hast nicht erwartet, daß ich weiß, von wem du sprichst, oder?«

»Ich... habe nicht erwartet –«

»Ihr Ehemann ist kein ungebildeter Rüpel, Mrs. Tallman. Du solltest wissen, daß wir zu Hause Victor Hugos gesammelte Werke haben. Meine Mutter hat sie uns vorgelesen, und dann mußten wir sie selbst lesen, als wir alt genug waren.«

»Bist du... mir böse?« fragte Addie, als sie endlich aufgehört hatte zu lachen.

»Nein. Ähm, doch. Ich war mir sicher, du würdest Sam Houston, Jim Bowie oder Heathcliff sagen«, sagte er mit einem leisen, fröhlichen Lachen.

»Auf keinen Fall Heathcliff! Vielleicht Sam Houston. Wenn ich dich ansehe, denke ich an Hawkeye aus *Der letzte Mohikaner*.«

»Wirklich? Hawkeye? Er ist ein Held. Er rettet Fräuleins aus der Not. Und kitzelt sie niemals. Andererseits kitzel' ich dich ziemlich gerne.«

»Tu das nicht! Bitte! Ich tue schreckliche Dinge, wenn ich gekitzelt werde.«

»Tust du auch schreckliche Dinge, wenn du geküßt wirst?« fragte er plötzlich mit angespannter Stimme. Entweder absichtlich oder zufällig lag seine Hand seitlich an ihrer Brust.

»Nicht so, wie wenn ich gekitzelt werde.«

Ihre Stimme erstarb, und sie hob ihr Gesicht. Ihr Herz schlug jetzt schneller. Der Rest ihres Körpers bebte. Mit der

Hand, die zwischen der seinen und seiner Brust gefangen war, konnte sie seinen Herzschlag spüren. Sie zog ihre Hand hervor und schob sie hinauf zur Biegung seines Halses. Ihre Finger glitten in sein Haar.

Er hielt sie mit sanfter Kraft fest. Die Wirklichkeit verschwamm. Es wirkte wie eine Ewigkeit, bevor seine Lippen ihre Wange entlangglitten und ihren Mund erreichten. Er stöhnte leise, als er ihre weichen und leicht geöffneten Lippen küßte. Er küßte sie zärtlich, liebkoste ihre Lippen, streichelte sie. Sein weicher Schnurrbart strich seidig über ihre Wange. Dann, als könne er nicht genug von ihr bekommen, preßte er seinen Mund gierig auf ihren und schloß seine Arme um sie.

Auf die Wärme und Kraft seines kräftigen, muskulösen Körpers, die langen Beine an ihren, die gewaltigen Arme unter ihr und um sie herum war sie nicht vorbereitet.

»Du bist so angenehm zum Küssen, Addie Tallman«, sagte er heiser, als er seinen Mund von ihrem hob. »Du riechst und schmeckst wie ein Blumengarten.«

Sein hungriger Mund suchte und fand wieder den ihren und nahm ihn heftig, aber sanft in Besitz. Seine Hand glitt hinunter auf ihr Gesäß und drückte es an seinen Schenkel.

Sie wollte sprechen, ihm sagen, daß sie kein Mädchen mehr, sondern eine Frau war, daß sie keine Angst hatte, sich hinzugeben. Sie öffnete den Mund, aber es war zu spät. Er bedeckte ihre geöffneten Lippen, seine Zunge drang heiß in ihren Mund und wieder heraus, forschende Lippen zitterten unter seinem fordernden Kuß. Sie stöhnte leise und rang nach Atem.

»Addie, Liebling!« flüsterte er unter Küssen. Er wollte ihrem weichen Körper näher kommen, ihn so fest an sich pressen, daß ihr Fleisch miteinander verschmolz. *Sie ist keine Hure,* sagte er sich streng. *Sie kennt dich noch nicht einmal eine Woche.* »Ich versuche aufzuhören.« Er schnappte nach Luft.

»Aber du bist so süß... eine süße, weiche Frau. Ich will dich berühren... überall.«

»Das kannst du.« Sie drückte sich fest an ihn.

»Nein.« Er löste sich von ihr. »Ich habe dir versprochen, daß ich dich zu nichts zwingen würde.«

Noch während er sprach, zog sie ihn mit den Händen näher, ihre Bauchmuskeln spannten sich, und ihr Atem und Herzschlag waren völlig durcheinander. *Oh, lieber Himmel!* dachte sie wild. *Ich liebe ihn! Wie konnte das so schnell geschehen?*

Sie stützte sich auf, damit sie ihm ins Gesicht sehen konnte.

»Wenn ich dich nicht wollte, würdest du es verdammt schnell merken«, sagte sie wütend, dann ließ sie den Kopf auf seine Schulter fallen, ballte die Faust und schlug ihm gegen die Schulter. »Siehst du, was du angerichtet hast? Du hast mich dazu gebracht, mich zum Narren zu machen.«

Zu sagen, John war erstaunt, wäre noch vorsichtig ausgedrückt. Er wußte nicht, daß sie weinte, bis er ihre Tränen auf der Haut spürte. Er versuchte, ihren Kopf anzuheben, aber sie hielt ihn an seine Brust gedrückt.

»Addie, Liebling. Ich weiß nicht, wovon du sprichst.«

»Ich habe dich... abgestoßen«, sagte sie unter stummen Schluchzern.

»Wie um alles in der Welt kommst du auf so eine lächerliche Idee?« Er strich ihr mit zitternden Fingern das Haar aus dem Gesicht.

Es herrschte langes Schweigen. Als sie sprach, schien sie fest entschlossen, alles zu sagen.

»Weil... weil ich mich wie... eine läufige Hündin benommen habe. Darum! Anständige Damen machen so was nicht. Nur Huren.«

John holte zitternd tief Luft, während er versuchte zu begreifen, was sie sagte.

»Wie kommst du denn darauf?« fragte er wieder. »Zum Teufel, mein Schatz. Ich habe aufgehört, weil ich mich dir nicht aufdrängen wollte, ich wollte nicht, daß du dich zu irgendwas verpflichtet fühlst. Ich möchte, daß du mich genauso willst wie ich dich.«

»Ich… wollte nicht, daß du aufhörst. Aber…«

»Liebling…« Er küßte ihre Stirn, als wäre sie ein Kind. »Warum hattest du Angst, mich wissen zu lassen, daß du gerne geküßt, berührt und geliebt wirst? Das ist doch nichts, wofür man sich schämen muß.« Ihr Schweigen sprach für sich. »Hat Kirby Hyde dir gesagt, daß eine *Dame* wie ein Fleischklumpen daliegt und erduldet, daß ein Mann sich an ihrem Körper befriedigt?« Als Addie stumm blieb, verspürte John wütenden Haß auf diesen Mann. »Wenn er dir diese Dinge erzählt hat, dann war er ein dummer, ignoranter Hurensohn!«

Johns Arme schlossen sich um sie, und er hielt sie so fest, daß sie kaum atmen konnte. Als er mit den Fingern ihr Kinn anhob, kuschelte sie ihre Wange an seine Schulter. Johns Daumen strichen über die feuchten Stellen an ihren Augen.

»Du hast so wunderschöne Augen. Ich habe noch nie so schöne gesehen. Und ich möchte nicht, daß sie voller Tränen sind. Liebling, es ist für Frauen genauso natürlich, sich mit ihrem Mann vereinigen zu wollen, wie für Männer. Ein Mann, der eine Frau hat, die ihn begehrt und die genauso Freude mit ihm hat wie er mit ihr, kann sich wirklich glücklich schätzen.«

Addie hielt die Augen fest geschlossen. Sie lagen ruhig da, und Addie spürte wieder das Klopfen seines Herzens an ihrer Handfläche. Als sie sprach, kamen schluchzend Worte hervor, die sie nicht hatte sagen wollen.

»Ich… weiß nicht, was mit mir nicht in Ordnung ist. Ich glaube, ich… liebe dich.«

John rang nach Atem. »Mein Liebling! Ich hatte gehofft, das würde passieren… irgendwann.«

»Aber es ist noch zu früh!«

»Manchmal passiert es so. Ich habe mich vielleicht in dich verliebt, als ich dich an jenem Tag im Geschäft gesehen habe. Etwas hat mich zu deiner Farm gezogen.«

»Du kannst nicht...«

»Dich nicht lieben? Warum nicht?«

»Weil ich... gewöhnlich bin. Und ich habe drei Kinder.«

»Addie, meine Geliebte, du bist alles andere als gewöhnlich. Ich habe noch nie eine Frau getroffen, die so auf mich gewirkt hat wie du, oder mit der ich zusammensein wollte... für immer. Und die Kinder sind nur ein zusätzlicher Bonus.«

Er umarmte sie so fest, daß sie anfing zu glauben, es könne wahr sein. Sie hob ihr Gesicht zu seinem empor. Ihre Lippen trafen sich. Addies waren weich, während Johns fest und beharrlich waren. Sie reagierte sofort auf den Kuß. Ihre Lippen öffneten sich, ihr ganzer Körper zitterte, und ihr Arm schob sich um seinen Hals. Pure Hitze stieg in ihnen auf. Er atmete den Duft ihrer Haut, ihres Haars ein, spürte, wie er in Wallung geriet und hart wurde. Seine Arme und Beine begannen zu beben.

Seine Hände glitten über ihren Körper, knöpften ungeduldig das Nachthemd auf und schoben es beiseite, ohne daß sie es richtig wahrnahm. Sie erwiderte seine Küsse mit unschuldigem Hunger. Die lange, harte Männlichkeit, die gegen ihren Bauch gedrückt war, erregte sie. Die rauhen, suchenden Berührungen seiner schwieligen Finger, die ihre Hals, Schultern und Rücken streichelten und schließlich ihre Brust umfaßten, ließen sie wohlig erschauern. Sein Mund war hart, aber dennoch wundervoll warm und süß. In ihr brannte seliges Verlangen. Sie schloß ihre Augen in Ekstase.

»Berühr mich, Liebling«, flüsterte er sanft und legte ihre Handfläche auf seinen Bauch.

Das Verlangen nach ihm fuhr ihr durch Körper und Seele. Sie strich ihm vom Hals über die Schulter bis zu seinem mageren Brustkorb, dem flachen Bauch und dem angespannten Gesäß. Sein Atem wurde schnell und unregelmäßig, als ihre sanfte Hand über sein Fleisch glitt. Er flüsterte Worte, die erstickten, als er ihre Lippen küßte, und seine Zunge spielte in ihrem Mundwinkel. Er hielt ihre Brust in der Hand, senkte dann seinen Kopf, um sie zu liebkosen und die süßen Spitzen in den Mund zu nehmen.

Das alles war so schön, so viel besser, als sie es sich jemals vorgestellt hatte. Er war sanft und hatte keine Eile, seine streichelnden Hände und sein warmer Mund sandten Wellen der erwachenden Leidenschaft durch ihre Wirbelsäule. Sie bog sich ihm entgegen, hielt sich an seinem starken Körper fest, als seine Hände sich unter sie schoben. Sie öffnete ihre Schenkel, um ihn zu empfangen. Langsam glitt er in sie hinein, erfüllte sie mit seiner Größe. In ihrem Kopf war ein wildes Singen, und es wuchs so rasch an, daß die Worte in ihrem Schädel hämmerten: »Ich liebe dich… ich liebe dich…«

Wie aus weiter Ferne hörte sie sein unterdrücktes Stöhnen; dann nahm die Leidenschaft unermeßliche Ausmaße an, daß sie nur noch ihre eigenen Empfindungen spürte. Sie klammerte sich an ihn, als sie von einer mächtigen Welle des Gefühls überrollt wurde.

»Addie, Liebling, ich…«

Was er sagen wollte, blieb für immer ungesagt. Er begann, sich mit wildem Rhythmus in ihr zu bewegen, jeder Atemzug war ein leises, erregtes Stöhnen.

Im Höhenflug klammerten sie sich aneinander fest, als sie sich der Ekstase näherten.

»O Gott!« schrie er und preßte sie an sich.

Addies Herz raste, ihre Gedanken wirbelten umher. Ihre Arme und ihr Körper waren auf wunderbare Weise von ihm erfüllt. Johns Kopf war auf ihre Schulter gefallen, und sie genoß das Gewicht seines Körpers auf dem ihren. Die Liebe zu ihm erfüllte ihr Herz. Sie teilte seine Leidenschaft, und er hatte recht – es war keine Schande, nur Freude.

John drehte sich zur Seite, nahm sie mit sich, schlang seine starken Arme um sie und zog ihren Schenkel über seinen, so daß sie vereint blieben. Die unerwartete Ehrlichkeit, mit der sie sich ihm hingegeben hatte, überwältigte ihn. Ihm fehlten die Worte, um ihr zu sagen, was es für ihn bedeutete, daß sie diese süße Intimität mit ihm teilte.

»Liebling, wirst du diesen Teil unseres Ehelebens mögen? O Gott, mein Herz rast wie verrückt. Ich wollte, daß du das gleiche fühlst wie ich.«

»Es war so schön. Es war, als hätte ich meinen Körper für eine Weile verlassen. War es das, was ich fühlen sollte? Ich habe nicht gewußt, daß es so schön sein kann.«

»Laß mich immer wissen, wie du dich fühlst. Und wenn du mal nicht willst, mußt du es mir sagen. Ich kann warten.«

Seine Hand legte sich auf ihre Hüfte und drückte sie leicht an seinen Schritt. Er spürte, wie er in ihr wieder anschwoll und hart wurde. Er zögerte einen Moment, einen langen Moment, um zu sehen, ob sie sich wegziehen würde. Dann nahm er mit einem raschen Atemzug und gierigen Vorwärtsbewegungen der Hüften den langsamen, ekstatischen Rhythmus der Liebe wieder auf.

Addies Mund war genauso begierig wie seiner. Mit der Zungenspitze drang sie in seinen Mund ein, und ein leiser Ton der Leidenschaft entwich seiner Kehle. Als sein Stoß sie traf, wurde das Feuer in ihrem Inneren neu entfacht. Die Flamme brannte weiter und weiter. Der weite Kreis der Leidenschaft war so tief, daß sie in einen wirbelnden Strom gezogen wurde, in dem sie zu ertrinken drohte. Sie schluchzte seinen Namen, als sie sich gemeinsam gehen ließen und in eine andere Welt vordrangen.

Erschöpft drehte sich Addie zu ihm, als er sich von ihr löste. Voller Verwunderung dachte sie darüber nach, was geschehen war. Sie konnte nicht begreifen, welch wilde Emotionen er in ihr geweckt hatte und wie sanft er dieses Feuer gelöscht hatte.

Sein Herz war jetzt ruhiger, sein Atem langsamer. Sie lag in seine Arme gebettet, den Arm um seinen Hals geschlungen, während seine Hände ihren Rücken und ihr Gesäß streichelten, und sie fragte sich, ob sie jemals im Leben glücklicher gewesen war. Sie hatte vorgehabt, diesem starken, wunderbaren Mann für das, was er für sie getan hatte, Liebe zu schenken. Es war so ganz anders geworden, als sie erwartet hatte.

Sie hatte das Paradies gefunden.

KAPITEL 19

John und Addie trafen den Holländer bei Tagesanbruch, um den Planwagen zu übernehmen, den er als fahrendes Heim für sich, seine Frau und seine sechs Kinder gebaut hatte. Er war einen Meter breit, vier Meter lang und mit einer Kiste ausgestattet, die etwa einen Meter über das hintere Ende hinausragte. Eine Klappe von der gleichen Größe wie die Vorderseite der Kiste war an der Unterseite eingehängt. Wenn man sie anhob, verschloß sie die Kiste, und wenn sie heruntergelassen wurde, bildete sie einen Tisch.

Die Kiste enthielt alles Kochgerät, das eine Familie brauchte: einen eisernen Topf, der acht Liter Wasser faßte und zwei Henkel hatte, so daß er über ein Lagerfeuer gehängt werden konnte, eine eiserne Bratpfanne, einen holländischen Ofen mit schwerer Eisenklappe zum Backen und eine Kaffeekanne. Es gab Platz für Eßwaren und Vorräte und sogar eine eingebaute Salzkiste.

Oben auf den ein Meter hohen Seitenwänden des Wagens waren Bretter angenagelt. Diese Querbretter begannen hinter dem Wagensitz und erstreckten sich über zwei Meter. Auf ihnen lag eine Matratze. John erklärte, daß man dies Overjet nannte. Unter dem Overjet war Platz für eine weitere Matratze. Am Wagenbett waren auf allen Seiten schwere Leinwandbahnen befestigt, die aufgerollt und festgebunden waren.

Diese Leinwandbahnen konnten heruntergelassen und mit Pflöcken befestigt werden, um unter dem Wagen ein gemütliches Zelt zu bilden.

Über dem Wagen krümmten sich vier Bögen, die von vorne bis hinten von einer schweren Segeltuchbahn abgedeckt waren, welche am Ende zusammengezogen werden konnte.

An der Außenseite des Wagens waren Bretter für Wasserkanister, Eimer, Kerosinlaterne, Axt, Waschbrett, Wäschewanne und andere nützliche Dinge.

Ihre gestrigen Einkäufe aus Pooles Laden waren schon zum Wagen gebracht worden, ebenso wie die Vorräte von der Liste, die Bill Wassall John mitgegeben hatte.

Addies Augen leuchteten vor Freude, als sie den Wagen betrachtete. Sie kam zurück und trat neben John. Er stellte sie dem Holländer vor, und sie sagte ihm, wie leid es ihr täte, daß er seine Frau verloren habe.

Nachdem der Holländer gegangen war, ergriff John Addies Hand und zog sie in seine Armbeuge.

»Gefällt er dir?«

»Er ist großartig. Aber der arme Mann. Man sieht genau, daß er für diesen Wagen sein Bestes gegeben hat.«

»Wir haben ihm einen guten Preis gemacht. Er kann mit seiner Familie dorthin zurückkehren, wo er Freunde und Verwandte hat, und er wird genug übrigbehalten, um neu anzufangen. Weißt du, was mir an der Ausstattung am besten gefällt?«

»Die Kiste?«

»Die habe ich gar nicht bemerkt.« John grinste. »Es gefällt mir, daß ich dich nachts ganz für mich haben werde. Die Familie kann im Wagen schlafen, und wir beide darunter. Wenn wir die Seiten herunterlassen, haben wir unser eigenes Zelt.«

Addies Wangen erröteten. Sie schloß die Augen, bis er mit Daumen und Zeigefinger an ihrem Kinn wackelte. Dann lächelte sie ihn mit ihren violetten Augen an.

Auf dem Weg zu ihrem Frühstück bei Lupe gingen sie am Pferdestall vorbei, damit Addie sich von den beiden treuen Tieren verabschieden konnte, die so lange ein Teil ihres

Lebens gewesen waren. Sie rieb ihnen die Nasen und klopfte ihren Hals.

»Was wird der Stallbesitzer mit ihnen machen?« fragte sie.

»Irgend jemand wird vorbeikommen, der gute alte Pferde für leichte Arbeiten sucht. Sie werden es gut haben.«

»Mach's gut, Betsy. Tschüß, Martha.« Addie drehte sich schnell weg und ging mit John zu dem Lokal.

Lupe war an diesem Morgen genauso ausgelassen wie am Abend zuvor.

»Yi, yi, yi. Meine Augen sind entzückt von dem, was sie sehen. Johnny, du siehst aus wie ein Fuchs, der aus einem Hühnerstall geschlichen kommt.«

»Du siehst auch gut aus, Lupe.« Er grinste die kleine Frau an. »Wie steht es mit Tortillas und Eiern?«

»Tortillas und Eier für das Liebespaar«, neckte sie ihn und verschwand in der Küche. Sie kam mit einer Platte zurück und setzte sie ihnen vor. »Eßt«, befahl sie. »Ich muß meine Babys füttern.«

»Meine Frau ist auch eine Schafliebhaberin, Lupe.«

»Yi, yi, yi. Bevor ihr geht, müßt ihr meine Tierchen ansehen.«

Später, nachdem sie sich verabschiedet hatten und auf dem Rückweg zum Mietstall waren, an dem der neue Wagen auf sie wartete, sagte John: »Wenn du dich entscheiden würdest, deine Schafe nicht mitzunehmen, Addie, wären sie bei Lupe gut aufgehoben. Du siehst ja, wie sie die Tiere verhätschelt.«

»Ich habe schon darüber nachgedacht, was ich mit ihnen machen soll. Ich will nicht, daß Wölfe sie holen. Was meinst du, soll ich tun?«

»Es sind deine Schafe. Wenn du sie mitnehmen willst, werden wir versuchen, sie mit dem zusätzlichen Vieh zu treiben. Aber ich muß dir sagen, es wird hart für sie. Wahrscheinlich werden sie es nicht schaffen.«

Sie gingen schweigend weiter. Addie sprach erst, als sie den Stall fast erreicht hatten.

»Es ist mir lieber, daß Lupe sie hat, als daß sie sterben.«

»Wenn das deine Entscheidung ist, werden wir sie absetzen, wenn wir morgen hier vorbeikommen.«

Ein paar große graue Maultiere wurden vor den Wagen gespannt. Während John um die Maultiere herumging und die Geschirre inspizierte, wartete Addie neben dem Wagen und beobachtete ihn. Dieser wunderbare Mann war ihr Ehemann. Alles war so schnell geschehen, daß sie kaum glauben konnte, daß es Wirklichkeit war. Sie bewunderte seine Geduld und seine Findigkeit, sein Selbstvertrauen. Schon wenn sie ihn nur ansah, begann ihr Herz zu singen.

Lieber Gott, du bist so gut zu mir gewesen, daß du mir sicher vergeben hast, was ich zu Pfarrer Sikes gesagt habe.

Heute morgen war sie aufgewacht, weil etwas an ihrem Ohr knabberte und eine große, warme Hand ihre Brust umfaßte und streichelte. Ihr Rücken war fest an die nackte Brust ihres Mannes gedrückt. Ihr Gesäß lag in dem Nest, das sein Leib und seine Schenkel bildeten. Sie konnte sein starkes Drängen spüren.

Als sie sich schläfrig räkelte, vergrub er sein Gesicht in der Biegung ihres Halses.

»Wer ist diese schöne Frau in meinem Bett?«

»Wer sind Sie, Sir? Ein *Passant*?« antwortete sie schläfrig und bedeckte die Hand auf ihrer Brust.

»Nein, süße Lady. Ich bin Adlerauge, der nach Fräuleins in Not Ausschau hält.«

»Such nicht weiter, mein Geliebter.«

Sie drehte sich um, lachte ihn an und vergrub die Finger in seinem Haar. Sie schlang die Arme um seinen Nacken, schob ihre Beine zwischen seine und hob den Mund. Seine Küsse waren warm, gierig, wild vor Leidenschaft. Ihr abgerissener Atem wurde von seinen Lippen in ihrem Mund gefangen. Nach langen, hungrigen Küssen hob er den Kopf und sah ihr ins Gesicht, die Hand sanft auf ihrem Hinterkopf.

»Du bist mir sehr lieb geworden«, flüsterte er.

»Ich werde treu und ergeben sein, mein Adlerauge, und dich lieben… für immer.«

Er liebte sie langsam, küßte ihre Schläfen, ihre Wangen, ihre Mundwinkel. Er verschloß ihr die Augen mit sanften Küssen. Sein großes, festes Geschlecht pochte an dem Schenkel, der zwischen seine geschoben war. Addie schob ihre Hand über das glatte Fleisch seines flachen Bauches. Finger, die ihre Schüchternheit verloren hatten, schlossen sich um seine Erektion. Ein leises, leidenschaftliches Stöhnen kam von seinen Lippen, als sie ihn berührte, seinen harten Schaft liebkoste und ihn dann in sich hineinführte.

Diese süße Willigkeit und die Leidenschaft, die hinter Addies ruhigem, schönen Gesicht verborgen war, hatte er nicht erwartet. Wie in der vorangegangenen Nacht verschwieg sie ihm nichts, und er verschwieg ihr nichts. Die unerwartete Ehrlichkeit, mit der sie sich ihm hingab, beglückte ihn. Die sanfte, ehrfürchtige Art, mit der er nahm, was ihm gegeben wurde, machte sie glücklich.

Das Geräusch von Pferden, die sich näherten, und plötzliches Gelächter holten Addie aus ihrem Tagtraum zurück. Sie sah, wie zwei Reiter, die nebeneinander her trabten, auf den Mietstall zukamen. Sie erkannte in ihnen die Yankee-Soldaten, die sie gestern vom Hotelfenster aus in die Stadt hatte reiten sehen.

Die Reiter passierten den Wagen an der anderen Seite, ohne sie zu bemerken. Addie ging um das Wagenende herum, damit sie die wunderbaren Pferde besser sehen konnte, als die Soldaten gerade abstiegen. Eines der Pferde war nervös und tänzelte unruhig. Der Yankee, der die Zügel hielt, sprach mit ihm und versuchte, es zu beruhigen.

»Ganz ruhig, mein Großer. Ganz ruhig…«

Die Stimme und die Worte trafen Addie wie ein Schwall kaltes Wasser. Einen Moment lang war sie wie erstarrt.

»Na… na… ganz ruhig. Soll ich dich etwas abreiben?«

Ein Zittern überkam sie, als würde sie von tausend Nadeln gepiekst.

Ganz ruhig, meine Kleine, ganz ruhig. Die Stimme und die Worte klangen in ihrem Gedächtnis wieder. Sie hatte die Worte oft gehört, wenn sie Kirby bekniet hatte, ihr bei Arbeiten zu helfen, die verrichtet werden mußten.

Der Yankee-Soldat stand mit dem Rücken zu ihr. Sein blondes Haar war länger als Kirbys und fiel bis auf den Kragen seiner blauen Yankee-Uniform. In ihrer Erinnerung war Kirby kleiner als dieser Mann. Doch wenn sie die Augen schloß, hallte seine Stimme in ihren Ohren wieder.

Wurde sie langsam verrückt? Kirby war kein Yankee-Soldat gewesen; er war mit den Konföderierten in den Krieg gezogen. *Kirby war tot.* Sie hatte seine Stimme seit vier Jahren nicht mehr gehört. Wie konnte sie glauben, daß er es war?

Als sie die Augen öffnete, hatten die Yankee-Soldaten den Mietstall betreten, und John stand neben ihr, um ihr zu helfen, über das Rad auf den Wagensitz zu klettern.

»Alles in Ordnung, Liebes? Blendet dich das Licht?«

Addie lächelte. »Nur ein bißchen«, log sie.

Die Yankees kamen aus dem Stall, als der große Wagen anfuhr. Addies Kopf war John zugewandt, und sie sah nicht, wie der blonde Mann stehenblieb, um sie anzustarren. Seine Augen waren hart, seine Fäuste geballt. Sein Begleiter, der ihm ein paar Schritte vorausgegangen war, drehte sich um.

»Kommst du, Kyle?«

»Natürlich komme ich. Was glaubst du denn, wo ich hinwill?« fuhr er ihn an.

»Was zum Teufel ist in dich gefahren? Kennst du die Leute?«

»Der Mann in der Lederhose war gestern abend im Hotel. Ich frage mich, ob er der John Tallman ist, auf den der Richter wartet.«

»Der Fuhrmann? Könnte sein. Er sieht so aus – groß genug, um es mit einem Bären aufzunehmen. Keine Sorge, Hauptmann, er ist nicht Miss Cindys Typ. Außerdem hat er eine Frau. Für meinen Geschmack ist sie etwas zu alt, aber ich denke, zu dem Fuhrmann paßt sie ganz gut. Es ist ein weiter Weg durch das Indianerterritorium. Du wirst genug Zeit haben, um Miss Cindy den Hof zu machen.«

Der blonde Mann hörte nur Bruchstücke von dem, was sein Freund sagte. Die letzte Worte ließen ihn jedoch aufhorchen.

»Ja, ich habe genug Zeit«, murmelte er, aber seine Gedanken waren nicht bei Miss Cindy Read.

Der gefederte Sitz mit der hohen Rückenlehne machte die Rückfahrt zum Lager viel bequemer, als Addie es sich jemals erträumt hätte. Eine Stunde vor Mittag näherten sie sich dem Hügel, auf dem die Güterwagen standen.

Addie sah John fragend an, als er die Tiere stoppte und die Zügel um die Bremse wand.

»Komm her, Liebling.« Er legte die Arme um ihre Schultern und zog sie an sich. »Du bist schrecklich still gewesen. Habe ich dich letzte Nacht überanstrengt?«

Addie umschlang seine Taille und drückte ihn an sich, als sei er ein dicker Baumstamm, an den sie sich klammerte, um nicht von einem reißenden Strom weggerissen zu werden. Sie wagte nicht, ihm zu erzählen, daß der Yankee-Soldat am Mietstall Kirby so sehr geähnelt hatte, daß sie gefürchtet hatte, den Verstand zu verlieren, bis die Logik sie auf den Boden der Realität zurückgeholt hatte. Kirby würde bestimmt nicht als *Yankee* auferstehen, selbst wenn so etwas möglich wäre. Er verachtete Yankees, oder zumindest hatte er das gesagt. Natürlich war ihr schon lange bevor er sie verlassen hatte klargeworden, daß Kirby manchmal Dinge sagte, von denen er glaubte, daß man sie hören wollte – ob sie wahr waren oder nicht.

»Ich kann es kaum erwarten, die Kinder zu sehen«, murmelte Addie, die Lippen an Johns Wange. »Aber – ich habe jede Minute, die wir zusammen verbracht haben, genossen.«

John küßte sie sanft und liebevoll. »Ich auch, Addie, mein Mädchen. Von jetzt an werden wir nicht viel Zeit für uns haben. Ich werde alle Hände voll damit zu tun haben, dich und die Kinder und die Güterwagen nach Hause zu bringen. Küß mich noch einmal, dann werde ich diese Maultiere vorwärtstreiben.«

Er küßte sie auf die Nase; sie küßte seine Lippen wieder und wieder. Sie saßen da und sahen einander an. Sie konnte nicht aufhören zu lächeln. Er sah sie bewundernd an. Es war einfach zauberhaft, hier bei ihm zu sein, sich in den Armen zu halten, die Seelen im Einklang.

»Ich benehme mich wie ein unreifer Jüngling, der gerade erst entdeckt hat, daß es zwischen Jungen und Mädchen Unterschiede gibt«, gestand er.

»Ich benehme mich wie ein dummes Schulmädchen.«

Ihr leises Gelächter ging ineinander über, als sie sich ein letztes Mal küßten.

Das Lager wirkte fast verlassen, als sie darauf zu kamen. Der Koch und Paco traten hinter dem Küchenwagen hervor und winkten. John fuhr auf die Zelte zu, wo Trisha alleine stand und wartete, die Arme über der Brust verschränkt, die hübsche Stirn gerunzelt.

»Trisha!« rief Addie, bevor John den Wagen anhielt. »Alles in Ordnung?« Sie kletterte auf den Boden, sobald die

Räder zum Stillstand kamen. Ihr Herz begann, schmerzhaft zu pochen, als sie eins der Kinder weinen hörte. »Trisha, was ist los?«

»Ich bin froh, daß Sie wieder da sind, Miss Addie. Es ist Dillon. Ich komme mit ihm nicht zurecht. Zum einen ist die Schildkröte weg.« Trishas goldene Augen sahen traurig aus. »Und heute morgen hat eins von den dämlichen Maultieren... Eimer totgetreten. Dillon und Jane Ann haben gesehen, wie sie dahing und einer von den Mexikanern ihr das Fell abgezogen hat. Dillon ist auf ihn zugerannt und hat ihn getreten und geschlagen. Er ist furchtbar aufgeregt deswegen, und Jane Ann auch.«

»Ach, du meine Güte!« Addie verschwand im Zelt.

»Ist sonst was passiert, Trisha? Hat man dich und die Kinder gut behandelt?«

»Wir wurden behandelt, als hätten wir vor, klammheimlich zu verschwinden. Die Kerle haben so genau aufgepaßt, daß Jane Ann und ich uns nicht getraut haben, ins Gebüsch zu gehen.«

John grinste. »Ist Buffer Simmons noch hier?«

»Er ist heute morgen verschwunden. Hat die Fliege gemacht, wenn Sie mich fragen.«

»Hat er dich belästigt?«

»Nein. Er war okay. Gestern abend hat er für die Kinder Kaninchen gebraten. Das war für sie ein Riesenspaß.« Trisha betrachtete den Wagen. »Damit fahren wir?«

»Ja. Ich spanne die Maultiere aus und lasse ihn hier. Räum mit Addie die Sachen ein, die ihr für die Fahrt braucht. Der Rest« – er deutete auf den Stapel mit Haushaltsgegenständen – »kommt in den anderen Wagen.«

»Können wir alle da drin schlafen?«

»Aber klar. Addie wird es dir zeigen.«

Sie warf ihm einen Blick von der Seite zu. »Sie auch?«

»Nein. Addie und ich werden *unter* dem Wagen schlafen.«

Soll Trisha sich doch ihren Teil selbst denken, dachte John. »Wo ist Colin?«

»Da drüben mit diesem Gregorio. Er zeigt Colin, wie man ein Seil über einen Zaunpfahl wirft. Colin amüsiert sich prächtig.«

»Er ist ein ganz anderer geworden, jetzt, wo ihm nicht mehr droht, zu diesem verfluchten Renshaw zu müssen. Dafür kann er dir dankbar sein, Trisha.«

»Sie haben dafür gesorgt.« Trisha warf den Kopf in den Nacken und sah weg. »Ich hab' gar nichts gemacht.«

»Ich habe ein neues, leichtes Gewehr. Sobald wir unterwegs sind, werde ich dir beibringen, damit zu schießen und auch zu treffen, worauf du zielst.«

Die goldenen Augen des Mädchens wurden lebhaft. »Das alte Bürstengesicht wird mir beibringen, wie man ein Messer wirft, um eine Schlange zu töten. Sie zeigen mir, wie man mit einem Gewehr schießt. Meine Güte, ich werde noch zu einer dieser biblischen Heimsuchungen werden, wenn ihr nicht aufpaßt.«

John lächelte. »Das bist du schon.«

Trisha lächelte zurück. »Wenn Sie das sagen, wird es wohl stimmen.«

Im Zelt saß Addie mit Dillon auf dem Schoß auf der Matratze und drückte Jane Ann an sich. Das Schluchzen der beiden Kinder war zu leisem Schniefen geworden.

»Es ist sehr traurig, daß wir Eimer verloren haben, aber wir hätten sicher nicht gewollt, daß sie mit gebrochenen Beinen oder eingedrücktem Schädel weiterleben muß. Sie würde sich freuen, wenn sie wüßte, daß du ihr warmes Fell hast. Du kannst dich darin einkuscheln und an sie denken.«

»Dieser Paco hat gesagt, sie würden sie… essen.« Jane Ann begann wieder zu weinen.

»Wir essen auch Hühner, die wir gekannt haben. Erinnerst du dich noch an das Schwein, das wir gemästet haben, damit wir Speck und Schinken und Fett hatten?«

»Aber das Schwein hatte... keinen Namen.«

»Die anderen Schweine aber schon. Jetzt putz dir die Nase, und sieh dir unseren neuen Wagen an. John hat neue Kleider und Geschenke für euch alle mitgebracht.«

Beide Kinder setzten sich auf und wischten sich mit den Ärmel die Augen.

»Für mich auch?« fragte Jane Ann.

»Aber sicher. Du bist doch unser kleines Mädchen, oder etwa nicht?«

Es war Abend. Die Zelte waren abgebaut, die Leinwand aufgerollt und verstaut. Der neue Wagen war jetzt ihr Zuhause. Alle kletterten hinein, und Addie öffnete die Bündel aus dem Geschäft. Die Kinder und Trisha waren begeistert von ihren neuen Kleidungsstücken. Nachdem Addie in ihrer Kiste gewühlt und eine Anzahl neuer Socken hervorgeholt hatte, die sie im Laden hatte eintauschen wollen, wurden die Schuhe anprobiert. Die Geschenke versteckte sie, bis John Zeit hatte, sie zu überreichen.

Als der andere Wagen hergebracht wurde, um mit Addies restlichen Besitztümern beladen zu werden, saß Colin mit seinen neuen Schuhen, der Segeltuchhose und dem Strohhut neben dem Fahrer. Die neuen Kleider schienen ihn mit Stolz zu erfüllen. Er wirkte nicht mehr wie der ängstliche kleine Junge, der er auf der Farm gewesen war.

Der Boden des Wagens war mit Teer und Leinwand abgedichtet worden. Diesmal war durch die sorgfältige Anordnung von Addies Sachen sogar noch Platz übrig.

Dieser wurde rasch mit einigen Ersatzrädern, Eimern mit Teer, der zum Schmieren benutzt wurde, zusätzlichen Jochs und einigen Ersatzachsen gefüllt. Über die Last wurde eine schwere Plane gebreitet und fest verschnürt.

Gregorio erklärte in gebrochenem Englisch, daß unter jedem Wagen eine zusätzliche Feder angebracht war und daß sie an einer Seite jeweils einen Wasserkanister hatten, der an den Wasserstellen gefüllt werden würde. An einem Haken an der Seite jedes Wagens hing außerdem eine Spankiste; diese wurde mit Büffel- oder Kuhdung gefüllt, der tagsüber aufgesammelt und abends für das Lagerfeuer benutzt wurde.

Kurz vor Einbruch der Dämmerung tauchte Bill Wassall bei ihnen auf.

»N'Abend, Madam. Das ist wirklich ein prächtiger Wagen. So einen habe ich noch nie gesehen.«

»Mr. Tallman hat sich sehr gefreut, daß er ihn entdeckt hat.«

»Nun, wenn es jemanden gibt, der sich da auskennt, dann ist es John. Äh... Madam, ich möchte nur, daß Sie wissen, daß es mir unglaublich leid tut wegen neulich. Ich und die Jungs waren völlig überrumpelt. Wenn...«

»Vergessen wir das, Mr. Wassall. Ich bemühe mich immer, nicht zurückzublicken und mich über etwas zu grämen, was längst vorbei ist.«

»Ich möchte kein böses Blut zwischen uns.«

»Sie können sicher sein, daß es keins gibt.«

»Ich bin wirklich erleichtert, das zu hören. Und, Madam, Sie brauchen heute abend wirklich nicht zu kochen. Paco und ich haben einen Riesenberg Katzenfisch, der im Feuer bäckt. Paco hat einen Berg Tortillas vorbereitet und richtig dünn ausgerollt, und sie backen schon den ganzen Tag. Diese Mexikaner verschlingen unglaubliche Mengen von Tortillas. Sie müssen alle kommen und uns beim Essen helfen.«

»Danke für die Einladung, aber ich fürchte, das ist heute keine gute Idee. Jane Ann und Dillon sind noch ganz aufgebracht, weil unser Schaf tot ist. Es wäre eine Verschwendung gewesen, das Fleisch nicht zu verwerten, aber ich möchte, daß sie es nicht sehen müssen.«

»Das Viech hängt noch immer dort im Wald. Gregorio hat es gehäutet und die Haut an einen Wagen gespannt. Wir dachten, Sie möchten das Fell vielleicht haben. Später heute abend werde ich es absalzen, wenn es etwas abgekühlt ist.«

Addie zuckte zusammen wegen der sachlichen Art und Weise, mit der er über Eimer sprach, das süße kleine Lamm, das die ersten Wochen seines Lebens in Addies Küche verbracht hatte.

»Katzenfisch, Tortillas und Pfirsichspeise.« Bill klopfte sich auf den dicken Bauch und grinste.

Er war wirklich nett, dachte Addie. Er zwinkerte mit den Augen.

»Mr. Tallman hat mir gesagt, daß Sie Sweet William genannt werden. Wie um alles in der Welt konnten Sie über einem Lagerfeuer Pfirsichspeise kochen?«

»Das war überhaupt keine Sache. Ich habe eine große Eisenpfanne.« Er zeigte mit den Händen die Größe an. »Ich habe einfach die Pfirsiche, Mehl, Zucker, und...ach, ich muß es Ihnen irgendwann einfach mal zeigen.«

»Ich würde mich freuen. Ich kann nicht gut über Lagerfeuern kochen.«

John erschien hinter Addie und legte ihr die Hand auf die Schulter.

»Hast du dich eingerichtet?«

Bevor Addie antworten konnte, rannten Dillon und Jane Ann auf ihn zu.

»Guck mal, mein neuer Hut!« Dillon legte beide Hände an die runde Krempe. »Guck mal, meine neuen Schuhe!« Er streckte einen Fuß so hoch er konnte.

»Passen sie dir?« John hockte sich nieder und drückte mit dem Daumen auf die Schuhspitze.

»Ich habe auch neue Schuhe«, sagte Jane Ann, hob den Rock bis zu den Knien hoch und sah John ängstlich an.

»Tatsächlich. Sind sie richtig?«

»Sie sind etwas groß. Miss Addie sagt, ich werde noch wachsen.«

»Ganz bestimmt.« John nahm einen Zopf des Mädchens und kitzelte ihr damit an der Nase. Sie kicherte und wich zurück.

»Ich will solche Schuhe wie du.« Dillon hatte sich in den Dreck gehockt und spielte mit den Schnürsenkeln von Johns kniehohen Mokassins.

»Ich auch!« echote Jane Ann.

»Wenn wir nach New Mexico kommen, werden wir euch beiden welche besorgen. Für die Fahrt braucht ihr feste Schuhe.«

Die Kinder hüpften davon, um Trisha die Neuigkeit über die Mokassins zu erzählen.

»Die anderen Dinge habe ich noch zurückbehalten... damit du es ihnen geben kannst.« Addie wartete, bis Bill verschwunden war, um es ihm zu sagen. »Und ich dachte mir, du solltest vielleicht etwas damit warten. Sie sind schon so aufgeregt wegen der neuen Kleider und der Fahrt...«

»Du willst die Freude etwas aufteilen, was?«

»So ungefähr.«

»Das mit dem Schaf tut mir leid.«

»Ich weiß. Ich wollte sie nicht auf der Farm zurücklassen. Die Renshaws hätten sie aus reiner Boshaftigkeit umgebracht. Die Schafe haben uns durch den Krieg gebracht. Ich werde ihnen dafür immer dankbar sein.«

Bill läutete die Essensglocke.

»Rufen Sie die Kinder, Mrs. Tallman. Zeit fürs Abendessen.«

Später, als sie von den atemlosen Gipfeln der Leidenschaft zurückkehrte, lag Addie wie in Trance. Ihr Körper war an

Johns gekuschelt, einer ihrer weichen Schenkel lag zwischen seinen Beinen, ein Arm über seiner Brust. Johns starke Finger bearbeiteten die Muskeln an ihrem Rücken und ihren Schultern.

Er hatte eine Plane und ein Federbett mitgebracht und ihr gezeigt, wie die Leinwand herabgelassen und an den Rädern befestigt wurde. Er hatte auch in den Wagen gesehen und Trisha und Jane Ann, die im Overjet schliefen, und Colin und Dillon, die darunter lagen, gute Nacht gewünscht.

»Wo schläft Mama?« hatte Dillon gefragt.

»Sie wird mit mir unter dem Wagen liegen.«

»Unter dem Wagen? Das ist komisch«, hatte der Junge gerufen.

Dann hatte Trisha ihn zum Schweigen gebracht, und bald war alles ruhig.

John rieb jetzt weiter Addies Rücken. Sie streckte sich wie ein zufriedenes Kätzchen und ließ ein kehliges Stöhnen hören.

John lachte leise in ihr Haar.

»John, manchmal habe ich Angst.« Seine Finger hielten inne, und sie fuhr eilig fort: »Angst, daß das ein Traum ist und ich wieder auf der Farm mit den Renshaws und dem alten Pfarrer Sikes aufwache und mich nur trostlose Jahre erwarten.«

»Das ist kein Traum, Liebling. Obwohl du dir während der Fahrt manchmal wünschen wirst, es wäre einer. Es ist keine leichte Reise – Staub, Wind, Regen, Pannen, Flüsse, die überquert werden müssen…«

»Ich werde mir keine Sorgen machen, weil wir bei dir sein werden. Ich habe mir immer Sorgen gemacht, was wohl aus den Kindern und Trisha wird, wenn mir etwas passieren sollte.«

Er schüttelte sanft ihre Schulter. »Psst… Sag nicht so etwas.«

»Ich weiß, daß du dich um sie kümmern würdest oder zumindest dafür sorgen würdest, daß sich jemand um sie kümmert.«

»Natürlich würde ich das. Jetzt sei still und schlaf. Bei Sonnenaufgang geht es los.«

Addie kuschelte sich an ihn, aber sie konnte nicht einschlafen. Das Bild des Yankee-Soldaten, den sie im Mietstall gesehen hatte, ging ihr nicht aus dem Kopf, und ihr war unbehaglich zumute.

KAPITEL 20

Als Buffer Simmons das Lager verließ, ritt er am Fluß bis zu der Stelle zurück, an der er und Tallman die Renshaws hineingeworfen hatten, und suchte nach einer Spur von ihnen. Es mußte eine Weile gedauert haben, bis sie ihre Pferde eingefangen hatten; aber zwei Tage und zwei Nächte waren vergangen, und dumm wie sie waren, hätten sie sicher Spuren hinterlassen, wenn sie noch unterwegs wären. Buffer bezweifelte nicht, daß der eine oder andere von ihnen noch immer hinter Trisha her war.

Als er vor sich hinritt und nach Spuren von Pferden mit schlecht sitzenden Hufeisen Ausschau hielt, dachte Buffer darüber nach, daß so wertlose Menschen wie die Renshaws jemanden brauchten, den sie für noch wertloser als sich selbst hielten. In diesem Falle war es Trisha. Nach den wenigen Informationen, die er in Freepoint aufgeschnappt hatte, war es Pfarrer Sikes gewesen, der verbreitet hatte, Trisha sei eine Negerin. Er hatte behauptet, sie sei eine entlaufene Sklavin. Bis zu diesem Zeitpunkt hatten die Leute in der Stadt angenommen, sie sei eine entfernte Verwandte von Miss Addie.

Welchen Unterschied machte es nur, ob Trishas Urgroßmutter auf einem Sklavenschiff hierher gekommen war? Buffers eigenen Großvater hatte man aus dem Gefängnis von Newgate geholt und in die Neue Welt geschickt. Er dachte an die Zeit, die er mit Trisha verbracht hatte, als der Feuerschein auf ihr Gesicht fiel. Was er ihr gesagt hatte, war die Wahrheit gewesen. Sie war ihm zuerst aufgefallen, weil sie hübsch war, aber sie hatte mehr zu bieten als ihr Aussehen – viel mehr. Sie war feurig, treu, zuverlässig und zäh wie Leder. Sie war eine, mit der man überwintern konnte. Mit ihr würde es keine trüben Tage geben. Buffer lachte, als er daran dachte, wie sie ihn gefragt hatte, ob er ein fliehendes Kinn habe. *Bedecken Sie es deswegen mit diesen Borsten?*

Er befühlte seinen buschigen Bart. Wenn er nach Van Buren kam, würde er als erstes den Barbiersalon aufsuchen. Normalerweise ließ er seinen Bart im Winter wachsen und rasierte ihn im Frühjahr ab. Dieses Jahr war er irgendwie nicht dazu gekommen.

Buffer beendete den Rundritt, ohne eine Spur gefunden zu haben, die er den Renshaws zuschreiben konnte, daher ritt er am Fluß entlang nach Van Buren, wo er gegen Mittag ankam. Er aß Bohnen und Tortillas bei einer fröhlichen kleinen Mexikanerin in einem bunt bemalten Eßlokal. Als er es betrat, waren die beiden Tische bis auf einen Platz am Rand belegt. Er setzte sich und füllte seinen Teller aus dem Bohnentopf auf dem Tisch. Als er nach etliche scharf eingelegte Pfefferschoten griff und sie dazulegte, merkte er, daß ein Mann am anderen Ende des Tisches ihn durchdringend anstarrte. Buffer ließ die Augen wie zufällig über den Starrenden gleiten, als habe er das Interesse des Mannes nicht bemerkt.

Er war groß gewachsen, was Buffer aus der Tatsache schloß, daß die Schultern des Mannes diejenigen der anderen am Tisch überragten. Sein schwarzer Bart reichte bis zum dritten Knopf seines Hemds hinab, und seine schwarzen Augen, zwischen denen eine schnabelartige Nase hervorstand, waren kalt wie Eis. Er sah aus wie ein Geier, dachte Buffer. Der Mann aß nur Bohnen, schlürfte seinen Kaffee und sprach mit niemandem.

Als Buffer von seinen Tischgenossen gefragt wurde, woher er kam und wohin er wollte, antwortete er ausweichend. Sein Instinkt sagte ihm, daß der *Geier* allen Gesprächen lauschte, die um ihn herum geführt wurden.

Als er den Tisch verließ, scherzte Buffer einen Augenblick lang mit der Frau namens Lupe, dann verließ er das Gebäude in Richtung des Ladens und strich den *Geier* aus seinem Gedächtnis.

Einige Stunden später, nach einem Bad, einer Rasur und einem Haarschnitt, ging er in sauberen Lederhosen und mit einem neuen Hemd bekleidet wieder dorthin, wo er sein Pferd zurückgelassen hatte. Auf dem Weg aus der Stadt hielt er noch einmal bei Pooles Geschäft. Er kaufte für sich einen neuen Hut und das kleinste Paar Hirschlederhosen, das es gab, obwohl er glaubte, daß sogar dieses zu groß für Trisha sein würde. Er war sich gar nicht sicher, warum er die Hose oder die Messerscheide mit Gürtel überhaupt gekauft hatte. Bevor er auf sein Pferd stieg, steckte er die Sachen zu seiner Decke in das Bündel hinter dem Sattel.

Buffer hatte die Stadt fast verlassen, als der Mann mit dem schwarzen Bart aus einem Eingang kam und auf das Geschäft zuging. Er war sehr dünn, beinahe hager, mit schmalen Schultern und schlaksigen Armen und Beinen. Er hatte ein Gewehr mit langem Lauf bei sich und trug einen alten, schwarzen Hut mit hoher Krone. Er ging die Straße entlang und ignorierte die neugierigen Blicke derer, die er auf dem Gehsteig passierte.

Etwa drei Meilen vor der Stadt fand Buffer das Lager des Richters. Bevor er hineinritt, brachte er sein Pferd zum Stehen, stützte sich auf den Sattelknauf und betrachtete die Szene, die sich ihm bot. Er hatte geglaubt, schon jede Art von Treck gesehen zu haben, der das Indianerterritorium durchquerte, aber einer der sechs Wagen bot ihm einen vollkommen neuen Anblick. Es handelte sich um einen Wohnwagen mit hölzernen Seitenwänden und schindelgedecktem Dach, aus dem ein Blechschornstein hervorragte. An der

Seite war ein weißer Leinwandbaldachin angebracht, der sich über die gesamte Länge des Fahrzeugs erstreckte und an beiden Enden von Pfosten getragen wurde. Im Schatten des Baldachins saßen ein Mann und eine Frau, die einen kleinen Tisch zwischen sich hatten. Der Wohnwagen war hellgelb angestrichen und mit blauen und grünen Schnörkeln verziert. Zur Hintertür führten Stufen hinauf.

Zwei der Wagen waren große Planwagen, offenbar neu, nach der leuchtenden Farbe und der strahlend weißen Leinwand über den Bögen her zu urteilen. Neben einem von ihnen saß ein Neger und polierte ein Paar Stiefel.

Die nächsten beiden Wagen waren hoch beladene Transportwagen mit hohen Seitenwänden und dunkler Leinwand, mit der die Lasten abgedeckt waren. Der fünfte Wagen war von der Art, die bei der Armee zum Transport von Männern und Nachschub benutzt wurde. An der Hinterklappe war ein Reserverad angebracht. Der sechste war der Küchenwagen. Daneben arbeitete ein farbiger Mann über einem qualmenden Lagerfeuer.

Entsetzt schüttelte Buffer den Kopf, denn er war sich sicher, daß es im ganzen Lager nicht eine Achse, Wagenfeder oder Doppelschaft als Ersatz gab, und daß das am Armeewagen befestigte das einzige Reserverad war. Die Frachtwagen hatten auf jeder Seite zwei Wasserfässer, und an der Seite des Küchenwagens hing ein Wasserfaß; die Planwagen oder der Wohnwagen hatten keine Wasserfässer an der Seite.

Buffers Augen schweiften auf die Wiese, auf der die Tiere grasten. Auf der einen Seite standen Pferde, die zu den schönsten gehörten, die er je gesehen hatte. Nach dem glänzenden Fell, den langen, schlanken Beinen und den hohen, gebogenen Hälsen zu urteilen, waren sie Vollblüter. Neben den Vollblütern standen dort sechs Zugtiere und ein Dutzend Maultiere und Pferde.

Buffer nahm den Hut ab und kratzte sich am Kopf. Er ließ sich die warme Sonne aufs Gesicht scheinen, dessen unterer Teil ihm beinahe nackt vorkam, weil sein Bart ihn den ganzen Frühling über vor der Sonne geschützt hatte. Ihm kam der Gedanke, daß es leichter wäre, einen Sack Flöhe zu hüten, als diese auffällige Truppe heil an Abtrünnigen und anderen Leuten, die auf leichte Beute aus waren, vorbeizuführen.

Unter einem Pekano-Baum lungerten einige Yankee-Soldaten herum, und ein paar Männer auf Pferden umkreisten das grasende Vieh. Aus dem Wohnwagen kam eine farbige Frau, ging hinüber auf die andere Seite und schüttelte eine Art Decke aus. Sie trug ein schwarzes Kleid mit einer weißen Schürze um die Taille und hatte am Hals und an den Ärmeln weiße Aufschläge. Buffer hatte noch niemals eine gesehen, aber er nahm an, daß sie eine »Kammerzofe« war.

Er dachte daran umzukehren, zu Tallmans Lager zurückzureiten und ihn zu bitten, ihn anzuheuern. Verdammt noch mal, er könnte für sein Essen arbeiten. Er saß mehrere Minuten da und überlegte. Schließlich kam er zu dem Entschluß, daß er es den Leuten in Fort Smith, die ihn empfohlen hatten, schuldig war, wenigstens mit dem Richter zu sprechen und ihm die Chance zu geben, einen anderen Jäger anzustellen.

In Buffer kam ein Verdacht auf. Warum sollte der Richter für eine Gruppe von dieser Größe einen Jäger brauchen? Hätte nicht auch einer der Soldaten von Zeit zu Zeit für frisches Fleisch sorgen können?

Nachdem er die Krempe seines neuen Hutes vorne hochgebogen und mit der alten silbernen Nadel an der Krone festgesteckt hatte, stülpte Buffer ihn auf den Kopf und gab dem Pferd die Sporen. Langsam ritt er in das Lager. Bevor er sich den Wagen nähern konnte, kamen die Soldaten rasch unter dem Pekano-Baum hervor und fingen ihn ab. Einer trat neben sein Pferd und ergriff das Zaumzeug.

»Was haben Sie hier zu suchen, Mister?« fragte er im harten, abgehackten Akzent der Nordstaaten.

»Was geht Sie das an?«

»Wir haben gesehen, wie Sie dagesessen und unser Lager beobachtet haben. Was wollen Sie?«

»Haben Sie im Krieg gekämpft?« fragte Buffer sanft.

»Natürlich. Wieso?«

»Hat Ihnen niemals jemand gesagt, daß man nicht auf einen Mann auf einem Pferd zugehen und so das Zaumzeug nehmen sollte, wie Sie es gerade tun? Das läd geradezu dazu ein, Ihnen die Stiefelspitze unters Kinn zu stoßen. Hab' schon einige Kerle gesehen, die so Zähne verloren haben, und einer hat sich mal die Zunge abgebissen.«

»Ich habe gefragt, was Sie hier wollen.«

»Von dir gar nichts, mein Kleiner, das steht schon mal fest. Ich möchte den Richter sprechen.«

»Weswegen?«

»Verdammt noch mal!« Buffer verlor die Geduld. Sein Fuß fuhr aus dem Steigbügel. »Wenn du nicht bald den Weg freimachst, komm ich vom Pferd runter und trete dir so in den Arsch, daß dein Kopf darauf reiten kann.«

»Sie legen sich mit der Armee der Vereinigten Staaten an, Mister.«

»Ich lege mich mit einem aufgeblasenen, krakeelenden Wichtigtuer an, und mit den beiden anderen Idioten auch, wenn sie sich einmischen.«

»Laß ihn, Shipley. Der Hauptmann hat gesagt, daß der Richter einen Jäger angeheuert hat. Vielleicht ist er das.«

»Wenn ja, warum hat er es dann nicht gesagt?« Mit rotem Gesicht trat der Soldat zurück.

Sobald der Mann das Zaumzeug losließ, gab Buffer seinem Pferd die Sporen. Das Tier schoß vorwärts. Ein heftiger Zug an den Zügeln ließ es herumwirbeln. Wie Buffer erwartet hatte, hatte Shipley die Hand an seiner Seitenwaffe. Blitzschnell zog Buffer sein Messer aus der Scheide.

»Sollen wir wetten, ob du mich erschießen kannst, bevor dieses Messer in deiner Kehle landet?« Er sprach ganz ruhig, als er das Messer hochwarf und die Spitze der Klinge mit Daumen und Zeigefinger auffing.

»Der Richter ist drüben am Wohnwagen.« Der Sprecher hielt Shipley am Arm fest.

»Herzlichen Dank.« Buffer schob sein Messer wieder in die Scheide, ritt die kurze Strecke, stieg ab, nahm den Hut vom Kopf und ließ die Zügel zu Boden fallen. Das Pferd stand vollkommen still.

Der Mann, der auf ihn zukam, um ihn zu begrüßen, hatte weißes Haar und einen wehenden weißen Bart.

»Ich nehme an, daß Sie zu mir wollen.«

»Wenn Sie Richter Van Winkle sind, ist das richtig. Ich bin Jerr Simmons, mancherorts als Buffer bekannt.«

»Sehr erfreut.« Der Richter streckte seine Hand aus, und als Buffer sie schüttelte, fiel ihm auf, daß sie so weich war wie die einer Frau.

»Sie haben mit meiner Eskorte gesprochen?« stellte der Richter fest.

»Wenn Sie mit ›sprechen‹ meinen, daß ich ihm fast die Zähne eingetreten hätte, dann haben Sie recht.«

»Ich will auf dieser Reise Disziplin. Dem Kontingent der Armeeangehörigen wurde die vollständige Vollmacht erteilt, für Ordnung zu sorgen und diesen Troß zu schützen. Sie werden direkt dem Hauptmann dieser Abteilung unterstehen; und wenn es irgend etwas gibt, von dem ich wissen sollte, werden sie mich unterrichten.«

»Hören Sie, Richter, ich habe gehörigen Respekt vor einem Mann, der direkt auf den Punkt kommt. Ich glaube, da sind wir uns einig. Daher werde ich auch meine Karten auf den Tisch legen. Wenn diese angeberischen, dämlichen, grünen Soldaten, die Sie da haben, das Kommando führen, dann ist das hier nicht das richtige für Buffer Simmons, dann muß ich mich verabschieden, Richter.« Buffer setzte seinen Hut wieder auf und war auf halbem Weg zu seinem Pferd, bevor der Richter sich von dem Schrecken erholt hatte.

»Einen Moment noch. Sie haben für diese Arbeit angeheuert.«

Buffer drehte sich um. »Ich habe gerade gekündigt. Wenn Sie nach Van Buren fahren, haben Sie vielleicht Glück und finden einen Jäger, der vor den neunmalklugen Arschlöchern buckelt, die Sie Kämpfer nennen. Buffer Simmons wird es jedenfalls nicht sein, das steht fest.«

»Im Fort hat man mir gesagt, Sie wären ein vernünftiger Mann, auf den man sich verlassen könnte. Man hat mir gesagt, Sie würden die Strecke durch das Indianerterritorium und das Gebiet von Oklahoma so gut kennen wie kein anderer.«

»Ich kenne die Strecke. Sie brauchen keinen Scout oder Führer, Richter, wenn Sie sich an Tallmans Ochsentreck hängen. Meiner Meinung nach ist das der einzige Weg, wie Sie es schaffen könnten.«

»Unsinn. Ich habe die besten Wagen, die man für Geld kaufen kann, die besten Tiere, Fahrer und Hirten. Und sechs erfahrene Soldaten, die uns eskortieren.«

»Sechs kleine Soldaten? Ha-ha-ha! Dann brauchen Sie wirklich nichts zu fürchten, außer daß Ihnen das Haar ausfällt.« Buffer wandte sich zu seinem Pferd um.

»Warten Sie. Tallmans Ochsentreck wird nur zehn oder zwölf Meilen pro Tag schaffen. Man hat mir gesagt, daß man mit diesen Wagen, meinen Zugtieren und Maultieren noch einmal die Hälfte mehr schaffen könnte. Ich brauche einen Scout, der mich führt.«

Buffer fiel die Kinnlade herunter. »Sie haben vor, mit dieser Truppe auf eigene Faust loszufahren?«

»Zuerst war das nicht meine Absicht. Seit ich in Van Buren bin, habe ich mit Leuten gesprochen, die mit Ochsentrecks unterwegs waren. Sie sagen, daß man in dem Staub, den diese Trecks aufwirbeln, fast erstickt, und daß er an klaren Tagen zwanzig Meilen weit zu sehen ist. Sie sagen, daß alle Ochsentreiber und Nichtsnutze, die für die Trecks anheuern, Abschaum der schlimmsten Sorte sind und einem das letzte Hemd rauben. Sie sind angeblich nicht besser als Indianer und andere unerwünschte Personen, die Reisende ausrauben.«

»Glauben Sie etwa, Ihre Wagen wirbeln keinen Staub auf?« fragte Buffer, der wußte, daß man diesem Mann nichts von dem, was er gesagt hatte, ausreden konnte.

»Nicht so viel.«

»So etwas Verrücktes habe ich noch nie gehört.«

»Schauen Sie...«

»Richter, Sie haben noch nie so etwas Ekelhaftes gesehen wie einen Trupp Leute, der von einer Meute von Mördern und Halsabschneidern überfallen worden ist. Es gibt keinen Indianer, den ich kenne, der mit abtrünnigen Weißen und Mexikanern mithalten kann, wenn es um schlichte Grausamkeit geht. Die meisten Banditen sind unter Wölfen aufgewachsen. Das sind keine Menschen mehr.«

»Ich bin mir der Gefahren sehr wohl bewußt.«

»Gefahren, zum Teufel! Die Kerle werfen einen Blick auf die Frau und kriegen sie, komme, was wolle. Sie nehmen sie sich, bis sie aus jeder Öffnung blutet und nur noch ein Häufchen Knochen, Fleisch und Haar ist. Und das ist noch nicht alles, Richter. Sie schneiden Ihnen den Schwanz ab und stecken ihn Ihnen ins Ohr, das heißt, wenn sie ihn nicht über dem Feuer rösten, solange er noch an Ihrem Leib ist!«

»Das reicht! Solch obszönes Gerede werde ich mir nicht anhören!«

Buffer stieg auf sein Pferd. Die Frau war unter dem Baldachin hervorgekommen und sah einem Soldaten entgegen, der herankam. Sie war jung und hübsch, und es war ein Jammer, was sie erwartete, wenn der Richter einfach losfuhr, ohne auf Tallman zu warten. Ein reicher Trupp wie dieser hatte keinerlei Chance, durch das Indianerterritorium zu kommen, ohne angegriffen zu werden. Buffer hing zu sehr an seiner Haut und seinem Kopf, als daß er ein solches Risiko eingegangen wäre.

»Richter, ich rate Ihnen der Frau wegen, warten Sie auf Tallman. Vielleicht glauben Sie, daß die Ochsentreiber eine Horde Taugenichtse sind, aber es sind Kämpfer. Die meisten von denen würden ihr Leben geben, um zu versuchen, diese Frau vor einem Trupp Banditen zu retten.«

Der Richter trat zurück, seine ganze Körperhaltung spiegelte seine Verachtung wider. Er starrte Buffer durchdringend an.

»Sie Feigling! Verschwinden Sie aus meinem Lager.«

»Einen Mann einen Feigling zu nennen bedeutet eine Aufforderung zum Kampf. Wenn Sie nicht so ein dämlicher alter Idiot wären, würde ich sie annehmen.« Buffer wirbelte sein Pferd herum und ritt zur Straße, ohne die Soldaten eines Blickes zu würdigen.

Richter Van Winkle sah ihm nach, dann ging er zu dem Wohnwagen, an dem seine Nichte mit ihrem Hauptmann Forsythe wartete.

»Wer war der Mann, Onkel Ron?«

»Der Mann, von dem man mir gesagt hat, er könnte uns nach Santa Fe führen.«

»Warum reitet er weg?«

»Wir hatten Unstimmigkeiten in bezug auf die Disziplin.« Der Richter trat hinter seine Nichte und kreuzte den Blick des jungen Offiziers.

»Liebes, hat Ivy noch etwas Limonade?«

»Wenn nicht, wird sie welche machen.« Cindy umklammerte den Arm des Hauptmanns mit ihren weißen Händen und sah bewundernd zu ihm auf.

»Bitte kümmer dich darum, Süße. Ich werde mir die Hände waschen und komme gleich zurück.«

»Du und Onkel Ron, ihr wollt mich nur loswerden, damit ihr etwas besprechen könnt«, sagte sie schmollend.

»Das stimmt nicht, und das weißt du auch. Niemand, der ganz richtig im Kopf ist, würde so ein hübsches kleines Ding wie dich loswerden wollen.«

»Wenn es etwas Ernstes zu besprechen gibt, schickt ihr mich immer weg.«

»Mach schon, Cindy«, sagte der Richter schroff. »Ich muß mit Kyle reden.«

Kyle begleitete sie zu den Stufen des Wohnwagens und hielt ihre Hand, bis sie ihm einen Kuß zuwarf und hineinging. Dann gingen der Richter und er die Wagenreihe entlang und blieben schließlich neben dem farbigen Mann stehen, der die Stiefel polierte.

»Hol Hauptmann Forsythe Wasser zum Waschen, Saul.«

»Ja, Sir.« Saul nahm einen Eimer vom Ende des Wagens und eilte davon.

»Ich hab es den ignoranten Rüpel nicht merken lassen, Kyle, aber er hat mir schon etwas Angst eingejagt, was unseren Plan betrifft, dem Ochsentreck voranzufahren.«

»Was hat er gesagt? Das Übliche über Abtrünnige und wilde Indianer? Richter, ich habe mit Männern gesprochen, die die Strecke hinter sich gebracht haben und nur auf kleine Gruppen von Indianer getroffen sind, die mit Pfeil und Bogen bewaffnet waren.«

»Ich weiß nicht. Wir haben jetzt keinen Scout. Sie wissen, daß ich Simmons als Jäger angeheuert hatte, weil ich nicht wollte, daß sich herumspricht, daß wir vor Tallman losziehen wollen.«

»Wir können uns in Fort Gibson einen Scout besorgen.«

»Daran habe ich auch gedacht, aber Tallman weigert sich, über Fort Gibson zu fahren. Er ist ein arroganter Mistkerl.« Der Richter war nachdenklich. »Genauso wie dieser Simmons. Mir scheint, dieses Land bringt nur solche Typen hervor«, schloß er bitter und blickte argwöhnisch zu dem Neger hinüber, der mit dem Wasser zurückgekommen war und jetzt neben dem Wagen stand. »Hast du nichts zu tun, Saul?«

»Doch, Sir.«

»Dann tu es«, befahl er barsch und sah zu, wie der Mann weghuschte.

»Verdammte Farbige. Sie taugen nur für eine Sache: zuhören und wiederholen, was man ihnen gesagt hat.«

Kyle kämmte sich sorgfältig das Haar und glättete seinen Schnurrbart, bevor er sprach.

»Ist Tallman verheiratet? Nach Cindys Beschreibung glaube ich, daß ich ihn im Laden und heute morgen mit einer Frau gesehen habe.«

»Seine Frau und seine drei Kinder sind bei ihm.«

Kyle goß Wasser in die Waschschüssel und benetzte mit hohlen Händen sein Gesicht. Nachdem er sich mit dem Handtuch abgetrocknet hatte, warf er es neben dem Becken auf den Boden und wandte sich zum Richter. Seine attraktiven Gesichtszüge waren in besorgte Falten gelegt.

»Mir ist sehr daran gelegen, nach Albuquerque zu gelangen und meinen Posten anzutreten. Je eher ich mich dort eingerichtet habe, desto eher können Cindy und ich heiraten.«

»In drei Monaten trete ich mein Amt im Büro für Indianerangelegenheiten an. Wenn wir mit Tallman reisen, werden wir etwa zwölf oder fünfzehn Meilen pro Tag schaffen. Wenn wir von zwölf ausgehen, würden wir nur eine Woche vorher ankommen.«

»Das ist wirklich knapp«, antwortete Kyle. »Meine Männer und ich werden zwei Wochen danach erwartet.«

»Ein Posten wie dieser ist etwas, das ich mir schon mein ganzes Leben gewünscht habe«, gestand der Richter. »Wenn Cindy jedoch etwas zustoßen würde, könnte ich mir das niemals verzeihen. Sie ist alles, was ich habe.«

»Sie ist auch alles, was ich habe, Richter. Ich liebe sie sehr. Schon immer. Ich mußte warten, bis sie erwachsen war.«

»Kommen Sie, Kyle.« Der Richter klopfte ihm auf den Rücken. »Sie mußten herumziehen und sich die Hörner abstoßen.«

»Das auch, Sir.«

»Tallman wird morgen hier vorbeikommen. Ich glaube, es ist besser, wenn er für eine Weile glaubt, daß wir uns ihm anschließen. In der Zwischenzeit werden wir auf eine Gelegenheit warten, uns abzuseilen und nach Fort Gibson zu fahren. Dort werden wir gute Informationen über die Strecke bekommen und vielleicht einen anderen Scout anheuern.«

Die beiden Männer gingen zurück zum Wohnwagen. Der Richter war in Gedanken versunken, und Kyle Forsythe fragte sich, was zum Teufel er jetzt tun sollte. Seine »abgestoßenen Hörner«, wie der Richter seine Umtriebe vor dem Krieg genannt hatte, waren nämlich zurückgekommen, um ihn zu quälen.

KAPITEL 21

Addie war schon wach, als das Läuten der Kuhglocke einen neuen Tag ankündigte. Kurz vorher, als sie im Bett unter dem Wagen in Johns Arme gekuschelt gelegen hatte, hatte sie die sanfte Liebkosung seiner Lippen auf ihrer Wange gespürt und sich umgewandt, um ihre Arme um ihn zu legen und seinen Kuß zu erwidern.

»Morgen«, hatte er geflüstert. »Gut geschlafen?«

»Mmm… wie ein Stein.«

»Wie ein Stein fühlst du dich aber nicht an.« Eine Hand glitt ihren Rücken hinauf und hinunter, die andere umfaßte ihre weiche Brust und drückte sie leicht.

Sie verbarg ihr Gesicht im Bogen seines Halses. Sie liebte den männlichen Geruch seiner Haut, seinen Schnurrbart auf ihren Wangen, die kräftigen Arme, die sie festhielten.

»Mußt du jetzt aufstehen?«

»Ja, aber du kannst liegenbleiben, bis Bill die Glocke läutet. Das Anspannen dauert eine halbe Stunde.« Er küßte sie, dann rollte er unter der Decke hervor und zog sich Hemd und Hose an. Er kam zurück und beugte sich über sie. »Ich glaube, es gefällt mir, verheiratet zu sein. Du hast meine Socken gewaschen.« Er zog ihr die Decke über die Schultern, küßte ihre Nasenspitze und verschwand.

Addie lächelte noch immer, als die Kuhglocke erneut läutete. Sie zog sich rasch an, rollte die seitliche Leinwand auf und machte sie fest, dann faltete sie die Matratze und die Decken zusammen.

Trisha kam leise wie ein Schatten aus dem Wagen.

»Heute ist der erste Tag unserer Reise, Trisha. Bist du aufgeregt?«

»Ja, Miss Addie, aber ich habe mir Sorgen um Sie gemacht!«

»Warum?«

»Wegen ihm. Dem *Passanten*.«

Addie lachte. »Nennst du ihn immer noch so? Er hat sich mir nicht aufgedrängt, falls dir das Sorgen macht. Unter dem rauhen Äußeren verbirgt sich ein lieber und sanfter Mann. Ich wußte nicht, daß es Männer wie John Tallman gibt. Es ist ein Wunder, daß wir ihn gefunden haben, Trisha. Oder daß er uns gefunden hat. Ich liebe ihn.«

»Wie können Sie das jetzt schon wissen?«

»Ich weiß es einfach.« Addie hatte sich das Haar gebürstet und drehte es zusammen, damit sie es auf ihrem Kopf feststecken und mit ihrer Haube bedecken konnte.

»Geht es jetzt los?« Colin kletterte aus dem Wagen.

»Bald. Geh hinauf zum Küchenwagen, Colin. Mr. Wassall wird dir etwas kaltes Fleisch und Zwieback geben. John hat mir gesagt, daß die erste Mahlzeit des Tages gekocht wird, wenn wir kurz vor Mittag in Van Buren halten. Am späten Nachmittag brechen wir wieder auf und fahren bis nach Sonnenuntergang.«

»Das hat Gregorio mir auch gesagt.« Colin stülpte sich den neuen Hut auf den Kopf.

Addie sah, daß er die Krempe vorne hochgebogen und mit einer Fasanenfeder an der Krone festgesteckt hatte. Ob auch Trisha bemerkt hatte, daß der Junge Buffer Simmons kopierte, ließ sie sich nicht anmerken.

»Mr. Wassall hat mir gestern abend gesagt, daß es morgens Kaffee geben würde. Nimm den kleinen Sirupeimer, Colin, und bring Trisha und mir welchen mit.«

Als die Wagen losfuhren, führte John auf Victor den Treck zur Hauptstraße, während sein zweiter Mann, Cleve

Stark, die Reihenfolge angab, in der sie fuhren. Addies Wagen wurde von Huntley gefahren, einem kleinen O-beinigen Mann, der ein gewinnendes Lächeln hatte, obwohl seine Zähne vom Tabak ganz braun waren, und fuhr an zweiter Stelle hinter dem leichteren Wagen, der ihren Besitz transportierte. Colin saß neben Gregorio auf dem Sitz dieses Wagens.

Als sie sich umsah, konnte Addie nicht einmal das Ende der Kolonne sehen, so lang war sie. Die Ochsentreiber gingen neben dem Vieh und sangen laut vor sich hin. Das *pop! pop! pop!* der Ochsenpeitschen war in der ruhigen Morgenluft deutlich zu hören. Die Peitschenschnur wurde zusammengerollt, über dem Kopf des Ochsentreibers geschwungen, dann geradeaus geschlagen und mit einer raschen Bewegung zurückgeholt. Das Ergebnis war ein knallendes Geräusch wie der Schuß eines Revolvers.

Als Addie dies Huntley gegenüber erwähnte, sagte er ihr, jede Schnur sei aus fünfzehn bis dreißig Fuß geflochtenem Rohleder gemacht, und an einem Ende sei ein hirschlederner Knoten befestigt.

»Ein guter Ochsentreiber schlägt die Ochsen fast nie. Könnte das Fell wie mit einem Messer aufschlitzen, wenn er wollte. Das Knallen reicht aber meist aus, um sie in Gang zu halten.«

Auf dem Sitz gab es genug Platz für Trisha, aber sie wollte lieber auf dem Overjet dahinter bleiben, wo sie mit Jane Ann geschlafen hatte. Dillon war aus seinem Bett gekrabbelt, als der Wagen losgefahren war. Er und Jane Ann hatten sich angezogen und sahen mit großen Augen hinten aus dem Wagen hinaus.

Als der Treck einen Bogen machte, konnte Addie ein Feld überblicken, auf dem das zusätzliche Vieh hinter der Kolonne zusammengetrieben wurde. Sie war traurig darüber, Mr. Jefferson und Dolly zurückzulassen. John hatte ihr gesagt, daß sie in einem der Güterwagen einen Platz für sie gefunden hatten und daß einer der Männer sie zu Lupe bringen würde, wenn sie die Stadt erreicht hatten.

»Das ist wirklich ein prächtiger Wagen, Madam«, sagte Huntley. »Man sitzt ja wie in einem Schaukelstuhl.«

»Ich kenne mich mit Wagen nicht besonders aus. Mr. Tallman meinte, wir hätten Glück gehabt, daß wir ihn bekommen haben.«

»Allerdings. Schöne hohe Lehne. Gefederter Sitz.«

»Haben Sie die Fahrt schon mal gemacht?«

»Mein zweites Mal. Und auch das letzte Mal, das steht fest.«

»Warum?«

»Mag keine Städte oder Stadtmenschen. Sind zu viele. Schöne Gegend hier, aber zu Hause ist es schöner.«

John führte den Treck in weitem Bogen um Van Buren herum, als Buffer Simmons durch die Bäume kam und neben ihm herritt.

»Großer Gott! Ich habe dich nur an deiner Hutkrempe erkannt. Dein Gesicht ist ja so glatt wie ein Babypopo.«

»Wußtest gar nicht, wie hübsch ich bin, was?« Buffer fuhr mit den Fingern über sein glattes Gesicht. Sein dichtes braunes Haar war geschnitten, und unter seiner Rindslederweste trug er ein neues Hemd.

»Du bist so hübsch wie das nördliche Ende eines Maultiers, das nach Süden läuft.« Buffer war jünger, als John angenommen hatte. »Was machst du hier? Warum bist du nicht beim Richter und bereitest die Abfahrt vor?«

»Ich hab' gekündigt. Ich glaube, ich sollte dir sagen, warum – will hier anheuern und arbeiten, bis wir drüben sind.«

»Wegen Trisha?«

»Wer hat das gesagt?« Buffers freundliches Lächeln verschwand.

»Zum Teufel, ich bin doch nicht blind. Wenn du in ihrer Nähe bist, bist du hin und weg.«

»Wenn es dir nicht paßt, sag es lieber sofort.« Buffers Tonfall war scharf.

»Krieg dich wieder ein. Es steht mir nicht zu, dafür oder dagegen zu sein.« Johns Antwort war genauso barsch. »Sag, was du zu sagen hast.«

»Ich hab' Van Winkle nicht wegen Trisha verlassen. Ich könnte sie trotzdem sehen, wenn die Trecks nebeneinander herfahren. Die Sache ist die, daß der dämliche Hurensohn von Richter allein vorausfahren will. Ich habe sofort gemerkt, daß er mich nicht zum Jagen angestellt hat, sondern als Scout. Verdammt noch mal! Das bedeutet, ein Baby den Wölfen zum Fraß vorzuwerfen.«

»Hast du ihm das gesagt?«

»Allerdings. Ich hab' ihm gesagt, er wäre leichte Beute, und ich hab' ihm erzählt, was mit der Frau passiert, wenn er überfallen wird. Der Kerl hat nicht mit der Wimper gezuckt. Hat mich Feigling genannt und weggejagt. Ich hätte ihm sofort an Ort und Stelle eine geknallt, wenn er nicht so verdammt alt wäre.«

»Dort, wo er hinwill, kann so eine Bemerkung einen Mann das Leben kosten.«

»Er ist ein geschwätziger alter Mistkerl. Ich hätte sowieso gekündigt, schon bevor er mir gesagt hat, daß er es allein versuchen will. Er kam sofort an und sagte, daß die Soldaten das Kommando haben. Ich sollte ihnen unterstehen. Zum Teufel, Tallman, du hättest sie sehen sollen. Sie sind so dämlich, daß sie an einem heißen Tag in frische Scheiße treten würden.«

»Was hat er jetzt vor?«

»Das weiß ich genausowenig wie du. So eine Truppe habe ich noch nie gesehen. Warte ab, bis wir sie treffen, und dann sag mir, ob das nicht der blödeste Anblick ist, den man sich vorstellen kann.«

»Wie lange warst du nicht im Indianerterritorium?«

»Ein paar Monate. Habe am Wolfe Creek in Oklahoma überwintert. Texas füllt sich immer mehr mit Siedlern. Das Indianerterritorium ist voll von Banditen, die auf leichte Beute aus sind. Sie machen üble Sachen und schieben es auf die Indianer. Ich bin über Boggy Depot und die Shawnee-Strecke gekommen. Der Viehtreck, mit dem ich unterwegs war, ist ostwärts nach North Fork gezogen. Ich hatte dann genug davon, wilde Ochsen zu jagen, und bin nach Fort Smith gegangen. Ein Typ dort, den ich kenne, hat mir gesagt, daß der Richter einen Jäger brauche. Die Bezahlung sollte gut sein. Ich habe zwar schon was angesammelt, aber man kann immer noch mehr gebrauchen.«

»Mit Van Winkles Bezahlung kann ich nicht mithalten.«

»Das verlange ich auch gar nicht. Für keine Bezahlung der Welt würde ich vor diesen Armeetypen buckeln. Wenn ich das gewollt hätte, wäre ich für sie in den Krieg gezogen.«

»Wir brauchen noch zwei Männer. Sag Cleve Bescheid, daß wir einen schon angestellt haben.«

Auf einer saftigen Wiese eine halbe Meile hinter Van Winkles Lager ließ John seine Wagen einen Halbkreis bilden. Die Gespanne wurden ausgespannt und die Ochsen aus dem Joch befreit. Die Ausrüstung wurde in die Mitte gebracht, damit am späten Nachmittag wieder angespannt und angejocht werden konnte. Nachdem die Tiere getränkt worden waren, wurden sie zu einer Stelle getrieben, an der sie grasen konnten. Jeder Mann sorgte für die Tiere, die seinem Wagen zugeteilt waren. Erst als Huntley die grauen Maultiere wegführte, erlaubte Addie es den Kindern, den Wagen zu verlassen.

Bill Wassall und Paco begannen sofort, die erste Mahlzeit des Tages zu kochen. Eine große gußeiserne Platte wurde über das Feuer gelegt, und Fleischstücke begannen zu zischen. Paco rührte, während Bill die Zutaten für Pfannkuchen in einem großen Faß mischte. Addie konnte das gebratene Fleisch schon riechen, bevor es ihr überhaupt gelungen war, ein Feuer in Gang zu bringen.

John und Dal Rolly kamen die Reihe entlanggelaufen, um die Wagen und die Fracht zu inspizieren. Dillon lief auf John zu und rief: »Mr. Tallman, Trisha sagt…«

»Dillon!« Addie fing ihn rasch ab, bevor er John erreichte. »Er hat jetzt zu tun.«

»So viel habe ich auch nicht zu tun. Ich komme gleich zum Vorratswagen, Dal. Komm mal her, kleiner Frosch, was hast du mir denn Wichtiges zu sagen?«

»Trisha sagt, du bist mein Papa. Ich habe noch nie einen Papa gehabt. Mama sagte, ich hatte einen, aber der ist aus dem Krieg nicht wiedergekommen. Die verdammten Yankees haben ihn erschossen.«

»Dillon, um Himmels Willen! Er schnappt alles auf, was er hört.«

»Nur so lernt er.« John hob den Jungen auf seinen Arm. »Trisha hat recht. Als ich deine Mutter geheiratet habe, bin ich dein Papa geworden. Geht das in Ordnung?«

»Ja! Hattest du schon mal einen Jungen?«

»Nein, aber jetzt habe ich einen. Genaugenommen habe ich sogar zwei Jungen – dich und Colin.«

Jane Ann zog an seiner Hand. »Hast du ein kleines Mädchen?«

John sah hinab in das sehnsüchtige Gesicht des Kindes. Er bückte sich und hob sie auf seinen anderen Arm.

»Jetzt schon. Sie heißt Jane Ann.«

Jane Ann legte ihre Arme um Johns Hals und die Lippen an sein Ohr. »Kann ich dich auch Papa nennen? Colin hat gesagt, ich soll nicht fragen.«

»Ich wäre stolz, wenn du mich Papa nennen würdest – ihr alle.«

»Trisha auch?« fragte Dillon.

»Wenn sie das möchte.« John stellte die Kinder wieder auf ihre Füße.

»Ich sag es Trisha. Sie ist ins Gebüsch gegangen«, rief Jane Ann über die Schulter und rannte auf das Gebüsch zu, das die Lichtung umgab.

»Also, das wäre geklärt.« John stellte sich neben Addie. Er war noch immer überrascht von der Stärke seiner Begierde, bei ihr zu sein, sie zu berühren. Seit er sie getroffen hatte, hatte das Leben für ihn eine neue Bedeutung gewonnen.

Sie sah ihn an. In ihren violetten Augen standen Tränen. »Du bist ein wunderbarer Mann.«

John lächelte, sein Schnurrbart unterstrich seinen breiten, kräftigen Mund.

»Das finde ich auch.« Seine Worte hatten die erwünschte Wirkung.

»Ach, du!« Addie lachte und bohrte ihren Zeigefinger zwischen seine Rippen.

»Bill glaubt, daß du schlecht auf ihn zu sprechen bist und deswegen nicht zum Küchenwagen kommst.«

»Ich bin nicht schlecht auf Mr. Wassall zu sprechen. Ich...«

Ein durchdringender Schrei schnitt ihr das Wort ab. Ein zweiter Schrei folgte. John und Addie rannten am Wagen vorbei, als Jane Ann aus dem Gebüsch gelaufen kam und lauthals schrie.

»Tri...Tri...sha! Pa...pa! Tri –!«

John erreichte das Kind etliche Meter vor Addie und packte es bei den Schultern.

»Was ist mit Trisha?«

»Da... da hinten!«

»Geh zum Wagen, Liebes. *Sofort!*«

John stürzte ins Gebüsch. Bevor Addie ihn erreichte, war er schon auf einer kleinen Lichtung und kniete neben dem bewußtlosen Mädchen. Er hob sie hoch und löste rasch die dünne, enge Lederschnur von ihrem Hals. Ihr Gesicht war dunkel angelaufen. Blut floß aus einer Wunde über ihrer Stirn, und Arme, Beine und Gesicht wiesen Spuren einer Peitsche auf.

»Oh, mein Gott! Mein Gott! Mein Gott!« Addie konnte die Augen nicht von Trishas Gesicht abwenden.

John warf die Peitsche weg, streckte Trisha aus und begann, ihre Arme über den Kopf zu heben, um zu versuchen, Luft in ihre Lungen zu pumpen.

»Bitte, bitte, lieber Gott…« Addie merkte nicht einmal, was sie sagte. Sie fiel auf die Knie und zog Trisha das Kleid über die Beine, die über und über mit blutigen Striemen übersät waren.

»Wer könnte das tun? Wer könnte so etwas tun?« murmelte Addie wieder und wieder.

»Sie atmet! Sie atmet! Gott sei Dank.« John fuhr mit den Fingern leicht über Trishas Kehle. »Wir sind gerade rechtzeitig gekommen.« Er schob ihr Haar beiseite, um die Wunde an ihrem Kopf zu betrachten. »Sie blutet stark, aber das ist bei Kopfverletzungen meistens so. Sie wurde gepeitscht, als sie auf der Seite lag, nachdem er sie niedergeschlagen hat. So ein verfluchter Hurensohn!« murmelte er mit zusammengebissenen Zähnen.

»Trisha hätte wie eine Wildkatze gekämpft. Er muß sich von hinten angeschlichen haben.«

Buffer Simmons brach wie ein wütender Bulle durchs Gebüsch. Cleve war wenige Schritte hinter ihm.

»Was ist hier los? Jane Ann hat gesagt…« Buffer fiel neben dem Mädchen auf die Knie. »Wer hat das getan? *Wer zum Teufel war das?*«

»Das wissen wir nicht. Wir müssen sie zurück zum Wagen bringen, damit Addie sie pflegen kann.« Er wandte sich an Cleve. »Weiß das ganze Lager davon?«

»Simmons und ich haben dich gesucht. Das kleine Mädchen hat uns gesagt, du wärst hier. Ich glaube nicht, daß es sonst jemand weiß.«

Buffer hob Trisha sanft auf. Addie hatte ihn nicht erkannt, bis sie die Rindslederweste gesehen hatte. Sie führte ihn zurück zum Wagen. John hob die Peitsche auf. Zusammen mit Cleve suchte er den Boden sorgfältig nach Spuren ab, dann kamen sie nach.

»Ich brauche heißes Wasser«, sagte Addie, nachdem Buffer Trisha auf das Overjet gelegt hatte.

»Wird sie wieder in Ordnung kommen, Madam?«

»Die Wunden von der Peitsche werden verheilen, aber ich weiß nicht, wie schlimm die Kopfwunde ist... oder ob die Schnur um ihr Genick ihren Hals verletzt hat.«

»Eine Schnur ums Genick?«

»John hat sie abgemacht, damit sie atmen konnte. Er sagte, wir wären gerade rechtzeitig gekommen. Wir können Gott dafür danken, daß Jane Ann sie gesucht hat.«

Buffer nahm Trishas Hand und hielt sie fest umklammert. »Ich werde den Mann töten, der dir das angetan hat«, flüsterte er, dann verließ er rasch den Wagen.

John zog die beiden kleineren Kinder unter dem Wagen hervor. Jane Ann schluchzte. Sie schlang die Arme um sein Bein. Dillon weinte, weil sie es tat.

»Jane Ann, Liebes. Hast du den Mann gesehen?«

»Ich... habe Trisha gerufen – und gewartet, daß sie etwas sagt. Aber sie war tot umgefallen.«

»Sie ist nicht tot. Hast du jemanden gesehen?«

»Nur Trisha. Sie sah tot aus!«

»Ist sie aber nicht. Sie wird sich wieder erholen. Weine nicht. Du hast genau das Richtige gemacht. Du hast Hilfe geholt.« John nahm den Saum von Jane Anns Kleid und wischte ihr damit über die Augen. »Buffer macht ein Feuer an. Schau mal mit Dillon nach, ob ihr ihm helfen könnt.«

Buffer schickte die Kinder, Zweige für das Feuer zu suchen, ermahnte sie aber, daß sie in der Nähe bleiben sollten.

Als die Kinder weg waren, sagte John: »Sieh dir mal diese Peitsche an, Cleve. Das ist keine Ochsenpeitsche.«

»Aufseher auf Plantagen haben solche Peitschen. Die ist nicht aus dem Lager. Ich kenne jeden Mann, der angeheuert hat, außer Simmons. Keiner von ihnen benutzt so eine Peitsche.«

»Buffer ist so verrückt nach dem Mädchen, daß er kaum geradeaus gucken kann.«

»Er war bei mir. Somit bleibt nur jemand von Van Winkles Truppe oder aus der Stadt.«

»Sag den Männern ruhig Bescheid. Erzähl ihnen, was passiert ist, und bitte sie, die Augen offen zu halten. Es ist offensichtlich, daß der Hurensohn die Wagen beobachtet hat, bis sich eine Chance bot, eine der Frauen zu bekommen. Er hatte die Gelegenheit, als Trisha ins Gebüsch ging.«

»Besorg den Frauen einen Nachttopf.« Cleve bemerkte Johns erstaunten Blick. »Ich kenne mich aus mit Frauen. Hatte selbst mal eine.«

»Das weiß ich«, sagte John, der sich an Cleves erschlagene Familie erinnerte, sanft. »Irgendwie glaube ich, daß der Mann auf Trisha gewartet hat.«

»Warum?«

»Es gibt Dinge, die du über dieses Mädchen nicht weißt, Cleve, Dinge, auf die sie keinen Einfluß hat. Sie ist ein gutes Mädchen. Addie hat sich dafür verbürgt.«

Cleve zuckte die Schultern. »Simmons hat mir gesagt, daß du ihn angestellt hast.«

»Wo willst du ihn einsetzen?«

»Er und ich können uns beim Auskundschaften und Hinterherreiten abwechseln. Dann kannst du in der Nähe des Trecks bleiben.«

»So etwas in der Richtung hatte ich mir auch überlegt. Ich glaube nicht, daß sich jemand von uns im Indianerterritorium so gut auskennt wie er. Er sollte eigentlich wissen, womit zu rechnen ist und von wo Gefahr droht.«

»Tallman!« rief Buffer herüber. »Du hast die Ehre, von den blöden Idioten besucht zu werden, die sich Kämpfer nennen.«

John drehte sich um und sah, daß sich die Soldaten der Union näherten: gerader Rücken, Ellenbogen nach innen gekehrt, glänzende Stiefel, strahlende Sättel. Ihre Gürtelschnallen waren poliert, und ihre Hüte saßen im vorschriftsmäßigen militärischen Winkel. Die Vollblutpferde, die sie ritten, sahen aus, als seien sie gerade erst gewaschen und gestriegelt worden. In den langen, wehenden Schweifen war nicht einmal ein getrockneter Grashalm.

Die Ochsentreiber hatten ihren Arbeit unterbrochen, um das Spektakel zu betrachten. Die beiden Soldaten, die sich der Aufmerksamkeit, die sie erregten, voll bewußt waren, hielten die Zügel gestrafft, um die Köpfe ihrer Pferde hochzuhalten, wobei die Tiere tänzelten und Seitenschritte machten.

»Großer Gott«, sagte John. »Sieh dir das an. Ich wette um einen Vierteldollar, daß man sich in den Stiefeln spiegeln kann.«

»Sind sie nicht ein toller Anblick?« Cleve lachte, was er selten tat. »Die sind gerade von der Militärschule für Jungs gekommen und geben jetzt damit an.«

John ging vom Wagen weg. Er stand mit gespreizten Beinen da, die Arme über der Brust verschränkt, den Hut tief in die Stirn gezogen. Die Soldaten brachten ihre Pferde zum Stehen.

»Sind Sie hier der Befehlshaber?« fragte einer knapp.

»Das bin ich.«

Der Soldat stieg von seinem Pferd und gab die Zügel an

seinen Begleiter. Als er auf John zukam, zog er seine Handschuhe mit den breiten Aufschlägen aus, legte sie zusammen und klemmte sie unter den Arm. Er stand in Grundstellung vor John, den Körper steif wie ein Brett, den Kopf zurückgelegt.

»Leutnant Bradford Shipley mit einer Nachricht von Richter Ronald Van Winkle.«

»Schieß los.« John sah den Mann direkt an und fragte sich, wie zum Teufel es dem Norden gelungen war, den Krieg zu gewinnen.

»Richter Van Winkle hat seine Anordnung in Schriftform abgefaßt.«

Der Leutnant zog ein zusammengefaltetes Blatt Papier aus seiner Tasche und übergab es John. John überflog es und gab es zurück.

»Sagen Sie dem Richter, daß ich bis heute Nachmittag um drei hier bin.«

»Die Nachricht besagt, daß der Richter heute Nachmittag um halb zwei ein Treffen in seinem Lager wünscht.« Shipley sprach, als sei er sich sicher, daß John die Nachricht nicht hatte lesen können.

»Ich glaube, Sie haben mich nicht verstanden, Mister. Ich habe gesagt, ich bin bis drei Uhr heute Nachmittag hier. Dann fahren wir los. Sagen Sie dem Richter, daß um genau halb zwei alle Mitglieder seiner Truppe hier sein müssen, wenn er sich uns anschließen will. Als Wagenführer werde ich dann ein paar Dinge klären, zum Beispiel die Regeln festlegen und die Bestrafung für diejenigen aufstellen, die sie brechen.«

Während John sprach, veränderte sich der Gesichtsausdruck des Leutnants allmählich. Seine Lippen zitterten, und er lief rot an. Als John geendet hatte, war der junge Mann so aufgebracht, daß er kaum den Mund zum Sprechen öffnen konnte. Er wollte eine wütende Antwort geben, aber als er in die dunkelblauen Augen unter der Krempe des Lederhuts blickte, war es ihm, als sehe er in ein doppelläufiges Gewehr. Das Gesicht des Leutnants war verzerrt vor Wut, doch eine vage Intuition sorgte dafür, daß er ruhig sprach.

»Ich glaube nicht, daß Ihnen die Situation klar ist, Mr. Tallman. Zum jetzigen Zeitpunkt ist Richter Van Winkle der höchste Regierungsbeamte in dieser Gegend. Somit ist er ein äußerst wichtiger Mann, ernannt vom staatlichen Ministerium für Indianerangelegenheiten.«

»Sie können sicher sein, daß mir die Situation völlig klar ist. Der Richter ist vielleicht *irgendwo* ein wichtiger Mann, aber nicht in diesem Lager. Hier bin ich wichtig. Ich leite diesen Treck. Diese Männer arbeiten für mich. Und ich nehme hier keine Befehle entgegen, ich erteile sie. Ist das klar?«

»Ist das Ihr letztes Wort?« Shipley bemühte sich, die Fassung zu behalten. Hinter ihm hatte sein angeblich perfekt erzogenes Pferd gescheut und tänzelte an den Zügeln. Das Durcheinander war der Sache nicht zuträglich.

»Es ist mein einziges Wort.«

»Sehr gut.« Der Leutnant zerrte seine Handschuhe unter seinem Arm hervor und zog sie an. »Ich werde Ihre Nachricht an den Richter weitergeben.«

»Tun Sie das.« John hob die Hand, als der Soldat einige Schritte nach hinten machte. »Paß auf, Yankee, daß deine glänzenden Stiefel nicht ganz schmutzig werden. Hinter dir liegt ein Haufen Pferdemist.«

KAPITEL 22

Addie hatte Trishas Wunden ausgewaschen und mit einer Salbe bestrichen, die Buffer ihr gegeben hatte. Sie war aus der Aloe-Pflanze gemacht, und er hatte sie von einer mexikanischen Frau bekommen, die in der Heilkunst ausgebildet war. Er schwor darauf, daß diese Salbe die Heilung von offenen Wunden beschleunigen würde. Addie war ihm sehr dankbar dafür.

John kletterte in den Wagen hinauf, als Addie gerade ein frisches feuchtes Tuch auf Trishas Kopf legte.

»Wie geht es ihr?«

»Sie ist noch immer bewußtlos. Ich habe das Haar um die Wunde herum abgeschnitten. Sie scheint nicht sehr tief zu sein.«

»Er hat sie mit einem stumpfen Gegenstand wie einem Gewehrschaft geschlagen. Mit dem Hieb hätte er sie töten können. Ich frage mich, ob sie den Schlag vorausgeahnt und ihren Kopf weggedreht hat. Sie hat auch Glück gehabt, daß das viele dicke Haar den Schlag abgedämpft hat.«

»Wer kann das getan haben?«

»Keiner von unseren Leuten, Addie. Die Schnur um ihren Hals war keine Ochsenpeitsche. Cleve sagte, es wäre die Sorte, die Aufseher auf einer Plantage für die Feldarbeiter benutzen.«

»Glaubst du, er wollte sie *umbringen*?«

»Ja. Ich glaube, er hatte die Schnur um ihren Hals geschlungen und wollte sie tiefer ins Gebüsch ziehen, als er Jane Ann rufen hörte. Er hatte dann nicht genug Zeit und ist wahrscheinlich genau in dem Moment verschwunden, als Jane Ann auftauchte.«

»Warum hat er sie nicht einfach erschossen, wenn er sie töten wollte?«

»Einen Schuß hätte man bemerkt.«

»Vielleicht hat er mir aufgelauert.«

»Ich glaube, es war einer von den Renshaws. Sie wollen Trisha, nicht dich.«

»Sie würden uns doch nicht weiter folgen, oder?«

»Das werden wir mit Sicherheit wissen, wenn wir ins Indianerterritorium kommen. Liebes, Colin wartet draußen. Er macht sich schreckliche Sorgen um Trisha. Kann er einen Moment hereinkommen?«

»Natürlich. Er kann den Wascheimer ausleeren und frisches Wasser holen. Wo sind Dillon und Jane Ann? Ich habe das Kochen völlig vergessen.«

»Cleve hat sie zu Bill gebracht. Er wird dafür sorgen, daß sie zu essen bekommen.«

»O nein! Die Männer haben genug zu tun. Ich will nicht, daß die Kinder ihnen in die Quere kommen.« Addie stand auf, aber John drückte sie wieder auf den Stuhl zurück.

»Sie stören nicht. Cleve kennt sich mit Kindern aus. Er hat mal selbst welche gehabt. Und Bill ist nicht so mürrisch, wie es scheint. Der alte Kauz hat wahrscheinlich eine Horde Kinder überall im ganzen Land verstreut, von denen er nicht einmal weiß.«

»Wie kannst du so etwas sagen.« Addie mußte lächeln.

»Dillon und Jane Ann sind gut versorgt. Wenn sie Ärger machen, werden Bill oder Cleve schon damit fertig.« Er hielt einen Moment inne.

»Wenn Trisha aufwacht, wird sie schreckliche Kopfschmerzen haben. Versuch, ihren Kopf ruhigzuhalten. Polster ihn auf beiden Seiten ab. Wenn wir losfahren, wird es die reinste Hölle für sie werden, aber das Laudanum wird ihr helfen. Ich habe ein wenig aus der Arzneibox gebracht. Gib ihr jeweils zwei Tropfen mit etwas Wasser. Das wird die Schmerzen betäuben und sie schlafen lassen.«

»Ich wünschte, sie würde aufwachen.«

»Das wird sie. Du tust im Moment alles, was möglich ist. Das nasse Tuch auf ihrem Kopf verhindert Schwellungen.«

»Sie hat sich so gefreut, in ein neues Land zu kommen – wo die Leute sie nicht kennen. Es ist nicht fair, John. Sie ist hübsch und lieb, und weil sie zugibt, daß sie Negerblut in sich hat, behandeln die Leute sie wie Dreck.«

»Hast du den Kindern und Colin gesagt, daß sie das niemandem sagen sollen?«

»Ja. Aber Buffer Simmons weiß es.«

»Er wird nichts sagen.«

»Sie ist so stolz«, sagte Addie und strich das Haar aus Trishas Gesicht. »Sie sagt immer: ›Ich bin was ich bin.‹«

»Dafür müssen wir sie bewundern. Liebes, ich werde etwas zu Essen besorgen. Ich sage Colin, daß er reinkommen kann.«

»Hat er etwas gegessen?«

John drückte ihre Schulter. »Wie immer die besorgte Mutter. Ja, er hat mit Gregorio und den anderen Männern gegessen. Schick ihn zum Küchenwagen, wenn er Trisha gesehen hat. Bill wird einen Teller für dich herrichten.«

»Glaubst du, daß der, der das getan hat, zurückkommen wird?«

»Wenn er das tut, erwartet ihn eine böse Überraschung. Von jetzt an werden wir genau aufpassen.«

Trisha wachte langsam auf. Ihre Augenlider flatterten, dann öffnete sie die Augen ganz und sah wild um sich.

»Hab keine Angst.« Addie beugte sich über sie, damit sie ihr Gesicht sehen konnte, und hielt ihre Hand fest. »Du bist hier mit mir im Wagen. Lieg still.«

»Addie ... oh, mein Kopf.« Trishas Stimme war heiser, und mit ihrer freien Hand griff sie nach Addie.

»Ich habe mir Sorgen gemacht, weil du nicht aufgewacht bist. Möchtest du etwas Wasser trinken?«

»O ja.« Trisha leckte über ihre aufgesprungenen Lippen, als sei ihr nicht klar, daß sie von einer Peitsche verletzt worden waren.

Addie schob einen Arm unter das Kissen, hob Trishas Kopf an und hielt eine Tasse an ihre Lippen. Sie hatte schon zwei Tropfen Laudanum ins Wasser gegeben. Trisha behielt das Wasser eine Weile im Mund, bevor sie es langsam herunterschluckte. Ihre Augen waren fest auf Addie gerichtet, als sie zurück auf das Kissen sank.

»Trisha, Liebes, wer hat dir das angetan?«

»Ich weiß nicht, ob es Wirklichkeit war. Hatte einen Traum. Mein Kopf ist zerplatzt ...« Ihre Stimme versagte, und sie hob die Hand an ihre Kehle.

»Jane Ann hat dich auf dem Boden liegend gefunden und uns geholt. Buffer hat dich zurück in den Wagen getragen.«

Trisha öffnete die Augen. »Das alte ... Bürstengesicht?«

Addie lächelte. Das war die alte Trisha.

»Ja, das alte Bürstengesicht. Schlaf jetzt. Ich werde ein paar Kissen links und rechts neben deinen Kopf legen, damit er sich nicht bewegt. Schlaf jetzt, Liebes. Ich bleibe hier bei dir.«

»Gehen Sie nicht weg ... Miss Addie ... bitte ...«

»Ich gehe nicht. Es ist immer jemand bei dir.«

Kurze Zeit später kam Buffer hinten an den Wagen.

»Miss Addie, ist sie schon aufgewacht?«

»Kommen Sie herein.« Der Wagen schaukelte leicht unter Buffers Gewicht. »Sie ist aufgewacht. Ich habe ihr zwei Tropfen Laudanum gegeben, und sie ist wieder eingeschlafen.«

»Wird sie wieder gesund?«

»John glaubt schon. Ihr Hals ist ganz wund. Sprechen oder Schlucken fällt ihr schwer.« Addie tauchte das Tuch in die Wasserschüssel und wrang es aus, bevor sie es auf Trishas Stirn legte.

»Hat sie... etwas gesagt?«

»Daß das, was sie gesehen hat, nicht die Wirklichkeit war. Es war ein Traum. Dann sei ihr Kopf ›zerplatzt‹, sagt sie. Aber vielleicht war sie auch nicht richtig wach.«

»Madam, kann ich ein wenig hier bei ihr sitzen? Ich kümmer mich um das Tuch auf ihrem Kopf.«

»Ich weiß nicht. Sie hat mich gebeten, sie nicht allein zu lassen. Trisha bittet selten um irgend etwas.«

»Wenn Sie glauben, daß es sich nicht schickt, mach' ich den Wagen hinten ganz weit auf.«

Addie sah ihn an und lächelte. »Das wäre etwas dumm, oder?«

»Ja, Madam.«

»Ich glaube, Trisha würde sich mit Ihnen hier sicher fühlen. Also gut, bleiben Sie bei ihr.«

»John bereitet sein Treffen vor. Vielleicht möchten Sie daran teilnehmen.«

Addie sah auf das schlafende Mädchen hinunter, dann wieder zu Buffer.

»Danke«, sagte sie mit aufrichtiger Wärme.

Addie trat hinaus in die Sonne und suchte ihren Sohn und Jane Ann. Als sie einen Zipfel von Jane Anns blauem Kleid entdeckte, ging sie rasch zum Küchenwagen und fand die beiden auf einer Kiste vor einem Tisch, auf dem der Koch einen wilden Truthahn bratfertig machte. Jedes der Kinder hatte einen Truthahnfuß in der Hand.

»Guck mal, Mama.« Dillon strahlte über das ganze sommersprossige Gesicht. »Guck, was Mr. Wassall mir gegeben hat.« Er hielt den gelben Fuß hoch, zog an der weißen Sehne und sah fasziniert zu, wie die Krallen sich zusammenzogen.

»Meiner kann das auch«, zwitscherte Jane Ann glücklich.

»Das ist sehr... interessant. Kommt jetzt mit mir. Ihr habt Mr. Wassall lange genug belästigt.«

»Das war überhaupt nicht lästig«, sagte Bill und zerteilte die Truthahnbrust mit dem Fleischmesser.

»Wie geht es dem Mädchen, Madam?«

»Sie hat Schmerzen, aber sie wird wieder gesund.«

Bill Wassall schüttelte den Kopf. »Ich kann nicht begreifen, wie man so etwas tun kann«, sagte er vorsichtig mit Blick auf die Kinder. Er trug die Truthahnhälften zu einer eisernen Bratpfanne, legte sie hinein und deckte die Pfanne mit einem eisernen Deckel ab. Nachdem er sich in einer Schüssel die Hände gewaschen hatte, zog er seine Taschenuhr hervor und ließ den Deckel aufspringen. »In Ordnung, Dillon, jetzt ist es Zeit.« Er griff in den Wagen und holte die große Kuhglocke hervor. »Ich habe versprochen, daß Dillon die Männer zum Treffen rufen darf.«

»Ich auch?« fragte Jane Ann.

»Jawoll, du auch, kleines Fräulein.«

Addie sah den dicken kleinen Mann jetzt mit anderen Augen. Die Bitterkeit, die sie seit dem Tag ihrer Ankunft ihm gegenüber empfunden hatte, war verschwunden. Sie trat zurück und sah zu, wie der grinsende Dillon heftig die Glocke schwang. Sie war schwer, und schon bald wurden seine Arme müde. Bill nahm die Glocke und gab sie Jane Ann. Sie konnte sie nur ein paar Mal läuten, bevor Bill sie ihr wieder abnahm und das laute Läuten weiterging.

Die Männer kamen von ihren verschiedenen Arbeiten her und sammelten sich. Addie, die mit den Kindern zurück zum Wagen ging, wurde durch einen Ruf von Colin aufgehalten.

»Miss Addie! Gucken Sie mal, was da kommt.«

Addie drehte sich in die Richtung, in die Colin zeigte. Der Anblick, der sie erwartete, war großartiger als die Parade, die zum Kriegsende in Freepoint stattgefunden hatte.

Die Prozession wurde von einem Mann in dunklem Anzug und einer Frau im Damensattel angeführt. Ihre Reitkleidung war jagdgrün, genauso wie der federgeschmückte Hut, den sie auf ihrem aufgetürmten blonden Haar trug. Hinter dem Paar waren sechs Nordstaaten-Soldaten, die jeweils zu zweit nebeneinander ritten. Dicht hinter den Soldaten war eine weitere kleine Gruppe von Reitern. Sie ritten auf die Lichtung bis zu der Reihe von Bäumen, hielten an und schienen kurz etwas zu diskutieren, dann stiegen sie ab.

Die Hirten und Ochsentreiber starrten die Neuankömmlinge an, als sie einige Schritte nach vorne machten und als gesonderte Gruppe stehenblieben. Es war so ruhig, daß man den Schrei eines Ziegenmelkers und in einiger Entfernung den klagenden Ruf einer trauernden Taube hören konnte.

John trat am Küchenwagen vor und hob seine Hand. Als er die Aufmerksamkeit der Versammlung hatte, begann er zu sprechen.

»Es ist üblich, daß ich zu Beginn jeder Reise über die Routine und die Regeln spreche, die wir einhalten werden, bis wir unser Ziel erreichen. Bis auf wenige habt ihr alle diese Reise schon einmal mit mir gemacht, und ihr wißt, daß ich nicht erlaube, daß unterwegs oder im Lager getrunken wird. Ein Betrunkener kann dazu führen, daß ein halbes Dutzend von euch das Leben verliert. Wenn ich also jemand beim Trinken erwische, wird er auf ein Pferd gesetzt und davongejagt, ganz gleich, wo wir gerade sind.

Wir werden acht oder zehn Meilen pro Tag reisen, bis die Ochsen sich daran gewöhnt haben; danach hoffe ich, zwölf bis fünfzehn zu schaffen. Die Nachthirten werden um drei Uhr morgens hereingeritten kommen und das Lager wecken. Dann schlafen sie, während wir anderen anspannen und innerhalb von dreißig bis fünfundvierzig Minuten aufbrechen. Um zehn Uhr errichten wir ein Lager und essen die erste Mahlzeit des Tages. Dann werden die Tiere getränkt und zum Fressen angepflockt. Falls nötig, werden während der Mittagspause Reparaturen durchgeführt.

Am späten Nachmittag spannen wir wieder an und fahren bis nach Sonnenuntergang. Die Wagen werden jede Nacht im Halbkreis aufgestellt, um für den Fall eines Angriffs ein improvisiertes Fort zu bilden, oder ein Gehege, in dem das Vieh während eines Sturms bleiben kann. Morgens, wenn wir anspannen, ist ein beliebter Zeitpunkt für Angriffe. Wegen dem Durcheinander hoffen feindliche Indianer oder Abtrünnige, daß wir abgelenkt und nicht vorbereitet sind. Am Abend, wenn der Treck ins Lager kommt, ist eine weitere günstige Gelegenheit für sie. Während dieser Zeiten müssen wir besonders auf der Hut sein.

Wir werden unsere vereinten Kräfte brauchen, um die Kolonne sicher durch das Indianerterritorium zu bringen. Wir haben die besten Wagen – Espenshieds aus Saint Louis, und den besten Führer von Ochsentreibern, den es gibt, Dal Rolly. Cleve Stark, der zweite Wagenführer, hat diese Fahrt schon öfter hinter sich gebracht als ich. Er weiß, was uns erwartet. Hört darauf, was er sagt. Wenn wir unser Ziel erreichen, ohne einen Mann oder einen Wagen verloren zu haben, erwartet euch ein Bonus.

Ich stehe jederzeit zur Verfügung, um mir eure Vorschläge oder Beschwerden anzuhören. Noch eine Sache. Wir haben für euch den besten Koch zwischen dem Mississippi und den Rocky Mountains besorgt. Von Zeit zu Zeit werdet ihr auf der Strecke Wild sehen. Wir töten nichts, was wir nicht essen. Bill wird Bescheid sagen, wenn er frisches Fleisch braucht.«

Als John seine Ansprache beendet hatte, fragte er sich, ob er Van Winkles Truppe hätte erwähnen sollen. Wenn sie sich der Kolonne anschlossen, hatten die Männer ein Recht darauf, das zu wissen. Während er noch darüber nachdachte, lösten sich die Männer in kleine Grüppchen auf und zogen sich zu den Wagen zurück, die ihnen zugewiesen worden waren. John entdeckte Addie und die Kinder und ging auf sie zu. Der Richter fing ihn ab.

»Muß mit Ihnen reden, Tallman.«

»Bitte.«

»Vertraulich, wenn es möglich wäre.«

John trat in den Schatten von einem der Güterwagen. Der Richter folgte ihm.

»Haben Sie sich entschieden, was Sie tun werden?« fragte John unverblümt.

»Ich habe keine andere Wahl als mit Ihnen zu kommen.«

»Sie können hier auf einen anderen Treck warten. Es kommen bestimmt noch einer oder zwei in dieser Saison.«

»Ich kann es mir nicht erlauben zu warten. Ich komme schon so zu spät zu meinem Termin.«

»Dann fahren Sie doch nach Fort Smith und heuern Sie einen Führer an.«

»Ich dachte, ich hätte einen.«

»Buffer Simmons? Sie haben ihn verloren, als Sie zugelassen haben, daß diese herausgeputzten, idiotischen Soldaten ihn beleidigten. Ohne meinen Treck hätte er Sie sowieso nicht geführt. Er kennt die Gefahren.«

»Habe ich richtig verstanden, daß Sie um drei Uhr morgens anfangen?«

»Allerdings. Jeder meiner Wagen wiegt drei Tonnen. Ich lasse meine Ochsen nicht in der Hitze des Tages arbeiten.«

»Sie machen es uns nicht gerade leicht, nicht wahr?«

»Warum sollte ich Ihnen gegenüber nachgeben, Richter? Für mich würden sie das auf keinen Fall tun.« John hob die Hand gab Addie ein Zeichen, als sie vorbeikam. »Komm mal her, Liebling.« Addie kam zu ihm. Er nahm ihren Arm und zog sie stolz an seine Seite. »Das ist meine Frau, Mrs. Tallman. Liebling, Richter Van Winkle.«

»Sehr erfreut, Sir.« Addie streckte die Hand aus.

»Madam.« Der Richter zog den Hut, als sie vorgestellt wurden, dann nahm er Addies Hand.

Obwohl sein Benehmen einwandfrei war, hatte Addie den Eindruck, daß das Interesse des Richters an anderer Stelle lag.

»Entschuldigen Sie mich.« Sie blickte zu John auf. »Dillon ist mir entwischt, und ich will nicht, daß er in die Nähe der scheuen Pferde gerät.«

»Such ihn ruhig. Ich komme gleich.«

Addie ging weiter. Dann sah sie, wie ihr Sohn auf die Soldaten der Union zurannte, so schnell ihn seine kurzen Beine tragen konnten. Sie eilte hinter ihm her und erreichte ihn genau in dem Moment, als er vor dem Offizier stehenblieb, der neben der Frau stand.

»Sind Sie ein verdammter Yankee?« fragte er und sah zu dem Mann auf. Seine Kinderstimme tönte bis zu einer Gruppe von Ochsentreibern hinüber, die vor Lachen brüllten.

»Dillon! Du sollst so etwas nicht sagen.« Addie ergriff seine Hand und sah dabei auf, eine Entschuldigung auf den Lippen. Alle Gedanken bis auf einen erstarben jedoch, sobald sie dem Mann ins Gesicht sah. Vor ihr stand Kirby, ihr Ehemann – ihr *toter* Ehemann. Er hatte die gleichen Augen, das gleiche Gesicht, bis auf den Schnurrbart und das Bärtchen. Das blonde, wellige Haar war länger. Seine Schultern waren breiter. Er war älter. Aber es war Kirby, und er sah sie an, als sei sie ihm vollkommen unbekannt.

»Machen Sie sich keine Gedanken wegen des Jungen, Madam. Seit ich im Süden bin, hat man mir schon schlimmere Namen gegeben als verdammter Yankee.«

Die Stimme mit dem leicht nördlichen Tonfall war Kirbys. Addie starrte ihn an. Er sah ihr direkt in die Augen, ohne einen Funken des Erkennens.

»Sie haben einen hübschen Sohn«, sagte er schließlich.

»Ja, das stimmt.« Addie drehte sich um, zog Dillon hinter sich her und eilte über die Lichtung, ihren düsteren, verzweifelten Blick auf den Wagen gerichtet, den einzigen Ort, wo sie sich verstecken konnte.

Hinter ihr lachte die Frau leise und sah den Mann mit neckendem Blick an.

»Du hast die arme Frau ganz verwirrt, Kyle. Sie konnte die Augen nicht von dir abwenden. Habe ich Grund zur Eifersucht?«

»Ich möchte, daß du auf jede Frau eifersüchtig bist, die mich ansieht«, sagte er sanft und drückte ihre Finger. »Dann weiß ich, daß du mich wirklich liebst.«

»Puh, Schatz. *Das* weißt du doch schon.«

Die beiden waren so ineinander versunken, daß sie den Richter erst bemerkten, als er sie ansprach.

»Kyle, können wir aufbrechen?«

»Fahren Sie mit ihm?«

»Vorerst jedenfalls. Ich hoffe, daß wir uns später absetzen und nach Fort Gibson fahren können. Bei Gott, wenn ich nach Santa Fe komme, werde ich meinen Einfluß geltend machen, um mit diesem Scheißkerl abzurechnen. Dann wird er feststellen, wer wichtig ist und wer nicht.«

Addie saß neben Trisha, als die Kolonne westwärts den Arkansas River entlangrollte. Das Zittern in ihr hatte nicht nachgelassen. Jetzt verspürte sie eine wilde Wut. *Wie kann Kirby Hyde es wagen, noch zu leben.* Alle ihre Instinkte sagten ihr, daß der Yankee-Offizier Kirby Hyde war, der Mann, den sie geheiratet hatte, der Vater ihres Sohnes. Aber die Logik warf bohrende Fragen auf. Kirby hatte sich der konföderierten Armee angeschlossen. Er war aus der Stadt nach Hause gekommen und hatte ihr gesagt, er habe sich gemeldet. Wie konnte er plötzlich als Yankee-Hauptmann auftauchen?

Der Kampf zwischen Addies Intuition und ihrer Vernunft nahm kein Ende. Sie versuchte verzweifelt, sich daran zu erinnern, ob irgend jemand zur gleichen Zeit zur Armee gegangen war wie Kirby. Sie war so unglücklich gewesen und hatte solche Angst gehabt, allein ein Kind zu erwarten, daß sie monatelang mit niemanden außer den Nachbarn, die gelegentlich vorbeikamen, gesprochen hatte. Die Vernunft sagte ihr, daß der Yankee-Hauptmann nur wie Kirby *aussah*. Sie hatte gehört, daß jeder irgendwo einen Doppelgänger hatte. Vielleicht hatte Kirby sogar einen Zwillingsbruder, von dem sie nichts wußte.

In der kurzen Zeit, die sie zusammengewesen waren, hatte Kirby immer behauptet, er habe keine Verwandten. Dann hatte er bei einer weitschweifigen Unterhaltung zufällig einen Onkel in Jonesboro erwähnt. Als sie ihn nach dem Onkel gefragt hatte, hatte Kirby gesagt, sie würden sich nicht besonders gut verstehen. Nach Jonesboro hatte sie auch den Brief geschickt, in dem sie Kirby von der Geburt seines Sohnes berichtete.

O Gott! Wenn der Offizier Kirby *war*, wie konnte er dann Dillon ansehen, sein eigen Fleisch und Blut, und ihn so vollständig ablehnen? Sie erinnerte sich, wie mürrisch Kirby geworden war, als sie ihm erzählt hatte, daß ihre Monatsblutung ausgeblieben war und sie vielleicht ein Kind erwartete. Sie war so glücklich gewesen und hatte die gute Nachricht teilen wollen. Wie damals wurde ihr wieder klar, daß Kirby kein guter Vater gewesen wäre. Er war egoistisch und falsch gewesen; und obwohl er zuerst hart gearbeitet hatte, um ihre Zuneigung zu gewinnen und sich seinen Platz auf der Farm zu sichern, war er später desinteressiert und faul geworden.

Sie überlegte hin und her, was sie tun sollte. Wenn der Yankee-Hauptmann Kirby Hyde war, bedeutete das, daß sie nicht mit John verheiratet war. Sollte sie es John jetzt sagen oder warten, bis sie Beweise hatte? *Beweise!* Wie konnte sie beweisen, daß der Yankee Kirby Hyde war? Sein Wort würde gegen ihres stehen. Er würde dafür sorgen, daß sie nicht nur vor John, sondern vor jedem anderen in der Kolonne lächerlich gemacht würde.

Bei Einbruch der Dämmerung bildeten die Wagen einen Kreis für die Nacht. Huntley hatte erklärt, daß die Lagerplätze für gewöhnlich früher am Tag vom Scout oder Wagenführer ausgesucht würden. Diesen hier erreichten sie mit Verspätung, weil es zusätzliche Zeit gekostet hatte, einen Nebenfluß des Arkansas River zu überqueren. Er sagte, die Güterwagen würden nicht im Kreis aufgestellt, weil sie in dieser Gegend einen Angriff fürchteten, sondern um das Vieh an das Manöver zu gewöhnen.

Trisha hatte den ganzen Tag geschlafen. Wenn sie aufgewacht war, hatte Addie ihr einen weiteren Tropfen Laudanum gegeben. Addie dankte Bill stumm für die Truthahnfüße, mit denen sich Dillon und Jane Ann den halben Nachmittag vergnügt hatten. Später hatten sie neben Huntley auf dem Wagen gesessen.

Jetzt, als der Wagen angehalten hatte, fürchtete Addie sich fast davor, ihn zu verlassen, aus Angst, dem Mann zu begegnen, den sie für Kirby Hyde hielt. Doch als sie herunterstieg, bemerkte sie, daß Van Winkles Truppe ihr Lager etwas entfernt aufgeschlagen hatte und daß es unwahrscheinlich war, daß sie mit dem Hauptmann zusammentreffen würde. Außerdem sah sie, daß Gregorio mit einem Gewehr in der Hand eine Stellung bezogen hatte, von der aus er die Rückseite ihres Wagens im Auge hatte.

Den ganzen Tag über hatten Addie und die Kinder den Nachttopf benutzt, den der umsichtige Holländer für seine Familie vorgesehen hatte. Er mußte vor Einbruch der Dämmerung ausgeleert werden. Dillon und Jane Ann hatten sich mit Colin davongemacht, der versprochen hatte, auf sie aufzupassen, so daß Addie einen Augenblick Zeit hatte. Sie nahm den Behälter aus dem Wagen und eilte durch das Laub, das den schmalen Fluß säumte.

»Miss Addie! Warten Sie!« Buffer Simmons' Ruf war eindringlich. Addie wandte sich um und sah, daß er sich auf seinem Pferd näherte. »Gehen Sie nicht ins Gebüsch, bevor ich nicht nachgesehen habe«, sagte er ernst und ritt dann in das Dickicht aus Stachelbeerbüschen, Immergrün und Weiden.

Addie setzte den Topf auf den Boden und versuchte, ihn unter ihrem Rock zu verbergen. Vor Scham war sie errötet, und ihr Puls hatte sich beschleunigt. Es kam ihr vor wie eine Ewigkeit, bis Buffer wieder auftauchte.

»Gehen Sie nicht weiter als zehn Fuß hinein, Madam. Ich warte hier.«

»Vielen Dank, Mr. Simmons.« Addie, die sich schämte, ihn anzusehen, eilte vorbei.

Als sie zurückkam, ging Buffer, sein Pferd am Zügel, mit ihr zurück zum Wagen.

»John hat einen Wachposten zum Wagen geschickt.«

»Das habe ich gesehen.«

»Ist Miss Trisha wieder aufgewacht?«

»Nein, aber wenn sie wach wird, möchte ich gerne, daß sie etwas ißt.«

»Glauben Sie, sie kann uns erzählen, was geschehen ist?«

»Ich weiß nicht. Ellis Renshaw war es nicht, das steht fest.«

»Es muß einer seiner Verwandten gewesen sein. Ich überlege schon, wer von diesen schwachköpfigen Idioten schlau genug wäre, sich hier anzuschleichen, ohne von jemandem entdeckt zu werden. Niemand im ganzen Treck hat einen Fremden gesehen.«

»Trisha sagte, das, was sie gesehen hat, bevor ihr Kopf

zerplatzt ist, sei ein Traum gewesen. Ich weiß nicht, was sie damit gemeint hat.«

Als sie den Wagen erreichten, holte Buffer ein Bündel hinter seinem Sattel hervor, während Addie den Nachttopf wieder in den Wagen brachte. Sie war sich unangenehm bewußt, daß der Wachposten sie beobachtete.

»Wenn Miss Trisha aufwacht, geben Sie ihr das hier.« Buffer streckte ihr den Gürtel und die Scheide entgegen, die er in Van Buren gekauft hatte. »Für das Schlachtmesser, das sie bei sich hat.«

Addie nahm es an und starrte in seine aufrichtigen braunen Augen. Ohne den Bart sah er viel jünger aus, und sein Gesicht war angenehm, wenn nicht sogar attraktiv. Er war ein Mann mit unglaublicher Kraft und trotzdem so sanft.

»Sie wissen, daß Trisha...«

»Ich habe das alles in Freepoint schon erfahren. Das spielt keine Rolle. Was hat die Abstammung schon zu bedeuten? Ist das Blut der Renshaws besser als Trishas?«

»Mögen... Sie sie?«

»Ja, Madam.«

»Würden Sie sie heiraten?«

»Wenn Sie mich will, wäre ich glücklich.«

»Sie ist stolz. Stolz wie ein Pfau.«

»Ja, Madam. Sie hat mehr Stolz als Verstand.« Wenn Buffer lächelte, erschienen Grübchen auf seinen Wangen. Addie legte ihm eine Hand auf den Arm.

»Ich wünsche Ihnen viel Glück, wenn Sie sich um sie bemühen.«

»Danke, Madam.«

KAPITEL 23

Addie dankte Gott für Colin und Bill. Colin hatte Dillon und Jane Ann zum Küchenwagen mitgenommen, und Bill hatte ihnen zu essen gegeben, obwohl er gleichzeitig die Abendmahlzeit für die Männer zubereitete. Als sie zurückkamen, brachte Colin Teller mit Essen für Addie und Trisha.

Trisha wachte mit solchen Kopfschmerzen auf, daß ihr übel war und sie nichts essen konnte. Addie hielt ihren Kopf über den Nachttopf, während sie das bißchen, was sie im Magen hatte, von sich gab. Als sie aufhörte, sich zu erbrechen, flößte Addie ihr wieder etwas Laudanum-Wasser ein, worauf sie wieder einschlief.

Eine Laterne, die hinten am Wagen hing, warf etwas Licht in den Innenraum, wo Addie die beiden kleineren Kinder gewaschen und zu Bett gebracht hatte. Nicht einmal sich selbst gegenüber gab sie zu, daß sie körperlich und geistig erschöpft war. Der erste Tag dieser ereignisreichen Reise hatte ihrer Kraft einen Tribut abgefordert, mit dem sie nicht gerechnet hatte.

Als Addie den Wagen verließ, wußte sie, daß irgendwo dort draußen im Dunklen Buffer und Colin aufpaßten. Dem stämmigen Mann hatte der Angriff auf Trisha sichtlich zugesetzt. Als er mit Addie darüber gesprochen hatte, hatte er gesagt, er habe geglaubt, die Renshaws hätten aufgegeben, nachdem sie in den Fluß geworfen worden waren. Sein Irrtum hatte Trisha in Gefahr gebracht, und er fühlte sich verantwortlich.

Unter den Ochsentreibern hatte sich die Nachricht von

dem Überfall verbreitet. Sie waren wütend und schämten sich, daß einer Frau in ihrem Lager so etwas widerfahren war. John sagte, wenn der Angreifer gefaßt würde, könne er nicht dafür garantieren, daß der Mistkerl nicht auf der Stelle gehängt würde.

Sie lehnte etwas abseits vom Lichtschein am Wagen und blickte durch die Dunkelheit zum hell erleuchteten Lager von Van Winkle hinüber. Buffer hatte ihr gesagt, daß die Frau ein farbiges Hausmädchen und der Richter einen farbigen Mann hatte, der für ihn persönliche Dinge verrichtete. Diese Leute entstammten einer Welt, die Addie unbekannt war – eine Welt mit Dienern, eleganter Kleidung und vornehmen Häusern. War Kirby aus dieser Welt gekommen? Wenn ja, warum war er auf der Suche nach Arbeit eine Straße in Arkansas hinuntergewandert?

Was Addie am meisten zu schaffen machte, war, wie sie John beibringen sollte, daß ihr erster Ehemann vielleicht gar nicht in der Nähe von Jonesboro begraben lag und daß in diesem Fall ihre Ehe mit ihm vor Gott und den Menschen nicht gesetzmäßig war. Obwohl es für sie so himmlisch gewesen war, hielt sie es für falsch, intim mit ihm zusammenzusein, solange sie vielleicht noch mit einem anderen Mann verheiratet war.

Mr. Cash hatte gesagt, daß der Mann, der die Nachricht von Kirbys Tod überbracht hatte, ein Offizier der Konföderierten gewesen sei. Nur ein schrecklich grausamer Mann hätte einer Witwe die Nachricht gebracht, ihr Mann sei tot, wenn er sich dessen nicht sicher gewesen wäre.

Addie kam der Gedanke, daß sie froh sein sollte, daß Kirby nicht tot war – um seinetwillen. Sofort kam ihr ein weiterer Gedanke: Wie konnte ein Mann seinem Sohn ins Gesicht sehen und ihn verleugnen? Die einzige Ähnlichkeit zwischen Vater und Sohn, die ihr auffiel, war das blonde Haar. Für ein erst vierjähriges Kind war es nicht ungewöhnlich, noch blond zu sein, obwohl das Haar später dunkler werden würde.

Addies Gedanken wurden durch Johns Stimme unterbrochen.

»Simmons?«

»Ja?«

»Geh jetzt ins Bett. Ich bleibe die Nacht über hier, sofern nichts passiert.«

»Wir hätten jeden einzelnen dieser verdammten Renshaws aufhängen sollen, als wir die Gelegenheit dazu hatten.«

»Wir hatten damals keinen Grund. Jetzt schon.«

»Ich hoffe, er taucht noch mal auf.«

»Vielleicht hat er die Fliege gemacht, als er merkte, mit wem er es zu tun hat.«

»Colin wird mit mir unter dem Wagen da schlafen. Mein neuer Partner hat unglaublich scharfe Ohren. Er kann eine Eule pissen hören...« Buffers Stimme wurde leiser.

Addie kam gerade aus dem Wagen, wo sie nach Trisha geschaut hatte, als John ihren Namen rief.

»Addie? Wie geht es Trisha?«

»Sie schläft noch.«

»Komm her, Schatz. Ich habe heute nicht viel von dir gehabt.« Die Hände um ihre Taille, hob er sie herunter und drehte am Lampendocht, um das Licht zu löschen. »Ich will nicht, daß jeder hier im Lager sieht, wie ich meine Frau küsse.«

Addie legte die Arme um ihn. Sie drückte ihr Gesicht an sein Hemd und genoß den vertrauten, rauchigen, männlichen Geruch. Er hielt sie fest; sie konnte seinen kräftigen Herzschlag spüren. Lange Zeit hielten sie einander einfach ruhig im Arm.

Als ihr die Ereignisse des Tages wieder in den Sinn kamen, umschlang sie ihn fester. Sie hielt ihn, als könne sie nicht nah genug an ihn herankommen. Früher am Abend hatte sie sich gefühlt, als sei sie in einem Wirbelwind gefangen und werde wie ein Blatt von einem Baum davongewirbelt. Hier in Johns Armen fühlte sie sich sicher und beschützt. Er war alles, was gewiß und sicher war.

Seine Lippen berührten ihr Ohr.

Sie hielt ihn mit aller Kraft fest. »Ich kann dich nicht loslassen! Ich kann dich nicht loslassen!« flüsterte sie an seinem Hals.

»Was hast du gesagt, Liebes? Wenn du mir liebe Worte sagst, will ich sie auch hören.« Er lachte leise in ihr Haar.

»Ich bin froh, daß du hier bist. Ich weiß, daß du eine schwere Verantwortung trägst und ich... bin dankbar für die Zeit, die ich bei dir sein kann.«

Ihre Stimme wurde immer leiser und erstarb dann vollständig.

»So wird es für die nächsten sieben oder acht Wochen sein. In einigen Nächten werden wir nicht einmal diese wenigen Stunden für uns haben. Hier in meinen Armen halte ich einen sehr wichtigen Grund dafür, daß ich den Treck sicher nach Hause bringen will.«

»Ich war heute... stolz auf dich.«

»Ich war auch stolz auf dich, Mrs. Tallman. Küß deinen Mann. Er hat sich den ganzen Tag über darauf gefreut.«

Er senkte seinen Mund auf ihre Lippen und küßte sie so gierig, daß ihr die Sinne schwanden. Ihr Körper zitterte; ihr Entschluß, sich von ihm fernzuhalten, wurde schwächer und verschwand schließlich, und sie gab seinem tiefen, hungrigen, unnachgiebigem Kuß nach.

»Komm mit mir ins Bett, Liebes. Ich will dich halten, und... dich lieben.«

»Ich... sollte bei Trisha bleiben.«

»Später. Ich brauche dich jetzt.«

»Ich werde dich immer lieben.« Ihre Stimme klang verzweifelt, ihr Herz war unentschlossen. In ihr flüsterte eine Stimme: *Er will dich. Er braucht dich. Nimm, was du kannst, und du hast schöne Erinnerungen.* Zu ihrer Überraschung und Verwirrung rollte eine Träne unbemerkt ihre Wange hinunter. Eine zweite folgte still.

»Trisha... könnte aufwachen.« Sie machte noch einen Versuch, das zu tun, was richtig war.

»Wir werden sie hören.«

Sie ließ zu, daß John sie hinunter auf das Bett unter dem Wagen zog, das sie für ihn bereitet hatte. Abwesend zog sie ihr Kleid und ihr Hemd aus, während er Hemd und Hose ablegte. Erst als sie sich hinlegten und er sie in die Arme schloß, bemerkte er die Tränen auf ihren Wangen. Er wurde still.

»Addie, Liebes. Warum weinst du?« fragte er hilflos. »Bereust du...«

»Niemals! Das wird niemals geschehen! Heute ist nur so viel geschehen.«

»Ich dachte, du bereust es vielleicht, daß du mich so überstürzt geheiratet hast.« Vor Erleichterung wurde seine Stimme immer leiser, bis sie nur noch ein Hauch von einem Flüstern war. »Ich werde dich so voll und ganz lieben, daß du alles vergißt, was heute geschehen ist. Du wirst alles vergessen außer mir.«

Addies Sinne jubilierten bald vor ungehemmter Leidenschaft. Sie löste ihren Mund von seinem und küßte dann seine Wangen, sein Ohr und sein Kinn. Ihre Lippen glitten beinahe verzweifelt über sein Gesicht, bevor sie wieder die seinen suchten und mit verstärkter Glut küßten. Sie schmeckte seinen Mund, genoß die Berührung seines Schnurrbarts, seine starken, rauhen Hände, die über ihre glatten Schultern und dann ihre nackten Arme hinunter über ihre Hüften strichen, dann zu ihren Brüsten zurückkehrten und sie streichelten und kneteten.

Angereizt durch die deutliche Erinnerung an das Entzücken, glitt ihre Hand zwischen ihren Körpern nach unten, um ihn zu finden, festzuhalten und zu fühlen, wie er durch die Erregung wuchs, die der ihren glich.

John, der auf einer Wolke der Verwunderung schwebte, genoß das Gefühl ihrer weichen Brust an seiner, ihre kleinen, starken Finger, die ihn liebkosten. Seine wundersame, liebende, gebende Frau erregte ihn, verwirrte ihn, entzückte ihn. Er liebte ihre erschauernde, plötzliche Reaktion auf seine Liebkosungen. Er stützte sich auf, drang in ihre zitternde Weichheit ein und ließ sie alles außer ihm vergessen.

* * *

Vier Tage hinter Van Buren erreichten sie das Nachtlager in einem langgezogenen Tal an einem kleinen Fluß, der in den Arkansas River mündete. Addie hatte sich mit der Tatsache abgefunden, daß sie für ihre Familie über einem Lagerfeuer keine Mahlzeiten zustande brachte, die mit denen von Bill Wassall auch nur halbwegs mithalten konnten. An den letzten beiden Tagen waren sie und Colin mittags und abends zum Küchenwagen gegangen und hatten versucht, Sweet William Wassall, dem rundlichen kleinen Mann, der rasch zu einem lieben Freund geworden war, zur Hand zu gehen. Im Mittagslager schälte sie Kartoffeln für die Suppe und machte Zwieback für Bread Pudding, den es abends geben sollte. Sweet William, wie sie ihn nun scherzhaft nannte, genoß ihre Gesellschaft unverhohlen. Colins Hilfe ließ dem dankbaren Paco Zeit für andere Aufgaben.

Trisha erholte sich körperlich schneller als geistig. Am zweiten Morgen nach dem Angriff stand sie auf, weigerte sich jedoch, Buffer zu sehen oder den Wagen zu verlassen, obwohl die Spuren auf ihrer Lippe und ihrer Wange nur noch dunkelrot waren. Als sie bemerkte, daß man sie gepeitscht hatte, während sie bewußtlos war, wurde sie von Scham überwältigt und erlaubte es nicht einmal Addie, die Striemen auf ihren Armen und Beinen zu behandeln oder anzusehen. Wenn man sie nach dem Angriff fragte, wollte sie nicht über das sprechen, was sie für einen Traum gehalten hatte, bevor sie auf den Kopf geschlagen worden war.

Es war dunkel, als Trisha vom Wagen herunterkletterte, das Gewehr in der Hand. Colin hatte ihr einen Teller mit Essen gebracht, den sie ohne Genuß geleert hatte, da ihr Hals beim Schlucken noch immer schmerzte. Wenn sie an die Peitsche dachte, die durch die Luft geschnellt war, um ihr Fleisch zu zerschneiden, oder an den Mann, der sie geschwungen hatte, überkam sie eine Angst, die sie nicht einfach abschütteln konnte.

Sie setzte sich ins Gras, den Rücken an das Wagenrad gelehnt, um etwas frische Luft zu schnappen. Sie saß schon eine Weile dort, als Buffer Simmons aus der Dunkelheit trat. Sie hatte gewußt, daß er da war, hatte ihn ausgemacht, bevor sie den Wagen verließ, und seine Anwesenheit hatte sie beruhigt und getröstet.

»Miss Trisha. Ich bin's, Buffer.«

»Ich weiß, daß Sie es sind. Keiner sonst kommt aus der Dunkelheit gestürzt wie ein geölter Blitz.«

»Wie geht es Ihnen?«

»Ich bin stark genug, um es mit einem Luchs aufzunehmen.«

»Das ist eine maßlose Übertreibung.«

»Wenn Sie es so genau wissen, warum fragen Sie dann?«

»Ich meine ja nur, daß Sie noch nicht wieder ganz gesund sind.«

»Sie wissen gar nichts über mich.«

»Ich weiß, daß Sie störrisch wie ein Maultier sind.«

»Und Sie haben überhaupt keine Fehler.«

»Sie sind ein Schandmaul, das steht fest«, sagte Buffer ungeduldig. »Und manchmal wie eine gereizte Wildkatze.«

»Wenn ich so ein Schandmaul und eine gereizte Wildkatze bin, warum sind Sie dann hier? Verschwinden Sie doch. Von mir aus müssen Sie nicht bleiben.«

»Ich bleibe, ob es Ihnen paßt oder nicht.«

»Warum haben Sie sich rasiert? Ich bin aufgewacht und hab' in ein nacktärschiges Gesicht geblickt, das mich ansah. Ich wollte schon mit meinem Messer reinstechen, aber dann hab' ich die dämliche Weste gesehen, die Sie immer anhaben.«

»Warum haben Sie nicht gezeigt, daß Sie wach waren?«

»Weil ich sehen wollte, ob es Ihnen so leid tut, wie ich vermutet habe.«

»Sie sind auch noch hinterlistig.«

»Und geschickt dazu.«

»Haben Sie geschlafen, als ich Sie geküßt habe?«

»Was?« Trisha warf den Kopf so schnell herum, daß ihr vor Schmerzen die Luft wegblieb.

»Jetzt regen Sie sich nicht auf«, sagte er lachend. »Ich wollte Sie nur reinlegen.«

»Das war ein schlechter Scherz.«

»Hat Miss Addie Ihnen die Messerscheide gegeben?«

»Ja.«

»Warum haben Sie sie nicht um?«

»Weil sie etwa dreimal so breit ist wie ich.«

»Zum Teufel. Ich kann sie doch abschneiden und ein paar mehr Löcher reinmachen.«

»Woher soll ich das wissen?« Sie richtete ihre goldenen Augen auf ihn. »Ich glaube, Bürstengesicht kann ich Sie nicht mehr nennen. Warum haben Sie sich rasiert?« fragte sie wieder.

»Weil ich wollte, daß Sie mein fliehendes Kinn sehen können!«

Sie stieß ein Schnauben aus, dann sagte sie: »Firlefanz.«

»Außerdem rasiere ich mich jedes Frühjahr. War nur noch nicht dazu gekommen.«

»Ich glaube, das ist auch das einzige Mal, daß Sie mal baden.«

»Nein. Wenn ich wirklich schlimm stinke, bade ich auch an Weihnachten.«

Er hörte einen Hauch von einem Kichern, das ihm den Mut gab zu sagen: »Holen Sie den Gürtel und die Scheide. Ich möchte, daß Sie Ihr Messer so tragen, daß Sie auch drankommen.«

Ohne ein Wort ging sie hinten an den Wagen und kletterte hinein. Buffer folgte ihr und wartete, den Rücken zum Wagen, während er mit den Augen die Dunkelheit absuchte.

Sie machte das hochgeschätzte Geschenk in der Dunkelheit mühelos ausfindig und war fast sofort zurück. Sie schleuderte es ihm an die Brust, als hätte es für sie keine Bedeutung.

»Hier. Ich tue Ihnen dafür keinen Gefallen.«

»Verdammt noch mal! Ich kann mich nicht erinnern, um Gefallen gebeten zu haben. Legen Sie ihn um Ihre Taille, so daß er bequem sitzt, damit ich weiß, wo ich ihn abschneiden muß.« Umständlich versuchte sie, den Gürtel umzulegen, während sie noch immer das Gewehr festhielt. »Und legen Sie das Gewehr weg! Sie werden noch sich selbst oder mich erschießen.«

»Ich habe nur zwei Hände«, sagte sie schnippisch.

Buffer lehnte sein Gewehr an den Wagen und riß ihr den Gürtel aus der Hand. Er kniete vor ihr nieder und schlang ihn um ihre schlanke Taille.

»Wo soll er sitzen?« fragte er mürrisch.

Sie schob den Gürtel bis knapp unter ihre Taille.

»Da… Dummkopf!«

»Ich brauche Licht«, schimpfte er.

»Hier gibt es nun mal keins, fertig.«

»Die Spuren auf Ihrem Gesicht habe ich schon gesehen, wenn Sie sich deswegen so anstellen. Sie glauben, Sie wären nicht mehr hübsch, und darum wollen Sie nicht, daß ich Sie sehe.«

Trisha stand stocksteif da. Buffer brauchte eine ganze Minute, um zu begreifen, daß keine bissige Antwort folgen würde. Er sah auf und bemerkte, daß sie ihr Gesicht abgewandt hatte. Sie hatte seine Worte nicht so leicht aufgenommen, wie er sie gemeint hatte. Ihr Schweigen wurde zu etwas Kaltem und Fremden, das ihn umklammerte und dazu führte, daß er sich fühlte, als habe er gerade einen jungen Hund geschlagen oder sei auf ein Küken getreten. Er stand eine oder zwei Minuten da, dann begann er zu sprechen, obwohl ihm kaum bewußt war, was er sagte.

»Ich mache hier ein Zeichen und mach' es morgen fertig. Rolly hat eine Lederstanze. Ich werde sie mir ausleihen und mehr Löcher reinmachen. Habe ich schon gesagt, daß ich mit einem Kerl um ein Wurfmesser feilsche, das genauso ist wie meins? Es ist nur ein bißchen kleiner und leichter. Genau richtig für Sie. Das Schlachtmesser, daß Sie da haben, ist für Nahkampf geeignet, aber nicht fürs Werfen. Es ist nicht schwer genug. Ich glaube, Messerwerfen wird Ihnen gefallen. Wenn wir Santa Fe erreichen, können Sie eine Fliege an der Wand erledigen.«

Sie bewegte sich nicht und sagte kein Wort. Buffer konnte nicht sagen, ob sie wütend war. Es war nicht seine Art, so loszurasseln, und es war nicht ihre Art, keine schlagfertige Antwort zu geben. Er scharrte mit den Füßen und sah sich kurz im Lager um. Noch immer sagte sie kein Wort und rührte sie sich nicht. Das Schweigen dauerte so lange, daß Buffer langsam verzweifelte.

»Trisha, du bedeutest mir mehr als alles andere auf der Welt«, stieß er hervor. »Ich würde mir lieber die rechte Hand abhacken, als etwas zu sagen oder zu tun, was dich verletzen könnte.«

Er wartete in der langen Stille, die auf seinen Ausbruch

folgte. Während ihm das Herz bis zum Hals schlug, wartete er darauf, daß sie lachte oder eine geistreiche Bemerkung machte. Dann hörte er ein leises Geräusch. Als es sich wiederholte, merkte er, daß es ein Schluchzen war. Zögernd legte er einen Finger an ihre Wange. Sie war feucht.

»Großer Gott, Trish. Ich bin einfach ein Idiot. Ich bin es nicht gewöhnt, mit Frauen zu reden. Ich wollte nur sagen, daß du hübsch bist. So etwas Hübsches wie dich habe ich noch nie gesehen.«

»Das ist es nicht. Ich wünschte, ich wäre so häßlich wie ein… Maultierarsch.«

»Was ist es dann? Warum bist du so traurig? Ich bringe es in Ordnung, wenn ich kann.«

Tief aus ihrem Inneren kam ein gequältes Schluchzen. Dann folgten die Worte, die den Mann neben ihr verblüfften.

»Ich habe… solche… Angst!«

»Oh… das brauchst du nicht! Das brauchst du nicht!« Buffer öffnete die Arme, und sie warf sich an seine Brust. Er hielt sie schützend fest, während sie leise, elende, erstickte Geräusche von sich gab.

»Liebes süßes Mädchen. Mein liebes süßes Mädchen…«, summte er. »Niemand wird dir etwas tun.«

»Er wird… zurückkommen. Er gibt nicht auf.«

»Niemand wird dir etwas tun. Niemand.« Buffers Arme hielten sie, seine Hand streichelte ihr dunkles Haar.

»Ich dachte, er würde mich nicht finden. Es ist so lange her…«

»Kannst du mir sagen, wer es war? Ich schneide dem Scheißkerl das Herz heraus.«

»Als ich die Spuren sah, wußte ich, daß er es war. Es war kein Traum.«

Über Trishas Kopf hinweg sah Buffer, daß John, Addie und die Kinder auf sie zukamen. Er hob sein Gewehr auf und hielt einen Arm um Trisha geschlungen, um sie am Wagen entlang zur Vorderseite zu führen.

»John und Addie kommen zurück«, flüsterte er ihr ins Ohr. »Bleib bei mir. Bitte bleib da.« Buffer wertete ihr Schweigen als Zustimmung und rief John zu: »Trisha ist bei mir. Wir machen einen kurzen Spaziergang.«

»Verstanden. Benehmt euch.«

Buffer wartete in der Befürchtung, Trisha würde sich weigern. Aber sie blieb in seinem Arm und ging neben ihm zu dem nächsten Wagen in der Reihe.

»Erlaubst du, daß ich dich auf den Sitz hebe?«

»Ich bin nicht behindert. Ich kann hinaufklettern.« Sie setzte einen Fuß auf eine Radspeiche und zog sich hoch.

»Das weiß ich doch. Ich hatte nur gehofft, ich könnte dich hochheben.«

»Wozu?« fragte Trisha und rutschte zur Seite, damit er sich neben sie setzen konnte.

»Zum Teufel! Ich weiß nicht.« Er legte sein Gewehr in Reichweite und stützte seinen mit einem Mokkassin bekleideten Fuß auf das Fußbrett.

»Mr. Tallman hat solche Schuhe.« Trisha beugte sich vor und wischte sich mit ihrem Rocksaum die Augen. »Wo hast du die her?«

»Von einem Indianer.«

»Hast du keine Angst vor denen?«

»Vor manchen. Es gibt gute und böse, wie bei Weißen. Wenn wir auf Choctaws stoßen, besorge ich dir welche.«

»Tu mir bloß keinen...«

»...Gefallen? Habe ich nicht vor. Tust du mir einen?«

»Welchen?«

»Erzähl mir, vor wem du Angst hast. Die Renshaws sind es nicht, oder?« Buffer wollte näher an sie heranrücken, den Arm um sie legen, aber er wagte nicht. »Erzähl mir, wo du herkommst. Wer deine Familie ist.«

»In Ordnung. Ich erzähle sogar das, wofür ich mich schäme. Manche von meinen Verwandten sind so tief gesunken, daß sie mit Hut unter eine Schlange herlaufen könnten.«

Sogar in der Dunkelheit konnte Buffer die Umrisse ihres Profils genau erkennen. Sie war so still. Wenn er mit dieser Frau zusammen war, dann lag etwas in der spannungsgeladenen Atmosphäre, was ihn dazu zwang, sie zu reizen und sich wie ein Idiot aufzuführen. Es war total verrückt, dachte er. Sie verdrehte ihm völlig den Kopf. Er wollte seine Hand ausstrecken und mit den Fingern über ihre Wangen und ihr Haar fahren. *Trisha, Trisha, mein süßes Mädchen…*

KAPITEL 24

Meine Großmutter war zu einem Viertel Negerin, meine Mutter zu einem Achtel. Mein Vater war weiß, aber was ich bin, weiß ich nicht.« Die Worte wurden heftig hervorgestoßen.

»Ich weiß, was du bist. Du bist ein mutiges kleines Mädchen, das eine Menge Ärger gehabt hat.«

Sie wandte ihm ihre großen goldenen Augen zu, dann sah sie zum Himmel empor und sprach langsamer.

»Mama und ich hatten ein hübsches kleines Haus in Orleans. Wir hatten sogar eine Negerin, die für uns gesorgt hat. Mama ist wie eine Dame aufgewachsen, und Daddy liebte sie abgöttisch. Wenn er kam, brachte er uns Geschenke mit und sagte, wir wären etwas ganz Besonderes. Mama spielte Spinett. Daddy setzte mich dann auf seinen Schoß, und wir sangen. Er war stolz auf sie. Manchmal ging er mit ihr aus, um mit ihr anzugeben, weil sie die schönste Frau in ganz Orleans war, wenn sie sich fein angezogen hatte.«

Trishas Augen waren auf den wolkenlosen, sternklaren Himmel gerichtet, während sie wie in Trance erzählte.

»Daddy sagte, er hätte diese Frau geheiratet, um einen Erben zu bekommen, weil Nigger kein Land besitzen dürfen. Es hat Mama gekränkt, aber sie wußte, wie es war. Danach hat er uns sogar noch öfter besucht. Dann ist Mama gestorben.«

»Wie alt warst du da?«

»Zehn. Daddy hat eine große Beerdigung für sie veranstaltet, dann hat er mich auf die Satinwood-Plantage gebracht. Die olle Amelia, Daddys Frau, wollte mich nicht dahaben. Ich bin bei Mammy Orkie in den Unterkünften geblieben und habe in der Küche gearbeitet. Miss Amelia hat mich gehaßt. Sie haßte Daddys Kinder alle, weil Daddy uns gut behandelte und einen Lehrer besorgt hatte, der uns das Lesen beigebracht hat. Ich nannte sie die Hexenfrau.

Amelias Sohn Hector war ein kränklicher, häßlicher Kerl. Ich hoffe, er ist gestorben!« Sie richtete ihre goldenen Augen auf Buffer. »Er war gemeiner als ein Hund, dem der Bauch voller Kletten hängt. Er hatte nichts von Daddy in sich, wenn du mich fragst.«

Buffer rührte sich nicht und sagte keinen Ton, aus Angst, sie würde aufhören zu erzählen.

»Daddy zog in den Krieg, und ich weiß nicht, was aus seinen Jungs geworden ist. Die Hexenfrau hat sie vielleicht an den Teufelsmann gegeben. Die beiden hingen zusammen wie Pech und Schwefel. Der böse Teufelsmann hat die Jungs die Drecksarbeit machen lassen. Amelia hat ihn immer gerufen, wenn einer von Daddys Jungs ihren Hector schräg angesehen hat. Er hat sie dann ausgepeitscht und ihnen nur Brot und Wasser gegeben. Die Jungs waren älter als ich. Ich hoffe, sie konnten weglaufen und der Teufelsmann hat sie nicht gefunden. Er hat sie ausgepeitscht und sie hart arbeiten und… hungern lassen.« Sie erschauerte. »Ihm gefiel es, wenn Nigger wegliefen.«

»Hast du das auch getan?«

»Ich hatte keine Gelegenheit dazu. Mammy Orkie hat meine Flucht vorbereitet, als die Hexenfrau mich an einen Flußschiffer verkauft hat, der ein Bordell hatte.«

»Verflucht!«

»Ich war aber keine Hure«, sagte sie rasch. »Ich bin ein Stück mit ihm auf dem Schiff gefahren, weil ich mußte. Bei der ersten Gelegenheit habe ich den Scheißkerl mit meinem Messer gestochen und bin in den Fluß gesprungen.« Trishas

Stimme war nur noch ein Flüstern. »Der Fluß war dunkel und kalt. Ein alter Neger hat mich rausgezogen. Ich bin bei ihm geblieben, bis ich gehört habe, daß der Flußschiffer mich suchte. Ich hatte Angst, er würde dem alten Neger was tun.

Viele Leute wußten nicht, daß ich ein Nigger war, und ließen mich für sie arbeiten, kochen oder waschen. Einmal habe ich Huren die Haare gemacht, die den Fluß hoch nach Little Rock fuhren. Als wir dort ankamen, wollten sie nicht, daß ich bei ihnen blieb, da bin ich gegangen. Als ich die Berge überquerte, habe ich gelernt, mir Essen zu stehlen. Das mußte ich, oder ich wäre gestorben. Und das hatte ich nicht vor. Schließlich bin ich in Miss Addies Scheune gelandet. Das Beste, was mir je passiert ist.«

»Und vor dem Teufelsmann hast du Angst?« fragte Buffer leise. »Glaubst du, er hat dich gefunden?«

Sie wandte sich ihm zu und starrte einen langen Moment in sein Gesicht, ohne zu versuchen, ihre nackte Angst zu verbergen. In gewisser Weise hatte sie sich verändert, seit sie begonnen hatte, ihre Geschichte zu erzählen. Ihr Körper blieb völlig unbeweglich, aber ihre funkelnden Augen sahen so hoffnungslos aus wie ein Tier, das in der Falle sitzt.

»Bevor mir auf den Kopf geschlagen wurde, habe ich kurz etwas gesehen. Ich wußte, es war kein Traum, als ich gesehen habe, wie er mich geschlagen hat. Miss Addie hat mir die Peitsche gezeigt. Es war seine. Er macht sie selbst.«

»Wenn er auch nur ein bißchen Verstand hat, ist er jetzt verschwunden. Hier gibt es Männer, die ihn in Stücke reißen, wenn sie ihn kriegen. Natürlich müßten sie ihn dazu vor mir erwischen.«

»Er verschwindet erst, wenn er weiß, daß ich tot bin. Er hat kein Grab gefunden, also ist er nicht weg.«

Ihre ruhige Stimmung erstaunte und irritierte Buffer.

»Gibst du auf?« fragte er.

Sie fuhr sich mit der Hand über die Augen, als wollte sie

sich zwingen, sie offen zu behalten. Sie sah ihn direkt an. Ihre Lippen bewegten sich. Buffer mußte sich sehr anstrengen, um sie zu verstehen.

»Du kennst ihn nicht.«

»Ich kenne mich, Buffer Simmons. Und ich weiß, daß der Scheißkerl dir kein Haar krümmen wird!« Wütend streckte er den Arm nach ihr aus, und ohne daß sie die Gelegenheit hatte, ihm zu entwichen, zog er sie an sich und legte die Arme um sie. »Er wird dir kein Haar krümmen!« Er spürte, wie ihr schlanker Körper zitterte, und legte seine Wange auf ihren Kopf. »Na... na... zitter doch nicht so, und sag mir, wie der Teufelsmann aussieht.«

Sie antwortete nicht sofort, aber Buffer wurde durch die kleine Hand ermutigt, die unter seine Rindslederweste kroch und sich unter seinem Arm vergrub. Eine Minute später fühlte er, wie ihr Körper sich entspannte, und hörte, daß sie tief Luft holte.

»Schwarze Haare. Bart im Gesicht. Seine Augen sind fies. Mammy Orkie sagt, es könnte sein, daß er Niggerblut hat und die Schwarzen darum so sehr haßt. Er hat immer damit geprahlt, daß noch nie ein Nigger lebendig von Satinwood entkommen ist.« Ihre Stimme war flach und tonlos.

»Wird dein Daddy dich suchen, wenn er aus dem Krieg zurückkehrt?«

»Er kommt nicht wieder. Er war Soldat an einem Ort namens Gettystown oder so. Sie wurden dort alle in Fetzen geschossen. Armer Daddy. Ich glaube, es hat ihm nicht viel ausgemacht.«

Rauhe Finger hoben ihr Kinn, sanft, aber bestimmt. Sie spürte seinen warmen Atem auf ihren Wangen.

»Sieh mich an, Trisha.«

Sie versuchte, ihr tränennasses Gesicht an seiner Schulter zu verbergen.

»Du brauchst dich nicht zu schämen, weil du weinst. Du

hast reichlich Grund zum Weinen. Du hast mehr Mumm als jede andere Frau, der ich je begegnet bin. Die meisten Frauen wären schon längst zusammengeklappt.« Buffer hielt sie an sich gedrückt und streichelte ihr Haar. »Ich werde von jetzt an für dich auf der Lauer liegen. Du mußt dir keine Sorgen machen wegen dem ollen Teufelsmann oder sonst irgend jemandem.«

»Meinst du... das ernst?«

»Allerdings. Wenn dieser Teufelsmann auftaucht, bringe ich ihn um, bevor du mit deinen schönen Augen zwinkern kannst.«

»Ich meine... du meinst doch nicht wirklich von jetzt an!«

»Aber sicher! Wenn du mich haben willst, werden wir einen Pfarrer finden...«

»Das... geht nicht!«

»Natürlich geht das, wenn du willst.« Er bog ihren Kopf zurück und sah ihr ins Gesicht. »Die Leute glauben vielleicht, daß ich nicht viel wert bin, weil ich viel rumgezogen bin. Ich habe keine großartige Bildung, aber ich kann auf dich aufpassen, wenn du es erlaubst. Ich hab' auch ein bißchen was gespart. Vielleicht reicht das dafür, daß wir uns in New Mexico einrichten können, damit du in der Nähe von Miss Addie bleiben kannst.«

Sie unterbrach ihn, indem sie die Finger auf seine Lippen legte. Sie spürte, wie sein Herz heftig klopfte, und hörte die Ängstlichkeit aus seiner Stimme heraus.

»Ich bin stolz. Unglaublich stolz, daß du mich gefragt hast. Aber es geht nicht.«

Schwere Wimpern hoben sich von gequälten Augen, die nur Zentimeter von seinen entfernt waren, und der Blick, den sie sah, war nicht der lüsterne, den sie von Männern gewohnt war. Es war ein Blick so voller Sehnsucht, daß es ihr das Herz brach, ihn zurückweisen zu müssen. Wenn Buffer sie in diesem Augenblick gefragt hätte, hätte sie ihm zehn Jahre ihres Lebens geschenkt, aber das, worum er sie bat, konnte sie ihm nicht geben.

»Magst du mich… nicht gern genug?« flüsterte er heiser.

Sie senkte ihr Gesicht auf sein Hemd, und als sie sprach, spiegelte ihre Stimme ihr Elend wider.

»Es geht nicht.« In verzweifelter Verneinung warf sie ihren Kopf hin und her. »Ich bin – ich bin… ein…«

»Sag das nicht!« Er ergriff ihre Oberarme und hielt sie von sich weg. »Es wäre mir auch egal, wenn du kohlschwarz wärst! Verstanden?« Er schüttelte sie und starrte ihr ins Gesicht. »Du bist so weiß wie ich oder wie Miss Addie. Dein Blut ist rot wie meins. Warum sagst du das immer wieder?«

»Weil es nun mal… so ist!«

»Das ist egal. Das schwöre ich dir.«

Er zog sie in seine Arme und küßte sie fest auf den Mund. Dann schien seine Wut nachzulassen. Er drückte sie an sich und küßte sie wieder, aber jetzt waren seine Küsse sanft und weich. Liebevoll streichelte er ihren Mund mit seinem.

Trisha hatte nicht gewußt, daß die Lippen von Männern auch *sanft* sein konnten. Die hoffnungslose Leere, die sie den Großteil ihres Lebens mit sich herumgetragen hatte, und die Gräben, die ihre Verzweiflung gegraben hatte, füllten sich mit Kraft. In ihrem Herzen keimte Hoffnung auf und begann zu wachsen. Er senkte seinen Kopf und küßte sie wieder, diesmal ehrfürchtig, als sei sie etwas Zerbrechliches und Wertvolles. Sie war voller Liebe für diesen großen Bären von einem Mann, der sie als das akzeptierte, was sie war.

Dann überkam sie plötzlich Angst um ihn. Sie sah ihn umgeben von Schwarzen, die herbeigerufen worden waren, um am Auspeitschen teilzunehmen. Er war bis zur Taille entblößt und hing mit zusammengebundenen Händen von einem Ast. Der Teufelsmann entrollte die Peitsche mit einem Grinsen auf seinem bösen Gesicht und holte aus. *Nein! Nein!*

schrie es in ihrem Kopf immer wieder. Sie schlang die Arme um ihn und hielt ihn mit fieberhafter Verzweiflung fest, bestrebt, ihn zu behüten und zu beschützen.

Buffer, der nicht wußte, was in ihr vorging, umarmte sie und flüsterte ihr liebe Worte zu.

»Wir werden einen schönen Ort zum Leben finden, kleines Vögelchen«, sagte er sanft, die Lippen in ihrem Haar. »Für viele hübsche kleine Kinder.« Er lachte glücklich. »Wir werden oben auf dem Berg unser Haus bauen...«

Buffer sprach weiter und weiter. Geborgen in seinen Armen, umgeben von der samtigen Dunkelheit einer Nacht in der Prärie, glaubte Trisha langsam, daß das, was er sagte, wirklich wahr werden könnte.

Im anderen Lager schritt Richter Van Winkle die abgestellten Wagen ab. Er war rastlos und ungeduldig und mäkelte an jedem herum, von seinem Diener Saul bis zum Koch, zum Fahrer und zu den Hirten. Den Leiter der Patrouille hatte sein Zorn allerdings noch nicht erreicht.

Die Fahrt war bislang nicht das Abenteuer gewesen, das er oder seine Nichte erwartet hatten. Es war heiß, staubig, unbequem, und manchmal richtig elend. Aber all das konnte noch ertragen werden, wenn nicht die Schmach gewesen wäre, Befehle von einem Geringeren annehmen zu müssen. Heute hatte er angeordnet, die Truppe müsse sich eine halbe Meile zurückfallen lassen. Der Staub war dennoch erstickend und das Tempo so langsam, daß er den Eindruck gehabt hatte, sie seien gar nicht vorwärts gekommen, als das Signal zum Errichten des Lagers ertönte.

Cindys Stimme, schrill vor Wut, brach die Stille.

»Du unseliges Ding!« Cindy riß ihrem Mädchen die Haarbürste aus der Hand und zog die blonden Haarsträhnen aus den Borsten. Sie wickelte sie um ihre Finger und stopfte sie dann in das Loch einer Porzellandose. »Ich habe in diesem Haarsammler genug Haar für eine ganze Perücke.

Seit Beginn dieser Höllenfahrt hast du mir jeden Tag eine ganze Handvoll ausgerissen.«

»Tut mir leid, Miss Cindy. Ist... ist so verfilzt.« Das Mädchen schluchzte, und ihr traten Tränen in die Augen.

»Heul nicht, Ivy«, befahl Cindy. »Verdammt noch mal, ich habe andere Sorgen, als mir jedesmal dein Geschluchze anzuhören, wenn ich dich zurechtweise. Sieh dir nur mein Gesicht an! Der Wind und der Staub ruinieren meine Haut. Oh... warum war ich nicht so klug, zu Hause zu bleiben? Zu Hause könnte ich baden, eisgekühlte Limonade trinken und zu Parties gehen.«

Der Richter stand neben dem Wohnwagen und hörte Cindy zu, die mit ihrem Mädchen schimpfte, weil ihre Bettdecke voller Staub war, und die fluchte, weil sie den Korken nicht aus der Flasche mit Olivenöl bekam, das sie auf ihr von der Sonne ausgetrocknetes Gesicht geben wollte.

»Ich schwöre dir, Ivy, ich weiß nicht, wozu du überhaupt gut bis. Ich hätte Bethel mitnehmen sollen. Die heult zumindest nicht den ganzen Tag herum.«

»Tut mir leid, Miss Cindy.«

»Wenn du das noch mal sagst, kriegst du eine geklebt! Ich weiß, wie leid es dir tut. Und ich bin es *leid* mit *dir*! Jetzt verschwinde hier, bevor ich mit dieser Haarbürste auf dich losgehe.«

Ivy kam weinend aus der Hintertür des Wohnwagens, die Hand über den Mund gelegt, um ihr Schluchzen zu unterdrücken. Sie verschwand in der Dunkelheit, um zu weinen und abzuwarten, bis sich Cindys Wut gelegt hatte.

Mit gesenktem Kopf ging der Richter die Wagen entlang bis zu der Stelle, an der Hauptmann Forsythe mit den Männer seiner Patrouille saß.

»Muß mit Ihnen reden, Forsythe.«

»Ja, Sir.« Der Hauptmann stand auf und folgte dem Richter zurück zum Wohnwagen.

»Ich habe nicht vor, noch einen Tag lang den Staub dieses Gütertrecks zu schlucken. Dieser unverschämte Bursche sollte einem Mann in meiner Position etwas Respekt entgegenbringen.«

Der Hauptmann wartete, daß der Richter weitersprach, weil er sich unsicher war, ob er antworten sollte.

»Nun?« herrschte der Richter ihn an. »Sind Sie nicht der gleichen Meinung?«

»Doch, absolut. Es gibt für uns zwei Möglichkeiten, Sir. Weiter zurückfallen oder vorneweg fahren.«

»Wir können es uns nicht leisten, zurückzufallen und Zeit zu verschwenden. Hat einer von den Männern, die Sie angeheuert haben, Erfahrung als Scout?«

»Wir müssen nach Fort Gibson, um einen Scout zu finden. Ich habe Nachthirten und zusätzliche Jäger für den Fall eines Angriffs angestellt. Beide Männer sind ausgezeichnete Schützen.«

»Freut mich, das zu hören. In wie vielen Tagen erreichen wir die Route nach Fort Gibson?«

»Bei unserem Tempo in drei oder vier Tagen. Das habe ich von einem der Ochsentreiber gehört. Ich würde Ihnen dringend raten, Richtung Norden nach Fort Gibson abzubiegen, Richter. Auch wenn das bedeutet, daß wir ein paar Tage später in Albuquerque ankommen.«

»Daran habe ich auch schon gedacht. Dieser Rolly schleicht um unsere Wagen herum und sagt den Männern, sie sollten dies fetten und das fetten. Das paßt ihnen nicht. Ich spüre, daß es Probleme mit unseren Leuten und dieser Truppe von elenden Ochsentreibern geben wird. Wir werden dann nicht mehr den Status von Bettlern haben, denen es *gestattet* wird, dem Treck zu folgen und Staub zu schlucken. Morgen werden unsere Wagen vorneweg fahren, oder ich tue alles, was in meiner Macht steht, um diesen Scheißkerl zu ruinieren, wenn ich nach Santa Fe komme.«

»Es wäre vielleicht besser«, sagte der Hauptmann zögernd, »wenn wir uns statt dessen etwas zurückfallen ließen, anstatt Tallman zu provozieren. Noch ein paar Tage, dann wird die Kolonne sich aufteilen. Morgen wird es mit dem Staub etwas besser werden. Der Wind hat sich heute am späten Nachmittag nach Süden gedreht. Das wird noch ein oder zwei Tage so bleiben.«

»Verdammt noch mal, Kyle. Was hat der Wind aus Süden damit zu tun? Cindy bekommt Schreikrämpfe. Wenn das so weitergeht, wird sie ein Wrack sein, wenn wir Fort Gibson erreichen, und wird darauf bestehen, daß wir nach Hause zurückkehren.«

»Halten Sie das für eine schlechte Idee? Ich könnte sie begleiten.«

»Natürlich ist das eine schlechte Idee. Ich will nichts davon wissen. Ich bin Cindys Vormund. Sie geht da hin, wo ich hingehe.«

Kyle Forsythe wagte es nicht, die Worte auszusprechen, die ihm in den Sinn kamen: *Cindys Vermögen geht da hin, wo Sie hingehen!* Der gierige alte Mistkerl wagte nicht, sie nach Hause zurückkehren zu lassen. Dann würde er die Kontrolle über Tausende von Yankee-Dollar verlieren.

»Ich werde mit ihr reden«, sagte Kyle und lenkte seine Gedanken wieder auf die Gegenwart. »Vielleicht kann ich sie dazu überreden, tagsüber im Wohnwagen zu fahren.«

»Das habe ich schon versucht. Wegen des Staubs will sie die Fenster nicht geöffnet lassen, und sie will nicht drinnen bleiben, weil es so heiß ist.« Der Richter drehte sich um und sah zum Frachtlager hinüber. Das einzige Licht war das kleine Lagerfeuer vor dem Küchenwagen. »Sogar hier, wo die Indianer friedlich sein sollen, hat er ein straffes Lager errichtet.«

»Unser Lager ist gut gesichert. Das einzige Licht kommt von Miss Cindy. Die Wachposten haben eine Schicht von drei Stunden, damit jeder Mann sich ausruhen kann und während der Wache aufmerksam ist. Richter, wir können voranfahren und diese Abkürzung nach Fort Gibson suchen. Ich möchte lieber keine Konfrontation mit diesem anmaßenden Wilden, wenn sich das vermeiden läßt. Wenn er wollte, könnte er uns eine Menge Ärger machen.«

»Zum Beispiel?«

»Zum einen hat er mehr als doppelt so viele Männer wie wir. Und zum anderen habe ich im Mietstall in Van Buren eine Menge über ihn gehört. Sein Vater ist Rain Tallman. Haben Sie von ihm gehört?«

»Ein wenig. Und Sie?«

»Rain Tallman ist bei Indianern aufgewachsen. Als seine Söhne, John und Mac, noch klein waren, sprachen sie Shawnee. Tallman schickte seine Jungen zu den Shawnee, bei denen sie mehrere Monate gelebt haben. Sie kennen die Sitten der Indianer. Die Tallmans können jagen, Fährten lesen und mit Bogen und Messer umgehen wie die Indianer. John ist als Gefleckter Elch bekannt, wie Rains indianischer Vater. Mac heißt Steinerne Hand. Ich vermute, beide sind so fies und hinterhältig wie die Indianer, die sie ausgebildet haben.«

Der Richter wandte sich langsam um und starrte Kyle an. »Haben Sie Angst vor ihm, Kyle?«

»Zum Teufel! Wie kommen Sie denn darauf?«

»Es ist offensichtlich, daß Sie es nicht mit ihm aufnehmen wollen.«

»Ich will keine unnötigen Schwierigkeiten. Ich schlage vor, daß wir uns arrangieren, bis wir die Möglichkeit haben, uns von ihnen zu trennen, wenn wir schon nicht vorneweg fahren können.«

»Wenn man diesen Leuten gegenüber hier draußen einmal nachgibt, verliert man seine ganze Autorität.«

»Eine Sache habe ich im Krieg gelernt, Richter, und zwar wann man sich stellt und wann man sich besser zurückzieht.«

»Das haben Sie gelernt, als Sie im Hauptquartier in Illinois Nachschub verteilt haben?« Die Stimme des Richters klang höhnisch.

»Bevor ich ins Hauptquartier kam, wurde ich zum Kämpfen ausgebildet«, sagte der Hauptmann mit unterdrückter Wut.

»Kyle, ich bin mir darüber im klaren, daß Sie vielleicht eine Grundausbildung erhalten haben, aber wenn Sie überhaupt Kampferfahrung haben, dann nur sehr wenig. Mir ist das egal. Cindy will Sie, und das habe ich akzeptiert. Sie übernehmen Ihre Patrouille, und ich erledige alles, was erforderlich ist, um uns an unser Ziel zu bringen.«

Kyle Forsythe war dankbar dafür, daß die Dunkelheit sein tiefrotes Gesicht und seine vor Wut zu Fäusten geballten Hände verbarg. Der fette alte Idiot hatte noch nie so geringschätzig zu ihm gesprochen. Er hatte sich erheblich beherrschen müssen, um dem Richter nicht klarzumachen, daß er seine Arroganz und Dummheit nur wegen Cindy und dem, was sie in die Ehe mitbringen würde, ertrug.

Zur Hölle mit ihm!

Kyle blieb, wo er war, als der Richter ihn verlassen hatte und die Reihe hinunter zu seinem Wagen ging. Er war hier auf unsicherem Boden, und das wußte er. Er hatte alles so sorgfältig geplant, und jetzt war plötzlich etwas, das er um des puren Überlebenswillen getan hatte, wieder aufgetaucht und bedrohte ihn.

Kyle starrte zur Lichtung des Frachtlagers hinüber, das im Mondlicht zu sehen war. Es war schon früher manchmal eng für ihn gewesen – recht häufig sogar –, und er hatte immer einen Ausweg gefunden. Es gab keinen Grund, warum es jetzt nicht wieder klappen sollte. Es lief alles darauf hinaus, daß *ihr* Wort gegen seins stand. Er mußte nur alles leugnen.

Mit dieser Lösung im Kopf schritt er auf sein Zelt zu,

nicht ohne am Wohnwagen anzuhalten und seiner Verlobten wie üblich eine gute Nacht zu wünschen.

KAPITEL 25

Es war der fünfte Tag der Reise. Die Sonne schickte Hitzewellen hinunter auf den Treck, der sich schwerfällig über das spärliche Gras und den ausgedörrten Boden der Prärie bewegte. Als John dem ersten Wagen das Signal für die Mittagsrast gab, erscholl der Ruf »Anhalten!« durch die ganze Reihe. Die Ochsentreiber führten ihre Ochsen in einem weiten Bogen und brachten sie zum Stehen, als der Wagenführer das Zeichen gab. Als der letzte Wagen angekommen war, waren die Ochsen, die die ersten Wagen zogen, schon ausgespannt und wurden zum Wasser geführt.

Addie und Colin gingen zu Bill, um ihm dabei zu helfen, die erste Mahlzeit des Tages zu bereiten, während Trisha den Wagen aufräumte und auf die beiden kleineren Kinder aufpaßte. Sie trug den neuen Reitrock, den Addie ihr gekauft hatte, und ein Hemd, das sie ordentlich in den Bund gestopft hatte. Ihr Haar war nach hinten gekämmt und im Nacken zusammengebunden. Addie verzichtete darauf, ihr Äußeres zu kommentieren, aus Angst, daß es Trisha peinlich wäre und sie wieder ihren alten zerschlissenen Rock und ihr loses Hemd anziehen würde.

Trisha war ungewöhnlich still, weswegen Addie glaubte, daß gestern Nacht etwas zwischen ihr und Buffer Simmons vorgefallen war. Heute morgen blieb sie außer Sicht im Wagen, als er vorbeikam, um sich die Zeit zu vertreiben.

»Dillon, ich muß dir Gesicht und Hände waschen.«

»Ah... Trisha...«

»Deine Mama hat gesagt, du darfst nicht essen kommen,

wenn du nicht gewaschen bist und dein Haar nicht gekämmt ist.«

Trisha wusch Dillons Gesicht, als Buffer herbeigeritten kam und vom Pferd stieg. Er wollte gerade zu ihr gehen, als er sah, wie ihre Augen sich senkten und sie ihre Hände einen Moment lang still hielt. Eine mächtige Welle von Selbstvertrauen erfüllte ihn, und er sah sie mit einem leisen Lächeln an. Er verstand, daß es nicht leicht für sie war, plötzlich ihre Verteidigung aufzugeben und ungezwungen mit ihm zu reden. Er blieb stehen und wartete darauf, daß sie ihn ansah.

»Hallo, Mr. Buffer.« Jane Ann kam aus dem Wagen. »Essen Sie mit uns?«

»Tag, Miss Janie. Sie scheinen sich ja pudelwohl zu fühlen.«

»Was heißt das? Meinen Sie, daß ich ein Hund bin?«

»Ja.« Er warf Trisha einen Blick zu und sah, daß sie lächelte. »Ein hübscher kleiner Welpe.«

»Hörst du, Trisha. Mr. Buffer hat gesagt, daß ich hübsch bin.«

»Dieses eine Mal glaube ich, daß er recht hat.« Trisha sah Buffer an, und in ihren Augen stand ihr Vergnügen geschrieben. »Vielleicht bringt er dir auch bei, wie man Männchen macht.«

»Das kann ich leider selber nicht.« Buffer schlug mit dem Gürtel, den er für Trisha zurechtgeschnitten hatte, leicht gegen seinen Oberschenkel.

»Wollen Sie jemanden prügeln?« fragte Jane Ann ängstlich. Sie wich vor ihm zurück.

»Nein. Das ist für Trisha.«

»Wollen Sie Trisha prügeln?« Jane Ann schlang ihre Arme um Trishas Taille.

»Du meine Güte«, murmelte Buffer.

»So ist das nicht gemeint, Liebes.« Trisha drückte das

kleine Mädchen an sich. »Er hat ihn in Ordnung gebracht, damit ich ihn tragen kann und mein Messer zur Hand habe, um dir einen Splitter aus dem Finger zu ziehen oder dir ein paar Blumen zu schneiden.«

Buffer kniete nieder und legte den Gürtel um Trishas Taille. Er steckte den Riemen in die Schnalle und richtete den Gürtel dann so, daß er auf ihren Hüftknochen saß und die Scheide auf ihrem Oberschenkel lag.

»Wo ist denn dein Schlachtmesser?«

Sie ging in den Wagen und kam zurück, das Messer ordentlich in der Scheide.

»So wird es erst mal gehen, bis ich dir ein gutes Wurfmesser besorgt habe.«

Buffer streichelte ihr Schulter und Arm. Er mußte das einfach tun. Er mußte sie heute morgen berühren, um sich zu vergewissern, daß das, was gestern abend zwischen ihnen geschehen war, Wirklichkeit und kein Traum war. Sie zuckte nicht weg, und ihm ging das Herz auf.

»Wo ist Dillon?«

»Da!« rief Jane Ann und zeigte zu der Stelle, an der das Vieh graste. »Da hinten ist er.«

»Gnädiger Gott!« entfuhr es Trisha. »Der kleine Teufel ist schnell wie der Wind! Bleib hier, Jane Ann…«

»Ich hole ihn.« Buffer stieg auf sein Pferd. »Halt die Kleinen in der Nähe des Wagens, Trisha. Es könnte gut sein, daß es hier Klapperschlangen gibt.«

Eine Minute später sahen Trisha und Jane Ann, wie Buffer sich im Sattel vorbeugte und den Jungen vor sich auf sein Pferd hinaufzog. Mit einem Arm hielt er Dillon an sich gedrückt.

»Schon mal eine Klapperschlange gesehen, Junge?«

»Eine Schlange? Colin hat eine mit der Hacke erschlagen.«

»Die Klapperschlangen hier in der Prärie sind so groß,

daß sie dich am Stück verschlingen können. Es gibt hier ganze Nester. Du bleibst bei den Wagen, verstanden? Schlangen halten sich von den Ochsen fern, weil sie nicht zertreten werden wollen. Wenn du noch mal wegläufst, sag ich es deinem Papa, der versohlt dir dann das Fell.«

Am Wagen setzte er Dillon wieder auf den Boden. Der Junge lief zu Trisha und schlang die Arme um ihre Beine.

Buffer saß auf seinem Pferd und sah sie an. Sein Herz quoll über vor Liebe und Stolz. Es war ein Wunder, daß sie jetzt dankbar zu ihm aufsah. Seit er in Colins Alter gewesen war, war er immer allein gewesen. Er hatte sich nur um sich kümmern müssen. Niemand hatte sich wirklich für ihn interessiert oder war auf ihn angewiesen gewesen, bis jetzt.

Trisha. Trisha. Mein ganzes Leben werde ich dich behüten.

»Bleib hier draußen, Süße«, sagte er sanft. »Ich passe auf.« Er ritt davon, wobei er sie über die Schulter noch immer ansah.

Trisha kämmte Jane Anns Haar und wartete darauf, daß die Glocke sie zum Küchenwagen rufen würde. Es war immer eine Qual für sie gewesen, sich unter die Männer zu begeben, aber heute morgen flatterte ihr Herz nur, wenn sie an Buffer Simmons dachte und an das, was er letzte Nacht zu ihr gesagt hatte.

»Tag, Missy. Wie geht's, ihr kleinen Racker? Holt euch einen Teller, und nehmt euch ein paar Pfannkuchen«, rief Bill fröhlich, als sie kamen.

Er goß Teig aus einem Krug auf ein flaches Eisenblech, das auf Beinen über dem Feuer stand. An einem zweiten Lagerfeuer drehte Colin mit einer langen Gabel Fleischstücke. Addie schenkte mit einem langen Schöpflöffel Kaffee aus einem großen runden Topf aus.

Dies war die Zeit, die Bill am meisten liebte. Er neckte die Männer, die mit ihren Tellern kamen, nannte sie gierig und sagte, sie seien Vielfraße. Sie grinsten, denn sie wußten, daß

Sweet Williams Ausdrucksweise weniger liebevoll wäre, wenn keine Damen anwesend wären.

Jeder Mann wusch seinen Teller, seine Tasse und seinen Löffel selbst mit einem Tuch in einem großen Topf mit warmem Seifenwasser ab, dann wurde das Geschirr mit einer Zange in heißem Wasser abgespült und auf einen Tisch gestellt, wo Addie es abtrocknete und bis zur nächsten Mahlzeit verstaute.

Die Männer hatten sich daran gewöhnt, daß sie und Colin da waren. Sie scherzten mit Colin und wechselten schüchtern ein paar Worte mit Addie. Heute blieben ein paar von ihnen stehen und sprachen kurz mit Trisha, dann eilten sie davon.

»Freut mich, daß es Ihnen besser geht, Miss.«

»Wir finden den Kerl, der Ihnen das angetan hat, und das wird er nicht überleben, das steht fest.«

»Ah... Señorita. Tut uns leid, was passiert ist.«

»Wir fangen den *perro*, dann töten wir ihn!« Der junge Mexikaner stieß das spanische Wort für »Hund« zwischen zusammengepreßten Lippen hervor.

Trisha blickte jeden Mann kurz an, murmelte ihren Dank und sah wieder auf ihren Teller.

Addie war zuerst besorgt gewesen und hatte gefürchtet, Trisha würde die Flucht ergreifen, als sich der erste Mann näherte, dann aber war sie erleichtert und stolz. Als der letzte Mann den Kochbereich verlassen hatte, suchten die goldenen Augen des Mädchens Addies Blick. Sie lächelte.

Sie wußten beide, daß Trisha in gewisser Weise eine Prüfung bestanden hatte.

Es war zwölf Uhr mittags. John machte mit Dal Rolly seine Runde die Wagen entlang und überprüfte die Fracht und die Räder, um Anzeichen für mögliche Pannen zu entdecken.

»Jetzt wird mir auch klar, warum Simmons angeheuert hat. Er hat es auf das Mädchen abgesehen.« Rolly schnitt sich ein Stück von einem Priem Kautabak ab und steckte es sich in den Mund.

»Man muß schon blind sein, um das zu übersehen. Simmons ist ein guter Mann. Ich bin froh, daß er bei uns ist.«

»Er ist verdammt gut im Spurenlesen, sagt Cleve. Der sollte es wissen, schließlich ist er selbst nicht ohne.«

»Irgendeine Idee, wie jemand in das Gebüsch gelangt sein könnte, um dem Mädchen aufzulauern, ohne gesehen zu werden?«

»Ich weiß nur, daß es keiner von uns war. Muß jemand aus der Stadt gewesen sein. Eins sag ich dir, die Männer würden ihn aufhängen und ihm das Fell abziehen, wenn wir ihn kriegen.« Dal spuckte ins Gras. »Es ist für sie eine Beleidigung, daß so was passiert ist.«

»Cleve ist zurückgeritten und hat keine Spuren gefunden. Simmons hat auch rumgeschnüffelt.«

»Verdammt! Da kommt der Richter und dieser dämliche halsstarrige Yankee-Hauptmann.«

»Sie wollen sich bestimmt über irgend etwas beschweren.«

»Sind die nicht die schlimmsten Besserwisser, die man je gesehen hat? Seit Van Buren haben die nicht ein Rad geteert. Als ich ihnen gesagt habe, daß Sand in die Radnaben kommt, haben sie keinen Finger gerührt. Haben einfach nur auf dem Arsch gesessen, als würde ich nicht wissen, wovon ich rede.«

»Ich hoffe, daß wir sie in ein paar Tagen los sind.«

»Ich bete dann«, murmelte Rolly, drehte sich weg und bohrte an der Felge eines Rades herum, als die Reiter sie erreichten.

»Muß mit Ihnen reden, Mr. Tallman.«

»Steigen Sie ab, Van Winkle.«

Der Hauptmann stieg ebenfalls ab, obwohl er nicht dazu aufgefordert worden war. Van Winkle nahm seinen Hut ab und wischte sich mit einem blütenweißen Taschentuch die Stirn.

»Heiß heute.«

»Wird noch heißer werden... und trockener.«

»Ich habe gehört, daß Sie in ein paar Tagen den Arkansas überqueren werden, um dem Canadian River nach Westen zu folgen. Hauptmann Forsythe und ich haben vor, Ihnen morgen voran und zum Fort zu fahren.«

»Morgen?« John hob die Brauen.

»Seit wir Van Buren verlassen haben, haben wir nichts gesehen, was darauf hindeutet, daß Feindseligkeiten drohen.«

»Haben Sie das erwartet?«

»Wir haben keine der umherziehenden Banden von Wilden und Banditen gesehen, von denen Sie gesprochen haben. Wenn sie hier sind, dann haben sie keine Spuren hinterlassen.«

»Sie haben Spuren hinterlassen. Gestern sind wir nur eine Meile an einem gerade erst verlassenen Lager vorbeigekommen. Kein Indianerlager. Indianer räumen ihre Lagerplätze auf, bevor sie verschwinden.«

»Es könnte sein, daß es ein Lager der Armee war – eine Patrouille aus Fort Gibson.«

John lachte. »Unwahrscheinlich.«

»Wer sonst?«

»Abtrünnige. Mexikanische Banditen. Banden von Konföderierten, die nicht einsehen wollen, daß der Krieg vorbei ist.«

»Wie viele Tage sind es von der Flußgabelung bis zum Fort?«

»Zwei. Vielleicht drei. Je näher Sie dem Fort kommen, desto geringer wird die Gefahr eines Angriffs.«

Während dieses Gesprächs hatte der Hauptmann geschwiegen, als würde ihn die Unterhaltung nicht interessieren. John richtete seine nächste Bemerkung an ihn.

»Es wäre klug, wenn Sie dem Richter raten würden, bei uns zu bleiben, bis wir zu dem Abzweig kommen, dann sollten Sie dem Arkansas folgen und so schnell wie möglich das Fort erreichen. Seine Truppe da ist wie ein Stück Brot, das einem hungrigen Mann vor der Nase baumelt. Sie können darauf wetten, daß sie bemerkt wird. Neuigkeiten verbreiten sich rasch, sogar hier draußen.«

»Wir haben keine Angst davor, von einem heruntergekommenen Haufen Gesindel angegriffen zu werden.«

John zuckte die Schultern.

Dal Rolly spuckte einen Schwall gelben Tabaksaft ins Gras und schüttelte angewidert den Kopf, dann ging er davon.

Mit einem Fuß auf der Wagendeichsel, stützte John seinen Unterarm auf das Bein und hoffte, der Richter und sein Hauptmann würden aufsitzen und verschwinden. Addie und die Kinder kamen vom Küchenwagen, und er wollte etwas Zeit mit ihnen verbringen.

Dillon riß sich von Addies Hand los und rannte auf ihn zu. John hob ihn hoch und setzte ihn auf seinen Arm. Dillon legte sein Gesicht an Johns.

»Papa! Mr. Buffer hat gesagt, du würdest mir das Fell versohlen...« Plötzlich bemerkte der Junge die Fremden und schämte sich, und er verbarg sein Gesicht an Johns Schulter.

Das Lächeln auf Addies Lippen erstarb, als sie und Jane Ann den Wagen umrundeten und sie den Richter und den Hauptmann sah, die im Schatten des Güterwagens standen. Sie hatte das Gefühl zu ersticken. Ihre Augen richteten sich auf das Gesicht des Hauptmanns. In Erinnerung sah sie es deutlich ohne Schnurrbart und Bärtchen vor sich. *Es war Kirbys Gesicht. Das Grübchen in seinem Kinn war durch das*

Bärtchen verdeckt. Lieber Gott! Er war es. Der Mann sah sie an und wieder weg, dann spielte er mit einem Riemen am Zügel seines Pferdes.

John sah den entsetzten Ausdruck auf dem Gesicht seiner Frau, sah, wie ihre Lippen zitterten, sah, wie sie mit offenem Mund nach Atem rang. Instinktiv wußte er, daß sie Hauptmann Forsythe in der Vergangenheit gekannt hatte oder glaubte, sie hätte ihn gekannt. Forsythes Gesicht deutete jedoch nicht darauf hin, daß er sie schon jemals gesehen hatte.

»Hauptmann Forsythe, habe ich Ihnen schon meine Frau und meinen Sohn vorgestellt?« Dillon noch auf dem Arm, streckte John den anderen aus und zog Addie an sich. »Und meine Tochter Jane Ann?« fügte er hinzu, als das Kind sich an seine Knie lehnte.

»Ja, ich habe Mrs. Tallman und den Jungen am ersten Tag getroffen. Freut mich, Sie wiederzusehen, Madam.« Kyle Forsythe sah Addie ins Gesicht und sprach ruhig, höflich. Seine Stimme zitterte nicht im geringsten. Aber Addie wußte, daß es Kirbys Stimme war, obwohl der Nordstaaten-Akzent stärker war.

Ohne ein Wort zu sagen, hob Addie Dillon von Johns Arm und stellte ihn auf den Boden. Sie nahm ihn und Jane Ann bei der Hand, ging um das lange, hohe Fahrzeug herum und eilte die Reihe hinunter zu Colin und Trisha, die im Schatten ihres Wagens saßen.

»Ich bin mir sicher, daß die Patrouille des Hauptmanns zusammen mit meinen Männern für unsere Sicherheit sorgen kann«, sagte Van Winkle und setzte die Unterhaltung fort, als sei sie gar nicht unterbrochen worden.

»Kommen Sie zum Punkt, Richter. Ist das alles, was Sie mir sagen wollten?« John wurde ungeduldig. In Gedanken war er bei dem erschütterten Gesichtsausdruck, den seine Frau angenommen hatte, als sie den Hauptmann gesehen hatte.

»Wir begleiten Sie bis zur Flußgabelung, dann folgen wir dem Arkansas River zum Fort.«

»Wie Sie wollen.«

»Aber...«

»Ja?« John hatte sich weggedreht, drehte sich jetzt aber zurück.

»Ich bestehe darauf, daß unsere Wagen nach vorne rücken. Ihr Staub erstickt uns.«

»Sie bestehen darauf?« John richtete sich zu voller Größe auf und verschränkte die Arme über der Brust. »Sie haben kein Recht dazu, darauf zu bestehen, daß ich irgend etwas tue.«

»Seit wir Van Buren verlassen haben, sind die gleichen beiden Wagen die ersten in der Reihe.«

»Ich bin nicht verpflichtet, Ihnen das zu sagen, aber ich tue es trotzdem«, sagte John, bemüht, seine Wut im Zaum zu halten. »Der erste Wagen in meiner Reihe gibt das Tempo vor.« Er sprach barsch und abgehackt. »Er wird von einem Mann gefahren, der diese Fahrt schon sechs Mal mitgemacht hat. Im zweiten Wagen ist *meine* Familie. Ich möchte Sie noch einmal daran erinnern, daß es Ihnen freisteht, auf eigene Faust loszufahren, wann immer es Ihnen beliebt.«

»Es ist nicht fair, daß Sie uns ans Ende verbannen. Meine Nichte ist sehr mitgenommen...«

»Was zum Teufel soll ich wegen Ihrer mitgenommenen Nichte unternehmen?«

»Ich will, daß unsere Wagen nach vorne in die Reihe gebracht werden. Wir sind schon seit fast einer Woche hinten. Die nächsten paar Tage sollten wir vorne fahren.«

»Nein! Ich werde meine Kolonne nicht auflösen, weil Sie es so wollen.«

Das Gesicht des Richters wurde dunkelrot, und sein Kiefer zitterte.

»Reden Sie nicht in diesem Tonfall mit mir... Sie Mist...«

»Vorsicht, Richter. Wenn Sie mich so nennen, mache ich Sie platt wie einen Pfannkuchen, ganz gleich, wie verdammt alt Sie sind.«

»Ich bin der höchste Regierungsbeamte in dieser Gegend, und ich verlange Respekt.«

»Verlangen? Zum Teufel!« Johns Ärger machte seine Stimme seltsam sanft. »Sie könnten von mir aus Jesus persönlich sein«, sagte er mit Buffers Lieblingsausdruck. »Ein Mann verlangt keinen Respekt. Er *verdient* ihn.«

»Sie sind unvernünftig und diktatorisch, weil Sie die Männer hinter sich wissen. Genau das habe ich von jemandem wie Ihnen erwartet.«

»Nennen Sie es, wie Sie wollen. Bei so einem Treck ist Staub immer ein Problem. Wenn Sie das nicht gewußt haben, bevor Sie losgefahren sind, dann tun Sie es jetzt. Sie können zur Seite ausweichen, Sie können vornewegfahren, oder Sie können sich weiter zurückfallen lassen. Mir ist das egal. Ich werde Ihre Wagen nicht mit meinen mischen. Das ist alles, was ich dazu zu sagen habe.«

Der Richter war so wütend, daß er wie ein aufgeplusterter Ochsenfrosch aussah.

»Diese Beleidigungen werden Sie bereuen.«

»Das sind keine Beleidigungen. Das ist gesunder Menschenverstand. Ihre Zugtiere und Maultiere haben nicht das gleiche Tempo wie meine Ochsen. Ganz einfach – sie passen nicht zusammen.«

Der Richter wandte sich zu seinem Pferd. »Das ist nicht das letzte Mal, daß Sie von uns hören werden. Ich habe Einfluß, und den werde ich geltend machen, wenn ich nach Santa Fe komme.«

»Im Moment bezweifle ich, daß Sie jemals dort ankommen werden«, kommentierte John trocken.

In diesem Augenblick kam Addie hinter dem Wagen hervor und trat dem Hauptmann gegenüber. Jede Faser ihres

Gesichts zeigte feste Entschlossenheit. Sie hatte zugesehen und auf den richtigen Augenblick gewartet, ihn anzusprechen.

»Kirby! Kirby Hyde!«

Der Hauptmann setzte einen Fuß in den Steigbügel und stieg auf.

»Ich weiß, daß du es bist, Kirby!«

»Reden Sie mit mir, Madam?« fragte der Hauptmann ruhig.

»Du weißt verdammt gut und genau, wer ich bin. Du bist Kirby Hyde.«

»Ich bin Kyle Forsythe, Mrs. Tallman. Sie müssen mich mit jemandem verwechseln.«

»Was ist denn los?« stieß der Richter hervor.

»Die Dame hat mich mit jemandem verwechselt.« Der Hauptmann legte seine Finger an die Hutkrempe. »Guten Tag, Madam.«

Richter Van Winkle blickte mit gerunzelter Stirn auf Addie herab, bevor er seinem Pferd die Sporen gab.

Addie starrte hinter ihnen her, die Fäuste geballt, die Augen zu trocken für Tränen. Sie war mehr denn je davon überzeugt, daß Hauptmann Kyle Forsythe der Union-Armee Kirby Hyde war, der von ihrer Farm weggeritten war, um in den Krieg zu ziehen.

»Addie... Liebes!« John stand neben ihr, den Arm um sie gelegt. »Was hat das zu bedeuten?«

»Oh, John! Es tut mir leid. Es tut mir... so leid!«

»Was?«

»Alles. Ich habe so ein Chaos angerichtet...«

»Nichts, was sich nicht in Ordnung bringen läßt. Was hat das mit Kirby Hyde zu bedeuten?«

Addie öffnete den Mund und schloß ihn, dann öffnete sie ihn wieder. Bevor sie die verhaßten Worte aussprechen konnte, verlangte der Ton einer schrillen Pfeife Johns ganze

Aufmerksamkeit. Cleve kam hutschwenkend auf seinem großen grauen Pferd angeritten. Er ließ das Tier neben John abrupt anhalten.

»Etwa dreißig oder vierzig Mann nähern sich. Ungefähr eine Meile oder etwas mehr hinter dieser Anhöhe.« Johns Augen folgten Cleves ausgestrecktem Finger.

»Indianer oder Weiße?«

»Indianer.«

»Welcher Stamm?«

»Kann ich nicht sagen. Waren zu weit weg.«

John wandte sich zu Addie und küßte sie fest.

»Liebling, hol die Kinder und bleib im Wagen.« Nach diesem knappen Befehl sprang er über die Wagendeichsel und lief zu seinem Pferd.

Cleve legte die Finger an den Mund und pfiff einen langen Ton, gefolgt von zwei kurzen. Einige Sekunden später wiederholte er das Signal. Männer rollten unter den Wagen hervor, wo sie sich ausgeruht hatten. Ochsentreiber riefen, und mit ihren langen Peitschen trieben sie das Vieh in den Halbkreis, der von den Wagen gebildet wurde. Nachdem er einen Mann zu Van Winkle geschickt hatte, um ihm zu sagen, er solle sein Vieh zusammentreiben und, falls nötig, eine Verteidigung errichten, ritt Cleve im großen Bogen um das Lager und erteilte den Befehl, zwischen den Wagen Ketten aufzuhängen, um das Gehege abzudichten.

Beide Lager waren plötzlich voller Betriebsamkeit.

Auf seinem Pferd blieb John neben dem Wagen stehen, an dem Colin mit Trishas Gewehr in der Hand stand. Die Kinder waren drinnen, und Addie gab Trisha den Wassereimer.

»Daß sie da draußen sind, heißt noch lange nicht, daß sie uns angreifen werden. Vielleicht sind sie freundlich gesonnen. Addie, Trisha, die Kinder und du, ihr bleibt außer Sichtweite. Wenn ihr Schüsse hört, legt euch auf den Wagenboden.«

»John, sei vorsichtig, und mach dir keine Sorgen um uns.«

»Paß auf unsere Frauen auf, Colin.«

John war weg, bevor der Junge antworten konnte, aber Addie sah den Stolz auf seinem jungen Gesicht, und sie hatte schon wieder einen Grund, John Tallman zu lieben.

Kapitel 26

John und Cleve vertrauten Buffer und Rolly die Verteidigung an und verließen das Lager. Sie galoppierten auf die Anhöhe, auf der sie stehenblieben, und John hob das Fernglas an die Augen. Höchstens eine halbe Meile entfernt studierten Indianer Spuren. Einige waren abgestiegen und führten ihre Ponies; die anderen folgten ihnen etwas abseits, um die Spuren nicht zu verwischen, falls die Fährtenleser sie zurückverfolgen wollten. Während John zusah, stiegen die Fährtenleser wieder auf, und die Truppe kam in ihre Richtung.

»Es sind Komantschen.« John gab Cleve das Fernglas. »Einer von ihnen heißt Wildes Pferd.«

»Ein Freund von dir?«

»Nicht direkt, aber auch kein Feind.«

»Das sind keine Jäger.«

»Wir können Sie genausogut begrüßen.« John schwenkte sein Gewehr über dem Kopf, um zu zeigen, daß er ihr Näherkommen bemerkt hatte, dann schob er es wieder in das Futteral.

Er zählte mehr als dreißig junge Krieger auf kleinen, flinken Pferden. Er erkannte Wildes Pferd als den Krieger wieder, den er einmal mit dem jungen Quanah Parker, dem Unterhäuptling der Quohada-Komantschen, getroffen hatte. Parker wurde nicht nur als Anführer immer bekannter, sondern auch, weil er Kavallerielager überfiel. Der Haß der Komantschen auf die berittenen Soldaten war wohlbekannt.

»Sie suchen jemanden, soviel ist klar«, murmelte Cleve.

Die Indianer kamen im Galopp heran. Als sie sich näherten, erhob Wildes Pferd seine Hand. Die Krieger blieben stehen. Die meisten von ihnen waren jung. Ihre dunklen Augen waren voller Mißtrauen, und sie sahen John und Cleve lange und durchdringend an.

Wildes Pferd kam allein mit seinem Pferd bis auf wenige Meter an die Stelle heran, an der John und Cleve warteten. Lange weiße Federn hingen in den dichten Haarsträhnen des Indianers, die ein wenig grau geworden waren, seit John ihn das letzte Mal gesehen hatte. Ein großes rundes Amulett hing an einem Riemen um seinen Hals.

»Wildes Pferd.« John erhob seine Hand, die Handfläche nach außen gedreht.

»Gefleckter Elch.« Der Indianer erwiderte den Gruß. »Du durchquerst mit deinen Wagen das Indianerterritorium.« Sein Englisch war besser, als John es in Erinnerung hatte.

»Mein Vater, Rain Tallman, bezahlt euer Volk für dieses Recht mit Vieh, Nahrungsmitteln und Medizin.«

»Das ist mir bekannt.« Die Augen des Indianers fixierten Cleve. »Du bist als Blutiges Messer bekannt. Steinerne Hand sagt, du bist ein Freund der Komantschen, aber nicht der Apachen oder Kiowa.«

»Das ist wahr.«

»Steinerne Hand ist mit Quanah auf großer Jagd.«

John lächelte. »Mein Bruder, Steinerne Hand, ist seit langer Zeit ein Freund eures jungen Häuptlings.«

»Steinerne Hand sagte, du kommst hier vorbei. Er sagte, Gefleckter Elch wird Wildes Pferd Kugeln und Tabak geben.«

»Ich werde das Versprechen meines Bruders einhalten.«

»Wir suchen weiße Männer, die unsere Pferde gestohlen und zwei unserer Frauen getötet und zwei weitere geraubt haben. Sie sind hier vorbeigekommen.«

»Vielleicht. Wir haben aber niemanden gesehen.«

Die Reiter hinter Wildes Pferd ließen ungläubiges Gemurmel hören. Er wandte sich um, sprach ein knappes Kommando, und das Gemurmel verstummte. Als er wieder sprach, war es an die Krieger gerichtet.

»Gefleckter Elch, Steinerne Hand und ihr Vater, Rain Tallman, lügen nicht. Er sagt, er hat niemanden gesehen. Dann hat er auch niemanden gesehen.« Er wandte sich zurück zu John. »Junge Krieger. Heißes Blut.«

John nickte verständnisvoll. »Wir werden rauchen und sprechen, während mein Freund« – er deutete mit dem Kopf auf Cleve – »Tabak und Kugeln aus den Wagen holt.«

Wildes Pferd nickte, und zu Johns Überraschung spornte er sein Pferd an und ritt voran zum Güterlager. Er warf Cleve einen Blick zu, doch der war so oft in kritischen Situationen gewesen, daß er sich nicht anmerken ließ, was er dachte.

John überlegte, wie er die Gruppe von Kriegern aus dem Wagenkreis heraushalten konnte, als der Anführer der Indianer einige hundert Meter vom Güterlager entfernt auf der offenen Prärie anhielt. Er sprach in Komantsche rasch mit seinen Männern. John konnte verstehen, daß er ihnen sagte, sie sollten hierbleiben und ein Feuer entfachen, und sie würden rauchen, wenn er mit Gefleckter Elch zurückkäme. Die jungen Krieger stiegen sofort vom Pferd, und Wildes Pferd ritt mit John und Cleve auf das Güterlager zu.

John suchte das Lager mit den Augen ab. Buffer oder Rolly hatte sie kommen sehen. Einige der Männer lehnten lässig an den Wagen, andere schienen an einem Rad oder einer Deichsel zu arbeiten. Zu Johns Erleichterung waren keine Schußwaffen zu sehen.

Wildes Pferd erfaßte die Szene innerhalb des Kreises, in dem Pferde, Maultiere und Ochsen herumliefen.

»Glaubst du, wir stehlen deine Pferde, Gefleckter Elch?«

John bemerkte den amüsierten Blick des Indianers.

»Wir wußten nicht, daß ihr Freunde seit, Wildes Pferd. Ihr hättet als Indianer verkleidete berittene Soldaten sein können.«

Der Mund des Indianers lächelte nicht, seine Augen schon. »Es ist weise, gut vorbereitet zu sein.«

Als sie die Wagen entlang auf denjenigen zuritten, der Waren für solche Gelegenheiten enthielt, kam Rolly, der auf dem Rücken eines Pferdes herumrutschte, auf sie zu. Es war ungewöhnlich, den großen Mann zu Pferd zu sehen. Er haßte reiten.

»Dal, dies ist mein Freund, Wildes Pferd, von den Quohada-Komantschen.«

»Wie geht's?« Dal streckte die Hand aus. Der Indianer ergriff und schüttelte sie.

Dal war sich nicht sicher, wie gut der Indianer sie verstehen konnte, aber das, was er John mitzuteilen hatte, mußte gesagt werden.

»Ich habe alle Hände voll mit diesen idiotischen Yanks im anderen Lager zu tun. Geh besser mal rüber, John. Sie treffen Vorbereitungen, aufzusitzen und... den Feind anzugreifen.«

»Feind?« Wildes Pferd hatte das letzte Wort verstanden. »Gefleckter Elch hat Feinde? Wir helfen beim Töten.«

»Die Männer, von denen wir sprechen, sind ihr eigener Feind. Sie sind dumme Männer, die unsere Sitten nicht kennen«, erklärte John.

Dann stöhnte er innerlich auf, als er die Yankee-Patrouille mit einem Gefolge von einem Dutzend bewaffneter Männer sah, die aus dem Lager des Richters geritten kamen und sich auf die heißblütigen jungen Krieger von Wildes Pferd zubewegten. Als sie die Soldaten sahen, liefen die Krieger zu ihren Pferden.

»Du hast berittene Soldaten!« Wildes Pferd stieß die Worte verächtlich aus.

»Sie gehören zu einem anderen Lager. Ich werde sie aufhalten.«

John gab seinem Pferd die Sporen, und Victor machte einen Satz nach vorne. Gleichzeitig sprang ein zweites Pferd über eine Wagendeichsel und raste auf die Patrouille zu. Auch Buffer Simmons versuchte, die Katastrophe abzuwenden.

Buffer ließ sein Pferd seitlich rutschen, damit es vor dem nervösen Tier des Hauptmanns anhielt.

»Was zum Teufel machen Sie hier?« rief der Hauptmann wütend, nachdem er sein Tier wieder unter Kontrolle gebracht hatte.

»Ich hindere Sie daran, mit den Komantschen einen Kampf anzufangen, der Sie das Leben kosten wird. Sie sind mir egal, ich denke nur an die anderen Leute in unserem Treck.«

»Aus dem Weg. Ich lasse Sie in Eisen legen, weil Sie einen Offizier der Armee der Vereinigten Staaten behindern.«

»Es ist offensichtlich, daß Sie noch nie mit Indianern gekämpft haben. Sie kesseln Euch ein, und im Handumdrehen liegt die Hälfte von Euch am Boden.«

John ritt herbei und brachte Victor zum Stehen.

»Sie verdammter Idiot! Bringen Sie Ihre Männer zurück ins Lager, und bleiben Sie da, bevor Sie umgebracht werden«, fuhr John ihn an.

Das Gesicht des Hauptmanns war dunkelrot. »Sie haben hier keine Befehlsgewalt. Gehen Sie aus dem Weg, oder ich werde meine Männer anweisen, Sie zu beseitigen.«

»Versuchen Sie es doch.« Buffer schnaubte verächtlich. »Zum Teufel. Sie könnten nicht mal eine kranke Hure von einem Pißpott wegziehen.«

»Der Richter ist für Indianerangelegenheiten zuständig…«

»Hier nicht. Die Indianer sind in ihrem eigenen Land, Sie dämlicher Affe. Sie kümmern sich um ihre Angelegenheiten. Sie würden sich nichts mehr wünschen, als daß auf sie geschossen wird. Dann hätten sie eine Entschuldigung, Sie auszulöschen.«

»Sollen Sie es doch versuchen. Das ist nur ein Haufen Wilder.«

»Sie *sehen* vielleicht wie Wilde *aus*, aber sie sind hartnäckige Kämpfer. Forsythe, Ihr Gehirn paßt in einen Fingerhut.« John zog sein Gewehr aus dem Futteral und zielte mit dem Lauf aus einigen Zentimetern Entfernung auf den Kopf des Pferdes des Hauptmanns. »Wenn Sie nicht wollen, daß ich diesem herumstolzierenden tollen Pferd hier, auf das der Richter so stolz ist, das Gehirn wegpuste, dann bringen Sie Ihre Patrouille wieder ins Lager, und bleiben Sie außer Sicht.«

»Sie haben nicht das Recht, sich einzumischen. Das hier ist Sache der Armee.«

»Es ist meine Sache, weil es bedeutet, daß meine Männer versuchen müssen, Ihren Arsch zu retten!«

Buffer ritt die Reihe von Reitern entlang, die hinter der Patrouille warteten. Er sah jedem von ihnen ins Gesicht.

»Laßt nicht zu, daß dieser aufgeblasene Schwachkopf euch skalpieren läßt. Diese Komantschen sind Kämpfer. Einer von denen nimmt es mit drei weißen Männern auf.«

»Für mich sehen sie nicht sehr nach Kämpfern aus. Sehen aus wie magere, verdreckte Jünglinge, die sich groß aufspielen.« Der Sprecher war groß und stämmig, mit fiesem Gesicht und einem großen Klumpen Tabak im Mund.

»Vielleicht sind sie mager und verdreckt, aber bevor du mit der Wimper schlagen kannst, hast du einen zweiten Mund unter dem Kinn. Dann mußt du das, was du da kaust, nicht mal ausspucken.« Buffer ritt weiter.

»Stimmt es, daß Indianer schlecht schießen?«

»Kann sein. Aber ich hab schon gesehen, daß sie aus vollem Lauf einen Hasen mit einem Pfeil erlegt haben. Für meine Begriffe ist das kein *schlechtes* Schießen.«

»Ich will nicht mit Indianern kämpfen, wenn es sich vermeiden läßt.« Der Sprecher hatte einen dünnen Bart und trug einen Strohhut, der schon bessere Tage gesehen hatte.

»Diesmal läßt es sich bestimmt vermeiden, es sei denn, ihr drängt sie dazu. Ihr Anführer ist mit Tallman befreundet.«

»Der alte Richter kriegt einen Anfall, wenn wir nicht mit den Blauen kämpfen.« Ein anderer Mann hatte das leise gemurmelt.

»Zum Teufel. Dieser Yank ist kein Indianerkämpfer. Das habe ich sofort gemerkt, als er nicht wußte, daß die Indianer Komantschen sind.«

»Wenn der Komantsche ein Freund ist, dann ist er ein Freund.« Buffer sah den Mann direkt an. »Aber wenn du sein Feind bist, ist er ein gemeiner Hundesohn. Sie hassen berittene Soldaten mehr als alles andere.«

»Ich glaube, wenn wir umkehren, werden wir in den Rücken geschossen.«

Buffer schnaubte verächtlich. »Der Richter wird euch nicht alle erschießen. Er braucht euch, um die Wagen zu fahren.«

Buffer ritt die Reihe entlang und sprach mit den Männern. Ganz am Ende war ein Mann auf einem langbeinigen schwarzen Pferd. Buffer sah ihn an und sah dann noch einmal hin, weil ihm etwas an ihm aufgefallen war. Es war weder der schwarze Bart noch der schwarze Hut, die waren nicht außergewöhnlich. Es war die Art, wie er auf seinem Pferd saß, aufrecht im Sattel, die schmalen Schultern, die langen Arme. Der Kopf des Mannes war zur Seite geneigt, das Gesicht weggedreht. Buffer ritt um ihn herum, um ihn besser sehen zu können, aber dann rief einer der Soldaten etwas. Der Mann wirbelte sein Pferd herum, genau wie die anderen in der Reihe, und ritt zurück zum Lager.

»Die dummen Mistkerle werden Santa Fe nicht lebend erreichen«, sagte John. »Er hat schließlich zugegeben, daß der *Richter* ihm gesagt hat, er solle die Indianer verjagen. *Miss Cindy* hatte einen Schreianfall. Großer Gott, werde ich mich freuen, wenn wir den North Canadian River erreichen und sie nie wiedersehen.«

»Ich hätte mich ja nicht eingemischt, aber ich habe befürchtet, jeden Augenblick würde das Signal zum Laden ertönen. Einer von diesen Idioten hat die Fahne ausgerollt. Unglaublich, oder?«

Die Mittagsrast dauerte zwei Stunden länger als gewöhnlich. Der Ruf »anspannen« ertönte, als die Komantschen ihre Ponies bestiegen und mit einem Pferd, das am Zügel geführt wurde und mit Geschenken aus den Güterwagen beladen war, davonritten.

Addie hatte einen langen, sorgenvollen Nachmittag verlebt. Ihre größte Sorge war es gewesen, die Kinder in ihrer Nähe zu behalten. Sie hatten im Wagen bleiben müssen, bis das Vieh erneut zum Grasen auf die Prärie gelassen worden war.

Die Tafeln und Stifte waren ein Segen. Obwohl Addie wußte, daß Trisha lesen und schreiben konnte, war sie überrascht, wie leicht es ihr fiel, den kleineren Kindern und später Colin das Alphabet beizubringen.

Dillons Aufmerksamkeit währte bis zum Buchstaben *B*. Danach wollte er nur noch die Schiefertafel mit weißen Kreidelinien bedecken und lenkte Jane Ann und Colin ab.

Addie nahm ihn mit auf den Wagensitz und gab ihm ein Buch zum Anschauen. Innerlich war ihr ganz elend und ängstlich zumute, und sie fürchtete sich davor, John von Kirby zu erzählen. Ihr Magen zog sich zusammen, wenn sie daran dachte. Sie hatte absolut keinen Zweifel daran, daß der »Hauptmann« Kirby Hyde war. Er hatte den Mund zusammengepreßt und seine Nasenflügel hatten gebebt, genau wie sie es vor vier Jahren getan hatten, wenn er wütend auf sie gewesen war. Oh, er war Kirby, und sie konnte es beweisen, wenn er sein Bärtchen abrasierte und das Grübchen an seinem Kinn zum Vorschein kam.

Es war beinahe eine Erleichterung für Addie, als der Ruf kam, daß sie weiterfuhren.

»Ich habe ein *A* und ein *B* und ein *C* gelernt, Miss Addie. Trisha kennt sie alle. Nächstes Mal wird sie meinen Namen schreiben.« Colin hatte viel größeres Interesse am Lernen als Jane Ann.

»Er lernt schnell«, meinte Trisha, nachdem Colin gegangen war, um Gregorio zu helfen, ihre Tiere vor den Wagen zu spannen. Sie wischte die Tafeln mit einem Tuch ab und verstaute sie. »Im Handumdrehen weiß er mehr als ich.«

An diesem Nachmittag durchquerten sie ein großes Stück Prärieland. Über der Wagenkolonne stieg eine große Staubwolke auf. Die Ochsen bewegten sich mit langsamen, schwerfälligen Schritten über die beinahe baumlose Prärie.

Addie hatte sich entschieden, hinten im Wagen zu bleiben. Trisha und Jane Ann saßen neben Huntley auf dem Sitz, Dillon mit Colin und Gregorio im vorderen Wagen. John, Buffer oder Cleve hatte sie nicht gesehen, seit der Treck aus dem Mittagslager aufgebrochen war.

Ihre Gedanken kehrten immer wieder zu der Begegnung mit Kirby zurück. Sie hatte geglaubt, ihn unvorbereitet zu erwischen, als sie seinen richtigen Namen nannte, aber er hatte nicht einmal eine Sekunde gezögert. Er war auf sein Pferd gestiegen und hatte sich erst umgedreht, als sie zum zweiten Mal rief. *Er hat erwartet, daß ich ihn konfrontiere.* Ihr Kopf war von so vielen Gedanken erfüllt. Was machte er in einer Yankee-Uniform? Wer lag in dem Grab, das angeblich seins war? Sie verstand, wieso er wollte, daß sie glaubte, er sei tot: Er wollte sie los sein.

Der Himmel wurde dunkel. Schon lange waren die Schatten, die dem Treck folgten, verschwunden. Die Luft war feucht, und es roch nach Bäumen und Wasser. Der Ruf zum Anhalten kam, und Cleve führte den ersten Wagen in einen großen Bogen. Die Reihe entlang erscholl der Befehl »aufschließen«. Die Fahrer ließen zwischen den Wagen nur so viel Platz, daß die Tiere ausgespannt werden konnten.

Addie fürchtete sich davor, zum Küchenwagen zu gehen und bei der Abendmahlzeit zu helfen. Sie war sehr erleichtert, als Bill ihr sagte, die lange Mittagspause habe ihm genug Zeit gegeben, alles vorzubereiten, und er müsse nur noch Kaffee kochen. Addie ging zurück zu ihrem Wagen und kam dort an, als Buffer gerade erschien. Sie gab Kopfschmerzen vor und bat ihn, Trisha und die Kinder zum Essen mitzunehmen, dann kroch sie hinten in den Wagen und saß dort im Dunkeln. Sie wußte nicht genau, wie lange sie schon dort saß, als John kam.

»Addie?«

»Ich bin hier.«

»Alles in Ordnung?«

»Äh, ja… und nein.« Nachdem er ihr herunter geholfen hatte, blieb sie eine Minute lang stehen und drückte die Stirn an seine Brust.

»Hast du zu Abend gegessen?«

»Nein, aber es wird mir nichts schaden, eine Mahlzeit auszulassen. Ich habe Buffer gebeten, bei Trisha und den Kindern zu bleiben. Komm mit. Ich muß mir dir reden.« Er hielt ihren Ellenbogen fest in der Hand und führte sie die Reihe entlang zu einem großen Güterwagen; die Räder reichten bis zu ihrem Kopf. John griff hinein, holte ein Stück zusammengerollte Leinwand heraus und breitete sie auf den Boden.

»Wir haben zugesehen, wie du losgeritten bist und der Patrouille den Weg abgeschnitten hast«, sagte Addie, als sie sich auf der Leinwand niederließ, verzweifelt bemüht, etwas zu sagen, bevor John seine Fragen stellte.

»Es ist lange her, daß ich einen so dummen Schachzug gesehen habe wie den, den sie vorhatten. Dem Himmel sei Dank, daß sie in ein paar Tagen Richtung Norden nach Fort Gibson abbiegen werden. Komm her, Liebes.« Er legte den Arm um sie und zog sie an sich. »Ich bin nicht lange genug mit dir alleine. Ich möchte keine Minute verschwenden.« Er senkte seinen Kopf und küßte sie so liebevoll, daß sie unmittelbar in Tränen ausbrach. »Was ist los? Tränen von meiner Addie?« Er hielt sie fest und ließ sie weinen.

Schließlich löste sie sich aus seinen Armen, hob den Saum ihres Rockes und trocknete sich die Augen. Sie lehnte sich an ihn und schlang die Arme um seine Taille.

»Ich hätte niemals gedacht, daß ich mal weinen würde, weil jemand *nicht* tot ist.« Ihr Gesicht lag an seinem Hals. »Ich liebe dich, John Tallman. Ich liebe dich so sehr.« Sie merkte, wie sich ihre Kehle zusammenschnürte, als sich ihre Augen wieder mit Tränen füllten.

»Ich liebe dich auch, Mrs. Tallman...«

»Oh, aber... das bin ich nicht!«

»Wie bitte, Addie?«

»Ich bin nicht Mrs. Tallman. Dieser... Hauptmann ist Kirby Hyde. Das bedeutet, daß ich noch immer... mit ihm verheiratet bin.«

»Ich weiß, daß du das glaubst, Liebes. Ich habe deinen Gesichtsausdruck bemerkt, als du ihn zum ersten Mal gesehen hast.«

»Es war nicht das erste Mal. Ich habe ihn an dem Tag gesehen, an dem wir Van Buren verlassen haben, und dann an dem Tag, an dem die Reise begann. Jedes Mal war ich mehr überzeugt. Er ist es. Ich weiß, daß es verrückt klingt, weil Kirby sich der *konföderierten* Armee angeschlossen hat.«

»Addie, er ist es nicht. Kirby ist tot. Kannst du mir das nicht glauben?«

»Ich wünschte, ich könnte es. Ich habe immer gefürchtet, er würde zurückkommen. Es war sündhaft, aber ich habe nicht um ihn getrauert, als ich hörte, er sei tot.«

»Willst du mir von ihm erzählen?«

»Ich war so einsam«, begann sie, und erzählte ihm, wie Kirby auf die Farm gekommen war und für sie gearbeitet hatte. Verschämt, aber entschlossen, alles zu erzählen, vertraute sie John an, wie sie Kirbys Charme verfallen war und wie sie ihm gestattet hatte, sie zu verführen. Weil sie sich schuldig gefühlt und befürchtet hatte, sie könne ein Kind erwarten, hatte sie ihn bekniet, bis er einwilligte, sich von Pfarrer Sikes trauen zu lassen.

Nach ihrer Hochzeit war er oft in der Stadt gewesen. Dann war er eines Tages nach Hause gekommen und hatte ihr aus heiterem Himmel erzählt, er habe sich bei den Arkansas Regulars eingeschrieben. Er verließ sie am nächsten Tag, und sie hatte ihn nicht wiedergesehen, bis zu dem Tag in Van Buren. Sie sagte John, wie schockiert sie gewesen war, als sie seine Stimme und die Worte »Ganz ruhig, meine Kleine« gehört hatte. Sie hatte zuerst geglaubt, ihr Verstand spiele ihr einen Streich.

»Er ist es, John. Ich weiß nicht, wie er in die Yankee-Armee geraten ist, und noch dazu als Offizier. Der einzige Verwandte, den er je erwähnt hat, war ein Onkel in Jonesboro. Dorthin habe ich einen Brief geschickt, in dem stand, daß er einen Sohn hatte. Ich glaube nicht, daß er den Brief je erhalten hat. Aber dieser Mann ist Kirby, und er weiß, daß Dillon sein Sohn ist. Mir ist klar, daß er mich verleugnen könnte, aber wie kann ein Mann seinen Sohn verleugnen?«

»Weil er *nicht* Kirby ist, Addie.«

»Warum bist du dir da so sicher? Du hast ihn nicht gekannt. Du hast nur das Wort des Richters, daß er Forsythe heißt.« Addie setzte sich auf und sah John ins Gesicht. »Ich wünschte, es wäre nicht wahr. Ich kann dir nicht sagen, was es mir bedeutet hat, mir dir zusammenzusein. Ich hätte mir nie erträumt, daß ein Mann mein Herz so ausfüllen könnte. Ganz gleich, was geschieht…«

»Nichts wird geschehen, mein Schatz.« John küßte ihre Lippen und versuchte, sie in seine Arme zu ziehen. Sie wehrte sich und umfaßte mit den Händen sein Gesicht.

»Bitte glaub mir.«

»Addie, dieser Mann ist nicht Kirby!«

»Woher willst du das wissen?«

»Weil ich ihn getötet habe, Addie. Ich habe Kirby Hyde getötet.«

Addie sperrte den Mund auf. Sie sah ihn mit verblüfftem Schweigen an. Als sich ihr Schock legte, stieß sie nur zwei Wörter hervor:

»Wann? Wo?«

KAPITEL 27

Er wachte mit einer kalten Messerklinge an der Kehle auf.

Seit er Quill's Station am Wabash verlassen hatte, war John auf Hunderte von Yankees und Republikaner auf dem Heimweg aus dem Krieg gestoßen. Jetzt wurde ihm klar, daß er hätte weiterziehen sollen, anstatt sich hier an dieser Kreuzung zur Ruhe zu legen, wo ein Dutzend Männer ihr Nachtlager errichtet hatten.

Für die armen Teufel, die von den Politikern zum Gemetzel verleitet worden waren, war er nur ein Trottel, und er hatte sein Essen und seinen Kaffee mit einigen von ihnen geteilt.

Zum Teufel! Er wollte keine kriegsmüden Mistkerle umbringen.

»Worauf wartest du? Bring ihn um. Er hat ein gutes Pferd, und er gibt es nur her, wenn er tot ist.« Die geflüsterten Worte kamen aus der Dunkelheit. »Willst du laufen, wenn alle anderen an dir vorbeireiten?«

»Ich habe noch nie kaltblütig jemanden umgebracht.«

»Großer Gott!«

»Es war deine Idee…«

»Du hast gesagt, du hast schon viele Yankees umgebracht.«

»Das ist was anderes.«

»Verdammt noch mal, das macht doch keinen Unterschied. Töten ist töten. Wenn du es nicht fertigbringst, dann laß mich ran.«

Diese Hundesöhne! Die verdammten Mörder!

John spürte wie eine eisige Kälte nach ihm griff. Er war sich ganz sicher, daß sie ihn seines Pferdes wegen umbringen würden. Er wartete einige Sekunden, um seine Nerven zu beruhigen und seine Sinne auf das einzustellen, was er vorhatte, um sein Leben zu retten.

Als er sich bewegte, war es in Sekundenschnelle. Er packte die Hand, die das Messer hielt, und schob sie von seiner Kehle weg. Im gleichen Augenblick riß er mit der anderen Hand sein Gewehr empor. Der Kolben krachte dem Mann so heftig an die Schläfe, daß er Knochen splittern hörte. Dann schwang John den Lauf herum und feuerte blindlings auf die zweite Gestalt, die mit einer Klinge in der Hand auf ihn zusprang. Der Schuß warf den Mann zurück.

John war auf den Beinen, bevor der Kerl auf den Boden fiel. Sein Blick glitt über die Lichtung, auf der die Männer von ihre Decken aufgesprungen waren. Er nahm nur vage wahr, daß der Schnitt unter seinem Kiefer brannte und Blut seinen Hals hinablief.

»Nicht schießen.« Etliche Männer traten vor. »Die gehören nicht zu uns.«

»Hab' sie noch nie gesehen, bevor wir uns hier niedergelassen haben.«

»Wußte ja immer schon, daß diese Südstaatler hinterhältige Burschen sind.«

»Bist du Südstaatler?« fragte einer.

»Nein.«

Der Mann lachte. »Also ein Yankee.«

»Nein.«

»Nein?«

»Hat einer von euch vor, mein Pferd zu nehmen?« John war bereit, sein Gewehr zu gebrauchen.

»Wir haben Pferde, aber wenn du es hergibst, nehmen wir es gern.«

»Ich könnte eine Schaufel gebrauchen. Ich muß ihn begraben – vielleicht alle beide.«

»Zum Teufel, Mann. Diese Südstaatler muß man nicht beerdigen. Die Wölfe und Kojoten können sie sich holen.«

In der Stille, die dann folgte, ließ John seinen Blick über die Yankee-Soldaten gleiten – oder das, was er von ihnen sehen konnte.

»Würdet ihr wollen, daß ein Rudel wilder Hunde euch anfrißt?« Johns Stimme war beinahe ein Knurren. »Es sind Menschen, selbst wenn sie verkommene, mordlustige Mistkerle sind. Ich werde sie begraben.«

Die stille Wut in seiner Stimme schien die Männer zu beeindrucken.

»Ich hol' eine Schaufel«, sagte einer schließlich.

»Danke.«

John sah auf den Mann hinab, den er mit seinem Gewehr niedergeschlagen hatte. Sein Schädel war eingedrückt, und seine Augen waren geöffnet und starrten ihn an. John tötete nicht gern, aber er wollte auch nicht getötet werden.

»Dieser hier ist auch tot.« Er ging zu dem Körper mit dem großen Loch und beugte sich vor, um die Kleidung zu durchsuchen. »Seht mal in den Taschen von dem anderen nach, ob ihr seinen Namen rausfinden könnt«, sagte er an alle gerichtet.

Einer der Männer kniete sich neben dem Körper nieder, und als er wieder aufstand, hatte er einen Brief in der Hand. Er entzündete an seinem Stiefelabsatz ein Streichholz, schirmte die Flamme mit seinem Hut ab und las vor.

»›An den Onkel von Kirby Hyde, Jonesboro, Arkansas. Von Mrs. Hyde.‹«

»Verflucht!« John riß dem Mann den Brief aus der Hand und stopfte ihn in seine Hemdtasche.

»Das stand da.« Die Stimme des Yankees war nicht ganz fest. »Ich bin froh, daß ich seiner Witwe nicht die Nachricht überbringen muß. Es ist eine Schande, den Krieg zu überleben und auf dem Heimweg ums Leben zu kommen.«

Ohne ein Wort nahm John die Schaufel, ging ein paar Schritte und begann, im weichen Flußsand zu graben.

Der Wind legte sich, als der Morgen graute. Die Stille war gespenstisch, als John den Brief las und ihn in die Tasche steckte. Dann schrieb er den Namen des toten Mannes sorgfältig in seinen Hut und band ihn an einen Stock, den er in den Boden steckte. Als er fertig war, lehnte er die Schaufel gegen einen Baum, wo sie leicht zu finden war, und ohne noch einen Blick auf die Männer zu werfen, die um ein kleines Feuer herum saßen, sattelte er sein Pferd und ritt davon.

Addie war still gewesen und hatte kaum geatmet, während John sprach. Jetzt bewegte sie sich unruhig.

»Addie, Kirby ist tot. Es tut mir leid, daß er sein Leben so verloren hat. Aber er wollte mich töten.«

»Ich kann mir nicht vorstellen, daß Kirby einen Mann mit einem Messer umbringen könnte. Er wollte nicht einmal Hühner töten. Tief in mir habe ich ihn immer für irgendwie… feige gehalten.«

»Ich glaube nicht, daß er es wollte. Ich glaube, der andere Mann hat ihn dazu überredet.«

»Wer war das?«

»Wir haben keinen Namen bei ihm gefunden. Nur ein Bild von einer Frau, die von der Taille aufwärts nackt war.«

»Das war der einzige Brief, den ich Kirby geschrieben habe. Er sollte doch wissen, daß er einen Sohn hat. Jetzt weiß ich wenigstens, daß er ihn wohl bekommen hat.«

»Ich wollte dir das nicht erzählen.«

»Warum?«

»Ich wußte nicht, ob… dir noch an ihm gelegen war. Du hast einen Sohn von ihm.«

»Ja. Ich habe einen Sohn von ihm, und nein, mir war nicht mehr an ihm gelegen... nach einer Weile. Er hat mich nur benutzt. Ich habe lange darüber nachgedacht, und ich glaube, er hat sich vor irgend etwas oder irgend jemandem versteckt, als er auf die Farm kam.«

»Da hast du vielleicht recht. Bist du jetzt davon überzeugt, daß der Hauptmann nicht Kirby ist?«

»Oh, John, ich weiß nicht. Der Mann, den du beschreibst, scheint nicht mit dem Kirby übereinzustimmen, den ich gekannt habe. Aber es ist so lange her, und der Krieg kann einen Mann verändern.«

»Ich habe den Brief bei meinen Sachen im Vorratswagen.«

Addie war still. Nach einer Weile wich sie etwas von ihm zurück, so daß sie ihn sehen konnte.

»Warum bist du nach Freepoint gekommen?«

»Ich hatte Zeit. Ich wollte, daß die Nachricht an die Familie Hyde weitergegeben wird, aber irgend jemand hatte schon im Laden Bescheid gesagt. Ich habe gehört, wie der Ladenbesitzer dir davon erzählt hat, als du an diesem Tag hereinkamst.«

»Du hast auch das Gerede über Trisha und mich gehört, nicht wahr?«

»Ja. Ich habe dich gesehen und kein Wort davon geglaubt.«

»Hast du mich geheiratet, weil es dir leid tat, daß du meinen Mann töten mußtest?«

»Addie, Liebes, ich habe dich geheiratet, weil ich fest entschlossen war, dich nicht von meiner Seite zu lassen.«

»Es fällt mir schwer zu glauben, daß du... mich... wegen meiner selbst gewollt hast.«

»Glaub mir, Liebes. Ich habe den Mann getötet, bevor er mich töten konnte. Ich habe den Gedanken gehaßt, daß er eine Frau und einen Sohn zurückließ, und das war vielleicht der Grund, wieso ich nach Freepoint gekommen bin. Ich wollte etwas Geld bei dem Ladenbesitzer hinterlegen, falls du in Not wärst.«

»Warst du deshalb im Laden?«

»Ich habe herumgeschnüffelt, um etwas herauszukriegen. Ich habe gehört, daß er dich Mrs. Hyde genannt hat. Nachdem du weg warst, bin ich noch geblieben und habe mit ihm geredet. Ich habe erfahren, daß er glaubte, du seist zu gut für Kerle wie Kirby Hyde.«

»Wenige Leute haben Kirby gekannt...«

»Mir hat gefallen, was ich an diesem Tag von dir gesehen hatte, und ich habe dich noch mehr gemocht, als ich hörte, wie du mit den beiden Betrunkenen umgesprungen bist, die in der Nacht zur Farm gekommen sind. Es war das erste Mal, daß ich gehört habe, wie jemand in so damenhafter Sprache verflucht wurde.« Er lachte. »Sogar als du in Fahrt kamst, ist dir nichts Schlimmeres eingefallen, als sie feige Stinktiere zu nennen.«

Addie verbarg ihr Gesicht an ihm. »Ich war so wütend!«

»Ich war fasziniert von dir, nachdem du mich zum Frühstück eingeladen hattest, und als ich hörte, wie du schließlich richtig geflucht hast, als du den alten Pfarrer fertig gemacht hast, war ich so verrückt nach dir, daß ich kaum von dir weg wollte, um in der Stadt mit dem Bürgermeister zu sprechen.«

Addie schlang die Arme um seinen Hals. »Ich liebe dich, das weißt du. Bitte laß mich nie allein.«

»Ach... meine Süße. Es wird dir kaum gelingen, mich loszuwerden.« Seine starken Arme drückten sie, seine Lippen küßten ihren Hals. »Du bist mein Mädchen, Addie. Für den Rest meines Lebens werde ich dir jeden Tag sagen, daß ich dich liebe.«

Am nächsten Morgen zuckten grelle Blitze über den düsteren Himmel. Als die Wagen zur Mittagszeit anhielten, schob ein kräftiger Wind dicke graue Wolken vor sich her, und der Donner war zu einem beständigem Grollen voll dunkler Drohungen geworden. Eine Reihe von Blitzen fuhr hinab, als wollten sie sich vom Himmel losreißen.

Die großen Wagen hatten einen engen Kreis gebildet, in dem das Vieh ausgespannt und vor dem Unwetter geschützt wurde. Die Wand aus weißen und grauen Wolken, die von Südwesten her auf sie zurollte, näherte sich immer rascher. Unter den wüsten Wolken war ein dichter Streifen Farbe, ein schmutziges Dunkelgrau mit etwas Grün.

Für Buffer Simmons, der mit den Hirten ritt, die die zusätzlichen Tiere einkreisten, bedeutete die grüngefärbte Wolke nur eines: Hagel. Das gewaltige Donnergrollen hallte wider und ließ den Boden erzittern. Die nervösen Tiere liefen planlos umher. Buffer hörte den Wind über seinem Kopf rauschen. Eine dicker Regentropfen klatschte auf seinen Hut. Er dachte an Trisha, die mit Miss Addie und den Kindern im Wagen war, und hoffte, daß sie keine Angst hatte.

Wind und Regen schlugen so rasch und unerwartet heftig zu, als wollten sie ihm die Kleider vom Leib reißen. Ein enormer Donnerhall ertönte über seinem Kopf, und ein greller Blitz leuchtete auf. Die Erde erzitterte. Es wurde dunkel, obwohl es noch nicht einmal Mittag war, und die heftigen Blitze unterstrichen die Dunkelheit noch. Der Regen prasselte herab. Das Vieh stob panisch davon, blieb dann wieder stehen, und plötzlich war es, als hätte es ein Zeichen bekommen: Die Ochsen brüllten, die Pferde wieherten, und die Maultiere ließen ängstliches Schnauben hören.

Ein Hirte, der in einen Poncho gewickelt war, kam an Buffer vorbei, die schützende Hutkrempe tief ins Gesicht gezogen. Buffer drehte sein Pferd, um entgegen dem Uhrzeigersinn um die Herde herumzureiten. Die vom Wind getriebenen Regentropfen fühlten sich auf seiner Wange so scharf wie Hagel an. Durch den Regen und die Finsternis bemerkte er, daß der Reiter, der an ihm vorbeigekommen war, zum Wagenkreis abschwenkte.

Sein Pferd hatte Buffer fünfzig Fuß weit getragen, als ein Gedanke sein Gehirn durchfuhr. Der Reiter, der an ihm vorbeigekommen war, hatte einen Poncho getragen, aber keinen breitkrempigen mexikanischen Sombrero. Großer Gott! Der Mann saß für einen Mexikaner zu aufrecht im Sattel.

Buffer riß sein Pferd herum, gab ihm die Sporen und raste auf die Wagen zu. Der Reiter war nicht zu sehen, aber sein Instinkt sagte Buffer, in welcher Richtung er suchen mußte. Kalte Angst umklammerte sein Herz. Trisha war sich sicher gewesen, daß der »Teufelsmann« nicht verschwinden würde, solange sie noch lebte.

Er hat kein Grab gefunden. Er wird nicht verschwinden, bevor er weiß, daß ich tot bin.

John kam zum Wagen, sobald angehalten und ausgespannt worden waren.

»Keine Angst. Dies ist ein guter, stabiler Wagen. Huntley und ich werden dafür sorgen, daß die Leinwand fest genug ist. Zünde ruhig die Laterne an, wenn du willst, Addie, aber mach sie aus, sobald Wind aufkommt.«

»Uns wird schon nichts passieren.«

»Papa, kommt ein Unwetter?«

»Ich glaube schon, mein Sohn, aber du mußt dich nicht fürchten. Colin ist nicht da, also bist du jetzt hier der Mann. Paß auf Jane Ann, deine Mutter und Trisha auf.«

»Das werde ich.« Dillon sah seine Mutter stolz an. Er vergötterte John geradezu.

»Soll ich ihnen die Geschenke geben?«

»Geschenke?« Beide Kinder blickten neugierig auf.

»Das ist eine gute Idee. Ich glaube, du könntest auch die Zuckerstangen herausrücken, Addie.«

»Zuckerstangen?« quietsche es zweistimmig.

Trisha und Addie lachten.

»Sie werden sich jeden Tag ein Unwetter wünschen, Mr. John.«

»Ich hoffe nicht, daß es so kommt. Ich werde den Wagen im Auge behalten.« John lehnte sich im Sattel vor und küßte Addie.

»Zieh deinen Regenmantel über…«

Er lachte. »Ja, *Mama.*«

Jane Ann war sprachlos, als Addie ihr die Puppe gab. Als sie endlich Worte fand, flüsterte sie: »Das ist meine?«

»Ja, Liebes. John hat sie für dich gekauft.«

Die Augen des Kindes funkelten wie Diamanten. »Er *ist* mein Papa, nicht wahr?«

»Ja, das ist er, Liebes.«

»Schau, Trisha. Schau mal ihre Hände an. Sie hat sogar Finger!«

Dillon interessierte sich für die Puppe, bis er die Zinnsoldaten sah. Sein Gesicht nahm einen ehrfürchtigen Ausdruck an. In der Schachtel waren zehn bunt bemalte Soldaten; fünf in der Uniform der Nordstaaten und fünf in der Uniform des Südens. Er griff einen Soldat der Union aus der Schachtel.

»Schau, Mama! Der ist wie dieser Mann.« Er war so aufgeregt, daß er kaum sprechen konnte. »Siehst du, Trisha?«

»Hat Papa für Trisha auch ein Geschenk gekauft?« fragte Jane Ann.

»Er hat ihr einige Bänder für ihr Haar gekauft. Ich hole sie später.«

»Das hat er nicht getan, Miss Addie«, flüsterte Trisha.

»Woher weißt du das, Miss Oberschlau?« Addie legte den Arm um ihre Freundin und drückte sie an sich. »Oh, Trish, es ist so ein Glück, daß wir John haben. Die Zeit auf der Farm kommt mir jetzt wie ein Alptraum vor.«

»Es war nicht schlecht, nur zum Schluß. Mr. John kam gerade rechtzeitig.«

»Und Buffer auch. Weißt du noch, wie wir ihn zum ersten Mal in der Stadt gesehen haben? Er hat die beiden Betrunkenen gepackt und sie auf die Straße geschleudert. Schon da hat er dich gemocht.«

»Aber... er hat gewußt...«

»Um so besser. Er hat dich trotzdem gemocht. Du magst ihn auch, oder?«

»Jetzt, wo er die Bürste nicht mehr im Gesicht hat, ist er ganz in Ordnung.«

»John sagt, daß er dich heiraten will.«

»Das... geht nicht!«

»Trisha, Stolz ist eine Sache, aber es ist etwas anderes, so halsstarrig stolz zu sein, daß man sich die Chance zerstört, glücklich zu sein. Ich weiß, daß du dich für dein farbiges Blut nicht schämst; aber du hast viel mehr weißes Blut als farbiges, also halte dich an das, wovon du am meisten hast.«

»Ich dachte, es wäre rot!« kicherte Trisha.

Addie lachte.

Der Wind traf den Wagen so heftig, daß er schwankte.

Addie machte rasch die Laterne aus. Trisha band die hintere Klappe fest. Ein enormer Donnerschlag ertönte über ihnen, und Jane Ann stieß einen leisen Schrei aus. Trisha griff nach dem Kind, als der windgepeitschte Regen auf die fest gespannte Leinwand traf. Addie hielt Dillon und seine geliebten Zinnsoldaten in den Armen und fragte sich, ob John und Colin wohl draußen in diesem heftigen Guß waren.

Der Wind ließ etwas nach, aber der Regen ergoß sich weiter aus den Wolken. Innen im dunklen Wagen konnten die beiden Frauen, die die Kinder hielten, sich gerade noch erkennen. An der Vorderklappe begann Wasser einzudringen. Trisha schob Jane Ann näher zu Addie hin, nahm schnell die Matratze aus dem Overjet und legte einen alten Teppich vor das Leck, um das Wasser aufzufangen. Dann setzte sie sich wieder mit Jane Ann auf die Kiste.

Das Geräusch des Regens, der gegen die Leinwand prasselte, verhinderte, daß Addie die Stimme hörte, die hinten vom Wagen her nach Trisha rief. Aber Trisha hörte sie, und wie eine sich windende Schlange ergriff sie kalte Angst. Sie packte Addies Arm, drückte ihn und legte einen Finger an ihre Lippen.

»Komm da raus, Mädchen!«

»Das ist er!« hauchte Trisha. Dann, als Jane Ann ein Geräusch hören ließ, preßte sie dem Kind die Hand auf den Mund.

»Psst… Liebes«, flüsterte sie ihr ins Ohr. »Geh unter den Overjet. Schnell!«

Die Frauen brauchten weniger als eine halbe Minute, um die Kinder unter den Overjet zu stecken und die Kiste hochzuheben und vor sie zu schieben. Trisha bedeutete Addie eindringlich, sich mit ihnen zu verstecken, aber sie schüttelte den Kopf.

»Ich schieß beide Läufe auf dich ab, wenn du nicht rauskommst.«

Addie suchte nach einer Waffe. Die alte Büffelbüchse war unter dem Wagensitz. Colin hatte Trishas Gewehr genommen. Die Messer waren in der Kiste, aber man konnte sie nur von außen erreichen.

Die Donner grollten jetzt ohne Unterbrechung. Addie sah zu Trisha hinüber. Sie stand bereit, eine Hand am Wagenbogen, in der anderen ihr Messer.

Ritsch! In dem langen Schnitt, der sich in der Leinwand auftat, erschienen Kopf und Schultern eines Mannes. Das vom Regen durchtränkte schwarze Haar klebte an seinem Kopf. Ein schwarzer Bart bedeckte sein Gesicht. Selbst in der Dunkelheit konnte man den Wahnsinn in seinen Augen schimmern sehen.

»Diesmal kommst du nicht davon.«

Trisha stürzte sich auf ihn, als er den Doppellauf seines Gewehrs anhob.

Aber sie kam zu spät.

Plötzlich wurde er von einem langen Arm weggerissen, der sich ihm um die Kehle legte. Das Gewehr, das er in der Hand hatte, ging los, die Kugel durchschlug die Wagendecke. Der Angreifer ließ die Waffe fallen und versuchte, das Messer zu erreichen, das in seinem Gürtel steckte. Dann traf ihn Buffers Faust mit solcher Gewalt, daß sein Kopf nach oben fuhr und sein Körper nach hinten geschleudert wurde. Er taumelte, doch als er sich aufrichtete, hatte er ein Messer in der Hand.

»Komm schon, du *Geier!«* brüllte Buffer und griff nach seinem eigenen Messer. »Ich schneide dir dein verdammtes Herz raus!«

Der riesige Mann war außer sich vor Wut. Der Bärtige wußte, daß dies ein Kampf auf Leben und Tod war.

»Sie ist nur eine entlaufene Niggerin!« höhnte er. Den heißen, irren Blick auf Buffer gerichtet, machte er einen Schritt zur Seite, um Buffer gegen die Deichsel zu drängen.

Das war ein Fehler. In dem Augenblick, in dem der Eindringling seinen Rücken dem Wagen zugekehrt hatte, stürzte Trisha sich durch die Öffnung in der Leinwand. Mit all ihrer Kraft stieß sie ihm ihr Messer in den Leib. Sie fiel zu Boden und sprang wie eine Katze wieder auf die Füße. Der schwarzbärtige Mann taumelte, blieb dann ein paar Sekunden bewegungslos stehen. Er drehte sich langsam um, die Augen wild, den Mund geöffnet.

»Niggerhure! Ich peitsch' dir das Fleisch von den Knochen!«

Trisha wich zurück. Undeutlich hörte sie, daß Buffer ihren Namen rief, dann zogen seine Arme sie zurück, und er beschützte sie mit seinem Körper.

Während der Bärtige sie anstarrte, gaben seine Beine nach, und seine Knie klappten zusammen. Seine haßerfüllten Augen blieben fest auf Trishas Gesicht gerichtet, als er langsam zusammensank, die Hand mit dem Messer auf sie gerichtet. Dann lag er auf dem Gesicht, und Trishas Messer ragte aus seinem Rücken heraus. Buffer machte einen Schritt nach vorne und trat ihm das Messer aus der Hand, dann bückte er sich und zog Trishas aus seinem Rücken.

Der Mann schrie auf.

»Mist!« murmelte Buffer. »Der Wurm ist noch nicht tot!«

Der Regen war zu einem leichten Nieseln geworden, aber niemand nahm das wahr.

Addie stand hinten im Wagen und blickte auf die Szene hinab. Sie konnte nicht glauben, daß Trisha es gewagt hatte, aus dem Wagen zu springen und dem Mann, der gekommen war, um sie zu töten, das Messer zwischen die Schulterblätter zu rammen.

Addie hörte einen Ruf und sah, daß John auf sie zurannte.

»Addie?« Seine Stimme klang besorgt. »Ich habe einen Schuß gehört. Alles in Ordnung?«

»Uns geht es gut. Sieh lieber nach Trisha.«

Buffer hatte die Arme um Trisha gelegt, ihr Gesicht war an sein nasses Hemd gedrückt. Sie war still und wirkte gefaßt.

»Ich wußte, daß er es war... der *Teufelsmann!* Ich wollte nicht, daß er dich aufschlitzt. Er ist... so böse.«

»Meine Süße. Du hast mir vielleicht einen Schrecken eingejagt.« Buffer wiegte sie in seinen Armen. »Tu das nie wieder!« sagte er. »Ich werde für uns beide kämpfen. Verstanden?«

»Ich wollte nicht, daß er dich aufschlitzt, Buffer«, wiederholte Trisha.

Sie stand still in Buffers Armen, während er John erzählte, was geschehen war. Buffer machte sich Vorwürfe, weil er nicht besser aufgepaßt hatte.

»Trish hat gesagt, er würde zurückkommen. Ich glaube, ich bin nachlässig geworden, weil ich nicht geglaubt habe, daß er uns so weit folgen würde.« Er schloß Trisha fester in die Arme. »Aber der verdammte Geier war die ganze Zeit im Lager des Richters.«

John kniete sich neben den Mann auf den Boden.

»Er ist nicht tot!«

»Das kann ich ändern!« Buffers Blut kochte noch immer.

John sah Buffer kalt an und sagte knapp: »Nein, das wirst du nicht. Das wäre Mord, und das dulde ich nicht.«

»Zum Teufel, John. Der Hurensohn wollte diese Schrotbüchse benutzen. Es war ihm egal, wen er sonst noch treffen würde, wenn er nur Trisha erwischte. Er hat versucht, sie zu töten… schon zweimal! Er verdient es nicht zu leben!«

John ignorierte Buffers Ausbruch und ließ sich nicht anmerken, wie sehr es ihn erschütterte, daß der Mann in den Wagen geschossen hatte.

»Breite eine Plane aus, Addie. Wir bringen ihn aus dem Regen unter den Wagen.« John band die hintere Klappe los und schwang sie auf.

»Steig in den Wagen, mein liebes tapferes Mädchen«, murmelte Buffer Trisha zu, als er sie hochhob und zum Ende des Wagens trug. »Zieh dir trockene Kleider an. John und ich werden diesen Haufen Pferdedreck im Auge behalten.«

Huntley, Paco, Colin und Cleve kamen rechtzeitig, um gemeinsam den Mann hochzuheben, den sie auf die Plane gerollt hatten. Sie legten ihn unter den Wagen. Cleve sah ihn an und schüttelte den Kopf.

»Eine Stunde macht er es noch, vielleicht zwei. Das Messer hat seine Lungen verletzt. Sie füllen sich mit Blut. Soll ich im anderen Lager Bescheid sagen?«

»Laß ihn erst sterben«, sagte John gefühllos. »Sie können ihn holen und begraben. Was macht das Vieh?«

»Es ist etwas aufgeregt, aber dicht beieinander. Das war vielleicht ein Guß. Der Fluß vor uns wird bis morgen über die Ufer getreten sein.«

»Ich glaube, heute werden wir nicht weiterziehen. Ist die Fracht naß geworden?«

»Rolly überprüft das gerade.«

Der sterbende Mann lag allein unter dem Wagen und rang nach Atem. John bückte sich unter den Wagen, um mit ihm zu sprechen, nicht aus Mitleid, sondern aus Anstand.

»Wie haben Sie sie gefunden?«

»War nicht schwer. In Freepoint hab ich sie verpaßt. Ein paar Typen... haben mir gesagt, daß ein Mädchen einen Mann verkrüppelt hat... sie wär mit einem Ochsentreck davon. Wußte, daß sie es war. Einmal... hatte ich sie fast.«

»Die Renshaws?«

»Hab' nicht nach... Namen gefragt. Hee-hee-hee! Haben gesagt, wenn ich ein Ohr mitbringe... würde ich... ein Pferd kriegen.«

»Sie werden nicht durchkommen, das wissen Sie. Gibt es jemanden, der benachrichtigt werden soll?«

»Hätte nie gedacht... daß eine verdammte Niggerhure... mich um die Ecke bringen würde!« Blut lief dem Mann aus den Mundwinkeln und verschwand in seinem dichten schwarzen Bart.

»Wenn Sie in den Wagen geschossen und meine Frau, meine Kinder oder Trisha verletzt hätten, würde ich nicht darauf warten, daß Sie sterben. Ich hätte Ihnen an Ort und Stelle das Leben aus dem Leib geprügelt.«

»Große Worte. Das würden Sie... gar nicht fertigbringen«, sagte er verächtlich.

»Sie haben in Van Buren versucht, Trisha zu töten. Was hat sie getan, daß Sie ihr bis hier draußen gefolgt sind, um es wieder zu versuchen?«

»Sie ist ein Nigger! Und sie ist weggelaufen!« Die schwarzen Brauen zogen sich zusammen. »Hab' niemals... einen verloren. Ich krieg' sie immer. Miss Amelia mußte...

dem Käufer sein Geld zurückgeben, weil die Hure weggelaufen ist.«

»Der Krieg ist vorbei. Sklaven sind jetzt freie Menschen.«

Das Gesicht des Mannes war aschfahl, doch seine Augen wirkten um so klarer. Seine Lippen verzogen sich wieder verächtlich.

»Sie haben nicht genug Verstand… um frei zu sein! Sie sind dumme Tiere. Nur gut zum… Arbeiten. Manche sind es nicht wert, daß sie Essen bekommen.«

»Sie sind das armseligste Stück Dreck, das ich in meinem Leben je getroffen habe. Wenn Sie nicht sowieso sterben würden, wäre ich versucht, Sie an Ort und Stelle zu töten.«

Der sterbende Mann ließ ein höhnisches Schnauben hören, und Blut kam aus seinem Mund.

»Miss Amelia wird jemand anderes schicken, um diese… Hure zu kriegen.«

»Soll sie es doch versuchen. Denen wird es genauso ergehen wie Ihnen.«

»Ich habe die… anderen Mistkerle… diese tollen Jungs… gekriegt. Ich habe dafür gesorgt… daß sie wußten… daß ich es war… der sie gefangen hat. Wenn ich *sie* gekriegt hätte, dann hätte Miss Amelias Hector die ganze Satinwood-Plantage, das beste… Baumwolland am Fluß.«

»Sie haben Trisha nicht erwischt. Trisha hat Sie erwischt.« Johns Stimme war voller Verachtung.

»Ich… hab Miss Amelia nie im Stich gelassen.« Die Stimme des Sterbenden wurde schwächer.

»Diesmal schon.«

»Gott! Ich hasse die weißen Nigger. Sie sind… so… hochmütig. Mr. Du Bois… hat sie gebumst und mit ihnen… noch mehr weiße Nigger gezeugt. Er hat die Hure *La* Trisha genannt… als ob sie… was Besonderes wäre.« Er hob seine knochige Hand und krallte sie in seine Brust.

»Ist Du Bois tot?«

»Im… Krieg.« Kopf und Schulter zuckten ihm, als er versuchte, Luft zu holen. »Hat Satinwood Hector und den… drei Niggerbastards hinterlassen. Das war nicht rechtens. Ah… arme Miss Amelia. Die Kerle hab' ich gekriegt. Die Hure beinahe. Sagen Sie Miss Amelia, ich habe… die –«

Blut schoß ihm aus dem Mund. Seine Augen waren starr geöffnet.

John wartete.

Um sicherzugehen, daß er tot war, bewegte John ein Augenlid des Mannes mit seiner Fingerspitze. Es blieb geschlossen. Das andere war offen. Er schloß es und legte den Hut des Mannes über sein Gesicht.

KAPITEL 28

Der Wind wehte die Wolken weg, und die Sonne kam hervor. Der Regen hatte den Staub von den weißen Leinwandplanen der Wagen gewaschen, so daß sie im Sonnenschein strahlten.

Colin nahm die beiden kleineren Kinder mit zu Bill, wo sie bleiben sollten, bis der Tote unter dem Wagen hervorgeholt werden konnte. Addie erinnerte sie daran, sich bei John für die Geschenke zu bedanken. Dann bestanden sie darauf, ihm dicke Küsse auf die Wangen zu geben. John lächelte zu Addie auf und genoß es sichtlich, daß sie ihn »Papa« nannten.

Nachdem die Kinder weg waren, wiederholte John seine Unterhaltung mit dem Toten Wort für Wort.

»Wie heißt er?« fragte Addie.

»Das habe ich ihn nicht gefragt.«

»Er heißt… David Blessing.« Trishas goldene Augen funkelten, als sie Buffer ansah. »Niemand außer Miss Amelia hat ihn jemals so genannt. Wir Sklaven haben nur »Ja, Sir, nein, Sir« gesagt. Aber wenn er nicht in der Nähe war, haben wir ihn Teufelsmann genannt.«

»Teufelsmann scheint in der Tat passender zu sein, nach dem, was du über ihn erzählt hast«, kommentierte Addie, bevor sie sich an John wandte. »Bedeutet das, daß Trisha die Hälfte einer großen Plantage gehört?«

»Ich glaube schon.«

»Ich gehe nicht dahin zurück!« Trishas Stimme wurde lauter. »Ich will nichts von Satinwood.« Mit flehendem Blick wandte sie sich an Buffer. »Du hast gesagt, wir würden uns ein Haus...«

»Das werden wir, wenn du es so willst.«

Trisha war den Tränen nahe.

»Ich gehe mit dir, Buffer. Hector und Amelia können alles haben. Die Leute, die dort arbeiten, hassen sie beide. Sie werden weggehen. Soll der böse alte Hector doch in der Sonne Baumwolle hacken, bis er so müde ist, daß er nicht mal mehr essen kann.« Ihre goldenen Augen heiterten sich auf. »Ich hoffe, er muß die Schweine tränken, Rohrzucker schneiden und die Nachttöpfe nach draußen bringen.«

»Wir werden uns ein kleines Zuhause einrichten, meine Süße.« Buffers Stimme war heiser vor Erleichterung. Einen Moment lang hatte er Panik verspürt, als ihm klar wurde, daß Trisha Anspruch auf einen Teil einer großen Plantage erheben könnte. »Wir werden kein *großes* Haus haben...«

»Ich will auch kein großes Haus, Buffer.« Sie umklammerte seinen Arm mit beiden Händen. »Ich gehe nie wieder zurück nach Orleans oder Satinwood. Ich dachte, du wolltest zurücknehmen, was...«

Buffer packte sie mit beiden Händen an den Schultern. »Ich nehme niemals zurück, was ich zu dir sage. Ich will nur sichergehen, daß es dir nicht leid tut, auf all das zu verzichten.«

»Dieses ganze Elend? All diese Leute, die auf mich herabschauen? *Das* werde ich niemals vermissen. Außerdem, Buffer, du hast mir versprochen, mir zu zeigen, wie man ein Messer wirft, damit... es leichter für mich ist, Leute abzustechen.« Es gelang ihr nicht, ihn zum Lächeln zu bringen.

»Das werde ich. Gott, ich habe mir fast in die Hose gemacht, als ich gesehen habe, was du vorhast.«

Als Buffer klar wurde, was er gerade gesagt hatte, wurde er feuerrot. Er spürte, daß das Mädchen in seinem Arm lachte, und wollte sie schütteln.

»Vielleicht kannst du deine Augen mal eine Minute von Trisha abwenden, Buffer, wir müssen noch eine Entscheidung treffen.« Johns ernster Tonfall erregte ihre Aufmerksamkeit. »Ich glaube nicht, daß irgend jemand außer uns Vieren und Cleve weiß, warum Blessing hinter Trisha her war. Ich habe es Cleve gesagt, nachdem sie überfallen worden war. Du kannst darauf vertrauen, daß er nichts sagen wird.« Er sah Trisha an, und sie nickte. »Ich glaube nicht, daß Blessing jemandem im anderen Lager davon erzählt hat, weil er sich davonmachen wollte, wenn er seine schmutzige Arbeit erledigt hätte. Er schien viel von Miss Amelia zu halten und wollte zu ihr zurück.«

»Sie waren ein Herz und eine Seele«, kommentierte Trisha trocken.

Addie runzelte die Stirn. »Das stimmt. Welchen Grund nennen wir dem Richter dafür, daß er Trisha verfolgt und wieder versucht hat, sie zu töten? Ihre Vergangenheit ist ihre Sache... und jetzt auch Buffers, glaube ich.«

Johns dunkelblaue Augen funkelten vor Liebe zu ihr. Seine Addie steckte alles im Handumdrehen weg. Sie, Trisha und die Kinder waren gerade erst dem Tod durch die Hand eines Verrückten entkommen. Kein Geschrei, keine Tränen. Ruhig... und wunderschön. Gott, wie konnte es sein, daß sie ihm so schnell so wichtig geworden war?

John zwang sich, seine Gedanken wieder auf das Gespräch zu konzentrieren.

»Da hast du Recht, Schatz. Warum sagen wir nicht einfach, der Mann sei von ihr besessen gewesen. In gewisser Weise ist das ja die Wahrheit. Sie werden denken, ihre Schönheit hätte ihn gefesselt, und als sie nichts von ihm wissen wollte, ist er durchgedreht.«

»Dem kann ich mich anschließen.« Buffer grinste Trisha an. »Ich kann mir vorstellen, wie sie einen Mann um den Verstand bringen kann.«

»Manche Männer haben gar keinen, die müssen sich keine Sorgen machen.« Trisha hob keck ihr Kinn und warf Buffer einen Blick von der Seite zu.

Buffer Simmons, der große Bär, war Wachs in den Händen dieses schmalen Mädchens. John schüttelte entgeistert den Kopf.

»Eines möchte ich noch sagen, dann können wir das Thema wechseln. Wenn du nach New Mexico kommst, Trisha, könnten sich ein paar Leute, sehr wenige, dafür interessieren, ob du reinrassig kaukasisch bist. Viele Weiße da unten sind zum Teil indianisch oder zum Teil mexikanisch. Bleib bei Buffer. Werde glücklich und sei stolz auf *dich selbst.*«

Es war, als sei Trisha eine Last von den Schultern genommen worden. Ihre Augen funkelten, als sie Buffer ansah. Er betrachtete sie, als sei sie das Wertvollste auf der ganzen Welt. Sie würden ein wunderbares Paar abgeben – wenn sie sich nicht gegenseitig umbrachten. Addie mußte bei dem Gedanken ein Kichern unterdrücken.

John stellte fest, daß seine Frau eine lausige Pokerspielerin abgeben würde. Er konnte ihr jede Stimmung im Gesicht ablesen. Sie wandte ihm ihre schönen violetten Augen zu, und er spürte, wie ihm warm ums Herz wurde. Er sah zur Sonne und fragte sich, wie lange es noch dauern würde, bis er mit ihr allein sein konnte. Als er sprach, waren seine Gedanken ganz woanders.

»Ich habe Blessings Taschen durchsucht. Er hatte ein wenig Geld und einige Papiere. Nichts Interessantes. Aber er hatte das hier.« John zog eine schwere Golduhr aus seiner Tasche. »Der Name Paul Du Bois ist eingraviert. Ich dachte, Trisha sollte sie haben.«

»Daddys Uhr.« Trisha nahm sie ehrfürchtig. »Wenn er Mama und mich besuchen kam, durfte ich damit spielen.« Sie hielt die Uhr in beiden Händen und sah sie liebevoll an, bevor sie auf den Knopf drückte. Der Deckel auf der Vorderseite sprang auf, und sie las die Worte, die auf der Innenseite eingraviert waren. »›*Ich werde dich immer lieben.*‹ Mama hat das einmal dort hinschreiben lassen, als Daddy seine Uhr bei uns vergessen hatte. Er war… so geschmeichelt.« Trisha blickte in die Ferne, ihre Augen verschleierten sich, als sie sich an diese glückliche Zeit in ihrem Leben erinnerte.

Johns Augen suchten Addies Blick.

»Wir müssen uns etwas Leinwand besorgen und die Löcher im Dach reparieren, bevor es wieder regnet. Komm, Frau. Lassen wir das Liebespaar allein. Ich muß jemanden losschicken, der Van Winkle sagt, daß er seinen Mann abholen und begraben soll.«

Trisha und Buffer standen dicht beieinander, die Köpfe über die Uhr gesenkt, und bemerkten nicht, daß sie weggingen.

Der finstere Blick des Richters hätte Addie anzeigen sollen, daß er den Tod eines seiner Männer ernsthaft hinterfragen würde. Der Gedanke, daß er und der Hauptmann seiner Patrouille die Männer, die den Leichnam abholten, begleiten würden, war ihr nicht gekommen.

John und Buffer reparierten das Wagendach, als der Richter, der Hauptmann und zwei weitere Männer angeritten kamen, ein ungesatteltes Pferd bei sich. Sie stiegen ab. Der Hauptmann beugte sich vornüber und zog den Hut vor dem Toten.

»Es ist Hopkins«, teilte er dem Richter mit. »Einer der letzten, die wir angestellt haben.«

»Er heißt nicht Hopkins«, sagte John, der den Hauptmann ignorierte, zum Richter, »er heißt David Blessing.«

»Woher wissen Sie das? Hat er Ihnen das gesagt?«

»Nein. Trisha, die Stieftochter meiner Frau, wußte es.«

»Ihre Stieftochter?« Der Hauptmann sah von Trisha zu Addie.

»Ihre Stieftochter«, wiederholte John ruhig. »Haben Sie eine Frage dazu?«

Forsythe schüttelte den Kopf.

»Woher weiß sie das?« fragte der Richter.

»Er ist schon seit... ungefähr einem Jahr hinter ihr her. Er hat auch versucht, sie in Van Buren zu töten.«

»Warum?«

»Gucken Sie sie an, und dann ihn.«

»Reden Sie nicht in Rätseln. Jemand hat hier einen meiner Männer getötet, und ich will wissen, warum.«

»Er war fest entschlossen, sie zu haben. Sie wollte ihn nicht.«

»Leuchtet mir ein, Richter.« Forsythe wollte weg hier. Addie hatte den Blick nicht von ihm abgewandt. Ihm lief der Schweiß von den Schläfen die Wangen hinunter.

Verflucht soll sie sein!

»Ich werde dies dem diensthabenden Beamten im Fort melden. Wer von ihnen hat ihn getötet?« Van Winkles Augen richteten sich erst auf John, dann auf Buffer.

»Ich war es.« Trisha meldete sich, bevor einer der Männer etwas sagen konnte. Sie machte einen Schritt vom Wagen weg und trat den Männern gegenüber, die Hände auf die Hüften gestemmt. »Ich habe das dreckige Stück umgebracht! Ich bin froh, daß ich es getan habe. Ich habe den Scheißkerl in den Rücken gestochen. Genau wie er es schon mit vielen anderen gemacht hat.«

»Trisha...«, sagte Addie sanft. Sie fürchtete, das Mädchen würde zu viel verraten.

»Ich war es, Miss Addie, und ich bin froh darüber. Dieser aufgeblasene Ochsenfrosch kann es ruhig wissen.«

Buffer grinste.

Johns Augen funkelten belustigt, als er den empörten Gesichtsausdruck des Richters sah. Er bezweifelte, daß er jemals von irgend jemandem »aufgeblasener Ochsenfrosch«

genannt worden war. Van Winkle war sehr bemüht, seine halsstarrige Würde zu bewahren.

»Wie heißt du, Mädchen?« Van Winkle zog einen Stift aus seiner Tasche, dann einen Umschlag, auf dessen Rückseite er schrieb.

»Trisha.«

»Wie…?«

»Trisha Hyde. Das schreibt sich *H-y-d-e*«, unterbrach Addie sie rasch, wobei sie den Hauptmann direkt ansah. Sie bemerkte, daß er eine Faust ballte, und freute sich, daß er sich ärgerte.

John erzitterte innerlich. *Addie ist noch immer nicht überzeugt, daß der Hauptmann nicht ihr toter Ehemann ist.*

»Wie lange kennen Sie Hopkins… äh, Blessing schon? Haben Sie ihn verführt?« Van Winkles fordernder Tonfall unterbrach Johns Gedanken.

»Diese Frage ist unnötig, und das wissen Sie.« John sprach mit fester Stimme, sah Buffer an und hoffte, er würde den Mund halten. »Blessing ist ihr nach Van Buren gefolgt. Dort hat er sie beinahe umgebracht. Sie haben ihn angestellt und ihm so eine zweite Chance gegeben.«

Van Winkle ignorierte John, sah Addie an und fragte weiter.

»Ist ihr Vater im Krieg gefallen?«

»Ja.« Addies Augen waren auf den Hauptmann gerichtet. »Er hieß Kirby Hyde.«

Die Spannung war enorm. Nur Addie, Forsythe und John wußten, was Addie tat.

»In Ordnung. Holt ihn da raus.« Der Richter steckte den Umschlag und den Stift zurück in seine Tasche.

Die Männer gingen auf die andere Seite des Wagens und zogen an der Plane, um den Leichnam ans Tageslicht zu bringen. Auf Johns Vorschlag hin rollten sie den Toten in die Leinwand ein. Während sie das taten, gelang es dem

Hauptmann, sein Pferd in eine Position zu bewegen, die Addie von den anderen trennte. Er beugte sich vor und ergriff ihren Arm.

»Du wirst es bereuen, Addie Faye, wenn du mir alles vermasselst!« Er ging zu Seite und ließ Addie verblüfft zurück.

Bis zu diesem Augenblick war sie sich nicht *absolut* sicher gewesen, daß der Mann Kirby war. Johns Geschichte und der Brief, den er ihr gezeigt hatte, hatten sie glauben lassen, daß sie sich vielleicht irrte. Es *könnte* sein, daß der Hauptmann jemand war, der wie Kirby aussah – ein seltener Zufall, eine Spielerei des Schicksals.

Addie spürte, wie ihre Knie nachgaben und sich eine eisige Hand um ihr Herz legte. Sie war mit diesem kaltherzigen Mann verheiratet. *Addie Faye. Addie Faye.* Der Kirby, den sie gekannt hatte, hatte sie immer damit geneckt, als er ihren vollen Namen auf einem Ordner gefunden hatte, den ihre Mutter angelegt hatte, als sie ein Baby war. Die wertvolle Erinnerung war noch immer in ihrer Kiste.

Sie ging in den Wagen und setzte sich. Sie wollte nicht wieder mit John über diese Sache sprechen. Aber mußte sie es nicht? Sie konnte nicht für den Rest ihres Lebens mit der Ungewißheit leben, ob der Mann, den sie von ganzem Herzen liebte, wirklich ihr rechtmäßiger Ehemann war. Sie preßte ihre Hand auf den Magen.

Unsere Kinder wären… Bastarde.

»Sind Sie hier drin, Miss Addie?« Trisha trat in den Wagen. »Also, sie sind weg. Ist dieser Richter nicht der Gipfel? Wenn die Dinge nicht ganz nach Plan laufen, plustert er sich auf.« Sie blies die Wangen auf. »Er sieht wirklich aus wie ein Ochsenfrosch.« Sie beugte sich vor und sah Addie ins Gesicht. »Sie sind müde, nicht wahr, Miss Addie?«

»Ich glaube schon. Wir hatten ganz schön viel Aufregung in den letzten paar Tagen.«

»Bleiben Sie hier sitzen. Ich hole die Kinder und halte sie Ihnen vom Leib, während Sie sich ausruhen.«

»Danke, Trisha. Gönn mir eine Stunde, dann geht es mir besser.«

Addie schloß die Augen. Sie bezweifelte, daß es ihr jemals wieder bessergehen würde.

Hauptmann Kyle Forsythe war beinahe krank vor Unruhe. Mechanisch führte er die Aufsicht über die Beerdigung und überließ die meisten Einzelheiten Leutnant Shipley. Sie begruben den Mann, der noch immer in die Plane gewickelt war, auf einer kleinen Anhöhe, wo der Boden nicht vom Regen durchtränkt war. Nachdem der Richter hastig ein Gebet gesprochen hatte, warf einer der Männer eine Schlinge um den abgestorbenen Ast eines Baums und zog ihn hinunter über das Grab.

Bei der Rückkehr ins Lager entließ Kyle den Trupp und ging direkt zu dem Wagen, den er sich mit Leutnant Shipley teilte. Die Beerdigung hatte ein Kartenspiel unterbrochen, das Shipley mit zwei der rekrutierten Männer und einem Fahrer begonnen hatte. Kyle war erleichtert, als der Leutnant sich wieder zu ihnen gesellte. Er brauchte etwas Zeit für sich. Er mußte nachdenken.

Er setzte sich auf die regalähnliche Koje, die ihm als Bett diente, stützte die Ellbogen auf die Oberschenkel, den Kopf in die Hände, und starrte zu Boden.

Wenn er nichts unternahm, um sie aufzuhalten, würde diese verdammte Frau *die* Chance seines Lebens ruinieren.

Die Farm war ein guter Ort gewesen, um die richtige Zeit abzuwarten. Addie zu verführen war ein Kinderspiel gewesen. Dieses Landmädchen war noch niemals umschwärmt worden. Sie war ihm verfallen und hatte sich ihm ohne großen Widerstand hingegeben. Um auf der Farm bleiben zu können, bis er wieder nach Illinois zurückkehren und seinen Dienst antreten konnte, hatte er sich von ihr zu diesem

Provinzpfarrer zerren lassen und die Scheinhochzeit erduldet. Was für eine Farce das gewesen war!

Zum Teufel! Er konnte sich seine große Chance nicht durch die Lappen gehen lassen.

Der verfluchte Hinterwäldler war nach Freepoint gekommen und hatte Addie gefunden. Warum zum Teufel hatte er sie nur geheiratet? Wenn es ihm ums Bett gegangen wäre, hätte er nur ein bißchen Süßholz raspeln müssen. Es war nicht sehr schmeichelhaft für ihn zu erfahren, daß sich seine »Witwe« nach nur ein paar Wochen Trauer um ihn einen neuen Mann gesucht hatte.

Kyle wußte nicht, wo diese Trisha hergekommen war. Gott, aber sie war wirklich eine Schönheit. Cindy würde gelb vor Neid werden, wenn sie sie sah. Es hatte ihn erregt, sie nur anzusehen, dann hatte Addie ihn umgehauen, als sie sagte, der Nachname des Mädchens sei Hyde. Verflucht soll sie sein! Sie versuchte, ihn zur Strecke zu bringen.

Was jetzt? Er würde leugnen, leugnen, leugnen. Ihr Wort stand gegen seins. Er mußte sich das immer wieder sagen. Nichts durfte zwischen ihn und Cindy treten.

Kyle stand von der Koje auf, wusch sich das Gesicht, kämmte sein Haar und verließ den Wagen. Um nicht auf Van Winkle zu stoßen, ging er außen um den Kreis herum zu Cindys Wohnwagen und klopfte an die Tür.

»Wer ist da?«

»Ich, Kyle.«

»Laß ihn herein, Ivy, dann geh.«

»Ja, Madam.«

Das Mädchen öffnete die Tür und schlüpfte hinaus.

Kyle trat ein, drückte die Tür zu und schloß ab. Das Fenster war geöffnet, und eine kühle Brise kam herein. Dennoch roch der Wagen köstlich nach Frau. Cindy, die ein loses Gewand mit Bändern am Hals trug, legte den Roman, den sie las, beiseite und blickte auf.

»Hallo, mein süßes, hübsches Mädchen.« Er stand mit dem Rücken zur Tür und sah sie lange Zeit an.

»Ich habe dich vermißt.«

»Ich habe dich auch vermißt. Dein Onkel nimmt mich ganz schön in Anspruch.«

Cindy streckte ihre Hände aus. »Verschwenden wir keine Zeit«, flüsterte sie.

Kyle setzte sich neben sie und zog sie auf seinen Schoß.

»Ich bin weggeblieben, solange ich konnte. Ich will jetzt deine süßen Küsse genießen, und es ist mir egal, ob dein Onkel die Tür einschlägt.« Er vergrub sein Gesicht zwischen ihren Brüsten und schob die Öffnung ihres Gewands mit der Nase beiseite. »Mmm… du riechst wirklich zum Anbeißen.«

Sie stieß einen kleinen ausgelassenen Schrei aus, schlang die Arme um seinen Hals und drückte sich an ihn.

KAPITEL 29

Bemüht, seine Besorgnis wegen Addie loszuwerden, ritt John dem Treck voran. Er hielt Ausschau nach einer Staubwolke, einem aufgeschreckten Tier oder dem plötzlichen Aufflattern eines Vogelschwarms. Sein erfahrener Blick suchte den Boden fünfzig Fuß vor ihm bis zum Horizont in alle Richtungen nach einem Zeichen dafür ab, daß sie nicht die einzigen menschlichen Lebewesen auf der weiten Prärie waren. Er sah nur Gras, Jackbäume und hin und wieder ein Büschel Baumwolle.

Er hatte bis Tagesanbruch damit gewartet, den Treck in Bewegung zu setzen und den vom Regen angeschwollenen Strom zu überqueren. Glücklicherweise hatte der Fluß ein steinernes Bett und war leicht zu überqueren. Später, wenn sie die breiteren Flüsse mit Sandbetten erreichten, die in den Canadian River flossen, würden die Ochsentreiber zusätzliche Ochsen vor die Güterwagen spannen, um sie hinüberzuziehen.

Wegen des späten Aufbruchs hatte John sich entschlossen, die Mittagspause auszulassen und bis zum späten Nachmittag zu fahren. Er hatte Buffer nach hinten geschickt, um den Koch über die geänderten Pläne zu unterrichten.

Seine verwirrenden Gedanken bezüglich Addie ließen sich nicht vertreiben.

Letzte Nacht hatte sie zum ersten Mal seit ihrer Hochzeit nicht zumindest für einen Teil der Nacht in seinen Armen geschlafen. Er hatte nicht nur die süße Verzweiflung vermißt, die er verspürte, wenn er sich in ihrem warmen Frauenkörper verlor, sondern auch den Duft ihres Haars, die sanften Küsse, die geflüsterten Worte, die sie immer austauschten, bevor sie einschliefen. Sie war nicht nur seine Geliebte und seine Frau geworden, sondern auch seine Freundin. Sie hatten einander viele Dinge anvertraut, aber seit seinem Geständnis, daß er Kirby Hyde getötet hatte, hatten sie nicht mehr von ihm gesprochen. John runzelte die Stirn darüber, daß dieser Mann zwischen sie getreten war.

Addie hatte wie gewöhnlich ihr Bett unter dem Wagen eingerichtet, ihn dann aber gefragt, ob es ihm etwas ausmachen würde, wenn sie mit Trisha und den Kindern im Inneren schliefe. Zuerst hatte er gedacht, sie wolle nicht an der Stelle schlafen, an der vor so kurzer Zeit jemand gestorben war, doch als er allein dalag und zum sternklaren Himmel aufsah, wurde ihm der Grund klar: Sie hielt sich von ihm fern, weil sie noch immer glaubte, sie sei mit einem anderen Mann verheiratet.

John sah zurück auf die Kolonne von Wagen, die sich eine Meile weit hinter ihm ausdehnte. Hinter den Wagen waren zwei Gruppen von Tieren, seine und die des Richters.

Morgen würden sie Webbers Fall erreichen und sich von Van Winkles Truppe trennen. John würde seine Güterwagen über den Arkansas River führen und dem Canadian River folgen. Der Richter würde den Arkansas nach Norden zum Fort hinauffahren. John hatte sich auf diesen Tag gefreut. Jetzt wurde ihm jedoch klar, daß die Verhältnisse zwischen Addie und Kyle Forsythe geklärt werden mußten, sonst wäre die Gelegenheit vorbei – vielleicht für immer.

Er würde es nicht zulassen, daß für den Rest seines Lebens der Schatten eines anderen Mannes zwischen ihm und seiner Frau stand. Er murmelte einen Fluch. Es war an der Zeit, reinen Tisch zu machen.

Es war noch nicht fünf Uhr, als John den Befehl zum Anhalten gab. Die Tiere hatten zehn Stunden am Stück gearbeitet, mit nur einer halben Stunde Pause zum Ausruhen und Trinken. Er überließ es Cleve, die Wagen anzuordnen, und lenkte Victor die Reihe entlang bis zu der Stelle, an der die Truppe von Van Winkle bereits begonnen hatte, das Nachtlager zu errichten.

John zügelte sein Pferd neben Hauptmann Forsythe. Er hob seinen Arm und zeigte auf einige Baumwollpflanzen, die eine Viertelmeile entfernt standen.

»Seien Sie in einer halben Stunde da drüben.«

»Warum zum Teufel?«

»Um alles zu klären, was zwischen Ihnen und meiner Frau steht.«

»Es gibt nichts zwischen mir und Ihrer Frau. Ich... habe Sie noch nie gesehen.«

»Sie lügen. Seien Sie dort, oder ich bringe Addie her und wir sagen, was wir zu sagen haben, vor dem Richter und seiner Nichte.«

»Verflucht sollen Sie sein!«

»Verflucht sollen Sie sein für alles, was Sie Addie angetan haben!«

»Nun gut. Ich werde da sein.«

John nickte und ritt zurück zu seinem Lager.

Addie war schrecklich elend zumute, seit sie mit Sicherheit wußte, daß Hauptmann Kyle Forsythe der Kirby Hyde war, der auf ihre Farm gekommen war, sie geheiratet hatte und der Vater ihres Kindes war.

Ein langer Tag lag hinter ihnen. Das Überqueren des angeschwollenen Flusses hatte sie geängstigt. Ohne ihren Fahrer, dem es offenbar gar nichts ausmachte, wäre es noch schlimmer gewesen. Trotzdem hatten Addie und Trisha die Kinder umklammert, und Addie hatte sich um Colin gesorgt, der im Wagen vor ihnen fuhr.

Während ihrer kurzen Rast hatten sie alle etwas Wasser

getrunken, und Addie hatte die Zuckerstangen verteilt und darauf bestanden, daß auch Trisha und Huntley jeder eine nahmen.

»Das ist doch eine Schande, Madam, so etwas an mich zu verschwenden«, brachte Huntley hervor. »Die Kinder sollten das kriegen.«

»Es ist genug da. Die Süßigkeiten werden die Zeit bis zum Abendessen überbrücken.«

Trisha, die wußte, daß Addie bedrückt war, hatte sich sehr bemüht, die Kinder zu unterhalten. Sie warf beunruhigte Blicke auf ihre Freundin, die hinten im Wagen saß und das schwerfällige Tier anstarrte, das den nachfolgenden Wagen zog.

In Addies Kopf wiederholten sich die Ereignisse, die zu ihrer niederschmetternden Verzweiflung geführt hatten, wieder und wieder. John war sich so sicher gewesen, daß der Hauptmann nicht Kirby Hyde war, als er ihr den Brief brachte, den er dem Toten abgenommen hatte. Selbst dann hatte sie noch leise Zweifel gehegt, aber damit hatte sie leben können.

Jetzt mußte sie ihm sagen, daß ihre Ehe nicht rechtmäßig war. Daß Hauptmann Kyle Forsythe, der Mann, den sie als Kirby Hyde kannte, ihr richtiger Ehemann war.

Sie dankte Gott, als der Befehl zum Anhalten kam. Während die Wagen einen Kreis bildeten, kämmte Addie sich das Haar und flocht es neu. Sie kletterten alle hinab, sobald der Wagen anhielt. Es war ein gutes Gefühl, wieder festen Boden unter den Füßen zu haben. Die Kinder spielten Fangen, während Addie sich den Staub von Gesicht und Händen wusch und sich darauf vorbereitete, zum Küchenwagen zu gehen und Bill beim Abendessen zu helfen.

John kam auf Victor angeritten.

»Trisha, Colin kommt, um auf Dillon und Jane Ann aufzupassen. Könntest du an Addies Stelle Bill helfen? Sie kommt mit mir.«

»Wo gehen wir hin?« Addie wandte ihm ihr ängstliches Gesicht zu.

Er sah einen Moment lang auf sie hinab. Sie war wunderschön, aber das war nicht der Grund dafür, daß er den Verstand verloren und sich so voll und ganz in sie verliebt hatte. Es war ihre innere Schönheit, die ihn ansprach. Er hatte nie geglaubt, jemanden wie Addie finden zu können. Wenn sie einmal alt war, würde diese innere Schönheit noch immer da sein. Er bezweifelte nicht, daß sie ihm im Laufe der Jahre noch wertvoller werden würde.

»John!«

Er nahm seinen Fuß aus dem Steigbügel. »Setz deinen Fuß hier hinein, Liebes, ich ziehe dich hoch. Wir machen einen kleinen Ausritt.«

»Können wir nicht laufen?«

»Nein, Schatz. Komm schon, ich lasse dich nicht fallen.«

Ihr Gesicht sah noch immer ängstlich aus, als sie seinen Anweisungen Folge leistete. Er hob sie hoch und setzte sie auf seinen Schoß. Sie legte einen Arm um seine Taille und hielt sich an ihm fest. Seine Arme umschlangen sie, boten ihr Schutz und Geborgenheit. Er konnte spüren, wie ihr Körper ängstlich zitterte. Sie war so verdammt süß und hingebungsvoll. Verzweifelt verlangte es ihn danach, sie zu küssen und ihre Sorgen zu vertreiben, aber damit würde er warten müssen.

Manchmal mußte man grausam sein, um Zweifel und Mißtrauen auszulöschen.

Er wendete sein Pferd, und sie ritten auf die Baumwollbüsche auf der Anhöhe zu. John wußte, daß seine Frau sich Sorgen machte. Er wollte sie festhalten, in die Arme schließen und küssen, und ihr sagen, daß sie einen Weg zueinander finden würden, auch wenn Kyle Forsythe Kirby Hyde war.

Heute war John der Gedanke gekommen, daß er den Hauptmann töten könnte und ihre Sorgen dann vorüber wären. Aber es war nur ein Gedanke gewesen, den er schnell wieder verbannt hatte. Er konnte den Vater von Addies Sohn nicht absichtlich umbringen.

John ließ Victor locker traben, erpicht darauf, die Konfrontation rasch hinter sich zu bringen. Addies Wange war an seine Schulter gedrückt. Ihr langer honigfarbener Zopf hing über seinem Arm.

»Wenn wir nach Hause kommen, werde ich eine sanfte Stute für dich aussuchen, und wir werden in die Berge reiten. Zu dieser Tageszeit ist es dort wunderschön.«

»Ich muß dir etwas sagen.«

»Ich weiß, mein Schatz. Wir sind fast da.«

John hielt sein Pferd im Schatten an. Er saß da und blickte auf Addie hinab, dann hob er ihr Kinn mit den Fingern an. Er sah in die violetten Augen, die ihn seit dem ersten Tag im Laden fasziniert hatten. Er senkte den Kopf und legte seine Lippen auf ihre. Der Kuß war lang und tief. Als er ihr in die Augen sah, verschleierten sie sich.

»Ich mußte das tun«, sagte er heiser, und strich ihr eine verirrte Strähne hinters Ohr. »Ich habe dich letzte Nacht vermißt.«

John hob sie hinunter und stieg ab. Er sah, wie ein Reiter das Lager von Van Winkle verließ und in ihre Richtung kam. Er wußte, daß er nicht viel Zeit hatte, ergriff ihre Schultern und sah ihr ins Gesicht.

»Addie, Liebes, glaube mir – ich will dich und die Kinder bei mir haben, ganz gleich, ob unsere Hochzeit rechtmäßig ist oder nicht. In meinem Herzen *bist* du meine Frau. Nichts kann dich von mir trennen. Hauptmann Forsythe kommt. Wir werden alles klären, bevor wir hier weggehen, selbst wenn ich es aus ihm herausprügeln muß.«

Sie ließ den Kopf hängen. »Was... dann?«

»Dann kehren wir heim nach New Mexico.«

Der Hauptmann stieg vom Pferd und band die Zügel sorgfältig an einen niedrigen Busch, damit das Tier bequem grasen konnte. In dieser kurzen Zeit siegte Addies Kampfgeist. Sie trat einen Schritt von John weg. Das war etwas, was sie allein erledigen mußte. Sie wurde von Wut auf diesen herausgeputzten Yankee-Hauptmann übermannt. Sie richtete sich noch auf, fest entschlossen, ihn dazu zu bringen, daß er zugab, wer er wirklich war, damit sie entscheiden konnten, was zu tun war.

»Hallo, Kirby«, sagte Addie, als er sich ihr zuwandte.

»Madam, meine Name ist Kyle Forsythe.«

»Nun gut, dann nenne ich Sie so. Kyle, woher wußten Sie, daß ich Addie *Faye* heiße?«

»Das wußte ich nicht.«

»Sie haben mich gestern Addie *Faye* genannt. Sie haben gesagt, ich würde es bereuen, wenn ich Ihnen alles vermasseln würde.«

»So etwas habe ich nicht gesagt, Mrs. Tallman.«

»Einen Moment. Soll ich Sie schlagen, weil Sie meine Frau bedroht haben, oder lieber, weil Sie sie eine Lügnerin nennen?« fragte John.

»Ich wollte sagen, daß sie sich irrt.« Das Gesicht des Hauptmanns wurde dunkelrot, und er begann zu schwitzen.

»Ich irre mich nicht, Kirby... äh, Kyle. Ich will von dir nur, daß du zugibst, wer du bist, sonst nichts.«

»Das habe ich schon gesagt.« Er drehte sich weg, verschränkte die Arme vor der Brust und sah zu den Lagern hinüber.

»Kirby, hat es dir gar nichts bedeutet, deinen Sohn zu sehen, den hübschen kleinen Jungen, der fand, daß dir die Hauptmannsuniform so gut steht?«

Keine Antwort.

»Der kleine Junge bedeutet mir alles. Weil du ihn mir

geschenkt hast, kann ich dich nicht einmal dafür hassen, daß du mich verlassen hast und ich allein durch den langen, kalten Winter kommen mußte. Mein Baby und ich wären gestorben, wenn nicht ein junges Mädchen gekommen wäre, das so mager war, daß der Wind sie hätte umwehen können. Sie hat sich die Finger blutig gearbeitet, um uns zu helfen.«

Keine Reaktion.

»Ich war nicht am Boden zerstört, als du nicht aus dem Krieg zurückgekehrt bist. Ich hatte mich davor gefürchtet. Ich wußte, welche Art von Mann du warst, schon bevor du mich verlassen hast. Aber trotzdem habe ich deinen Tod nicht gewollt.«

Er lehnte sich an sein Pferd und schwieg weiter.

»Ich kann beweisen, daß du Kirby Hyde bist.« Er wirbelte herum und sah sie an. »Unter diesem Bärtchen hast du ein Grübchen am Kinn.«

Als Antwort schlug er mit der geballten Faust auf seinen Sattel.

»Sie können sich ja rasieren und beweisen, daß Sie nicht Kirby Hyde sind«, warf John ein.

Kyle verlor die Beherrschung. Sein attraktives Gesicht war von Wut und Verzweiflung durchfurcht.

»Was zum Teufel wollen Sie von mir?«

»Ich glaube, das ist offensichtlich. Wenn Sie Kirby Hyde sind, schulden Sie Addie eine Erklärung.«

»In Ordnung!« rief er. »Ich habe zeitweilig den Namen Kirby Hyde, Kent Wood und verschiedene andere getragen. Aber mein richtiger Name ist Kyle Forsythe.«

Addie lehnte sich an John und schloß die Augen. Er legte die Arme um ihre Taille und hielt sie fest.

»Sie haben eine Minute, Forsythe, um mit dem Sprechen anzufangen, sonst ziehe ich Ihnen das Fell über die Ohren und hänge es an diesen Busch.«

»Dazu wären Sie wahrscheinlich wirklich fähig«, sagte

Kyle höhnisch. »Ich habe gelernt, wie man Damen schmeichelt, aber ich weiß nicht, wie man hinterhältig kämpft. *Gentlemen* tun so etwas nicht.«

»Was hat dich auf meine Farm getrieben, Kirby?« Addies Stimme war ruhig und gefaßt. »Warum um alles in der Welt hast du ein so grausames Spiel mit dem Leben eines anderen Menschen getrieben?«

»Zum Teufel!« Seine kalten blauen Augen fixierten Addie. »Du bist immer arm gewesen, darum weißt du nicht, wie es ist, wenn man an einem Tag noch ein reicher Aristokrat ist und am nächsten plötzlich nichts mehr hat.«

»Nein, das weiß ich nicht.«

»Ich habe eine gute Erziehung genossen, weil ich ein Forsythe war, und das hat sich ausgezahlt, als ich mich für einen Posten beworben habe. Neben dieser Erziehung habe ich mir von jedem, der nur entfernt mit den Forsythes verwandt war, Vorträge darüber anhören müssen, wie sich ein Gentleman zu benehmen hat. Vorträge und Ratschläge, das war mein ganzes Leben.«

John schnaubte verächtlich.

Kyles Augen richteten sich auf ihn. »Sie glauben, daß ich nicht viel wert bin, aber in Anbetracht der Umstände habe ich mich tapfer geschlagen. Meine Mutter hat sich ihr ganzes Leben lang nicht die Hände schmutzig gemacht. Meine Schwester weinte, wenn sie zweimal das gleiche Ballkleid anziehen mußte. Ich wurde zur Hochzeit mit einer pferdegesichtigen, nörgelnden Schlampe gezwungen, damit der Schein gewahrt wurde.«

»Du warst vor mir schon verheiratet?«

»Ja. Sie ist tot, Gott sei Dank. Sie hat mir das Leben zur Hölle gemacht!«

Der Haß auf seinem Gesicht ließ Addies Herz in ihrer Brust seltsam heftig schlagen. Ohne es zu merken, ergriff sie Johns Hand.

»Alles an dir war eine Lüge, nicht wahr, Kirby? Du hast dich niemals den Arkansas Regulars angeschlossen.«

»Natürlich nicht! Ich glaube, du gibst keine Ruhe, bis du alle elenden Einzelheiten meines Lebens erfahren hast.«

»Deswegen sind wir hier.« John drückte Addie schützend an sich, ihren Rücken an seine Brust gelegt.

Der Hauptmann konnte offenbar nicht stillstehen. Er lief auf und ab, ohne sie anzublicken. Einige Male schlug er mit der Faust in seine Handfläche, während er sprach, oder er ließ ein höhnisches Lachen hören.

»Einige Monate vor Kriegsausbruch mußte ich Vandalia verlassen, um abzuwarten, daß sich ein Skandal legte, den ich verursacht hatte.« Es schien ihm nicht im geringsten peinlich zu sein, das zuzugeben. »Ich hatte mich bereits für einen Posten beworben und entschloß mich, einen Onkel unten in Jonesboro zu besuchen, bis dieser Posten genehmigt wurde. Mein Onkel war seit unserem letzten Zusammentreffen unerbittlich geworden und bestand darauf, daß ich für meinen Unterhalt arbeiten sollte. Zum Teufel, ich war nicht dazu geschaffen, Mehlfässer, Baumwollballen und Sirupeimer zu stemmen. Aber ich hab es getan, und zwar verdammt gut.«

Über den Rücken seines Pferdes warf er Addie einen Blick zu.

»Ich hatte niemals Probleme damit, eine Frau zu kriegen. Schwierig war es nur, sie wieder loszuwerden. Ich konnte doch nichts dafür, wenn ein dummes Stadtmädchen schon die Röcke hob, sobald ich nur mit dem Finger schnippte. Sie kam auf die verrückte Idee, ich müsse sie heiraten, weil ich sie gefickt hatte.«

Bei diesem unanständigen Wort schloß Addie die Augen.

»Ich habe Jonesboro mitten in der Nacht verlassen. Am nächsten Morgen hat ein Schwarzer mich auf einem Heuwagen mitgenommen. Ich war erst einen Tag in Freepoint, als ich von der Frau hörte, die allein auf einer Farm einige Meilen von der Stadt entfernt wohnte.

Die Farm war sehr geeignet dafür, einige Zeit dort zu verbringen, Addie Faye. Und dich zu verführen war ein Kinderspiel.« Kyle spürte, daß er nichts mehr zu verlieren hatte, und sprach alles aus. Er beobachtete Addies Gesicht, als er die grausamen Worte sagte. Sie zeigte keinerlei Emotion.

Er zuckte die Schultern.

»Ich habe zugelassen, daß du mich zu diesem Provinzpfaffen gezerrt hast, und habe die Hochzeitszeremonie über mich ergehen lassen, um auf der Farm bleiben zu können, bis ich wieder nach Vandalia zurückkehren und meine Stellung antreten konnte.«

»Du bist wirklich verkommen, Kirby«, sagte Addie.

»Das gebe ich zu. In meiner Lage tut ein Mann, was er tun muß, um zurechtzukommen. Ich habe mir das Hirn zermartert, um einen Weg zu finden, ohne großes Theater von dir wegzukommen. Wenn ich lange genug warte, läuft für mich in der Regel alles nach Plan. Der alte Cash im Laden hat mir von den Arkansas Regulars erzählt. Das war die Gelegenheit, aus meiner elenden Lage herauszukommen. Ich habe mich an dem Tag ›eingeschrieben‹, an dem der Brief von meiner Schwester kam, in dem stand, daß die Brüder der *Dame*, die ich angeblich geschändet hatte, mich nicht länger suchten. Die *Dame* war mit einem verheirateten Trommler nach Saint Louis durchgebrannt, und die Brüder mußten sich mit der Tatsache abfinden, daß ihre Schwester keine Dame war.

Ich habe Freepoint verlassen, mich nach Illinois durchgeschlagen, meinen Dienst angetreten und mir einen leichten Posten verschafft, der mich durch den Krieg gebracht hat.«

»Sie sind ein echter Held«, sagte John trocken.

»Zumindest bin ich nicht tot.« Kyle lachte. Sein Gesicht

war gerötet. Da er glaubte, seine Chancen bei Cindy verspielt zu haben, ließ er alle Vorsicht fallen.

»Cindy Read habe ich sechs Monate vor Kriegsende kennengelernt. Sie ist so, wie ich mir eine Ehefrau immer erträumt habe: reich und schön. Außerdem hat sie die richtigen Verbindungen. Eine perfekte Ehefrau für einen ehrgeizigen Militär.

Manchmal mache ich sehr dumme Sachen. Auf meinen Weg nach Fort Smith, wo ich Van Winkle und Cindy treffen sollte, habe ich in Jonesboro Station gemacht. Onkel Kirby genoß es geradezu, mir den Brief von Addie zu übergeben.«

»›Onkel Kirby?‹«

»Noch so ein dummer Fehler. Als ich auf die Farm kam, war Kirby Hyde der erstbeste Name, der mir einfiel.«

»Es hat dir nichts bedeutet, daß du einen Sohn hattest?« fragte Addie mit möglichst kühler und gefaßter Stimme.

»Ehrlich gesagt, nein. Ich habe überall meine Saat gesät, wie die meisten Männer.«

Jetzt verlor Addie die Beherrschung. Sie trat zwei Schritte auf ihn zu, hob ihre Hand und gab ihm eine schallende Ohrfeige. Sie war genauso erstaunt über diese Tat wie der Mann vor ihr und der hinter ihr. So etwas hatte sie noch nie getan und auch nicht geglaubt, dazu fähig zu sein.

Kyle stand bewegungslos da. »Geht es dir jetzt besser?« Als sie nicht antwortete, sagte er: »Ich scheine bei Frauen Eigenschaften herauszufordern, von denen sie selbst nichts ahnen.«

»In der Nacht, in der ich den Südstaatler getötet habe, waren Sie an der Weggabelung.« John packte Addie und zog sie vom Hauptmann weg.

»Ja. Als Sie nach seinem Namen gefragt haben, fiel mir die Gelegenheit direkt in den Schoß. Der beste Weg, Kirby Hyde unter die Erde zu bringen. Ich zog den Brief aus meiner Tasche und gab ihn Ihnen.«

Johns kniff die Augen zusammen und studierte Kyles Gesicht.

»Sie sehen diesem Mann nicht ähnlich.«

»Schnurrbart und Bart wirken Wunder.« Er befühlte das kurze Bärtchen an seinem Kinn. »Ich habe Sie an dem Abend wiedererkannt, als Sie im Hotel in Van Buren waren. Gleicher Hut, gleiche Kleidung, gleiches langes schwarzes Haar. Als ich Sie am nächsten Morgen wiedersah, war Addie bei Ihnen.« Er lachte. Es war ein kurzes, trockenes Geräusch. »Ich habe mir gedacht, nun, Kyle, wenn du das überstehst, hast du dir eine Medaille verdient. Weißt du, Addie, es war nicht sehr schmeichelhaft festzustellen, daß meine Witwe keine Woche lang um mich trauerte.«

Addie fühlte sich, als würde sie an der Verbitterung ersticken. Sie schnaubte vor Verachtung, dann wurde ihr die Sinnlosigkeit dieser Geste klar, die gegenüber diesem selbstsüchtigen Mann völlig vergebens war.

Hinter ihr erfaßte John ihre Schultern und schob sie zur Seite. Bevor sie oder Kyle begriffen, was er vorhatte, schlug er Kyle die Faust ins Gesicht. Der Hieb ließ ihn rückwärts taumeln, dann fiel er schwer auf den Boden. Er blieb liegen und betastete seine aufgeplatzte Lippe.

»Wofür war das?«

»Dafür, daß Sie einen kleinen Jungen verlassen haben – einen Teil der ›Saat‹, die Sie so sorgfältig ausgesät haben.«

Kyle stand auf, zog ein Taschentuch hervor und betupfte seine Lippe. In dem Augenblick, in dem er das Tuch wieder in die Tasche stecken wollte, schlug ihm Johns eisenharte Faust wieder ins Gesicht. Der Hieb warf Kyles Kopf zurück und schleuderte ihn zu Boden. Blut schoß ihm aus der Nase. Er lag da und drückte das Tuch an sein Gesicht.

»Verdammt noch mal! Wie lange soll das noch weitergehen?«

»Ich habe nicht genug Zeit, um Ihnen das zu geben, was

Sie verdienen. Bald wird es dunkel. Aber das war für den Südstaatler, der in dem Grab nahe Jonesboro liegt. Seine Familie wird nie erfahren, was mit ihm geschehen ist.«

»Er wollte Sie töten, verdammt noch mal.«

»Er war ein Mensch. Manche nehmen anderen das Leben. Andere, wie Sie, nehmen einer Person die Selbstachtung.«

»Meine Güte, ich habe niemanden umgebracht.«

»John.« Addie legte ihm die Hand auf den Arm. »Es bringt nichts, ihn zu schlagen. Ich kann nicht glauben, daß ich mit einem so armseligen Stück Abschaum verheiratet bin.«

Kyle stand auf und behielt John mißtrauisch im Auge.

»Ich bin nicht mit dir verheiratet! Glaubst du, ich würde mich an eine Frau vom Land binden, die einen Serviettenring nicht vom Arsch eines Maultiers unterscheiden kann?«

Addie hinderte Johns daran auszuholen. Ihr Herz schlug heftig. Ohne es zu merken, preßte sie ihre Hand auf die Brust.

»Was meinst du damit? Du hast gesagt, deine Frau sei gestorben.«

»Ist sie auch. Sie hat sich an dem Tag umgebracht, an dem ich nach Vandalia zurückgekehrt bin. Sie hat geglaubt, ich würde zu ihr zurückkommen. Ich war mit dem Miststück verheiratet, als ich dich geheiratet habe.«

»Oh...« Die Erleichterung, die sie überkam, war so heftig, daß es fast schmerzte. »Oh«, sagte sie noch einmal und ließ sich in die Arme hinter ihr fallen, die sie auffingen und an eine feste, warme Brust zogen.

Kyle, den es offenbar nicht interessierte, was sie fühlte, hatte eine Feldflasche von seinem Sattel genommen und das Tuch befeuchtet, um sich das Blut vom Gesicht zu wischen.

»Ich schätze, Sie werden sich rächen, indem Sie zu Richter Van Winkle gehen und mir alles ruinieren.« Kyle rieb an dem Blut auf seinem Rock.

John antwortete. »Nein, das werden wir nicht tun. Ich glaube, Sie und der Richter haben einander verdient. Seine Nichte tut mir jedoch etwas leid.«

Kyle lachte höhnisch. »Muß sie nicht. Cindy kann auf sich selbst aufpassen. Sie hat den Instinkt eines Barracudas.«

Addie richtete einen fragenden Blick auf John. »Ein menschenfressender Fisch«, erklärte er.

Addie wandte sich wieder Kyle zu und fragte sich, wie sie so blind hatte sein können, zu glauben, daß er in seinem Inneren anständig wäre.

»Kyle Forsythe.« Sie schüttelte den Kopf, als sie seinen Namen aussprach. »Ich hoffe, daß ich niemals wieder deinen Namen höre oder dein Gesicht sehe, solange ich lebe.« Ihre Miene und ihr Tonfall zeigten beide, daß sie es ernst meinte.

Kyle zuckte die Schultern. »Mir soll's recht sein.« Er ging zu seinem Pferd, nahm die Zügel und wollte aufsteigen. Johns Stimme hielt ihn zurück.

»Eins noch.«

»Was jetzt schon wieder?«

»Halten Sie sich von Dillon fern. Kommen Sie nicht in seine Nähe, und sprechen Sie nicht mit ihm oder über ihn. Anderenfalls bringe ich Sie um.«

»Mir soll's recht sein«, sagte Kyle wieder und stieg in den Sattel.

John war noch nicht fertig. »Noch ein kleiner Ratschlag für das Wohl der Männer in Ihrem Treck. Wenn wir uns morgen trennen, lassen Sie die Wagen von Tagesanbruch bis Einbruch der Dämmerung durchfahren, und noch länger, wenn es geht. Fahren Sie zum Fort, und verlassen Sie es erst, wenn Sie eine ausreichend große Eskorte haben.«

»Wie viele Männer wären das?«

»So viele, wie Sie kriegen können. Mindestens fünfzig.«

»Danke.« Kyle deutete einen Gruß an, drehte sein Pferd und verließ sie.

Addie stand in Johns Armen und sah zu, wie Kyle den Abhang zum Lager hinunterritt. Sie war erschöpft, aber froh, daß es vorbei war. John wandte ihr sein Gesicht zu.

»Du warst nie mit ihm verheiratet, Addie. Auch wenn er zu dem Zeitpunkt nicht schon verheiratet gewesen wäre, bin ich mir nicht sicher, daß die Ehe gültig gewesen wäre, weil er einen falschen Namen benutzt hat.«

»Du mußt mich für verrückt halten, daß ich zugelassen habe, daß er... tat, was er getan hat.«

»Das denke ich nicht. Er ist attraktiv. Er hat dich ausgenutzt. Ich glaube, er ist erleichtert, daß dieser Teil seines Lebens hinter ihm liegt. Jetzt kann er sich darauf konzentrieren, jemand anderen unglücklich zu machen. Irgendwie hoffe ich, daß es Van Winkle sein wird.«

»Ich habe noch nie jemanden getroffen, der so vollkommen selbstsüchtig und egoistisch ist.«

»Es gibt viele, die so sind. Du hast sie nur nicht kennengelernt.«

»Glaubst du Dillon wird auch so werden?«

»Natürlich nicht. Wir werden ihm beibringen, daß man andere Menschen respektieren muß. Dillon ist jetzt mein Sohn. Dillon Tallman. Ich will nicht, daß der Name Hyde oder Forsythe jemals in Verbindung mit ihm genannt wird.«

Addie schlang die Arme um seinen Hals. »Ich liebe dich.«

»Ich liebe dich auch, Mrs. Tallman. Ich kann kaum abwarten, dich in unser Bett unter dem Wagen zu kriegen. Ich will, daß du schwanger bist, bevor wir nach Hause kommen.«

»Diesmal werde ich nicht allein sein.«

»Keine zehn Pferde könnten mich von dir wegbringen, wenn du mein Kind in dir trägst. Ich werde der erste sein, der ihn hält... oder sie.«

Addie sah ihrem Ehemann liebevoll in die Augen. Ihre Finger strichen über den seidigen Schnurrbart auf beiden Seiten seines Mundes.

»Letzte Nacht war mir... so elend zumute.«

Sein Lächeln war voller Zärtlichkeit. »Das freut mich. Es würde mir nicht passen, wenn nur ich gelitten hätte. Küß mich!«

Sie standen dicht beieinander und waren so still, daß eine Spottdrossel sich auf den Baumwollbüschen über ihren Köpfen niederließ. Sie blieben, bis die Sonne im Westen unterging und Victor alles Gras abgefressen hatte, das er erreichen konnte. Als er schnaubte und mit den Hufen scharrte, bemerkten sie seine Ungeduld. Am Küchenwagen und an Addies Wagen, in dem Trisha die Kinder zu Bett brachte, leuchtete schon das Licht der Laternen.

»Du hast das Abendessen verpaßt«, murmelte John an ihren von den Küssen geschwollenen Lippen.

»Das ist mir egal. Ich habe auf etwas anderes Hunger.« Sie lachte an seiner Wange. »Komm schon, du... *Passant*. Du hast noch viel zu tun, wenn ich schwanger sein soll, bevor wir nach Hause kommen.

EPILOG

Genau achtundachtzig Tage nachdem Addie ihre Farm in Arkansas verlassen hatte, erreichte sie ihr neues Zuhause in den Bergen im Norden New Mexicos. John konnte es kaum erwarten, Addie ihr gemeinsames Haus zu zeigen und seine Eltern zu sehen, die dort auf sie warteten. Er lenkte seinen Wagen, gefolgt von Trisha und Buffer in einem anderen, durch das mit dichtem Wald bewachsene Cimarron-Tal und hinauf zum Elk Mountain.

Im Sonnenlicht erstreckte sich ein niedriges Ziegelgebäude in Form eines Hufeisens, mit einem Hof und vielen Zimmern. Addie schlug vor Freude die Hände zusammen, als sie den schönen Anblick sah, der sich ihr bot. Haus und Hof waren von einer stabilen Stein- und Ziegelmauer umgeben.

Die schweren Holztore waren geöffnet, um sie willkommen zu heißen.

Als John Wagen stieg, kam eine große, schlanke Frau aus dem Haus gerannt. Er streckte die Arme aus und ging auf sie zu. Quietschend vor Lachen warf sie sich in seine Arme. Ihr im Nacken zusammengebundenes langes, dichtes Haar glänzte im Sonnenlicht silbern und goldfarben. Sie trug einen wadenlangen Rock, und an den Füßen hatte sie weiche Ledermokassins. John wirbelte sie in der Luft umher. Sie quietschte und verlangte, heruntergelassen zu werden.

Addies Aufmerksamkeit richtete sich auf den Mann, der lächelnd neben ihr stand. Er war genau wie John gekleidet; sein Haar, das nicht ganz so lang war, hatte einige weiße Strähnen. Die Frau trat zur Seite, und die beiden Männer schüttelten einander die Hand, dann umarmten sie sich. Sie waren gleich groß, obwohl der ältere Mann etwas schwerer wirkte. Addie kam der Gedanke, daß John in dreißig Jahren auch so aussehen würde.

Als sie auf den Wagen zukamen, glättete Addie den Rock ihres besten Kleides; sie wollte annehmbar aussehen, wenn sie Johns Eltern traf.

»Ich habe eine Überraschung für dich, Amy.«

»Das ist keine Überraschung, du Schlingel.« Ihre Stimme klang jung, und sie lachte gern, was ihr silbernes Haar Lügen strafte. »Hast du etwa vergessen, daß du Anselmo vor zwei Tagen hergeschickt hast? Er konnte es kaum erwarten, uns die Neuigkeiten zu erzählen, und wir konnten es kaum erwarten, unsere neue Tochter kennenzulernen, nicht wahr, Rain?«

John hob Addie vom Wagen herunter. Den Arm um sie gelegt, stellte er sie stolz seinen Eltern vor.

»Das ist Addie Faye. Addie, meine Eltern, Amy und Rain Tallman.«

Der Empfang, der ihr bereitet wurde, trieb Addie die Tränen in die Augen. Die lächelnde Amy umarmte sie, und der große Mann neben ihr schüttelte ihr herzlich die Hand.

»Anselmo hat nicht gesagt, daß ihr drei Enkelkinder habt, oder?« John lächelte schelmisch. Er ging hinten zum Wagen, wo sich die drei Kinder auf seinen Wunsch hin versteckt hatten, um ihre neue Großmutter zu überraschen.

Amy quietschte vor Freude und lief los, um John zu helfen, die Kinder herunterzuheben.

»Das ist Colin. Er wird einen erstklassigen Arbeiter abgeben, Pa. Den ganzen Weg durchs Indianerterritorium hat er gute Arbeit geleistet.«

Colin streckte Amy die Hand entgegen, die sie ignorierte und ihn statt dessen umarmte. Rain ergriff die Hand des Jungen, die er festhielt, um ihn an seine Seite zu ziehen.

»Das hier ist Jane Ann.« Das Kind umklammerte die Puppe, die John ihr geschenkt hatte. Ängstlich sah sie Addie an, die nickte, bevor sie zuließ, daß Amy sie in die Arme schloß.

»Ein kleines Mädchen! Oh, wie hübsch du bist.«

»Und dieser Schlingel hier ist Dillon.« John hob den Jungen auf seine Schultern.

»Ich heiße Dillon Tallman«, verkündete Dillon stolz. »Ich bin schon vier.« Er streckte vier Finger in die Luft.

»Fast«, fügte John grinsend hinzu.

Amy klatschte in die Hände. »Wie lange habe ich darauf gewartet. Wenn du etwas tust, dann richtig, was, Johnny?«

»Natürlich, Mutter. Hast du daran gezweifelt?«

Trisha und Buffer kamen und wurden willkommen geheißen.

»In der Adobe Walls Mission haben wir eine Pause gemacht, damit sie heiraten konnten.«

»Für heute abend haben wir eine Feier geplant.« Amy wandte sich ihrem Mann zu. »Rain, es wird eine *doppelte* Feier. Haben wir genug von allem?«

»Ja, Liebes.« Rain lachte leise und strich mit dem Finger über die weiche Wange seiner Frau. »Das hast du mich heute schon sechsmal gefragt.«

Addie liebte alles an ihrer neuen Heimat – die warmen sonnigen Tage, die kühlen Nächte. Amy kam häufig und nahm die Kinder für ein paar Tage mit zu sich. Jane Ann verehrte sie. Das kleine Mädchen blühte unter Amys Liebe und Aufmerksamkeit auf.

Zu den ersten Dingen, die John tat, gehörte es, Addie ein halbes Dutzend Schafe zu beschaffen. Prompt nannte Dillon eins von ihnen »Kelle«.

Im Herbst hatte Addie ihre schlanke Taille verloren, und John warf ihr vor, sie hätte eine Melone verschluckt. Sie konnten den Frühling und den Nachwuchs für ihre Familie kaum erwarten. Zu Ostern bekamen sie ein wunderhübsches kleines Mädchen mit dunklem Haar und dunklen Augen. John fing sie auf, als sie den Körper ihrer Mutter verließ, und mußte dann von der neuen Großmutter mit Gewalt aus dem Zimmer gedrängt werden, damit das Baby gewaschen und angezogen werden konnte. Sie nannten sie Liberty, nach Johns Tante, was sich aber bald zu Berty verkürzte.

Buffer und Trisha hatten sich ihr »kleines« Haus eingerichtet. Trisha freute sich wie eine Schneekönigin, und Buffer war stolz wie ein Pfau auf seine schöne Frau. Trisha trug die Lederhosen, die Buffer ihr in dem Laden in Van Buren gekauft hatte, und bald konnte sie reiten und schießen und Messer werfen, als hätte sie ihr ganzes Leben nichts anderes getan. Im ersten Jahr bekamen die Simmons' einen großen, kräftigen Jungen.

Die Truppe von Van Winkle durchquerte das Indianerterritorium mit einem weiteren Treck und einer Armee-Eskorte. Bei Reise nach Santa Fe erfuhren Rain und Amy, daß Richter Van Winkle durch Rains Einfluß als Indianerbeamter abgesetzt worden war – nach einem Dienstjahr abberufen aufgrund von unangemessenem Verhalten. Es wurden Fäden gezogen, so daß der Hauptmann und Mrs. Forsythe den Richter zurück in den Osten begleiten konnten, wo Forsythe wieder einen Posten als Quartiermeister erhielt.

Sie lagen schon im Bett, als John Addie die Neuigkeiten erzählte.

»Forsythe verdient jeden Penny, den er aus Van Winkle und Cindy herausbekommt. Es gibt nicht viele Männer, die den aufgeblasenen alten Ziegenbock ertragen könnten.« John streichelte liebevoll über Addies Bauch, der schon wieder zu wachsen begonnen hatte.

»Ich bin froh, daß… ach, du weißt schon wer, Hunderte von Meilen entfernt ist.«

»Seien Sie gnädig, Mrs. Tallman. Ohne dieses gemeine, stinkende Ungeziefer hättest du mich vielleicht nicht kennengelernt. Ich wäre nie nach Freepoint gekommen. Ich hätte dich nie in dem Laden gesehen. Stell dir nur vor, was dir entgangen wäre.«

»Das stimmt. Aber *du* solltest deinem Glück auch dankbar sein. Wenn dieser nichtswürdige Mistkerl, dessen Namen ich nicht aussprechen will, nicht gewesen wäre, müßtest du Socken mit Löchern tragen und allein in diesem Bett schlafen.«

Er stieß einen langen, dramatischen Seufzer aus. »Ich bin mir nicht sicher, ob ich ihm dankbar sein sollte. Zeig du es mir, wieso.« Er wollte sie necken, aber seine Stimme klang rauh.

Sie rollte sich auf den Bauch, die Ellenbogen auf seine Brust gestützt, und begann, sein Kinn zu küssen.

»Bist du dir jetzt sicher?« fragte sie und fuhr mit den Fingern seine Rippen und seinen flachen Bauch entlang.

»Nun ...?« Er zögerte. »Ich weiß nicht.«

»Herr Passant, Sie sind wirklich nicht leicht zufriedenzustellen.« Sie schob ihre Hand in das dichte Haar, das sein Geschlecht umgab.

»Das gefällt mir«, sagte er rasch.

»Das habe ich mir schon gedacht.«

Eine Sekunde später fühlte er süße Qualen.

»Du lüsternes Luder!« Er rollte sie auf den Rücken. »Ich fürchte, ich muß dich bei mir behalten!«

Im Feuer verbotener Leidenschaft

Bei einem Indianerüberfall auf ihren Siedlertreck wurde die schöne Emily entführt. Im Auftrag ihres Verlobten macht sich das Halbblut Rafael »Rafe« McKinlay auf die Suche nach ihr und schafft es tatsächlich, die junge Frau aus der Gewalt der Sioux zu befreien. Doch dann zwingt eine Verletzung die beiden, in einer Höhle in den Rocky Mountains zu überwintern. Längst hat Emily sich in ihren schweigsamen Retter verliebt. Und auch Rafe verzehrt sich in Leidenschaft für seine Schutzbefohlene …

Einzig dir gehört mein Herz
Roman
ISBN-13: 978-3-548-26285-7
ISBN-10: 3-548-26285-6

ULLSTEIN

UB276